增訂桃潭合鈔(上)

汪燊 纂輯
朱金波 點校

荆楚文庫

荆楚文庫編纂出版委員會
長江出版社

增訂桃潭合鈔
ZENGDING TAOTAN HECHAO

圖書在版編目 (CIP) 數據

增訂桃潭合鈔 / 汪燊 纂輯 ; 朱金波 點校 .
—— 武漢：長江出版社，2022.6
ISBN 978-7-5492-8365-1

Ⅰ．①增…
Ⅱ．①汪… ②朱…
Ⅲ．①古典詩歌—詩集—中國
Ⅳ．① I222

中國版本圖書館 CIP 數據核字 (2022) 第 123146 號

責任編輯：	高　偉　李棟棟　侯盈盈
整體設計：	范漢成　曾顯惠　思　蒙
美術編輯：	蔡　丹
責任印製：	王秀忠
出版發行：	長江出版社（中國·武漢）
地　址：	武漢市解放大道 1863 號　　郵政編碼：430010
電　話：	027-82926557
錄　排：	武漢達意信息技術有限公司
印　刷：	湖北新華印務有限公司
開　本：	720mm×1000mm　　1/16
印　張：	49.25
字　數：	684 千字
版　次：	2022 年 6 月第 1 版　　2024 年 12 月第 1 次印刷
定　價：	198 元（全二冊）

ISBN 978-7-5492-8365-1

《荆楚文庫》工作委員會
主　　　任：王蒙徽
副　主　任：諸葛宇傑　琚朝暉
成　　　員：黄泰巖　余德芳　何麗君　劉海軍　周　峰
　　　　　　李述永　夏立新　謝紅星　劉仲初　黄國斌
辦公室
主　　　任：蔡静峰
副　主　任：董緒奎　唐昌華　周百義

《荆楚文庫》編纂出版委員會
主　　　任：王蒙徽
副　主　任：諸葛宇傑　琚朝暉
總　編　輯：郭齊勇　馬　敏
副總編輯：熊召政　劉海軍
編委（以姓氏筆畫爲序）：　朱　英　邱久欽　何曉明
　　　　　　周百義　周國林　周積明　宗福邦　陳　偉
　　　　　　陳　鋒　張良成　張建民　陽海清　彭南生
　　　　　　湯旭巖　趙德馨　蔡静峰　劉玉堂

《荆楚文庫》編輯部
主　　　任：周百義
副　主　任：周鳳榮　周國林　胡　磊
成　　　員：李爾鋼　鄒華清　蔡夏初　王建懷　鄒典佐
　　　　　　梁瑩雪　丁　峰

出版説明

　　湖北乃九省通衢，北學南學交會融通之地，文明昌盛，歷代文獻豐厚。守望傳統，編纂荆楚文獻，湖北淵源有自。清同治年間設立官書局，以整理鄉邦文獻爲旨趣。光緒年間張之洞督鄂後，以崇文書局推進典籍集成，湖北鄉賢身體力行之，編纂《湖北文徵》，集元明清三代湖北先哲遺作，收兩千七百餘作者文八千餘篇，洋洋六百萬言。盧氏兄弟輯録湖北先賢之作而成《湖北先正遺書》。至當代，武漢多所大學、圖書館在鄉邦典籍整理方面亦多所用力。爲傳承和弘揚優秀傳統文化，湖北省委、省政府決定編纂大型歷史文獻叢書《荆楚文庫》。

　　《荆楚文庫》以"搶救、保護、整理、出版"湖北文獻爲宗旨，分三編集藏。

　　甲、文獻編。收録歷代鄂籍人士著述，長期寓居湖北人士著述，省外人士探究湖北著述。包括傳世文獻、出土文獻和民間文獻。

　　乙、方志編。收録歷代省志、府縣志等。

　　丙、研究編。收録今人研究評述荆楚人物、史地、風物的學術著作和工具書及圖册。

　　文獻編、方志編録籍以1949年爲下限。

　　研究編簡體橫排，文獻編繁體橫排，方志編影印或點校出版。

《荆楚文庫》編纂出版委員會
2015年11月

增訂柂潭合鈔正集

十二卷 附續集四卷

黃岡刀石題

民國二十一年歲在壬申秋八月

黃岡汪氏付漢口利華印務局印

前　言

　　"家集是指匯合或編選的家族性著述，它可以是一家族某一代成員的作品，亦可包含二三代乃至數十代成員的作品。"①目錄學上隸屬於集部，所收著述主要以詩文爲主，最早可追溯至唐代褚藏言所輯的《竇氏聯珠集》。南宋慶元年間王蓬編《清江三孔集》，於詩之外，兼收制狀書啟。至咸淳中劉元高輯《三劉家集》，"家集"之名，始得以確立。然家集纂修之盛，當在清代。見於著錄的歷代家集，唐至元僅五六十種，大都屬明清人回溯性的編輯，亦不乏重復整理者。明代近二百種，而清代家集數量，據徐雁平《清代家集敘錄》統計，竟達1244種。②

　　對於這些家集文獻的研究，不能僅從文學角度入手，這是因爲其"並非簡單的文人別集，也不是完全從審美角度輯纂的文學總集，在宗族詩歌總集中，具有複合的社會與文化意義。"③僅就這一文化現象而言，大量家集何以在清末社會轉型下，尤其是太平天國戰亂之後產生，就能説明某些問題。錢穆先生在《略論魏晉南北朝學術文化與當時門第之關繫》中説："欲研究中國社會與中國文化，必當注意研究中國之家庭。"④"可以視爲中國家族文化最精致的呈現"⑤的家集，爲我們研究中國社會與文化，尤其是地域社會與文化，提供了很好的材料。成書於民國時期的湖北黃岡汪氏家集《增訂桃潭合鈔》即屬此類材料之

---

① 徐雁平：《清代家集與文化傳統》，《古典文獻研究》2015年第1期。
② 徐雁平：《清代家集敘錄》，安徽教育出版社，2017年版，前言第3頁。
③ 史哲文：《論清代皖人宗族詩歌總集傳統與文學世家建構》，《安徽大學學報（哲學社會科學版）》2019年第6期。
④ 錢穆：《中國學術思想史論叢（三）》，台灣東大圖書有限公司，1981年版，第199頁。
⑤ 卞東波：《蘭臺探賾，功比向歆——讀徐雁平〈清代家集敘錄〉》，《出版參考》2018年第12期。

一種。

一、歷史演進：家集纂修繁盛下的個案

　　《增訂桃潭合鈔》（後簡稱"《合鈔》"）成書於 1933 年，係在 1919 年刊印的《桃潭合鈔》的基礎上增訂而成，爲湖北黃岡汪燊纂輯，所收以黃岡汪氏族人之藝文爲主。"是集之命名，緣於李白'桃花潭水深千尺，不及汪倫送我情'之意，蓋是集爲汪氏之一家言，乃得有此名耳。"（《合鈔》嚴用琛序）原《鈔》爲正集八卷、續集二卷，增訂後爲正集十二卷、續集四卷。正集全爲詩作，收錄包括汪燊在內的作者共十四人，除第十一卷爲汪明源、汪翱、汪翔父子三人合著的《景蘇堂詩集》外，其餘各卷或全收、或選錄個人詩集，一人一卷。正集各卷規模不一，多者如卷二收汪國瀠《樂志齋詩集》四百五十六首，少者如卷一收汪士奇《仁湖雪吟》六十七首。續集卷一收詩作者一百零二人，卷二收錄六十三人，各人收詩多爲一至三首，亦有多至四十首者。續集卷三、卷四收錄文或詞，作者與正集、續集前二卷有重合。

　　對《合鈔》這一個案進行考察，由于其並不具有某種明顯的特殊的性質而難以提煉出某一概括性結論，只有將其與歷史大背景有機地結合起來，才能夠做到以小見大、以一見多。就家集文獻的歷史演進來看，"明清以還，家集之纂受家譜、郡邑彙編之影響，不僅勢若荼火，且亦名目繁夥。"① 據徐雁平統計，家集大量刊刻應在清代咸通光宣四朝，而成於民國時期的亦有近四十種，《合鈔》亦是在當時家集纂修繁盛這一背景下編輯與刊印的。因此，對該個案的研究，首先要在這一宏觀層面予以把握，結合清末民初社會與文化來進行。

　　家集作爲宗族詩歌總集，不僅體現了門風、家學等家族文化意識，

---

① 虞萬里：《〈江陰東興繆氏家集〉序》，《史林》2013 年第 3 期。

也充溢着濃厚的地域文化特徵，這爲我們藉助其探討地域社會與文化提供了更多可能。就《合鈔》而言，與家集纂修最盛的江南地區相比，黄岡汪姓家族并非仕宦大族，也算不上科舉世家，該集所收汪姓族人多爲清末民初人，除極少數進士出身外，多爲清末廩生之類，屬近代中國地域社會中不可忽視的重要階層——士紳階層，在當時基層社會和文化中都占着主導地位。他們描寫鄉土風物、懷念父兄族親的詩作，在後人有意識的纂輯活動中得以留存，不僅是地域文化在文學中的顯現，更重要的作用在於反映和表現了地方社會歷史文化生態的多樣性。這也是我們整理這類鄉邑文獻的價值之所在。

二、詩存家史：世變時風下的文化自覺

錢穆先生曾論："'家族'是中國文化一個最主要的柱石，我們幾乎可以説，中國文化，全部都從家族觀念上築起。"① 中國傳統社會裏的"家族"② 集政治、經濟、宗教、文化功能於一體，是一個在差序格局③ 中形成的社群。其不僅僅指向物質生産、生活層面，也意味着凝聚文化傾向、人文情感的文化共同體。作爲生産、傳承文化的基本單位，家族的經營向來以在"人文教化"的某一領域作出爲本國、本地人們所公認的傑出貢獻，并能在世代的傳承中長期保持這一"文化"特色爲鵠的。然"詩書之澤，衣冠之望，非積之不可"④，合一族數代人詩文之家集的保存、編輯和刊印，亦即成爲了敬宗收族，昭示家學淵源的有益之舉。

---

① 錢穆：《中國文化史導論》（修訂本），商務印書館，1994年版，第51頁。
② 與"家族"具有某些共同特徵，而概念上又有所區別的是"宗族"，本文對二者未進行嚴格區分。
③ "差序格局"理論爲費孝通先生在《鄉土中國》一書中提出，指以個人爲中心，按照與"己"遠近親疏的不同依次推將出去，形成一個有差等的次序。
④ 《文徵明集》卷第十八《相城沈氏保堂記》，上海古籍出版社，1987年版，第476—477頁。

"乾隆朝以前家集數量較少，嘉慶、道光朝以後較多，其中值得特別注意的現象有兩個：其一，是太平天國戰爭之後家集數量有大幅度增長；其二，辛亥革命之後家集數量仍持續增長。"① 這一現象與《中國家譜綜合目錄》著錄的 1949 年以前編成的家譜數量變化是相吻合的。清末之時，由於外力作用下所導致的社會巨變，使得傳統社會中的士紳階層開始分化。在由舊式的低級士紳轉向近代知識分子過程中，他們中的一部分人仍堅定地維護著宗族社會制度。當祠堂的作用越來越小，合族共祭等宗族活動也難以舉行時，只能維持敘譜或纂修家集等活動。《合鈔》的纂修在一定程度上也受到了當時歷史社會的影響，從纂修者汪燊等人的序言來看，其用意仍爲"敦睦族誼"。

　　世運循環，文質遞嬗。社會轉型會導致家族關繫的變化，也必然對家族文化及其傳承產生影響。黃岡地區作爲中國歷史上移民運動的重要輸出、輸入地，在安土重遷的過程中，基於血緣關繫的宗族組織起到了重要的作用。但與經濟、文化較爲發達的江南社會相比，"這一地區由於山區地理環境影響人口聚居規模，很難形成較大規模的宗族聚居，血緣宗族關繫並不十分發達"②。"農業社會積累有限，缺乏大官僚、大縉紳、大商人，低級士紳成爲宗族組織的核心力量。"③ 儘管黃岡汪氏一族"由皖遷居此土，椒實蕃衍，世以詩書爲業，明清二代不乏聞人"，《合鈔》收錄近兩百人，數量也不可謂不多，但大體上是以低級士紳爲主。同時，這些作者的親屬關繫相當複雜，已非清早期以前家集，甚至《竇氏聯珠集》、三蘇集所反映的那樣簡單。正如《合鈔》汪春澍序所云："歷年既久，彼此不相往來。咫尺天涯，與途人奚異哉。"

　　在傳統文化強大的慣性作用下，新舊嬗變之際整理、振興家族文化

---

① 張劍：《從家集看中國文化傳統的獨特音聲》，《讀書》2019 年第 1 期。
② 林濟：《文化衝擊、革命與近代宗族社會——以近代湖北黃州宗族社會爲例》，《華中師範大學學報（哲學社會科學版）》1997 年第 3 期。
③ 林濟：《長江中游宗族社會及其變遷：黃州個案研究（明清—1949 年）》，中國社會科學出版社，1999 年版，第 19 頁。

便成爲了維護舊制度的鄉紳們的一種文化自覺行爲，無論其所在家族是否與歷代史籍中所載的世家大族相稱。從《合鈔》的纂輯來看，"日夕以刊先人之集爲志"的汪氏後人，"恐先靈手澤湮没無傳，從兵燹灰燼之餘，擇其詩之最著者，捐貲以付梨棗"，以至於"遲回審慎，不厭求詳，雖已付削，不憚改作"。"從保存文獻的角度而言，家集的編纂刊刻有匯集傳承之功。"①在《合鈔》之前，汪氏族人的詩文多以零篇、抄本、稿本、單行刻本等形式行世，保藏狀況不一。以正集卷五所收汪引芝《新甫詩草》爲例，"公及身迭受水災，經兵燹，遺稿久棄敗簏，鼠囓蠹殘，軼去甚夥"，汪燊等人經過努力，搜得詩作六十八首，刻入集中。但家集彙刻之功用，絶非僅止於此。

讓"先人"借家集而不朽，"使數百年以上祖宗之性情聲欬，與數百年以下之子孫相接"②，"詩存家史""收族敬宗"自然是家集纂修的目的。但對於身歷社會變遷與文化衝擊下的低級士紳們而言，他們更希望人們在"知汪氏淵源之有自"的同時，"明宗法之遣意"，以"詔後學、晰疑慮""正人心、厚風俗"，即深感於當時之"世道人心"，"别有救世垂教之心"。《合鈔》中衆人題詞中更有"保我國粹，宏我國光。鄭聲亂雅，庶挽瀾狂""願持此卷作龜鑑，長長親親天下平"等敘述。當中國由"中心"降爲"地方"，國家之危機同樣必須由各個不同的"地方"來承擔③時，地方士紳們編刊家集的自覺行爲，已不再是純粹文學意義上的結集，在"敦睦族誼"的背後應有着更爲深層的歷史文化因由。

---

① 徐雁平：《清代家集總序的構造及其文化意蘊》，《文學遺産》2011年第3期。
② 趙基：《吴江趙氏詩存後序》，見《吴江趙氏詩存》卷首，道光刻本。
③ 李怡：《邊緣性、地方性與中國現代文獻學的著力方向》，《四川大學學報（哲學社會科學版）》2019年第6期。

三、家國同構：從一家之顯到一邑之秀

　　家集的編纂在清末"呈現出高度繁榮的景象，編纂總數遠超前代，其流風餘韻直至民國年間仍然綿延不絕"，且"地域分佈異常遼闊"[①]。總體來看，江南社會無論在數量上，還是在規模上都遠勝其他地方，這自然與該地歷來即爲人文萃聚之地有關。根據《清代家集敘錄》，湖北一地家集見於著錄者，僅二十餘種，且少數至今仍未得見，屬今黃岡地區的僅有七種，但這并不妨礙我們討論其與地方社會文化的互動，至少從《合鈔》的衆多序跋和題詞中就能看出一些關聯來。

　　和大多數家集一樣，《合鈔》在編刊時邀請衆多名士鄉賢作序或題詞。增訂後的《合鈔》共收王葆心等人序言九篇（含汪燊自序一篇）、題詞五十五篇，作者大多爲黃岡當地人氏，屬汪氏族人僅九人（含汪燊）。這些文字無不從"吾黃""吾邑""吾鄉"的角度對《合鈔》進行了推揚。這些鄉賢無不以"自古光黃有令名""吾黃自古多詩人"爲榮。在他們看來，"吾黃爲楚之大縣，宜無不工辭賦者"，而"自古光黃多俊傑"也是淵源有自。"雪堂韻事説東坡，此地人文沾溉多"，"黃州文原盛"首先受益於在此地寫下二賦一詞的蘇軾。其次，在這些序跋文字中提及較多的，當屬明末清初著名詩人杜濬及其所著的《變雅堂詩集》，以及與杜氏唱和、名重一時的周之祚及《冷焰閣詩集》等。

　　地方士紳們一致以爲，整理本地歷代詩文，以"詩禮溯淵源"，是詮釋"自古光黃多俊傑"的最佳途徑。他們中的部分人亦嘗"發一大願"，且"謂今日欲保存國粹，當自一家一邑始"。於是，《合鈔》的編刊，就不再是"徒備紀一家章句"而已。我們從這些序跋文字可以看出，在《合鈔》問世前，汪氏一族雖爲"吾鄉鉅族""衣冠甲第，赫奕

[①] 夏勇：《論清代宗族類總集的概貌與特徵》，《中國石油大學學報（社會科學版）》2011年第12期。

一時",但"著述罕有傳者",甚至有人還會因"鄙陋無聞"感到"自媿"。但當《合鈔》編刊完成,他們又無不"爲汪氏幸,尤爲吾黄幸",將該集視作"吾黄地靈人傑"的極佳注脚,謂"黄岡有山山名阜,汪氏詩孫鍾秀久""自古光黄有令名,桃潭一脈更增榮"。并且,他們在"深嘉汪君之所爲"的同時,"尤望吾鄉賢達聞風而起",如此,則"何其盛耶"!

至此,汪燊編刊《合鈔》這一文化自覺行爲,儘管出於昭先德、示來兹的意圖以及敬宗收族的目的,其更大的意義應在參與地域文化的構建上。和清末民初那些無意識的家集編纂一樣,《合鈔》"儘管有家集之實,其反映家族内部傳承的意識不强""僅僅爲將此創作傳於後世,以期赢得身後名"①。但作爲"一家之集,即鄉邑文獻之一部;而鄉邑文獻,亦即全國文化之基礎"。"雖寥寥數文,而以文存人,固大有益於鄉邑者也,烏可爲一姓之書而少之哉?"②所謂"家之粹即國之粹也"③"此非唯存一族之典獻,抑亦備一地之文苑也"。

明人王鏊云:"山川之秀,寔生人才;人才之出,益顯山川;顯之維何?蓋莫過於文。"④《合鈔》作爲一部詩歌總集,我們可將其納入地域文學的範圍來進行考察。在地方文學研究中,一方面家族與地域難以絶對分離,另一方面詩文創作無疑會受到地域文化面貌的影響。此外,收録一姓累代詩作的家集,又不啻野乘一部,爲我們了解這些作者共同生活的地域水土、風俗鄉情以及社會變化提供了較好的材料,一如序跋中所説的"滄海桑田感變遷"那般。

---

① 劉文龍:《角度與路徑:〈清代家集敘録〉與清代文學研究》,《華中學術》2018年第4期。
② 胡士瑩:《平湖屈氏文拾序》,上海圖書館稿本。
③ 夏孫桐:《錫山秦氏文鈔序》,民國十九年(1930年),詠列堂印行。
④ 王鏊:《洞庭兩山賦》,《王鏊集》,上海古籍出版社,2013年版,第8頁。

四、詩意表達：家集文本中的地域書寫

"從一定意義上説，傳統文化語境中的家族是鄉園性的家族；家族文學群體是鄉園性的群體，家族文學創作也必然熏染著濃郁的鄉園色彩。"[1] 作爲在黃岡地區生活、成長的大多數汪氏家族成員而言，鄉園環境是他們自我慣習和性格特徵形成的原始根據。地域文化潛移默化的影響，也不可避免地反映於《合鈔》的諸多詩文之中。即便他們中的一些人已經遠離家園，也仍然無法擺脫地域文化的滲透。僅從詩文文本來看，除族親咸集、聚觴會詠之外，家集的地域書寫更多的是山水詠懷、鄉園紀事、酬人贈答、感時傷世等方面。

和歷史上那些仕宦、游歷於此的文人不同的是，《合鈔》所收作者儘管都爲一姓，但他們所書寫的卻是自己世代生活的水土風物，是自己純樸鄉園情感的詩意表達。就詩文内容來看，黃州赤壁、松風閣、黃鶴樓這類名勝古蹟是出現較多的場景，但更多的還是那些熟悉的地名——黃岡、新洲、黃陂、武穴、團風鎮、陽邏港、道士洑、安湖、漲渡湖、郎官湖……。這些佔據他們日常繁雜瑣碎，並不常見於那些名篇巨著的名稱，卻見證了他們的悲歡離合與喜怒哀樂。誠然，也正是這些熟悉的山山水水，涵養了他們的性情，讓他們能從中尋找詩意，并訴諸於筆端。如《合鈔》中大部分作者都對井阜山進行了描繪，除了晚年隱居井阜山麓的汪國瀠外，汪階三更撰有《阜山八景》，分別以"湖西煙嶺""社北虹橋""准提暮鼓""漲渡輕帆""桃園春豔""桂苑秋香""漁村晚照""井阜晴嵐"爲題進行寫作。

與對本地山水的描繪相伴隨，我們又能從《合鈔》中找到更多帶着濃郁地域色彩的風物描寫。作爲荆山楚水的一部分，湖居自然也是黃岡地區較爲常見的生活方式。《合鈔》中的部分詩文對此多有描繪，又不

---

[1] 羅時進：《家族文學研究的邏輯起點與問題視閾》，《中國社會科學》2012年第1期。

可避免地涉及遭受水患的情形，如《七夕暴漲》《江漲移居》《避水陶店》《水退還洲居》《湖村水漲，楊柳幾與水齊，感而賦此》《鸕鷀捕魚歌》等。汪階三更有《閏四月大雨》《戊申水更大》《淫雨不止水勢又在戊申之上》等對歷次水患予以記錄，爲我們了解當時社會生活提供了很好的材料。與水患相對應，亦不乏《大旱憫農》這樣的詩文。《合鈔》中的部分詩文還有對當地集會、觀戲等的描寫，又有《黃州竹枝詞》等對本地風土進行吟詠，留下"黃州豆腐巴河藕，食品雖微味不同"等詩句。

在寫景、記事、懷古之外，雅集祝壽、懷人贈答也是《合鈔》所收詩文的重要題材。一般而言，清末民初的大多數家集會收錄相當部分祝壽詩，《合鈔》也不例外，其收錄了汪姓族人祝壽詩數十首。同時，他們也留下了一定數量的懷念親人的詩詞。當然，追憶地方鄉賢、記錄同時賢間的交往也是家集必不可少的。見於《合鈔》中的除了前文提及的明末清初詩人杜濬外，王叔余、朱日濬、徐行可、黃季剛等人亦數可尋見。

此外，《合鈔》中衆多詩文也不可避免地留下了時代的印記。作爲大部分生活於晚清民國的作者而言，他們目之所見已迥異於先前的時代，當身處其間時，不免會多有感發。《合鈔》就有多篇詩文對輪船、火輪車、汽梯等新式事物進行描寫，亦有作者途徑上海、香港等地對當地風俗民情的記錄，如《滬上竹枝詞》《申江即目》《跑馬場歌》等。我們通過《消夏吟》序文"滬俗淫侈，夏日有夜花園爲浮薄男女秘密窟，風俗之壞，莫此爲甚，感而賦之"，就能一窺在西方文化衝擊下當時中國傳統士紳的態度。

"夫民函五常之性，繫水土之情，風俗因是而成，聲音本之而異。"① "文章藉山水而發，山水得文章而傳，交相須也。"② 成長生活於斯的汪姓族人們，所留下的詩文蘊含著深厚的地域社會文化因素。無論是個人的成長，還是藝文家族的形成，都離不開當時的社會現實。因

---

① 汪國垣：《近代詩派與地域》，《汪辟疆文集》，上海古籍出版社，1998年版，第292頁。
② 尤侗：《百城煙水序》，徐崧等：《百城煙水》卷首，江蘇古籍出版社，1988年版，第1頁。

而，後人出於敬宗收族的目的，編刊家集的這種文化自覺行爲，在總結家族文化成就的同時，也爲我們留存了一份獨特的地域文化記憶。

五、餘論

《合鈔》儘管并不具有典型性，但其和晚清民國的大多數家集一樣，昭示出了中國文化綿綿不絶、前薪後火、息息相繼的内在動力。就黃岡以至湖北而言，其收録的衆多詩文作者以及相當的文學藝術價值，已成爲地方文化的重要組成部分。這些詩文中所描繪或藴含的信息，又爲我們了解、研究地方社會發展、家族活動等多方面内容提供了很好的材料。即如前文所言，《合鈔》的編刊與整理，充分體現地方社會歷史文化生態的多樣性。

"中華文明的一個重要特徵是經史傳統。"[①] 儘管儒家經典文本和思想在不同的歷史時期被不斷地詮釋，但總體而言，中國傳統文化中經學傳統和史學傳統的影響仍延續到了今天，即便當下大多數人已不再去熟讀那些經典。以家集文獻的編纂爲例，要理解這一地方鄉族的自覺文化行爲，自然需要從傳統的禮儀文化，甚至"三禮"中去尋找源頭。因而，今天當我們去整理、研究這些經典之外的文獻時，實際上也是對經史傳統的堅守與延伸。

當汪氏後人搜訪有年，掇拾於兵燹之餘而成的《合鈔》被收録《荆楚文庫》時，恰是對"一家之集非僅爲一姓之書"的最佳詮釋。這一家族性的文化自覺行爲，真正得以融入到地方文化的構建中來，家國同構關係再次得以體現。此次整理本以湖北省圖書館館藏的民國二十一年（1932年）印行的版本爲底本。按照《荆楚文庫》相關條例，僅施

[①] 陳壁生：《經學詮釋與經史傳統的形成——以殷周爵國問題爲例》，《哲學動態》2021年第2期。

以標點，基本上未作校勘與注釋。除少數幾處明顯訛字徑改外，所有文字均依從底本，基本不作主觀改動。由於學識有限，錯訛之處，在所不免，敬祈諸方家教正。

朱金波

二〇二一年十二月於武漢

目　録

增訂桃潭合鈔序 · 1
增訂桃潭合鈔自序 · 3
增訂桃潭合鈔題詞 · 5
《桃潭合鈔》原序一 · 7
原序二 · 7
原序三 · 9
原序四 · 10
原序五 · 11
原序六 · 12
原序七 · 13
原題詞 · 15
原跋 · 36
例言 · 37
正集小傳 · 38
續集小傳 · 42
增訂桃潭合鈔正集卷第一 · 53
 仁湖雪吟 · 53
  過汝，喜再遇與山弟。都門九月，與山別余，有之萊之役。
   時自豫反楚，余則旋里又北上矣 · 53
  贈汝倅同里揚翰如 · 53
  上蔡道中 · 54
 伏羲畫卦臺臺高丈許，距城南三里，面數十步，爲舊城垣，
  上有碑書"伏羲蓍臺"四大字，側書"伏羲畫卦，蓍草生，

　　　　白龜出。"漢中郎蔡邕筆 …………………………… 54
上蔡弔李斯 …………………………………………………… 54
西出蔡五里，由故城走百池，人傳李愬驚鵝鴨亂軍聲處 …… 54
發高橋 ………………………………………………………… 55
宿臨穎，喜遇宋道長招飲，道長方廷試，偕韓生旋里 …… 55
臨穎道中雪 …………………………………………………… 55
孝子橋原名和尚橋，因孝子與和尚有嫌隙，故改名孝子橋。
　　　　地偏長葛，爲由許達鄭之衝 ……………………… 55
滎陽紀雪兼呈谷雪塘、章載菴兩年兄 ……………………… 56
氾水覓舟贈漢陽吳石承年兄，石承宰氾凡八載矣 ………… 56
登氾水東金龜山玉皇閣閣倚懸崖，依山置級，凡數憩乃登 … 56
雪中渡黃河 …………………………………………………… 57
曉發趙堡曙色初開，雪飛方歇，白光搖蕩，幾不辨南北 …… 57
河內謁昌黎祠，有諸伶寓其內，伶出而邑尹爲加硃封。欲瞻拜
　　遺像，守者懼，弗敢啟，未得升堂而退，悵然久之 …… 57
彭悟山太守招飲，散後漏四皷下，六街燈燭花炮不絕，
　　　　始知爲廿四夜祀竈也 …………………………… 57
清化鎮早發時十二月十六，越立春凡三日 ………………… 58
十二月二十九日，由淇右走宕水，主人有度歲之約，余先除夕
　　　　一日而至，可謂不食言矣 ……………………… 58
到湯呈林果存，爲口述家信 ………………………………… 58
乙巳除日立春，適抵湯署，呈松巖、道安 ………………… 59
除夜 …………………………………………………………… 59
乙酉四月一日發黃州以下舟行紀事 ………………………… 59
蘭溪阻泊，晚值暴風，狼狽登岸，主醫士朱美卿家 ……… 59
初三日立夏，巳刻發舟。是日泊武穴，閱程二百里 ……… 60
蘭溪聞榷關信 ………………………………………………… 60
初四日泊九江，有鄰船次早回黃，晚寄家報 ……………… 61

初五日仍泊九江，地近南康，有懷孟灃 …………………… 61

九江覓舟南下，舟子多不欲前。初六日自小池口內港曲尋
　　黃州河道，將由黃梅東出港，不由舟牽舡尾，前去廬山。
　　口占紀事 ……………………………………………………… 61

初七發孔壠 初六日自小港由嚴家閘南出，值水涸，取道宿孔壠之舊。
　　一堤隔水，舟至，裝具盡撤，人力盪行過之。時夾築兩堤，中一塘蓄水，
　　客船凡兩拽，貨具載塘中小艇上下，凡有堤主司取利，行道苦之 …… 61

發皇華二里，接宿松水口，風行稍逆，回顧黃梅祖山在望，
　　時四月八日 …………………………………………………… 62

晚泊行墩 …………………………………………………………… 62

白樂湖 ……………………………………………………………… 62

初十日，吉水溝由磨盤洲出江，行十里，聞挐舟信，仍回
　　泊洲港，以江埠皆望江縣地，洲則彭澤所轄也 ……………… 63

安慶謁余忠宣祠，有墓在廟後，墓後有大觀亭，即忠宣
　　治兵處。亭爲皖城勝地，前操江李、河督靳、楚督徐皆
　　前後建節皖城，皖人立生祠其上 ……………………………… 63

自小池口買舟赴荻港，至安慶阻風，遂另覓舟，聽原舟揚帆去，
　　便托舟子曹武瑞帶家信，口占二首 …………………………… 64

鎮皖樓 ……………………………………………………………… 64

十六日逆風發安慶，是日宿王家島，行百五十里 ……………… 64

王家島 池洲而下，江岸甚闊，逆風使帆，環兩洲北。此島係江北古岸
　　水冲作洲，岸土數百步，高出水上，宛如砥石，因名島焉 ……… 65

宿叫化渡 渡以丐子乞錢，積之作舟，以渡行人，因名。岸北有堤，
　　堤內田若干頃，房屋百十家。酒家孫姓云係一族，向多式職，地名
　　錦衣衛洲，閥閱崇封。月夜望之，隱隱如。是過者但問渡而不及洲，
　　此人備述之，雖侈談家世，豈亦有苗裔未及之憾耶 ……………… 65

江寧呈司監王昊廬學士 …………………………………………… 65

午日舟過丹陽 ……………………………………………………… 66

  先慈誕辰 ⋯⋯⋯⋯⋯⋯⋯⋯⋯⋯⋯⋯⋯⋯⋯⋯⋯⋯⋯⋯⋯⋯⋯⋯ 66

  常熟呈同年高于岸明府于岸久令山陰，援中行例引去，今復就令

    虞山。同病相憐，自白下棹舟往問，情見乎詞，得五言近體二首 ⋯ 66

  客常熟，安禮同年示著《四書原旨》，呈答 ⋯⋯⋯⋯⋯⋯⋯⋯⋯⋯ 66

  雨中賦別高子岸明府同年 ⋯⋯⋯⋯⋯⋯⋯⋯⋯⋯⋯⋯⋯⋯⋯⋯⋯ 67

  呈松江郡丞李容菴 ⋯⋯⋯⋯⋯⋯⋯⋯⋯⋯⋯⋯⋯⋯⋯⋯⋯⋯⋯⋯ 67

  過松江贈華亭南霽岑明府 ⋯⋯⋯⋯⋯⋯⋯⋯⋯⋯⋯⋯⋯⋯⋯⋯⋯ 67

  祝吴江董宥密封翁壽 ⋯⋯⋯⋯⋯⋯⋯⋯⋯⋯⋯⋯⋯⋯⋯⋯⋯⋯⋯ 67

  祝慈谿馮倬哉母夫人壽 ⋯⋯⋯⋯⋯⋯⋯⋯⋯⋯⋯⋯⋯⋯⋯⋯⋯⋯ 68

  雨中過吴嶂嶺 ⋯⋯⋯⋯⋯⋯⋯⋯⋯⋯⋯⋯⋯⋯⋯⋯⋯⋯⋯⋯⋯⋯ 68

  南康道中 ⋯⋯⋯⋯⋯⋯⋯⋯⋯⋯⋯⋯⋯⋯⋯⋯⋯⋯⋯⋯⋯⋯⋯⋯ 68

  尋樂橋見扁額，呈郡首周星公年兄 ⋯⋯⋯⋯⋯⋯⋯⋯⋯⋯⋯⋯⋯ 68

  九日南康別駕同鄉寧峻卿招飲 ⋯⋯⋯⋯⋯⋯⋯⋯⋯⋯⋯⋯⋯⋯⋯ 69

  丁未理南康，春二月集客多士，陰雨初霽，信步登大觀閣，望

    五老峯如在几席，即事成五言古十二韻。今十九年矣，舊稿

    已失。九月重過南康，晤余子西臣，得抄稿，喜，復錄之 ⋯ 69

  湯惕菴先生主教白鹿洞，余曾趨謁。先生走伻以詩見寄，

    依韻答之 ⋯⋯⋯⋯⋯⋯⋯⋯⋯⋯⋯⋯⋯⋯⋯⋯⋯⋯⋯⋯⋯⋯ 70

  丙寅立春後和曹尚白見示雪中九首之四 ⋯⋯⋯⋯⋯⋯⋯⋯⋯⋯⋯ 70

 附録 ⋯⋯⋯⋯⋯⋯⋯⋯⋯⋯⋯⋯⋯⋯⋯⋯⋯⋯⋯⋯⋯⋯⋯⋯⋯⋯⋯ 71

  《雪吟》小引 ⋯⋯⋯⋯⋯⋯⋯⋯⋯⋯⋯⋯⋯⋯⋯⋯⋯⋯⋯⋯⋯⋯ 71

  《雪吟》序 ⋯⋯⋯⋯⋯⋯⋯⋯⋯⋯⋯⋯⋯⋯⋯⋯⋯⋯⋯⋯⋯⋯⋯ 71

  《雪吟》述 ⋯⋯⋯⋯⋯⋯⋯⋯⋯⋯⋯⋯⋯⋯⋯⋯⋯⋯⋯⋯⋯⋯⋯ 72

增訂桃潭合鈔正集卷第二 ⋯⋯⋯⋯⋯⋯⋯⋯⋯⋯⋯⋯⋯⋯⋯⋯⋯⋯ 73

樂志齋存詩 ⋯⋯⋯⋯⋯⋯⋯⋯⋯⋯⋯⋯⋯⋯⋯⋯⋯⋯⋯⋯⋯⋯⋯⋯ 73

  野田黄雀行以下《皐樵雜詠》古體詩二十六首 ⋯⋯⋯⋯⋯⋯⋯⋯ 73

  長相思 ⋯⋯⋯⋯⋯⋯⋯⋯⋯⋯⋯⋯⋯⋯⋯⋯⋯⋯⋯⋯⋯⋯⋯⋯⋯ 73

  懊惱曲 ⋯⋯⋯⋯⋯⋯⋯⋯⋯⋯⋯⋯⋯⋯⋯⋯⋯⋯⋯⋯⋯⋯⋯⋯⋯ 73

白頭吟	74
前有樽酒行	74
菊江門夜泊	74
湖居	75
過菊廬即朱公日濬隱居處，在安湖東岸	75
對酒	75
早秋渡安湖訪朱縈水名日濚，邑諸生	76
哭亡弟媿孝名有重，邑諸生	76
有贈二首	77
落葉八韻	77
蒼璧	77
寄王叔餘時甲午春三月也	78
輓虎山黃大將軍	78
並阜中秋歌并序	79
江上	79
采桑謠	80
山堂歌爲西陵蔡濬之作	80
倉蟻歌	80
千葉白榴花歌	80
桃花行	81
山中踏月歌	81
虎來歌	81
賦得孤館雨留人以下《阜樵雜詠》近體五言四十九首	81
赤壁懷古	82
庭梅	82
安湖雨中懷六弟字合公，名國綸，邑諸生	82
次答王叔餘	82
月夜飲蘭花	82

詠友人葵花	83
待月	83
過陳伯鳴隱居	83
望野	83
春日過王涓來_{名澤宏，號昊廬，官禮部尚書}	84
秋夜同王叔餘話媿孝庄	84
柬韋錫之	84
秋夜有懷	84
松山懷內	84
過菊廬	85
閒亭	85
過覺林寺	85
午日集友人次韻	85
湖居憶友	85
蓹溪次答家周臣_{周臣名基邦，歲貢生}	86
秋日却憶二首	86
宿湖寺無僧	86
踏青分韻	86
別雁	87
得音菴	87
寄友	87
過亡弟媿孝書屋	87
秋日懷安湖老人_{明季諸生鄧雲程，字扶風，號懼菴，晚號安湖老人}	87
元夕喜友人至	88
扶風草堂	88
友人餉粟	88
秋日懷人	88
漁臺呈魏雲菴先生二首_{雲菴名公韓，官至巡撫，晚年隱居漁臺}	89

山中古松	89
月夜湖上有懷	89
宿周文師山莊	89
預爲芍藥除草	90
望友人讀書燈	90
觀心矩佛事	90
春雪	90
讀遯園詩稿二首 王公承祜，號遯園，崇禎癸酉副榜	90
擬訪北山居二首	91
雪霽過陳彰九山莊二首	91
春晴即事二首 以下《皐樵雜詠》近體七言八十三首	91
春江曉發	92
山中有春草	92
過小隱園 家宏沁先生隱居處	92
廢圃海棠	92
送王子雲入廬山二首 子雲名一翥，號補菴，崇禎庚午舉人	93
春夜雨	93
過曹公敬草堂	93
過眉介弟山莊 眉介，名引祺，邑諸生	94
登黃鶴樓懷巧倩湖南 時壬午仲夏	94
江上苦雨	94
夏日即事	94
丙戌春日崇祀問津書院，賦呈同志	95
夏汛	95
春日雨中訪友	95
友人移菊	95
湖居，月下喜鄰嫗餉酒，忽聞户外簫聲	96
孤鶴横江	96

山行寄懷魏篤臣	96
秋夜	96
遷居初度懷子雲廬山	97
除夕同王叔餘分韻	97
泊東至山	97
家千頃初度 千頃名煉南，崇禎癸酉舉人，順治壬辰進士， 　　內國史院侍讀學士	97
秋興	98
秋夜江上望赤壁	98
友人見過	98
代祝洪半石先生	98
西陵道中	99
同王叔餘話左某公平沉事	99
擬贈	99
西陵友人見訪江洲	99
九日哭韋元絨	100
除夕懷人	100
病臥	100
懷王叔餘	100
泊貴溪	101
貴溪贈家拜石 拜石名燝南，崇禎癸酉舉人。時爲貴溪令， 　　後官至河南太守	101
與周臣夜話	101
貴溪署中次曹子先壁閒韻	101
豫章贈楊雲生兼訂秋訪	102
廬山訪王子雲	102
別子雲	102
蕪湖訪吳泰孫	102

金陵訪劉克猷不值_{克猷名子壯，順治己丑狀元}	103
送魏式臣北上	103
並阜七月既望	103
秋夜宿月明壇	103
再宿次前韻	104
登寶蓋寺訪求舊上人	104
魏篤臣見枉並阜，有懷峙鉉、叔餘	104
次答王叔餘	104
贈隣人	105
得王叔餘來信	105
山居即事	105
寄魏式臣	105
次曹子先漫吟四首	106
代上方卹部二首	106
祝謝太夫人	107
眉介弟季子試週	107
並阜中秋	107
祝曹静菴先生	107
萬松山	108
過林伯茲山居_{伯茲名之華，號果存，明季廩生}	108
答姚無聖	108
祝淑聖六叔	108
贈陶習之都閫	109
登禹山	109
阻雪龍墩	109
中秋後二日同友人夜渡樟湖	109
贈張仲憲	110
哭母詩，六首。哭不成聲，狀吾母也。闡微顯幽，則在君子	110

梅花 三首。以下《阜樵雜咏》絶句五言五首	111
青塚	111
題《八仙圖》祝爾泰弟 名有禎	111
竹枝詞 以下《阜樵雜咏》絶句七言四十八首	111
寒食柬友人	111
即事	112
却憶 四首	112
初夏	112
賈佩蘭出爲孺妻	112
吴越春秋	113
芙蓉 三首	113
梨花 三首	113
秋日客媿孝山庄	114
過小孤	114
哭友詩並序	114
過富池 以下《甲乙遊稿》古近體詩六十四首	117
蕪湖贈吴泰孫	117
初度泊吴門	118
雨花臺晚眺	118
報恩寺見松影上人，楚人也	118
醉翁亭	118
弔周公日臺先生 名之訓	119
趵突泉二首	119
孟廟	120
濟南元夕	120
客中分菊歌	120
園丁報桃花已謝	120
客中即事四首	121

感遇二首	121
櫻桃歌	122
懷王叔餘	122
懷馬原	122
懷周臣	122
懷曹子先	123
懷郭玉其	123
寄六叔	123
寄六弟合公	123
寄脱凡上人	124
初夏即事	124
同某公泛水面亭	124
泰安天書觀恭紀	124
登岱四首	125
月	125
雨	125
大明湖晚泛二首	126
秋夜旅懷	126
泊寶應	126
還山寄錢永思	126
讀董生公孔林泰山二記	127
泊江洲懷王子雲匡山	127
清明	127
園丁報桃花已謝	127
賦得春城無處不飛花	128
寄懷韋子惕	128
寄懷蕭汝成	128
寄懷韋承公	128

寄懷眉介弟	129
寄懷錢思永	129
寄懷鄭亦懷	129
初秋祝詹梅邱先生	129
同某公汎水面亭	130
月	130
祝袁石奎	130
思歸	130
江遊詩	131
別袁石奎二首	131
過山寺	131
濟南送友人北上	132
歸人謠	132
種瓜以下丁酉、戊戌古近體詩八十一首	132
夏汎	132
梁湖訪韋子惕不值	133
贈蕭汝成四十初度	133
秋夜聞曹子先見放	133
冬日魏篤臣見枉並阜，登高遠眺，即事爲詩	133
塞下曲	134
又	134
時雨歌	134
送王叔餘之赤壁	134
月下觀人捕魚歌	135
待月歌	135
湖居寄懷次徐文長韻三首	135
寄鄭亦懷雒中	136
秋日別邱陸仲，由小谿乘漁舟達漲渡湖而歸	136

元日試筆	136
松湖祝漁臺先生	136
移菊入書堂夜坐_{得燈字}	137
春夜客中聽雨	137
索叔餘近狀不得，走書訊之	137
柳	137
燕	138
春曉	138
春日同友人策蹇往寶蓋寺，聽浮屠說法	138
命鼎子治圃	138
園居初夏	138
秋日雨歸過覺林寺	139
十月初九夜月下	139
譽子叔寄跡漢上，廿載未歸，丁酉冬以伯氏之捷始識其面，拜贈一詩兼促歸舫	139
別識韓	139
贈歌郎柳渚	139
寄別趙碩言兼訂秋訪	140
春夜山齋聽雨	140
偶成	140
謁周氏姑母，因以一律贈其子維清	140
初夏祝王元貞五十	141
初夏山中看雨	141
月下却憶	141
秋夜憶鄭亦懷不至	141
漁臺中秋	142
遊返	142
鄧識韓見枉並阜_{識韓名之愈，邑諸生}	142

篇目	頁碼
王叔餘見枉並皋	142
並皋重陽	143
秋夜聞簫，有懷鄭子亦懷	143
秋日有懷王叔餘、周峙鉉	143
奉訪萬孝克湖齋	143
寄胡二宗識韓言二宗詩思清快，因寄一首	144
過邱陸仲谿館	144
過洪允夫園林	144
送四叔仁湖會試仁湖公名士奇，順治丁酉舉人，己亥進士，官刑部郎中	144
中秋代上某州刺史	145
春雪以下戊戌稿	145
同萬師二別周峙鉉，由西港入江，至陽邏而宿	145
晚至月明壇	145
枯魚過河泣	146
觀劇有感四首	146
寄拜石二首時爲河南太守	147
春日雨中懷江洲諸子	147
寄懷孫爾仁	147
贈別周臣入洛省父	147
梁湖贈荀石拙	148
同姚天逋、王叔餘、李雪田、楊子野、趙碩言納涼黃鶴樓，次雪田韻	148
七夕暴漲偶成	148
次答林果存南郡見寄	148
次答魏松巖名師段，湯陰縣令	149
懷孫爾仁	149
山中柬江洲諸子	149

江行將之下雉	149
泊蘄陽龍磻磯	150
中秋客下雉文昌祠，同林果存、魏松巖夜飲	150
將之嵩，阻雨不能發，復值鄉人邀飲	150
嵩遊不果，阻雨準提菴，值元初大師自西陵見訪，因訊蔡濬之、魯振公、戴公制伯仲	150
將之潍陽，寄別江洲諸子	151
將之潍陽，留別江上友人	151
壽昌元旦試筆寄晦山大師 以下《萊遊草》古近體詩五十七首	151
蕪湖飲吳泰孫即事	152
浦口遇祥菴上人，見杜思退先生題字，祥菴亦楚人也	152
泊金陵，望鍾山不見	152
宿寒亭	152
客宿希原園亭	153
題黃金閒碧玉竹 有引	153
獨酌希原壁間	153
正月廿八日寄懷漁臺先生 是日爲先生初度，兼憶峙鉉先歸，得前祝也	153
潍陽清明	154
清明同貞木口占二首	154
旅舍感懷擬周峙鉉	154
寄懷鄧識韓 是年識韓讀書螢閣	155
孤山 伯夷避紂處	155
渭水谿 太公避紂處	155
宿石佛菴	155
懷官公暘初先生 先生，瀠父友也。登萬曆戊戌進士，由潍令以黃門徵，爲名臣，有奏議及詩文行世，見其棟間題字，拜而詠之	156
寄懷周峙鉉	156
天中有感	156

天中歌	156
六月別邸舍牡丹	157
季夏送貞木之萊州	157
子貢楷	157
客中有贈	157
秋日晚霽寄懷郭三益	158
次韻答鄧識韓	158
思歸同幕皋分韻	158
登蓬萊閣二首	158
將別貞木贈之	159
別貞木二首有引	159
貞木、幕皋俱未成行，與浙中二友作客青州，復此招之	159
九日	160
輓魏篤臣四首有序	160
新春泊潯陽遲千頃歸舟不及	161
天中前一夕同貞木、幕皋小飲	161
同武陵徐子玉、許長楊晚話濯纓橋	161
寄贈千頃督學燕台	161
濰陽張仙客送余歸山	162
晚泊道士洑	162
寄別歸宗	162
舟泊壽昌，同表弟詹圖先、嚴明守歲，兼呈梅邱姑翁	162
半舫齋詹梅邱先生歸隱壽昌處	163
五月十二日貞木初度	163
秋夜有感兼懷王叔餘	163
懷貞木阻雨青州	163
秋曉	164
雪夜同來郎小飲	164

泗川道中曉發 …………………………………… 164
濰陽道中 ……………………………………… 164
夏廷生南歸，柬致貞木、幕阜二首 ………………… 165
雪夜泊赤壁次殷玉城韻。○以下《汝東吟》古近體詩四十三首 …… 165
積雪過吳章嶺，懷王子雲舊居 …………………… 166
五老峯二首 …………………………………… 166
寄韋承公五旬初度 ……………………………… 166
題畫 ………………………………………… 166
漁臺先生垂問，依韻奉和 ………………………… 167
登滕王閣有序 ………………………………… 167
東湖懷古四首次巫巒稌元韻 …………………… 167
讀王子雲過亡弟媿孝故廬之作，哀而和之 ………… 168
寄祝蕭汝成五旬初度 ……………………………… 168
寄祝張少華七旬 ……………………………… 168
有贈 ………………………………………… 169
偶讀少陵"詩成吟咏轉淒涼"之句，再次前韻 ……… 169
夢亡弟媿孝二首 ……………………………… 169
過漸嶺 ……………………………………… 169
夜泊南康 …………………………………… 170
潯陽聞笛 …………………………………… 170
曉過富川 …………………………………… 170
懷高壁雲 …………………………………… 170
坪江晤王晉臣，即席賦贈 ………………………… 171
冬夜偶成 …………………………………… 171
元夕感懷 …………………………………… 171
早春登會龍菴佛閣 ……………………………… 171
懷友人阻雨章江 ……………………………… 172
迎春前一日雪限寒字 …………………………… 172

初春即事 …… 172
　　曉望廬山 …… 172
　　選寓 …… 173
　　送鄭亦懷入都兼致千頃 …… 173
　　病 …… 173
　　秋夜限韻二首 …… 173
　　晚秋喜裴獻奎攜尊見過 …… 174
　　桃花 …… 174
　　清明同友人踏青會龍菴 …… 174
　　初夏同友人載酒會龍菴 …… 174
　　同吳巢微小餘因寄王汝風 …… 175
　　重九日前二日 …… 175
　附錄 …… 175
　　《樂志齋存詩》序一 …… 175
　　序二 …… 176
　　序三 …… 176
　　魏公韓雲菴。題贈汪漪公 …… 177
　　朱日濬菊廬。送汪漪園之團洲序 …… 178
　　林之華果存。哭汪漪園近體七言四首 …… 179
　　漪園先生事略 …… 180

增訂桃潭合鈔正集卷第三 …… 183

商聲集 …… 183
　　秋興 …… 183
　　擬古 …… 183
　　與若林姪夜話 …… 184
　　憶昔 …… 184
　　柬友 …… 184
　　書感 …… 184

感事 用若林姪夜話元韻 ·············· 185

聞警 ························· 185

題保丞四兄醉梅詩卷後 ·············· 185

甲寅生日誌感 ···················· 186

夏日從外舅曾眉三先生遊普岡 ············ 186

喜邑侯葛毅山擊走倉埠賊 ·············· 187

自嘲 ························· 187

送萬甦丁茂才 名鼎權 ·············· 187

贈彭彤軒茂才 ···················· 187

寄彭似齋 ······················ 188

和静軒兄秋宵感懷元韻 ··············· 188

訪静軒兄不遇 ···················· 188

讀鶴年二叔仁村初草題後 次保丞韻 ·········· 188

艃划子棹歌 ····················· 189

讀《莊子》 ····················· 189

理琴謡 以下《葆素堂詩集》 ············· 189

春歸怨 ······················· 189

暮春 ························· 189

感懷 ························· 190

暮春吟 ······················· 190

春遊 ························· 190

燕巢空 ······················· 190

無題 ························· 191

三月正當三十日 ··················· 191

古桃花源 ······················ 191

春日偶成 ······················ 191

漁父曲 ······················· 191

贈雲舫宗兄二首 ··················· 192

閒步	192
小憩	192
月夜登赤壁	192
赤壁磯	193
對月懷友人	193
漁家	193
失志	193
曉發	194
湖上懷人	194
醉	194
雨後漢江晚眺	194
望青山	194
晚行即景	195
嘲道人	195
村居雜咏 全用上平韻，十五首並序	195
厭世	197
風長	197
遊仙曲	197
弄潮曲	197
不寐	198
晚步	198
薄暮	198
曉吟	198
言懷	199
寄余紫雲	199
文閣即景	199
江行	199
登青雲塔	200

閨怨	200
遣興	200
題畫	200
題畫	201
詠荷花 限牛字	201
秋夜偶成	201
江行	201
秋夜有感	202
舟中即景	202
壽王節母	202
冬夜雨聲不歇	203
食蜜咀梅子戲作	203
新歲	203
春陰	203
擬東坡南堂五首	204
秋懷 用尤西堂韻	204
登黃鶴樓	205
和黃鶴樓壁間詩	205
冬日寄余紫雲	206
偶成	206
戲贈	206
長歌續短歌	206
野望	207
新洲河中	207
風雨獨坐	207
舟泊洞門嘴	207
贈余亦陶	208
陽邏阻風	208

雪夜	208
贈李道人	208
偶成書鄉墨後	209
豐樂寺晚眺	209
贈豐樂寺僧	209
花朝	209
仙棗亭謁純陽睡像	210
寒夜	210
小立	210
憶梅	210
盼雁	211
對月	211
古意	211
武磯	211
對酒	212
夏日雨中雜詠	212
孤鶴吟	212
偶成書贈余亦陶	213
從軍行	213
黃陂道中	213
冬夜	213
附錄	214
增訂桃潭合鈔正集卷第四	217
湖上閒吟	217
庚寅春日偶成	217
春宵人不寐七排八韻	217
詠史	218
馬上望隆中山	218

樊城漫興 …………………………………………………… 218

光化學署呈外舅張友溪夫子_{名元諒} …………………… 218

冬夜 ………………………………………………………… 219

湖西煙嶺_{阜山八景八首} …………………………………… 219

社北虹橋 …………………………………………………… 219

準提暮鼓 …………………………………………………… 219

漲渡輕帆 …………………………………………………… 220

桃園春豔 …………………………………………………… 220

桂苑秋香 …………………………………………………… 220

漁村晚照 …………………………………………………… 220

並阜晴嵐 …………………………………………………… 221

惜花 ………………………………………………………… 221

登黃鶴樓口占 ……………………………………………… 221

贈程濟齋_{濟齋工醫，詩亦饒有風趣} ………………………… 221

村居 ………………………………………………………… 222

和小山弟秋初分菊贈玉峯弟原韻 ………………………… 222

遊西山 ……………………………………………………… 222

月夜泛舟過江，登武昌西山絕頂，望黃州赤壁有感 …… 223

秋夜登赤壁二賦堂 ………………………………………… 223

癸未授徒曉園，早梅一株被人竊去，不能無詩 ………… 223

春日偶成即寄小山弟 ……………………………………… 224

擬顏延年應詔讌曲水詩八首_{原韻} ………………………… 224

曉園桂樹已三次着花矣 …………………………………… 225

遊智林邨 …………………………………………………… 225

寄小山 ……………………………………………………… 225

竹樓懷古 …………………………………………………… 226

拜漪園公墓_{公，明季廩生，鼎革後隱居阜山，嘯歌自娛，傳載邑志}… 226

擬蘇子瞻㧕馬歌_{原韻} ……………………………………… 226

擬蘇子瞻南堂五首原韻 …… 227

擬蘇子瞻東坡八首原韻 …… 227

蘇公暗井歌 …… 228

雪堂義墨歌 …… 229

傷春 …… 230

釣叟 …… 230

九日偕朝珩弟遊西山 …… 230

重陽 …… 230

村居 …… 231

讀書吟 …… 231

自遣 …… 231

白鬚歎 …… 231

哭曾姬二首 …… 232

哭女二首 …… 232

漪園公故里 …… 232

貧士歎 …… 233

移居 …… 233

山居即事 …… 233

夜泊湖山 …… 233

鸚鵡洲弔禰正平 …… 233

自宜城至襄陽城馬上口占 …… 234

同陳秀之元發。任小齋顯烈。春門弟復三。至南嶽廟賞菊 …… 234

春閨 …… 234

晚晴 …… 235

詠蒲 …… 235

命易生用鵠送詩至小山館中，口占以贈 …… 235

贈別二首 …… 235

晨起看菊，喜而有作 …… 236

睡起 ………………………………………………… 236

北窗 ………………………………………………… 236

題扇上峽蝶圖，次小山弟韻 ……………………… 236

望湖西山 …………………………………………… 237

夜行 ………………………………………………… 237

辛巳春曉 …………………………………………… 237

湖居即景 …………………………………………… 237

九日賞菊，次小山弟韻 …………………………… 237

春日訪魏霽潢，道沇。歸途得長歌一首 ………… 238

桂 …………………………………………………… 238

春門弟自中州歸，過曉園題桂，依韻和之 ……… 239

萬佛舟家福。來館 ………………………………… 239

秋風 ………………………………………………… 239

鳳凰墩弔杜于皇先生 ……………………………… 239

謁鄧扶風先生廟 …………………………………… 240

甲申重到曉園 ……………………………………… 240

春遊 ………………………………………………… 240

閨詞 ………………………………………………… 240

野望 ………………………………………………… 240

秋夜 ………………………………………………… 241

留別萬生邦士伯仲 ………………………………… 241

宿團風鎮 …………………………………………… 241

東坡梅 ……………………………………………… 241

蘄竹簟 ……………………………………………… 241

過亡友書舍 ………………………………………… 242

乙酉鄉試不遇 ……………………………………… 242

書齋夜坐 …………………………………………… 242

哭松雲夫子有序 …………………………………… 242

贈李勤齋 …………………………………………… 243

戊子因病不赴鄉試 ………………………………… 243

雁 ……………………………………………………… 243

庚寅率姪久孚假館王氏祠 ………………………… 243

夏夜偶成 …………………………………………… 244

阜山演劇 …………………………………………… 244

贈武昌陳植亭，位三。次春門、小山兩弟韻三首 …… 244

植亭別後再用前韻率成三首 ……………………… 244

辛卯五月大水 ……………………………………… 245

病中寄內姪張曉邨和煦 …………………………… 245

代祝施輔亭暨配王孺人六十 ……………………… 245

登山 ………………………………………………… 246

癸巳七月大水 ……………………………………… 246

辛丑六月大水 ……………………………………… 246

有贈 ………………………………………………… 247

輓魏我百錫朋 ……………………………………… 247

戊申水更大 ………………………………………… 247

己酉春日紀事 ……………………………………… 248

閏四月大雨 ………………………………………… 248

淫雨不止，水勢又在戊申之上 …………………… 248

庚戌二月齊安旅舍即景 …………………………… 248

鸚鵡 ………………………………………………… 249

小齋海棠已謝 ……………………………………… 249

蒼藤 ………………………………………………… 249

酒 …………………………………………………… 249

六十初度感懷四律並序 …………………………… 249

七十自壽 …………………………………………… 250

八十自壽 …………………………………………… 251

附録 ·· 251
增訂桃潭合鈔正集卷第五 ··············· 254
　　新甫詩草 ·· 254
　　　擬蘇東坡定惠院海棠_{七古} ············ 254
　　　贈胡筱泉_{瑞瀾，武昌人。同年二律} ········ 254
　　　屈原 ·· 255
　　　禰衡 ·· 255
　　　王粲 ·· 255
　　　龐統 ·· 256
　　　杜預 ·· 256
　　　陶侃 ·· 256
　　　庾亮 ·· 256
　　　杜甫 ·· 257
　　　元結 ·· 257
　　　孟浩然 ·· 257
　　　無絃琴_{與同人消夏分詠得此題} ············ 257
　　　上巳日郊遊 ································ 258
　　　晚過鵝黃渡 ································ 258
　　　山花 ·· 258
　　　將之山右感懷 ···························· 258
　　　題旅店壁 ···································· 259
　　　旅感 ·· 259
　　　別家詞 ·· 259
　　　題二十四孝畫圖_{錄十二首} ············ 260
　　　農家樂 ·· 261
　　　農家苦 ·· 261
　　　東方朔割肉 ································ 262
　　　關西大漢唱大江東去 ················ 262

擬顏延年《五君詠》以下江漢書院課士題擬作 …… 262

冬窗四詠 …… 263

怡亭銘拓本跋尾 …… 263

赤壁八景八首 …… 264

和星垣兄六十壽詩錄二 …… 265

和星垣兄八十壽詩原韻 …… 265

附錄 …… 266

增訂桃潭合鈔正集卷第六 …… 267

小山詩草 …… 267

聞歌 …… 267

雪堂懷古 …… 267

陳墩 …… 267

和徐熙廬七古 …… 268

蘄竹簞 …… 268

東坡梅 …… 268

遊西山 …… 269

寄李玉泉 …… 269

回文詩一首 …… 269

和萬柳宮詩 …… 269

送二兄北上 名引芝，號九畹 …… 269

贈邱生 …… 270

秧針 …… 270

咏史四首 …… 270

偶題 …… 271

清明 …… 271

贈陳位三八首錄四 …… 271

立春後一日作 …… 271

賞瑞香花 …… 272

雜吟	272
舊思	272
春興三首錄一	272
晚眺	272
詩本	273
贈友人十六首錄一首	273
寄友	273
雪	273
和張敬道	273
春閨怨	274
接松雲師寄大兄書有感	274
留別同人二首錄一	274
詠岳武穆事三首錄二	274
遊化樂寺	275
偕高生晚眺	275
大士閣	275
對花懷人	275
秋閨怨	275
送友	276
同高生步月至土城	276
咏柳	276
舊院	276
先慈諱日五首錄二	277
懍齋	277
初晴	277
咏蝶	277
思親二首錄一	278
和張開第	278

和張開第吟花月 …………………………………… 278
　　生理 ……………………………………………… 278
　　和星垣兄八十壽詩四首原韻 ……………………… 279
　附録 ………………………………………………… 279
增訂桃潭合鈔正集卷第七 …………………………… 280
　中州集 ……………………………………………… 280
　　白銅鞮歌 ………………………………………… 280
　　擬李太白襄陽大堤歌 …………………………… 280
　　野鷹來曲 ………………………………………… 280
　　上堵吟 …………………………………………… 281
　　從軍行 …………………………………………… 281
　　丙戌除日 ………………………………………… 281
　　雪中喜海平七弟回家，時避兵河南，用東坡聚星堂詩韻 …… 282
　　養東兄以襄陽風月圖見貽 ……………………… 282
　　爲養東兄賦伏波將軍銅鼓歌 …………………… 283
　　雙烈行並序 ……………………………………… 283
　　郭烈女行 ………………………………………… 284
　　中秋夜雨中感賦 ………………………………… 284
　　擬東坡定惠院海棠詩元韻 ……………………… 285
　　擬昌黎鄭羣贈蘄州竹簟詩元韻 ………………… 285
　　祭竈日戲作 ……………………………………… 286
　　紅梅用東坡和秦太虛梅花詩韻 ………………… 286
　　蝗蟲謠 …………………………………………… 286
　　擬山谷松風閣閣在武昌 ………………………… 287
　　雨後偶成 ………………………………………… 287
　　雷雨 ……………………………………………… 287
　　元日北風大作，寒甚，微雪 …………………… 287
　　玉卿姪小試戰北，以詩慰之，並乞梅花 ……… 288

洲中即事	288
感懷	288
八月菊	288
秋窗漫興	289
二月朔日春分	289
乙丑元日，用雨人姪韻	289
黄鶴樓	289
接麗甫入泮之信	290
壬申除夕	290
癸酉元日	290
張睢陽祠	290
九日展墓	291
夜坐	291
歲晚書懷	291
感事	291
遣興	292
新奇	292
重陽	292
八月十日雨人姪三十初度	292
冒雨渡江至陳氏宗祠視雨人疾，因攜菊歸	293
避水陶店	293
水退還洲居	293
九日	293
微雨	294
戊辰除夕	294
己巳元日雨中試筆	294
立春雪霽，竹孫冠禮告成，紀之以詩	294
丁丑元日	295

雨人姪寄到秋闈制藝，許其必中，竟作遺珠，詩以慰之 …… 295

人日聞賊入揚州 …… 295

穀日江頭小步 …… 296

戊子重陽感懷 …… 296

八月二十六日夜雷雨 …… 296

嘉平三日微雨 …… 296

周南軒茂才染病，就予醫治，歸舟竟抱汨羅之痛，詩以弔之 … 297

禰衡 …… 297

杜預 …… 297

習鑿齒 …… 297

郭璞 …… 298

午窗獨坐 …… 298

去臘折梅插瓶中，試燈風起，暗香未歇，亦一快事也 …… 298

杜茶村先生祠 …… 299

赤壁懷古 …… 299

除夜 …… 299

詠梅 …… 299

九月三日微雨 …… 300

黃菊 …… 300

紅菊 …… 300

慶餘堂杏 …… 300

消寒詞 …… 301

赤壁當年夜泛舟 …… 302

江漲移居 …… 302

附錄 …… 302

種樹山館詩跋 …… 302

增訂桃潭合鈔正集卷第八 …… 305

延茀堂詩草 …… 305

春雨兼旬，小窗兀坐，仿香山體，得詩十四首	305
兩女將軍行	306
懷古十首	307
鄂渚	307
南浦	307
郎官湖	307
黄鶴樓	308
晴川閣	308
洪山塔	308
賀文忠祠	308
葉忠節祠	309
胡文忠祠	309
曾文正祠	309
航海放歌	309
海上贈劉石清	310
荒寺僧談龍華會故事	310
壯士行	311
南樓夜月	312
登黄鶴樓放歌	312
冬夜悼亡内子陳宜人勤儉持家四十年，甫到福州官廨，病殁。	
時予權知政和，未能親理衣棺，可哀也已	313
爲朱星河題畫牡丹帳額	314
蕭六姑行	314
祝徐乃秋觀察七十壽	315
雪中上徐乃秋觀察，用東坡聚星堂詩韻	316
贈熊晉閣先生鄂岸榷運局長，前黄岡知縣，河南商城人	317
秦良玉錦袍歌	318
甲寅正月大雪，用東坡聚星堂雪詩韻	318

廈門烈婦吟 ………………………………………… 319

杜茶村先生畫像 …………………………………… 319

瓜圻覽古 …………………………………………… 320

擬韓昌黎感春四首 ………………………………… 320

楊妃雙魚鏡歌 ……………………………………… 321

擬放翁九月一日夜起讀詩稿原韻 ………………… 321

長安子弟避暑會歌 ………………………………… 322

平泉莊賞紅紫桂經心書院山長李筐軒課士題 …… 322

擬韓昌黎《石鼓歌》 ……………………………… 322

祝周試笙七十壽 …………………………………… 323

送趙石卿之天津 …………………………………… 324

贈寶勝上人 ………………………………………… 324

秦王島望山海關諸形勝，時壬寅上元，乘火輪車一日行
　　七百里抵天津 ………………………………… 324

出京口號 …………………………………………… 325

和劉石清感懷韻 …………………………………… 325

祀竈日憶麗甫弟 …………………………………… 325

初到政和 …………………………………………… 325

贈陳濟堂廣文 ……………………………………… 326

謝椿谷太守以六字聯見贈 ………………………… 326

別政和 ……………………………………………… 326

送劉雅賓太守入覲 ………………………………… 326

彭太守見紳生日 …………………………………… 327

閩海關曉渡 ………………………………………… 328

興化道中 …………………………………………… 328

木蘭陂寫景 ………………………………………… 328

陳叔荷寄鄉物 ……………………………………… 328

和徐渭川明翠閣九日登高原韻 …………………… 329

和乃秋觀察謁大忠祠即文信國祠，旁列六像，皆同時殉難閩中者 …… 329
書懷時右股生大疽 …… 329
憶麗甫十弟 …… 329
憶繡如妹 …… 330
憶多祜女 …… 330
謁文信國祠在延平府城北，傍有朱子祠，陪享六人皆殉難閩中，
　公幕府中居其半焉 …… 330
木棉庵弔古在漳州府城南二十里，鄭虎臣殺賈似道於此，
　土人云夜深時有鬼火照人。見周亮工《閩小記》 …… 330
和張貢父知事留別黃岡二律 …… 331
送麗甫十弟之維揚 …… 331
申江除夕 …… 331
擬杜詠懷古跡 …… 332
和劉石清都門春暮書懷韻 …… 333
和周實之寄懷原韻 …… 333
楚北論詩 …… 334
題畫絕句二首 …… 336
閔家集觀劇時演岳鄂王故事 …… 336
端陽前二日書懷 …… 337
秋雨觀小園種菜經心山長課士題 …… 337
黃州竹枝詞 …… 337
秋蝶 …… 338
汀州會館觀劇 …… 339
小游仙同人夜集，分韻得此題 …… 339
訪劉廣文，折梅兩枝歸插瓶中，分韻得詩二首 …… 339
　　紅梅 …… 339
　　綠梅 …… 340
菱湖觀漁 …… 340

上巳日聞顧子清將至並柬朱星河 …………… 340
　　謁曾文正公祠五排二十韻 …………… 340
　　種竹 …………… 341
　　上元夜對月 …………… 341
增訂桃潭合鈔正集卷第九 …………… 342
　養雲山房詩存 …………… 342
　　中秋夜望月 …………… 342
　　送李勤甫茂才入蜀 …………… 342
　　送別梅玉峰 …………… 342
　　春日偶成 …………… 343
　　秋夜醉後放歌 …………… 343
　　自君之出矣 …………… 343
　　蘭堂消夏詞 …………… 343
　　雨後 …………… 344
　　小飲 …………… 344
　　題書齋壁 …………… 345
　　紀夢 …………… 345
　　夢遊泰山歌 …………… 345
　　漢江舟中 …………… 346
　　擬子夜歌 …………… 346
　　新州旅舍晤梅瑞石 …………… 346
　　秋夜枕上口占 …………… 346
　　倒河曉發 …………… 346
　　黃安道中 …………… 347
　　宿梅店 …………… 347
　　謁禰正平墓 …………… 347
　　感懷 …………… 347
　　寒食上塚行 …………… 348

寄李言齋明府蜀中	348
讀《紅樓夢傳奇》書後	348
散步	349
戰馬歌紀多將軍舉濱破賊事	349
秋夜	350
登黃鶴樓	350
江村晚霽	350
七夕寄內	350
刺蚊	351
郊行	351
春日即事	351
少年行	351
病眼戲作	351
九日阻風漲渡湖	352
送小文兄入蜀	352
春閨曲和宋于亭司馬	352
蘭堂偶成	352
九月二十五日自陽邏買舟歸里，途次風浪大作，退守團風鎮	353
題家鶴年叔《雲夢澤南詩草》	353
春日即事	353
七月既望，同梅玉峰、虞臣兄，聖菴、烺夫兩姪泛舟月下，寄鶴年叔	354
雙烈女詩有序	354
家泹珊弟招同梅玉峰，鶴年叔，小文、静軒、保丞諸兄飲於嘯月山房，歸後卻寄	355
小園步月，忽聞花外琴聲	355
鸕鶿捕魚歌	355
詠柳	355

七夕	356
薄命曲_{有序}	356
春日家居和梅玉峰韻	357
題畫	357
春閨	357
詠史_{十首錄六}	358
病起	358
雜詩	359
旅夜	359
客中書感	359
新年梅花下作	360
送春詞	360
己巳重修黃鶴樓落成	360
立秋日作	361
醉歸	361
江村晚眺_{六言}	361
七夕	361
送祝漁青之漢中	361
參透	362
除夕	362
丙寅避難鄂城書感	362
題畫松	363
春日即事和祝漁青原韻	363
次日再疊前韻	363
離家時作	363
盼家書不至	364

增訂桃潭合鈔正集卷第十 ····· 365
    夢唐集 ····· 365

古體五言二十六首 …………………………………………… 365
 短歌 …………………………………………………………… 365
 宿世 …………………………………………………………… 365
 讀李杜詩 ……………………………………………………… 366
 留別劉幼丹先生 ……………………………………………… 366
 再留別 ………………………………………………………… 366
 見雛兒笑 ……………………………………………………… 367
 妾薄命 ………………………………………………………… 367
 赤壁懷古_{嘉魚} …………………………………………… 367
 狂歌 …………………………………………………………… 367
 閒寫 …………………………………………………………… 368
 寓言 …………………………………………………………… 368
 戲作示學生 …………………………………………………… 368
 幻言 …………………………………………………………… 368
 覺言 …………………………………………………………… 369
 思歸 …………………………………………………………… 369
 醉後偶歌 ……………………………………………………… 369
 鄙夫辭 ………………………………………………………… 369
 對酒 …………………………………………………………… 370
 春日擬古 ……………………………………………………… 370
 擬思 …………………………………………………………… 370
 醉後狂書 ……………………………………………………… 371
 野歌 …………………………………………………………… 371
 夢中得句 ……………………………………………………… 371
 秋日擬古 ……………………………………………………… 371
 秋懷 …………………………………………………………… 372
 戲詠蝴蝶 ……………………………………………………… 372
古體七言十八首 …………………………………………… 372

遊洪山	372
暮春行	373
壽徐行可母夫人六十_{正月七日}	373
重九前一日醉書	374
重九前二日寄傅治鄉_{己未}	374
寄覃孝方	375
冬夜不寐，口占與曾若愚	375
范烈婦哀詞	376
狂歌	376
別故鄉	376
壯士歌	377
半夜歌	377
讀李白詩	377
書魏武短歌後	377
金谷園歌	378
青青松	378
跑馬場歌	378

近體五言三十首 379

黃鶴樓晚眺	379
紀張母熊烈姑事	379
送別友人_代	381
秋分	381
三月三日出東城小遊	381
偶詠	381
春遊	382
孔子生日作	382
漫興	383
送別陳裕侯	383

  喜見陳裕侯 …………………………………………… 383

  江樓 ………………………………………………… 383

  小徑 ………………………………………………… 384

  感懷 ………………………………………………… 384

  讀杜茶村集 ………………………………………… 384

近體七言一百九十九首 …………………………………… 385

  九日登江樓 ………………………………………… 385

  九日上黃鶴樓戊辰。四首錄三 ……………………… 385

  己巳九日題黃鶴樓 ………………………………… 385

  上元日上黃鶴樓 …………………………………… 386

  春日登黃鶴樓走筆四首錄三 ……………………… 387

  九日登高庚午。四首錄二 …………………………… 387

  送別 ………………………………………………… 387

  早向書齋路中口占 ………………………………… 388

  八月十七日黃鶴樓晚眺 …………………………… 388

  黃鶴樓弔古 ………………………………………… 388

  黃鶴樓感題 ………………………………………… 389

  九月廿六日登黃鶴樓 ……………………………… 390

  黃鶴樓寫意 ………………………………………… 390

  孟冬登鶴樓 ………………………………………… 391

  季秋登黃鶴樓有感 ………………………………… 391

  黃鶴樓偶書四首錄三 ……………………………… 392

  庚午十月上黃鶴樓 ………………………………… 392

  九日登高癸亥 ……………………………………… 393

  江樓感懷 …………………………………………… 393

  黃鶴樓偶書二首錄一 ……………………………… 393

  五月朔日登黃鶴樓 ………………………………… 393

  黃鶴樓感題丁卯 …………………………………… 394

題黃鶴樓 …… 394
又題 …… 394
重陽前一日述懷 …… 395
重九書懷 …… 395
九月十四日上黃鶴樓丁卯 …… 395
九日辛酉 …… 396
九日登小樓戊申 …… 396
黃鶴樓晚立丁未 …… 396
劉慎武攜兒輩遊黃鶴樓，詩以遺之 …… 396
清明壬戌 …… 397
清明攜兒出遊 …… 397
寒食 …… 397
清明丁卯 …… 398
寒食 …… 398
清明放學出遊 …… 398
戊辰清明 …… 398
花朝丁卯 …… 399
花朝走筆乙丑 …… 399
戊辰花朝時館漢上 …… 400
丁卯除夕 …… 400
戊辰元旦四章選二 …… 401
元宵二首選一 …… 401
生日感懷四章選二 …… 401
生日偶書四章選三 …… 402
叔父生日感作四月初十日。四章錄二 …… 402
代洪一樓六十自壽四章選一 …… 402
壽洪一樓四首錄一 …… 403
代王小獏與黃季剛小獏爲黃內弟 …… 403

示兒	403
感懷	404
清明漫寫己巳	404
又到此詩戊申年作	405
書齋獨坐，感思故友童幼山	405
讀忠武王集感書	405
無題	406
遣懷	406
不寐口占	406
冬夜感懷	407
時移	407
春遊遣興	407
江上有感	407
昨夜大雪，今朝踏雪上黃鶴樓	408
與童敬之有序	408
雪中遣懷	409
雪	409
上巳日寫	410
清明	410
元日試筆	411
元宵	411
歲暮留別及門弟子十首錄三	412
庚午生日	412
夢中有詩似自壽者四首錄二	413
除夕雷且雪，元旦書四律	413
春日上黃鶴樓	414
黃鶴樓寫景	414
和周樂菴六十述懷元韻	415

和疊韻 …… 416
雜感 …… 416
閒居 …… 417
夜吟 擬作 …… 417
夜景 …… 417
秋夜悵吟 …… 418
春日即事 …… 418
和陳都欽七十自壽元韻 四首錄二 …… 418
疊韻 …… 418

絶句 五言二十八首 …… 419
　當年 …… 419
　感懷 …… 419
　客感 …… 420
　夜思 …… 420
　示弟子 …… 420
　古意 …… 420
　夢 …… 420
　憶雙親 …… 420
　憶髮妻 …… 421
　思故室 …… 421
　閒寫 …… 422
　偶言 …… 422

絶句 七言六十八首 …… 422
　黃鶴樓雜詠 …… 422
　黃鶴樓偶寫 …… 423
　題睡仙亭 …… 423
　舟行途中偶題 …… 424
　歸行途中 …… 424

題漁舟圖 …………………………………… 424

　　釣徒 ………………………………………… 424

　　家人催酒冷，漫應之 ……………………… 424

　　補夢中作 四首錄一 ………………………… 425

　　偶感 ………………………………………… 425

　　感舊 ………………………………………… 425

　　荷葉 ………………………………………… 425

　　四更 ………………………………………… 426

　　柴門 ………………………………………… 426

　　偶興 ………………………………………… 426

　　醉後讀梅村詩寫感 ………………………… 426

　　寫懷 ………………………………………… 426

　　讀史偶書 …………………………………… 427

　　夜雨不寐，枕上口占 ……………………… 427

　　閒居口占 …………………………………… 428

　　遊赤壁拜東坡像 …………………………… 428

　　七夕 ………………………………………… 429

　　論詩口占 …………………………………… 429

　　江上歌 ……………………………………… 430

　　感書 ………………………………………… 430

　　寒食 ………………………………………… 430

　　題劉氏書齋 ………………………………… 430

　　秋夜感書 …………………………………… 431

　　聞磻漁兄跌足，詩以慰之 ………………… 431

四言二首 …………………………………………… 431

　　夜歌 ………………………………………… 431

　　夏坐書齋看雲戲寫 ………………………… 432

六言二首 …………………………………………… 432

遣興 …………………………………………… 432
五言排律一首
　憶父十二韻 ………………………………… 432
七言排律一首
　示兒十二韻 ………………………………… 433
附錄 …………………………………………… 433

增訂桃潭合鈔正集卷第十一 ……………… 437
景蘇堂詩集 ………………………………… 437
卷一　儲園詩集 …………………………… 437
湖天書景 …………………………………… 437
古劍甲申經心課題 ………………………… 437
古硯 ………………………………………… 438
古畫 ………………………………………… 438
古書 ………………………………………… 438
咏燈花 ……………………………………… 438
納涼 ………………………………………… 439
春日即景 …………………………………… 439
訪仙舫不遇 ………………………………… 439
咏扇 ………………………………………… 439
憤時 ………………………………………… 440
醉中吟 ……………………………………… 440
訪程君藍田 ………………………………… 440
甲午春日感懷八首錄二 …………………… 440
贈江南友 …………………………………… 441
甲子花朝七古 ……………………………… 441
課子 ………………………………………… 441
遣興 ………………………………………… 441
大旱憫農 …………………………………… 442

甲午重陽 …………………………………………… 442

金銀花 ……………………………………………… 442

鳳仙花 ……………………………………………… 442

田家鎮觀操 ………………………………………… 442

菊感 ………………………………………………… 443

菊興 ………………………………………………… 443

舟過黃石港口占 …………………………………… 443

別武昌即事 ………………………………………… 443

丙申豫章學幕，次韻和劉文山光煥《白蓮花詩》八首．茲錄其四

　　時劉官江西縣令，被議改降，賦詩見志，屬予和作，故詩中云之 … 444

贈劉幹丞軍門 並附和作一首 …………………………… 444

過韓侯嶺 …………………………………………… 445

寄次子翔，時翔宰信陽，有室人懷孕，故及之 ………… 445

感懷 ………………………………………………… 445

贈某公 ……………………………………………… 445

己未十月十日爲余生辰，遊漢口新市場有感 …… 446

卷二　穌聲堂詩集 …………………………………… 446

憶友 爲襄陽趙子元作 ……………………………… 446

赴齊安途中口占 …………………………………… 446

湖上排悶 …………………………………………… 447

追憶辛丑七月十三日舊作 ………………………… 447

小園閒賦 …………………………………………… 447

無題 ………………………………………………… 447

山行 ………………………………………………… 448

縱筆 ………………………………………………… 448

庚子春遊東鄉呂純陽寺 …………………………… 448

漫興 十七字格 ……………………………………… 448

試筆 ………………………………………………… 449

夜雨書景	449
春日偶成	449
甑止水	449
湖村水漲，楊柳幾與水齊，感而賦此	450
居家閒賦	450
月下閒吟	450
水閣雜記	450
舍南野步	451
秋日雜興	451
湖天懷友	451
秋日湖村晚眺	451
十月十八日自黃安返鄉遇雨偶題	452
浠川道中見柿樹，垂子累累，紅黃可愛，口占以詩	452
別泌陽途中見山有感	452
在廈門贈胡公省闇先生原作	452
步省闇先生原韵五律一首	453
又和七絶一首	453
壬戌佛生後一日，在巴東縣署成詩二律贈羅明府	453
壬戌四月遊無源洞步羅庚甫原韵	453
再疊前韵	454
巴東勸林亭即事成律二章，有序，兼贈羅明府	454
用李太白題屈突明府廳韵贈巴東羅大令	455
五月十五日巴署書懷	455
嘅世	455
滬上竹枝詞四首	455
滬上憎暑	456
別墅即景	456
憫教	456

己巳中秋	457
己巳重陽	457
庚午端陽題	457
庚午生日省廲偶紀	457
庚午立秋有感	457
贈湖南陳山毓_{有序}	458
用中秋無月步廖鄉丈種垞原韵	459
有感	459
壬申花朝_{時在宜昌地方法院}	459
彝陵法廨春夜書懷	460
宜昌法廨即景	460
壬申佛生日月下偶題	460
壬申五月十七日月夜，同李君希仲訪張搏搖庭長兼省病	460
壬申夏四月十三夜，月明如晝，獨步園中，成七律一首	461
壬申夏四月望，雨後新晴，月光皎潔，欣而賦此	461
苦雨新晴	461
法院即景	461
感懷	462

壬申端節_{壬申余客彝陵，端節同張公搏搖、黃公道青同憩留園。後應方公院長召，同飲於味馥番菜館。與晏者達數十人，至晚始盡歡散。詩以紀之} …… 462

壬申七月九日假期_{即建寅六月六日。晚與新化曾君省三忠信步至湖濱茶肆納涼，清風徐來，致足樂也。賦五律一章以誌泥爪} …… 462

宜昌地方法院八景_{有序} …… 462

    蕉窗夜雨 …… 463
    球場夕照 …… 463
    隴首晨烟 …… 463
    茅亭夜月 …… 463

圓池淺草 …………………………………………………… 463
遠寺晚鐘 …………………………………………………… 464
書室南山 …………………………………………………… 464
羣花引蝶 …………………………………………………… 464

卷三　鳴盛堂詩集 …………………………………………… 464

春日 ………………………………………………………… 465
春雨 ………………………………………………………… 465
秋日遊黃州安國寺 ………………………………………… 465
古寺 ………………………………………………………… 465
寺中作 ……………………………………………………… 465
春日遠眺 …………………………………………………… 466
秋懷 ………………………………………………………… 466
偶誌乙未冬，夢中成七絕一章，醒而錄之，忘上二句，後補成之 …… 466
集古 ………………………………………………………… 466
萬甯縣署聽潮 ……………………………………………… 467
丙辰知河南泌源縣事，冬日出巡各區途中口占 ………… 467
庚申詣鎮平大山中祈雨偶作 ……………………………… 467
己未重陽約邑紳至信陽縣署賞菊 ………………………… 467
壬戌秋初因公赴宜昌，偶成五律一章 …………………… 467
游宜昌東山寺有感 時壬戌八月十一日 ………………… 468
癸亥於視事鍾祥之次月游明陵偶作 ……………………… 468
壽磻漁伯七十並和原韻 …………………………………… 468
庚午夏日苦熱，偶至江岸乘涼，有感而作 ……………… 468
庚午八月八日立秋，古人有一年容易又秋風之感，
　　因以是句轆轤體成七絕三章 ………………………… 469
辛未三月二十八日，同友人游黃鶴樓，竟日忘返，因步方耀庭
　　先生《人日游奧略樓》原韻成七律二章，並柬方公 …… 469
春日湖行 …………………………………………………… 470

雜興	470
壬申春因公赴大冶，偶成五律一章，並柬李華屏縣長	470
贈石灰窰富源公司劉孝移協理	470
寄仲繩弟	471
赤壁感懷	471
壽豫省某廳長之尊人七十	471

附錄 …… 472
菊芬樓詩鈔有序 …… 472
- 雨夜同諸弟讀書 …… 472
- 侍母赴粵渡海口占 …… 472
- 舟次香港有感 …… 473
- 羊垣經冬樹木不凋即賦 …… 473
- 侍祖母就養叔父信陽任，火車中口占 …… 473
- 園中芙蓉盛開，與諸弟同賦，分得來字韻，遂成五絕一章 …… 473
- 咏菊花 …… 473
- 書懷 …… 474

原序 …… 474
先府君行狀 …… 474

增訂桃潭合鈔正集卷第十二 …… 478
越蔭堂詩草 …… 478
古體五言六首 …… 478
- 赤壁懷古 …… 478
- 擬李白《關山月》 …… 478
- 庸吏 …… 479
- 簰洲蓆肆 …… 479
- 拜陶母墓 …… 479
- 生日遣懷 …… 480

古體七言十二首 …… 481

岘山懷古 …… 481

擬蘇子瞻九日黃樓作 …… 481

祝建始吴志先先生六旬雙壽並序 …… 482

捕蝗 …… 483

八駿馬 …… 483

征犬戎 …… 483

三卷書 …… 483

祈招詩 …… 484

赤壁歌 …… 484

鍾祥瑞麥吟並序。見《鍾祥瑞麥吟集》 …… 484

祝萬玉拂夏太夫人六十壽 …… 485

鵲聲穿樹喜新晴 …… 486

近體五言十七首 …… 486

紫薇 …… 486

白蓮 …… 486

瓶中黄菊 …… 486

送漢陽程太守赴襄陽新任 …… 487

寄友 …… 487

贈友 …… 487

戊午春杪感事 …… 487

和慧心道人簪蒲精舍原韻 …… 488

乙丑重來監修赤壁，泛舟夜遊 …… 488

重修赤壁蕆事，月夜偕友泛舟遊之 …… 488

和戟髯先生上巳前一日，春寒微雨，偕厚莘遊菱湖公園 …… 489

近體七言五十三首 …… 489

醜婦效顰 …… 489

題亡友田東軒存稿 …… 489

贈別劉君 …… 490

新秋 …… 490

和白海門同年立春前一日登天心閣感懷原韻 …… 490

劉孝移同年送予權知臨武事，依韻答之 …… 491

步劉孝移同年苦雨原韻時余官臨武 …… 491

姚緝吾繪墨梅相贈，並留別詩一章，依韻答之 …… 491

陶月舸道尹見示用東坡尖叉韻咏白菊詩，依韻和之 …… 492

和童堯階先生六十書懷原韻並序 …… 492

和張貢父知事解官黃岡留別元韻 …… 493

鄂城晚眺 …… 493

和呂少儒歸隱襄陽原韻 …… 493

祝曹鐵如知事尊君七十壽 …… 495

和李隱塵督辦重九登洪山塔 …… 495

祝賀元靖軍長劉太夫人七旬壽 …… 496

祝夏太夫人七旬大慶，兼賀子文、子章兄弟五十四十誕辰 …… 496

補和磻漁叔七十自壽原韻 …… 496

己巳秋節，磻漁叔寄來都欽先生七十自壽詩囑和。其時以修族譜事急，無暇執筆，且頻年奔走仕途，筆墨久疏，屢思應命，苦難成句，爰將來稿藏諸日記簿中。迄秋末少丞弟電召赴滬，事畢返漢，船中蕭索，檢得原唱次韻，勉成四律，藉破寂寥，兼以自遣 …… 497

赤壁書懷 …… 497

辛未上元節後，沈淡宕縣長招集全縣士紳行政會議，並示廢曆除夕感懷詩屬和，勉步元玉，兼以感時 …… 498

和厚莽先生辛未寒食衙齋小集 …… 498

和厚莽先生上巳前一日偕仁公遊菱湖 …… 498

絶句五言三首 …… 499

秋興 …… 499

赤壁懷東坡先生 …… 499

感時 …………………………………………………………… 499
絕句七言二十六首 ……………………………………………… 499
　　春日觀菊感懷 ……………………………………………… 499
　　春日觀芙蓉感懷 …………………………………………… 500
　　和李磻漁悼亡詩 …………………………………………… 500
　　同友人登獅子山有感 ……………………………………… 501
　　滕王閣書懷 ………………………………………………… 501
　　和林隱塵安葬雷太夫人詩 ………………………………… 501
　　赤壁新葺，壬戌重游 ……………………………………… 502
　　和潭州沈女士綺萍感懷原韻 ……………………………… 502
　　和金佐平渡江原玉 ………………………………………… 502
湘西雜咏 ………………………………………………………… 503
　　沅江遇雨，縣署四面阻水，狼藉不堪 …………………… 503
　　子民堂堂在沅江縣治，宋唐介建 ………………………… 503
　　沅江中元日書懷 …………………………………………… 503
　　南縣湖北會館同鄉諸君留飲前南縣知事，同鄉王燮丞、王牧伯、
　　　沈奎垣諸君，前後捐金，會館始得落成 ……………… 504
　　飲王君伯祥邕園王君名作善，江陵人，時委勘南華縣界 … 504
　　遊赤松亭亭在南縣治北，或云赤松子遺跡 ……………… 504
　　漢壽聞警漢壽即前清龍陽縣，時由南縣到此，沿途盜匪充斥，頗有戒心 … 504
　　中途聞某知事多嗜好，慣用酷刑，賦此引以爲戒 ……… 505
　　遊清斯亭亭在漢壽縣西 …………………………………… 505
　　善卷壇懷古壇在常德縣東南數里德山上。善卷者，唐虞時高士也，
　　　堯師事之。舜以天下讓，不受，歌曰："日出而作，日入而息，逍遥
　　　天地之間而心意自得，吾何以天下爲哉。"宋政和間，封墓立祠，賜號
　　　遁世高蹈先生，壇即先生隱處也。今城南有善卷村，釣臺在焉 …… 505
　　招屈亭亭在常德縣南沅水濱，或云三閭大夫以五月五日由黔中投汨羅，
　　　土人以舟救之，有《何由得渡河》之歌 ……………………… 506

春申君墓墓在常德縣治南 …… 506
贈馮旅長名玉祥，號煥璋，安徽人。駐兵常德，軍令嚴明，
　　商民感德不淺 …… 506
贈蔣緒周知事名化南，安徽人。勤政愛民，常德紳民歌頌不已 …… 506
贈薛局長子良名篤弼，山西人。時辦常德釐局，年未三十．精明
　　幹練，令人欽佩。兼理第十六旅旅部執法官，馮旅長極爲倚重 …… 507
中秋望月時在常德縣 …… 507
桃源弔宋漁父漁父名敎仁，號鈍初，桃源人，清肄業湖北文普通
　　中學堂，民國農商部總長，辭職後在滬被刺 …… 507
游桃源洞洞在桃源縣上游三十里，洞口有碑，鑴"秦人古洞"
　　四字，洞前後有問津亭、會仙橋、桃花潭、靖節祠、漁人從入處、
　　漁人辭去處諸名勝 …… 508
贈家信青知事名錫瑞，京兆人，時官桃源。余到桃源時款洨甚殷，
　　適值存記道尹保案出，作此以賀之 …… 508
秋夜風雨 …… 508
旅次苦雨 …… 508
感時 …… 509
生日 …… 509
生日感懷 …… 509
十月公事告竣，由桃源乘輪過洞庭湖返鄂 …… 510
　附錄 …… 510
增訂桃潭合鈔續集卷第一 …… 512
　詩一　雜言 …… 512
　　擬杜秋野五首 …… 512
　　風過簫七言排律 …… 512
　　秋興 …… 513
　　擬武侯梁父吟 …… 513
　　二十日雨中用東坡是日出東門詩韻 …… 513

展重陽日偕同人北城觀菊 …… 513

婪尾春 …… 514

春草二首 …… 514

新荷 …… 515

食甘蔗五言 …… 515

秋光 …… 516

紀恩詩五排二十二韻 …… 516

和魏雲翁漁臺 …… 516

贈王子雲 …… 517

中秋前二日邀直指季望石赤壁小集 …… 517

庚子元日同黃鼎生、曾子先登文昌閣，子先以詩見贈，依韻和之 …… 517

隆中懷古 …… 517

客金陵寄周柱明大司馬 …… 518

旅況 …… 518

夏日偶憩仙居澗，土人云六月聞梅花香，孟浩然踏雪處 …… 518

早發 …… 519

嚼雪 …… 519

漁村晚眺 …… 519

菜花 …… 519

題畫馬 …… 520

擬陶淵明和劉柴桑詩 …… 520

楊莊道中 …… 520

晚眺 …… 520

過魯雲房山居 …… 521

宿德州 …… 521

醉後題自著《補拙齋詩集》一絕句 …… 521

重九寄長兄文定 …… 521

喜雪	521
初春多陰	522
擬陶淵明和劉柴桑詩	522
秋夜呈伯父文定公	522
柳眼	523
苔髮	523
書伯祖猗園公詩後	523
黃鶴樓漫興	523
題杜茶村畫像詩	524
答鄭樗園妹丈	524
舟過赤壁	524
黃州懷古	524
有感	525
贈李承齋五十壽	525
贈邑侯李錦源	525
秋日登黃鶴樓	526
初夏夜偶感	526
庚寅元日試筆	526
嘉慶時，予任大城，幼女夭殤，藁葬於北郭外。去任四年，有過其地者，見隆然已成邱阜，蓋其民不忘去思之感而爲之也。嗟乎！予何德而民情之厚如此，賦二十八字以識之	526
和友人原韻	527
贈友	527
春日遣懷	527
黃鶴樓春眺	527
效古體	528
黃鶴樓	528
和星垣姪七十壽詩 步原韻並序	528

奉檄調解京餉，得詩二首時道光丙午春仲二日也	529
訪隱者不遇	529
醉後狂題	529
題挹珊姪《商聲集》	530
贈星垣姪七十壽	530
喜聞海上解嚴	530
晚渡黃河	530
秋雁	531
癸亥館于洲	531
和穆鶴舫師相登岱原韻	531
雪中同王魯之鄉行，喜成前律，結句貪用雪典作頌，却忘"樂天不是蓬萊客，憑仗西方作主人"，乃續後章以答其意	531
和高鏡霞同年白燕詩二章	532
次吳又桓禮闈報罷歸里道出平津韻	532
木石居詩會題詞用喜雨韻	533
題潘四梅梅花書屋圖	533
戊子秋闈分校，和徐樹人原韻	533
盧生廟睡像	534
題同年余作梅畫像二首	534
贈邑侯李蓉艖二律	534
和星垣兄六十壽詩原韻	535
和星垣兄六十壽詩原韻	535
和星垣弟六十壽詩原韻	536
由京抵家，聞植齋兄秋闈捷音	537
得植齋兄春闈捷音用前韻	537
赤壁燒兵	537
和星垣兄八十壽詩原韻	537
團扇家家畫放翁七律	538

題挹珊弟《商聲集》	538
松	539
竹	539
贈星垣兄八十壽	539
和星垣弟六十壽詩_{原韻}	540
和星垣兄六十壽詩_{原韻}	540
題挹珊弟《商聲集》	541
題挹珊兄《商聲集》	541
和星垣兄八十壽詩_{原韻}	541
武昌柳_{擬古樂府之一}	542
和星垣兄六十壽詩_{原韻}	542
贈星垣兄七十壽	543
和星垣兄六十壽詩_{原韻}	543
祝星垣宗兄七十壽	544
和星垣宗兄六十壽詩_{原韻}	544
遊俠行	545
雪羅漢用東坡聚星堂雪詩韻	545
咏紅牡丹	545
遣懷	545
舟行	546
和星垣叔六十壽詩_{原韻}	546
述懷二首	546
述古三首_{仿杜}	547
冬日書懷	547
古鏡歌	548
過賀文忠新祠，有感往事，書以紀之	548
擬謝朓《和伏武昌登孫權故城》詩_{原韻}	548
秋興八首_{用工部韻}	549

贈雷少泉	550
寄陶慶棠	550
和周樸臣原韻二首	551
贈胡筱泉二律	551
輓余梧亭舅父二律	551
哭外舅高錦屏	552
贈嚴筠亭	552
贈李春亭	552
歐碧牡丹	552
贈星垣叔八十壽	553
和祉蕃姪六十壽詩原韻並序	553
和星垣叔八十壽詩	554
和星垣伯八十壽詩並序	554
題陳樂之畫石	555
癸巳冬，應副將軍長沙舒公拜昌召，赴粵襄辦永安、長樂等縣清鄉，山行口占	555
永安道中山峽險絕，口占二首	555
癸丑春游愚園作	555
題盧生小像	556
《玉田恨史》題辭	556
前題	556
和麻城鄭潤生詩，潤生骨傲於梅，心虛似竹，昨承枉顧，遂訂知交，並和贈詩，勉作報章	557
自題小影	557
消夏吟滬俗淫侈，夏日有夜花園爲浮薄男女秘密窟，風俗之壞，莫此爲甚，感而賦之。時民國四年乙卯仲夏也	557
祝星垣叔八十壽	558
壬辰出都感懷	558

輪船歌_{用韓昌黎石鼓歌韻}…… 559
祝星垣叔八十壽_{七古}…… 559
題董硯樵觀察_{印文涘，編修，山西洪洞人，前任甘梁道。}
　　《太華衝雪圖》…… 560
和唐霞耕太守_{印昆基，前中書。由大梁乞假入都留別}_{厎韻} …… 560
與伯兄夜話有感 …… 561
余鴻甫宰黃梅，修葺鮑參軍墓 …… 561
秋雨 …… 561
喜雨 …… 562
題抱琴訪友圖 …… 562
題海棠畫幅 …… 562
秋雨 …… 562
秋風 …… 562
秋月 …… 563
秋星 …… 563
老儒 …… 563
老吏 …… 563
老將 …… 564
老漁 …… 564
和友人下第詩 …… 564
黃鶴樓 …… 565
送春 …… 565
和明錢秉鐙效淵明飲酒_{原韻} …… 565
漁磯漫興 …… 565
穉閣兄遊西蜀，集唐宋人詩寄贈 …… 566
漁村 …… 566
水漲 …… 566
諸葛草廬 …… 567

重九登高	567
夢遊廬山集唐一首	567
別海波弟	567
皋城憶弟海波	568
催菊	568
題挹珊叔《商聲集》	568
題鶴年叔祖《仁村詩草》次保丞叔韻	568
和星垣叔六十壽詩	569
遣懷	569
和星垣叔七十壽詩原韻	569
登高遠眺時客齊安	570
赤壁	570

增訂桃潭合鈔續集卷第二 ……… 571

詩二　雜言 ……… 571

輪船即目庚申赴蘇	571
過黃州懷坡公	571
過彭澤懷陶公	571
申江即目	572
家四伯父鏡汀公再任吳江，作此送行	572
遊五人墓	572
金閶門外	572
暮春有感	573
壬午客吳門，五日懷劉君雨三、宗兄蓉航	573
詠白桃花七絕五首	573
次馬當懷王勃	574
申江即目七絕二首	574
錢塘江夜行	574
春江花月夜七古十首	574

甲寅秋九月七日六十初度，作此寄慨	575
雨菊步友人詠菊詩。四首録二	576
風菊	576
蘇東坡前赤壁游七古十五韻	576
閏七月	576
送家喬年先生七律二首用何幼香壽親元韵	577
清明五律八韵	577
立秋五律八韵	577
讀王漁洋先生《白帝城謁昭烈武侯祠》	578
送友人	578
和磻漁姪七十壽詩原韻	578
道出揚州贈黄晴初廣文	578
炭圓歌張文襄試士題	579
和蘄水何泮香少尉悼亡詩原韻四首	579
由廣州至連平舟行雜詩	580
題山水畫幅	580
題鮑小安梅花册子	581
感事	581
錢仙槎六十壽，用王雨亭代徵詩四律原韻	581
過零丁洋弔文信國	582
春日感懷	582
春柳	583
漢上阻雨時丙辰八月初十日，爲雨人兄生日，欲歸不得，賦詩遣悶	583
和孝移乞菊詩	584
冬夜圍鑪，分韻得鑪字	584
遊錫福寺和劉松喬	584
沱湖晚眺	584
詠菊二首	585

家塾課孫作 ⋯⋯⋯⋯⋯⋯⋯⋯⋯⋯⋯⋯⋯⋯⋯⋯ 585

伯牙臺 ⋯⋯⋯⋯⋯⋯⋯⋯⋯⋯⋯⋯⋯⋯⋯⋯⋯⋯ 585

和星垣叔祖六十壽詩 ⋯⋯⋯⋯⋯⋯⋯⋯⋯⋯ 585

和星垣叔祖八十壽詩 ⋯⋯⋯⋯⋯⋯⋯⋯⋯⋯ 586

悼女 ⋯⋯⋯⋯⋯⋯⋯⋯⋯⋯⋯⋯⋯⋯⋯⋯⋯⋯⋯ 586

初到錢塘 ⋯⋯⋯⋯⋯⋯⋯⋯⋯⋯⋯⋯⋯⋯⋯⋯ 587

聞官軍克復武昌喜而有作 ⋯⋯⋯⋯⋯⋯ 587

赤壁懷古 ⋯⋯⋯⋯⋯⋯⋯⋯⋯⋯⋯⋯⋯⋯⋯⋯ 587

贈沈芹香 ⋯⋯⋯⋯⋯⋯⋯⋯⋯⋯⋯⋯⋯⋯⋯⋯ 588

擬東坡《雪後書北臺壁》尖叉韻 ⋯⋯ 588

鄂城懷古 ⋯⋯⋯⋯⋯⋯⋯⋯⋯⋯⋯⋯⋯⋯⋯⋯ 588

黃香扇 ⋯⋯⋯⋯⋯⋯⋯⋯⋯⋯⋯⋯⋯⋯⋯⋯⋯ 588

六十自壽 ⋯⋯⋯⋯⋯⋯⋯⋯⋯⋯⋯⋯⋯⋯⋯⋯ 589

赴川有感 ⋯⋯⋯⋯⋯⋯⋯⋯⋯⋯⋯⋯⋯⋯⋯⋯ 589

晚過荆河口 ⋯⋯⋯⋯⋯⋯⋯⋯⋯⋯⋯⋯⋯⋯ 590

江陵晚眺 ⋯⋯⋯⋯⋯⋯⋯⋯⋯⋯⋯⋯⋯⋯⋯⋯ 590

宜都晚眺 ⋯⋯⋯⋯⋯⋯⋯⋯⋯⋯⋯⋯⋯⋯⋯⋯ 590

歸州懷古 ⋯⋯⋯⋯⋯⋯⋯⋯⋯⋯⋯⋯⋯⋯⋯⋯ 590

晚泊巴東縣 ⋯⋯⋯⋯⋯⋯⋯⋯⋯⋯⋯⋯⋯⋯ 591

朝發夔門泊仙女溝 ⋯⋯⋯⋯⋯⋯⋯⋯⋯⋯ 591

冬至日阻雪 ⋯⋯⋯⋯⋯⋯⋯⋯⋯⋯⋯⋯⋯⋯ 591

小寒節譙王方伯魯薌署中 ⋯⋯⋯⋯⋯⋯ 591

安縣晤田生鼎三 ⋯⋯⋯⋯⋯⋯⋯⋯⋯⋯⋯ 591

遣懷 ⋯⋯⋯⋯⋯⋯⋯⋯⋯⋯⋯⋯⋯⋯⋯⋯⋯⋯⋯ 592

祭漪園公墓 ⋯⋯⋯⋯⋯⋯⋯⋯⋯⋯⋯⋯⋯⋯ 592

重刊樂志齋並汪氏前後諸人詩稿合訂，勉成二律 ⋯⋯⋯⋯⋯ 592

和祉蕃兄六十壽原韻 ⋯⋯⋯⋯⋯⋯⋯⋯⋯ 593

辛丑大水 ⋯⋯⋯⋯⋯⋯⋯⋯⋯⋯⋯⋯⋯⋯⋯⋯ 593

岳陽樓 … 594
秋夜伯兄偶得"雲移月似飛"之句，命續成之 … 594
湖居 … 594
漁父詞 … 594
寄渡槎弟飄萍詞 … 595
七十自壽 … 595
遊紫潭河張太公釣臺 … 595
輓劉烈婦六首錄四 … 596
有感 … 596
課子書懷 … 596
粵東黃君徵詩詠菊，勉成四律限黃、芳、央、墻、陽韻 … 597
和祉蕃兄六十壽詩 … 597
贈筱舫姪 … 598
赤壁懷古 … 598
和黃岡縣知事張貢甫留別二律原韻 … 599
丁巳秋游學鄂垣舟中有感 … 599
周瑜將臺 … 599
秋興 … 600
贈筱舫姪 … 600
長恨歌 … 600
渡海 … 601
書懷 … 602
偶書 … 602
遊子吟 … 602
贈族兄鑒堂並序 … 602
　留別 … 603
　送別 … 603
　憶歸途 … 603

伏日移館	603
夏夜獨坐	604
遣愁	604
阻雨	604
途中值雨	604
謁關夫子廟	605
翥先姪過訪，晚集游氏花園_{集成句}	605
聞大沽口捷音	605
詠寒食	605
苦旱	606
旅夜書懷_{七律}	607
獻臣家午飯次雅亭_{原韻}	607
憫鷺詩_{鷺潔白，無忤於世。有貨其毛者，鷺多被害，作詩憫之}	607
擬陶淵明歸田園居	608
自勖八十韻	608
午節同居停王君遊漢上汽梯登樓外樓歌	610
館江甯贈黃君東遊	610
和磻漁叔七十壽詩_{原韻}	610
答友人王祝二君元韻	611
和友人秋日遊武城山寺元韻	611
青龍潭_{潭在湖南桃源縣}	611
過桃源	611
讀《晉史》有感_{錄五首之三}	612
陶侃	612
庾亮	612
祖逖	612
遊洪山	612
和磻漁叔七十壽詩	613

答廬渙泉遣興五古原韻 …… 613

答周石愚贈詩原韻 …… 613

次程裕初登觀音山應元宮詠懷原韻 …… 614

次程裕初送友人北上原韻 …… 614

夜泊香港詠懷 …… 614

祝錢仲宣師六十壽詩 …… 615

阻風燕台 …… 615

輓湯濟武同年_{四首錄二} …… 615

春寒 …… 616

春陰 …… 616

黯淡灘弔古 …… 616

出東門 …… 616

尋定惠院舊址 …… 617

初八日發黃州 …… 617

出東門至禹王城訪東坡遺迹 …… 617

過漲渡湖經方一渡 …… 617

茶村故里 …… 618

舟經赤壁_{在嘉魚縣境} …… 618

月夜過洞庭湖口 …… 618

壬戌七月既望同友人泛舟赤壁 …… 619

月出東南隅 …… 619

自丁家山回團風舟中述所見 …… 619

宋仁宗寶岐殿觀刈麥五排二十韻 …… 620

鎮安_{陝西縣名}。署中秋夜有感 …… 620

和同宗筱舫原韻 …… 620

光緒戊子年舘傅家河 …… 620

祝安徽省長黃雋珊暨姜夫人雙壽 …… 621

寒食 …… 621

苦雨有作，時讀書黃州郡城 …………………………………… 622

琴心 ……………………………………………………………… 622

劍膽 ……………………………………………………………… 622

月夜聽琴 ………………………………………………………… 622

同人作消寒會，分詠得虞美人花七排十六韻 ………………… 623

擬東坡荆州十首 ………………………………………………… 623

登岳陽樓 ………………………………………………………… 624

送春 ……………………………………………………………… 624

與韓伯羣兄校中夜話 …………………………………………… 625

登錦屏山 ………………………………………………………… 625

己未二月，夢中得"三生石上證前因"之句，醒續成之
　時方校《桃潭合鈔》詩集 …………………………………… 625

壬子仲春送小兒天鈞附讀楊師澤湘塾中 ……………………… 625

癸丑桐城法校同事李君錦濤邀宴重九 ………………………… 626

中秋感懷，時客蘄水官廨 ……………………………………… 626

送吳丈重卿歸里 ………………………………………………… 626

四十初度 時佐黃陂縣署 ………………………………………… 626

曇花小影 ………………………………………………………… 627

洗竹詞 …………………………………………………………… 627

題赤壁 …………………………………………………………… 627

赤壁感懷 ………………………………………………………… 627

赤壁懷古 ………………………………………………………… 628

祝磻漁伯七十壽詩 ……………………………………………… 628

家筱舫兄兩次監修赤壁，一再編刊赤壁集，謹依兄
　《赤壁懷古》舊作原韻奉和 ………………………………… 628

東坡赤壁得家伯筱舫先生兩度重修，始復舊觀，今復重刊
　《赤壁集》，足徵崇尚風雅，不遺餘力，謹依公舊作
　《赤壁懷古》原韻奉和 ……………………………………… 629

偶游赤壁有感 ················· 629
遊赤壁偶成 ··················· 629
和磻漁叔祖七十壽詩 ··········· 630
祝磻漁叔祖七十壽詩 ··········· 630
壬申八月，家大人編刻《黃州赤壁集》，晉司校勘之役，
　　謹賦八絕，誌景仰前賢之意，時《桃潭合鈔》亦並付梓 ··· 630
壬申仲秋，澄之畢業北平弘達學院高級中學，秋杪返梓，
　　値家君纂刊《黃州赤壁》與《桃潭合鈔》家集，澄之與
　　校讐之役，賦七言律體一章紀盛事焉 ················· 631
赤壁遣懷仿板橋道人道情體 ········· 632

增訂桃潭合鈔續集卷第三 ················· 633
文一 ································· 633
解三篇 ······························· 633
消息解 ································· 633
禹貢賦等解 ····························· 634
齊稷匡敕解 ····························· 635
考二篇 ······························· 635
《說文》引經參用今文家說考 ············· 635
湖北歷代用兵地理事略考 ················· 636
義五篇 ······························· 637
孝慈則忠義高觀書院官課第一 ············· 637
閑先聖之道距楊墨義高觀書院官課第一 ····· 638
如恥之莫若師文王大國五年小國七年必爲政於天下
　　矣義晴川書院官課第一 ················· 639
天下有道則庶人不議義 ················· 640
不患貧而患不安義 ····················· 641
論五篇 ······························· 642
反反離騷論 ····························· 642

李白論 …… 643

荀子法後王論 晴川書院官課第一 …… 644

岳飛秦檜論 …… 644

文臣不愛錢武臣不怕死天下太平論 …… 645

說 二篇 …… 646

孔明教後主讀管商韓非之書說 …… 646

王伯厚謂廉恥爲國脈說 …… 647

序 六篇 …… 648

擬段成式《漢上題襟集序》 …… 648

擬王勃《滕王閣序》 …… 648

《讀史紀要》叙 …… 650

日記自序 民國五年十一月 …… 650

叙磻漁叔《七十壽言》 民國十七年戊辰十月 …… 651

刻《黃州赤壁集》自叙 …… 652

傳 二篇 …… 653

高公維嶽傳 …… 653

周公蔭亭傳 …… 654

紀略 一篇 …… 655

家慈七十晉五事跡紀略 …… 655

跋 五篇 …… 657

續印《變雅堂遺集》跋 民國十年辛酉九月 …… 657

《東坡赤壁藝文志》跋 民國十一年壬戌七月 …… 658

重嵌景蘇園碑跋 民國十四年 …… 659

刻《東坡赤壁集》跋 民國十五年 …… 659

刻《黃州赤壁集》跋 民國二十一年壬申重九日 …… 660

增訂桃潭合鈔續集卷第四 …… 661

文二 …… 661

記 六篇 …… 661

擬杜預述功碑記 ································· 661
重修黃鶴樓落成記 ······························· 662
伯牙臺記 ····································· 662
喜雨亭記民國十五年丙寅四月 ·························· 663
古磬記民國二十年辛未元月 ·························· 664
武昌圍城被難記民國十五年丙寅十二月 ···················· 664

策四篇 ······································ 667
  湖北利病策 ·································· 667
  立憲，善政也，日本行之僅二十年，遂致力富强。然土耳其自
    一八七六年發布憲法以來，迄今已三十餘年矣，而仍不免爲
    貧弱之國。夫同爲立憲而其效之異如此，豈憲法之於國家，亦
    有利與不利歟？抑實行立憲，必先具一定之條件，而後可以
    收其效歟？其故何在，試詳言之。宣統二年法政學堂畢業政法題 ··· 668
  甲爲復讐而射擊丙，當丙未死時，乙見之而奪其所持之物，
    且爲掩蔽罪跡，不遑問其生死而投之於河中，丙乃因之
    以致死。問甲及乙之行爲各得搆成殺人罪歟？刑法題 ········ 669
  甲與乙有隙，招乙飲，置毒酒中，乙飲之。既歸，而甲悔且懼，
    急懷解藥詣乙，語以故，因出藥以進，且陳悔懼意。詎乙堅
    不服，曰蓄意自殺久，今飲毒爲幸，乙遂斃。問曰應搆成何
    種犯罪歟？刑法題 ······························· 670

文四篇 ······································ 671
  弔劉表文 ··································· 671
  重修洪山寶通寺碑文 ···························· 671
  夢慧心道人因以文祭之道人即李開侁，號隱塵 ················ 673
  擬宋孝武祈晴文 ······························· 675

書後三篇 ···································· 675
  《聖武記》書後 ······························· 675
  書《陸宣公奏議》後 ···························· 676

書《原富篇》後 …………………………………… 677
讀《劉表傳》 …………………………………… 678

書一篇 …………………………………………… 678
　擬荊州隱士劉虯報竟陵王書 ………………… 678

啟四篇 …………………………………………… 678
　擬重建黃鶴樓通募啟 ………………………… 678
　爲湖南臨武縣前任知事孫蔚蘭等死義募捐祭
　　田啟民國四年乙卯 ………………………… 679
　募修鍾祥桂公祠啟民國十一年壬戌 ………… 680
　鍾祥豐隆區張家集被匪燒搶募捐賑恤啟民國十一年壬戌 … 681

像贊四首 ………………………………………… 682
　題贈筱舫姪肖像甲子上九日 ………………… 682
　小照自題詞 …………………………………… 682
　爽公像贊並小引 ……………………………… 682
　題蕭珩珊巡閱使贈像贊 ……………………… 682

銘二篇 …………………………………………… 683
　擬劉禹錫《陋室銘》 ………………………… 683
　擬班固《封燕然山銘》 ……………………… 683

頌一篇 …………………………………………… 683
　賓興頌 ………………………………………… 683

箴一篇 …………………………………………… 684
　勵志箴 ………………………………………… 684

歌一篇 …………………………………………… 684
　自反歌 ………………………………………… 684

賦四篇 …………………………………………… 685
　梁都賦 ………………………………………… 685
　復遊赤壁賦以十月之望攜酒與魚爲韻 ……… 686
　蓬萊文章建安骨賦以題爲韻。黃州府試批首 … 687

黃岡之地多竹賦以題爲韻 …………………………… 688
　詞九首 ………………………………………………………… 688
　　　千秋歲并引 ………………………………………… 688
　　　握金釵無題 ………………………………………… 689
　　　齊天樂夢見 ………………………………………… 689
　　　蝶戀花晚步上馬（太原街名） ……………………… 689
　　　江南好題秋江落照圖 ……………………………… 690
　　　八聲甘州偶憶 ……………………………………… 690
補遺 ……………………………………………………………… 691
　　　哭任静齋名萬載，字如乾 …………………………… 691
　　　上峽行 ……………………………………………… 691
　　　下峽行 ……………………………………………… 692
　　　上堵吟 ……………………………………………… 692
　　　梁甫吟 ……………………………………………… 692
　　　大堤曲 ……………………………………………… 693
　　　屈原戰國時楚人，名平，別號靈均，仕楚爲三閭大夫 ………… 693
　　　王粲三國魏高平人，字仲宣，避亂依劉表於荆州，爲建安七子之一 … 693
　　　龐統三國蜀漢襄陽人，字士元，司馬徽稱爲南州士之冠冕 ……… 694
　　　習鑿齒晉襄陽人，字彦威，以文章著稱 ……………………… 694
　　　筱舫姪官莨壽，喜作一律勉之壬戌中元節 ………………… 694
　　　赤壁讀二賦懷蘇子 ………………………………… 695
　　　赤壁懷古 …………………………………………… 695
　　　校赤壁集訖，夢見東坡，感成二律 ………………… 695
跋 ………………………………………………………………… 696

增訂桃潭合鈔序

近代裒刻家集之盛,當無有過於叢睦汪氏者矣。其族自新安遷杭,代產聞人。清雍乾中,以上湖先生壇坫之業爲尤大,於是輯其高祖湖山主人以下三世諸公遺詩爲《春星堂集》十卷并所著書付梓。逮道光之初,主人之裔水亭教諭復搜刻上湖遺書,及歷代詩文雜著於羊城,爲續集十卷。於是汪氏家集凡再問世,已爲海内罕見。乃光緒丙戌歲,鐵珊太守官長沙,又踵教諭爲三刻,則合前兩集并上湖各著爲一大叢帙。當時郭玉池中丞弁其書,稱汪氏積八九世之留貽,歷兩朝三百餘年之久而勿替,并盛贊太守之勤篤爲難能。今乃不圖於吾郡黄岡汪氏得之,亦自有上湖、水亭、鐵珊其人者。

吾郡汪氏自明以來,人文號稱極盛,與叢睦同。而筱舫明府自湘南宦歸,以六年之力,孜孜徵採,亦不亞太守。《春星堂》兩集於先世之詩,有全刻者,有選録者。此鈔前十二卷爲正編,後四卷爲續編,前集收採較多,續集則爲選刻,亦與《春星堂》同。《春星集》前各有先人小傳,此鈔亦然。

余聞筱舫之纂集是編也,遲回審慎,不厭求詳,雖已付削,不憚改作。吾推其用意,蓋以作者雖一家之私,而聲律則天下之公也,何勿慎乎?余雖未全讀諸家之詩,然識筱舫久,知其嫺吏治。近日宦游者,率厭薄文事。其文士濡迹吏流者,多自匿所長,壹意諛頌右列之豪,以圖禄食。而筱舫獨於州縣之官,偶試而屢止,其深心孤寄,乃在冷僻不爲人世曹喜之歌詩,則其所獨得可知矣。豈獨其惓篤家族,扢揚風騷爲可風亂世也哉。此余俯仰空山,聞足音而深喜者。故於其請也,爲誦述汪氏自有之盛事,以弁此編。

昔者太函司馬嘗爲書以侈其十六族,今以筱舫斯集觀之,知汪氏清芬弈世，代不乏人。筱舫躡迹太函，寄仁孝於篇詠，知其所侈乃在此而不在彼也。然則汪氏繼叢睦而起者，必在吾郡黃岡矣。壬申秋八月羅田王葆心序於青垞。

增訂桃潭合鈔自序

　　自汪倫以十里桃花召李白，李白以千尺深情答汪倫，而吾宗遂代有詩人矣。大江南北，汪氏以詩文鳴者甚盛，吾族始祖於元末由皖遷居此土，椒實蕃衍，世以詩書爲業，明清二代不乏聞人。而明清遞代之際，漪園公以有明諸生，不應清試，貧而樂道，樂而忘憂，居恒與明室諸遺老相唱和，庶乎歌聲若出金石焉。

　　棨生也晚，撫祖若父之手澤，每不忍置，嘗欲幷漪園公之《樂志齋》舊集而新刊之，苦無力，徒有此願。後以樗櫟濫竽，出宰蘇、魯、湘、鄂諸邑，謹守先人"介廉第一作風規"之訓，余初任穀城時，先祖臨乩誥誡，有"介廉第一作風規"之語，余當將此語謹鐫印章，用以自警。清白自矢，所得微俸，不敢虛糜，日夕以刊先人之集爲志。於是上溯高曾伯叔諸父，及族中先達之作，裒集成編，都爲正集八卷。又旁求族先輩之殘篇斷稿，及族中今賢之一吟一詠而幷錄之，凡二百人，詩絲千餘首，爲續集二卷。顏曰《桃潭合鈔》，於己未夏曾一度付刊，迄今十有四年矣。復以吾族之有集而力未能刻者尚數數覯，而精金片玉初刻未入者猶多。族有顏子而不知，滄海遺珠，不能無憾，乃重加搜討，增爲正集十二卷、續集四卷，特付剞劂，非獨爲夫詩文也，以敦族誼也。

　　夫族之始，一人也。由一人而昆弟，而九族，而服盡，而路人，甚可慨也。是集散而爲衆人之作，聚則爲一人之作也。何也？其初有一人，後乃有衆人也。衆人者，一人之分身，衆手仍一手也。族之人讀是編者，由是而路人而服盡者，將相親相近，仍爲九族爲昆弟爲一人也。孔子曰："詩可以興。"況一家之詩乎？故曰"以敦族誼也"。

　　若夫斯人之必傳則吾雖不知，而荊山之玉、異代之寶，終必自見於時，雖欲隱遯而不能也。好古之士，無地不有，無時不有。子又曰：

"爾所不知，人其舍諸？"且夫詩文也者，其果可許也，如良金美玉，市有定價，雖怨家仇人而不可以毀之。即置喙焉，而未可以愛憎口舌貴賤之也。其未可也，則非盲目盡知之矣。《合鈔》之詩，又豈盡可傳也哉。必可傳而後錄之，則又難乎爲《合鈔》矣。燊不文，而以己集附於族名賢之後者，亦欲我先人之見而一粲也。

時在民國二十一年，歲次壬申中秋日。黃岡汪燊筱舫序於漢皋行舘。

增訂桃潭合鈔題詞

方本仁耀廷，黃岡。

次元叔振擅詞章，家學淵源世澤長。潭水留詩傳太乙，西山設舘憶文莊。連篇哀集真珠唾，古調新聲俱錦囊。最是一門崇韻事，千秋佳話重吾鄉。

傅向榮鶴岑，監利。

讀書多復著書多，無數家珍盡網羅。憨愧汪倫頻喚我，桃花潭裏掬餘波。屢囑採訪，迄難應命。

李廷禄劭谷，黃岡。

昔我先哲，躋彼公堂。一觴一詠，相得益彰。桃花潭水，扁舟洋洋。相送南浦，情溢江郎。兩賢遺履，千載流芳。羣才鳳雅，篤生平陽。飛聲大宋，流韻名場。道昆德温，接踵引吭。咬得菜根，唾爲琳琅。龍溪著集，厥惟彥章。遞清一代，聲振餘杭。春星羅輯，卷帙煌煌。幟張漢赤，派衍岡黃。仁湖咏雪，樂志徜徉。商聲競起，星垣動芒。塤箎並奏，九畹蘭香。中州延茀，逸韻悠揚。養雲一片，獨坐山房。忼懷李杜，夢繞全唐。景仰蘇髯，過邁龍驤。越公流蔭，化衍棠疆。餘子紛紛，大風泱泱。後先輝映，山陰道旁。大令筱舫，數典不忘。哀集家珍，正續分裝。保我國粹，宏我國光。鄭聲亂雅，庶挽瀾狂。

汪　逸 經五，黃岡。

天下何人復説詩，詩亡今始是其時。欲將國粹勤收拾，先把家編謹護持。孔鼎不須窺故物，湯盤所賴播新詞。嗟予大父存遺稿，不付斯人合付誰。

存人文字澤何長，比撫遺孤更莫量。片紙隻詞留宇宙，精金粹玉等光鋩。一家著作聊堪誦，四海英華未敢忘，他日珊瑚期共網，不分畛域並收藏。

十里桃花招李白，萬家酒店説汪倫。前賢言語妙天下，異代風流有替人。五色一門方是筆，兩朝八卷早揚春。憼予襪線才何補，亦欲邀扶大雅輪。

黄州赤壁集琳琅，筱舫兩次編刻《黄州赤壁集》。還刻茶村變雅堂。辛酉年曾捐貲印刷杜茶村先生《變雅堂遺集》數百部。詞客千年縣手澤，詩人一瓣接心香。致身樂仕宗邦魯，出卷非矜大族汪。前清盱眙方伯汪云任朝覲時，成廟云："汪家是大族。"多謝題詞盡才子，我驚掌重捧瑶章。

《桃潭合鈔》原序一

阜山樵客臨乩譔。

人心之感發而爲詩，其始歌謠而已。康衢童謠，老人擊壤，詩亦歌也。舜勅天命，皋陶載賡，夏五子之怨，均載於《書》。他如《箕子操》、文王《羑里操》，歌體與詩稍別矣。古詩醇樸，其始三千餘篇，孔子刪之爲三百十一篇，分爲十五國風、二雅、三頌。凡風俗之美惡，政治之得失，深入紬繹已。降至晉唐，又變而爲短歌、長歌、五古、七古、五絕、七絕、五律、七律之屬，其品漸下，究未失溫柔敦厚之旨焉。

楚黃汪氏，古西陵之巨族也。自明迄今，文人學士不下數百人。其間或以山林而發爲抑鬱慷慨之言，或以廊廟而發爲經濟文章之語，以詩名世者，未易枚舉。汪生名燊者，志士也，恐先靈手澤湮没無傳，從兵燹灰燼之餘，擇其詩之最著者，捐貲以付梨棗，題其籤曰《桃潭合鈔》，問序於盲。余三辭不獲，因弁數言於篇首，以志汪氏詩教之盛，而見淵源之有自云爾。民國二年歲在癸丑仲冬月譔。

原序二

汪春澍雨人，黃岡。

昔汪倫以詩鳴於唐，踏謌送行，能令仙李心醉，千百年來傳爲吾宗韻事。交遊宗族，並增光寵，豈非奇遇哉。謹案吾家自歙遷黃，明清兩朝蜚英騰茂，通籍者代不乏人，有鄉先達鄭可格《汪氏科名紀略》在，茲不贅述。説者謂二崎雲樹毓秀，詩人如王稚欽、杜茶村，其最著者也。然未聞一門風雅，淵源相接，五百年來，詞流輩作。噫嘻，奇矣！

澍幼好讀唐宋人詩，尤喜讀吾家前輩詩。紅羊劫後，賸馥殘膏，化爲黑蝶。乾嘉以前先人詩歌，於邑志中得見學士煉南公紀恩五排二十二韻，藏鳳一毛，識麟半趾，欣幸何如。嗣後又得讀國濚公詩，文章節義尤可寶貴，有《樂志齋詩集》行世，足以傳矣。乾嘉以後先人著作，類多遺失，殘篇斷簡，雲散風流，可爲慨歎。久欲搜集成書，心與願違，徒呼負負。

年來抽身宦海，蟄伏江城，兩袖龍鍾，門堪羅雀，幾欲焚棄筆硯。適吾族姪筱舫游宦湘南，歸而過我，袖出古今體詩一册。蓋集吾族自明迄今諸人詩，都爲十卷，顔曰《桃潭合鈔》。屬予作序，誼不敢辭。因念讀書人慕古晞高，撫時感事，託之吟咏，遺之子孫，求不覆醬瓿幸矣。有孝子賢孫，常常展讀之，讀之不已，錄之簡編，付之剞劂，先人有靈，當亦含笑地下，慶吾宗之有人也。

昔老蘇有云，服盡則情盡，情盡則途人也。吾所相視如途人者，其初兄弟也。兄弟，其初一人之身也。不才如澍，嘗有慨乎斯言。吾黃通籍之祖，自文淵公始。嗣後椒繁瓜衍，大率散處於東西兩鄉。歷年既久，彼此不相往來。咫尺天涯，與途人奚異哉。筱舫纂集是編，從揚風扢雅之場，寓收族敬宗之誼，豈不偉哉！豈不盛哉！

一族之中，萌芽比興，共得百八十人。天倫樂事，流播騷壇，即起太白於九原，當亦服其用心之敦篤也。潭水情深，後先輝映，古今人詎不相及耶。抑又聞之，前清高郵李震，震子必恒，恒子基簡，簡子貢，皆有詩名，一時有四世詩人之目。杭大宗集維揚詩，嘗艷稱焉。茲以我族較之，當亦無多讓已。

筱舫長身玉立，能讀有用書，年來從公，退之暇極力搜採，計已六易絺裘。有志者，事竟成。吾爲筱舫慶，吾更爲合族慶。民國七年，歲在戊午清明前一日，書於思古懷舊軒之西偏。

原序三

嚴用彬文山，黃岡。

姚惜抱氏云："辭賦者，風雅之變體。楚人最工爲之，蓋非獨屈原而已。"吾黃爲楚之大縣，宜無不工辭賦者。顧自有識以來，都人士之能以詩鳴不數數覯。惟杜茶村先生有《變雅堂集》行世，文人無不重之。而吳梅村之言曰："自見茶邨金焦詩，然後知作五律之法。"陳太史雨山之《玉照亭詩鈔》，早歲與嶺南三家相磨礪，而沈文慤公亦取其詩刻之《國朝詩別裁》。此吾邑詩人之最著者也。即云嗣響靈均，居其門下者，多宋玉、景差之徒，亦無愧色，詎不足以張楚哉。杜、陳二先生之詩，既得寓目，他有作者，歎觀止矣。

頃筱舫明府復以《桃潭合鈔》見示，桃花潭者，李供奉別汪倫之處也。其詩曰："桃花潭水深千尺，不及汪倫送我情。"即兩人神交已可概見。夫李白仙才，詩名與杜少陵相埒。筱舫鈔同宗人詩而以桃潭顏其集，匪獨有取於姓也，無亦詩家極詣，有慨慕李杜之遺風歟？

筱舫之刻是選也，寄余一世系表，云是鈔有正集，有續集，續集多時賢，強半能詩之士，正集八人皆其族俊。吾所及見者汪九畹引芝。先生，在杜瑞亭師處曾晤一面，蓋先生爲杜公之本師，而明府之曾祖王父也。其著《延弗堂詩草》者，則彬之齊年雨人也。九畹先生不知其能詩，而雨人則見其所作，知能涵茹今古，爲吾邑詩人之繼。茲彙刻以永其傳，固足徵奉先思孝之誠，抑騷人韻士，其精英不可終閟也。爲汪氏幸，尤爲吾黃幸，庶幾姚先生之言，於楚人非阿好也乎。民國七年，歲在戊午季秋月叙。

原序四

曹　林保和，鄂城。

　　經之難治，《易》《春秋》而外，莫若《詩》。文公苦《儀禮》難讀，特句段焉耳，事固可指也。《書》之事之人之世無可疑者，惟《詩》之旨遠類乎《易》，褒貶同乎《春秋》。詞之顯達而跡可尋者，十四三焉。得於人心之同，然而莫之聚訟者，又十四三焉。必欲得之而不惜附會穿鑿者，小序也。必欲羽翼小序，與經并行，不畏人言者，鄭《譜》也。其緣在秦火而後世次盡失，讀者不能按世之治亂衰亡、政之乖和民困，而辨其安以樂、怨以怒、哀以思之音。妄以某詩指某事、某詩刺某人，匪惟讀者喪心病狂而作者亦受誣取謗，維持世教之書，轉而多害理傷教之疑。然則小序、《詩譜》雖後出，其功猶未可盡泯也，況原有之世次苟存焉者乎。

　　戊午夏，予友汪君筱舫以《桃潭合鈔例言》見示，都三千餘首之多，然非汪氏不錄。上自先公，多者二三卷，近及旁支，殘篇斷句亦錄之，悉於世次出處務詳且確。予於筱舫得三善焉。見有欲讀者知汪氏淵源之有自焉，見有明宗法之遺意焉，見有詔後學、晰疑慮，得以正人心、厚風俗之思焉。似此則興觀羣怨之功可收，而作者救世垂教之心可見矣。筱舫知急乎此，豈僅發潛德之光、達時賢之志，而爲一姓之榮哉，深得治經之要已。是鈔也，可謂汪氏之詩譜焉耳。讀之者，當無恨於治《詩》之難。

　　更有異者，筱舫固治世之才，甫宦歸來，大難之秋，人方奔走呼救之不暇，而必徵求是集，至六年之久而後成。意者其別有救世垂教之心，與汪氏上下數百年作者相維一者乎？嗟乎！予於世道人心之關有深感矣。

原序五

陳崇祖獻侯，武昌。

戊午春，汪君筱舫以《桃潭合鈔》詩集示予，屬予爲弁言，以紀其端。遲至冬末，予尚擱筆無以應。非徒牽於人事也，每一搦管，感興塡懷，輒廢然止也。

詩之道微矣。《毛詩》三百首，多忠臣孝子之作，風雅既變，猶不失性情之正。至於千載而遙，如覿其人，如聞其聲，使人悲憂愉樂發於己，而不知所以然。聖人之爲教，其以此也。逮及嬴秦，滅典殆盡，而猶命博士以造仙詩。屈宋李杜之徒，皆假詩章以規諷當軸。詩之爲用，誠所以闡明道義，陳列事情，動關乎人心風俗之盛衰，固非徒斷斷以爲酬酢，工吐納已也，自學校興而此義蔑如矣。

雅典梭倫生平富於詩歌，有聲於時。希臘仁諾法蘭斯每遇國有大祭大會，必登高作詩，觀者如堵。日人有名詩家相望史册。我國浸淫歐化久矣，而獨於歷古今、越中外不變之詩義缺焉不講，亦學人之憾也。呻嚘之士，體格之不辨，聲調之不知，比比也。予滋惡焉。

汪君悄然憂之，獨出其家世所藏詩槀，彙栞成帙。有明迄今，作者若干人，詩篇若干首，予披吟之不能釋。十才四傑，亦云盛矣，而不必聚於一門。三張二陸，亦云奇矣，而皆不出於再傳。汪氏詩人，世世相續而未有絕，吾爲汪氏幸。吾尤幸汪君之不私其傳，俾後之學子皆有所仿焉，則尤學子之幸也。民國八年己未春序。

原序六

嚴用琛南翹，黃岡。

予生平不解詩而最喜讀詩，自上古歌謠以及三百篇，下逮漢魏六朝唐宋元明清各名家詩集，遇之輒諷詠不倦。間嘗苦思力索，求其音響節奏之所以然而卒不可得。昔人有言，恨曾子固不能詩，予未嘗不自恨焉。然而文人不能詩則已，未有詩人而不深於情者，此又予之讀詩而自喜者也。

吾友汪子筱舫於予宰襄垣之次年戊午，自鄂中走函相告，并附錄其族先達所著述《桃潭合鈔》詩集目錄、凡例，計正集若干卷已出版，續集若干卷將付印，屬爲之題詞。予時以未先覩是集詩體爲恨。

竊惟是集之命名，緣於李白"桃花潭水深千尺，不及汪倫送我情"之意，蓋是集爲汪氏之一家言，乃得有此名耳。汪氏爲吾邑著姓，幼時得於父老之傳聞，固已耳熟矣。然所稱述者，科名之盛，明清兩朝不替，而其文字淹雅，家世相傳，計能詩者二百餘人。不惟吾邑世家巨族鮮有能及之者，即推之各縣、各行省世家巨族，亦罕有聞焉。嗚乎！何其盛耶！向非筱舫函告，而予莫之知，予之鄙陋無聞，殊自媿也。

憶自辛亥國體改革，予由長安還里，歲壬子識筱舫於鄂中。自是六七年間，旋合旋離，交好益篤。因思民國以來，士之負奇才碩望者，無非挾其縱橫策士之術，植黨樹援，壟斷權利，鼓動殺機，置生民塗炭於不顧；其次則騎牆左右，圖謀祿位以自榮。而一命之官，又以時局紛亂，奔走勞擾，趨避不遑，其於搜輯遺集而闡揚先緒，鮮有暇及此者。而士風紛紛靡靡，亦均不以此介意。其間有肆力於詩歌以自抒懷抱，則惟前清逸老不合時宜之士，然亦不數數覯。

筱舫以縣知事任湖北穀城、通城縣，復由攷試分發湖南任臨武縣，竟能於退仕之暇，搜求其族先達之詩集刊刻，以公諸世，其不忍族先達之湮没，亦發於情之不容已耳。是集之命名，予既知爲汪氏一家言，其是否寓有"桃潭千尺"之旨，予不得而知。予惟以古歌謠及三百篇，以至漢魏以下各詩家之深於情者，爲異日旋里以讀《桃潭合鈔》詩集之券焉。

原序七

程鎮瀛子柳，黃岡。

汪氏，吾鄉鉅族也，衣冠甲第，赫奕一時，而著述罕有傳者，心竊怪之。憶少時閱縣志，見汪公國瀠詩數首，清微淡遠，不媿古作者之林。中有登並阜山詩，知爲汪氏之先，因以求其遺集，卒不可得，蓋孤本不傳久矣。

歲在戊午，吾鄉汪筱舫大令搜輯同宗先賢詩集，分爲十卷，名曰《桃潭合鈔》，將付剞劂，屬余爲序其端，檢其目錄，國瀠公《樂志齋集》在焉。予既快慰平身，因益歎汪君好古之勤、繼志述祖之功爲不可及也。夫古人往矣，惟此數篇文字留傳人間，是其靈魂所棲託，深望有人焉爲之流布，以不朽其令名。顧俠君選刻元詩，夢古衣冠人向之泣拜，可爲感歉也已。惟是私家著述，浩如烟海，而錄存館閣、流傳人間者，不過洪流之涓滴已耳。其蠹蝕於蟲魚、沈薶於水火者，更不知凡幾。

予廿年前嘗發一大願，謂今日欲保存國粹，當自一家一邑始。一家者，謂如某姓名人著作，當于修族譜時附刊以行，所費不多而其傳自永。往歲服官江右，遊於書肆，凡豫章先賢集幾無一不備，以祠堂本爲多，此真可爲效法者矣。一邑者，謂各州縣鄉賢著作，或於修志時擇尤附刊；或本地達官富商、好古學子捐貲集股，分類彙刻，如台州、紹武、紹興、常州、檇李諸叢書是也。

吾鄂聲明文物不讓江浙，而好事家曾不多見。近自國體變更，舊學廢棄，後生小子惟向新譯書社購買師範講義、法政叢篇等，以爲干禄之用、講席之資，此等冷淡生涯，久無復有過而問者。往嘗晤一教員，問其先世遺箸，《四庫》著録，通行已久。茫然不知。嗟嗟！數舊典而忘祖，有父書而不讀，不其恫歟！

筱舫富于經濟才，志在用世。適遭多故，避地省垣，遭公私叅集，應接不暇。乃能不忘其先，勤加搩輯，歷時六年之久，得詩二千餘首之多，校勘矜慎，昕夕勤劬。以文人學士之心，抒孝子慈孫之志，其識見有大過人者。予深嘉汪君之所爲，尤望吾鄉賢達有聞風而起者，斯則區區之微意也。

原題詞

楊壽昌葆初，成都。

　　一門風雅慶蟬聯，裒集成編有後賢。美濟箕裘徵韻事，音同笙磬紹家傳。兩朝著作三千首，名世才華五百年。共說西陵佳話好，詩人宗旨在纏綿。

　　我游赤壁記當年，十載調琴未改絃。剩有文章歸浩劫，僕生平略有所著，辛亥之變，付之一炬。思留題詠繼諸賢。茶村故宅鄰前哲，黃岡縣署後即杜茶村飢鳳軒故址。酒社豪情想謫仙。曾見流傳徧環海，雞林爭購美難專。

張翊六貢父，湘潭。

　　洞庭衡岳經游徧，琴鶴歸來望若仙。儘有閒情供筆札，好將幽意採蘭荃。一門珠玉三千卷，萬景雲霞五百年。欲識騷壇衣缽事，淵源薪火舊家傳。

　　澄潭千尺桃花水，終古流成翰墨香。通德高門題玉笋，詞源一派付青箱。蘭苕字刻瓊瑤集，鸞鳳聲和玉珮鏘。我幸風塵饒綺福，鈞天洗耳拜琳瑯。

曹蘊鍵鐵如，定陶。

　　大陸洶洶風塵起，十萬健兒重勇技。武城偶來絃歌聲，尼父聞之心亦喜。我宰浠水年復年，黃岡山色當面前。大崎小崎青不斷，地靈人傑俗所傳。今春捧檄來赤壁，一路桃花紅欲滴。桃花園繞詩人家，詩豪詩史世無敵。靈運述祖德，士衡頌先芬。婺源龍溪淵澤遠，宋豔高摘班香熏。干戈滿地風騷歇，忠孝千鈞懸一髮。承先啓後仁人仁，潛德幽光卷中發。或伸赤手縛麒麟，或調鶯舌鳴和春。桃潭別有桃源記，塵世何由再問津。踏歌久已驚李白，我愧斗才更褪魄。坡老時偕邠老遊，聊共唱酬永朝夕。桃花潭水清且清，水聲時雜讀詩聲。願持此卷作龜鑑，長長親親天下平。

黃　膺蓼園，長沙。

黃州文原盛黃岊，阜山汪媲叢睦汪。載衷宗辰詩辰長，漪園未冠耀膠庠。讀書樂志樵柴桑，仁湖進士刑部郎。遺愛生祠永東鄉，賓王枕經聲吟商。星垣湖上壽相羊，新甫副車教天潢。小山重遊泮水洋，達鴻神童襲恩光。榕壽揀縣延莩堂，家集八号增輝煌。庚以續編三千章，桃花潭水文波颺。情聯倫白詞作芒，唯廿四子眷老狂。隱塵號黃岡廿四子。尺書兩度心寫藏，遍覯筱舫始道詳。要余題誦先世芳，華冑瑋辭森琳瑯。猗與宗辰與詩辰兮，將毋同乎西江之黃。

周從煊念衣，羅田。

詩人彫琢愁肝腎，埋沒荒榛直等閒。逸響未隨金石遠，寃氛時在斗牛間。多君發壁陳家學，且復徵題走間關。肉食所謀逴到此，獨收璣璧壯名山。

夏壽康仲膺，黃岡。

家門著爲集，剙意始王筠。舊德食名氏，往往播清塵。吾觀隋前史，汪姓幾傳人。崛起自唐代，文采振婣婣。雍容著後嗣，豈惟一汪倫。

吾友生其後，原本溯麟振。非種盡刊落，一一數家珍。馨欬通血脈，怳若火傳薪。搜羅萬瓊玉，約以一編親。我用我家法，敝帚享金銀。安用王與聖，詩壘傲嶙峋。此意良斐然，趨庭如日新。編削聞已就，剞劂付手民。桃潭水千尺，所媿未知津。一勺容惠我，同扶大雅輪。

李開侁隱塵，黃岡。

歷歷皆珠玉，光輝到眼新。精神千載合，風雅一家親。宗法寒雲盡，詩情落葉潭。道輪賴扶翼，塵海見斯人。

汪李交情重，桃潭説到今。文章千古事，風雨故人心。宦海孤帆險，魔天萬劫深。白蓮新結社，相對莫沈吟。

陶炯照月舸，黃岡。

元音叶律鏗金石，國粹而今孰寶存。自古光黃多俊桀，平生詩禮溯淵源。鄉情桑梓聯風雅，宦味瀟湘擷芷蓀。結綠青萍聲價重，品題椽筆待龍門。

宦成歸隱徵文獻，從政言詩兩擅場。曾聽絃歌傳芰舍，能收風月入奚囊。觀梅東閣懷仙侶，話雨西陵憶故鄉。愧我繡衣持使節，簡書填委墨莊荒。

張鳴珂錫疇，黃岡。

桃潭有水深千尺，水與桃花空一碧。蒼茫惆悵別離人，兩情契重三生石。我懷古誼仰汪倫，雅共謫仙稱詩伯。有唐一代寄薪傳，鴻雪紛紛留爪迹。珠璣錯落作述林，風流占盡名山席。君不見，巋然萬仞魯王宮，絲竹新聲出孔壁。又不見，三閭大夫屈子祠，蘭芷餘芳遺楚澤。吾黃自古多詩人，況有家珍同拱璧。

沈致堅卓如，黃岡。

安仁湖水濬仙源，倒舉合流波浪翻。其間氣象特千萬，代有名流續雅言。築室競傳張叔夜，瀰漫千載爲之根。耆舊李仁多著述，陶安吟咏風雅存。黃海縱然產梁棟，不及桃潭起鸞鳳。一家珠玉聯篇什，機雲黼黻相唫弄。荀氏八龍焉足豪，謝家詩法應伯仲。淵源相續本同調，吾邑文藻生光燿。茫茫塵海薄縑緗，獨有汪倫敵謌嘯。讀罷新詩一陶然，吉金片片發雋妙。

李廷禄少谷，黃岡。

立國根源繫文字，存亡絕續等千鈞。黃鍾逸響誰收拾，白雪高歌付漂淪。今見聯珠傳世業，幾經藏璧保家珍。刼灰正復秦燔起，數典憂深種子頻。

周景薰舜琴，黃岡。

惟楚有詞客，離騷祖屈原。吾黃諸詩集，變雅惟茶村。後起相角逐，拔旛更立旙。入唐或出宋，北轍而南轅。若此單行本，稽稽姓氏繁。萬姓詞賦錄，始有一家言。錢氏兄弟集，命名爲同根。合鈔得汪氏，鼎立三達尊。義取桃潭古，系出東海藩。並阜毓靈秀，漲渡助潺湲。似蘭有同臭，如木爲合楄。一門盛著述，才併愷與元。叢睦舊家集，初刻一再繙。持此論宗法，亦足相攀援。後先相輝映，家學有淵源。都爲二千首，十卷要不煩。集茲百餘人，九族叙乃惇。歷歷家珍數，巍巍國粹存。作者始何代，支派清不渾。撫今更思昔，起祖亦迄孫。纍纍貫珠玉，行行列鸞鵷。有時竹林契，勝事傳曝褌。有時花萼茂，雅韻調吹壎。窮者寫幽憤，別淚銷客魂。達者抒懷抱，獻賦扣帝閽。章法古近體，家風前後蕃。惠連與康樂，義合兼以恩。天倫序樂事，歌詠桃李園。其詩是何派，五色分絪縕。浣薇誦一過，坐上三日麕。詞取正而葩，旨求厚以溫。或則費苦吟，夜僧敲寺門。或則鳴天籟，老嫗解評論。詩律將何擬，嚴於細柳屯。錦繡抑何似，束之白茅純。感物池邊草，懷人堂背萱。赤壁兩遊樂，雲夢一氣吞。瑰異探驪龍，變化矯鵬鯤。藻繢無其飾，繩削去其痕。靈光炳江漢，高義凌崑崙。刻者繄誰氏，筱舫任選掄。工貲捐鶴俸，志趣超鴻騫。與我論交日，詩文酒一罇。一行出作吏，蘭芷搜澧沅。文章蔚經濟，訟獄多平反。警政鐸徇路，聲教鐘鳴昏。公餘恣風雅，夕露與朝暾。解組賦歸去，素食懍懸貆。一工編摩揣，六載廢饔飱。新詩慎所擇，舊刻不厭翻。詩亡今迹熄，如遭秦火燔。干戈勝俎豆，文字成夙冤。君乃廣搜輯，碧紗為籠樊。徵言在文獻，結社傾篁墩。廣陵起絕散，內翰支頹垣。豈伊綿世澤，亦曰裕後昆。同里我兩族，重以姻與婚。同心我二人，無間寒與暄。出言重金石，有信格魚豚。題詞忝相屬，管城欲為髡。洋洋卷首序，高文元氣噴。落落篇中什，幾字吟髭掀。銅缽催我急，聲應何嘽咺。祇慚多獺祭，乞餘東郭墦。但使歌郢曲，何足銘周甗。筆為鶴樓擱，文因石鼓喧。倘許持寸鐵，來獻受辛盆。黃鐘厭瓦缶，砂礫襍瑜璠。壤流無與讓，參斗安可捫。我歌既已已，我舞尤蹲蹲。願隨諸君後，引繩而批根。吾家先茂叔，闡發金精蘊。次及家人義，斯言炳乾坤。君家詩集出，道岸同一垠。拾遺復補闕，振聾亦啟瞆。興言瞻淇澳，有斐終不諼。校讐亦巨子，夙好更情敦。編成告祖日，在廟供駿奔。馨香祝一瓣，歲時薦蘋蘩。太史採風至，此集逮輶軒。

李康爵 卓侯，黃岡。

　　詩教尚已。昔尼山家學，首詔過庭。正則雅言，爰掌公族。發情止義，門閥為先。程子論《關雎》曰：「一家正而一國自正。」蓋族姓肇興，斯宗支益遠。是以敷陳世德，數典而不忘。篤念宗祊，類我以式穀。葛藟之本根載庇，常棣之兄弟可呼，君子於是取法焉。吾邑汪子筱舫，振奇士也。樂栗里之琴書，慕韋家之花樹。黑頭解組，參屈宋以為衙。古硯濡毫，傍機雲而起舍。式食舊德，允篤前光。挨手澤於先人，瓣心香於族黨。此《桃潭合鈔》之刻，所由昉也。搜羅朽蠹，片羽猶珍。篆刻蟲魚，壯夫不悔。定千秋之業，庶幾似續淵源。成一家之言，猶是高曾矩矱。嘻！其賢已。夫顏廟穹碑，光昭於師古。童蒙遺訓，規撫於藍田。況乃肄業所及，易感性情，世系所垂，可代年譜者乎？哀而輯之，傳之其人，此汪子志也。爰綴短章，殿諸末簡，其辭曰：

　　大雅久衰歇，風騷多治理。誰栽天上桃，化作蘭與芷。漁父沿溪路，踏遍落英美。飽飫雞黍餐，粲粲大歡喜。君家楚岸側，風教江之氾。繁響唾珠玉，秀色奪紈綺。竭來匪好事，長慶新排比。大集何觥觥，情親敦古誼。我聞花萼廢，根葉紛披靡。萁豆苦相煎，角弓哀怨起。人生貴本根，蒵菲及下體。感君錫類心，昭明天所祉。朱絃遺三歎，疏越盪兩耳。揚攉千樹花，匯吸源頭水。山中有俗士，藻繢未敢擬。青蓮呼不來，空潭長徙倚。

鍾圖南振之，黃岡。

　　詩人自古耽苦吟，彫肝鏤腎鑴其心。陽春白雪自珍賞，時無牙曠誰知音。哀成卷袠思待後，弆藏篋笥仍飽蟫。壽諸梨棗苦無力，責在宗子無旁貸。羅收苪集及後賢，是述家風揚祖德。桃花潭水深且清，斷章取義言詩情。汪倫累代有嫡嗣，江漢長流南國聲。

薛瑞璜燿青，黃岡。

　　裴王竹裏工酬唱，元寶蘭陵富品題。裒錦堆成供獺祭，一門派別屬龍溪。刷毛舞鳳傳衣鉢，尋爪飛鴻賸雪泥。偶步桃潭一瞻望，叢叢花萼五雲齊。

　　蘭谿治績奏鳴琴，雅志懷鉛返故林。數典能成家衖美，望雲猶見孝思深。逸摻殘竹編珠句，愛竺甘棠進笏心。金薤琳瑯千古業，幾回展卷費沈吟。

張仁勳鹿笙，漢陽。

海內風騷齊掃地，庭前繼述更何人。雅南自昔諧笙磬，毛角於今識鳳麟。韻事隱餘君子澤，名流且息宰官身。深情我亦同千尺，慙愧陸機世德陳。

居近東坡並雪堂，詩人衣缽守光黃。不分古體兼今體，直接中唐與盛唐。耕種讀書陶隱士，風流題柱漢仙郎。一家合傳憑窺豹，國史還教玉尺量。

宋　蟠璨珊，大冶。

冷骰周之祚，之祚，大冶縣人，明季諸生。著有《冷骰閣詩集》，竟陵鍾伯敬《詩歸》收選極多。僑寓金陵，居蟠龍里，與杜茶村唱和，名重一時，歿無棺。茶村變雅堂。杜茶村，黃岡縣人。著有《變雅堂詩集》。有誰同節概，乃祖共煇光。畸行吾能說，全詩世莫詳。今君闡幽隱，合梓更流芳。

周學煇實之，安徽。

詩學傳燈自一家，各憑意匠寫風華。地靈祖德千年在，散作晴空萬縷霞。

禮樂彬彬重守先，菜根香永棣華篇。尚疑當日桃潭水，湧作君家媚筆泉。

大雅扶輪定屬君，求珠集錦意彌勤。穀人祭酒成家集，同是儒門不二勳。吳穀人輯有《吳氏一家稿》。

擷腴吮秀惜同根，重揭心源與世論。想見蘧廬開卷夜，滿山黃葉正敲門。

呂寅東純丞，夏口。

家集編成聚衆仙，霓裳詠自大羅天。爲留片片雲中錦，散作人間氣萬千。

舊交伯仲盡詩豪，謂雨人、文卿兩同年，麗甫十兄。四十年中問字勞。阿買能書工集錦，筱舫係雨人姪輩。好將家乘繼風騷。

林樹藩治伯，秭歸。

典册班班數不忘，筆花璀璨姓名香。從和李杜韋蘇外，幟樹吟壇更有汪。

潭水情深意自殊，搜羅舊詠輯新書。詞源匯合成潮海，遠勝珍藏萬斛珠。

帥培寅畏齋，黃梅。

神州浩劫幾經年，孔鼎湯盤一例捐。風雅元音笙磬叶，文章家法火薪傳。多君述祖光先德，愧我談經誤後賢。願得琳瑯千萬卷，高謌疑在盛唐前。

任嗣黃子純，黃岡。

君家詩學祖汪倫，文雅風流代有人。俯仰乾坤皆幻境，惟餘翰墨世間珍。

我與君家世比鄰，仁湖毓秀在君身。歸來嘯傲徵文獻，愧我桃潭未問津。

沈增祺壽蓀，黃岡。

桃潭感喟發青蓮，千古斯文是正傳。藝苑弓裘成故業，吟壇衣缽有新編。六年薈萃搜羣玉，八卷琳瑯聚衆仙。莫使雞林輕購去，大家多蓄買詩錢。

根同萼柎更誰加，雅頌風騷萃一家。千尺深情潭聚水，兩編妙句筆生花。詩城界自名宗鬪，選政權從大令誇。從此嬴經貽燕翼，藝林勳業爛天涯。

張承嘉廑仙，黃岡。

楚國先賢未有稽，搜騰委逸事難齊。但從一姓徵文獻，已覺千金擅品題。華表歸去皆化鶴，兒童知不厭家雞。孤村酒熟容追訪，一訊桃花便得蹊。

范祖文幼甫，黃岡。

筆底花生萬樹春，詞源倒瀉絕纖塵。一門著作宜傳世，六載搜尋苦問津。座上青蓮能有幾，郢中白雪總翻新。珊瑚鐵網君家盛，餘事常扶大雅輪。

石湖我媿先型墜，潭水君能世德求。此日詩囊新集錦，當年學海舊同舟。時行時止尊棠舍，宜雅宜風重竹樓。細數家珍存國粹，班香宋豔一齊收。

李樹芳蔭墀，漢陽。

君不見桃花源畔桃花明，詩人吟咏桃源行。又不見桃葉渡頭桃葉奇，詩人寄託桃葉詞。桃源桃渡桃水清，多因詩人傳其名。詩人老去名猶在，人傑地靈兩崢嶸。吾楚山水名勝多，桃潭之水漾清波。桃花盡日隨流水，好供詩人放棹歌。曠觀唐代重詩人，風流儒雅數汪倫。自古光黃多畸士，汪倫依依潭水濱。潭水浩浩復泚泚，李白踏歌常到此。臨別故人贈以詩，桃潭著名伊此始。潭水兩岸桃芬芳，詩人風騷流澤長。世世繼起皆豪放，風雅今推汪筱舫。我聞筱舫才高華，曾著詩集籠碧紗。門牆培植新桃李，移種河陽滿縣花。閒情寄傲桃潭澤，搜羅族詩存世德。全集綜爲正續鈔，簽名桃潭崇先哲。桃潭古以詩人傳，詩卷今以潭名篇。詞客騷人序班聯，桃花潭水相新鮮。我祖本是李青蓮，詩才我非李謫仙。君今徵題意纏綿，愧無大筆大如椽。況有崔灝句在先，何敢率爾漫題箋。但祝君家桃潭編，好共桃源行桃葉詞，流傳億萬年。

錢清度選聲，武昌。

滄海橫流日，文章倒運時。宗邦難秉禮，小子莫治詩。殊怪天心左，翻疑吾道歧。有誰尋墜緒，忽睹合鈔詞。一姓多耆宿，同編富鼎彝。宋唐堪下上，風雅許追隨。形穢慚題後，工庸只畫皮。桃潭功效著，聖學卜昌期。

李人爽劍初，岳陽。

汪李何所有，所重在交誼。桃潭何所有，所傳在汪李。二公交誼終何如，水深不及情有餘。千尺桃潭千古雅，人地相得何魚魚。太白世居隴西右，桃潭盛有汪公族。由唐直嬗民國民，達人代起家風馥。家風尤邑黃岡汪，二崎山水鍾毓長。秀靈偏發汪家良，豈獨陳杜相頡頏。異哉筱舫，是其繩武雲礽裔，充閭復亢宗，拔群多逸氣。桃潭處處溯同源，蘭族翩翩搜秘集。縱橫萬餘里，上下千百年。征納詩篇當珠玉，不廉聲價猶超然。意謂今茲風雅絕，非周詆孔無聖賢。詩亡更烈焚坑禍，訓聱導瞽誰拳拳。因啟楹書主壇坫，從一家起留薪傳。昔謝靈運之追述祖德兮，志可嘉而未溥。庾蘭成之侈陳先世兮，賦極哀而非伍。惟合鈔如珠聯璧合兮，其即爲君家大成之譜。吁嗟乎！吾豈數典而忘我斗酒百篇之遠祖。孔李通家自昔同，豈知汪李更情融。踏歌一送成佳話，後起何如我與公。

李祥霖佛翼，湘陰。

花花世界現如曇，千古詩盟尚討探。自愛竹樓開畫舫，不隨桃浪付沈潭。東鱗西爪摻鴻集，北□南雲駐篠驂。仙吏玉壺冰朗澈，先芬都供一棵龕。

楊覲圭喆甫，長沙。

快哉亭記大小蘇，一家文藻焜蜀都。桃潭更盛淵源擘，三十六水朝宗趨。黃州府境。黃岡有山山名皋，汪氏詩孫鍾秀久。祖孫演作詩派圖，赤壁雲夢吞八九。

黃　豫荷邨，長沙。

雪堂韻事說東坡，此地人文沾溉多。輸與汪倫好家世，皋樵源遠派流波。

竹筱青青一舫浮，頻栽花縣不勝秋。傳家自具聲詩盛，叢睦坊煇黃鶴樓。

黃孝儔桐虎，長沙。

人擅光黃異，詞追太白吟。峽源傾二代，潭水俯千尋。敷柢庭前樹，音徽欒下琴。獨勞賢令尹，祖德證詩心。

劉孔齡馨逸，攸縣。

桐城汪氏有詩翁，汪澹夫先生爲稼門尚書曾孫。累世風流韻語工。其子棩、孫廷鈞皆能詩。遺集題名生白室，我曾爲文跋篇終。今見瑤編正續刻，焚香拜誦欽世德。桐歙光黃一脉傳，名門鼎峙江南北。仁湖並阜毓英豪，大族昔聞天語褒。兩代人文光志乘，一門儒雅振風騷。承先啟後有賢嗣，琴鶴歸來尋韻事。六年風雨苦搜求，不問干戈猶滿地。能恢前烈紹龍溪，家之珍兮國之粹。十卷琅玕羅衆妙，陽春白雪領高調。或依廊廟奏簫韶，或在林泉娛遊釣。如聞衆仙詠霓裳，如見諸佛拈花笑。江城一面識荆州，循吏儒林傳合收。珍重此編維世教，桃潭佳話豔千秋。

童壽寓景山，黃岡。

漲湖綠波春浩浩，上有並阜山容好。漲湖北岸有並阜山，汪氏族衆適居其間。孕靈育秀挺奇異，掉頭不共林泉老。莽莽蒼煙九點州，茫茫世界正橫流。欲挽天河滌瑕穢，把臂先登郭泰舟。君辦理學務十餘年。春風到處芳草綠，新出萌芽筍抽玉。考成第一慰勞三，黃學使初蒞鄂，甄別全省教員，君列第一。復經繼任齊、王兩學使，以任事精勤，三給獎狀并慰勞金。志士未息風塵足。天下有飢由己飢，鑄銅毋使餓殍悲。君協理造幣廠。天下有溺由己溺，一樣慈航渡沉泪。君總理金武臨救生總局。經營補救歷艱辛，賢良博得循良績。紅羊初換劫火餘，爲蘇民困三下車。君歷任穀城、通城、臨武等縣縣知事。防川已活萬人命，任通時捐貲倡築萬人堤。上書還除四境租。呈准免除無田田賦，通民贈有"代虐以寬"匾額。猖狂誓掃豺狼道，君蒞臨任不旬日，粤匪二百餘人劫境，親督隊剿平，自是不敢復犯。流毒除盡骨裏蛆。君以禁烟嚴密獲獎，通民立有去思碑。清風屢經捐鶴俸，臨邑大水，君捐廉賑災。勞形案牘編成書。君著有《武城公牘》。使君爭欲借一載，君案無留牘，以聽訟勤能記功，整理教育、創興實業均邀獎叙，臨民贈有"清廉慈愛"匾額。去時臥轍攀轅，有泣下者。田園歸去不可待。高歌金石發清音，收羅詩句成珠海。五色燦爛奪雲霞，一家言成厚誼誇。敬宗收族情何似，千尺桃潭萬樹花。

萬學海漱青，黃岡。

李杜精神萃一門，流傳家學有淵源。豪吟俯仰都無忝，八九能教雲夢吞。

千秋風月傳家寶，那肯金鍼度與人。宣聖亟稱無廢業，克昌畢竟有真因。

詩瓢一一苦招尋，煞費工夫煞費心。俊逸清新成拱璧，寸陰六載惜如金。

我本鯫生擬執鞭，焚香捧讀句都仙。桃花潭水深千尺，方載層樓大願船。

朱榮暉伯陶，漢陽。

識君遠在十年前，詩酒談心尚有緣。我滯講壇甘蟄伏，君登仕路羨鴻騫。蓴鱸憶到懷鄉味，琴鶴歸來訪昔賢。弄月吟風還舊好，且高隻眼選青錢。

茫茫世局變滄桑，吾楚騷壇孰主張。派溯屈原悲闃寂，宅尋宋玉感荒涼。保存國粹胸襟遠，歷數家珍翰墨香。六載披吟高摘豔，裒成十卷萃琳瑯。

自古光黃有令名，桃潭一脈更增榮。家風稱述追潘岳，祖德敷陳比士衡。摘藻捵葩賢宰志，敬宗收族故人情。溫柔敦厚綿先澤，不第吟壇作主盟。

大筆須扶大雅輪，徵求海內集文人。聲傳銅鉢頻催促，手出瑤函費選掄。鉅製煌煌光舊德，清詞落落接芳塵。雲天高誼思酬答，愧我無才亦效顰。

高建堮岱原，沔陽。

蓬轉萍飄鬢染絲，論交翻恨識君遲。酒酣耳熱雄心在，話到瀟湘夜雨時。

述德名篇信絕倫，風流儒雅盡傳人。青蓮老去詩才薄，孤負桃潭水一鱗。

閔　豸伯獬，應山。

詩人疊出羨君家，合訂連篇罩碧紗。歌詠也堪綿世澤，悠悠潭水泛桃花。

送別桃潭情最深，風流韻事到而今。合觀大作皆珠玉，家學淵源信有徵。

李士英仲華，安陸。

汪倫情重李青蓮，名著騷壇昔比肩。今日合鈔空海內，羨君先着祖生鞭。

潭水淪漪西復東，桃花爭放笑春風。滄桑變幻原無定，惟有詩人道不窮。

黄　恩止競，鄂城。

雅歌不絕續汪倫，珠玉連篇最可珍。勝讀瑯環千萬卷，君家代代有詩人。

一門歌詠萃千篇，絕妙新詞到處傳。畢竟詩人名不朽，桃花潭水自年年。

張仁熟谷生，漢陽。

滄海桑田感變遷，獨留國粹百千篇。君家才思真無敵，俊逸清新勝昔賢。

家學淵源萬選錢，洛陽鈔遍紙爭先。續貂那管人增笑，潦倒偏思着祖鞭。

王彬哲雅三，漢陽。

荊天棘地黯煙塵，處處兵戈教化淪。君住桃源多雅趣，和風吹滿一家春。

桃潭千樹萬花紅，卻費先人點綴功。大匠於今重護惜，琳瑯都在豔香中。

孔憲邦蔓蒨，漢陽。

腕底繽紛散綺芳，零紅碎錦集琳瑯。桃花潭水千秋豔，併作人間翰墨香。

才人筆妙風兼雅，吐屬陽春白雪辭。魯殿靈光餘悵惘，吾家自宣聖刪詩之後，千古以來能以詩鳴者，殊覺鮮見，家風慚愧，曷勝浩歎。瓣香合誦鮑家詩。

汪明源雯青，黃岡。

吾家散處仁湖濱，兩山並阜作比鄰。鍾靈毓秀出奇傑，遙遙往蹟何嶙峋。烈燧狂瀾互起伏，磨礪志士全其真。後先暉映半仕宦，怡情山水多風人。桃潭本是多情種，況復桃花歲歲新。太白文章高萬丈，踏歌聲裏樂津津。當年俯首宣城謝，傾心難得有汪倫。阿家小咸誦清芬，立志方欲壽斯民。政暇聊爲編輯事，搜羅剔抉勞其身。吾聞詩之爲道主性情，忠孝節義由此生。闡揚先烈資考訂，復願子孫孫保令名。餘技亦足覘舊德，桃潭之水更千古萬古而長鳴。

汪宗耀子謙，黃岡。

君不見，祖龍阿房藏經籍，楚項一炬鬼神泣。漢儒得之灰燼中，斷簡殘篇勤補輯。吾家詩翁樂志齋，漪公避世抱古懷。由明迄今三百載，楮墨蠹蝕幾沉埋。鯫生總角就家塾，誦先人芬耳彌熟。幽光潛德待發揚，有如美玉藏諸櫝。吾宗繼武獲奇英，筱舫其字桑其名。搜求六載易裘葛，手摩黃卷披丹誠。世朝忽忽爲民國，擬將原本重刊刻。爲酬知己濟時艱，因公無暇長嘆息。暫時解組辭湘南，一琴一鶴伴歸驂。手捐廉俸鐫大集，傳家花樣豔桃潭。仁湖厭卷白雪吟，代謝十世到近今。彙成正續若干卷，慷慨擊節留餘音。同氣相求同聲應，一時詩伯爭題贈。拋磚引得寶玉來，實獲明珠照家乘。歲在民國己未春，壽之梨棗付手民。魯魚亥豕訂訛乖，風晨雨夕忘艱辛。憶昔劉向校書天祿閣，太乙燃藜光灼灼。今茲筱舫校詩如校書，精誠感格徑欲通冥漠。吾願後人繼起，恪守矩矱慰高曾，寶一家言宏著作。

汪澤民磻漁，黃岡。

桃花歲歲種成莊，一例河陽姓字香。立品自饒真富貴，賞心獨嗜舊辭章。消除雀鼠咸遵諭，歷官名都，手集判牘成卷。掃淨豺狼漫逞狂。屢次親督警隊剿匪。借問前賢誰得似，期君莫讓漢龔黃。

賞心樂事爲詩忙，錯落珠璣括錦囊。機杼一家旋地軸，雲霞五色耀天章。竹林載酒羣英聚，瓜瓞賡詩累葉香。收族老泉追古誼，又傳佳話到詞場。

汪　逸 經五，黃岡。

昔歲吾宗老汪倫，踏歌相送謫仙人。謫仙贈以桃潭句，風流一千二百春。迄今燊也能繼作，酷嗜風雅敬先民。舊歲出山宰湘土，粲粲不啻元結仁。小邑割雞且一試，大刀烹牛待其辰。四境泠泠月入戶，絃歌振動百年鄰。歸來一棹泛西陵，忽憶吾家此水濱。立德不乏藏孫異，守道或甘原憲貧。陋巷歌聲出金石，書生野逸見天真。移養性情能擇佩，凛遵訓迪輒書紳。鷗鷺幾看入雲際，鹿鳴屢與燕嘉賓。居家酒食先生饌，應聘儒冠席上珍。先疇舊德堪想像，家駒羽毛更出新。鯉庭自樹多桃李，鸞階玉立必麒麟。文章積久光難沒，書劍窮年願竟伸。茲集流傳補家乘，後先暉映見精神。何用洛陽驚紙貴，久無太史訪詩陳。子弟捧承彌鄭重，前任遺義貴親親。悠然孝弟心難已，卓爾斯文道不泯。吾族聲名從此巨，中原大雅古相因。風雅頌訂聖人手，漢魏唐誰敢問津。李杜篇章繼三百，忠孝風懷佩一身。君似仲尼歸魯久，我如子夏索居頻。無邪敢貢詩之旨，愛族能教俗反醇。桃花潭水餘香在，千尺深情滿後塵。

汪近思 杏階，黃岡。

行年過五十，自愧不如君。事業光先祖，搜羅罄大文。一家新卷軸，滿紙古烟雲。剖劂存珍寶，悠悠累世芬。

不盡謳吟事，名流代有人。窮愁徵句妙，富麗羨詞新。杜老詩除瘧，江郎筆有神。予才慙瓦礫，敢翃接芳塵。

汪榮燊 珠浦，黃岡。

桃花潭水深千尺，深情那及汪倫，踏歌聲裏送行人。知音邀太白，一樣句清新。　人道汪家為大族，詩才況有淵源。碎金賸馥散繽紛。

瀟湘聽雨客，搜輯忒慇懃。調寄《臨江仙》。

前清盱眙方伯汪云任朝覲時，成廟云："汪家是大族。"又云："汪無二姓。"天語春溫，此吾宗佳話也。

汪德銘 樹筠，黃岡。

昔讀天人策，前規企董帷。又惜靈均志，騷經昕夕披。光陰何荏苒，世事感奕棋。憶承庭訓日，兄弟同一師。學書且學劍，餘誦先人詩。明清當代謝，漪公樂志時。美新無一字，吟嘯江之湄。商聲動魂魄，伯仲吹壎箎。銘幼時同兄筱舫侍父讀，嘗誦漪園公《樂志齋詩》，感慨久之。數典溯高曾，手澤繫我思。薪傳原有自，負荷時相期。銘幼時，先父羽儀公、叔祖華階公、伯蓮舫公、嘗授以曾祖小山公所著《小山詩草》、伯曾祖九畹公所著《新甫詩草》、祖久恂公所著《楚城雜錄》諸詩誦讀焉。鼎革換新局，倉皇戎馬馳。楚寶出秦火，文字鬼神知。武昌起義，銘與兄同在省垣充學校管教員。適鄉間居村被回祿，家藏書籍付之一爐。惟先人詩稿置於校中，雖經兵亂，常隨身保存，亦云幸矣。發奮綿先澤，史遷意在斯。惟閔予小子，思紹裘與箕。兄鳴武城絃，我營硯山碑。漪園公墓碑原係先伯曾祖九畹公、曾祖小山公及族先輩合貲建立，年久樵牧摧碎，鞠為茂草。至民國二年，兄官通城，銘充省垣學校管教員，爰邀集本支讀書人等捐貲重建豐碑。兄捐款最多，屬銘與磻漁、鶴皋、穉階諸叔經理其事。碑成，餘款同人等設立公會，推定數人經管，以年息為祭費，期垂永久。先人大墓謁，窮搜詠雪辭。"人間徵士墓，天上少微星。"漪園公墓聯也。民國二年碑成後，兄提議搜刻先人詩集。至三年夏，銘由學校假歸，與磻漁、鶴皋兩叔謁漪公墓，旋在稚閣叔祖處覓得士奇公《仁湖雪吟》詩稿，叔祖嘆云："此予手鈔之本，歷經前清粵捻兵燹，嘗隨身保存，至今五十餘年。幸而留傳備刊，可謂文字有靈矣。"兄復攜琴鶴，奚囊珠靡遺。盡簡壓行篋，長途費護持。衡岳雲開早，瀟湘帆去遲。衙齋批牘暇，擊節還怡怡。瓜代復返斾，鄂渚葺茅茨。民國四年，兄官湖南臨武，銘隨幕佐治。兄囑攜所搜詩稿赴任，以便公暇編校。年餘卸篆。往返湘鄂數千里，屢經風潮，各詩稿護存完好如故。竹林皆暢敘，着意厚宗支。素簡通魚雁，新詞豔絹絲。黃葉敲門候，青鐙亥豕鏖。組成分正續，增輝大小崎。詩亡迹熄日，如見漢官儀。兄由湘返鄂，會商伯叔兄弟舘鄂者同任校讎。又刻徵詩啟郵寄各處，搜集宗人詩稿益夥，乃分編爲正續集。近日詩學沉淪，此集之刻亦保存國粹之一端也。阿兄宰百里，介廉第一規。倡修萬人坑，兼護塚纍纍。兄官通城，將赴任時，得先人詩有"介廉第一作風規"之句，爰刻圖章佩用，以當書紳。嘗捐廉提倡重修萬人堤，其原堤脚一段圍護古塚千百。該邑有紳議將古塚劃出堤外，大起交涉。兄斥駁其議，主張照舊將古塚圍於堤內，令生者得除水患，死者亦得安全焉。霪雨蛟爲虐，囊金拯溺飢。憐囚使挾纊，重士無鞭笞。愛人本學道，長記清廉慈。兄官臨武，適春時霪雨蛟起，縣東南各區田畝冲壓、屋宇倒塌無算。兄聞信與銘商籌，不待災民稟報，詰朝前往勘災，捐俸金數百元，隨勘隨賑。戴星出入，不辭勞瘁。又電請上峯撥帑急賑，委員覆勘散放。災民咸慶甦生焉。又捐廉製絹衣以施囚徒，及卸篆時，囚人聞之如失慈母，有哭失聲者。又緝得烟犯某，係前清廩貢生。兄以讀書士人，當庭訓誨，某面赬泣下。及去任時，某作長篇古體詩送行，自怨自艾，感兄訓誨，一時傳爲佳話。又去臨任時，闔邑士民公送"清廉慈愛"四字匾額，懸之大堂上，以誌不忘。茲以家珍聚，刊梨捐鶴貲。繼美《春星集》，英流夸賞奇。韓蘇與李杜，錫語壯門楣。《春星堂集》，前清杭郡汪上湖先生所刻一家詩集也。今是集編成，一時親友名家多錫詩、叙、題詞，足爲此集生色也。合并聯珠玉，流傳重鼎彝。恍與謫仙遇，踏歌千頃陂。潭水淵源遠，桃花著滿枝。古豔長不朽，聊摹屈宋詞。

    筱舫爲吾家後起之秀，刻《桃潭合鈔》，工既竣，屬予題詞。謹按《詩·大雅》一篇所述，皆祖功宗德，噫嘻盛矣！筱舫護惜先人手澤，附以近代吾家諸人詩，方之《大雅》，異曲同工，正無俟判楚楹也。簡端諸君題詠，類皆典麗喬皇，茲不贅述。竊思采風問俗，莫備於詩。筱舫讀書十年，素嫻風雅。通籍後，所居而化，所去則思。學道愛人，豈徒以才諝自見者所可同日而語耶？勉成小詞七首，以誌吾宗韻事云。雨人汪春澍撰。

浣溪紗 筱舫著有《越蔭堂詩草》並《武城公牘》

千尺桃潭浪疊紅，後生吟興十分濃，芬誦先人句調工。　自古詩人即循吏，冷泉判事踵坡公，五花揮灑簿書叢。

生查子 早歲辦理學務十年

手持桃李花，栽徧江之汜。桃李下成蹊，種花人自喜。　仙吏降雙鳧，江國修花史。我羨種花人，公門多桃李。

菩薩蠻 辛亥協理造幣廠

胸中一部周官熟，斯人既出蒼生福。領袖製泉刀，黃標又紫標。　清風動簾幕，人比蓮花萼。蓮葉何田田，青青萬選錢。

朝中措 壬子總理救生總局

江湖近日惡風波，莫漫曳帆過。好鳥聲聲報道，行不得也麼哥。　慈悲我佛，航撐一葦，法説三摩。多少波臣浩渺，化成陸地頭陀。

清平樂 壬子秋官穀城，旋調通城

白銅鞮唱，花榜大隄放。棠蔭青青春蕩漾，消受笙詞畫舫。　琴堂甫脱錦衣，征帆又向南飛。白叟黃童留不得，攀轅未許公歸。

偷聲木蘭花 城癸丑官通城

案頭三尺蒲鞭綠，冤雪覆盆然智燭。勤課桑麻，公暇優游早放衙。　　江南民便周忱賦，蜀郡人歌廉叔度。一樣吳中，團扇家家畫放翁。

減字木蘭花 丙辰官臨武

欹眠舊館，一枕韓詩春睡暖。花落訟庭，風送岩前金粟馨。　　齊名仲舉，净掃蠻烟兼蜑雨。生佛萬家，供養河陽樹樹花。

原 跋

汪春澍雨人，黄岡。

吾宗筱舫年甫及冠，由學堂讀書通籍，熟悉四千年歷史，周知五大洲掌故。昨歲有同學生贈以詩云："清白即循吏，光黄有異人。"洵非阿好。戊午春仲，訪予於鄂垣曇花林寓齋，袖出《桃潭合鈔》詩，邀予商榷。由明迄今，舉凡吾宗前輩及近代諸人古今體詩已付梓者，仍付手民重鐫，未付梓者，按次備刊，斯誠吾族之韻事也已。自顧龍鍾一老，久廢嘯歌，陶徑翟門，荒涼滿目，尚敢言詩哉。重以筱舫之敦屬，誼不忍卻，曾勉製小序一篇，雕蟲之誚，在所不免，筱舫儻亦以癡叔目我乎？不揣耄荒，爲之竭志編校。都爲正續兩集，凡十卷，計詩三千首，洋洋乎大觀矣。

嗟嗟，近代學者專尚新名詞，求一留心風雅者十不獲一。今筱舫獨能誦清芬，詠世德，零縑賸馥，不使缺略。嘻，難已！矧復手捐清俸，迪前人光，爲後起訓，抑又難矣。筱舫是編搜輯經六年之久，始克訂成完本。語云："有志者，事竟成。"然哉！然哉！溯自辛亥以還，天下多故，筱舫弟樹筠善體兄意，從風聲鶴唳中護惜遺篇，惟恐墜棄。是編一出，即以作汪氏之家乘讀可也。余老矣，喜見是書之成，爰誌數語於篇尾歸之。筱舫他日文章政事傳播湘沅，家修廷獻，此其左券，筱舫勉乎哉。民國八年己未蒲月跋。

例　言

一、是編專搜吾宗人詩文，已於己未編刻。其間創宥甚多，茲從事修正，復討遺珠，正集增詩四卷凡十二卷，續集增雜文二卷凡四卷，統計十六卷，顏曰《增訂桃潭合鈔》。

一、正集十二卷。卷一爲士奇公《仁湖雪吟》，卷二爲國瀠公《樂志齋存詩》，卷三爲家驤公《商聲集》，卷四爲階三公《湖上閒吟》，卷五爲引芝公《新甫詩草》，卷六爲桂三公《小山詩草》，卷七爲銘璆公《中州集》，卷八爲春澍公《延弗堂詩草》，卷九爲引撫公《養雲山房詩存》，卷十爲逸叔之《夢唐集》，卷十一爲明源叔父子之《景蘇堂詩集》，卷十二爲燊之《越蔭堂詩草》。

一、續集四卷。卷一爲明清先人古近體詩，卷二爲近代人古近體詩，照原刻略有增減，卷三、卷四爲雜文。

一、是編正續各集作者均有小傳。

一、是編爲家集，謹就支派序列人名，未便細分體列，亦未敢以詩品高下妄加軒輊。

一、是編原序原題詞均照原刻。

一、是編雖略加修正，亥豕魯魚仍所不免，錯誤之處，統祈閱者隨時指正。

一、是編新序、新題詞刻之簡端，以便開卷瞭然，知是編爲再刊。

正集小傳

卷　一

汪士奇，字凡子，號仁湖。清順治丁酉經魁，己亥進士。官江西東鄉縣知縣，調四川曲江、合江等縣知縣，旋內用，官至刑部郎中。公任東鄉時，值流寇擄掠，公團練鄉勇，盡追賊所得擄掠男婦數千人而還，糜粥以養。榜示姓名、里居、生辰，俾夫婦子女完聚無遺。士民建生祠崇祀，名宦、孝友、方正，興學育才，詳載通志、邑志。著有《仁湖雪吟》詩集，計詩六十七首，是編全錄。

卷　二

汪國瀠，字漪公，號漪園，一號阜樵。明廩生。先世居黃之並阜山，至高祖大章公始遷月明壇祖靜齋，以進士官曲靖府同知。父葦齋以恩貢授四川彭山縣知縣，遷陜西臨洮別駕。幼隨父任讀書秦蜀間，稍長還鄉，遊黌序，食廩餼，年未及冠而才名已噪士林。明社既屋，淡於仕進，怡情山水。學行詳載《通志·隱逸傳》，著有《樂志齋詩集》行世，計詩四百五十六首，是編全錄。

卷　三

汪家驥，字賓王，號挹珊。清增生。湛深經學，成就後進甚多。河汾講學，不是過也。著有《商聲集》二卷，計詩一百六十一首，是編全錄。

卷　四

汪階三，字公垣，號星垣。清庠生。延漛姪孫。素邅才名，鄉試屢次堂備，竟抱遺珠之恨，遂焚棄筆硯，無心仕進。著有《湖上閒吟》詩集二卷，計詩一百四十五首，又六十、七十、八十《壽言》三卷截錄自壽詩十二首，共計一百五十七首，是編全錄。

卷　五

汪引芝，字新甫，號九畹。璉次子。清道光己酉副舉人，考取八旗教習，候選教諭。教授鄉間，及門多顯達之士。著有《詩經集句》四卷，《四書制藝》十卷，《新甫詩草》二卷，是編選錄六十八首。

卷　六

汪桂三，字丹馥，號小山。璉三子。清光緒丙子重遊泮水，己丑科恩賜舉人。著《小山詩草》二卷，是編選錄計六十八首。

卷　七

汪銘琛，字達鴻，號小竹。清世襲恩騎尉，改文生用，六赴北闈，薦而不中。年九齡便工詩，有"細讀陶詩與菊聽"之句，爲四川大竹詩老王魯之所賞。晚年淡於仕進，遂肆力於詩，年七十六以苦吟死。著有《東郡趨庭集》《中州集》《南歸詩鈔》諸集，是編選錄九十一首。

卷　八

汪春澍，字榕壽，號雨人。清光緒己丑科舉人。甲午揀選知縣，官福建政和、惠安等縣知縣。民國成立，棄官歸里，充湖北通志局分校。著有《延弗堂詩草》，計詩一百七十五首，是編全錄。

卷　九

汪引撫，字蘭屏。兆霖七子。性孝友，布衣蔬菜，不干仕進。《湖北詩徵》謂其詩"如芙蓉出水，天然呈秀，鸞鳳苞彩，天衣無縫"。著有《養雲山房》詩稿，稿多散失，是編謹就存者刊之，計一百零四首。

卷　十

汪逸，字經五。引撫孫。性酷嗜詩古文，自幼至長，好學不倦。湖南胡佛生、江夏袁承祖、黃陂涂福田太史愛其才，夙應諸書院課，屢冠其曹。嘉魚劉幼丹省長、蘄州黃季剛均賞其詩。著有《夢唐集詩草》，都千餘首，是編選錄三百十二首。

卷十一

汪明源，號雯青，一號儲園。清光緒己丑舉人，戊戌進士，翰林院庶吉士，補用道。著有《儲園詩集》二卷。子四。長翱，字奉初，一號達公，清附貢，北京高等實業學堂畢業，獎給舉人，河南補用知縣，簡任職任用。次翔，號鶯儔，清拔貢，京師大學畢業，歷官廣東萬甯，河南沘源、信陽、鎮平，湖北鍾祥等縣縣知事，簡任職仁用。父子合著《景蘇堂詩集》。

卷十二

汪燊，字建勳，號筱舫。堃長子。兩湖教員講習所及湖北官立法政學堂畢業。前清由學務異常勞績特保知縣。民國內務部第一屆考取縣知事，分發湖南任用。王家營堤工勞績，以簡任職存記仁用。歷官湖南臨武、汝城、寶慶，湖北穀城、通城、鍾祥、武昌、沔陽等縣知事，山東邱縣，黃岡縣縣長，江蘇禁煙局長。著有《武城公牘》二卷，《越蔭堂詩草》二卷，編刻《鍾祥瑞麥吟》二卷，《黃州赤壁集》十二卷，《增訂桃潭合鈔》詩文集十六卷，《桃潭公牘》四卷，是編選詩一百四十七首。

續集小傳

卷　一

　　汪文淵，號赤崖。明嘉靖己酉舉人，己丑進士。選庶吉士，授編修，遷户部郎中，官浙江金華知府。著有《木天清課》一卷，選五首。
　　汪文瑞，號東涯。明嘉靖甲午經魁。著有《味根堂詩集》一卷，選一首。
　　汪之汸，號碧崗。明嘉靖壬子舉人。文淵子。著有《經畬堂詩集》一卷，選一首。
　　汪之浼，號鳳溪。明隆慶庚午經魁。崇祀鄉賢祠。文瑞子。著有《樂善堂詩》二卷，選一首。
　　汪之浹，明萬曆庚子舉人。由黃岡遷居麻城。著有《麻山游草》，選一首。
　　汪守廉，號靜齋。明隆慶丁卯舉人，甲戌進士，官雲南曲靖府同知。著有《靜齋詩草》二卷，選一首。
　　汪洼東，號泓沁。生當明清易代之際，讀書樂道，不事王侯，他如捐産建祖祠，竭志修宗譜，族人咸稱其明大誼焉。晚年築小隱園於馮家舖東，手植松柏，徜徉山水間。詩四首。
　　汪應節，明萬曆甲午舉人，官江蘇吳江知縣。著有《述古齋詩集》，選二首。
　　汪元極，號容庵。明萬曆辛卯解元，甲申進士，選庶吉士，授檢討，遷南京國子監祭酒。著有《誦芬堂詩鈔》三卷，選四首。
　　汪傑，號偉齋。明萬曆辛卯恩貢。官四川彭山知縣，遷陝西臨洮別駕。守廉子。著有《養雲詩鈔》二卷，選一首。

汪陛延，號亦常，原名三奇。明崇禎庚午癸酉副貢。居汝王城。有《五經注》《離騷注》，並著《舟略》《廿一史兵法》《楚文獻錄》諸書。詩一首。

汪煉南，號冶夫。明崇禎癸酉經魁，清順治壬辰進士，選庶吉士，授編修，遷侍讀學士，提督順天學政。著有《存誠齋詩》一卷，選六首。

汪嶼南，號與山。清順治丁酉舉人。官直隸武邑知縣，調廣西興安知縣。文淵曾孫。著有《武安游草》二卷，選二首。

汪爌南，號涵夫。明崇禎癸酉經魁，官河南開封知府。煉南弟。著有《天鏡堂詩鈔》一卷，選四首。

汪沅，清順治辛丑進士，官河南滎澤知縣。居還和鄉。著有《葆元堂詩草》，選一首。

汪有重，號媿孝。明季庠生。博學廣交。年四十卒。《樂志齋》載有《哭亡弟媿孝》五古詩，其品誼可概見也。國瀠堂弟。詩二首。

汪國綸，號合公。明季庠生。國瀠堂弟。詩一首。

汪邰孫，號茀厥。清順治戊子拔貢，歷官山西洪洞、積山、翼城知縣。陛延長子。著有《樕蔭堂詩草》。選一首。

汪基遠，號星伯。清順治戊子舉人，己丑進士，官江西東鄉知縣。著有《忠雅齋詩》一卷，選一首。

汪基美，號誠廬。清康熙辛酉經魁，官公安教諭。爌南次子。著有《柳塢小草》《問津小草》《嵩樵詩鈔》諸集，選三首。

汪基定，號靜臣。清庠生。爌南四子。詩一首。

汪封秦，號文定，派名宏寅。清庠生。年十二舉茂才。居並阜山。著有《補拙齋詩集》三百篇，選一首。

汪德勳，號亮和，派名宏宰。清庠生。封秦弟。著有《亮和詩草》，選一首。

汪度宏，號能菴。清康熙壬午舉人，丙戌進士。官廣東保昌知縣。士奇孫。著有《能菴詩集》行世，選二首。

汪惟鏞，號恒菴。清康熙辛酉副貢，南漳教諭。著有《奈何春詩集》三卷，選一首。

汪惟鑾，號敬亭。清康熙乙酉舉人，官內閣中書。惟鏞弟。著有《燕台壯遊詩集》一卷，選一首。

汪士晌，號東昇。德勳次子。著有《味正齋詩集》二卷，選一首。

汪依仁，號呂陽。清雍正甲辰舉人，官山東海陽知縣。度宏長子。著有《樂山詩集》行世，選三首。

汪永書，號丹麓。清雍正己酉拔貢，朝考一等，官江蘇華亭、崑山、沛縣知縣。基遠姪孫。著有《白門吟稿》詩一卷，選一首。

汪永開，號鶴江。清雍正丙午舉人，揀選知縣。乾隆朝主講江漢書院。惟鏞姪。著有《集唐詩》二卷、《好景堂詩鈔》一卷，選二首。

汪昶，號韻和。漢陽人。著有《柏井集》，選二首。

汪文熙，號緝丞。羅田人。著有《友梅齋詩集》，選一首。

汪延溭，號仰峯。士晌子。著有《養真堂詩集》，選二首。

汪謙，號南亭。清嘉慶庚申舉人，截取知縣。世居安仁湖。輯《五十種韻辨》《綱鑑會纂補正》①。《補正堂詩》三首。

汪朝楷，號叙亭。清嘉慶丁酉舉人。謙弟。著有《守拙堂詩草》一卷，選一首。

汪鳳超，號儀亭。清乾隆丙午舉人，揀選知縣。度宏姪孫。著有《儀亭詩草》，選一首。

汪璉，號輝典，派名于正，延溭子。著有《惜陰齋詩集》，選一首。

汪兆霖，號蕭齋，晚號安泉老人。清乾隆癸卯舉人，歷官直隸井陘、安肅、大城、東安知縣，陞薊州、霸州知州，天津府海防同知。在任勤撫字，減差徭，決疑獄，以廉明惠愛著，宦蹟詳邑志。著有《安泉

---

① 據《光緒黃岡縣志·藝文志》，汪謙有《綱鑑會纂補正》，又據本書續編所錄汪謙詩注，其有《補正堂詩》，底本此處疑脫"補正"二字，予以補入。

老人詩鈔》，選五首。

汪兆紱，號文山。清庠生。兆霖仲弟。著有《周易精義纂要》二十四卷。詩二首。

汪兆柯，號則亭。清嘉慶戊午舉人，辛未進士，官廣東東安知縣，遷羅定直隸州知州，咸豐戊午重宴鹿鳴，恩賜翰林。兆霖三弟。詩六首。

汪兆澍，號霈田。清廩生，官安陸府訓導。兆霖四弟。詩二首。

汪兆康，號鶴年。清廩生。著有《仁村初草》詩集，選一首。

汪兆雲，號慶齋。清道光壬午舉人，癸未進士，銓選知縣，官鄖陽教授。謙次子。詩一首。

汪秉鈞，號寶丞。清廩貢生。官武昌府訓導。著有《韻府聯珠》並《史經語類》。世居盤湖。詩一首。

汪承恩，號惠圃，一號液波，派名于鑾。清乾隆庚子舉人，官淮衛千總，道光庚子重宴鷹揚。詩一首。

汪鄰，清嘉慶戊辰舉人，賜國子監學正。勝公後。詩一首。

汪士舉，號惺齋，一名光照。清庠生。詩一首。

汪封渭，號竹千。清道光癸酉舉人，癸未進士，三甲傳臚，歷官山東諸城、邱縣、汶上知縣，升德州知州。著有《種樹山館詩鈔》，選二十二首。

汪極三，號植齋。清嘉慶戊辰舉人，己巳進士，歷官河南正陽、鄢城知縣。公居官勤慎，能愜輿情，去後猶繫人思。世居黃土坡。著有《十三經注解》。詩二首。

汪引張，號春門，原名復三。清庠生。詩四首。

汪引光，號玉峯。清廩生。咸豐乙卯恩貢，候選教諭。詩四首。

汪引鴻，號秋浦。清嘉慶癸酉經魁，揀選知縣，歷官安陸府訓導、監利縣教諭、武昌府教授。兆霖次子。著有《午橋外史》。詩六首。

汪引鵠，號雲階。清庠生。兆霖三子。詩六首。

汪希文，清廩貢，肄業江漢書院。詩一首。

汪寶忠，號保丞，原名引衡。清同治壬戌舉人，欽取覺羅鑲黃旗官學教習。兆緻四子。著有《醉梅詩集》，選三首。

　　汪引彤，號憲臣。清庠生。兆澍次子。詩一首。

　　汪永鋐，號成軒。清歲貢生。遷居陝西白河縣關兒口小溝。詩四首。

　　汪引恬，號静軒。清增生。詩五首。

　　汪引夒，號旭菴。清庠生。詩一首。

　　汪引禾，號玉田。清同治庚午舉人，揀選知縣。謙堂姪孫。詩四首。

　　汪引盛，號際臣。能文章，書法雅近顏柳，小試列前茅十餘次，數奇，不能博一衿。賦性樂易，壽七十餘卒。引禾弟。詩一首。

　　汪文炳，號錫三，更名綏榮。清庠生。著有《課兒草制藝》。詩四首。

　　汪鳴旦，號芳煜。清增生。謙姪孫。詩二首。

　　汪大元，號渭宣，一號西陵。清庠生。鳳超姪孫。居汝王城。詩四首。

　　汪正元，清道光壬戌翰林。江西籍。詩二首。

　　汪潤，清道光壬辰進士，工部主事，官廣西左江道。黃安籍。詩四首。

　　汪家駒，號寶朝。清庠生，經古冠軍。家驥兄。詩一首。

　　汪銘序，號養東。清廩貢生，官安陸訓導。封渭姪。著有《碧山游草》，選一首。

　　汪銘鼎，號立三。清庠生。詩一首。

　　汪有烺，號念平。清庠生。詩二首。

　　汪氣濟，號春圃。清道光戊子舉人，歷官應山縣訓導，安陸府教授，河南即補知縣。極三子。詩四首。

　　汪元善，號長卿。清廩生。光緒己亥制科孝廉方正，召廷簡用。著有《味根齋文集》十六卷，《周易折衷注解》十二卷，《琴莊詩草》六卷，選十八首。

汪久怡，號道煦。清貢生。引芝長子。詩五首。

汪久愷，號東里。積學未遇。引芝姪。詩二首。

汪鵬，號雲鵬，派名久恂。清兩次佾生，積學早逝。桂三長子。著有《楚城雜錄》詩集，選五首。

汪久懷，號華階。積學未遇。桂三三子。詩二首。

汪熊光，號漢階。清廩生。引張姪。詩一首。

汪奉揚，號小春。清庠生。引張子。著有《採芝山房題筆》，選一首。

汪濊，號穉閣。積學未遇。詩四首。

汪維坊，號珊堂。清庠生。元善堂兄。詩四首。

汪銘，號澤田。清庠生。詩二首。

汪掄元，號幼蘭，更名慕韓。清庠生。引撫子。行文有家數，初學望溪，晚師昌黎，詩淡逸。著有《滋蘭草堂詩集》二卷，選十六首。

汪理孚，號小浦。光緒己亥經魁，揀選知縣。引鴻子。詩三首。

汪理清，號直菴。清庠生。引鴻姪。詩一首。

汪士儀，號馨陔。清道光己酉舉人，歷官廣東澄海、豐順、海康等縣知縣。兆柯孫。詩六首。

汪士佶，號吉人。清庠生。士儀弟。詩一首。

汪士茱，號一香。清庠生。兆澍孫。詩二首。

汪士蘭，號香階。清庠生。兆澍孫。詩二首。

汪慶瀾，號海波。清庠生。兆澍孫。詩二首。

汪子睿，號冠卿。清庠生。兆澍孫。詩八首。

汪柏心，號衛廷。清庠生。兆澍孫。詩六首。

汪元音，號叶五。清庠生。引光姪。詩二首。

汪元鼎，號和卿。清庠生。元善弟。詩一首。

汪元熙，號祥軒。元善季弟。詩一首。

汪元椿，號少峯。引光次子。詩四首。

汪范金，號琴甫。引光姪。詩四首。

汪際清，號筱仙。清庠生。詩一首。

汪際丁，號貞府。清庠生。兆紱孫。詩二首。

汪錦春，號桂芳，派名久馨。清庠生。大元長子。詩一首。

汪維翰，號若林，派名久馥。清佾生。大元次子。詩二首。

汪氣芳，號蘭階，一號西周。清庠生。著有《四書萃精》《學庸豁言》。詩一首。

汪洪壽，號古香。清咸豐己未舉人，咸安宮官學教習，河南即補知縣。詩四首。

汪鵠，號竹青。清優廩生，科歲試三次第一。詩二首。

卷　二

汪永安，號竹溪。前清邑廩生，己酉制科孝廉方正。世居嘉魚縣。著有《退思齋集》，是編選詩四十首。

汪鵬，號竹坪，又號搏九。清附生，黃州師範學堂畢業。詩三首。

汪春樺，號仲清。清增貢生。著有《東浙浪吟》一卷，選一首。

汪春浩，號玉卿。銘序子，春澍弟。著有《玉卿吟》，選五首。

汪春澤，號麗甫。清貢生，候選訓導。封渭孫，銘琢長子。著有《羅浮游客詩鈔》，選十二首。

汪春洋，號溢齋。清庠生。春澍弟。著有《漢上吟》一卷，選十二首。

汪春江，號竹孫。清世襲恩騎尉。封渭孫，銘琢子。著有《沱湖吟稿》，選六首。

汪春潔，號太甫，原名春階。清明經進士。詩一首。

汪春美，號承齋。清明經進士。銘鼎子。詩一首。

汪辛桂，號炳如，派名緒煌。清庠生，同治庚午恩賜舉人。詩八首。

汪炳南，號慎齋。氣濟子。詩二首。

汪緒純，號粹珊。氣濟姪。詩一首。

汪堃，號蓮舫，派名緒乾。清候選州同。久怡子。詩五首。

汪宏，號羽儀，派名緒長。清增生。鵬久恂子。詩三首。

汪福時，號祉蕃，派名緒滋。清增生。元善堂姪。著有《滋生堂詩草》及《六十壽言》，選十四首。

汪秉南，號聘臣。奉揚長子。詩一首。

汪宗耀，號子謙。奉揚次子。著有《謙益堂詩草》，選四首。

汪澤民，號磻漁，一號霈餘。曾充軍署秘書。元善次子。著有《補天精舍詩鈔》二卷，選十二首。

汪緒清，號鏡如。維坊子。詩二首。

汪蕎，號鳳池。清庠生，黃州師範學堂畢業。引光孫。詩四首。

汪䔄，號幼甫。引光孫，蕎弟。詩一首。

汪翼，號訓庭。引光孫，元椿三子。詩一首。

汪燊，號秀山。清庠生。兆柯曾孫。詩四首。

汪毓瀛，號仙舫。清庠生。兆柯曾孫。詩四首。

汪度，號幼廷。清庠生，新疆法政專科畢業生，考取縣知事，分撥新疆任用，官蒲犁縣知事。兆霖曾孫。詩二首。

汪鳴九，號鶴皋。兩湖師範講習所及湖北單級師範學堂畢業，曾充黃岡縣勸學員、講演員，黃安縣講演員。范金長子。著有《鶴鳴詩草》，選三首。

汪鳴和，號鸞雛。省立第一中學校及國立師範學校畢業。鳴九弟。詩一首。

汪郁彬，號幼階。黃州師範學堂畢業生。久懷三子。詩一首。

汪郁文，號穉階。久懷五子。曾充救生總局會計員、臨武縣署科員。詩一首。

汪偉勛，號華軒。大元堂姪孫。詩二首。

汪亮，號夢仙，更名紹鵬。幼穎悟絕人，長習舉子業，喜豪放奔逸之文，不拘繩墨，屢困場屋不售。遂厭棄時藝，徧遊東南山水，南極瓊島，北至維揚。倦遊返梓，復授徒數年。出其門下者，多知名士。辛亥改革，年近六旬，棄家族而去，不知所終。著有《夢仙詩草》一卷，選五首。

汪鼎璜，號雅亭。清庠生，屢膺房薦。著有《雅亭詩草》，選十三首。

汪履祥，號丹丞。清庠生。屢膺堂備。詩九首。

汪步丹，號朂堂。清乾隆甲辰院試冠軍，甲寅恩科舉人。遷居麻城縣。詩一首。

汪近思，號杏陔，一號癡儂。清庠生。炳南子。詩五首。

汪啟炯，號幼珊。緒純子。詩一首。

汪思睿，號介夫，派名啟芳。極三曾孫。詩一首。

汪鼎銘，號幼蕃，一號冠羣。曾充江蘇劉河釐金局長、陝西第九區禁烟專員、山東東阿縣征收局總務科長。福時子。詩二首。

汪治安，號之政。湖北特別陸軍學堂畢業，保送陸軍部存記，以中級軍官補用。歷任河南洛陽、安徽藍陵警察局局長，廣東五華縣警察署長，湖北公安釐金局局長等差。曾保工兵上校，獎給五等文虎章。澤民姪。詩三首。

汪輝楚，號仲繩。湖北督軍公署軍法課課長兼陸軍審判處處長，簡任職任用。詩六首。

汪佩聲，號玉佛。清光緒壬寅舉人，兩湖大學畢業揀粵知縣，粵法政學校畢業，乙卯保免縣知事，分湘咨粵任用。詩十三首。

汪葆源，號秀三。湖北官立法政學堂畢業，武昌地方審判廳推事。編有《刑事訴訟法》及《監獄學》諸書。詩二首。

汪桂森，號楚翹。福建巡檢。春澍長子。詩一首。

汪榮槃，號珠浦。春江子，銘琢孫，著有《薺月集》《趨庭集》《苣香詞》，選十首。

汪榮榆，號天白。春江子，榮槃弟。天資穎銳，少年不得志，鬱鬱以死，年纔二十三。著有《鄰坡堂詩草》，選一首。

汪榮發，號威廷，字儀生，原名禮楨。有烺孫。詩二首。

汪錫瑞，號信青。前官陝西鎮安縣知事，及湖南常德、桃源縣知事，存記道尹。京兆大興籍。詩二首。

汪璧臣，號吉堂。清庠生。詩一首。

汪學海，號少卿。湖北官立法政學堂畢業，曾任漢口地方廳檢察官，安徽高等廳首席檢察官，湖北省政府司法股長。詩二首。

汪廷福，號賓門。縣試屢列前茅。詩一首。

汪廷鈞，號仁軒。清庠生。詩二首。

汪絢采，號半愚。清佾生。辛桂子。詩一首。

汪福海，號潤生，派名啟澤。天姿過人，前清由府試冠軍入泮，惜早逝。詩一首。

汪德銘，號樹筠。清庠生，兩湖教員教習所暨湖北官立法政學堂畢業，歷充省立高小管教員及湖南臨武縣署二科科長。宏子。詩十八首。

汪志俊，號旭屏。安徽桐城人，住南鄉下樅陽方周莊。詩四首。

汪先倫，號仿漁。安徽懷寧人。詩四首。

汪榮，原名鴻燾，號蔚青。肄業湖北方言學堂，留學日本，前清考取翰林院供事，歷任安徽當塗、永寧等縣公安局警察署長。詩四首。

汪樾，號秋涵。薦任職任用，曾充安徽民政廳科長、省黨部秘書長等職。詩二首。

汪昱，號戒三。聰公後裔。幼勤學不倦，書法勁秀，後棄儒為賈，廁身武漢商界，為經濟大家。詩二首。

汪燮，號孝謙。陽邏官立高等小學校畢業，曾充黃陂縣政府科長。詩一首。

汪成鈞，號誠君。湖北省立第一中學校優等畢業，保定軍官學校步科畢業，湖北督軍公署參謀，第四路總指揮部參謀。詩一首。

汪成炳，號序初。湖北陸軍軍官學校電信科畢業。詩二首。

汪殿英，號海東。南方大學預科畢業，湖北陸軍無綫電學校畢業，中央陸軍軍官學校畢業。詩二首。

汪國華，號海籌。中央陸軍軍官學校畢業，曾充安徽鳌金局局長。詩二首。

汪晉，號康候。燊長子。啟黃中學校及北平高等警官學校畢業，歷充武漢公安局警察署員等職。詩九首。

汪澄之，號澄之。燊次子。北平弘達學院高級中學畢業。詩一首。

汪渭，字碧雯，號中砥。燊姪。省立第二中學校畢業，曾充中央獨立第六師二旅書記官、第十九軍二師軍醫院書記官、武漢衛戍司令部政治訓練處服務員、黃岡縣政府科員等差。詩一首。

增訂桃潭合鈔正集卷第一

仁湖雪吟

黃岡汪士奇仁湖著
後裔燊筱舫重刊

　　過汝，喜再遇與山弟。都門九月，與山別余，有之萊之役。時自豫反楚，余則旋里又北上矣

清·汪士奇仁湖，黃岡。

燕臺重泛菊花杯，秋水泛泛慣溯回。我去應留殘雪在，君歸尚逐早梅開。十年踪迹車塵老，一直音書鴻雁來。時託其寄家信。好念客窗槐雨後，都門同寓，嘗夜話槐蔭下。孤燈夜月共徘徊。

贈汝倅同里揚翰如

汪士奇

汝流環峙古黃岡，汝南四十里渡河地名黃岡。高挹南薰地澤長。六百鄰封君異蹟，自黃至汝凡六百里。三千客路我同鄉。光瞻佛頂欣逢臘，時十二月八日。賦魄凌雲幸識揚。爲報故園風物好，歲時父老話農桑。

上蔡道中

汪士奇

幾共寒鴉逐夕陽，朔風強半載行裝。邨糧棗栗饔飱盡，獵騎郊原麋鹿藏。時汝守出閿，越蔡界二十里。像肅先型瞻上蔡，城南二里爲謝上蔡祠。碑鐫古篆憶中郎。城南垣有蔡中郎碑刻。應知近郭宜人地，茅屋泥墻棘火香。

伏羲畫卦臺_{臺高丈許，距城南三里，面數十步，}
爲舊城垣，上有碑書"伏羲著臺"四大字，側書"伏羲畫卦，著草生，白龜出。"漢中郎蔡邕筆

汪士奇

澹雲野郭影迷離，正是初經草昧時。天統後先開作述，象無長短任蓍龜。六爻文字焚難盡，四達高原望不移。爲識當年尼父厄，也因亡食結韋遲。

上蔡弔李斯

汪士奇

當年亦是一驅除，欲駕王封與帝居。勢易服從因縣地，人銷詐僞在焚書。藏弓忍令悲牽犬，置帛徒教誤剖魚。井邑莫行三代後，功宗萬事有誰如。

西出蔡五里，由故城走百池，
人傳李愬驚鵝鴨亂軍聲處

汪士奇

城垣短棘墓煙空，想見當年竊據雄。上相秉鈞專運策，元戎服韉敢居功。地清千里連河朔，教達無方逮汝東。此日時和多瑞雪，鵝池應盡

入樊中。

發高橋

汪士奇

危橋横古岸，馬首帶霜來。斷樹晨煙起，孤僧野寺開。河聲人語亂，邨火夜衣催。相對誰青眼，還邀酌酒杯。

宿臨潁，喜遇宋道長招飲，道長方廷試，偕韓生旋里

汪士奇

潁水西風古道寒，停鞭頓接故人歡。詩成晦日新誇宋，交訂連年舊識韓。封去手書郵漢北，聽來口信熟長安。更疑知己前途在，待指南旋勒馬看。

臨潁道中雪

汪士奇

堤柳繙五出，疑是放梅花。白點三千界，煙生百萬家。吟詩驢背穩，買酒客囊賒。近謝箕仙侶，年年樂歲華。

孝子橋 原名和尚橋，因孝子與和尚有嫌隙，故改名孝子橋。地偏長葛，爲由許達鄭之衝

汪士奇

早道經長葛，晨風怯短裘。人煙村樹脚，馬跡古橋頭。遺像瞻元直，橋南爲徐元直祠。清流憶許由。橋流與潁水通。摩挲殘碣字，歷歷數賢

侯。橋北有去思石。

滎陽紀雪兼呈谷雪塘、章載菴兩年兄

汪士奇

斷崖短樹凍雲蒸，亂落晨棲戢羽鷹。古屋光連童竈冷，虛窗静與客心澄。天霏玉屑章于漢，載菴見示東西二銘注刻。地擁銀膏骨作陵。雪塘家陵縣，來尹滎陽。伊水連山遺事在，使君寧惜酒如澠。時兩兄俱招飲。

十載風生一敝裘，寒光盡付劍囊收。遥山半落雲中影，近水全浮郭外樓。居雜窟巢平鳥道，滎地依山，民多穴處。境連楚漢界鴻溝。楚漢分界處在滎北二十里。莫疑古柏留顏色，帝女松枝舊白頭。雪塘書室懸《白松圖》。相傳白松黃帝三女所化。

汜水覓舟贈漢陽吳石承年兄，石承宰汜凡八載矣

汪士奇

十年郼雪解誰同，八載勞成繼禹功。化起江南先汜水，治優西漢首吳公。江清響入琴堂小，嶽降名懸帝座通。祇愧蹇趨淹歲月，古人今許借長風。

登汜水東金龜山玉皇閣閣倚懸崖，依山置級，凡數憩乃登

汪士奇

削立孤峯絶所憑，通明宮殿起崚嶒。陣雲晴靄沙場草，汜北即廣武山，古戰場在其下。堤樹風開砥柱冰。臨河不數里。卦列八方尊五位，星高北極拱南陵。汜為古崤關，晉禦秦師於此，二陵在焉。瓊文好度三生劫，階級人間亦可升。

雪中渡黃河

汪士奇

水天相接兩蒼蒼，馬首衝寒跡渺茫。萬里空濛藏世界，一流中剖出洪荒。層冰凍合龍門小，遠浦風連鸛尾長。古岸平沙遙望處，邨煙斷續暮雲黃。

曉發趙堡 曙色初開，雪飛方歇，白光搖蕩，幾不辨南北

汪士奇

野堡鳴雞促曉裝，長天遠影入微茫。白痕點黑林烏出，驛路連邨宿火香。典盡征裘寒徹骨，携殘短劍凍生鋩。怕看沁水河邊柳，兩度依依髩欲霜。壬寅秋杪，由懷走衛，以淫雨迂道河堤，經木蘭鎮、武陟縣等處。

河內謁昌黎祠，有諸伶寓其內，伶出而邑尹爲加砵封。欲瞻拜遺像，守者懼，弗敢啟，未得升堂而退，悵然久之

汪士奇

瘴江寧計逐臣身，古廟雲橫嶺是秦。八代文章尊史冊，千年祠廟雜優人。升歌縱入梁空繞，俯處終慚鱷易馴。若值唐皇歌舞日，先生應是早批鱗。

彭悟山太守招飲，散後漏四皷下，六街燈燭花炮不絕，始知爲廿四夜祀竈也

汪士奇

清粱明水擁燈檠，夜半升陉皷急鳴。笑語但聞兒女亂，宦游空度歲

時輕。烘煁不解王孫媚，染鼎徒慚考叔羹。是日飲鄒式玉年兄及悟山太守。悟山坐上多宦退交遊。式玉則設饌供母，以其餘供予分食。醉裏長吟還效俗，客中梨棗點茶鐺。

清化鎮早發 時十二月十六，越立春凡三日

汪士奇

馬首接蒼冥，重城未啟扃。雪光橫水闊，夜色入晨清。寒逼孤松壯，春還百蟄醒。翠屏行屋合，環衛北辰星。

十二月二十九日，由淇右走宕水，主人有度歲之約，余先除夕一日而至，可謂不食言矣

汪士奇

淇水難湔此日慚，敝裘十載盼朝簪。依辰斗氣常瞻北，游子車塵却指南。臘尚未除宵是九，客來不速歲經三。春風有約人將近，慰我綈袍酒正酣。

到湯呈林果存，爲口述家信

汪士奇

歸來曾過故人居，鎖夢堂前草不除。果存匾其堂曰"鎖夢"。三徑菊存疏雨潤，萬山松老暮雲虛。果存建菴曰"萬緣"，延高僧其中，時與煮茗談論。高堂健步加餐飯，稚子潛心誦古書。囑我相逢爲傳信，比年種秫熟新畬。

乙巳除日立春，適抵湯署，呈松巖、道安

汪士奇

千里驅塵至，通名主不驚。馬歸曾宿櫪，人飽舊嘗羹。解帶劍光出，披裘酒氣生。寒威從此盡，客到與春迎。

除　夜

汪士奇

官衙酒罷聽鳴絃，松岩多蓄古琴，時爲予撫之。燈火譙樓夜色妍。千里息肩依古寺，署中不耐禮數，出寓寺中度歲。一宵轉眼入新年。春歸北地身知暖，客到南天夢欲圓。最是老僧忘歲月，不將鐘磬破孤眠。

乙酉四月一日發黃州以下舟行紀事

汪士奇

溯遊何所之，牽纜詫篙師。觸熱頭應苦，是日舟中苦熱。迎風面恰宜。一身薄宦老，此意故人知。上下江干路，行行總繫思。

蘭溪阻泊，晚值暴風，狼狽登岸，主醫士朱美卿家

汪士奇

蘭溪古渡頭，客舟信宿留。支榻柴門掩，登堂藥味投。已非修禊事，豈爲覓泉遊。陸羽《茶經》載蘭溪有第三泉，今不識其處。東下風聲惡，將毋逐石尤。

初三日立夏，巳刻發舟。
是日泊武穴，閱程二百里

汪士奇

客夢春宵盡，征懷夏晝長。撐持新槳葉，舟具多被風壞，葺完乃發。珍重舊琴囊。檝響聲尤壯，風乘浪未狂。烏江悲項羽，蘭溪上五里有烏江廟。黃石憶張良。蘭溪下三十里爲黃石港。道士前稽首，又三十里爲道士洑，山石突出，截江過半，壁立千尋，迴流湍激，其下過者心悸。石洑俯首戴冠，如道士狀，因名。茅山實比行。下數十里有茅山港。句容茅山以三茅君在山修鍊得名，弟子習其道術者甚多，名茅山法。港豈有道士過此耶？風波平小港，下有風波港，爲行舟避風處。蘆荻隱高檣。自維源口至蘄州，上下三洲蘆葦叢密，舟行其中，往往相望不見。脈跡聯蛛馬，蘄陽下有排石磯，石點如列星，蛛絲馬跡，相傳爲過江山脈。峰容拱鳳凰。蘄北有鳳凰山，羣峯如飛鳥環繞向之。揚帆過海口，蘄南有海口山。鼓枻下盤塘。自蘄至田家鎮，凡四十里，下有江名盤塘。氣賈甘寧勇，富池爲自蘄入興國江口，有吳王廟，祀孫權將甘寧，以水神受封。飽分魯肅糧。由盤塘出武穴有魯肅灣，相傳子敬屯糧處。釣磯慚旅客，宿穴待晨光。伏枕驚餘險，呼燈述短章。猶慚名利想，豈得到羲皇。

蘭溪聞榷關信

汪士奇

湖口滔滔水，江聲徹夜號。勘關曾視地，前關使在潯，建言移關湖口甚便，計臣奉命差司官往視，因主其説，今榷使即前視地者。賢我敢辭勞。仰沫無藏尾，翔雲勿隱毛。普天遵路日，寧得匿秋毫。

初四日泊九江，有鄰船次早回黃，晚寄家報

汪士奇

計程三百里，越日到潯江。初三日發蘭溪，即寄便舟口信。鄰泊舟晨發，燈書影夜撞。堅行移地近，善守得風降。寄語前途者，停帮穩繫樁。

初五日仍泊九江，地近南康，有懷孟灃

汪士奇

十載曾爲別，音書近一聞。開緘因急難，有難民陳姓，往廣西旗下贖子，沿途乞資，孟灃便中致書。雅意重離羣。彭澤當年柳，匡廬舊日雲。大觀樓尚在，誰是細論文。向與孟灃及同學諸子校文其上。

九江覓舟南下，舟子多不欲前。初六日自小池口內港曲尋黃州河道，將由黃梅東出港，不由舟牽舡尾，前去廬山。口占紀事

汪士奇

爲別廬山久，船頭相對開。背沿新港下，面拱故人來。接塾兒童喜，盈疇菜麥堆。東西三尺水，德化與黃梅。

初七發孔壠 初六日自小港由嚴家閘南出，值水涸，取道宿孔壠之舊。一堤隔水，舟至，裝具盡撤，人力盪行過之。時夾築兩堤，中一塘蓄水，客船凡兩拽，貨具載塘中小艇上下，凡有堤主司取利，行道苦之

汪士奇

東下黃梅水，雙堤疊出希。牽舟誰住岸，畫鷁儻高飛。左右皆登

壟，游泂盡入圍。恐聞關使者，此地應征譏。

孔隴隴下水，十里好浮槎。茶劑黃連苦，水岸有黃連嘴，舟行過之，取水烹茗，以試其味。帆迎白鶴斜。白鶴渡爲廣濟水出合行之處，值便風揚帆過之。停橈看石里，石姓爲梅邑巨族，居下新里，河水西南邊，緩舟經過，門庭第棟連雲，凡數百烟火，一姓如市狀，多聞書聲，亦名族也。繫纜宿皇華。東下爲黃梅接宿松界，水道迎送在焉，故又名皇華鎮。是日舟行過之。明日潯陽路，瀟瀟蘆荻花。

發皇華二里，接宿松水口，風行稍逆，回顧黃梅祖山在望，時四月八日

汪士奇

望裏黃梅寺，祖山懷舊名。一花隨意發，五葉故相爭。乔悟文章事，徒縈利禄情。舟行風忽阻，十日幾陰晴。

愛餐梅子熟，炊米亦成烏。變黑無如白，傳薪不在爐。仍將世口味，散作衆醍醐。蒸麥田家早，羹糍供奉無。

晚泊行墩

汪士奇

楚船晨纜發，吳櫂晚歌喧。蛇口龍湖闊，是日由蛇家嘴出龍湖。竹墩石岸尊。鄉僧談井里，僧湖口人，王姓，住竹墩地藏菴。老將樂田園。有翁姓，年七十，少被掠入伍，功歷副戎，方投閑歸里。沽酒漁家坐，飲酣日未昏。

白樂湖

汪士奇

竹墩之河何徙倚，清清白樂湖邊水。爲問此水所由名，舟子答言失其指。竹籃機孔絡遊魚，業者至今百年矣。湖首宿松東，西接潯江沚。

岸樹遠連雲，那可計道里。漁艇未暇尋，路狹不盈咫。莒頃散榆錢，何止什百比。沄沄湖水漾綠波，彌望菱芡何其多。豈無山水文章客，月明秋夜聽漁歌。君不見，郎官湖上李青蓮，當年地與人俱傳。江洲況有白司馬，白樂湖應屬樂天。

> 初十日，吉水溝由磨盤洲出江，行十里，聞挈舟信，仍回泊洲港，以江埠皆望江縣地，洲則彭澤所轄也

汪士奇

磨盤洲下水聲潺，舟發黃梅始出關。應笑汗顏彭澤令，非緣避跡小孤山。洲對馬當，下小孤三十里，西顧之不見。野雲菴裏朝仍暮，州岸有廟，祀水神。老僧野雲住其中。牛石磯邊往復還。江南有石壁立，逶迤數里，突出江岸，疑爲小孤餘氣所鍾。是日，舟發復返，兩睨其處。僧野雲云牛石磯內有洞，石門掩之，容百人。去住游洄瞬息事，遊人借得一時間。

> 安慶謁余忠宣祠，有墓在廟後，墓後有大觀亭，即忠宣治兵處。亭爲皖城勝地，前操江李、河督靳、楚督徐皆前後建節皖城，皖人立生祠其上

汪士奇

大觀亭舊擁旌毛，百戰勳名氣節高。廟像共瞻紆冕服，忠魂猶自繫征袍。雲蒸潁北千山樹，浪遏江東八月濤。義烈長留形勝在，登臨莫止羨憑高。

巖城秉鉞百僚師，景仰遺賢各有期。華表入江成砥柱，忠宣廟去江二里，表在江岸，題曰"中流砥柱"。甘棠近廟建生祠。治安先務惟聲教，保障由來異繭絲。一代豐功同大節，他年俎豆儻如斯。

自小池口買舟赴荻港，至安慶阻風，遂另覓舟，聽原舟揚帆去，便托舟子曹武瑞帶家信，口占二首

汪士奇

惜別同舟久，家書借爾通。我行猶計日，汝去任乘風。關信宜先達，鄉船有便鴻。祇慚雞黍樂，茅屋小池東。

一緘容易到，旅泊訝經旬。益信貧非病，須知藥可輕。崎嶇仍仕路，辛苦是前身。此去操舟習，毋煩更問津。

鎮皖樓

汪士奇

皖南高眺處，遠視莫爲羣。吳楚東西會，山河背面分。霞明天柱日，煙接九華雲。海不揚波久，登臨對夕照曛。

一塔舟檣起，雄樓尾鎮之。停風緩作勢，留水勿趨卑。地近民如堵，岩瞻衆所儀。控遊稱雅望，裘帶坐江湄。

十六日逆風發安慶，是日宿王家島，行百五十里

汪士奇

久泊思晨發，遄征如赴家。逶迤兩岸近，轉折一風斜。會水過三港，太子磯北有三港口。歸雲見九華。安慶下百二十里爲池洲府，九華山在焉。始知帆使勢，仍藉水流賒。

王家島_{池洲而下，江岸甚闊，逆風使帆，環兩洲北。此島係江北古岸水冲作洲，岸土數百步，高出水上，宛如砥石，因名島焉}

汪士奇

衆土隨波盡，巋然斷岸存。全無蘆荻雜，不共水雲昏。孤島留前姓，王家沐舊恩。蛟龍難作窟，尺地有深根。

宿叫化渡_{渡以丐子乞錢，積之作舟，以渡行人，因名。岸北有堤，堤內田若干頃，房屋百十家。酒家孫姓云係一族，向多武職，地名錦衣衛洲，閥閱崇封。月夜望之，隱隱如。是過者但問渡而不及洲，此人備述之，雖侈談家世，豈亦有苗裔未及之憾耶}

汪士奇

此時叫化渡，昔日錦衣洲。渡久稱名在，洲非苗裔留。一航驚丐子，如礪嘆封侯。獨有三山月，悠悠照水流。_{下十里爲三山，月夜見之。}

江寧呈司監王昊廬學士

汪士奇

別業江南舊，吳觴楚客吟。敢陳今繾綣，猶憶昔追尋。赤壁遙瞻宇，洪山近捉襟。鄂磯仙鷁附，燕步逸雲駸。譽起談天早，文成振地欽。覺知先輩事，景仰後儒忱。繼世絲綸重，傳家經術深。京髦收德造，蜀士貢球琳。翰苑菁華選，青宮誕保心。請恩依墓表，移孝寺朝簪。獻替蘇公筆，鹽梅傅相霖。寧誇齊管仲，直作魯曾參。節著花香晚，堂開綠野陰。萬間王是屋，尺木鄧爲林。小子遠懷劍，高軒一侍琴。贈言蒙浩瀚，過化記廬潯。未得羽毛奮，徒傷髩髮侵。尚思邀汲引，豈欲遂沉淪。喜見槐庭滿，應知樾蔭森。稱觴慚此後，不復禁巴音。

午日舟過丹陽

汪士奇

客舟逢午日，此地是丹陽。節共天中會，人來水一方。曾無遺黍米，豈復問檳榔。競渡潢汙險，驚心涉渺茫。

先慈誕辰

汪士奇

菖陽難引壽，此日奠先慈。未遂生前祝，長餘歿後悲。載舟身是客，酹地酒誰釃。尚慰絕裾者，雲瞻親在時。

常熟呈同年高于岸[①]明府 于岸久令山陰，援中行例引去，今復就令虞山。同病相憐，自白下棹舟往問，情見乎詞，得五言近體二首

汪士奇

記接音書日，經今十六年。匪躬棘共手，籌國息同肩。待補名空假，勞賢吏可權。治平行第一，君豈屈中涓。

多病憐予久，京華跡未同。輕裝難作客，一葉快乘風。望歲欣常熟，和歌對郢中。壯心千里在，未許歎飄蓬。

客常熟，安禮同年示著《四書原旨》，呈答

汪士奇

說禮羣推冠石渠，己亥以《禮經》中第四名。三年結綬遽還車。庚子任吾楚南漳令，癸卯同考後即致仕歸里。歸來彭澤非栽柳，此去虞山好著書。虞山在常熟城西，以虞仲名墓在上。緒言襲取驅優孟，箋注鉤探黜子虛。中道不須

[①] 高于岸，下文作"高子岸"，未知孰是。

同異辨，應知吾鼎在吾廬。

雨中賦別高子岸明府同年

汪士奇

長安又擬夢中身，千里扁舟問所因。新授君爲舊令尹，空名我作遠游人。欣當穀日逢甘雨，喜載清風送去津。料對南薰明月夜，倚樓王粲念孤征。己亥同譜寥寥，常熟一縣令、一本里、一過客，相對三人，亦快聚也。

呈松江郡丞李容菴

汪士奇

快請長纓靖海烟，馳驅皇路孰聯肩。偶乘客興踰千里，爲別君顔已六年。江上清風留赤壁，雲間膏雨近南天。相逢應是憐斑髩，笑老馮唐未著鞭。

過松江贈華亭南霽岑明府

汪士奇

江風吹水助潺湲，幾度停橈爲涉關。足寄扁舟輕海外，心懷廣廈在雲間。同聲譽早連城美，一識歡深故里顔。游刃無嫌歷盤錯，民歌樂只企南山。

祝吳江董宥密封翁壽

汪士奇

良吏家聲直道垂，君門作述自爲師。真儒誕應初元出。誕以丙辰，爲本朝改元之歲。隱德祥徵至日宜。弧辰置黃鐘之月。留與名山傳世業，寄來中秘舊書帷。仲君諱閽，癸丑館選。明堂有詔崇更老，佇看安車授几時。

祝慈谿馮倬哉母夫人壽

汪士奇

谿迥海岸見慈雲，秀育淵珠羨不羣。母德鍾祥分婺女，母汪姓，先世自婺分淅，與余同發一原。家閑正位有嚴君。遺羹錫類思維則，倬哉有名國學，以淹博每參監郡西署。逮祿榮親養正殷。應識褒封同鄭國，和丸示訓抱高文。

雨中過吳嶂嶺

汪士奇

響落層林密雨聲，半天山氣瀉秋清。步輕風送羊盤上，兜穩雲扶馬脊行。水激橫橋知路轉，猿蹲欹樹與人平。寄言五老峰前石，好把煙嵐對晚晴。

南康道中

汪士奇

細雨南康路，跼躅念再來。省官刑已措，興行洞仍開。尚憶亭中桂，理署有桂花亭，花開香風四拂，每對客坐月，題咏其下。當如閣裏梅。蓮池風月好，署前有愛蓮池，在二賢祠側。此處足追陪。

尋樂橋見扁額，呈郡首周星公年兄

汪士奇

廿年佐郡蠡之濱，丙午理南康，丁未裁缺，今十九年矣。酌水曾非仕爲貧。鹿洞再過仍後覺，龍門遙望恰知津。圖書應是前中秘，星公初授館職，尋改部郎典郡。風月還從舊主人。濂溪周夫子向知南康，晦菴朱子繼之，今祀二賢祠。尋樂橋邊山色好，白鹿洞南五里有尋樂橋，今星公守郡，橋南北題扁"尋樂"二字其上。雙題翹企駐征輪。

九日南康別駕同鄉寧峻卿招飲

汪士奇

洞庭帆向蠡湖開，浩浩江流作楫材。蓮愛道州人宛在，寧公籍桂陽，接壤道州康郡，有愛蓮池，相傳茂叔守郡日種蓮之所。梅觀東閣客重來。理署內有東樓，植梅其下。洗樽酒滿浮雙塔，東門外有左右參差二塔。列几峯高現五臺。五老峯青翠如在几案間。恰喜菊開重九日，他鄉仍酌故鄉杯。

丁未理南康，春二月集客多士，陰雨初霽，信步登大觀閣，望五老峯如在几席，即事成五言古十二韻。今十九年矣，舊稿已失。九月重過南康，晤余子西臣，得抄稿，喜，復錄之

汪士奇

廬山山下郡，城市匝林木。陰雨驕春雲，尚怯嚴霜肅。官廨少逢迎，鎮日勞案牘。舉硯挹簪滴，點卷恣呼讀。頓念古師儒，皋比擁白鹿。徵期一論文，從昔非余獨。豁然天氣清，如燭照幽屋。嘯咏同一堂，顏色古道復。怡神遊太虛，大觀勞極目。五老彼何人，拱揖當吾腹。我欲駕虹霓，御風臨空矗。露頂觸蒼冥，開襟羅星宿。廬山山上峯，廬山山下谷。文章氣充塞，俯仰周朱陸。直道凌雲霄，曲學墜溝瀆。勿疑峭壁立，但畏跛耳牧。

湯惕菴先生主教白鹿洞，余曾趨謁。先生走伻以詩見寄，依韻答之

汪士奇

講席趨陪喜侍餐，巴吟何幸接猗蘭。靜依仁者山彌壽，時先生年七十有九。派歛狂流潆共安。今執一經慚已晚，向羞微祿敢重干。瑤章遠教成殊錫，更羨家珍玉藻繁。函中以令孫應試諸篇附示。

附錄見寄原韻：老耄荒齋僅素餐，先施藹若坐芝蘭。祥刑偉績千秋重，保障洪慈一邑安。父老猶能思樾蔭，兒童爭欲擁江干。莫言赤壁歸舟迅，洞口陰陰桃李繁。

丙寅立春後和曹尚白見示雪中九首之四

汪士奇

春寒閟草色，耐凍不生妍。梅蕊方辭臘，松根又歷年。縱橫無亂影，冷淡悟詩禪。最羨深林鶴，聲聞雪裏天。

寒風無鬧市，芋火覓僧房。疊影窗橫竹，披衣客在牀。字濃連筆禿，水沸入茶香。記取燈宵近，銀花萬樹粧。

清心能避暑，傲骨易銷寒。入畫雲生屋，催詩墨湧瀾。倦時擁膝坐，醉後聳肩看。舉世皆知白，守雌任所安。

久玩白雪句，強和未成詩。祇覺繪風巧，殊慚刻羽遲。天呈旡色賁，地與素心宜。喜見人如玉，酣歌爲爾癡。

附　錄

《雪吟》小引

　　古今吟詩不乏人。柳絮因風出自閨閣，人則恕錄之，非真有清風肆好也。丈夫感時見志，叩關問渡，馬瘦裘寒，楚水燕雲，消磨歲月。知己之綈袍易綻，長安之米價難賒。正欲借此伏臘陰晴，點綴山河面目。仁湖先生雪中吟所自來矣。先生自釋褐以還周，於邸次日與都人士校酬唱和，其中秋月春花，黃雲綠樹，收貯詩瓢者，已非一事。茲復于役三冬，一程殘雪，所見無非此物。往昔一片冰心藏在玉壺者，不妨隨時拈出，持贈洛陽親友。是仁湖之爲吟，非仁湖之無故爲吟也。予向有山居十六友，其一爲雪友，咏體居多，未入佳路。大約雪吟易寬，咏雪易隘。予之不佳，因自取耳。吟中《曉發趙堡》頷聯 "白痕點黑林烏出"，是爲一幅雪畫，雪吟惡足概之。康熙五年孟陬之人日，同學弟林之華果存題於河北湯源寓署。

《雪吟》序

　　驢子背上，壩橋風雪中，古人多有至性觸於景物而達之聲歌，以無心之遇出於天真，故落語不凡。仁湖先生通籍八載，屢與選序相遭，因而蹀躞天衢。名山大川，無不感慨係之，故胸中塵洗一净。今披閱《雪吟》，非夜月板橋不詩，非雞鳴風雨不詩，非窮途歧路不詩，非古寺荒鐘、良朋舊友不詩，是以落筆不凡，皆以至性發之，景物遇之。詩之爲言，誌也。讀仁湖詩，即知仁湖爲仁湖鏡也。過此，仁湖有事民社，繡接珠聯，風行電掣，若能尚留詩中雪意，余服仁湖富貴不能淫也。是爲序。旹康熙五年，歲次丙午花朝日，同學弟魏師叚題。

《雪吟》述

　　于役而雪，雪而詩，人與時與地偶相值，情與感與遇偶相生，雪而詩，非雪亦未嘗不詩也。獨是予以謁選，甲辰之初春，踏雪走長安，由辰逮巳，旅寓京邸者，二十有晦朔。去秋九月，暫覓暇旋里，乃方抵家園，而着鞭就驢背者，即復於仲冬之晦日。記辰臘巳春，余以屢捉籤未獲，同劉子伯啟、何子旦復輩貰酒燕臺，金盡裘寒，亦曾有鄉關寥闊之感。今去來數數，視鞍鐙如几舍。過汝，值家弟與山，即有曰"我去應留殘雪在"之句。若是乎余寤寐長安之雪，未能刻去諸懷也歟。渡河得數章，集曰《雪吟》。歲除日到湯陰，呈詩林君果存暨湯邑長魏君松巖。果存曰："是黍谷回春矣，曷其置白雪、賦陽春可乎？"予謝不敢。松巖懼雪之易盡也，命壽諸梓。念就道鄴城時，花滿湯源矣。車塵客舍，十餘年寢處。循步安驅，匪敢捷足。若夫長安風雪，其猶與予值，作寤寐緣也。楚黃汪士奇仁湖氏自識於湯陰崇壽寺之僧舍。

　　燊謹按：仁湖公，世居黃州上汝王城。由進士出身，歷官贛、蜀諸邑，所至有聲，官至刑部郎中，事績詳載通志、邑志。公生平酷嗜吟詠，傳世諒不止《雪吟》一集，但刻本俱軼，僅於穪閣叔祖家中得一《雪吟》抄本。己未初刻有凌濫錯雜之弊，是編照原本全刻，仍不無創痏，望閱者亮之。

增訂桃潭合鈔正集卷第二

樂志齋存詩

黃岡汪國瀠漪園著
後裔燊筱舫重刊

野田黃雀行 以下《阜樵雜詠》古體詩二十六首

清·汪國瀠漪園，黃岡。

不敢羨雕籠繡幕之白鷳，不敢羨碧荷清沼之文鴛。一飲一啄適所天，十步百步歸野田。野田粟如坻，飛飛無妄思。山農不時至，雖有矰繳將安施。

長相思

汪國瀠

長相思，河之濱，寒雲一片擁迷津。悲風瑟瑟暗飛塵，萋萋芳草冬復春。駕呂梁兮渡龍門，望汨羅兮從隱淪。相見安能再年少，頓令天涯爲比鄰。

懊惱曲

汪國瀠

時聞歡笑聲，是其不歡處。所歡愜郎心，脈脈將誰語。結歡畏人知，爲歡曾幾時。深坐顰蛾眉，思郎今告誰。與妾邂逅期，知郎非見詭。郎心堅似金，妾命薄如紙。絃管不成聲，按節多促速。對郎歌一曲，郎心如絲竹。

白頭吟

汪國瀠

君名滿天下，妾身在閨房。相去如萬里，安能朝夕君之傍。所幸盛名相悦慕，一朝援琴王孫堂。妾心自應相期許，琴聲何況復求鳳。臨邛市上相滌器，傷心見君衣犢鼻。自從捐軀莫報君，豈意白頭君見棄。君棄妾，妾不已，一往依歸如流水。但恐君心未忍情，時爲妾念不能平。

前有樽酒行

汪國瀠

前有樽酒，云胡不傾。一石一醉，五斗解醒。有時乎三揖百拜，終日而不失常度。有時乎浩浩汨汨，頹然如吸百川之長鯨。笑彼蚩蚩者，邱糟池酒而亡其國。憒憒者，自隨以畚鍤而不惜其身。唯庶幾乎不亂且不困，油然日與之俱，而終以不失吾之性情。

菊江門夜泊

汪國瀠

癸巳四月八日，余舟夜泊東流，岸側方臺古樹，有亭翼然。起步亭中，則靖節先生祠位也。東流，古彭澤地，去今治百里。先生曾種菊於此，因題其門曰"菊江"，而祀先生其側。夫東流爲吏，自晉以來不知凡幾，豈無風流惠政可載祀典者，先生之風獨存，乃爲詩以咏之。

方亭向林麓，江流繞山趾。皎月亂棲鴉，孤帆送游子。舟人無勝情，栖泊亦良喜。指余步亭區，清露肅步履。騁望但江光，敞肆勝篷底。雖無求福人，居然設楹几。拂塵識古字，意索得信史。靖節陶先生，種菊曾於此。祠祀今尚存，游觀頻至此。五斗不觞留，硎羹應所鄙。紛紛後代賢，欽慕何足美。行役憩亭下，媿歉難已矣。朝發彭澤墟，瞻言且百里。

湖　居

汪國瀠

明月來湖靜，微風細浪生。寂寂湖中鳥，時於孤嶼鳴。北山羅已張，桑土户未成。飛飛惜遥趾，空澗采芳蘅。雙翩勁晨露，來與秋風争。

過菊廬 即朱公日濬隱居處，在安湖東岸

汪國瀠

君昔營菊廬，取地亦以偏。湖光出山背，荒荒向野田。手自剪荆棘，疏池種白蓮。枯樹如奇石，數里入雲煙。位置雜花草，籬落呈秋妍。鐫額挂當户，意子將終焉。忽忽棄茲去，竹溪住五年。雖復同氣託，黃白恐未全。棄菊而取竹，君心或偶然。按，朱公隱居安湖，忽出爲均州學正，此詩似有諷意。

對　酒

汪國瀠

對酒慎狂思，忍情廢嘯歌。緬懷千古人，處今當如何。師也學干禄，柳下聖之和。所見有得失，昔賢未足多。無將瑜中瑕，成我生平訛。閉户獨飲酒，顧影幸無它。

早秋渡安湖訪朱縈水 名曰瀠，邑諸生

汪國瀠

遠浦秋風至，一葉凌清深。作客惟淹滯，懷人更遠尋。歷歷疎樹影，悠悠萬壑心。款户各鄭重，開函羅古今。撫景傷時別，微凉動夕吟。靜默觀物化，冲寂挹虚襟。去此曷惆悵，空山無足音。

哭亡弟媿孝 名有重，邑諸生

汪國瀠

與子爲兄弟，垂將四十年。十年客秦蜀，十年栖市廛。惟茲廿載内，蒙難始周旋。甲申天地傾，兇逆冒幽燕。腥穢遍海宇，偃仰無歸椽。扁舟趨子宫，灑血追龍輴。力耕事農畝，嘯咏託林泉。相對各動静，所志無變遷。庚寅適洲渚，結廬當平川。去子四十里，徒步每言還。致書相勸勉，督厲惟貞堅。壬辰難雨澤，炎亢墮飛鳶。市客肆狂虐，飛火燎四邊。將母何所之，並阜山之巔。自幸得近子，晨夕爲流連。憂時或縱博，子形瘝以瘨。惻惻悲余心，囑子謝紛譟。還山曾幾日，奚童乃見傳。云子臨食次，廢食忽歸眠。倉皇走子宅，臥内相眕睻。危坐共談笑，所傳殊未然。静閟由天性，參苓出素詮。以茲勤安慰，清健當萬全。饑來驅我去，春水理江舷。遊子自足嗟，況復此迍邅。鄭重決歸計，遠道慎旁緣。執手各悲咽，臨別猶拳拳。懷刺徒漫滅，躑躅不敢前。返棹登盧阜，吳嶂少佇延。長嘯子雲亭，殷勤附素箋。意子病當愈，秋期共草玄。初夏抵江滸，栖託失憂煎。但慮子病苦，因循或未痊。忽焉聞子死，隱痛沉深淵。言談任曠達，肝膈重縈牽。凄迷望子廬，長號呼上天。二稚前擁我，掩泣共涓涓。忍淚拜堂下，勞問頻温絲。悉我轉窮滯，翻爲生者憐。少壯任羅綺，荒寂歸墓田。發篋存手澤，殘瀋散餘烟。人生重一死，倐忽成棄捐。譬彼行役人，疾徐爲後先。長逝何窮極，凄其良此賢。生離遂死別，展轉心拘攣。耿耿余懷抱，志氣徒孤騫。典型復誰

寄，念子幸無恙。

有贈二首

汪國瀠

獨鶴隨羣鶩，回翔惜趾步。進止何心神，形聲於此具。感郎知己深，思郎成恐怖。含羞不顧郎，厭説郎頻顧。

解郎憐余心，幸無憐余跡。心較跡爲親，跡於心何益。念郎流落人，那得不相惜。

落葉八韻

汪國瀠

天意無榮落，樹以爲始終。始焉託膏雨，終之隨飄風。孤桐驚物候，一葉歸寒空。於秋爲主督，追從走羣童。階除勤掃滌，聊以待丹楓。裁箋徑及寸，珍念加春紅。佳哉桄榔林，筆墨不再工。其無蜂蝶喻，淒零悲道窮。

蒼　璧

汪國瀠

蒼璧一片石，舊爲中憲吳公桃柳塪中物，秦汝夷力致之，長林豐草閒，幾足幽賞矣，忽舉以贈蕭汝成。何此石三易主人，而余皆得嘯咏其上，則能有此石者，莫余若也，乃賦此詩。

巨靈開山山膚闢，瑰然異質良珍惜。完稜獨謝斧斲痕，冷滑近挾蛟龍脊。月光露影拂幽姿，青玉案頭塵不積。千株高柳夕陽閒，藉草可凭坐可席。吳宫秦苑不長留，遺向蕭郎非懷璧。君不見，寒山三日坐臥時，片石只今留往蹟。

寄王叔餘 時甲午春三月也

汪國瀠

憶昔黃州各年少，紛紛妓館寄歌嘯。君之兄弟狎所歡，無君清言稱同調。終朝縱博不知貧，千金一擲如微塵。裂眦怒罵心相親，巵酒殷勤傍無人。深山處處藏羅綺，舞榭歌臺爭摧毀。交游驚失等晨星，桂殿蘭房任穢腥。湖波深廣朝冥冥，與君之居安且寧。貧中婚嫁苦君平，弱女當前任伯兄。哀極愁傷老母情，掩泣徒能向友生。孤舟一葉臨冬別，行路蕭蕭雜風雪。一回相見一回悲，負米怡親親更悅。嗟君忽忽失慈顏，血盡形銷鬢欲斑。小人有母衰且癃，哀君之母增潜潸。防封草樹望茸茸，誅茅結屋相追從。以茲一別分南北，君書每見尤悽惻。念我徙宅苦扶攜，君有佳兒慰顏色。我生四十逢辛卯，浪迹江洲寄鴻爪。投詩堅我比寒松，饑來開看爲一飽。明年臘月君生日，南望冰霜身凛慄。閉門聊復次君詩，欲贈一言難下筆。春江花月送行舟，一望秦淮舊酒樓。畫舫載余南陌頭，絃管無聲暗結愁。歸來淚灑安湖濱，君書不見徒嗟嗔。初秋尺素傳石屋，讀罷一行一噸蹙。逝者悠悠何可言，別君六年如信宿。深冬密雪助嚴寒，案冷眉殘失鳳鸞。念君一室當獨處，膝下嬌啼兩兒女。人生歲月曾幾何，如斯憂患相蹉跎。今年一艇來黃鵠，十載荒烟江水綠。再世交遊頻感觸，晨夕懷君亂心曲。我歸君至若相違，徒令魂夢相依依。青齊千里欲成行，感君念我無限情。蹊橋陰柳待歸程，將母應來搆一楹。憑君買盡湖山美，斯言不踐如江水。

輓虎山黃大將軍

汪國瀠

將軍名得功，號虎山，福王時與高傑、劉良佐、劉澤清有四鎮之目。虎山先駐廬州，後移鎮揚州。二劉棄福王去，高傑爲總兵許定國所殺，惟虎山一人獨支危疆，備諸艱辛。揚州破，史可法閣部死之，虎山與大兵戰於荻港，督麾下八總兵迎敵。劉良佐大呼岸上招降，虎山大怒，罵之。降將張天祿從良佐背後射虎山，中喉。虎山呼良佐大罵，擲刀，拾所拔箭刺喉而死。

將軍淮海之長城，一朝江漢豺虎橫。誓師移鎮志澄清，單騎當先萬戟傾。羣賊躑躅寒心膽，正視東南賊豈敢。中原鐵馬尾賊來，岳家之軍不可撼。長鯨坐死江洲濱，倒戈悞國等微塵。義騎橫塞彭蠡津，堅壘泗水屬何人。維揚開督披忠烈，抗節孤城夜流血。斫石朝炗劍閣營，四野悲笳臣力竭。君不見，金陵天子下堂走，天塹長江誰與守。殘照長留箕尾間，生有奇勳死不朽。

並皐中秋歌并序

汪國瀠

好天涼月，清讌微吟，顧影同心。舉觴共醉，生憶比樂之再諧，死念斯人之可作。山原猶昔，風景不殊，中夜徘徊，壯心灰裂。而名士侈談，締結四海，吾徒情與事遷，或非之矣。

天肅肅兮林蕭蕭，幽人扃戶兮夜以朝。寒露溥兮羣動息，清光入戶兮起無聊。步欲出兮心躑躅，夢欲成兮更漏促。傷懷抱兮念古今，嗟生死兮亂心曲。蟬棲桑葉葉欲稀，鳴終夕兮聲微微。瞻原隰兮披禾黍，挹清露兮難奮飛。奈何君子兮去華屋，煢煢比戶兮成孤獨。

江　上

汪國瀠

朝來挾彈擊江水，江上鴛鴦驚彈起。漁人岸下忙舉罾，浪平躍波有尺鯉。鴛鴦飛去鯉浮游，彈無所得罾空收。忘機江上行吟客，閒看沙汀立白鷗。

采桑謠

汪國瀠

邨婦采桑葉，邨童拾桑子。桑葉摘來稀，桑子拾不止。飄搖桑葉凌霜晨，健夫摧枝將爲薪。斧斤數戕還自惜，防他來歲采桑人。

山堂歌爲西陵蔡濬之作

汪國瀠

山堂獨向郡山闢，堂不在山山光積。今人朝市山其名，惟君住山無山情。時將絃管雜魚鳥，魚鳥逐聲聲静窈。我來對君歌一曲，我去我歌當誰續。

倉蟻歌

汪國瀠

以飯佈地食羣蟻，雞見飯佈目已瞪。蟻方羣聚雞且至，敢以微命與雞爭。家人不欲驅雞去，惜雞惡蟻乃其情。少焉飯盡雞未飽，殘蟻在地空營營。再以飯投蟻復聚，與飯俱盡戕其生。雞因啄飯始啄蟻，謂鷄太忍鷄不平。

千葉白榴花歌

汪國瀠

碧苞如果開如剖，嫩葉新抽雜細柳。紅裙不妬亦含笑，嘉實雖無態則有。片片輕盈劈素璠，芳露朝飛玉作魂。西日到枝縈晚照，澹如苔石生雲根。我聞海上留仙種，冰房碎落珊瑚擁。争如羣玉向華堂，妙手鏤成陸子岡。

桃花行

汪國瀠

山門踏春春已半,淺水明沙貼春燕。平陂麥浪盪微風,桃花細枝道傍見。壘土作垣茅作屋,中有佳人怨幽獨。朝朝花下理新粧,對此桃花空斷腸。我來徘徊不忍折,脈脈柔情惜離別。佳人掩戶重凝睫,憶此桃花如惜妾。

山中踏月歌

汪國瀠

山鳥夜啼春山空,明月照溪溪融融。清磬出林穿溪水,不遇幽人聲不止。幽人依磬植杖立,綠畦亂蛙鳴復急。耳中聞磬不聞蛙,磬聲欲歇已還家。

虎來歌

汪國瀠

燎原烈焰林木空,萬山突兀吹悲風。反見荊榛蔽城邑,頹垣疊石如邱壠。猛獸離宅亦奔徙,去彼深山來下里。蒙蒙荒翳難隱形,掉尾向人忘其死。我聞沒羽穿石奇,人不畏虎虎畏之。今來入市市不動,豈皆醉者與嬰兒。

賦得孤館雨留人以下《皋樵雜詠》近體五言四十九首

汪國瀠

彌望絕來往,鄰煙繞翠扉。檻花隨意落,野鳥向冰飛。歸夢朝猶在,鄉心晚更微。雲低窗影暗,深榻亦沾衣。

赤壁懷古

汪國瀠

岞崿臨江路，春殘試一登。微雲吹客舫，遠水挂魚罾。崖有歸棲鳥，門無識面僧。更尋前後賦，荒草蔓層層。

庭　梅

汪國瀠

冷豔搖窗紙，繁英不見枝。經年珍惜意，及此盛開時。瓶賞冰猶重，郵將使較遲。坐留明月上，香雪落殘卮。

安湖雨中懷六弟 字合公，名國綸，邑諸生

汪國瀠

逢時何太晚，生事苦難工。一弟江天外，三春風雨中。離愁余已極，懷思子能同。徒羨君歸翼，鄉心逐去鴻。

次答王叔餘

汪國瀠

幽居何寂歷，烟水送朝曛。將母聊同我，無家却愧君。東山餘落日，南浦悵歸雲。欲共時人語，新歡不忍聞。

月夜飲蘭花

汪國瀠

良月當春暮，幽香静可探。舉杯堪作四，對影不爲三。逸興誰能

共，孤栖我自慚。未隨殘夜盡，清露一枝涵。

咏友人葵花

汪國瀠

寒望惟春草，奇芳近在門。不糊聊適志，所向念深恩。挹露微懸葉，含香遠託根。主人重顔色，餘綺動江邨。

待　月

汪國瀠

無意猶匡坐，閒吟興已闌。但憐秋色好，得共夕陽看。布几先除徑，垂綸漸整竿。客衣薄早夜，清露若爲寒。

過陳伯鳴隱居

汪國瀠

久住平湖岸，悠然見遠山。展襟懷古調，閱世覺身閒。名已知能謝，飛當未倦還。近尋彭澤宰，蒼翠入松灣。

望　野

汪國瀠

道遠披荊棘，端居恥浪遊。平疇千頃緑，野寺一鐘幽。樹以疏全古，溪於曲覺流。隱沉就閉户，入目總深愁。

春日過王涓來名澤宏，號昊廬，官禮部尚書

汪國瀠

幾日躭幽寂，春光若在門。長堤縈古柳，一水抱孤邨。交貴知非晚，時違道益尊。共懷囊內劍，不爲報私恩。

秋夜同王叔餘話媿孝庄

汪國瀠

夜静談初洽，露寒秋愈深。一庭明月影，千載故人心。時論忘追逐，孤懷任隱沉。晚紅隨意墮，聊以託知音。

柬韋錫之

汪國瀠

寂歷徒餘我，孤尰念若翁。病同生死際，世共亂離中。但意存吾黨，何心罪化工。去書長竟尺，愁緒不曾終。

秋夜有懷

汪國瀠

入秋纔幾日，涼氣動中宵。野壑聲先發，孤窗影漸飄。砧殘猶滯夢，江冷不通潮。却憶逍遥叟，高眠聽寂寥。

松山懷内

汪國瀠

一室空山外，纔離覺已遥。衰姑惟仗汝，弱子豈勝樵。鄰火分來遠，孤燈暗不挑。囊中頻計粟，能更幾昏朝。

過菊廬

汪國瀠

閒共幽人夕，頻移野渡船。池塘殘月夜，風露冷窻前。避俗違時好，論心感昔年。東籬枝葉在，取意著秋先。

閒　亭

汪國瀠

春老羣芳集，閒亭百慮忘。情疏堅式古，性淡亦如狂。四壁生繁草，微波蕩夕陽。先生真好客，逸興逐雲翔。

過覺林寺

汪國瀠

但是經行處，微聞春草香。纔看僧意古，漸覺俗情忘。柳細搖初日，山晴近佛牀。咏歌聊自得，湖水即滄浪。

午日集友人次韻

汪國瀠

相期俱不淺，舉袂揚清塵。論道寬流俗，悲時重故人。江波非往昔，蒲柳尚茲晨。生事浮鷗外，虛舟隱釣綸。

湖居憶友

汪國瀠

泛泛平湖水，微雲點素波。一帆懸客夢，雙樹隱漁蓑。旅況閒中盡，貧交別裏多。愁余惟獨坐，念子復如何。

蒒溪次答家周臣周臣名基邦，歲貢生

汪國瀠

偶憑閒杖履，所至快登臨。是水溪皆曲，無山谷不深。淡交由世重，衰鬢與時侵。慰此行吟意，空岑有足音。

秋日却憶二首

汪國瀠

涼夜侵羅綺，應愁繡帶寬。淚隨梧葉落，夢與荻花殘。河影分天漢，銀鉤拂釣竿。繁池嗟露冷，蕭瑟待君看。

停杯當晚坐，無語獨潛潛。荒渚蘆千葉，城西水一灣。已宜叢菊秀，還愧白鷗閒。莫自傷搖落，秋光不可刪。

宿湖寺無僧

汪國瀠

煙波憑泛泛，禪室此淹留。雲静湖邊樹，僧歸何處樓。殘砧催客夢，孤犬送漁舟。幽僻安吾素，荒庭納晚秋。

踏青分韻

汪國瀠

處處宜芳草，都忘步履遲。山光隨水曲，柳色近南枝。閒侶懷深澤，歡情倦若時。行吟何所適，澹宕足幽思。

別　雁

汪國瀠

作客萊由北，言歸且自南。虞羅憂已釋，鄉思喜重談。但有孤羣異，都無留去參。前期知不遠，別緒總難堪。

得音菴

汪國瀠

柳斷隨煙合，燈寒入夢初。法雲移野影，孤響動沉魚。弔古文猶麗，招魂賦久虛。行吟依澤畔，步履故徐徐。

寄　友

汪國瀠

爲客躭秋坐，月明湖水空。層波生遠眺，疊樹隱微風。酒自離前盡，心能別後同。終慚玄理隔，冥想託歸鴻。

過亡弟媿孝書屋

汪國瀠

秋氣生湖水，伊人去綺羅。苔餘三徑寂，書擁一床多。恍惚生殘夢，依稀聽苦哦。孝誠難遠別，冥路更如何。

秋日懷安湖老人明季諸生鄧雲程，字扶風，號懼菴，晚號安湖老人

汪國瀠

知有安湖逸，難堪秋月中。念君四顧水，阻我一帆風。世味閒中

盡，愁懷近亦空。臨溪何所望，南向數飛鴻。

元夕喜友人至

汪國瀠

予歸歲已盡，見子上元間。喜信行時約，愁看別後顏。饑寒爾我共，顰笑世人慳。晨夕惟風雨，孤踪倍險艱。

扶風草堂

汪國瀠

結茅當水曲，晨夕此平湖。大巧由能拙，雄才近可愚。立身權往哲，論世略須臾。郢調和終寡，囊琴祇自娛。

友人餉粟

汪國瀠

僻陋安離索，蒼茫一水濱。煙光惟入戶，鷗鳥但親人。粲自貧交給，愁緣故態新，暮雲飛野壑，秋思隱遙津。

秋日懷人

汪國瀠

蕭然忘衆慮，塵榻偃微軀。但惜心交遠，應憐客味孤。蟬鳴深樹靜，波冷一帆無。可歎流光逝，乾坤老壯夫。

漁臺呈魏雲菴先生二首雲菴名公韓，官至巡撫，晚年隱居漁臺

汪國瀠

東嶺千秋古，平湖四野開。夕陽懸海照，遠浪接江隈。鑑賜君恩重，星移客駕來。絲綸應在握，攘袂獨登臺。

佳勝湖山秘，投閒若為開。花源通水曲，靈樂倚雲隈。棹聽漁郎入，門無俗士來。曠懷期遠眺，長嘯俯層臺。

山中古松

汪國瀠

知從何代植，雲石共依那。自有山阿賞，應憐歲月多。取材非杞梓，結伴總藤蘿。唯適幽人意，探奇輒一過。

月夜湖上有懷

汪國瀠

獨夜看明月，孤懷倍凜然。波生深樹杪，人隔一江天。髣髴見紅葉，淒涼聽暮蟬。離居凡幾載，滯此復經年。

宿周文師山庄

汪國瀠

林氣秋時靜，微風松有聲。浦寒衝水出，山暮帶雲橫。三逕行來寂，雙柑坐更清。談深忘倦旅，共待月華生。

預爲芍藥除草

汪國瀠

穠芳雖未吐，野蔓迥難同。淺碧搖新月，柔枝弄晚風。取妍須近露，護蕊欲防蟲。便有孤清態，油油小逕中。

望友人讀書燈

汪國瀠

劉向傳經處，藜然子夜中。不隨漁火亂，遙與曙光同。浮水星流照，含煙影逐風。擁書良可樂，非此計窮通。

觀心矩佛事

汪國瀠

明月散階影，空聞清磬音。以師端妙相，發我敬瞻心。山鬼空如嘯，幽林靜覺深。不辭宵露涇，相送越遙岑。

春　雪

汪國瀠

鴻爪留何處，書窗曙色孤。沾泥如近柳，點浪似飛蘆。風細冰偏薄，陽回草漸蘇。擁爐知不再，杯酒漫躑躅。

讀遯園詩稿二首　王公承祜，號遯園，崇禎癸酉副榜

汪國瀠

幽思成往獨，妙語託言詮。悟自幾年壁，思深三百篇。故交神韻

在，所歷影聲全。語不經人道，人非疑或然。

展卷不易掩，恣予反復看。以茲追悋博，聊用砭饑寒。句訝仙心雜，音疑古調彈。穆然成靜對，落落厭多端。

擬訪北山居二首

汪國瀠

聲影隨聞問，居非可浪名。不爲遊止計，以待古今評。素履閒中決，幽懷悟後生。盟心尋遠約，猿鶴不須驚。

注想通幽古，非緣見始真。宜鷗當近水，卜德或須鄰。道否難辭隘，知深莫厭新。是非覘往史，不必問今人。

雪霽過陳彰九山庄二首

汪國瀠

久客原由雪，過君乃乍晴。雲開千嶺秀，松照一窗明。添火茶頻熟，敲冰水更清。山居談勝事，藏果出園橙。

相見情何極，徒傷未見時。藉君憐歲晚，慰我欲歸遲。聚散真無定，悲歡豈在茲。屋梁今夜月，殘雪莫相欺。

春晴即事二首 以下《皐樵雜咏》近體七言八十三首

汪國瀠

當門蹊緑已盈盈，簾捲山光燕子驚。溼墮殘梅千斤雪，晴啼新柳一聲鶯。蹉跎春事隨花鳥，偃蹇圖書愧弟兄。莫訝懶顛成獨笑，不堪回首是人情。

小窗睡足鳥啼春，手捲殘書嬾自伸。夢繞湖山常似客，妄饒清瘦亦粧貧。晴沙緩步閒都遠，好友頻過近若嘖。洞口漫勞漁父棹，桃花飛盡不歸秦。

春江曉發

汪國瀠

春雲淺淡隱遥津，拂面垂楊總未勻。尚有餘寒栖草木，更無青眼送行人。輕鷗半狎遊魚出，野鶴時依遠樹馴。征棹不須隨去浪，綸竿正與結同鄰。

山中有春草

汪國瀠

孤岫寒雲斂衆芳，喜看朝霽逐春陽。空林漸覺青苔滿，幽澗誰憐翠帶香。杖履曳殘高士迳，行歌踏破牧兒場。草堂寄我詩成約，年小何如此日長。

過小隱園 家宏沁先生隱居處

汪國瀠

平蕪山色過幽窗，滿徑新苔見海棠。廿載寒霜經竹柏，三春佳麗上榆楊。塵埃不逐先生老，詩酒徒餘我輩狂。幾欲扶筇高處望，二陵風雨正蒼茫。

廢圃海棠

汪國瀠

誰將蔓草綴丹砂，鐵幹叢生發異華。雨浥胭脂垂更赤，風飄絳幘脫偏斜。方塘一曲照顏色，橫笛數聲在水涯。我欲攜尊來竟日，漫傳消息到山家。

送王子雲入廬山二首子雲
名一燾，號補菴，崇禎庚午舉人

汪國瀠

莫向深林談異代，偶緣時序易春秋。山中風老前朝樹，江上波生去國舟。尚有頭顱侵白髮，曾無魂夢到丹邱。匡廬豈是藏名地，更與殷勤話舊遊。

老大重逢感舊遊，論交猶説楚闈秋。寒窗未冷書生淚，暑氣先侵釣客裘。十載歸心唯壟木，半生生計總浮鷗。天人時會何嘗定，吾道由來寡怨尤。

春夜雨

汪國瀠

小窗夜雨暗孤燈，四壁寒侵旅客衾。去國夢殘亡國淚，故鄉時感異鄉心。蠹梁敗瓦連雲溼，破缶空尊伴鼠吟。添却春塘三寸水，農夫更喜一犁深。

過曹公敬草堂

汪國瀠

草堂新闢向林嵐，偶坐陰森即快談。待柳停雲疏藥圃，憑鐘移月到鄰菴。門無剥啄茶煙静，字擁虯螭筆墨慚。冠蓋那能添意氣，每從疏藿覓餘甘。

過眉介弟山庄 眉介，名引祺，邑諸生

汪國瀠

故鄉爲客倍蕭條，賴有同心破寂寥。自斂羽毛栖雁澤，浪隨春色上河橋。憤殘家國惟疏放，話到肝腸亦動搖。遠浦暗雲催日晚，前山忽見幾歸樵。

登黃鶴樓懷巧倩湖南 時壬午仲夏

汪國瀠

楚天雲净入窗虛，風送江濤近襲裾。湖水遠聯山外影，故人新得望中書。寄來愁緒訛無數，問去歸心似有餘。莫放高樓閑好月，共憑秋色駕蟾蜍。

江上苦雨

汪國瀠

江上孤館困迷津，況復陰霾已浹旬。池水没階舟作屋，煙雲匝地樹爲瀕。身沉澤國非悲楚，夢在桃源不訝秦。蛙部却教頻鼓吹，凄涼是處有離人。

夏日即事

汪國瀠

舉杯邨酒泛流光，愛此清陰坐晚涼。漫道三人惟我醉，自憐清世獨余狂。迢迢去浪兼天遠，冉冉輕雲拂水香。深柳却遮門外逕，牀頭一甕許誰嘗。

丙戌春日崇祀問津書院，賦呈同志

汪國瀠

平蕪新闢敞林楸，掩映溪雲靜碧流。更聚衣冠尊一拜，獨留師弟共千秋。樵蘇喜見威儀在，鐘磬聲隨古殿幽。莫羨吾徒堅晚節，人心何日不東周。

夏　汎

汪國瀠

晴雲無數點蒼波，極目新陰載柳舸。鷗不狎馴從野逸，暑能消遣亦清和。暗香欲度朝來雨，遠韻初聞枻裏歌。屈指雙星天上約，長橋流影傍星河。

春日雨中訪友

汪國瀠

盈盈新綠蕩春波，古道幽栖傍薜蘿。花片却隨流水曲，泥香應惜落紅多。半窗書滿高居靜，百囀聲殘遠樹歌。不掃蒼苔頻寄跡，晴隄陰柳殆重過。

友人移菊

汪國瀠

霜英深喜未曾殘，衰草離披手自删。冒雨豈煩尋別圃，繞籬時復見南山。一枝静裊書堂寂，數朵移來野壑間。爲寄幽人閒杖履，柴門從此不須關。

湖居，月下喜鄰嫗餉酒，忽聞户外簫聲

汪國瀠

幽棲何自泛仙槎，雲静天空接水涯。起視閒庭橫竹柏，似將生事友魚蝦。分無齊國來酬母，猶幸青州過別家。月下有人長太息，黃昏深院弄梨花。

孤鶴橫江

汪國瀠

溶溶小月向山東，淺淡江烟素羽同。對影未嗟雙岸闊，高飛何惜一枝空。曾無矰繳當深夜，尚有聲音嘯遠風。遥憶孤山林處士，閒庭楓葉點霜紅。

山行寄懷魏篤臣

汪國瀠

偶緣山路摘黄花，四望天空接水涯。松滿緑蔭皆兔穴，烟生疎火盡漁家。扁舟幾欲驚秋渡，破帽還同落日斜。心逐閒鷗相上下，却留殘恨寄烟霞。

秋　夜

汪國瀠

到耳秋聲漸覺新，芳林片片落風塵。已將寒氣來窗牖，頻剪雲香過水濱。自古傷心惟楚客，於今揮淚總秦人。羅幃不掩江楓憾，一曲琵琶獨損神。

遷居初度懷子雲廬山

汪國瀠

餘生何事向天涯，破壁空燈照影斜。一夜雨能添客淚，十年春不見梅花。全留野壑容樵牧，未許浮名誤歲華。遙憶匡廬松逕裏，聽殘清磬共無家。

除夕同王叔餘分韻

汪國瀠

天涯與子為知己，何事飄零復比鄰。鑪火自寒腸自熱，萍踪非主復非賓。乘除歲序同衰髩，偃蹇行藏愧老親。是處新盤浮絳蠟，青燈流影到孤臣。

泊東至山

汪國瀠

行看野翠忽成秋，鄉國傷心賦遠遊。風雨不移雲樹色，波濤肯恤故人愁。亂飄晨夕蘆千葉，消盡乾坤此一舟。搔首歸鴉橫落木，幾家漁火逐邨流。

家千頃初度 千頃名煉南，崇禎癸酉舉人，順治壬辰進士，内國史院侍讀學士

汪國瀠

喜君初度值新秋，重掃柴門集舊遊。衛道只今唯孔孟，立身知不在伊周。南樓夜聽龜茲笛，北海筵排碧玉甌。欲賦藻詞當錦覎，道人心已託滄州。

秋　興

汪國瀠

編茅結葦大江邊，魚鳥依人遂五年。插岸芙蓉都作樹，投僧稚子已通禪。眼中榮落憑窗影，世外陰晴聽客眠。蟬翼似隨清露咽，更啼山月向幽椽。

秋夜江上望赤壁

汪國瀠

寒江楓老入秋深，飄渺閒雲擁故城。客艇漫期山外月，啼鳥別有夜棲聲。夢驚嚴柝終難續，愁向殘更轉易生。石壁烟消慚兩賦，一竿清露冷宵征。

友人見過

汪國瀠

江雲不逐柳花開，深鎖簾櫳護碧苔。觥酒恰當明月夜，裁詩新得故人來。圖書角里餘春劫，雞犬桃源陋漢才。相憶只今唯古道，高山望裏獨徘徊。

代祝洪半石先生

汪國瀠

捷書何日報平戎，別墅風煙指顧中。絳雪丹成仙扈永，梅花清與道心同。百年華髮支蒼壑，千仞青蹊近蕊宮。載得秦淮歌裏月，追隨鳳羽謝池東。

西陵道中

汪國瀠

漫隨秋色度層嵐，偶影孤征亦自甘。仗策未能追白水，藏身幸不向終南。力求先正資偏薄，欲掃塵緣趣轉憨。青史若還留姓字，橫加寬恤已多慚。

同王叔餘話左某公平沅事

汪國瀠

賊臣何事苦摧殘，忍死圖爲衆所難。羝牧一心惟漢節，楚囚無日不南冠。雲歸雁浦思懸字，衣敝羊裘欲罷竿。帶雨春潮湖上水，瀟湘有淚待君看。

擬　贈

汪國瀠

白晝霜寒凛若秋，肯將心事託恩仇。逢時自罄杯中酒，讀史常懸角下牛。眼底睢盱渾國士，胸中非笑半王侯。新亭有淚向誰落，長劍無光獨倚樓。

西陵友人見訪江洲

汪國瀠

江干車馬自天來，一笑清尊便可開。僻逕漫邀看竹侶，中流驚有濟川才。全憑文字追先輩，豈意聲名下草萊。洲上荻蘆臺上月，相思一度一徘徊。

九日哭韋元紱

汪國瀠

先生此日望吾鄉，把酒臨川一斷腸。未始有兒嗟伯道，如何無女愧中郎。青衫半溼琵琶淚，白雪争傳傀儡場。藥竈夜寒丹去久，霜楓片片落空堂。

除夕懷人

汪國瀠

燈火紛紜動遠邨，四圍衰草塞遊魂。百年華髮徒支夢，千里離愁若到門。鶴影遥隨天外度，琴心猶向曲中存。何時一躍延津合，風雨牀頭説報恩。

病　臥

汪國瀠

病臥禪關百感生，江流日夜到鐘聲。燈分佛火移殘榻，月近黄昏動客情。舊憾半餘疑世隔，浮名聊覺此身輕。南飛孤雁如相喚，送我愁心又幾更。

懷王叔餘

汪國瀠

別君曾得幾昏朝，夢繞溪山舊草橋。貧不依人真似拙，迂甘遯世漸成驕。種糧遠浦偏饑鶴，乞酒鄰家有挂瓢。生事萬難惟寂寞，蒙莊閒把註逍遥。

泊貴溪

汪國瀠

一灣新綠漾春波，遠樹參差挂薜蘿。柳眼漸青遊子意，客帆無奈夕陽何。百年道氣清餘蘖，陽明擒宸濠於此。去國愁懷付棹歌。湖海萍踪如可寄，桃源深處有魚蓑。

貴溪贈家拜石_{拜石名燽南，崇禎癸酉舉人。時爲貴溪令，後官至河南太守}

汪國瀠

楚江月向虎邱圓，風送溪香杜若鮮。兩度令君皆勝地，百年國計樹文銓。琴堂每聽山嵐入，亭館時容野客眠。別有閒情留酒奕，不勞花鳥誦諸賢。

與周臣夜話

汪國瀠

長宵嚴雨聒疎櫺，短劍流光倚素屏。旅夢未隨歸雁北，鄉音時向客窗聽。同心自幸人如玉，閱世徒勞髩欲星。珍重話言留古道，莫將聚散等浮萍。

貴溪署中次曹子先壁間韻

汪國瀠

官閒聊復剪荒榛，開得溪山一面新。四壁光生千頃雪，五絃聲滿萬家春。藜燃子夜人疑向，鶴舞空庭令是荀。山館坐看清興遠，朝來霽色爲君陳。

豫章贈楊雲生兼訂秋訪

汪國瀠

閒將湖海寄行踪，千里江波一葉同。漫道鶴飛終在谷，還如萍聚浪隨風。知音伴我孤雲外，旅況消君暮雨中。新月柴門重可約，莫教楓葉冷霜紅。

廬山訪王子雲

汪國瀠

選山從不厭山深，曳杖凌雲度遠岑。密樹含煙時有屋，飛泉帶雨欲沾襟。相期久託躬耕約，對此尤堅去國心。料得幽人生事少，小窗聊與聽鳴禽。

別子雲

汪國瀠

幽居遠出碧雲間，片石孤松共往還。籬落半依山竹補，窗櫺時待磬聲關。欲留殘史須全忍，念有傳書莫吝刪。鄭重重來非覽勝，好憑丹壑照蒼顏。

蕪湖訪吳泰孫

汪國瀠

千里江程恰及春，桃花片片點行津。臨歧痛哭悲遊子，一曲離歌感舊人。置酒典衣猶未厭，剪燈深夜更忘頻。風波滿地君珍重，故里躬耕復幾民。

金陵訪劉克猷不值_{克猷名子壯，順治己丑狀元}

汪國瀠

江程千里及君歸，念有伊人在翠微。五載離情羇客夢，十年飛絮點征衣。草含王澤青猶舊，柳趁新晴綠漸肥。漫向秦淮尋勝蹟，六朝風景尚依稀。

送魏式臣北上

汪國瀠

行人此日向京華，野店炊烟別思賒。是處垂楊縈馬首，幾峯暮靄涇春紗。解鞍猶憶來朝路，沽酒重尋舊客家。莫念故國遊子夢，邊塵近報已無譁。

並臯七月既望

汪國瀠

竄處湖濱已再秋，蕭條生事愧淹留。寒生早夜衾先薄，塵擁空尊病未休。破壁殘燈和月照，遶門野水帶雲流。助余歎息惟蛩叫，何意重登赤壁舟。

秋夜宿月明壇

汪國瀠

雙槳衝風度遠天，疎雲微雨溼秋煙。宵鐘停響傳松韻，佛火分燈照客眠。被野黍離懷故澤，半生飄蕩憶歸田。小窗漏永蛩吟切，凋盡榮華又一年。

再宿次前韻

汪國瀠

寒月微風展暮天，芊芊細草綠凝煙。半椽古寺重尋徑，一榻幽塵更欲眠。歸雁漫驚愁客耳，殘藜不餉野人田。山僧爭識蒼顏舊，還與挑燈話去年。

登寶蓋寺訪求舊上人

汪國瀠

獨上西山賦採薇，蕭然身世總忘機。寺於古木陰中見，僧自籐蘿逕裏歸。雨笠雲簑煙漠漠，白蘋紅蓼燕飛飛。梧桐更剪西風落，心事徒教與物違。

魏篤臣見枉並臯，有懷峙鉉、叔餘

汪國瀠

貧家辦客止魚蔬，匹馬俄驚已到廬。吹火瀹泉搜客茗，挑燈掃榻借鄰篨。憂傷近事難終老，南北江天有素書。莫訝暫來成遂別，陰晴明日定何如。

次答王叔餘

汪國瀠

落日寒山逐舊遊，江雲一望竟淹留。心交盡向離中老，往事徒教夢裏求。士所當爲毋自滿，道堪營術更須憂。多君堅我松筠約，極目霜殘此靜幽。

贈隣人

汪國瀠

偶闢湖居欲勝船，共君晨夕已三年。隨春小住溪邊柳，看月時同雨後天。鷗解忘機堪伴鶴，雲當留影却疑鳶。生來自笑藏身拙，從衆嘲余不廢顛。

得王叔餘來信

汪國瀠

每於寂寥見君書，葉剪微風廢掃除。萬里人歸孤鶴夢，故園身逐野僧居。尋秋蹊路舟常繫，載酒籬邊事久虛。一笑應成山鹿叫，窺簾寒月尚扶疎。

山居即事

汪國瀠

獨營茆屋向荒邱，老圃過余適所求。世事厭聞須説鬼，鄰家寡合但宜舟。簾光細細憑湖入，酒盞纍纍對客收。償我半生書史債，一竿煙月坐溪流。

寄魏式臣

汪國瀠

前年相揖鄂城西，積雨連江馬尚嘶。自此每徵京洛信，無人更踏柳花泥。觀成海市光猶幻，式臣時自岱歸。望盡鄉雲日未低。一醉寒氈稱酒聖，莫教民社擾青藜。

次曹子先漫吟四首

汪國瀠

膏肓泉石不須瘳，扶杖看雲度遠邱。葉密漸聽蟬在樹，水明遥覺暮爲秋。游無定止憑僧磬，地鮮歸耕念海桴。殘屨未成瓶粟竭，愧將生計託潛修。

潛修幾似步邯鄲，欲遂前非強自寬。支遁山深何用買，袁安臥穩不曾干。全經樹表方闚影，盡洗泥沙始見瘢。世遠事違從尚論，披裘豈爲釣磯寒。

釣磯空抱故人心，匿死存亡踞上林。終遂侯封方仗策，難酹壇席只歸岑。忘機欲縱山亭鶴，移我誰攜海上琴。自厭餘生成衆棄，一囊何用貯參苓。

參苓成性近如何，空谷吟殘只自歌。謀遠未成慙説劍，學書雖似尚餘戈。饑看四野摇禾黍，秋到衡門長薜蘿。獨念百爲追往昔，快人心事總無多。

代上方邲部二首

汪國瀠

秋氣朝浮萬里清，皇華上映使星明。久占浩澤傳臺省，分得甘霖沛楚城。兩賦才名資潤色，一庭呼籲待平衡。霜威幸拜王顏霽，更見圜扉碧草生。

遥遥吳楚一江聯，蘭籍分光禁漏前。豈待聲聞尊世德，聊將綸綍寵名賢。仙舟似爲詩盟赴，雅韻還隨鶴夢騫。香省近瞻天闕曉，芙蓉冠佩正蹁躚。

祝謝太夫人

汪國瀠

東來紫炁滿珠林，拜母先存報國心。錦字龍文傳寶册，瑤池青鳥送徽音。澤流天漢芝蘭美，秋滿寒原草木深。慈孝祇應傳令則，敢將熊荻譜謳吟。

眉介弟季子試週

汪國瀠

去歲曾爲岱嶽遊，楚天南望碧雲浮。已知河漢橫佳氣，詎有龍襟落故邱。此世弟昆先一月，來提戈印值新秋。他時同指雙星渡，竹馬驚看已白頭。余子適先一月。

並阜中秋

汪國瀠

遙聽漁父唱漁歌，清露寒光湛薜蘿。共飲久嗟同輩少，中秋每歎異鄉多。簾前一雁依雲度，草際殘螢背月過。自古關心悲遠道，幽栖何事怨蹉跎。

祝曹靜菴先生

汪國瀠

七十年來公輔器，未嘗一日絀朝簪。時衰每抱遺賢憾，道重曾無欲貴心。鄉里小兒闕語默，明廷碩輔念升沉。手中尚有漁竿在，坐向磻谿閱古今。

萬松山

汪國瀠

崇巖佳氣鬱岡陵，衰草寒煙望更增。千尺虬龍搖影碧，一天風雨動秋蒸。亭生自許存孤直，盤曲何曾惜準繩。爲護幽居多鄭重，不敎疏徑擁荒藤。

過林伯茲山居伯茲名之華，號果存，明季廩生

汪國瀠

十年寂寂少聲名，佳句如君孅未賡。閱世豈能寬老眼，論交今已愧餘生。每拈寄字袪訛習，且趁閒身慰野情。古樹蒼煙穿戶牖，入山何必盡躬耕。

答姚無聖

汪國瀠

湘江誰與賦招魂，況復緘書達海門。死節豈能存趙武，立孤真不負公孫。言由至性幽能格，詩寄同心字有痕。獨恨年來躭寂寞，一身幾度愧師恩。

祝淑聖六叔

汪國瀠

午陰花影散闌干，別墅人懷老謝安。萬頃湖光浮碧落，一鋤煙雨涇芝蘭。竹林每愧雙推阮，磨蝎尤憨獨偶韓。叔與余同庚。幽興喜逢長夏日，霞觴閒把到更殘。

贈陶習之都閫

汪國瀠

解衣長夏共盤桓，喜見先朝舊箭瘢。塞北何人驅牧馬，江南無地老儒冠。醉來倦臥沙場穩，閒去驚看髀肉殘。漫向窮廬悲夜月，榴花片片托心丹。

登禹山

汪國瀠

憑高佛閣失岩嶢，極目江天入望遥。賈客帆檣依野渡，田家歌鼓挂山腰。参差古樹盤階級，斷續溪光湧翠潮。孤鶴一聲清磬寂，微風欲度已瀟瀟。

阻雪龍墩

汪國瀠

偶隨霜影度寒林，杖履遥爲落葉侵。風斂山雲催暮靄，煙籠野水着溪深。龍門尚有遲歸約，蜀道曾無作客心。莫問紙窗驚歲晚，梅花還自雪中尋。

中秋後二日同友人夜渡樟湖

汪國瀠

江漢餘波蕩夕暉，松山秋色遠微微。忽看雙槳憑湖出，恰與遊人及暮歸。古寺殘鐘飛野塹，輕舟疏火傍漁磯。閒心欲共沙鷗遠，不爲浮名嘆昨非。

贈張仲憲

汪國瀠

遠岫晴雲照碧霜，平湖翠色曉蒼蒼。松間得近幽人屋，泉洌時流君子香。過眼樓臺春夢裏，入囊參朮酒卮傍。高歌莫向愁中盡，繞膝謳吟興更長。

哭母詩，六首。哭不成聲，狀吾母也。闡微顯幽，則在君子

汪國瀠

瞑目追思事母年，百爲非可贖餘愆。嬌癡傾篋資裘馬，離亂辭家向野田。督稼有時親井汲，懶樵時復廢朝煙。斷腸莫倩啼猿續，空有悲風急暮天。

一從長吏念民艱，清白聲傳秦蜀間。爭道宜家同治國，由知未老已投閒。溫恭永矢將眉案，憂悴頻教失豫顏。自憾此身遭喪亂，更無佳信慰幽關。

十年窘約守湖濱，茹冰歡然悟往因。金屋半埋荒草曲，窮廬坐老漢宮春。忘言有意憐兒志，捧檄何勞慰母貧。獨向千秋存大義，泉臺應現丈夫身。

不緣富貴事豪華，慘淡行看肇有家。縱復食貧由浪子，嘗將餘粒哺雛鴉。窮簷夜績分朝火，斷杼時閒摘露麻。怕向故園耡廢圃，尚遺蔬菽在煙霞。

偶聆仙梵悟無生，坐化猶深世外情。清磬寶幢香一縷，秋風殘火佛千聲。滿前甘脆茹蔬淡，任是顛危總至誠。敢道蓮臺多勝事，几筵空復冷藜羹。

爭向空幃念舊恩，賢聲嘖嘖滿遙邨。心存救世才終絀，德可垂名氣不尊。每有餘錢周井里，曾無囊粟餉兒孫。生身合作奇男子，濟麥還金可並論。

梅花三首。以下《皋樵雜咏》絕句五言五首

汪國瀠

風雨聯江夢，天涯浪子家。多情今已矣，春色上梅花。
有月忘深夜，臨溪便可家。莫嫌蜂蝶鬧，初見一春花。
點落佳人額，香餘處士家。不將幽冶豔，復對杏桃花。

青　塚

汪國瀠

玉顏謝已久，媚骨只今存。衰草黃昏夜，春風度玉門。

題《八仙圖》祝爾泰弟名有禎

汪國瀠

松石無凋騫，海水非寥廓。仙子自徘徊，舉手招雲鶴。

竹枝詞 以下《皋樵雜咏》絕句七言四十八首

汪國瀠

遠霧輕煙障曉池，一江清夢冷天涯。多情最是憐風雨，不使儂郎愧後期。

寒食柬友人

汪國瀠

鏡裏雙眉怯曉風，陌頭楊柳暮煙中。翠樓夜寂分新火，相對銀釭別樣紅。

即　事

汪國瀠

　　柴門僻在大江隈，盡日開簾燕子來。午夢不回金鴨冷，夜深明月上層臺。

却憶四首

汪國瀠

　　銀缸照裏玉爲堆，繡户歡聲却似雷。寂寞孤燈春睡晚，迷離花影獨徘徊。
　　簷前鐵馬響東風，喚覺薄衾午夢中。曾記翠樓春影裏，牎間獨挂畫眉籠。
　　記得芙蓉掌上身，人間唯有謫仙人。燈前顧影憐清瘦，笑乞新詩出領巾。
　　幾點寒鴉噪夕陽，閒吟獨向短檠傍。去年此夕青樓上，細語凭肩看月光。

初　夏

汪國瀠

　　簷影依稀日正長，幽蘭纔放已聞香。暖風不爲吹花落，漫逐溪光過草堂。

賈佩蘭出爲孺妻

汪國瀠

　　玉佩明璫拂曉雲，當年親見戚夫人。君王恩寵終成累，不向兒童乞笑顰。

吳越春秋

汪國瀠

一艇煙波泛五湖，西施原不解亡吳。鐲鏤劍冷孤臣血，空怨行成半紙書。

芙蓉 三首

汪國瀠

一枝幽豔寫秋光，寒月微風滿院涼。知道年年顔色好，虧將麗質襯嚴霜。

夜飲朝酣倚繡牀，淒迷心事楚天長。琵琶不盡遮羞臉，却信蓮花似六郎。

把酒當年四座傾，無端健羨總撩人。一枝折向西窗下，風雨天涯尚此身。

梨花 三首

汪國瀠

東風何處舞瓊瑶，留取冰霜雪後飄。淡透輕羅憑剪拂，吳宮履跡楚宮腰。

胭脂不勝嬌顔色，幾度逢春春欲別。綠樹濃陰淡不華，爲君看盡三更月。

夜來春色倍淒涼，煙水微雲共渺茫。剩有梨花搖瘦影，獨依殘月上東牆。

秋日客媿孝山庄

汪國瀠

作客逢秋苦病支,半窗疎影淡幽思。霜楓那得紅如許,老去衰顏醉裏時。

過小孤

汪國瀠

樓閣支憑半鬼工,崚嶒怪石碧雲封。看山最喜非山上,一艇煙波逐去鴻。

哭友詩並序

汪國瀠

余髮始燥時,已私識鄧子懼菴。乙亥中秋,懼菴過余聽竹軒,縱談累日,各執詩文,蓋納交自此始矣。時流孽方橫,掠野屠城,殆無虛日。懼菴膽略絕人,聲名震地,雖日事帖括爲諸生,而時率偏師,荷戈出入,勤勞王家,隱然萬里長城也。既而寇薄京畿,山河頓異,余以乙酉八月廿日奉老母棲亡弟媿孝之廬於安湖之濱,而懼菴已先余一月自梁湖掉舟而至。居止相去數步,晨夕眠餐,規誡勤勉,孜孜然求其近於古道者而交厲之。自乙酉以迄庚寅,蓋六年如一日也。辛卯春,余始去安湖,居江洲,相去四十里。懼菴每徒步造廬,商榷今古。然懼菴爲人堅忍沈毅,謹言慎行,凜乎有戒於前賢,而其牢騷不平、慷慨許國之意,終不自藏於眉宇也。乃忽於壬辰之七月棄妻子去。丈夫舉事出人意表,采薇行歌,與吳市門卒同一悲憤無聊,故余初不以懼菴之去有所介介也。居四歲爲丙申之春,其子之愈自豫章來,以衰服見,云懼菴卒於豫矣。懼菴少時交遊遍天下,片語隻字,紙貴洛陽,豪邁奇偉之氣,定不肯以七尺軀向兒女子手中宛轉求活。其決然以去而作客以死，皆其快意事，無足爲懼菴悲者。但余與懼菴遊既已二十餘年，而抵掌論心且八九歲，死不知其時，窆不臨其穴，未免有情，亦復何能遣此。且憶懼菴於戊子冬爲怨家所搆，自分必死，誦文山《絕命詞》，謂余曰："子當以一片石誌吾墓。"今之愈志在改葬，銘不須狀，所不必言，且文以豫成，尤難下筆，乃輯上下平韻爲絕句三十首，告懼菴之靈。終不敢過爲悲酸，使懼菴笑人戚戚也。

　　與君交厲古人風，生死深情見始終。一去吳門如脫葉，只今飄落任西東。

　　九峰殘雨泣秋蛩，燈影遙分樹樹松。尚有老僧誇舊識，教兒聲逐五更鐘。

　　西山片石俯空江，古寺深林吠小尨。棒喝有時驚老衲，禪棲定使熱心降。九峰、西山皆懼菴讀書處。

　　登壇三十尚嫌遲，烽火郊原知未知。萬事不須白首盡，含哀空復爲情癡。

　　孤心介性復何依，一棹安湖達靜機。茅屋久寒霜夜火，白雲曾繞昔人扉。

　　看星子夜獨躑躅，拜讀崇禎新歷書。繐帳忽空猿鶴怨，少微此夕尚何如。

　　多才天妒只嗟吁，白玉樓成事有無。剪拂青桐供爨料，王門終不更吹竽。

　　穆如孤嶺靜如溪，涉既無津步亦迷。春絮罷飛秋影歇，隨人注想到雲泥。

　　盟心直與古人偕，一落塵緣萬事乖。孔易著成成敗異，吉凶曾不到君懷。懼菴著有《孔易》行世。

　　十年聲影寄幽萊，終日荊扉靜不開。香爐小鑪貞婦守，不須重憾鄴西臺。

　　愈也匡廬四載身，遺文獨負倍傷神。難忘更有良朋腹，帶淚重吟似往因。

　　湖草江波倚暮曛，數朝一別歎離羣。泉臺時復偕余季，聚散真同嶺北雲。余弟媿孝先懼菴卒。

　　淹留寄跡只孤邨，匹馬蕭條赴海門。一夢岱巔相對久，空山真有未招魂。是歲余遊濟南，登岱頂，忽憶懼菴。

　　雪深鴻爪挂湖灘，忽振春晴仗羽翰。莫訝奇懷恣汗漫，寒枝歷盡不曾安。

　　空存大業説人閒，獨釣寒煙水一灣。縱使功成身未老，深山留得幾朱顏。

　　悲秋門徑鎖秋煙，天問無聲更問天。細想幽吟酬唱夜，小窗燈火照溪船。

　　鶴糧葵圃似非饒，四壁常懸野客瓢。囊粟已空猶扣户，時停饔飱待漁樵。

　　去如萍葉聚如匏，零落無成任衆嘲。海燕更隨春影到，空梁幾見舊時巢。

　　妍花奇鳥滿庭皋，酒社詩壇事事豪。魂氣尚來良友畔，肯隨荒塚滯蓬蒿。

　　交於最泛識情多，才有心交意更苛。傾蓋已知非泛友，死生歷盡更如何。

　　丹竈無成怨物華，思將破笠走天涯。游魂直向虛空際，應有真人駐紫霞。

　　懷中破帽舊行藏，遠道豪呼一寄狂。快聚忽成風雨散，只今萬事付淒涼。

　　藏修從不計時名，苦被酬知悞一生。至性自能存淡泊，懷恩無計只躬耕。

　　百感真同草際螢，忽明忽晦一時經。慚余獨向更深坐，宵夢來歸復暫停。

　　驕兵百萬孰先登，解甲投戈事所能。海内儒生争屏跡，轅門揖客只君曾。

鹽車自古困驊騮，顛覆無勞造父收。處險如夷嗔怨絕，真同飄瓦與虛舟。

細商今古愧粗心，動色相規教益深。冥悟倘能資感觸，尚分慧力佐孤吟。

文名武略兩無慚，却寇傳書史一函。弔古他時應掩卷，念君袖手對蒼嵐。

壯懷消盡掩幽簾，靜夜窺人月照纖。欲懺前非求勝解，枯禪紅粉一時拈。

余守荒溪君挂帆，去留頃刻隔仙凡。半床筆墨還珍重，寫子生平待石函。

過富池 以下《甲乙遊稿》古近體詩六十四首。《甲乙遊稿》者，余甲午乙未由江入淮，取道滁陽，客濟南，登岱巔之作也。山水佳勝，自有夙因，對景懷人，古今同慨。歸而存其詩，亦浪遊之故事爾。自記

汪國瀠

漫覺孤帆疾，難舒倦眼看。霜生千樹紫，月照一江寒。漸遠鄉心失，頻遊客緒寬。空山餘霸烈，寄意此綸竿。

蕪湖贈吳泰孫

汪國瀠

泰孫甲戌南遊，余送之寒蹊，二十年不還楚。余以癸巳過白門，始於蕪湖相見。甲午冬，舟行入齊，復得再晤。賦此誌感。

寒蹊蹊水流山月，寺鐘初響行人發。扁舟離岸曉烟黃，獨步歸來露沾襪。廿年送客不出門，寂如杜五棲山邨。舊游相去幾千里，江北江南

失所存。偶然一葉憑秋水，斷石荒汀江半徙。舟人停棹向蕪湖，一笑歡迎如相竢。把君衫袖捋君髭，問君斑斑曾幾時。還家未定復南來，爲家爲客兩相猜。二十年來成遠別，兩年兩見真快絕。

初度泊吳門

汪國灤

日暮鴉橫江路迂，秋風蕭瑟客心孤。蘆花岸遠寒生浦，楓葉霜凋月在吳。戍鼓一聲依舊堞，萍踪千里愧懸弧。篷窗靜掩難成寐，漠漠荒烟聽鷓鴣。

雨花臺晚眺

汪國灤

城南臺畔踏歌新，古木空庭隔市塵。山色遠浮天在水，暮雲初捲月橫津。百年石冷孤臣血，臺側爲方正學墓。一夜霜寒去國身。明日更尋桃葉渡，淒迷絃管雜蹄輪。

報恩寺見松影上人，楚人也

汪國灤

佛宇臨闤闠，尋幽覺静深。往來皆客旅，倏忽識鄉音。盡道兒時事，遙知別後心。故園多杞菊，聊可寄秋吟。

醉翁亭

汪國灤

古道遙征落日黃，蕭蕭殘葉點衣裳。小橋橫澗泉聲細，高閣連雲石礋長。山爲一亭留勝蹟，人從梅樹見歐陽。亭有歐陽梅，公所手植。凭欄更盡東南美，疏影渾搖萬壑蒼。

弔周公日臺先生 名之訓

汪國瀠

先生以崇禎己卯受濟南分巡之命，涖任三日而難作。公守城東南隅，竭力捍禦，師爲少却。已而西北隅陷，公率兵巷戰，遂以身殉。余甲午過齊中，父老談其義烈有泣下者，乃爲詩以弔之。

男兒何事學聖賢，仁至義盡返其天。君恩難負生可捐，令名壽考安得全。吾楚周公邦之彥，年少射策登金殿。庸庸祿位不足榮，疾風板蕩膺時變。中原擾擾鐵馬橫，絃歌東魯不聞聲。籌兵度食者誰子，公來三日登危城。危城四望征塵起，瘡痍旦夕爭披靡。擐戈誓衆冒烽烟，東南一面成堅壘。忽焉諜報傾西北，日月爲昏天地仄。巷戰身當萬矢鋒，臣力竭矣死報國。嗟公大義如日星，氣橫岱嶽排滄溟。當時解甲苟生焉，誰其傳者愧冥冥。無乎不在惟精魂，閩海淮南今尚存。景升焉用多犬豚，桐鄉祀公如子孫。淮上公祠特著靈異。

趵突泉二首

汪國瀠

偶尋勝蹟共徘徊，長嘯時招野鶴來。幾片寒光吹雪浪，一泓清碧照樓臺。春生細沫遊魚出，月轉幽欄石徑開。鞿鞼宛同三峽近，茗爐殘火莫輕猜。

却疑瀛海湧三峰，側耳鸞笙泡影中。時捲怒濤真噴玉，頻飛冰雪不因風。層樓作賦悲王粲，春草憑闌憶謝公。野客夢回清磬響，萬松寒雨一溪東。

孟廟

汪國瀠

驅車出鳧嶧，偃仰望城隅。黃雲掩荒草，落日漫跼蹐。古柏蔭數畒，丹碧耀街衢。陰森長晝暝，蕭疏人跡孤。肅然拜堂下，凛慄見規模。正氣塞天地，七篇陳典謨。二氏雖暫盈，泯滅歸荒蕪。巍巍存廟貌，應與羣祀殊。

濟南元夕

汪國瀠

頻催物候客心傷，深夜空庭獨舉觴。殘雪没階如在臘，嚴風吹月但疑霜。有生衰病雖行路，何歲燈花不異鄉。遊子淚寒春漸老，白雲千里歎微茫。

客中分菊歌

汪國瀠

手搜菊芽綠生甲，指為犁鋤竹為鍤。及茲新雨上初潤，布土擲石防欹壓。疏疏密密含花情，計量高低為廣狹。他時賞者人其誰，笑我栽培良有法。

園丁報桃花已謝

汪國瀠

往歲繁紅曲，歡多或獨悲。浪生寥落想，莫待眼心知。一笑園丁發，千端旅客思。江鄉懷舊約，應見子成枝。

客中即事四首

汪國瀠

弱柳芽生二月春，猶餘冰雪冷花晨。紙窗閒看茶煙小，池水朝吹細浪新。客裏友朋偏贈別，異鄉童僕解相親。頻遊莫惜韶光晚，絃管他年識故人。

重門深鎖隔風沙，盡日窗簾靜不譁。空寂儘消閒客晝，蕭疎如在道人家。苦營邱壑生偏拙，略試逢迎事更差。壇外一聲啼野鳥，忽驚春色到天涯。

曙色朝開鳥雀喧，閒庭日永負春恩。攤書幾爲思鄉廢，破硯常緣索句存。醉裏狂言知有怨，宵來客夢總無根。幽居寂歷長如此，莫歎山雞在短樊。

自吹殘火煮茶鐺，汲得山泉慰野情。任運已忘身是客，遠心應與石爲盟。去年燕子窗前約，燕市鵾絃匣裏聲。庭草忽因宵露長，儘浮新綠伴孤清。

感遇二首

汪國瀠

桃李雖未繁，春風先在枝。蘭苣發幽香，含芳未吐時。塵埃徒漫漫，珠玉藏其姿。冠蓋耀鄉里，車馬爭紛馳。所志殊亢就，垂首歎衰遲。紅顏託委巷，脂粉安用施。

年少棄鄉井，慷慨輕天涯。所遇寡投合，結交慎嫌疑。一朝得所知，悲歡罔不宜。揮手脫相贈，長劍鞭龍螭。任俠酬夙好，名高不足爲。身運既已泰，適意乃在茲。生平與俱盡，耀彼鄉井兒。

櫻桃歌

汪國瀠

桃花樹杪飛殘紅，綠蔭深密花事空。枝頭競啄驚羣鳥，顆顆丹砂綴碧叢。野人忽見摘還笑，盈筐攜來生光耀。甘不溢頰液不流，濺我齒牙增清妙。繡窗朝沐腕如玉，舒掌陳來珊瑚觸。握手凭欄戲作鬮，腸斷相思誰與續。

懷王叔餘

汪國瀠

鄂止甫及旬，微言盡日夜。各知非久聚，晷漏無虛借。攜手立通衢，寥廓疇其亞。紛紛聽所營，孤閒曾不暇。冥想追素歡，沉錮真難化。心面子如吾，於焉恣所詫。離居當易老，憂傷安可謝。同心賦遂初，此約良非乍。

懷馬原

汪國瀠

念子志氣人，陃窮乃其分。手澤燼秦灰，紙筆陳心蘊。美人歎孤遙，閉戶絕聲聞。學非獨善資，豈不嗟紊紊。有山靜如鍾，有水清如汶。光也裘可披，寧乎金勿問。

懷周臣

汪國瀠

靜人入遐想，囂思亦以捐。如彼赴敵夫，泠然遇林泉。生當衰季後，慨念三代前。盟心忘俗忌，所志各有賢。孤踪成獨往，遊止動經年。娟娟天際月，朔晦難長圓。冥錮良無配，以子爲韋弦。

懷曹子先

汪國瀠

雙鶴堂前狎桂蘭，緣耕得餕亦能安。柳縈小徑春千樹，秋滿疏籬菊一欄。連屋石倉緘壁舊，數廚圖史入舟寬。故人厚祿君何似，東海塵生野鶡冠。

懷郭玉其

汪國瀠

三度履君堂，一止必旬日。竹寺與溪石，數里遊將悉。狂者獨推余，得君良足匹。澹然如水交，釀成膠與漆。山莊萬竿竹，幽陰繁棗栗。折擷獨恣予，將歸動盈室。念余荒寂居，未歎首先疾。結茅相追從，此願安能畢。

寄六叔

汪國瀠

空緘別憾向漁津，蹀躞征鞍滿客塵。常憶湖邊三歲莫，徒憐海畔一孤身。夢繞去我惟趨澤，書到逢尊尚及春。着意更培門外柳，歸來應覆耦耕人。

寄六弟合公

汪國瀠

湖邊一別但依然，倏忽今成隔歲緣。寒氣隨余趨海岸，歸音到子自晴川。孤吟總爲思鄉盡，僻性聊因作客捐。漂泊敢嗟身命薄，祇多慚負乞人憐。

寄脱凡上人

汪國瀠

人言出世忘世情，我言情與禪中生。所以佛子多悲憫，恤人苦樂如身引。江上飄烽爇我廬，四年旅客無寧居。師於佛側設一榻，夜就殘燈相問答。以茲牽我遠遊心，思將飛錫伴孤吟。道眼閱來無近遠，經年一別如旦晚。

初夏即事

汪國瀠

閒庭風細柳花颺，綠送蕉窗枕簟涼。曉幕不垂因礙燕，午眠時起自添香。客衣解處嗟裘敝，花砌行來趁蝶忙。欲理歸心憑海鶴，白雲中斷是江鄉。

同某公泛水面亭

汪國瀠

風暖良苗散野田，芳尊永日坐春船。花隨蝶舞波如繡，山傍潮生翠欲濺。青雀影迴紅袖拂，秦箏響遏碧雲聯。曲江勝事今能再，杖履追陪不偶然。

泰安天書觀恭紀

汪國瀠

敬禮生悲仰，殊非佞佛心。母儀貞萬國，孝感發慈音。柏靜宮陰寂，香霏御幄沈。天書何處讀，逐客此哀吟。

登岱四首

汪國瀠

獨盤萬級入雲端，石湧懸流濺碧瀾。曙色每先幽谷曉，煙光時送遠峰寒。忽迴飛鳥疑無徑，纔没林梢別有磬。爭羨登封空駐蹕，難將名爵寵層巒。

偶憑巉磴俯羣峰，一折懸崖復幾重。洞壑遠尋時隱現，險夷頻歷亦從容。大夫爵浼秦庭樹，處士名高石壁松。頓令此身凌萬仞，碧雲深處策孤筇。

霞生一綫海波明，倐湧朱輪萬國晴。盡斂浮雲歸別浦，尚支殘鼓落山更。碑傳無字痕偏古，石度千峰望轉平。天下豈緣登處小，幸留聖蹟傲蓬瀛。

松開怪石幻樓臺，丹碧凝成異代苔。絕巘無從窺鳥跡，籠雲常自擁飛埃。泉流御帳猶搖佩，風轉天門欲震雷。輦道只今傳勝事，凌空還憶謫仙來。

月

汪國瀠

空階無一有，落落散花陰。送影憐余寂，疑霜動客心。香添光有氣，鐘盡樹留音。弦晦無嗟及，清幽此際深。

雨

汪國瀠

不爲催花落，偏隨客枕濺。驟如風到竹，微似樹鳴蟬。瓦敗時遷榻，雷頻欲廢眠。始知明月好，莫負異鄉圓。

大明湖晚泛二首

汪國瀅

爲客耽遊事，明湖入夢思。乘秋宜近水，驚雁一停卮。香送殘荷在，舟迴小澗遲。隔蘆聞晚唱，衰柳挂漁絲。

曲曲波深淺，明光度短艖。偶隨鷗上下，時見柳橫斜。紅遠秋生葉，蘆稀月到沙。客心搖暮火，復此寄天涯。

秋夜旅懷

汪國瀅

空庭寂寂倚寒鐘，秋草頻搖野客蹤。風自爲聲非待樹，愁將誰語更憐蛩。盟心一榻留殘史，結伴深山愧老農。莫道頻遊成浪跡，閒雲歸處有孤峰。

泊寶應

汪國瀅

十日唯經一日程，消磨行色只寒聲。難歸始覺遊無謂，屢泊徒疑岸未更。衰草黃雲連客枕，暮烟殘鼓出山城。河流不解鄉心急，獨向篷窗送月明。

還山寄錢永思

汪國瀅

聞君歸舫及元晨，除日輕舟過水濱。一夕後先分隔歲，經年窮達總遊人。徒憐心事隨殘雨，若待春風拂面塵。官小料能逃俗累，往來唯見物華新。

讀董生公孔林泰山二記

汪國瀠

負却名遊客路艱，得君書可廢躋攀。一函似歷高深路，開卷全收遠近山。隄柳折殘飛絮舞，紙鳶牽落野雲閒。西湖舊有林逋約，歸思遙隨鶴夢還。

泊江洲懷王子雲匡山

汪國瀠

孤帆一片挂雲灣，遠樹新霜照客顏。咫尺吴江聯楚水，蒼茫烟雨隔廬山。歌殘短劍哀無緒，吹徹齊竽意自閒。黄菊已凋歸雁落，更將書信到鄉關。

清　明

汪國瀠

遊人驚物候，春盡不須知。忽折牆頭柳，添來鬢上絲。開簾風漸適，倦枕日偏遲。尚憶農夫告，茲當播種時。

園丁報桃花已謝

汪國瀠

閉門霜雪裏，見暖始知春。猶憶花開日，當於風細晨。簡衣綿尚重，吹火茗非新。忽報殘紅盡，悠然念客因。

賦得春城無處不飛花

汪國瀠

攜具聽鸝縱所之，紛紛蜂蝶兩參差。飄搖近遠長留影，次第窗簾復入池。吸錦舞成長樂袖，含章粧倩壽陽姿。春遊漫逐香塵遠，莫道芳菲只在枝。

寄懷韋子惕

汪國瀠

湖水生靜光，樂與幽人期。所期非其人，湖在而光離。人湖兩相值，悠然得所宜。靜與山月照，動與鷗鷺隨。踪跡亦以邈，神韻安能闋。素交走塵俗，落落奔且疲。清夢如遠舫，載我挹光儀。

寄懷蕭汝成

汪國瀠

胸懷落落古人居，一縷殘煙伴素書。任性已堪忘爾我，忍情時復狎樵漁。寒雲小立停宵月，野水衝波枉敝廬。三窟營成應避世，門庭食客近何如。

寄懷韋承公

汪國瀠

銀筝寶鴨共朝曛，沉水烟消獨倚門。盡散黃金兼好客，飲雖文字亦空尊。沿江淺碧春生浪，遶徑清陰月有魂。黃菊再開歸雁落，同余籬下掃秋痕。

寄懷眉介弟

汪國瀠

寥寥客路增鄉思，春到湖山知未知。茗碗清樽傾永晝，小窗疎雨送芳時。農桑閒課晨煙早，燈火頻挑夜漏遲。東海靈芝堪駐歲，年年華髮應如斯。

寄懷錢思永

汪國瀠

青氈得微絲，振羽亦以騰。豈必民與社，學古良足徵。用晦持素守，無為求世榮。遭時多夢夢，防患如履冰。踽焉誰復偶，益者子為朋。去就南湖畔，四座想半稜。愧我東海遊，荒寂相因仍。自笑聞道薄，獨鳴如蒼蠅。

寄懷鄭亦懷

汪國瀠

與子訂深交，厥衷常凜凜。事業從衆嘲，幽獨畏衡品。尚友溯黃虞，稽古相謰謱。賴子以無訛，僻書如食飲。含涕別墓廬，出户孤踪躓。俯仰抱衷慚，欲語聲猶噤。寄書素心人，靜夜肅衾枕。伊人水樹間，清夢於茲審。

初秋祝詹梅邱先生

汪國瀠

木樨花滿飛香屑，初月微涼芳可擷。蒼蒼冰玉泝流光，海天秋影收殘熱。閒庭深苑照清幽，寂如高士栖丹邱。眼看澄潭凝靜碧，過者沉浮若有求。我昔侍公湖山裏，竹下松根雜蘭芷。池草依依倚杖看，悠哉我心消奢鄙。以此知公用世因，天然妙手運經綸。自無冤民在獄市，千載于門爲比鄰。盈門車馬争揮霍，燈前細語窮邱索。長生靈藥力經營，不向蓬瀛覓雲鶴。

同某公汎水面亭

汪國瀠

長夏公餘逐勝遊，波紋清淺覺風柔。遠浮嫩緑煙生水，閒弄新潮碧在舟。鶴影更橫學士賦，羽觴頻自右軍流。清歌竟日偕簫管，再向滄溟借一籌。

月

汪國瀠

虛此一輪月，來分静夜燈。停煙空澹澹，積水白層層。花影香同拂，石光露共凭。難眠惟客枕，依磬立孤僧。

祝袁石奎

汪國瀠

念君老鄉井，衫袖帶江煙。一逐霜蹄去，俄來東海邊。離家緣愛友，作客解忘年。自負朱顏在，豪吟杯酒前。

思　歸

汪國瀠

乘閒宜作客，客久亦營私。收得溪山料，藏來筆墨資。苦吟酬勝友，苟禮結新知。猿鶴申前約，歸心莫更遲。

江遊詩

汪國瀠

遊子不能遊，高堂有父母。父母命之遊，子心自可否。惻惻懷隱憂，颺言祝康壽。余遊實母命，遊在母亡後。空山母櫬孤，余遊安可久。子婦雖在山，不及余相守。嚙指心頻動，古人良不偶。余心如搖旌，偏爲遊所狃。揮淚向魂夢，灑血對窗牖。痛母念諸心，禮制於何有。

別袁石奎二首

汪國瀠

與子登仙舟，同爲海嶽遊。一聽邊戍鼓，重別故園秋。鶴翼歸當疾，蛩吟晚更幽。昔人輕萬里，不必問離愁。

遊事良非一，風波同此舟。每憐遙夜寂，莫向異鄉留。歸興憑余寄，閒吟送客愁。還家悲瑣事，旋復羨頻遊。

過山寺

汪國瀠

閒倚孤籐繞翠微，林巒盡處見僧扉。一聲石磬沉蕉雨，半壑松雲染衲衣。檻外苔深春漸老，窗前煙冷鶴忘機。浮生終遂漁樵約，更展楞嚴懺昨非。

濟南送友人北上

汪國瀠

十年鄉國舊知名，驛路逢君各遠征。木末歸雲羈野鶴，茶煙新火出游鐺。不虞白雪慚巴里，更逐東風唱渭城。古道一鞭催去馬，垂楊深裏聽流鶯。

歸人謠

汪國瀠

江流日夜浮，入海流偏疾。啼鳥向暮飛，瞻林如恐失。丈夫事遠遊，感遇良非一。寂寞觸繁華，悲歡難自必。時作忘歸心，乃成遂歸術。臨發重踟躕，近家猶凜慄。旅況薄如水，家食甘如蜜。鄭重語遊人，慎勿厭衡泌。

種瓜 以下丁酉、戊戌古近體詩八十一首

汪國瀠

春風滿邨原，荒園無一事。霜荊翦漸空，佳哉一片地。以此徑寸芽，瑣屑謝衆蒔。爛漫倚棚陰，高廣聊相遲。雨露注虛空，風月咸不匱。一粒達微萌，萬想於茲備。老農無厭心，視此良非二。

夏 汛

汪國瀠

小窗橫素波，閉門如在舟。乘月弄小艇，真成舟上游。菱葉縈雙槳，荷根立白鷗。莫驚白鷗去，時爲菱葉留。采菱挹香露，鮮芳生碧流。忽忽還山臥，月靜空虛幽。

梁湖訪韋子惕不值

汪國瀠

一艇入梁湖，澄波靜俗慮。深柳拂疎籬，高致闚閒豫。空庭勤灑掃，有道所宿處。几榻具幽情，使我塵勞除。新花插短瓶，芳香快所據。呼君君不聞，攜君瓶花去。

贈蕭汝成四十初度

汪國瀠

昔予就外傅，惟君始云生。含飴悅乃祖，余親爲諸昆。尊甫雖世執，旬齡越再更。以茲壯有室，交臂與君盟。君才如俊鵠，年少蜚英聲。嗟余安鈍朽，徒爲桑海驚。俄焉君四十，磊落謝時名。玉璞誰當琢，珠飛不掩明。相期惟素守，啣盃樂遠情。

秋夜聞曹子先見放

汪國瀠

至性略時艱，奇光恆自匿。徒使山中人，放筆爲太息。空階露氣橫，蛩吟時唧唧。秋水去無期，相望杳難即。驥足困鹽車，驅之靡不力。俯首念升沉，欲測何從識。豈無璞玉姿，豈無鉛粉色。數定理無權，意想滋狂惑。鄭重石倉書，高懷養靜默。事親信友心，道不關通塞。

冬日魏篤臣見枉並阜，登高遠眺，即事爲詩

汪國瀠

山水與幽人，情事多寥廓。相對不苟歡，神理慎所託。與子登高

峯，四顧生慚怍。暮壑棲賓鴻，昏鴉肆鳴躍。何山不可登，冥賞恒虞略。翹首測幽邈，胸中具五嶽。

塞下曲

汪國瀠

年少陋文史，說劍傍無人。一隨戎馬去，便作玉關塵。昔聞從軍樂，今見塞下悲。寄語游俠兒，從軍不可爲。

又

汪國瀠

塞下春光晚，四月楊花飛。不見春草綠，但見胡馬肥。胡馬向風鳴，蕭蕭煙霧生。白驕胡地馬，不繫漢家纓。

時雨歌

汪國瀠

亭午山光忽如暮，山畔農人馳廣路。雨所未落電先之，電光雨聲相吞吐。坐閱空山七月晴，徂秋歷冬無寒聲。南畝纍纍塵塊橫，繁紅暗綠如淒荆。昨日山前鳴布穀，野人聞聲一頻顪。始知禽鳥得氣先，近日雷龍舞空谷。道人浣鼎瀹溪綠，燒笋烹茗事事足。人人始欲傾倉箱，使我居然賤瓶粟。

送王叔餘之赤壁

汪國瀠

去年共君赤壁下，籬邊摘菊常盈把。今年君爲赤壁遊，春江浩渺一漁舟。年年來往江花裏，江流花謝何時已。重登赤壁掃吾痕，兩賦君看存未存。

月下觀人捕魚歌

汪國瀠

一舟載月如葉輕，一篙劃水與舟橫。水月一色舟出沒，如鷗如鷺魚無驚。網所未落心目竭，魚不聞聲聲響絕。以茲靜理觸奇懷，手眼耳心相聯綴。中流一躍破煙光，躍止所別爭微茫。此間進退有神悟，波靜舟移如相遇。巨鱗的的照滄溟，得之其常失不數。山人聞之口流涎，分得盈盆徑尺鮮。鄰家沽酒酒如泉，不能網罟但能眠。

待月歌

汪國瀠

待月應於有月時，時非有月安得之。窈然一室燈光小，以燈待月燈未了。中宵燈月相繼明，月光自於燈中生。月中一室猶獨鎖，人生何可無爝火。

湖居寄懷次徐文長韻三首

汪國瀠

湖閒明月生纔半，漁舟掠岸聲低喚。湖波吹月月吹舟，一篙注水波光亂。屋角棲鴉靜不飛，柴門深鎖暮煙微。夢回斜月穿窗入，時聽漁人載網歸。

茅簷低狹簾遮半，山鳥窺簾如相喚。輕陰生綠遠林端，倦眼欲舒光歷亂。殘書幾葉窗前飛，茶鐺不沸火聲微。午餐剛罷山光暗，犧牧衝林弄笛歸。

我生歲月酣歌半，酒徒釀熟攜尊唤。頹然竟醉小山巔，沾露草花相雜亂。平湖漠漠雙槳飛，試往從之露氣微。載我湖邊還下釣，月下雙魚自負歸。

寄鄭亦懷錐中

汪國瀠

去年寒月園林下，清言對君時何乍。今年春水錐中人，空江欲問杳無津。得君書問三月半，孤窗夜發光如旦。萋萋芳草暮山深，零露寒生旅客吟。昔余岱嶽君嵩嶠，杖底游心各孤峭。

秋日別邱陸仲，由小谿乘漁舟達漲渡湖而歸

汪國瀠

雨中別君君不聽，谿上漁舟相呼應。欣然着屐踏秋苔，沿途落葉填泥濘。一溪草際如線微，一舟憑谿如葉飛。不施網罟將余歸，漠漠煙光溼草衣。

元日試筆

汪國瀠

歲序爲元日，入春已十朝。微看萌欲達，漸覺水生潮。至德留殘照，微煙靄碧霄。鬢斑如未點，虛曠敢云遙。

松湖祝漁臺先生

汪國瀠

春歸波浩渺，荇藻亦聞香。湖以松爲號，年隨節俱長。所能匡燮

理,自快水雲鄉。千古籌邊策,倉皇見小康。公曾奉命閱視九邊。

移菊入書堂夜坐 得燈字

汪國瀠

愛菊移秋露,招攜共一燈。落英聊領拾,寒影各依凭。如在月中立,殊無霜氣增。長宵唯爾我,相對有良朋。

春夜客中聽雨

汪國瀠

簷溜尋常急,茲宵聽不同。窗移雙竹偃,階洗積廬空。入夢殘歸思,遲春悵落紅。遊人念南畝,悲喜雨晴中。

索叔餘近狀不得,走書訊之

汪國瀠

寒谿聊一別,三月未相聞。以子音書慎,成余想念殷。江非流異地,雁自惜歸羣。百感摧同好,君心何所云。

柳

汪國瀠

五載空山住,依依却爲君。凋雖松柏愧,青與竹梧分。遠蔭停孤舫,含烟掠暮雲。柴桑唯所宅,偃仰負聲聞。

燕

汪國瀠

掠水時濡翼，親人但覺輕。窗須沾宿雨，簾爲捲春晴。來去真如客，朝昏忽有聲。倘經王謝宅，興廢亦關情。

春　曉

汪國瀠

獨揖虛堂曉，晨興及遠鐘。殘煙停宿露，新粉涅孤松。人靜泉聲足，光微綠影濃。閒心通旦暮，眠起各從容。

春日同友人策蹇往寶蓋寺，聽浮屠説法

汪國瀠

忽思依法座，亦爲負春晴。綠滿山光近，溪平水氣生。緩鞭宜曲路，閒侶適遊情。古寺危峯外，林端落磬聲。

命鼎子治圃

汪國瀠

遣汝鋤磽确，因之課惰勤。雨晴窺燥溼，次第及耕耘。食力成吾志，懷新快衆芬。有師唯老圃，莫更惜離羣。

園居初夏

汪國瀠

熟境生奇趣，幽探獨倚門。雲飛連樹杪，波靜見林根。客意能辭熱，香心不在溫。一簾時捲放，落落待晨昏。

秋日雨歸過覺林寺

汪國瀠

偶爲秋晴出，秋光客裏消。寒煙浮宿雨，歸舫越溪橋。潮闊菱初盡，林深氣欲蕭，一鐘催曉棹，殘響落山腰。

十月初九夜月下

汪國瀠

四壁蛩無語，一簷風有聲。似嫌山月小，聊待暮霜清。葉補疎茅隙，鐘隨野客生。忽驚秋未了，殘照與溪平。

譽子叔寄跡漢上，廿載未歸，丁酉冬以伯氏之捷始識其面，拜贈一詩兼促歸舫

汪國瀠

一拜誼何篤，高情各有鍾。離家緣避地，逃俗豈忘宗。衰近時憑竹，霜寒但見松。不須歌漢廣，歸思逐春溶。

別識韓

汪國瀠

送子不欲濟，還停一刻舟。未來時作想，已去復何求。世網開三面，離情增百憂。匡廬曾有約，幸勿爽同游。

贈歌郎柳渚

汪國瀠

依依會如此，何事憶當年。樸質全無媚，孤心不任憐。所躭惟筆

墨，佳趣入雲煙。欲覓春蹊伴，寒松僻石泉。

寄別趙碩言兼訂秋訪

汪國瀠

江雨孤舟暮，愁生去客吟。偶離成遠別，野泊只深林。已曠登樓約，徒難行路心。明河如有楫，秋影寄遥岑。

春夜山齋聽雨

汪國瀠

中宵淅瀝枕何安，沾絮殘香慮百端。歸燕喜營新户土，離鴻遥没遠江灘。窗含谿影憑煙入，樹隱鐘聲帶霧寒。山路莫嫌明日滑，快於雨後看晴巒。

偶　成

汪國瀠

遥遥空翠静凝煙，忽送山光小逕前。一樹偶飛新柳絮，清溪時繫野人船。心魂澹宕依僧磬，衣履參差散麥田。自嘆幽居稀伴侣，將迎何往不欣然。

謁周氏姑母，因以一律贈其子維清

汪國瀠

高槐新緑滿幽墀，幾世登堂盡若斯。扶母更將身作杖，教兒能以道為師。看來興廢餘明眼，念到行藏有獨知。肇造家聲唯孝友，迎門誰不羨吹篪。

初夏祝王元貞五十

汪國瀠

閒心應與俗情違，長日清谿獨掩扉。閱世久當推達命，行年何事更知非。蘭亭舊約春猶近，玉麈高談手自揮。共把尊罍成野醉，一林濃綠正依依。

初夏山中看雨

汪國瀠

風雨茆堂似小舟，溪光獨送一窗幽。魚爭新水乘潮呂，柳拂殘煙帶霧柔。鈍性久甘辭筆墨，高情真不厭林邱。苔痕寂寂相憐久，屐齒無勞旦暮投。

月下却憶

汪國瀠

石欄冷滑偶堪凭，漸覺東山月始升。豈待涼生方是夜，全無花影便如燈。磬聲盡處知僧臥，香氣微來識露凝。入戶尋人成獨賞，連牀空憶不歸朋。

秋夜憶鄭亦懷不至

汪國瀠

紙窗燈影對清谿，坐待涼生小月西。十畝秋惟驚葉落，半林桑只帶烏棲。每關鄰叟將迎苦，頗訝邨漁指道迷。茶火更吹鐘盡後，似聞殘步響空隄。

漁臺中秋

汪國瀠

清秋但與素心幾，天際唯驚一雁飛。節候移人多在客，月光臨水似相依。何年宮闕應難問，此夕鄉心復暫微。鄭重綸竿停晚釣，坐看魚鳥亦忘機。

遊　返

汪國瀠

小齋風雨鎖秋苔，一艇煙江獨去來。露下孫篁爭解籜，窗前叢菊已含胎。虛懷閒與鷗相觸，蛩語私於月共哀。偃蹇寒宵惟歲歲，短檠殘火莫相猜。

鄧識韓見枉並阜_{識韓名之愈，邑諸生}

汪國瀠

每於孤坐羨清幽，有客迎門意更投。水靜半林時見月，蛩吟四壁獨成秋。筆花忽贈添書債，_{識韓以湖筆見贈}囊草新函識倦遊。肯念連床深夜話，恣君來往一孤舟。

王叔餘見枉並阜

汪國瀠

空山竟日遶春潮，一蹇衝泥渡小橋。近事屢傳將問少，萍踪無定客心遙。摘來蔬藿添貧味，閒向漁樵訂久要。木榻自懸懷刺盡，主賓真不愧招搖。

並阜重陽

汪國瀠

着屐憑高步履艱，兩峯盡處見潺湲。山登細把茱猶紫，帽落驚看鬢欲斑。邨寺半空煙火盡，藻芹交集野漁閒。西風忽作蕭蕭響，頻遣丹楓滯我還。

秋夜聞簫，有懷鄭子亦懷

汪國瀠

湖水乘秋捲暮潮，山山秋色與波遙。漸移江氣歸寒閣，潛引遊心上柳橋。雙槳去時歸雁落，閒鷗棲處荻花搖。懷人同在蒹葭外，一曲悲聲寄洞簫。

秋日有懷王叔餘、周峙鉉

汪國瀠

獨抱離憂思惘然，懷君正值晚秋天。籬邊菊待王宏酒，池畔霜凋茂叔蓮。才覓鄉鄰留倦客，暗隨榆柳度芳年。孤鴻沙際頻相喚，何事幽居地屢偏。

奉訪萬孝克湖齋

汪國瀠

獨闢茆齋野水灣，一闌寒菊對秋山。窗簾似帶煙霜氣，筆墨全留草樹閒。客踏深苔尋徑出，尊移落日帶雲還。遊栖事事堪幽賞，欲共孤光到屢艱。

寄胡二宗_{識韓言二宗詩思清快，因寄一首}

汪國瀠

談君詩思發孤清，相望盈盈一水明。山遠自憐秋易老，別頻始覺見難輕。荒園月小容槐影，斷岸蘆稀落雁聲。此際北窗時注想，任將囂寂各深情。

過邱陸仲谿館

汪國瀠

齋在谿邊未見谿，谿聲送雨小窗西。不因煙水開新徑，時有青燈照曉雞。几榻香酣微近佛，笑歌聲杳竟如閨。偶乘秋靜闃閒寂，杖履隨余度野畦。

過洪允夫園林

汪國瀠

籬落從牽野客腸，閒園一別肯相忘。林因漸密難尋徑，圃自新鋤暗送香。遠共遊人方梓雒，近培秋色老江鄉。輕舟何惜衝波出，更坐雙梧急暮螿。

送四叔仁湖會試_{仁湖公名士奇，順治丁酉舉人，己亥進士，官刑部郎中}

汪國瀠

竹林舊侶各升沉，肯伴阿咸醉石陰。馬首一輪懷抱月，庭前三策夜窗心。北方學可兼師友，吾道人期自古今。莫訝春明塵事擾，逢迎聊以達知音。

中秋代上某州刺史

汪國瀠

幸見秋宵霽，謳吟興未闌。桂香千片落，冰鑑一輪寬。澤遠波光泛，林深鶴夢安。瞻依欣有托，趨步似終難。大呂方留響，台衡始見端。敬歌江漢永，千里靜狂瀾。

春雪 以下戊戌稿

汪國瀠

人情重時序，在臘爲瑞祥。歷冬殊不爾，凛凛懼蛗蝗。道人無歷日，歲短寒則長。中宵窗牖明，知非霜月光。穿隙積几案，冷潔清詩腸。池草心向榮，冰花發其芳。長條拂濃陰，絮飛如此狂。冥然生衆感，餘寒亦以忘。睠言春自可，無爲萌甲傷。

同萬師二別周峙鉉，由西港入江，至陽邏而宿

汪國瀠

九峯山松烟，入秋化明月。連袂別良朋，輕舟於比發。溪邊送別人，舟行歌未歇。湖闊浪花平，乘舟如乘筏。雙柳夾谿流，菊華時秘馪。籬落挂漁罾，渡之於倐忽。日暮江流急，萬帆爭飛越。倦客凌逆波，舉棹心尤慌。市肆倚山阿，孤燈時明沒。客窗更對語，殘醉猶勃勃。

晚至月明壇

汪國瀠

故園久不歸，忽到颥如客。時聞清磬聲，依稀念疇昔。寺古苔徑

寒，路暗行踪躇。松葉分燈光，空階鳴蜥蜴。僧閒喜坐談，欣然布我席。夜静未成眠，殘月生空碧。

枯魚過河泣

汪國瀠

昔日河中遊，今日河中過。望見魴鯉不得語，對此芹藻將如何。自悔深潭輕一出，安得徒然怨網羅。

觀劇有感四首

汪國瀠

江南孫爾仁文心慧性，寄跡行歌，與予邂逅蓮湖次。復低回洲渚，和風朗月，密坐論心。細柳黃花，攜尊騁目，及其逢場奏伎，刻羽引商，輦笑假之古人，性情託之傀儡。柔腸欲斷，俠骨誰憐。璞玉未雕，香心莫逗。聽琵琶於江上，絕人間脂粉之緣。揮淚眼於新亭，重世外山河之戚。悵彼風帆難繫，徒嗟萍梗終飄。用賦短章，殊慚雅調。

偶逐音聲往，飜因静澹留。廣場惟息屏，入坐覺香浮。一鶴鶖中立，微烟柳外幽。秦淮如可見，惜不在蘭舟。

自帶冰霜氣，曾無脂粉緣。憐惟歌罷後，想在未粧前。幾見同宵月，頻離欲曙天。從來絃管地，何往不凄然。

衆情歸一樸，往事忽如新。羣吠驚邨犬，孤心格慧人。宜兼茶奕理，應與石蘭親。涼月高梧下，蕭疎得畫因。

同是飄零日，依依動別思。念君孤雨夜，廢我獨吟時。悲共梨花落，心唯静月知。囊琴慚遠道，蕭瑟欲何之。

寄拜石二首 時爲河南太守

汪國瀠

宦蹟鄉評不偶然，如君事事古人傳。誰能羣譟歐陽出，莫道多私第五賢。妙覺耆英添洛社，瀟湘春雨隔江天。風流杖履唯閒適，長揖書生五馬前。

雄才豈直副科名，天鏡圖書擁百城。拜石讀書天鏡堂。清照劍池千仞碧，拜石歷吳縣令。光分高嶽一峰晴。人情已快中天立，文望猶瞻北斗橫。拜石門下士皆在南中。殿桂親題先郡伯，鄉園何地起軒楹。

春日雨中懷江洲諸子

汪國瀠

無非齋食與孤吟，寸寸還生春草心。自遣離愁成近句，偶尋香菌入疎林。添來江漲山中雨，割盡浮雲市北岑。欲寄閒踪何處達，蛙聲苔影是知音。

寄懷孫爾仁

汪國瀠

孤齋寒雨聽花殘，倦枕微疑夢有端。別恨肯隨春色盡，幽姿悔向月明看。將余心想悲無自，待子音書事更難。幾爲朱顏催鬢雪，天涯誰與卜餘歡。

贈別周臣入洛省父

汪國瀠

長夏鶯花稱遠情，遊栖事事若天成。馬穿新柳橫眉翠，望逐鄉雲傍嶽生。同舍安知邵有子，季方應快紀爲兄。不須更愧晨昏闊，詩禮學兼雒頌聲。

梁湖贈荀石拙

汪國瀠

多君不獨在林泉，藥竈丹書世外仙。天與閒身栖短衲，山留古意慰長年。小窗影落孤松月，三伏寒生萬竹煙。猿鶴漫嗟遊履晚，頻來時復理漁船。

同姚天逌、王叔餘、李雪田、楊子野、趙碩言納涼黃鶴樓，次雪田韻

汪國瀠

頻年煙艇挂漁絲，高閣杯停暮雨時。破浪遠乘青雀舫，生寒坐有白龍皮。鷗羣意頗先秋適，雲影峰還入夏奇。快聚漫嗟酬對少，梅花猶憶一聲吹。

七夕暴漲偶成

汪國瀠

憑高一榻寄疎茅，煙水橫浸短竹梢。汎宅頗疑垂野釣，巢居聊復聽時潮。雲飛殘照移邨樹，秋引微涼入敝袍。澤國自安卑溼久，年年沙際伴浮泡。

次答林果存南郡見寄

汪國瀠

閒雲野水各深深，鷗侶驚栖遠未尋。秋事暫歸微見月，爨煙中斷別

無琴。漫將倦客眠餐事，點入遊人苦樂心。慰我遐思風雨夜，連床筆墨佐長吟。

次答魏松巖 名師段，湯陰縣令

汪國瀠

獨向湖山嘆索居，孤雲天際任乘除。門饒野水迎秋照，榻有良朋寄素書。筆墨自能生衆妙，討尋應不負三餘。偏舟罇酒論文約，尚及清風入座徐。

懷孫爾仁

汪國瀠

蓮湖煙月滯春灣，憔悴羞看野客顔。似有離情催我出，飜於歌舞得君閒。空江別緒嗟司馬，垂柳新姿妬小蠻。幾度思維知未省，只如高士念秋山。

山中柬江洲諸子

汪國瀠

閒行多在綠溪邊，細柳疎鐘小月前。心想但能生一嘆，唱酬時似近諸賢。營成邱壑書慚盡，伴有漁樵地未偏。歲歲相思唯遠道，倦遊今亦負江烟。

江行將之下雉

汪國瀠

幽棲幾自憶江行，況復高秋訪舊盟。二日計程安小艇，孤篷看月怯殘更。依稀紅葉添詩思，檢點萍踪話別情。來往幸無塵俗累，蕭蕭書畫一囊輕。

泊蘄陽龍磻磯

汪國瀠

閒踪偶一寄漁槎，獨向蘄陽問酒家。古寺鐘聲浮怪石，故宮秋色冷黃花。月憐野客生殘夜，雁逐寒蘆落暮沙。無計自酬飄泊恨，敢將心影託幽遐。

中秋客下雉文昌祠，同林果存、魏松巖夜飲

汪國瀠

祇因意到便成遊，何必溪山曲曲幽。野水尚停煙市月，微凉忽增客衣秋。關心松菊存鄉圃，過眼風帆繫去舟。頗憶年來棲息地，江楓鴻爪不曾留。

將之嵩，阻雨不能發，復值鄉人邀飲

汪國瀠

遊踪自不畏秋深，約略寒裝掩暮霖。暫假眠餐渾似客，計程行止若違心。囊錢欲發悲前路，邨酒重邀得醉吟。衰柳疎桐隨意落，鄉園吾亦戀蕭森。

嵩遊不果，阻雨準提菴，值元初大師自西陵見訪，因訊蔡濬之、魯振公、戴公制伯仲

汪國瀠

殘秋曾不苦嚴寒，客意飜隨暮雨安。已逐閒雲栖野鶴，勿驚飛錫過

孤蘭。論心夢冷三生約，入望煙深百里灣。爲寄萍踪歸洞壑，空江霜落夜漫漫。

將之濰陽，寄別江洲諸子

汪田濚

住山何必只山中，踪跡真如塞北鴻。有雪每能留指爪，辭家曾不計西東。鄉心欲斷吳江冷，客夢俄驚海日紅。折柳深悲春信晚，報君書可具初終。

將之濰陽，留別江上友人

汪國濚

長晝江邨獨寡求，開門送客便成遊。吟多詩料峰嵐古，地有鐘聲草樹幽。細雨着沙宜散步，微風吹浪莫登舟。征塵漸染星星鬢，告我無妨百尺樓。

壽昌元旦試筆寄晦山大師 以下《萊遊草》

古近體詩五十七首。余之客於萊也，蓋在乎遊與居之間。始之從余遊者，爲吾家貞木、幕阜。居無何，幕阜以公車徵，貞木亦罷其遊事去。余懷劍策騫，歷覽於蓬萊、洙泗之間，休戚苦樂，更迭爲之。然自己亥二月，以及壬寅三月，栖息眠餐，未嘗不於萊、濰是寄也。故錄其僅存之詩，以萊遊命篇。乃復從而刻之，以自紀其足跡之所至。而看泉登岱，曾錄於《甲乙遊稿》者，俱未之附焉。自記

汪國濚

古寺何人掃碧苔，一鐘浮水自西來。寒溪獨聽中宵雨，安國重登百

尺臺。鶴影偶隨松作伴，雲根遙倩石爲胎。扁舟更掉吳江冷，易地皆然亦信哉。

蕪湖飲吳泰孫即事

汪國瀠

春遊山色尚如顰，静對篷窗憶遠人。時見一松留雪影，獨依殘葉想花因。吳江極目還由楚，漁父終身不返秦。往事忽驚三十載，與君杯酒最傷神。

浦口遇祥庵上人，見杜思退先生題字，祥庵亦楚人也

汪國瀠

楚俗吳僧一偶然，禪栖不解舊因緣。白雲何處留殘瀋，長伴孤心對遠天。

泊金陵，望鍾山不見

汪國瀠

金陵屢過不須登，一拜鍾山愧未能。煙鎖江蘆寒欲墮，忽分殘火上漁燈。

宿寒亭

汪國瀠

孤邨疎火傍春巒，晚月臨窗客夢殘。剩有空亭雙柏影，獨隨野水照人寒。

客宿希原園亭

汪國瀠

倦遊盡日苦風埃，爲愛名園踏雪來。古柏半林棲積霧，奇花二月長新胎。亭臺位置思高調，竹石陰森具韻才。北海蜃樓隨意結，遙天一鶴任徘徊。

題黃金間碧玉竹 有引

汪國瀠

楚中頗饒佳竹，所謂東南之美也。壬申、癸酉間，瀟湘友人貽余數枝，金碧相間，余植之聽竹軒中，雅稱珍賞，今二十八年矣。己亥仲春，客東萊，宿希原園亭，繞砌琳瑯，歡如舊識。夫金玉非韻人所尚，而取以題竹，亦何損其高致乎？

快此一林竹，蕭疎滿石闌。品非金碧貴，名與雪霜寒。異地驚同好，鄉心卜素歡。湘靈如有怨，把淚不須彈。

獨酌希原壁間

汪國瀠

亭臺極目引心遙，空谷鄉魂似可招。柏葉未舒春已半，柳煙纔放雪全消。看來行路多邱壑，何必尋幽遠市朝。頗憶少陵羈蜀道，祇將心想託漁樵。

正月廿八日寄懷漁臺先生 是日爲先生初度，兼憶峙鉉先歸，得前祝也

汪國瀠

松湖千仞波，流光照蒼壁。春色鬱林嵐，幽芳榮石磧。真人紫炁

中，天運藉闔闢。初度快茲晨，歌吟雜酒奕。漁樵競前觴，車馬爭屏跡。陵谷老龍螭，風雲資蜥蜴。遠遊北海濱，揚波驚日夕。海氣西南傾，羣仙分一席。

濰陽清明

汪國瀠

天涯節候暗中移，春盡郊園總未窺。細柳一枝隨意折，海風二月帶霜吹。心寒旅食悲狂客，夢逐歸鴻傍水湄。爲憶江南花信晚，柴門此日尚低垂。

清明同貞木口占二首

汪國瀠

遊踪寂歷悵何之，細柳新添客髩絲。閱世自憐心匪石，同人猶幸玉爲姿。海飛寒霧連虛榻，雁送歸聲入遠思。永晝惟君相對久，鄉園快聚不如斯。

東來疲馬暮烟橫，山水奇人眼待明。海嶽爲心堅邁室，雪霜吹火繼游鐺。孤踪祇辦窮途淚，寡合從嚴月旦評。坐久渾忘身是客，小窗細語聽流鶯。

旅舍感懷擬周峙鉉

汪國瀠

異鄉樂亦令人悲，雨雪中宵復忍飢。破竈煙寒穿鼠雀，空庭塵滿踏狐狸。貧緣拙計爲生累，悔到輕身有夢追。與子一尊相對夕，北山蘿月擁書帷。

寄懷鄧識韓 是年識韓讀書螢閣

汪國瀠

君自匡廬歸，三來並阜巔。踪跡雜樵釣，步履鮮車船。野人望威儀，傾蓋爲瞻延。能使交遊重，託契於名賢。與君凌冬別，海嶽生寒煙。螢閣亦何峻，文獻罔不全。惜哉松石心，時爲遠遊牽。以我螢閣詩，伴君春夜眠。

孤山 伯夷避紂處

汪國瀠

黃雲漠漠擁征鞍，一岫穿雲向日看。古廟半沾風雨剝，孤忠猶並雪霜寒。留心報國難依受，有地藏身莫類干。載主倘能全亞德，首陽薇蕨不須殘。

渭水豀 太公避紂處

汪國瀠

溶溶春水綠陰稠，緩轡空林聽午鳩。釣罷不留芳餌跡，獵回唯見百花幽。興周一旦墟宗社，比涇於茲尚濁流。漁父白頭矜晚遇，營邱曾不更封侯。

宿石佛庵

汪國瀠

深林佛閣掩雲彎，煙雨蕭蕭此叩關。萬里山爲疲馬盡，百年身只老僧閒。春寒向夜侵衣薄，孤枕留霜入鬢斑。莫聽海風吹遠夢，客心應傍曉鐘還。

懷官公暘初先生先生，瀠父友也。登萬曆戊戌進士，由濰令以黄門徵，爲名臣，有奏議及詩文行世，見其棟間題字，拜而詠之

汪國瀠

一函奏議識忠貞，畫棟塵飛勒大名。土木自爲遺愛久，丹青遥與物華爭。泥空海燕羞污墨，月落空梁不掩明。尚憶名賢知遇重，慚將羈旅寄餘生。

寄懷周峙鉉

汪國瀠

扁舟涉大江，北山何崒崔。湖波日夜浮，芹藻閒蓮苾。林麓結君廬，山水資清謐。登堂肅一拜，視履歌貞吉。飲我五石匏，啖我千頭橘。謔笑肆名賢，老衲狂無律。中多學道人，脉脉見情質。遠游各贈言，懷歸爲凛慄。

天中有感

汪國瀠

孤跡滯遠遊，憂思集荼蓼。艾葉自外來，百懷催靜窈。所志在虛空，措躬於微渺。獨步綠槐陰，涼風吹樹杪。

天中歌

汪國瀠

齊中女兒不畏人，短衫繡袴遊芳晨。折蒲香碧生腕玉，金釧時脱清泉濱。含情隔扇相嬌語，蘇州紙竹珍如許。何用齊紈浪得名，癡噴欲割新牽杼。紅杏筐中大如拳，醉來一見口流涎。女兒盈筐争捉取，不計實

不持一錢。獨遊楚客獨吞聲，逐勝曾無一笑迎。江頭畫橈江波裏，憔悴何人吟澤水。

六月別邸舍牡丹

汪國瀠

名花何必待花時，綽約空階慰遠思。帶月露飛香在葉，臨風影落態生枝。只如尋勝登偏暮，頗似懷人見尚遲。上馬不堪重捏別，愁將塵面對幽姿。

季夏送貞木之萊州

汪國瀠

客中情事總非真，相送臨歧似主人。選勝山原余先子，叢陰草木夏過春。林端望海衣如涇，隄上聽鶯馬欲馴。不道黯然曾幾日，暮砧聲裏急歸因。

子貢楷

汪國瀠

由茲懷始植，知能幾許高。栽培資聖澤，根影託雲霄。義豈三年盡，心同萬古遙。積苔堅鐵石，風雨任飄颻。

客中有贈

汪國瀠

對君真似渝名泉，纔酌清幽便爽然。漱石已無塵可滌，穿橋時與月同圓。幾回說劍思投筆，一見論交不計年。簡點知音誰逆旅，殘香疎雨夜窗前。

秋日晚霽寄懷郭三益

汪國瀠

何事今宵始憶君，微風吹破一溪雲，初生明月先依水，未了斜陽尚帶曛。蟬寄柳絲秋咽露，鴉棲槐影晚歸羣。生來踪跡疑萍梗，時向蓮房倚苾芬。

次韻答鄧識韓

汪國瀠

北海遊踪滯未還，客愁常以日爲年。別來樊鶴唯栖麓，到此鄉音半自燕。免俗未能聊復爾，深山閉戶尚依然。扁舟更向秋煙泊，風雨床仍幾夜聯。

思歸同幕阜分韻

汪國瀠

清露凌空忽報秋，蟬聲獨送一庭幽。窗前影過初歸雁，燈下裝成欲敞裘。久客但期人共醉，孤吟時與病同休。年來怕聽關山笛，腸斷鄉園何處樓。

登蓬萊閣二首

汪國瀠

浩渺曾聞納百川，凭高極目更蒼然。半窗露影濺朝雨，萬里濤聲接遠天。雲合似聯仙客市，島橫疑泛賈人船。綸竿願向烟波静，閒聽魚龍子夜眠。

森陰萬象隱中流，一望空冥静若秋。水氣遙浮如在嶺，日光纔出已明樓。竹山霧霽鷗飛近，海屋煙消鶴夢幽。漫道丹霞無可接，仙踪應向碧雲求。

將別貞木贈之

汪國瀠

邐迆歲將終，北風吹行笈。日暮數舟橫，寒江相對揖。儼然冠蓋中，容與安簑笠。書誦謔笑言，歡情歌既禽。賓鴻及春歸，縞鶴時翔立。相去日以遠，孤心為引汲。服義矢終勤，古道期遙集。鄭重學道人，百里半九十。

別貞木二首 有引

汪國瀠

余與貞木聚濰陽者八閱月，聯床風雨，握手談心，忘此身之輕去其鄉也。貞木以仲秋言旋，余尚羈留邸舍。南天極目，影斷歸鴻。海月窺窗，魂搖落葉。蓋不必聽驚濤於絕島，情事頻移。聆孤嶅之哀猿，衷腸暗斷矣。偶成數律，即景為聲，不復自計其工拙也。

高槐搖月滿空庭，獨步惟隨草際螢。作客信同樊守鶴，別君真似影離形。前期確訂都疑幻，往事追思總不經。終老憂傷空悵憾，聊將病骨託參苓。

閒眠不寐已殘更，客舍寒從子夜生。念子苦吟驢背月，慚余獨聽曉雞聲。一窗冷露凝秋爽，四壁哀蛩亂客情。深谷有人方授枕，更於湖海念幽貞。

貞木、幕阜俱未成行，與浙中二友作客青州，復此招之

汪國瀠

自可隨情任去留，何緣羈旅復青州。鮫人有淚縈新露，野鶴無心伴

白鷗。閒聽海潮應滿耳，醉鞭疲馬似乘舟。一年好景須君共，落葉寒砧處處秋。

九　日

汪國瀠

倦遊無意問重陽，深苑停杯菊未黃。新月偶從雲裏見，悲風似向客中狂。去年舊約嗟歸暮，何處秋聲與歲長。衰草自添關塞淚，丹楓今已落江鄉。

輓魏篤臣四首 有序

汪國瀠

魏子篤臣與余生平交，蓋久而彌篤者。戊戌季冬，余將爲萊、濰之行，客篤臣旬有九日。篝燈宿火，密坐深談，一切身心性命之理，浮沉顯晦之遭，亦幾幾乎盡之矣。及余豫濰陽四載，篤臣以書促歸者三，兼寄苦雨新詩，屬余點定。余以壬寅四月還山，而篤臣化去僅月餘耳。始憶旬有九日款留之言，與寄詩促歸之意，皆似與余訣者。吁！亦異矣。輓詩四章，所謂長歌當哭也。

平湖煙阜各藏真，木榻柴車去住頻。隱不求名期避世，遊能逃俗只懷人。離家對子將彌月，返舍亡君已數旬。始憶箴規皆訣語，冥途今已悟前因。

弔子猶疑逐舊遊，迎門衰服始生愁。螢歸空閣書生蠹，臺冷烟絲草自秋。菽水忽添白髮淚，鶯花遙落暮林幽。邨漁掠岸時相問，似有音聲在小舟。

每向漁臺寄遠音，緘書時與破愁城。惟君友誼兼兄誼，悉我家情並客情。僮僕但嗟將問少，舟車莫羨往來輕。只因萬事如雲散，寂寂秋宵理嘆聲。

廿載焚書憶道存，竹香吹雨隱柴門。山空爭羨人千古，玉碎何勞石有琨。開篋見書慚久客，挑燈含淚賦招魂。泉臺若共同心語，寄我遊踪到九原。

新春泊潯陽遲千頃歸舟不及

汪國瀠

潯陽新月照輕舟，聲斷琵琶亦逗留。泊岸始驚歸舫疾，迎春偏增客心愁。酒添別恨紅生頰，風送江濤冷入裘。故里漸看春晝永，鶯花遙憶一庭幽。

天中前一夕同貞木、幕阜小飲

汪國瀠

知有汎蒲會，薄傾今夕觴。高槐浮月影，清露拂荷香。客久鄉心淡，更殘旅夢長。炎威殊未熾，衣袂怯微涼。

同武陵徐子玉、許長楊晚話濯纓橋

汪國瀠

嚴程三伏未曾休，暫減炎威即似秋。官舍夕陽臨水坐，小橋桑影帶鴉流。同心語自他鄉聽，別苑懽添異地愁。河曲近聞多楚客，烟波千里一歸舟。

寄贈千頃督學燕台

汪國瀠

遙天一鑑與秋清，玉尺光隨北斗橫。特簡絲綸酬景運，聊將筆墨見平生。雲林靜識春花秀，荇藻頻看動躍情。慰我客窗時注想，中宵寒露點朱明。

濰陽張仙客送余歸山

汪國瀠

計君送我程，二千三百里。氣誼何殷隆，未與路俱已。到家發一笑，草堂狹且圮。窗牖挂簑笠，盤飧具蔬水。翩翩遊俠人，忽作山林子。相知久知心，意量當如此。

晚泊道士洑

汪國瀠

江狹流斯疾，觸石激爲聲。栖鴉噪暮風，林際自縱橫。操舟憶安流，喧囂心始驚。危峰穿積霧，來與孤帆爭。山風相掩觸，東西無定名。帆以爲舒捲，疾徐心所營。舟行有熟道，進退如權衡。引舟傍曲岸，羣情亦以平。回望林麓中，落落數燈明。

寄別歸宗

汪國瀠

寺不在山前，傳山必傳寺。古之捨宅人，宅適與山值。名勝遂相成，遠快遊人志。洗墨水流香，種松枯復翠。精意古今存，此理何足異。愧余遊屐艱，所聞亦略備。寒泉覆古松，意想於何暨。

舟泊壽昌，同表弟詹圖先、嚴明守歲，兼呈梅邱姑翁

汪國瀠

羨君兄弟好，我亦僭爲兄。共此喧鬧夕，都忘遠別情。香殘闌夢

遠，燈静數更明。展謁伺將旦，同聆慶頌聲。

半舫齋 詹梅邱先生歸隱壽昌處

汪國瀠

自適安流意，知非可繫舟。近江如在水，求侶不驚鷗。石怪花能覆，林深月更幽。山城歌管夜，閒静有丹邱。先生有《安流集》行世。

五月十二日貞木初度

汪國瀠

玉樹臨風影共妍，酒香遥倩碧荷傳。偶同竹醉千竿秀，不讓髯翁一日先。詠古聲隨清晝永，思鄉心向白雲堅。閒踪真似孤飛鶴，海屋籌今復幾添。

秋夜有感兼懷王叔餘

汪國瀠

秋夜挑燈獨不眠，一床幽夢寄諸賢。生身錯是癡情種，入世曾無旦暮緣。已捉更揮鋤亦笑，纔熏便掃墨能玄。蛩吟四壁如相語，念有知心在輞川。

懷貞木阻雨青州

汪國瀠

秋思懨懨獨掩門，念君此際宿何邨。頻添別緒惟風雨，遣到孤帷有夢魂。從事倘分遥夜寂，鄉心空爲客愁捫。人生快聚曾韮幾，更抱離憂向故園。

秋　曉

汪國瀠

庭草遥隨湛露清，長廊曉月逐人行。香流野水搖殘葉，風入新篁墜籜聲。寒寺一鐘幽響發，小窗倦枕百愁生。偶成閒寂堪幽賞，莫待紛紜亂客情。

雪夜同來郎小飲

汪國瀠

入冬初見雪，與子共傾觴。殘火依燈盡，寒花對酒香。歌送吳江淚，裘凋楚客裝。忽疑霜月影，流照在空梁。

泗川道中曉發

汪國瀠

中宵客店火初斜，簡點寒裝怯路賒。殘月到林雜曙色，微霜著水落冰花。吞聲幾見山樵過，入望徒驚曉霧遮。自嘆浪遊增感慨，悔將疲馬踏浮槎。

濰陽道中

汪國瀠

倦遊聊復覺身閒，解轡飜驚客路艱。暮雨萬林寒在骨，鄉心一片遠移山。梅因近月常留照，柳爲依霜不任攀。頗憶年年長嘆事，更隨殘夢入衰顏。

夏廷生南歸，束致貞木、幕阜二首

汪國瀠

曉起唯驚露漸寒，北風吹月滿征鞍。細商行役情偏切，頻寄離憂話更難。苑内槐陰經歲落，林邊楓葉爲誰丹。鄉園何處登高客，爭向茱囊怨未看。

別君尚不廢縑書，商略無人義有餘。每念訂訛頻動色，只疑遊覽似幽居。去鄉病骨添憂思，還里門庭費掃除。猿鶴倘能容俗駕，年來應制一輕車。

雪夜泊赤壁 次殷玉城韻。○以下《汝東吟》古近體詩四十三首。○《汝東吟》者，余自赤壁發舟，由潯陽越匡廬，渡彭蠡，歷南浦西山，艤舟臨川，而羈旅於汝東之作也。遊覽所經不一而暫憩於汝東，則取以名篇也可。客有進而問者，曰："子足迹半天下，所至輒爲詩，未嘗刻也。此而刻之，何居？"余曰："是亦有故。余生平厭攻苦爲制義，不少時即棄去。衝口爲詩，初未經意，雅不欲爲梨棗災。然而偃蹇衰年，栖遲道路，又不得不藉此以自遣。忽吾家幕阜刻余山居三十韻於江弋，是幕阜已彰余拙也。故復刻此，以成幕阜之志，且恐余之繼此而刻者，殆未可量。見獵心喜，吾愧之。"自記

汪國瀠

江城今始命孤航，漁火分燈照客床。戍鼓衝寒聲迕遠，冰花摇霧影蒼茫。横空野鶴裳都縞，夾岸疎林草不黄。風正一帆銀漢廣，莫依宵月點微霜。

積雪過吳章嶺，懷王子雲舊居

汪國瀠

昔陟吳章嶺，幽人住山麓。叢桂生夕陰，寄子以信宿。散髮望林際，寒雨飛陵谷。小閣貯雲烟，奇書伴幽獨。去此杳寓居，自與囂塵逐。驅蹇踏層冰，積雪偃蒼竹。歷歷憶舊遊，慰我峰嵐熟。野人具山蔬，時坐崖邊屋。揖余似曾識，念子眉頻蹙。冰枝落古松，突起驚麋鹿。

五老峯二首

汪國瀠

天遠峯如接，森森入望宜。煙嵐藏氣骨，冰雪冷鬚眉。世異風仍古，居高道不危。憑欄時對問，誰與計期頤。

覺與羣峯異，蒼然自古今。澄湖懸一鑑，峭壁立千尋。鷗點空崖雪，雲橫野壑陰。幸看真面目，遙影伴孤吟。

寄韋承公五旬初度

汪國瀠

客舍春回綠草深，江煙千里聽鳴禽。別緣偶去時如昨，晤自初離想至今。念我應知能寄憶，函書猶恐或浮沉。百年快聚仍留半，莫對青燈增苦吟。

題　畫

汪國瀠

飛瓊雙影小窗前，相對無聲更可憐。却憶柴桑陶處士，素琴挂壁不須彌。

漁臺先生垂問，依韻奉和

汪國瀠

五老蒼煙倚碧空，一笻寄傲似相容。每緣久客安遊癖，偶揖先賢愧道窮。懷遠夢回闌靜閣，謀歸天際倩孤篷。相思唯有漁臺月，曾照谿蓮幾葉中。

登滕王閣 有序

汪國瀠

閣俯章江南浦，西山列峙左右，孤帆遠引，碧浪千層，雅稱勝概。惜其地勢卑近，雜沓闤闠間，未若黃鶴、晴川之迥出塵表也。夫市肆喧闐，商艘鱗集，不免遺玷名區，何與高人吟賞？咄咄王郎，乃欲以鐘鳴鼎食、青雀黃龍誇耀千古，亦可以知其胸次之陋矣。

臨江陟高閣，入望唯虛遙。一帆橫天際，流影涇奔潮。簷棟積晴光，山浦翠所招。閒情眺羣動，闤闠何瀟瀟。興慨自今古，寂感爲靜囂。鄉園時溯洄，黃鵠自孤翹。月光出雲表，晚照接星杓。視此良卑屑，託意於層霄。

東湖懷古四首 次巫戀穉元韻

汪國瀠

知有東湖勝，閒思策一笻。旅愁羈短榻，遠夢託孤峰。鶴唳空江月，猿啼古澗松。倦遊頻寄慨，徙倚聽殘鐘。

雉堞依南浦，環流滿翠臺。閒亭移落照，小月逐餘杯。寺晚僧猶出，鴉棲客未回。只疑苔徑裏，時有踏歌來。

市煙吹欲斷，忽邁水山緣。野渡迷荒渚，輕舟坐遠天。秋凝嵐氣紫，雨過碧光鮮。頗憶出江勝，流風可並傳。

性癖耽吟賞，頻遊志未灰。惜陰時近竹，藉草不鋤萊。隔岸魚吹浪，循谿燕啄苔。晴光恣遠眺，何處蔽飛埃。

讀王子雲過亡弟媿孝故廬之作，哀而和之

汪國瀠

誰從湖海聚浮萍，交絕方知友道真。未剪松筠時帶雪，同遊鹿豕暫爲鄰。三更夢冷荒原月，一逕霜殘故里春。淚盡西州難再出，萋迷衰草困蹄輪。

寄祝蕭汝成五旬初度

汪國瀠

每憶子初度，秋風敞四筵。舉杯肆雄辯，竟日相留連。凡事難豫設，斯言古所傳。遂成豫章行，一棹涉廣川。季夏屬仲秋，爲時曾幾遷。風波與獨處，明月凡再圓。情形莫自決，蹭蹬如蟻旋。徒羨子意氣，高座集名賢。言談時見及，將無一黯然。歸雁出天際，寄我思子篇。

寄祝張少華七旬

汪國瀠

昔我成童君已壯，辟咡召余時蕩漾。引杯看劍意氣雄，讀史懷人悲俗尚。黃金千鎰笑談間，散去復來如盼嚮。恥將白髮老江湖，帶月一鋤資豪放。俄焉七十爲春秋，錦阡繡陌恒彌望。君家玉樹吾門牆，三世隆誼遙相向。親知滿坐祝大年，學步孩提知揖讓。愧我遠爲豫章遊，興懷

是日增惆悵。

有　贈

汪國瀠

寄意自幽曠，能知靜者心。孤鳴時類鶴，疎影遠如林。暫可依香坐，還思伴苦吟。霜寒羇旅夕，相悅憶春岑。

偶讀少陵"詩成吟詠轉淒涼"之句，再次前韻

汪國瀠

寂歷徒餘筆墨狂，紛紜客思漫無方。偶然索句添心感，苦被離憂益鬢霜。事屬萬難終扼腕，情期一往更迴腸。吟成寒火依香爐，殘月疎鴻共渺茫。

夢亡弟媿孝二首

汪國瀠

往歲嘗爲客，心魂獨子依。白門余亟反，泉路子先歸。縱覽生平約，乘桴所願違。黯然悲旅夜，共此一燈微。

旅魄徒孤寄，依稀見若真。通宵唯惜別，一夢已侵晨。去母皆遊子，離家盡客身。死生如兩地，重訂未來因。

過漸嶺

汪國瀠

客帆聯絕壁，嶺以漸爲名。微徑依松曲，閒雲與石平。碑鑴前代字，林送遠風聲。老衲尋仙鑰，崖下有洞門影跡，小石如鎖。蒼煙繞杖輕。

夜泊南康

汪國瀠

萬頃惟一日，無非水月光。城影浮波際，輕帘接遠檣。落星雜鷗鳬，一粟點穹蒼。身在衆光中，浮沉光自藏。微風起天末，層波如鳥翔。孤帆何處來，瞬息達岸傍。自快乘風利，危險出衆量。繇知風波人，痛定始悲愴。山城嚴暮柝，靜夜聲愈揚。明日出湖口，託身於舟航。

潯陽聞笛

汪國瀠

復此潯陽夕，江栖異昔流。客從山下渡，笛送水邊秋。野戍嚴官柝，孤帆亟暮舟。明朝依楚澤，無意賦登樓。

曉過富川

汪國瀠

神鴉數點送輕舸，曙色橫江靜不波。竹帶殘烟穿石壁，沙明曲水亂青莎。自憐久客歸心切，更惜頻遊別緒多。覽勝莫緣經慣略，空山幽夢寄漁蓑。

懷高壁雲

汪國瀠

曾無快聚徒傷別，自以憐才矢素心。孤鶴影迴空谷靜，寒烟香繞夜窗深。酬將韻事甘幽寂，若爲前期罷苦吟。念到琵琶聲斷處，江邨能更幾知音。

坪江晤王晉臣，即席賦贈

汪國瀠

交君惜已去君鄉，寒雨連江入夢長。月靜漸驚秋近露，曲終微覺語生香。忘年結契唯知己，白髮思人幾斷腸。儔輩應疑頻顧事，似余山路立斜陽。

冬夜偶成

汪國瀠

無多酒力不成狂，懶向微衾覓睡方。千里離人寒野戍，一天孤月點新霜。愁心何處將魚素，往事經年到客腸。劍氣尚橫星斗外，延津雙影自蒼茫。

元夕感懷

汪國瀠

此宵燈火地，看月定無人。鶴唳雜絲竹，鴻棲任隱淪。罷吟思更苦，久客理須貧。醉夢真堪羨，同沾草木春。

早春登會龍菴佛閣

汪國瀠

偶逐溪聲渡石橋，孤心閒趁野鐘遙。遊當新霽方春曉，望入深林盡後凋。車轍漫看城在近，山雲偏使客無聊。斷崖雨過莓苔綠，更向幽泉汲一瓢。

懷友人阻雨章江

汪國瀠

野渡春煙溼柳花，章江更繫遠人槎。暫羈只似初爲客，既發須同已到家。浦暗綠雲朝露冷，山含落日晚風斜。幾邨殘火狂吟夜，俟我停帆聽暮蛙。

迎春前一日雪 限寒字

汪國瀠

野霧朝飛障遠巒，輕鴻疎羽落林端。獨先花發三春麗，更助冬殘一日寒。歲序已瞻星臘改，酒杯聊與客愁寬。土牛行踏春泥軟，醉向東郊倚杖看。

初春即事

汪國瀠

匡廬只俟舉頭看，客舍餐餘更倚闌。舊事十年頻入夢，春期旬日未離寒。書當掩卷焚宜可，劍不酬知佩更難。月夜劇憐亭館靜，空煙一片擁層巒。

曉望廬山

汪國瀠

偶浮朝旭破殘陰，天半渾疑霧靄侵。幾望石崖如古寺，由知苔蘚盡喬林。春回翠映千峯碧，雲合煙含一徑深。自愧舊遊多漫略，更於遙影寄孤心。

選　寓

汪國瀠

寂歷山城似柳樊，擇居聊復寄晨昏。留將雪月先虛敞，意以酬吟別靜喧。戍近小窗鄉夢淺，鑪藏宿火夜香溫。廿年踪跡疑鴻爪，獨向寒汀踏水痕。

送鄭亦懷入都兼致千頃

汪國瀠

忽驚行旅汎漁槎，送別清江柳正斜。筆墨聯床依館閣，春煙一路入京華。橫經問字風仍古，白髮懷人室更遐。乃幸匡時資碩輔，空山餘我醉鶯花。

病

汪國瀠

客意漸能安，微疑病有端。月因防路隔，香以避煙寒。無事時成嘆，忘機夢不歡。健當觀競渡，脉脉念波瀾。

秋夜限韻二首

汪國瀠

一室蛩吟四壁秋，客心不繫半如舟。寒添酒盞愁無緒，香爐薄衾夜更幽。野戍殘更催遠夢，小窗孤影愧頻遊。力耕每嘆生多拙，行役何緣為道謀。

海風吹處鬢為斑，種菊空懷處士閒。細數殘更慚久客，漫吟落葉憶深山。狂依筆硯惟孤坐，靜對茗香只掩關。慰我冥鴻橫夜月，獨留聲影白雲間。

晚秋喜裴獻奎攜尊見過

汪國瀠

強支病骨坐寒螿，喜見白衣共舉觴。海日浮沉秋漸老，客心搖落菊偏黃。一聲雁逐絲桐響，千里魂消九日霜。莫爲醉眠輕棄我，殘砧何處與宵長。

桃　花

汪國瀠

歲歲春風裏，相期破寂寥。杏殘須次發，柳放適相招。落更宜苔砌，斜偏傍石橋。似憐羈旅客，和露伴清宵。

清明同友人踏青會龍菴

汪國瀠

郭外山邨晝掩扉，偶隨清磬坐苔磯。淺深谿水環幽岸，斷續石崖繞翠微。澆罷寒尊人獨返，棲殘江浦雁孤飛。閒踪自向風塵老，歲歲飛花點客衣。

初夏同友人載酒會龍菴

汪國瀠

谿橋静處掩荊關，松下寒泉碧一灣。忽過郊原驚夏早，時尋僧侶覺身閒。聽鶯頻立林邊馬，登閣全收郭外山。入坐鄉音忘久客，莫辭巵酒送朱顏。

同吳巢微小餘因寄王汝風

汪國瀠

論文未許説刀環，高義聲傳海嶽間。對酒懷人期勝友，閒吟得句向秋山。燕歸舊巷飛偏遠，雁落平蕪聚更難。尚憶寒谿殘雪夜，空餘霜月照朱顏。

重九日前二日

汪國瀠

雨風催節候，凉月亦懷思。寒近宵偏永，衣輕客未知。有蛩吟四壁，無菊落殘卮。空負關山約，囊茱悵所之。

附　錄

《樂志齋存詩》序一

余年來居九桂軒中，日以蒐閱文史自娛，編輯先世遺書並里中耆舊詩鈔。自《三一子》以逮魯岡園觀子諸刻，次第告竣。下及方書，苟有益民生者，亦刻而播之。余之素志無他嗜好，譬諸草木無臭味也。適黃岡汪氏刻其先世《樂志齋存詩》，問序於余。作者蓋當滄桑之際，奔走轉徙，而其中怡然有以自得，故其詩不爲塵俗累。如詠虎山黃將軍事，可與國史參。又與鄧子雲程交最密，則黃人所立廟以祀而見於茶村之集者。因嘆茶村遺民老宿，其著述所傳播不過威鳳一毛，欲問其後嗣，黃人謂其占籍江南，無從得矣。今汪氏世居黃岡，而其後嗣能志先人之志，欲不朽先人之手澤，余嘉其與余之志怦怦有動也，於是書以應之。

道光歲次丁未孟冬月，雲夢程懷璟拜譔，時年七十有四。

序　二

　　夫葭牆荻障，等樹覺楹。芰製荷衣，同榮華袞。器貽匏食，古人傳以爲風。米號雙弓，親戚不以爲笑。蓋稟訓於聖，樂在其中也。懿夫商山之芝以歌而馨，武陵之桃以記而豔。凡此隱淪之推重，又賴文字之藻華。文有足稱，志乃可見。黄岡汪氏刻其上祖《樂志齋存詩》，據厥家乘，溯自前明。適當鼎新革故之交，不獨天寶、開元之感。而乃顔齋樂志，取義何居？

　　夫古來石室儒臣，柏梁詞客，下既潤夫鴻業，上亦永其駿聲。遭際斯隆，雅頌可亞，此處夫樂而樂者也。降而南朝狎客，北里攏聲，燕在幕而猶自呢喃，螢何光而能熠燿。零縑斷句，怨粉殘脂，此處夫樂而不樂者也。若夫子美痛如毛之盜賊，放翁憂半壁之朝廷，忽而動鬼神，忽而歎溝壑，忽而陷權貴，忽而入清流。卒也聲震扶桑，天福於焉克享。兵清沙漠，家祭尚爾關情。鬱一生忠孝之心，發萬丈文章之燄，此處夫不樂而樂者也。

　　作者親閱亂離，不存幽憤，志能葆素，樂等含和，身經乎齊秦及吳蜀諸地之瑰奇，目擊乎宏光并唐、桂諸王之事跡。出庾信江南之賦，春夢登場。展蘇卿塞北之書，秋風滿屋。隱身不湽，抱膝而吟，斯固士各有志哉，所謂樂且有儀也。當日享帚自珍，後嗣酌銘崇孝。幽光潛德，無慙竹帛之傳。問俗觀風，可副軺軒之采。是爲序。賜進士出身、翰林院編修、分巡漢黃德道長洲陶樑譔。

序　三

　　伯太高祖漪園先生，負才而能自守其志者也。祖父皆登仕版，爲有明一代純臣。先生妙年補博士弟子員，試高等，食廩餼，聲名藉甚。因遭時變，遂恣情山水，嘯歌自娛。嘗著有《樂志齋存詩》若干卷，惜原板散佚，後人鮮有識之者。階自幼亟求其詩，僅於邑志得五言古體一首，至通志、家乘諸書，則第舉其學行大概言之，詩不復載。

癸未歲大饑，或請以書易粟，小山弟啟其檀，搜得先生殘稿一紙，四角皆漫滅不可句讀。因與階補綴成帙，以意會上下文讀之，而全集仍未之覿焉。越數年，於建三兄處詢及先生之詩，兄以抄本相示，首載《甲乙遊稿》，次《萊遊草》，次《汝東吟》。階喜，以爲覿先生之全集矣，携置於案頭。適玉峯弟來館見之，云先生之全集尚不止此也。歸，致其先人所藏秘本，計詩四百有奇，而鼠噬蠹殘，幾於十之一二。嗚呼！先生以樂志名齋，蓋自維祖父仕明，兄姪皆殉賊難，一身孑立，何忍捐氣節而希寵榮。故鼎革以後，甘自屈抑，惟徜徉齊魯間，爲詩以樂其志。其旨深遠，其意纏綿，其氣激昂，其詞悲壯。求之國初逸老中，正宜與茶邨《變雅堂集》並垂不朽，而顧乃湮没若斯耶！

韓子曰："莫爲之前，雖美弗彰。莫爲之後，雖盛弗傳。"階欲梓先生詩數十年於茲矣。丙午秋，本房諸同志共爲贊襄，剞劂始成。昔李穆堂謂刊人殘編斷句比葬暴露之白骨功德尤大，階與同志諸人敢自以爲功乎哉？惟念先生守不拔之志，悉於其詩發之，非廣爲傳播，詩忘而志與俱忘，百世而下不知有先生其人，此則中心耿耿不能自已者矣。時道光二十七年，歲次丁未正月元旦來孫階三謹識。

魏公韓_{雲菴}。題贈汪漪公

漪公賢而達者，於其所可則矯若飛鴻，於其所不可則堅如介石。雲霄之上有其人焉，麋鹿之群有其人焉，舉世莫測其始終。予老而始窺其涯涘，其在意想之外乎！

朱日濬菊廬。送汪漪園之團洲序

　　壬午年，余與汪漪園同受業於錫山夫子之門，八閱月僅一晤，晤亦不深言。余時已知漪園之可以友矣。余避難安湖，公自郡城遷居安湖。始作菊廬於是。蓬蒿滿徑，徒有漁人牧豎猿獐雜沓，蕭索四望，不見所為儒者，又安敢輕言同志也。因念二十五六年託身上郡，風氣文章、人物儀容、朋友歡娛之樂，乃一旦入絕域，與漁人牧豎遊。即古所號為漁人牧豎，皆韻如文士，才類仙逸，或至有英雄伏處巖壑。為天下賢人奇士，往往謝世而樂與之遊。初不若今之倨傲武斷，公然自附於漁人牧豎之列。嗟乎！以余之所遇相懸如此，則古今升降之變，而吾輩遭會之窮，寥落不自振之況，亦可以見矣。

　　乙酉年，漪園始來安湖。自漪園來而安湖之士益廣，吾輩之氣亦日壯。或詠歌先王之文，或商推古今之蹟，或悲啼談笑，時在高巖之側、廣澤之旁。雖於壬午之事覺有異者，但余始信漪園於壬午一晤之中，茲乃益信於今日。今日與漪園良友之樂，風雪床頭，霜花月樹，未嘗不共視，壬午之疎闊而離索，又一變矣。更視癸未、甲申凡目之所接，身之所歷，徒使四顧蓬蒿、猿獐雜沓之象，又一變矣。自是而安湖之間乃有漁人牧豎，始晤古所號為漁人牧豎，皆吾輩所為。無學無問，固不得而為之。草野猿獐倨傲武斷之徒，又安得而為之也。

　　今去乙酉且五年，視癸未又七年，視壬午又八年，日月遞遷，朋友之歡，竟如彈指。漪園乃一旦出安湖，卜居團洲，且以團洲為西河。漪園固負曠世之逸才，雖未及建奇勳、立奇策，行且抱詩書之利器，舉團洲後生小子，進而登先生之堂，入大雅之才，考經義博識之學，求聖賢反約之旨。天下所不了之事，望之吾輩。吾輩所不了之事，又望之漪園。漪園能以堯舜禹湯文武孔孟相傳之道，昌明於軻死不得其傳之後，是其任大責重。雖從遊之弟子，不知其可以聞道否。雖漪園之智力，不知其克終與否。吾固知漪園之必至於此也。古人已往而不可復，後學未來而不可知，世道之憂愈甚，而三綱五常之教，不可一日不明於天下，然則漪園不如此而不得也。使漪園能如此，余一人即獨坐蓬蒿，獨奉色笑於倨傲武斷之人，而没没以死者，余所深願也。蓋天下所欲爲之事，吾輩已爲之。吾輩所欲爲之事，漪園已爲之矣。是漪園之處安湖也，甚輕於出安湖，而其出安湖也，其事更有不同於處安湖者。然則團洲之居，正未可輕也。自漪園去安湖，先後去者往往接踵，視漪園始來而安湖多士益廣之日，又一變矣。合者變而爲離矣，歡者變而爲悲矣。然余不自傷其愁困寂寞，而反喜漪園之去，其思維慕想又誠在悲歡之外也。

五六年同學諸君子有觀光京邑，至取高第大位，聲望赫奕，往往動關民社，勢傾朝野。即不然，又或富貴自資，或聞譽耀羙，或據天下利害輕重之權以自見，余每歲如是而送者不下數十人。漪園奇才，獨不得早用，以竟其所學，徒棲團洲一片地。然余之送之也，更有切於送諸君子者。蓋欲以錫山夫子之所以誨吾黨者，漪園以之誨天下士，又不止於團洲也。漪園之行，余以貧而且苦，不能致之江上，別以酒，解以佩。在漪園既有遊子牢落不平之歎，在余又不能忘情於友朋相愛之誼。昔子路去國，顏淵亦贈以言，古人交道誠有不忘者。余故送漪園以言，且勉其行，而附以詩。詩闕。

林之華_{果存}。哭汪漪園近體七言四首

何事人亡琴亦亡，墓邊宿草怨斜陽。湖山自昔傷離別，書信從今慨杳茫。李白生前傾北斗，孟郊死後斷三光。傳經賴有阿戎在，眼入遺編淚兩行。

門館從無俗子過，考槃孤子在山阿。天空作枕難成夢，水落爲隄尚有歌。白髮我猶遭悔吝，黃泉君不畏風波。經年纔得登堂哭，惡雨頽雲舊憾多。

並皐臨湖水一泓，漁歌牧笛久爲盟。梅含綠萼春前放，韭帶黃芽雨後生。散盡千金收豔史，吟成七字厭長城。空床賸有犀蘇甕，何日汪郎手自傾。

但稱樂志不稱貧，入眼風光四季生。短矩燃犀觀瀚海，長箋託賦訴蒼旻。肯隨沮溺齊埋首，願附稽康共寫真。記得草堂連夜話，傷心一別在湖濱。

漪園先生事略

先生姓汪氏，諱國瀠，字漪公，號漪園，一號阜樵。先世居黃之並阜山，至高祖大章公始遷月明壇。祖靜齋，隆慶丁卯舉人，甲戌會試登進士乙榜，官至曲靖府同知。父葦齋自月明壇徙團風鎮，見葦齋公行狀。以萬曆辛卯恩貢授四川彭山知縣，陞陝西臨洮別駕。靜齋公名守廉，葦齋公名傑。在任皆以清白聞，詳各省名宦志。母氏潘，生母氏聞，皆有令德。

先生幼隨父任讀書秦蜀間，稍長還鄉里，遊黌序，食廩餼，蓋年未及冠而名已噪乎士林矣。按先生《哭亡弟魄孝》詩，有"十年客秦蜀，十年栖市廛"之句，"客秦蜀"謂隨父任也，"栖市廛"指團風鎮而言，遊黌、食餼見汪氏家乘。洎崇禎癸未，遭張獻忠之難，其伯兄邑庠生國衛，及姪邑庠生宏春皆死焉。事載邑志。乙酉，去團風，遷安湖。考先生哭友詩序云"予以乙酉八月廿日奉老母棲亡弟魄孝之廬於安湖之濱"，魄孝名有重，明季庠生，博學廣交，年未四十卒。意先生居此避賊難，且依魄孝以講學也，歷丙戌、丁亥、戊子、己丑、庚寅皆在安湖。并詳哭友詩序中。辛卯春，始徙江洲，江洲一曰團洲。朱菊廬歲貢生，名日濬，隱居安湖，著有《五經問》。有送先生之團洲序，計千餘言，大率望先生以堯舜湯文孔孟相傳之道為天下士開陳之。壬辰，復自團洲遷並阜，考先生《哭魄孝》詩云"壬辰難雨澤，炎亢墮飛鳶"，又云"將母何所之，並阜山之巔"，可知先生遷居並阜在順治壬辰年矣。

癸巳，買舟出遊，過彭澤，有《夜泊菊江門》詩。甲午、乙未由江入淮，取道滁陽，客濟南，登岱巔，所作詩名《甲乙遊稿》，載集中。丙申，還並阜。鄧子之愈號識韓。自豫章來，以衰服見，云其父懼菴名雲程，明季諸生，能文，有膽識，嘗獨拒獻賊，郡城獲全，黃人立廟祀之。卒於豫矣。

先生輯上下平韻爲絕句三十首哭之。丁酉，叔仁湖舉於鄉。仁湖公名士奇，順治丁酉舉人，己亥進士，官刑部郎中。先生有送仁湖入都會試詩。戊戌季冬，客魏篤臣旬有九日，自云："篝燈宿火，密坐深談，一切身心性命之理，浮沉顯晦之遭，蓋幾幾乎盡之。"己亥春，始有萊、濰之行，《萊遊草》序云："自己亥之二月，以及壬寅之三月，栖息眠餐，未嘗不於萊、濰是寄。"《輓魏篤臣》詩序云"予以壬寅四月還山，而篤臣化去僅月餘"，則先生之客東萊凡四載始歸黃也。

《汝東吟》不知作於何時，以今所得詩稿次第觀之，是遊汝東當在遊濟南之後，而以《汝東吟》序味之，是刻《汝東吟》又在《甲乙遊稿》《萊遊草》之前矣。按《汝東吟》序，有"足跡半天下，所至輒爲詩，未嘗刻也"之語，又按"甲乙遊稿"序云"庚戌之秋刻《萊遊草》竟，復搜其僅存者冠於篇端"，觀此則《汝東吟》實先刻，而《甲乙遊稿》《萊遊草》俱刻於康熙庚戌年矣。此外尚有《山居》三十韻，又刻在《汝東吟》之先，今失稿。

又先生没之期亦無實據，觀《寄王叔餘》一首有"我生四十逢辛卯"之句，則生年當是萬曆壬子。《初度泊吳門》一首有"秋風蕭瑟""楓葉霜凋"等語，則懸弧必九月也。又先生爲朱菊廬作《黃州文獻序》云"丙辰之春，桃葉既舒，綠蔭覆野，予適偕諸季問字安湖之濱"，書朱氏祠堂碑後云"丙辰八月十一爲姑母八旬有五，拜祝之餘，援筆書此"，以此推之，康熙丙辰先生固猶未下世矣。自明萬曆壬子至清康熙丙辰，已六十有五年。

計生平遨遊宇內，廣交名士，若四川、陝西、江西、江南、山東諸省，皆其足跡所經履處。其時最相善者朱菊廬、林果存，名之華，明季廩生，隱居松山。王叔餘、鄧懼菴、魏篤臣外，又有尚書王公涓來，名澤宏。巡撫魏公雲菴、名公韓，晚年隱居漁臺。修撰劉公克猷，名子壯。及孝廉王公子雲、名一鶱，隱居廬山，著有《智林村稿》。萬公師二，名爾昌。餘友人不一輩，俱詳集中。又按先生有《並阜七月既望》《並阜中秋》《並阜重陽》等詩，又有《魏篤臣見柱並阜》《王叔餘見柱並阜》及《鄧識韓見柱並阜》詩，又《寄懷識韓》云"君自匡廬歸，三來並阜巔"。今並阜東有先生墓，子孫悉居墓側。先生娶吳夫人，無出。程夫人，生子二。長宏鼎，今失傳。次宏道，後裔在亚阜。蓋自壬辰移居後，先生雖歷遊各名區，而其家實未嘗他徙云。來孫階三謹識。

　　燊謹按：漪園公祖及父爲明代名宦，公隨父任讀書秦蜀間，早擅才名。明社既傾，兄姪皆殉賊難，公遂絶意登庸，放懷山水，遊歷各名區。有《甲乙遊稿》《萊遊草》《汝東吟》諸題咏，均載集內。居恒與杜茶邨、劉克猷、王子榮、朱菊廬、林果存、魏雲菴諸名士互相唱和，著述甚夥，迭經兵燹軼去，僅存《樂志齋》一集。道光丙午先叔曾祖階三公梓行於世，燊復於己未夏編入《桃潭合鈔》付梓，茲重行增訂，並將是集各序詞與先生事略，一并附錄於後，以示不朽云爾。

增訂桃潭合鈔正集卷第三

商聲集

黄岡汪家驥挹珊著
姪曾孫燊筱舫重刊

秋　興

清·汪家驥挹珊，黄岡。

蘆花撲面白如雪，驚烏啼徹三更月。樓頭玉笛寂無聲，西風吹落梧桐葉。

擬　古

汪家驥

日暮秋山空，落葉紛如雨。霜高粱芳萎，黄菊綻三五。餐英可延齡，味甘勝薏苦。嗟彼屈大夫，放逐竟終古。

車行何遲遲，馬行疾如馻。籠鷃搶榆枋，去地不盈咫。宇宙本寥廓，浮雲散如綺。蹤跡靡可定，吾愛暮山紫。

蘭蕙生空谷，無人而自芳。春風既已盡，豈不怨秋霜。凋零固有時，徘徊惜容光。遠矚孤嶺間，松柏鬱蒼蒼。

美人弄佩環，牽幃態容與。良人遠從戎，夢隔芙蓉渚。抱此美玉姿，涕泣阿誰語。不忍見指環，默坐手慵舉。

絲竹陳華堂，時復雜鐘磬。聲音固難齊，宮商原有定。今音未足鄙，古音宜善聽。相彼車上鐸，響與黃鐘應。
　　浮雲出山谷，蹤跡不期同。俄而膚寸合，堆積滿太空。氣合類亦聚，舒卷發清風。神龍工變化，時復藏其中。

與若林姪夜話

汪家驥

　　歲月去悠悠，山川滿目愁。孤燈一夜雨，故劍十年秋。世路誰青眼，英雄老白頭。蹴君同起舞，努力靖神州。

憶　昔

汪家驥

　　綠柳陰濃是邺家，闌干曲曲畫屏斜。吹簫記得揚州夢，曾傍芙蓉掠鬢鴉。

柬　友

汪家驥

　　罌粟花開醉暮烟，飛紅片片落燈前。多情不爲傷春瘦，夜夜東風喚杜鵑。

書　感

汪家驥

　　年來塵夢總勞勞，無復當時意氣豪。白眼書空稱咄咄，蒼顏兀坐語叨叨。飄零劍佩英雄老，歸去田園隱逸高。世事艱難君莫問，且沽村酒讀離騷。

夙昔功名念已虛，身親筆硯竟何如。浮雲變幻成蒼狗，濁俗熏蒸等鮑魚。千古文章爭遇合，三秋花柳太蕭疏。此生適意知何日，且剔銀燈讀古書。

望古茫茫百代憂，無端感慨竟紛投。屈平賦就猶遭放，李廣數奇終不侯。劍氣崢嶸歌出塞，詩情慨慷強登樓。悠悠今昔成何事，賺得英雄已白頭。

感事_{用若林姪夜話元韻}

汪家驥

城頭刁斗忽迎秋，驚起征人一夜愁。老去英雄悲寶劍，憤來詞客碎金甌。如椽大筆休輕棄，在櫝明珠肯暗投。記取五湖煙景在，扁舟聊繼范蠡遊。

聞 警

汪家驥

羽檄雲屯黑，霓旌日照紅。妻孥餘別恨，將帥失英雄。村市鼓鼙急，人家杼柚空。獨將憂國淚，灑向夕陽中。

題保丞四兄醉梅詩卷後

汪家驥

燈火熒熒夜漏遲，傷秋愛讀杜陵詩。奇才不遇添悲憤，烈士多愁賦別離。萬里烽煙羞請劍，百年世事等彈碁。幾生清福君修到，爛醉梅花竹枝外。

焦桐忽忽變商聲，涕洒窮途氣不平。慷慨擊殘易水筑，淒涼聽斷戍樓更。相思到處拈紅豆，夜夢頻年哭紫荊。惆悵捲簾秋色闊，寥天警露雁孤鳴。

甲寅生日誌感

汪家驥

學書學劍兩無成，富貴浮雲了此生。真得意時惟嘯咏，不如人處是功名。江山萬里驚殘夢，故舊頻年惜別情。閒倚小樓勞悵望，雁聲嚦嚦月孤明。

半生落拓泛江湖，漂泊徒存七尺軀。生本不才形敢傲，年纔及壯貌偏臞。絕無遠志思投筆，辜負初心愧設弧。珍重爐頭杯酒在，一回痛飲一長吁。

流年忽忽換秋風，半是愁中半病中。醉後忘形曾化蝶，愁來彈指不成公。烟霞笑傲豪情在，書劍飄零舊夢空。一笠一簑溪畔立，敢將興廢問漁翁。

金科玉律古騷壇，勸我持杯强自寬。亂後老親猶健飯，歸來妻子尚餘歡。徐州領牧慚荀羨，江左風流憶謝安。三尺吳鈎一枝筆，夜深常向月中看。

夏日從外舅曾眉三先生遊普岡

汪家驥

滿徑松濤日色寒，屐攜幾兩共盤桓。連峰草趁浮煙長，一樹花隨春雨殘。到處烽煙賦離別，何時家國報平安。出山謝傅今誰是，海宇蒼生起浩嘆。

喜邑侯葛毅山擊走倉埠賊

汪家驥

綸巾羽扇出南州，慷慨投鞭竟斷流。諸葛七擒初定計，士元百里偶宜猷。軍聲半夜喧鵝鴨，賊勢千人走馬牛。多少健兒爭欲識，請君聊一免兜鍪。

自　嘲

汪家驥

蕭蕭兀坐竟如癡，醉後狂言不自持。有客偶談中外事，逢人強贈短長詞。相思到處拈紅豆，招隱長歌採紫芝。莫笑將軍真負腹，此中多不合時宜。

送萬甦丁茂才 名鼎權

汪家驥

龍門踪跡半天下，蒼蒼史筆早通神。甦丁壯年遊遍數省，至五十歸，始博一衿。真信奇人好山水，可憐名士落風塵。晚歲偃蹇宦遊，來舍時六十有九矣。百年未了澄清志，何處能棲自在身。誰是指困年少客，竟教此老怨清貧。

贈彭彤軒茂才

汪家驥

家聲繼述商彭祖，意氣高凌百尺樓。後進文章標月旦，先生議論擅風流。煙霞頗得江湖趣，烽火偏深淮海憂。撲我俗塵三斗去，祇因行近玉山頭。

寄彭似齋

汪家驥

仁湖秋色泛漣漪，擊楫高歌漁父詞。楊柳薰風饒逸興，蒹葭白露寄相思。元龍豪氣消今日，司馬雄才憶昔時。解道項斯人已識，十分標格十分詩。

和静軒兄秋宵感懷元韻

汪家驥

世情都淡泊，小隱入幽林。傲骨從人瘦，愁懷似我深。山川勞橐筆，交結重囊金。空負看雲志，何時悟道心。

訪静軒兄不遇

汪家驥

日薄山氣青，鳥宿橫塘樹。書館寂無聲，幽人何處去。

讀鶴年二叔仁村初草題後 次保丞韻

汪家驥

下筆淋漓風雨聲，疾如天馬躡空行。細宗杜老論風格，淡到淵明有性情。古樹參雲姿獨秀，落花浮水意俱清。鳳棲果是扶衰手，紙價從今貴洛城。

迷離煙雨變商聲，愛唱前人遊俠行。世事浮沉何足數，山河感慨自多情。吟殘楊柳春風遠，夢冷梅花夜月清。欲問青天無好句，平生低首謝宣城。

艖划子棹歌

汪家驥

流雲迷水煙迷月，估子盪槳棹歌發。一聲欸乃下前灘，蓼花紅映蘆花白。鯉魚肥時醇酒熱，估師持盞勸估客。近來天地好循環，昨日南風今日北。上關下關稅鈔清，收篷暫向蕪湖泊。明朝開帆湖廣去，赤壁磯頭酹河伯。

讀《莊子》

汪家驥

詩裏稱狂酒裏仙，春風春雨自年年。無端化作花間蜨，臥讀南華秋水篇。

理琴謠 以下《葆素堂詩集》

汪家驥

悠然古藤下，默坐理素琴。不諳琴中曲，欲傳琴中心。旁人未解意，但說相思深。俯首笑不止，落月滿煙林。

春歸怨

汪家驥

柳隄春色歸，落花紅滿路。今日不見花，始知春已暮。

暮 春

汪家驥

春去關心久，憑欄試一看。飛花雜雨密，遠樹挂雲殘。詩意存真性，琴聲增暮寒。鷓鴣啼不住，相對起長嘆。

感　懷

汪家驥

手提長劍喝秋風，虎脊龍文寶匣中。會向延平津裏躍，能明恩怨始英雄。

暮春吟

汪家驥

醉吹短笛靜焚香，風捲廉鉤掛夕陽。花落半隨飛蝶去，柳眠更比野人狂。山峰奇處雲遮斷，春色闌時夢正長。詩債至今酬未了，漫天烟雨度瀟湘。

春　遊

汪家驥

綠柳含煙嫋嫋風，歌聲時送畫牆東。一天好景招詩客，半日閒遊羨醉翁。高閣倒環流水碧，遠山斜抹夕陽紅。登城自笑還搔首，遙指雲間數點鴻。

燕巢空

汪家驥

秋去曾幾時，春來不可期。涼風花欲落，何以慰我思。檐前黃雀何所知，暮棲瓴甋朝飲池。古人白首不相識，啾啾唧唧亦奚爲。

無題

汪家驥

月落煙銷竹影寒，手支紈扇倚闌干。聽來環佩渾疑誤，抱得琵琶不忍彈。笑語驚從雲外至，畫圖留待夢中看。繡繻甲帳飛塵污，惆悵當年吳彩鸞。

三月正當三十日

汪家驥

三月正當三十日，落花如雪柳如烟。扁舟不向西湖去，夢到揚州已二年。

古桃花源

汪家驥

武陵洞口夕陽斜，流水沄沄送落花。記得扁舟游興足，奇緣輸與捕魚家。

春日偶成

汪家驥

綠陰深處是吾家，午夢剛回日已斜。怪底入簾雙燕子，祇銜飛絮不銜花。

漁父曲

汪家驥

一棹秋風一釣竿，笛聲吹過蓼花灘。桃源仙境今安在，欲問淵明索解難。

贈雲舫宗兄二首

汪家驥

君居雖近市，託迹老空山。逸性疏花裏，前身明月間。詩成惟自賞，門設竟常關。慷慨凌雲志，鰤生未許攀。

幽居忘世故，結納總天真。相見亦何晚，論交自有神。愛余時下榻，留客亦投輪。別後知音少，填胸起棘榛。

閒　步

汪家驥

彌望極幽窈，余懷殊淡然。奚童忙掃徑，野鳥倦偎煙。破壁痕穿月，疎林隙漏天。間從鄰叟話，豐熟祝明年。

小　憩

汪家驥

不攜樽酒不攜琴，烏桕陰中興味深。獨坐忘機嗤待兔，孤吟答韻趁鳴禽。夕陽冉冉留人影，皎月澄澄悟客心。性癖定知甘小隱，此間未許俗塵侵。

月夜登赤壁

汪家驥

赤壁峯依邾子城，扁舟夜泊暮雲橫。看山何必尋三島，見月纔知近二更。塵市迷離喧鼓角，江天寂歷咽簫聲。髯蘇彩筆周郎劍，騷體雄姿萬古名。

赤壁磯

汪家驥

　　嚴城鼓角正呼號，江月朦朧片影高。山石迷煙路犖确，寺松和雨韻蕭騷。舊傳夢境橫飛鶴，新著頭銜學釣鼇。俯仰古今供一笑，東流逝水日滔滔。

對月懷友人

汪家驥

　　涼風遠送雁初啼，一片清光弄影低。安得化身如霽月，尋君緩緩到湖西。

漁　家

汪家驥

　　漁人團住蓼花潭，破網遮門家兩三。不管煙波與風雨，細披新竹補魚籃。

失　志

汪家驥

　　失志英雄喚奈何，樽前起舞醉婆娑。眼看終古成塵土，身老於今掃薜蘿。叢桂小山招隱少，文章大塊負人多。奇才抑鬱誰能拔，一唱王郎斫地歌。

曉　發

汪家驥

平湖煙水汎扁舟，兩岸蕭蕭蘆荻秋。雁影低飛霜在樹，雞聲初唱月當樓。寺鐘沈處詩懷淡，更鼓喧時旅話幽。夢冷江天秋思闊，臥聽清露滴荒洲。

湖上懷人

汪家驥

湖上木蘭舟，湖畔垂楊樹。煙水自迷離，雲影空來去。欲搴芳洲蘭，美人在何處。

醉

汪家驥

一醉不知醒，簾開月滿庭。鼠翻杯任墮，人靜戶忘扃。爐火空沉碧，窗燈欲斷青。更深寒意警，檐際剩疎星。

雨後漢江晚眺

汪家驥

作客易驚秋，蕭蕭風滿樓。遠山青欲滴，高樹碧如浮。雲逐雁歸去，日斜人出遊。偶然聽玉笛，寄意一扁舟。

望青山

汪家驥

巒煙澹欲雨，林木靜無風。雲散江天闊，秋深野寺空。鳥飛紅樹外，僧語翠微中。幾次游山屐，吾將學謝公。

晚行即景

汪家驥

偶遭愁懷遠郭行，朔風蕭瑟動吟情。野塘客過鴉驚起，隔岸人來犬吠聲。落日漸低羣樹小，霏煙不到一峯明。牧童也解調音律，捲葉閒吹辨濁清。

嘲道人

汪家驥

浪意騎鯨逐海風，年來說法總成空。丹砂鍊盡不仙去，猶背葫蘆塵世中。

村居雜詠 全用上平韻，十五首並序

汪家驥

舊雨不逢，春風報罷。空齋寂寞，乳燕飛啼。古砌橫斜，野花開落。望古人兮不見，笑故我之徒勞。邀月而金樽漸空，傷春則瑤琴細譜。效徐陵之豔體，花月多情。等屈子之悲思，沅湘寄怨。語既無倫，言終少味。聊抒一段騷情，用比前人蠻語。

仁湖西畔石橋東，綠柳成行漾晚風。鳥語數聲人醉後，一春心事落花中。

傍橋草色綠茸茸，越國祠堂雲樹重。黃面瞿曇窮到骨，忍飢猶打五更鐘。

茅廬背枕釣漁矼，四面垂楊露小窗。晚課初停門外立，夕陽紅上打魚艭。

春風三月麥黃時，緑蔭叢中語畫眉。閒看村姑敲耞板，更教小婢誦新詩。

　　細雨春寒靜撐扉，呢喃燕子傍檐飛。捲簾驚起過牆去，觸落桃花滿桁衣。

　　晝眠清夢到華胥，驚起非關笛韻徐。恰有扁舟維蓼岸，一聲高唤賣鱸魚。

　　北邙芳草緑平鋪，寂寞清明叫野狐。我欲親澆一杯酒，新詩解唱鮑家無。

　　鵝黃古渡緑烟迷，落日行人唱大隄。莽莽關山歸去好，今朝始聽杜鵑啼。

　　古寺當年近水涯，逃禪喜共老僧齋。月明滿地經聲歇，空有黃花點石堦。

　　昔日繁華安在哉，舞樓歌榭半塵埃。可憐杜老三間屋，蘚蝕苔封瓦一堆。

　　偶然吹笛近湖濱，逸韻蕭疎起白蘋。多半漁人不解事，武陵何處問迷津。

　　兩岸青山卷白雲，一雙燕子翦波紋。稻田緑到柴門外，恰有香風盡日薰。

　　一渠流水繞柴門，老圃忘機學灌園。十里菜花香不斷，助人詩思引匏樽。

　　雨聲一夜釀輕寒，索燭巡檐看牡丹。盡化夢中蝴蝶去，明朝空自倚欄干。

　　茅屋三椽緑水灣，吟身更比白雲閒。門無客到樽無酒，獨抱南華看遠山。

厭 世

汪家驥

非色非空漫認真，夢中常現宰官身。他生願作無情物，此後愁逢有識人。木石空山留太古，煙霞傲世等懷民。欲將天地歸烏有，豈獨漁郎不識秦。

風 長

汪家驥

風長朝寒重，江潮怒未平。山光搖翠靄，林木變秋聲。野鳥寂無語，詩心淡更清。丈夫志四海，無奈宧遊情。

遊仙曲

汪家驥

寒煙滿空山，飛霞翳幽谷。亭亭百尺松，鬱鬱千竿竹。仙人自何代，結茅山之曲。朝隨清風遊，暮擁明月宿。我馭飛雲車，偶駐山之麓。仙人視我笑，謂我來不速。招我碧霞巔，坐我白芧屋。飲我屑瓊膏，飯我胡麻粥。口授黃庭經，朗朗聲如玉。靜聽不敢仰，忽爾化黃鵠。摩天去不返，空賸金壇籙。神仙渺難求，斯人已不復。吁嗟乎！赤松黃石那可知，秦皇漢武墓草綠。朝來東郭汗漫遊，日暮招魂同一哭。英雄結局竟如斯，下視餘子空碌碌。

弄潮曲

汪家驥

朝嫁弄潮兒，暮隨弄潮去。妾身在君旁，潮影落何處。

不寐

汪家驥

中心何淡定，身外一衾寬。索夢已全忘，聽更半未闌。燈殘人影瘦，窗撐雪光寒。孤雁翔空起，聞聲啟戶看。

晚步

汪家驥

不知花未發，信步入江村。衰草深埋石，斜陽靜閉門。扳籬驚鳥起，踞地作鴟蹲。坐久渾忘晚，歸來月滿軒。

薄暮

汪家驥

薄暮冷侵衣，斜陽滿地稀。天高雲欲墮，山瘦霧添肥。野鳥銜魚起，奚奴伴犢歸。恐驚明月去，不敢閉柴扉。

落日滿柴扉，村荒樹影微。小兒驅犬吠，驚鵲教雛飛。避債鄰門閉，攜魚客棹歸。渺然無箇事，醉語任天機。

曉吟

汪家驥

連村雞唱罷，鄰語漸迷離。寺遠鐘聲滯，堂深曙色遲。驚心聞鵲噪，清夢少人知。誰識高吟者，寒衾一枕欹。

言　懷

汪家驥

　　燈下狂吟寄遠情，鈔書自幼負浮名。秋風把劍看龍影，夜月吹簫學鳳聲。夢裏煙雲詩占斷，胸中邱壑酒澆平。釣鼇海上君休笑，飯顆應憐太瘦生。

寄余紫雲

汪家驥

　　天生我輩豈終窮，千古公卿白屋中。始識沉淪多傑士，未經磨礪不英雄。淡交如水知心久，濁世浮雲到眼空。夜課幾番增悵望，思君恰對壁燈紅。

文閣即景

汪家驥

　　寺有書聲絕點塵，綠陰深處寄吟身。亂山映水都成畫，老樹參天欲化雲。雨送花香過北牖，月移竹影到東鄰。生平細數誰知己，祇許青燈伴故人。

江　行

汪家驥

　　漠漠煙橫古路迂，桃花飛盡聽啼烏。自扶蘭槳隨流水，且擁匏樽讀畫圖。萬里雲山容嘯傲，十年魂夢戀江湖。扁舟遙載城南月，好把風流擬大蘇。

登青雲塔

汪家驥

自撥蒿萊尋古跡，凌虛一嘯動江村。十年湖海元龍氣，萬里波濤伍相魂。愁裏高歌敲玉玦，醉中起舞倒金樽。即今未聽琵琶怨，何故青衫有淚痕。

閨　怨

汪家驥

雨聲滴斷一燈青，手把金釵倚綠櫺。俯首微吟回首笑，隔墻誰解惜惺惺。

遣　興

汪家驥

一帶寒雲繞屋居，空庭徙倚意何如。欲消俗慮因烹雪，爲活天機學種魚。萬事皆忘惟有酒，六經除却更無書。興來手把芙蓉鏡，真面廬山認故吾。

題　畫

汪家驥

落花滿袖不知寒，獨抱琵琶帶月彈。小婢錯疑人影亂，一行雁歸過闌干。

題　畫

汪家驥

石骨崚嶒抹晚霞，門環流水路橫斜。小兒不識橋將斷，手抱闌干捉柳花。

咏荷花_{限牛字}

汪家驥

如來說法碧池頭，寶座香風散十洲。丈六金身香菡萏，何須紫氣護青牛。

秋夜偶成

汪家驥

簾捲西風散晚霞，鱸魚風起憶誰家。煙消茶竈燒紅葉，月逗柴門映碧紗。熟客頻來惟問酒，詩人到處祇看花。不知秋思如何靜，露滴楓林徹夜嘩。

江　行

汪家驥

歸鴻斜舞夕陽隈，路轉平沙踏翠苔。山影不隨流水去，帆梢時帶晚霞來。隔江梅柳知春渡，滿樹棠梨冒雨開。野店何人解吹笛，曲中偷學紫雲回。

秋夜有感

汪家驥

話到中宵夢不成，殘燈猶有故人情。半窗明月三更靜，十里秋風一笛清。空憶杖藜然太乙，愧無杯酒醉長庚。此身爭似南飛雁，得與青雲作隊行。

平生未遇成連子，迴棹難移滄海情。到眼浮雲渾似夢，知音流水寂無聲。閒愁更比秋風遠，詩思真如夜月清。一卷古書三尺劍，布衣儘許傲公卿。

舟中即景

汪家驥

傑閣重簷畫裏城，青山斷處白雲橫。一江風月飛檣影，兩岸煙花雜磬聲。碧水紋回看燕掠，綠楊枝滿礙人行。扣舷西望予懷渺，數點歸鴉噪晚晴。

壽王節母

汪家驥

松柏生峻嶺，奇姿鍊霜雪。朔風勁且寒，老幹凝古鐵。天心玉女成，豈忍相催折。始知人世間，時窮乃見節。吾鄉有王母，女中之奇傑。生長南豐家，于歸右軍宅。一朝天地變，山崩海忽裂。鳳凰慘傷翼，杜鵑愁啼血。此時不欲生，一死難塞責。凝獻乏賢嗣，忍使蘭亭絕。庭階有玉樹，矢願栽培切。遺經傳一家，愁見門戶別。借此丸熊心，而以勵貞潔。補屋常牽蘿，留賓每截髮。養成千里駒，健足快騰發。春雨沾芹泥，秋風滿桂窟。門楣漸光大，書香賴不歇。吾聞古大臣，獨立持象笏。隻手能回天，不復矜激烈。節母抱貞操，後先同一轍。傳之千百年，丹青壽簡册。週甲此始基，稱觴博娛悦。諸君祝壽考，浩歌飛玉屑。僕本多愁人，久涸風塵迹。三載疎筆硯，焉敢頌賢哲。今兹聞徽音，心驚喜見獵。班門笑弄斧，況又鋒鋩缺。何以比母壽，中天雪與月。

冬夜雨聲不歇

汪家驥

宜雪偏爲雨，空齋燈影寒。觀書忘酒冷，惜別怯衣單。夜静思都幻，更深夢未安。遥知舊相識，徙倚玉闌干。

食蜜咀梅子戲作

汪家驥

啖到衆人稱可口，望君止渴定非難。今朝變却書生態，不似當年一味酸。

新　歲

汪家驥

侵曉閒遊一水隈，更尋別徑踏青回。兒童學拜誇新服，父老留人酌舊醅。十里春光横野渡，半天雲氣擁樓臺。小奚含笑殷勤説，橋畔梅花已半開。

春　陰

汪家驥

峭寒深透碧簾櫳，睡起茶煙滿閣中。檐雀乍啼知欲雨，池魚齊躍爲迎風。過橋草色和煙緑，近案窗痕映燭紅。獨酌不嫌杯酒冷，隔牆猶可喚鄰翁。

擬東坡南堂五首

汪家驥

煙滿池塘柳滿堤，江流東去鶴飛西。南堂好夢驚初覺，暗逐鐘聲入畫溪。

人間小住鴻泥幻，老去無聊託法華。道士明月曾過我，夢中不及乞丹砂。

松間雨過潤琴床，一曲新聲一舉觴。醉後留賓看明月，夜深風靜海棠香。

橫渠新種千竿竹，荒圃聊畦數品蔬。抱甕終朝知己拙，農經翻得桔槔車。

香爐燈殘夜未眠，一聲玉笛破江煙。參禪畢竟由能悟，花影當階月滿天。

秋懷 用尤西堂韻

汪家驥

昨夜梧桐墜井欄，滿窗明月竹陰寒。金爐香燼詩心倦，玉笛聲高秋夢殘。萬里河山增感慨，一天風雨太闌珊。瑤琴寶瑟都閒却，為變商音不忍彈。

秋風江上聽琵琶，眼底頻驚落日斜。砧杵雙懸征婦淚，扁舟一去故人遐。寒煙空老梧桐樹，夜月橫飛蘆荻花。鴻雁不來滄海闊，白雲何處是漁家。

閒吟風定月明中，兩字相思寄槁桐。秋色自含梧樹碧，暮煙欲墮蓼花紅。西樓一夜聽環珮，北塞千人撻鼓鐘。醉臥寒山詩思遠，酡顏恰好對丹楓。

幽居近接水雲鄉，鶴夢清閒鷗夢長。萬里烽煙邊塞紫，一輪明月暮山蒼。風翻菡萏香前岸，霜冷芙蓉墜小塘。空憶鈞天衆仙子，自調玉笛譜霓裳。
　　扣角行吟下晚汀，英雄劍佩惜飄零。金陵空說多王氣，漢水何人應謫星。墮淚頻懷羊叔石，開顏聊築醉翁亭。一聲雁唳蕭齋冷，獨研丹鉛著道經。
　　居鄰陋巷抱簞瓢，三尺龍泉劍在腰。大隱不知秦世遠，芳魂徒倩楚辭招。寒蘆帶雨藏漁艇，落葉和霜到板橋。西望美人歸去晚，依歌和答夜吹簫。

登黄鶴樓

汪家驥

　　雲飛鶴去空遙天，遲我來登五百年。明月前身原有夢，清風兩袖豈非仙。蒼茫劍氣凌霄漢，慷慨歌聲化暮煙。日莫倚闌吹玉笛，道人舌已幻青蓮。

和黄鶴樓壁間詩

汪家驥

　　古蹟誰招黄鶴仙，白雲飛盡楚江天。但看楊柳都秋色，欲問梅花祇暮煙。山氣滿樓詩思幻，夕陽一角酒帘懸。黃粱熟否先生醉，夢到溪光樹影邊。
　　凭欄長嘯飛濤起，落葉空江處處秋。不信才人猶攬筆，只因仙子好居樓。萬山蒼翠金樽滿，千載煙波玉笛收。怪我來遲鶴夢冷，白雲深處一低頭。

冬日寄余紫雲

汪家驥

　　三載知心幻雪泥，而今舊夢怕重題。共尋東里看花處，誰計西窗翦燭時。夜靜聯床頻對酒，雪深滿院亦談詩。飛鴻已逐浮煙起，更向蘆中話別離。

　　離鴻幾度逐斜風，料得閑愁一樣同。流水不知花近遠，行雲遥隔岸西東。醉邀明月杯浮白，坐對殘燈燼落紅。欲覓故人何處是，寒梅獨峙雪霜中。

偶　成

汪家驥

　　柳條輕颭曉煙拖，醉倚東風自嘯歌。欲向壺中買春色，不知春色近如何。

戲　贈

汪家驥

　　十年塵夢記維揚，草色青青柳色黃。眷屬神仙空記憶，教人錯識杜蘭香。

長歌續短歌

汪家驥

　　丈夫有奇志，遺世而獨立。今人未可為，古人不可及。茫茫宇宙間，蕭然對影隻。欲呼石為兄，羞作折腰揖。欲與山為友，真面誰能識。不如焚我琴，裂我笛，碎我硯，禿我筆。朝從亡是遊，暮共子虛食。悠然醉臥無何鄉，手握清風圖太極。

野　　望

汪家驥

日暮倚門前，浮雲暗碧天。古牆留積雪，破屋雜炊煙。樹突無棲鳥，村荒有斷甎。歌聲餘四壁，此意亦翛然。

新洲河中

汪家驥

古寺鐘鳴人影稀，一村烏桕隱斜暉。扁舟轉過蘆溪曲，白鷺一雙依背飛。

風雨獨坐

汪家驥

風雨一簾寂，空齋閉曉煙。澄心思往事，獨坐對殘編。靜會古人意，如參婆子禪。幽居近田水，入耳聽涓涓。

舟泊洞門嘴

汪家驥

蒿萊沒古徑，煙雨阻歸舟。洞僻雲還掩，河平水不流。遠山多暮靄，客路況新愁。惟有團圞月，招邀數酒籌。

贈余亦陶

汪家驥

與君三載舊因緣，隔斷朝霞暮靄天。我輩但知行樂好，人生無奈別情牽。文章到底饒奇氣，丰采伊誰識謫仙。笛韻琴聲俱忘却，翩翩兩袖賸雲煙。

聞君今又號癡仙，畢竟情癡讓我先。杯在手中邀月醉，春歸夢里枕花眠。三更雨急難消夜，一卷吟殘欲問天。入耳雞聲渾不惡，蹴君起舞莫流連。

陽邏阻風

汪家驥

幾日霾煙滯不開，扁舟靜鎖碧溪隈。風高市長鱸魚價，秋重林寒鳥雀哀。近岸濤聲驚夢去，隔江雲氣擁詩來。客中寂寞吟懷冷，聊奈頻傾濁酒杯。

雪　夜

汪家驥

千古公卿白屋居，臨邛誰復識相如。月明古徑狂招鶴，水冷前溪坐釣魚。豪傑平淮三尺劍，名臣輔宋兩篇書。冬宵數典儒生樂，不覺更深雪壓廬。

贈李道人

汪家驥

竹冠草履混塵寰，不解居山解畫山。半幅松箋一枝筆，朝朝來往白雲間。

爲捉飛花過小溪，青鞋一半浣香泥。從今刪却繁華境，綺語狂歌不敢題。

偶成書鄉墨後

汪家驥

秋盡浮煙皓月明，萬山突兀海波平。盤空老鶴不肯下，十里秋風送雁聲。
天碧秋高桂子稀，廣寒舊夢覺全非。吳剛謫去嫦娥老，下界何人識羽衣。

豐樂寺晚眺

汪家驥

出門一笑對西峯，寂寞禪關聽暮鐘。千古蒼茫成獨立，江山何處寄游蹤。

贈豐樂寺僧

汪家驥

年來悟道夜燈紅，明鏡無臺色相空。萬嶺梅花千畝竹，一齊解脱磬聲中。

花　朝

汪家驥

陌上遊踪興未消，垂楊一帶隱紅橋。芒鞋踏破溪雲綠，何處人家吹洞簫。

仙棗亭謁純陽睡像

汪家驥

遥天鶴去楚江平，僊子酣眠夢正清。兩岸梅花都落盡，我來玉笛已無聲。

寒　夜

汪家驥

起坐無聊思惘然，殘燈自剔紙窗前。忽教童子開門視，雪滿空階月在天。

小　立

汪家驥

煙滿寒溪霧繞門，漁童沽酒問前村。凍鴉不識人行至，猶啄梅花帶雪吞。

憶　梅

汪家驥

水窮山盡月黃昏，苔徑空留蠟屐痕。載酒欲尋花共語，雲深無處款柴門。

逢人幾度問梅花，最羨當年萼綠華。了却相思惟夢裏，幾時春信到山家。

羅浮一夢渺雲煙，野店寒深醉不眠。却笑仙人偏好事，空將條脫贈羊權。

檐前徙倚思無端，索笑應驚舊夢殘。對影舉杯勞細語，綺窗月上不知寒。

盼　雁

汪家驥

蘆管和煙點暮雲，銜來秋水寫殘曛。昔時愛作橫斜字，今日相思不見人。雁行多作人字，故云。

對　月

汪家驥

醉倚屏風讀畫圖，邀來明月對圍爐。知君夜入深山裏，照見梅花瘦也無。

古　意

汪家驥

深林有文禽，不飲亦不食。燕雀矜高飛，爾終斂其翼。咄哉遊俠兒，挾彈來相逼。一鳴沖霄去，將以避矰弋。遊子意惘惘，置彈長太息。靜者乃知機，此理人不識。

武　磯

汪家驥

石磴排煙上，紆環隱綠莎。漢軍氣蕭索，佛寺鬱嵯峨。碧樹干霄老，青山隔岸多。風聲共湍急，曳纜有人歌。

對　酒

汪家驥

數年奔走逐風塵，換酒金貂少季真。未必龍頭争屬我，終慚驥尾尚隨人。便宜痛飲消閒恨，祇合狂吟寄此身。俯仰中懷多耿耿，醉看明月照漣漪。

夏日雨中雜詠

汪家驥

階前新綠長苺苔，買得名花傍砌栽。吟罷倚欄無箇事，捲簾時看燕飛來。

驟雨憑增六月寒，草堂午睡夢闌珊。一聲霹靂驚初醒，恐損紅榴着屐看。

稻田彌望綠雲齊，閒倚柴門薄霧迷。湖水汯汯深一丈，浪痕汛過大堤西。

孤鶴吟

汪家驥

吁嗟乎！山石崢嶸矗霄漢，海水蒼茫渺無岸。有鶴盤旋山之巔，秋風起處修羽翰。朝從方壺圓嶠之神仙，暮引琴高赤鯉而汗漫。翱翔萬仞八千秋，轉瞬海枯白石爛。延吭宛頸忽一鳴，衆鳥紛飛驚四散。洞賓仙去林逋老，滿眼榛棘弋人篡。城郭傾頹民心險，豈僅星物古今换。鶴兮鶴兮且歸來，莫集華表興浩嘆。

偶成書贈余亦陶

汪家驥

詩思飄飄竟欲仙，曾邀花鳥共談天。祇因領得湖山趣，一曲高歌萬樹煙。

散財結客何非義，縱酒論詩敢號狂。能使千金拼一醉，不教天壤恨王郎。

抱璞歸來喚奈何，荊山靈氣半消磨。秦廷尚識連城璧，莫把相如比卞和。

高山流水少知音，法曲飄零直到今。一點雄心消不得，爲君重與拭瑤琴。

從軍行

汪家驥

萬里寒雲擁漢關，將軍鐵騎度陰山。角聲吹落城頭月，新破樓蘭唱凱還。

黃陂道中

汪家驥

萬家午飯散炊煙，暑氣薰蒸七月天。清福却輸牧豎好，綠陰深處曲肱眠。

冬　夜

汪家驥

圍爐火冷夜窗虛，樽酒頻斟更漏徐。月挂疎林驚鳥雀，風翻古帙走蟬魚。殘燈倒影花迷硯，征雁斜飛雪滿裾。吟到宵深神更遠，梅花消息近何如。

附　錄

李振堃承齋。序云：汪氏，余母族也。汪君挹珊分則長余，年則余長。其伯兄里千從余丹巖叔遊，出挹珊詩賦相質，余叔嘗器重之。故置戚誼而講世交，君則忘分，余則忘年也。曾聞挹珊誕降時，家人夢賈閬仙入室，咸心異之。髫齡穎悟，出語驚人。及弱冠以詩賦見賞於學憲江公，聲名藉甚。汪子之能詩，固夙性然也。

今春余避地安仁湖，聚晤數日，讀其《商聲集》，古節古音，殆未可以時俗目之。其俊逸也，矯若橫雲之鶴。其奔放也，肆如吸水之鯨。其豔麗則如翡翠戲藍沼，其幽靜則如蒼松挺峻嶺。典奧博極羣書，歌謠周洽輿情，吾不知閬仙當年能如是否耶？但跡其生平，證所同不同者。彼夫性情之豪放超軼，詩律之瘦峻廉潔，同也。若幼而眈典籍，強而多抑鬱，其不得志於時，亦同也。然而志在功名，氣奮雲霄之上；情甘隱逸，迹留烟水之間，後此之同不同未可知也。余因之有感矣。

嘗在外大父家讀其族志，知汪氏自歙遷黃，名儒傑士，代不乏人，臺閣名臣，歷昭史册。然桃花縣令踏歌不傳，仁湖隱人樂志自在，即閬仙再世，亦何嫌島瘦也。夫四句偈中默參禪理，三生石畔頗悟前因，毋亦推敲人果是君前身耶。挹珊笑曰："仙則未必，浪或然與。"

王翼張梓臣。序云：粵以盈箋錦繡，共仰顏章。徧水芙蓉，咸推謝句。溯堅石之奇才，名先州北。想文度之精詣，秀奪江東。將廣絕粒高吟，李鄴侯無官之日。復誦和羹雅唱，王沂公未第之年。俊傑言懷，多資諷詠。英雄失路，每託歌謠。此次山之以文著，而東墅之以詩鳴也。挹珊汪君，宅近仁湖，襟懷浩浩。生逢妙族，衣鉢淵淵。難兄絕調，後通消息於桃源。難弟高才，先噪聲名於竹瓦。挹珊先以《竹瓦賦》受知江學憲，而未得志，其兄里千後以《漁父再入桃源賦》受知龍學憲，遂入泮。氣縱凌雲，難邀世眷。聲堪擲地，僅得朋知。然八叉既擬夫庭筠，而七步何慚乎子建。前叨壽語，廿八韻之鏗鏘古音古節。近覽羣編，五七言之麗則如錫如金。咏到青雲之塔，意勝清文。題來黃鶴之樓，才同顥句。雁過人眵，情逾碧水之唫。燕去巢空，意賽落泥之語。典雅共雄渾並著，文閣武磯。高古和洗鍊皆真，青山赤壁。俠與仙而形以飄逸，僧與道而譔以清奇。咀梅對酒，豪邁無雙。仙棗瑤琴，形容第一。問如何含蓄，春陰冬夜之篇。觀若此纖濃，月夕花朝之咏。吟江上行，比流動而弗異。續閨中怨，同悲慨以無殊。亦見精神，乃是歌長歌短。果然曠達，無非閒步閒遊。裁成失志名言，境皆是實。構得無題巧製，詣自能超。本欲多宣李賀之囊，又恐有累劉郎之牘。因爲舉要而提綱，未暇窮神而盡相。所恃李義山之四首，名肇燕臺。堪期楊仲獻之十聯，聲蜚御座。斯時遺響，雖沉鳳吐之才。異日爭傳，定長雞林之價。僕也學同蠡測，見類管窺。漫說匡鼎之來，人頤得解。妄聆香山之作，老嫗殊非。百篇詩可亮青蓮學士，三都序自慚元晏先生。勉續華貂之美，聊傳繡虎之奇。時咸豐四年，歲次甲寅小春月撰。

黃陂曾傳翰西林。序云：談法律者，吾知其宗陶杜。矜風情者，吾知其學孟王。然步人後塵者，即人奴僕也。若吾妹丈挹珊先生，本乎性情，發爲詩歌。葆素一草，吾不知其爲陶耶？杜耶？王耶？孟耶？抑秦漢以前，晉唐而後耶？特能葆素而已，世必有知之者。

汪引鴻秋浦。序云：從來士食舊德，必其先有以厚不朽之基，其後即纘不墜之緒，故源遠而流長也。衡與挹珊爲兄弟行，得見其諷詠之連編，因慨其學術之有本。昔尊君子玉峯先生嘗從先大人遊，平生束身以恭，齊家以禮，愛人以德，區區日用，皆足徵學問經濟之一斑。所惜儲才而世不見知，樹德而身未食報，一時有識之士感慨係之。不知遇嗇於身前，而澤留於身後。宜挹珊之兢守巾箱，無忝先芬也。賢昆里千，與衡同步黌序，多文爲富，風雅絶塵。難弟難兄，允矣機雲之望。豈意風雨聯床，卅年誼重。而池塘芳草，一夢春殘。挹珊所以太息遺篇，欲與成未竟之志也。於戲！餘韻流風，有承罔替。幽光潛德，積久宜彰。紹父兄之宏業，抒孝友之苦心。於詩見之，必有不能以詩盡之者。至此中高下深淺，解人宜有以識之，茲無庸贅。丁巳夏五月既望叙於聽雨樓。

自序云：僕幼沉筆墨，長淜風塵。比王濟以尤癡，似嵇康而更嬾。春風秋月，吟弄年年。楚水吳山，懷思處處。飛花滿地，催成浪子之歌。落葉漫天，寫出懷人之句。池塘夢冷，可憐春草先凋。沅澧吟餘，當與落英同恨。集成小草，愧等災黎。倘邀垂盼，願宗一字之師。敢望品題，定説七分是誦。咸豐甲寅歲五月中澣挹珊主人自識。

喻九萬雲程。題詞云：讀罷琳瑯數卷詩，珊珊秀骨不凡姿。才能絶世原非傲，句到驚人更覺奇。綠酒醉吟花放後，紫簫歌徹月明時。浪仙逸興坡仙趣，都付風流筆一枝。

梅福田玉峯。題詞云：花入毫端更怒開，湖光月色滿樓臺。驚人不少新詩句，怕有蛟龍攫取來。

增訂桃潭合鈔正集卷第四

湖上閒吟

黃岡汪階三星垣著
姪曾孫燊筱舫重刊

庚寅春日偶成

清·汪階三星垣,黃岡。

春信回楊柳,春陰護海棠。座中佳氣得,身外俗塵忘。課讀偏多暇,敲詩轉自忙。牡丹芽已發,準備賞天香。

春宵人不寐 七排八韻

汪階三

離索羈愁眠不得,料知今日夢難成。豔陽節序剛三月,寂寞村堂近二更。紫燕依梁棲正穩,黃鸝隱樹悄無聲。園林煙鎖窗紗暗,河漢星懸屋角明。芍藥搖風魂蕩漾,棠梨浥露淚縱橫。游懷已逐飛花倦,吟興偏隨落月清。榆莢拋錢難贖會,柳條垂線轉牽情。如何未了相思債,良夜鰥鰥太瘦生。

詠　史

汪階三

秦皇信符讖，築城多設施。豈料傳子胡，失此丕丕基。周主見方面，殺戮無孑遺。宋祖侍其側，相信胡不疑。凡事皆數定，彼蒼默主持。已往尚可鑒，未來那可知。爲語鄉井兒，慎勿營偏私。循分各自盡，成敗姑聽之。

馬上望隆中山

汪階三

溼雲堆四面，蒼翠認層峯。地僻今馳馬，山空昔臥龍。嘯歌出名士，事業重侯封。翹首隆中望，依稀竹與松。

樊城漫興

汪階三

繫馬江皋上，匆匆喚渡船。怒濤作雷吼，壞堞與雲連。小艇魚苗賣，長橋酒斾懸。古來征戰地，黯淡鎖寒煙。

光化學署呈外舅張友溪夫子_{名元諒}

汪階三

雨聲連日滯行旌，纔卸征鞍酒便傾。我竊微名慚衛玠，公揩老眼識延明。新詩呈覽都加墨，舊學關懷尚待評。贏得緇帷齊笑我，乘龍佳客作門生。

冬 夜

汪階三

一天寒氣釀梅花，孤館無人静不譁。最是夜來清韻好，暗風吹雪打窗紗。

湖西煙嶺 阜山八景八首

汪階三

湖上峰巒不惹埃，水光環繞畫圖開。地多草樹濃疑染，影入淪瀾翠作堆。古廟三間僧不住，人家一帶鳥頻來。山中應有餐霞客，擬叩柴門共舉杯。

社北虹橋

汪階三

荒村鱗次幾人家，一帶長橋接水涯。虹挂痕疑千丈落，月高影映一鈎斜。半灣紅蓼留征雁，兩岸青楓惹暮鴉。借問往來橋上客，有誰題柱逞豪華。

準提暮鼓

汪階三

楚王宮裏老僧閒，暮鼓摑殘度翠鬟。逸響恰搖明月下，餘音尚駐白雲間。昏鴉遶樹棲難穩，夜鶴驚心夢已還。詩意禪機何處是，蒼煙無數裊寒山。

漲渡輕帆

汪階三

秋來湖水最清漣，一葉輕舠入遠天。柔櫓聲搖紅蓼岸，輕帆影曳綠楊煙。縱教泛月人堪載，畢竟凌波纜不牽。便欲此身同海客，御風行近斗牛邊。

桃園春豔

汪階三

不須劉阮到天台，入望桃花面面開。芳樹迎春鋪錦繡，名園無地起塵埃。想因道士移根至，應有漁人渡水來。我亦多情愛顏色，夢魂常繞紫雲隈。

桂苑秋香

汪階三

風翦寒林夜氣涼，小園丹桂又飄揚。花開滿樹超凡卉，秋老一株壓衆芳。高處好教雲錦護，晚來恰共月華香。等閒遊客休輕折，已有吳剛在上方。

漁村晚照

汪階三

漲渡湖邊落日翻，掃除暮靄見漁村。花含殘照紅圍艇，草帶寒煙綠到門。泛鷁客來歌欲續，賣魚人去寂無喧。綸竿收拾誰沽酒，邀得姮娥伴玉罇。

並阜晴嵐

汪階三

春晴纔罷雨潸潸,排闥嵐光認兩山。綠映斜陽渾似染,紫拖輕霧轉如環。未知樵唱來何處,恰喜鐘聲在此間。我欲尋芳雙岫裏,怕教空翠溼衣還。

惜 花

汪階三

花開醉蝶弄芳菲,香正濃時蝶未歸。歸去不知花已謝,朝來猶傍小園飛。

登黃鶴樓口占

汪階三

跨鶴何人入紫霄,危樓千載勢岧嶢。窗鄰碧漢吞明月,門對長江鎖暮潮。笛裏梅花聽未落,洲前芳草望偏遙。到來我欲乘風去,翹首仙雲影動搖。

贈程濟齋 濟齋工醫,詩亦饒有風趣

汪階三

數載神交意早馳,蓬門何幸接丰姿。聯床夜話渾忘倦,半是談醫半說詩。

法灸神針擅十全,偷閒還喜聳吟肩。杏林無限春花發,詩比春花色更妍。

技到奇時贊化工,君臣佐使妙無窮。竚看世上疲癃客,多在先生調變中。

靈丹惠我情無斉，痼疾逢君體漸和。小草沾恩同再造，古來盧扁較如何。

村　居

汪階三

幾間茅屋護垂楊，時有蟬聲過講堂。一夜雨催梅子熟，牛窗風送稻花香。山青潑黛濃如滴，水碧當門暑亦涼。破浪乘風舟更泛，此身疑在武陵鄉。

和小山弟秋初分菊贈玉峯弟原韻

汪階三

爲愛黃花秀可餐，移來數本近雕欄。嬌花尚待金風剪，傲骨先教玉露溥。莫惜魏公香太晚，恰逢陶令醉頻看。玉峯受業陶師。幽芳若與閒心會，携酒還陪九日歡。

遊西山

汪階三

春風陣陣掃紅埃，路入名山異景開。樹有聲偏疑雨至，鳥無跡忽破雲來。招涼宮畔迷青草，洗劍池邊積綠苔。莫向斜陽問前事，磬聲淒絕起層隈。

月夜泛舟過江，登武昌西山絕頂，望黃州赤壁有感

汪階三

江濤直下東海邊，江月徘徊西山前。我迎月色過江去，芒鞋踏破武昌煙。山勢嵯峨浩無際，回頭北望開心顏。江城歷歷若圖畫，一峯橫亙何鮮妍。層臺傑閣矗雲表，有如蜃樓海市凌空懸。幾株老樹橫斷岸，又如虯龍虎豹相盤旋。吁嗟乎！曹瞞帶甲今安在，公瑾勳名亦渺然。惟有山風與江月，坡公愛此獨留連。公昔乘月泛赤壁，扁舟一葉夜扣舷。此舟此月同今古，疏狂徑欲追前賢。左挈攜魚客，右招嗜酒仙，舉觴大醉翠微巔。橫江更有東來鶴，數聲嘹唳影蹁躚。會當乘醉吟玉笛，笑騎鶴背昇青天。

秋夜登赤壁二賦堂

汪階三

堂倚山城勢闊寥，晚秋清景畫難描。侵人寒氣三更月，入耳江聲半夜潮。鶴夢於今成往事，騷翁曾此擅風標。我來不盡登臨興，一嘯從教俗累消。

癸未授徒曉園，早梅一株被人竊去，不能無詩

汪階三

纔別園梅四五天，費予多少別情牽。窗前無復橫斜影，竹外空餘飄渺煙。不信人能交隱士，如何盜亦愛癯仙。短籬曲徑搜尋遍，祇恐花心也悵然。

春日偶成即寄小山弟

汪階三

和風昨夜掃莓苔，破曉園林畫本開。啼鳥多情如夙約，早梅被竊又新栽。嘯歌興欲隨春長，親友人誰冒雨來。知否牡丹時節近，期君同舉賞花杯。

擬顏延年應詔讌曲水詩八首原韻

汪階三

撰合穆清，功成遏亂。天亶聰明，三參一貫。階平象緯，允協廟算。㟝矣皇風，昭回雲漢。

景命自天，時憲惟聖。帀宇含和，道光玉鏡。上下咸若，遂生適性。鳥傍雲飛，魚隨川泳。

雨施形流，風偃草尚。德契三辰，洪禠厚貺。曜靈布景，舒光弦望。鳥澕從風，羊城作嶂。

啟賢善繼，維國之貳。橋梓聯祥，孝慈懿粹。位稱震宮，德堪神器。大海重潤，宏度深祕。

系衍天潢，介茲昭穆。茅胙孟侯，桐翦唐叔。麟趾分班，螽斯作牧。隆準殊常，藩屏甸服。

月皎輝揚，春融景變。麗物蒸霞，妍光爓電。豔陽曲水，延賞帝眷。天心豫順，君子式宴。

載欣載懷，比樂比禮。祖道越坰，泛觴設陛。蕩蕩金波，溶溶玉醴。王爲侯度，羣工蹌濟。

勝餞洽歡，盛游備物。既媿菲材，還叨采擻。恩配金張，才慚宋屈。恭際昌時，塵心披拂。

曉園桂樹已三次着花矣

汪階三

喜見園林桂蕊稠，更番子落暗香浮。從今漫説蟾宫景，次第看花慣及秋。

遲開故意近重陽，九月還留八月香。好與菊花争晚節，那容獨自傲秋霜。

遊智林邨

汪階三

松老色不改，幽蘭香自若。复哉王孝廉，制行何卓犖。少壯遊京師，聲名振臺閣。逆璫欽其才，將招入帷幕。人皆羨寵榮，公獨見幾作。預知世局變，匡廬耐寂寞。著書十餘年，深心妙寄託。嗟予漪園祖，遭亂棲林壑。相與共唱酬，怨尤俱泯却。予家漪園、魄孝兩祖與王公交最密。漪園嘗過廬山，贈王公詩云："天人時會何嘗定，吾道由來寡怨尤。"有弟曰魄孝，亦踐王樓約。公賦哭友詩，見邑志。斯道傷涼薄。古歿賢哲人，高風真灑落。予生雖已晚，感召契冥漠。狂歌尚友篇，大笑絶冠索。

寄小山

汪階三

幾行雁影散遥天，轉眼流光忽變遷。垂柳摇風牽別緒，落花含雨潤吟箋。近無好友扉常掩，遠有詩人地已偏。料得春晴應見訪，望君祇惜月遲圓。

竹樓懷古

汪階三

愛竹王元之，高標今難復。人去樓尚存，使我心肅肅。憶昔公在黃，鳩工剖修竹。路與月波通，好景何清淑。畫棟鎖雲羅，曲闌迴霧縠。風露十年遮，煙霞四鄰簇。密雪訝飛瓊，驟雨疑奔瀑。寫出古琴聲，雅韻何静穆。佳趣說六宜，一樓出塵俗。自是神仙吏，默坐耐幽獨。頭戴華陽巾，鶴氅還披服。香喜玉鑪焚，卷愛周易讀。世事胥屏除，俗情俱棄逐。但見大江流，日夕無停蓄。帆檣自去來，煙靄頻起伏。水鳥有時嬉，雲龍伸復縮。俯視更遐瞻，高峯逾矗矗。樹古藏鸛鵲，林深臥麋鹿。樵子橫擔薪，牧童倒騎犢。夕照甫西沉，月出東山麓。當户河漢影，開窗斗牛宿。樓景無盡藏，一一娛公目。我輩續前踪，佳游不嫌複。為語後來人，殷勤補竹屋。

拜漪園公墓_{公，明季廩生，鼎革後隱居阜山，嘯歌自娛，傳載邑志}

汪階三

阜山何弈弈，湖水何湯湯。我公去不返，高冢流芬芳。在昔明祚衰，亂極國旋亡。世人輕大義，公獨重綱常。氣節賴扶植，山水足徜徉。著作半澌滅，小子心悽惶。遥遥二百年，為闡潛德光。陋彼希榮者，逐逐名利場。公詩散失者多，階搜尋日久，始得付之手民。

擬蘇子瞻秧馬歌_{原韻}

汪階三

春郊一碧雨淒淒，鄉人舉趾農事齊。烟苗露葉吐淤泥，相約分秧定千畦。老幼晨起警鳴雞，傴僂田畔聲酸嘶。我有木馬任挈提，首尾昂昂背略低。不數圓璧兼方圭，直以機軸充輪蹄。乍没則凫浮則鷖，茸茸翠剡還可齎。綴之禾譜名堪題，踏遍畝南并疇西。清歌幾由賤鼓鼙，依舊馴良傍澗溪。擬牽柳線從所棲，欲策蒲鞭亦不啼。老農力竭面目黧，賴爾馳騁無顛躋。細馬馱出誇金閨，轉笑老叟困春犁，豈知我馬勝彼騠。

擬蘇子瞻南堂五首 原韻

汪階三

山近臨皋水滿隄，南堂傑構傍亭西。蒼蒼翠竹摩丹壁，況有書裙墨落溪。

行行小字傳詩意，面面明窗吐筆華。千里江山都入畫，坐披周易點硃砂。

閒來攤飯好移牀，夢到春江欲浣腸。仙舘忽驚新雨遇，半窗風送芰荷香。

甕藏老婦堪謀酒，園墾奚童更種蔬。古郭多情如見訪，南堂門外好停車。

坐看千帆靜欲眠，波光黛色帶晴煙。山僧忙到雲歸洞，舟子呼來浪泊天。

擬蘇子瞻東坡八首 原韻

汪階三

彌望堆瓦礫，頹垣護黃蒿。舊是荒涼境，誰躭墾闢勞。栖栖西蜀人，虛名久欲逃。不惜剪荊棘，播種待春膏。困處若樊籠，伊誰護羽毛。謀生補不足，力穡非鳴高。

刪除數十畝，耕耘各有適。卑者種秔秫，高者樹榛栗。古井清明淘，新火鄰舍乞。自我來楚黃，差比沮溺逸。行當結草廬，聊以安吾室。泉石有餘歡，簞瓢至樂出。富貴等浮雲，過求亦何必。

自昔有社壇，高踞荒山背。春秋薦酒漿，祀典殊未艾。撾鼓南北村，共舉祈年會。一夜社翁雨，霡霂不破塊。水長小陂塘，爽挹東坡外。春草被春膏，倏忽換荒薈。喜見香泥中，寸寸根荄在。春鳩故故啼，定做芹芽膾。

　　種稻滿平疇，逸事不勝數。村村買銚呼，處處催耕語。繡陌新分秧，芳塍農事舉。碧垂露顆顆，翠漬煙縷縷。直待九秋時，霜穗相撐拄。大田稼似雲，沃土膏如雨。縱難望千倉，亦足供筐筥。齊安流寓人，把卷歌樂土。果腹儻可期，少許勝多許。

　　種麥東岡上，農事不使荒。萌生未逾月，秀實漸可望。種豆陂塘下，苗葉何青蒼。幾日香莖茁，翠莢彌蕃昌。鄰里御田祖，羅列犧與羊。佐以二紅飯，必祭毋遺忘。

　　樹棗何時剝，樹桑何時斸。穫以十年期，矢志宜謹愨。我有元修菜，不畏霜與雹。且乞桃花茶，農圃信可學。叢橘遺何氏，寸柑來灪岳。細柳既敷榮，老梅亦卓犖。好竹大如椽，清露常霑渥。轉盼凍雷驚，春筍排犢角。

　　憶我來黃州，棲遲非一邨。始居定惠院，看月傍頹垣。繼復遷臨皋，著書遺子孫。士窮交漸絕，車馬不到門。馬生獨念舊，護惜意常存。憫我貧如洗，朝夕乏饔飧。爲請東坡地，耘耔兼討論。落落林泉友，高誼如弟昆。

　　半生遭磨蠍，奔走歷多年。努力謀耕作，差備杖頭錢。將買柯氏林，更置沙湖田。庶幾衡門內，穩坐殊鍼氈。詩懷助風月，酒味兼聖賢。敢學陳思王，沽春盡十千。

蘇公暗井歌

汪階三

　　齊安城東境幽僻，中有暗井深千尺。年湮代遠已荒蕪，冷月沈沈照寒碧。憶昔蘇公謫此邦，短馭長材人共惜。煙霞嘯傲樂忘機，慣向東坡留轍迹。忽驚古井沒蒿萊，手執鴉鋤勤墾闢。掃除青青之野芹，蕩滌鑿鑿之白石。掘至九仞湧清泉，一泓活水漸霢霢。取之不禁用不竭，流水三生真莫逆。靈液不待清明淘，頓開閉塞成罅隙。源泉混混出中央，公也顧此情彌適。有時潤透雪堂梅，有時滋遍東坡麥。有時叢橘得沾濡，有時牆桑沐膏澤。汲泉釀酒酒味奇，雪堂罇開飛瓊液。幾回醉臥井欄邊，俯看世人眼俱白。憑誰烹出桃花茶，紫筍森森照琥珀。飲來逸興比盧公，習習清風生兩腋。歲旱井不枯，久雨井不溢。盈盈自天生，隱隱資地脈。此井美利不勝數，長使我公豪興積。揮毫曾作浚井詩，井水詩情相絡繹。後人思公無已時，抱得公詩意逾迫。讀詩如近公之面，撫井如鑑公之魄。君不見南鄭金埔七十井，白水澄清環郡宅。又不見衡陽平岡井數百，鐵杵開成真赫奕。古來井養重斯民，鑿井功夫著史冊。況公才思超人羣，晶光到處聯奎璧。千載留得暗井詩，一片金聲圮上擲。我來井畔緬前遊，坐對東坡感今昔。高歌一曲不見公，蔓草荒煙鎖阡陌。

雪堂義墨歌

汪階三

蘇公才思渾難測，經濟詞章俱奇特。天教僻處在雪堂，口吐珠璣頭濡墨。雪堂之地幽且閒，憑公展盡才與識。當時覓得松滋侯，三十六丸淨如拭。就中擇取十餘品，搗合一丸光莫匿。明窗淨几風日和，虛堂照耀增顏色。錯疑神禹治水圭，忽然落我書案側。硯潤誤猜林雨清，筆揮更訝海雲黑。興來磨出古時膠，一片淋漓豔無極。赤壁二賦堂中寫，海棠一詩石上勒。天然風月與江山，賴公一揮成典則。只今大雅久沉淪，頓覺文章聲歌絕。黑松使者久從公，遊仙同住蓬萊北。我亦齊安好古人，讀公鴻編慕公德。染翰愧無著作才，抽毫恰有沈吟力。安得夢公賜一丸，文采風流繼南國。

傷春

汪階三

白晝楊花飛滿天，飄零時墮小窗前。東風最是無情物，吹老春光又一年。

釣叟

汪階三

並阜山坳是我家，扁舟搖蕩足生涯。釣竿垂到斜陽後，醉臥一叢蘆葦花。

九日偕朝珩弟遊西山

汪階三

結伴試登高，不畏風聲吼。一葉剪江來，倏忽渡樊口。著屐上西山，秋氣滿林藪。楓葉羅其前，菊花護其後。峰高鴻影低，日薄烟光厚。俯瞰九曲亭，遊人駭奔走。暢聆絲竹聲，快酌王宏酒。獨有西陵客，豪情殊不偶。默坐緬前徽，蘇黃迹未朽。

重陽

汪階三

去年九日郡城裏，片帆飛度秋江水。捫蘿直上最高峰，九曲亭前醉不起。今年風雨又深秋，寂寞書齋客子愁。旅雁天邊音信渺，棲鴉屋角鳴聲稠。晚來蠟屐城西路，南阡北陌左右顧。野人一見大軒渠，問我如何行且住。我言今日是重陽，西山佳境宜徜徉。經霜柏葉色俱紫，冒雨黃華氣更芳。年年秋信催人老，病骨頹顏當自保。世間萬事等浮雲，眼底遊觀真絕倒。明年此日到山側，山靈應喜舊相識。

村　居

汪階三

閉門高臥謝紛華，吟罷新詩日已斜。柳影似憐人寂寞，慣隨明月透窗紗。

讀書吟

汪階三

安得繩萬丈，繫住西馳日。喚起古人來，細細談得矣。

自　遣

汪階三

人生窮與達，翹首高天在。我昔不知天，輒欲自主宰。求達殫我精，惡窮竭我志。日夕費經營，一病死幾至。使我去年死，冥冥已無知。使我今年死，現在有幾時。聊將未死我，先作已死想。消盡窮達懷，吟詩日欣賞。

白鬚歎

汪階三

留鬚未二年，倏忽成蒼白。我已謝繁華，何故增色澤。恨鬚太無情，拔之去又生。與汝本無約，終歲苦纏縈。曾飲匜河水，皤然卒不變。曾讀太元經，素質仍如練。三染纁未就，七入緇不成。始猶三兩縷，今已數十莖。撚鬚更尋思，鬚若有嗔意。與我鏖白戰，結隊恣狂肆。我亦欲殲除，無奈老將至。

哭曾姬二首

汪階三

一別塵緣萬事非，獨留寒月照空闈。幽途棄我情何忍，内助勞君願忽違。血淚啼鵑和雨落，紙錢作蝶逐風飛。傷心膝下嬌兒女，泣問阿娘何日歸。

遺挂猶存夢想頻，生前懿行本殊人。絕無閒暇塗脂粉，慣值飢荒耐苦辛。守分未曾違大婦，好施久已説諸鄰。銜恩奴婢吞聲哭，豈獨鰥鰥淚滿巾。

哭女二首

汪階三

慧性生來最可憐，依依昕夕禮無愆。剥膚病忽經旬月，繞膝歡難望九泉。見説木蘭能代父，曾姬没後，女能代父經理家政。如何崇嘏不延年。傷心篋笥衣裳在，稱體明妝已杳然。

當年夜績不辭難，皓月凌空照影寒。弱線屢添嫌夜短，機聲頻弄到更闌。只因病重茹蔬淡，爲怕爺愁强笑歡。苦憶小窗危坐處，獨含清淚剪綾紈。

漪園公故里

汪階三

山近平湖水接天，先生曾此臥雲烟。即今堂宇俱塵土，猶有人傳樂志篇。公著有《樂志齋詩集》。

貧士歎

汪階三

庾廩無藏粟，蕭然冬復春。自慚謀食拙，恰笑典衣頻。白眼曾輕世，青衫竟誤人。輸他漁父老，生計託垂綸。

移　居

汪階三

卜宅深山裏，居然安樂窩。非關友麋鹿，聊以避風波。繞舍烟霞燦，環牆草木多。自憐棲託好，幽興滿巖阿。

山居即事

汪階三

幽居遠城市，野趣幾家邨。日午林陰匝，天晴鳥語喧。聯吟曾結客，繞膝又添孫。且喜春來水，風波不到門。

夜泊湖山

汪階三

偶乘漁艇覓烟霞，山氣冥濛接水涯。蕉葉搖風侵寺壁，竹梢凝露點窗紗。一枝鐵笛聲殊亮，兩岸銀釭影欲斜。莫怪夜深不歸去，月明正好看荷花。

鸚鵡洲弔禰正平

汪階三

曹瞞堂下曾撾鼓，一罵能教四座驚。知道先生魂不泯，我來還聽怒濤聲。

每將白眼看塵世，直抱丹心抗濁流。記得當時交兩友，孔融而外祇楊修。

健筆頻揮賦已成，吐將虹氣逼羣英。至今鸚鵡從公去，尚有芳洲紀令名。

自宜城至襄陽城馬上口占

汪階三

峭絕襄陽路，衝泥日未休。馬從雲裏出，人過雨中愁。隔岸遙聞犬，前谿暗聽鳩。郡城在何處，煙樹碧于油。

按轡山谿下，濤聲怒不平。身纔穿石窟，足恍踏雲程。古樹三霄接，寒苔一徑生。祇今歷艱險，始羨坦途行。

同陳秀之元發。任小齋顯烈。春門弟復三。至南嶽廟賞菊

汪階三

風寒古寺剪秋花，漫羨當年處士家。晚節飽經霜更茂，淡容直比雪無差。一叢香每留丹閣，花種棲霞樓上。幾輩詩爭上絳紗。我囑老僧休折取，重陽還與醉流霞。

春　閨

汪階三

怕啟春閨戶，前村有柳絲。絲絲牽別緒，無復斷愁時。

晚　晴

汪階三

晚晴花尚怯春寒，幾樹含英發最難。卻笑葡萄新架子，奚奴祇作曬衣竿。

咏　蒲

汪階三

利劍磨將古渡頭，一叢青翠帶煙稠。縱然身與風波近，羞學殘花逐水流。

命易生用鵠送詩至小山館中，口占以贈

汪階三

忙修遊屐出花關，兩度傳詩步履艱。悔作門前桃李樹，春風三月不能閒。

贈別二首

汪階三

村郊四月雨模糊，泥濘偏教客路迂。已是離人憾難釋，鳴鳩何事喚孤孤。

芳原握手情何極，茆舍談心事已非。臨別不知君送我，回頭翻欲送君歸。

晨起看菊，喜而有作

汪階三

昨夜西風起，秋聲幾萬里。破曉入園林，片片黃花美。黃花開已滿，幽香飛不斷。我爲愛幽香，獨與黃花伴。

睡　起

汪階三

雨過疏風透畫櫺，幽人乘興啟柴扃。夜來散髮涼無際，酒後敲詩韻亦馨。宿鳥驚搖池上樹，流螢飛亂水中星。朦朧更有蟾光吐，照徹湖山數點青。

北　窗

汪階三

蕉葉臨空一碧撐，北窗攤飯覺涼生。夢魂飛越滄江上，浣得詩腸分外清。

題扇上峽蝶圖，次小山弟韻

汪階三

草蔓飛來是也非，膩腰粉翅認依稀。醉迷野霧知身幻，夢繞春山與俗違。苔徑似穿香作障，花房欲立錦成圍。多情不入遊蜂伴，卻向張郎掌上飛。

望湖西山

汪階三

湖外秋光迥，西山獨挺然。日含峰似畫，風動水生烟。古徑無人出，荒祠祇鳥旋。何當乘釣舫，重上翠微巔。

夜　行

汪階三

樵牧歸途草半刪，竹林深處鳥飛還。多情祇有天邊月，相伴行人到阜山。

辛巳春曉

汪階三

半林斜日含書幌，滿院晴煙鎖綠苔。恰好楊花飛不定，隨風送入講堂來。

湖居即景

汪階三

泛蒲時節雨淒淒，煙鎖平湖路欲迷。昨夜忽添三尺水，釣船齊泊畫橋西。

九日賞菊，次小山弟韻

汪階三

多時種菊待秋香，此日東籬始覺黃。佳色滿園添酒債，芳心一簇鬪吟腸。枝疏昔已經繁露，豔冷何曾畏肅霜。愧對嬌花無好句，今年未免負重陽。

春日訪魏霱潢，_{道洸。}歸途得長歌一首

汪階三

三月三日春風鳴，春花爛漫春草生。遊人冉冉踏青去，我獨尋君無限情。來時我曾握君手，歸時君復送予行。記得臨歧贈一語，相知惟予弟與兄。君言使我首自肯，君意使我心自盟。君品可望不可即，君性無黨亦無爭。君文我已展卷讀，君詩我已珥筆評。文如鸞鳳爭相嘯，詩似管絃氣更清。有才豈患終無遇，聳身即日登蓬瀛。要知人生有定力，富貴功名何足榮。浮雲乍起還乍滅，朝露自瑩亦自傾。君不見大漢鴻儒董夫子，下帷誦讀嗣前英。謀利計功非所願，明道正誼心獨精。又不見有唐學士李青蓮，高懷闊達無所營。百年興寄詩千首，萬古愁消酒一觥。聖賢事，豪傑名，吾儕志氣天地橫。有時讀吾書，不知歲月更。有時飲吾酒，一吸如長鯨。有時寫吾懷，下筆淋漓四座驚。有時訪吾友，詩歌伐木鳥鳴嚶。會向箇中覓真趣，不徒與世競虛聲。言終呼君君不見，此心搖搖如懸旌。古道歸來寂無語，皎皎寒月空潭明。

桂

汪階三

石榴紅盡碧荷殘，瞥見天香倚畫欄。細蕊能支風力重，芳心偏耐月光寒。都因華屋開常早，且喜傍人折最難。惟有高枝雲際聳，任他門外客來看。

春門弟自中州歸，過曉園題桂，依韻和之

汪階三

天香兩度接詩客，_{時曉園桂兩次着花。}又見詩人到講堂。返斾好看秋月白，停驂恰待桂花黃。根疑蟾窟華無價，粟起瓊樓夜有光。聞説高柯堪折取，何年玉斧試堅剛。

萬佛舟_{家福}。來館

汪階三

同是緇帷絃誦身，一登祕閣便殊倫。花磚步去神偏爽，蓮炬歸來品獨珍。笑我生涯惟筆墨，輸君壯志絶風塵。阿徒卻説長安道，紅杏年年待貴人。

秋　風

汪階三

昨夜秋風冷客衣，樹聲響雜漏聲微。朝來黃葉頻吹起，疑是滿園蛺蝶飛。

鳳凰墩弔杜于皇先生

汪階三

杜子遭時變，流離竟未歸。遥知心最苦，豈與道相違。茶好吟魂戀，梅香詩骨依。_{先生卒，葬梅花村。}我來鳳墩畔，惆悵對斜暉。

謁鄧扶風先生廟

汪階三

黃郡烽煙起，先生獨任難。不煩千騎出，頓使一城安。據險民心悅，當衝賊膽寒。至今崇廟祀，靈氣與盤桓。

甲申重到曉園

汪階三

行盡長廊日影斜，滿園春色上窗紗。夭桃欲發紅先照，垂柳纔舒綠便嘉。人到重來忘是客，地緣久住直疑家。如何自愧疏慵甚，門外還停問字車。是日，魏生常春來館，囑閱詩草。

春　遊

汪階三

碧草迷香霧，蒼苔點暗塵。海棠嬌不語，恨殺看花人。

閨　詞

汪階三

春到深閨裏，含情倚碧窗。羨他新燕子，來去總雙雙。

野　望

汪階三

秋氣晚逾蕭，秋光畫裏存。蘆花白三里，柏葉紅半邨。雨過山添色，風生水有痕。投林湖上鳥，時帶夕陽翻。

秋　夜

汪階三

秋氣每從孤館集，挑燈無奈客愁何。尋常一樣空階雨，滴向芭蕉聲較多。

留別萬生邦士伯仲

汪階三

座擁皋比已再秋，萍蹤端爲汝勾留。書窗燈炧談彌永，古砌花開詠未休。雲欲還山仍宛轉，月因戀樹更夷猶。雁行此後騰霄漢，可憶緇帷舊侶不。

宿團風鎮

汪階三

凍月梅梢挂，寒風碎壁鳴。夜闌人不寐，細數短長更。

東坡梅

汪階三

誰家妙筆寫瓊英，依舊東坡瘦影橫。著色都因凡骨奐，返魂定有暗香生。恰疑山際雲長約，猶認林間月正明。寄與遊人莫吹笛，恐驚仙蘂落江城。

蘄竹簟

汪階三

蘄竹玲瓏產最良，織成冰簟倍清涼。無塵自具琉璃色，似水還生潋灩光。金屋聲先傳薤葉，玉樓人不憶瀟湘。幾回捲起梅花帳，錯認龍鱗滿象床。

過亡友書舍

汪階三

故紙窗全破，浮埃几徧生。淒淒庭外樹，空自作秋聲。

乙酉鄉試不遇

汪階三

三場戰罷捷音稀，擬步蟾宮願屢違。事業每添知己淚，文章動起世人非。欲消夙憤頻沽酒，羞對時流衹掩扉。見說鵬程終有分，是何年始破雲飛。

書齋夜坐

林深時覺鴉翻樹，地僻惟聞犬吠村。分付奚童窗半啟，借他明月釣詩魂。

哭松雲夫子有序

汪階三

夫子才敏學博，落筆動數千言。弱冠補弟子員，旋食餼，鄉試疊薦不售。著《松雲集》，無力付梓。因從弟南池宰陸川，授徒署中，病卒。

聽說文星隕陸川，不禁搔首恨青天。吟魂遠滯四千里，大筆空揮卌七年。自昔斗山高可仰，從今衣鉢渺難傳。傷心曉月殘燈句，一讀教人一泫然。夫子自陸川寄回詩草，有"遊子思歸每斷腸，殘燈曉月又斜陽"之句。

贈李勤齋

汪階三

予才慚鹿鹿，君度恰魚魚。禮爲延師重，心緣課子虛。論文風月夜，把酒雨晴餘。一病催歸急，離懷慘不舒。

戊子因病不赴鄉試

汪階三

廿載空勞試草揮，無才何事老秋闈。欲全姓名甤閒散，但任漁樵説是非。文興都因新病減，詩懷肯與舊時違。年來覓得延生訣，好結茅廬靜掩扉。

雁

汪階三

一行斜字向南征，寒信傳來幾萬程。寄語西風莫吹散，好憑洲渚結同盟。

庚寅率姪久孚假館王氏祠

汪階三

湖山深處講堂開，几榻閒情自主裁。風細偏令香篆裊，日斜忽送竹陰來。從無俗客窺花隖，時有吟聲度水隈。卻笑阿孚漸解事，書中訛字屢疑猜。

夏夜偶成

汪階三

挂起窗簾納夕涼，湖光近逼讀書堂。露零草砌衣微溼，風動蓮池水暗香。遣興不須煩酒盞，煎茶聊用浣詩腸。夜闌童僕都鼾睡，獨聽漁歌遍野航。

阜山演劇

汪階三

蓼花村外碧山頭，急管繁絃日未休。脂粉色經新雨滑，笑歌聲逐晚風柔。牽將畫舫都停楫，賺得紅顏盡下樓。獨有好吟湖上客，尋詩看遍野雲浮。

贈武昌陳植亭，位三。次春門、小山兩弟韻三首

汪階三

久辭俗客度朝昏，聽說揮毫便啟門。柳子楷書懷素草，得君妙筆到今存。

墨痕落紙似雲煙，引得阿連句欲仙。我亦多情題數語，大家留續後來緣。

夜闌樽酒伴清閒，薄醉能開旅客顏。莫向西風驟言別，引人離緒裊湖山。

植亭別後再用前韻率成三首

汪階三

一唱驪歌淚眼昏，送君緩緩出柴門。歸來四壁蕭條甚，惟有鴻泥爪

跡存。

芒鞋箬笠逐風烟，蹤迹飄然頗類仙。喜得右軍書法好，籠鵝到處有深緣。

記得談心清且閒，夜深聊與破愁顏。浮萍再聚知何日，望斷青青湖上山。

辛卯五月大水

汪階三

一夜疾雷馳，萬里顛風簸。須臾大雨來，髣髴天咳唾。破曉一凝眸，四圍盡泥涴。田畝變江湖，農人泣饑餓。居屋作蛟宮，危牆都穿破。嗟予住水樓，恍共螭龍臥。何當漲痕消，茆堂任起坐。

病中寄內姪張曉邨 和煦

汪階三

已成久病備艱辛，疫癘無端又上身。舊有知交都遠避，家惟妻妾解相親。沈疴縱賴參苓減，弱骨難禁睡起頻。一事報君堪大噱，杖鄉絶似六旬人。

代祝施輔亭暨配王孺人六十

汪階三

我昔夜遊西山巓，仰見庚星並婺躔。熒熒光燄照南楚，知有不老人間仙。公茲六秩偕嘉耦，椿榮二月萱秋妍。人皆祝公壽無已，花齡閲遍又回旋。我亦梟趨欣入社，獨於公壽探其淵。悉公性情良獨厚，知公事業皆足傳。少壯讀書破萬卷，興酣落筆如雲煙。天老其材數雖蹇，貢入成均名已宣。公之處己粹以精，山濤金玉夙稱賢。公之待人寬以正，彥方風度本無偏。公之承先在繼述，公之裕後以寶田。公之友朋堅膠漆，公之兄弟償豆籩。端方孝友推鄉國，後來之秀尤緜延。丹桂生有子，文武綜其全。綺蘭生有孫，詩書嗣其先。聳身即日登雲路，紫泥誥德殊緜緜。今朝共獻雙星祝，搢紳幾輩皆欣然。笑我乘醉一揮毫，不作尋常介壽篇。

登　山

汪階三

蠟屐登高山，林巒足幽賞。不見山中人，白雲自來往。

癸巳七月大水

汪階三

半月雨不止，一朝水勢高。邨墟不見見樹杪，民廬將没聲呼號。鄰人救死恐不瞻，冒雨移家舟爭操。儂家自昔無舟楫，未許大川占利涉。倉忙架起水中樓，環坐兒女淚盈睫。水不退，風又來，白浪湧成玉山堆。七月廿五日大風霾。奔騰上樓樓欲圮，買舟更向高峯隈。險阻既備嘗，沈思心自哀。恨不此身作鳧雁，隨波上下無驚猜。

辛丑六月大水

汪階三

儂家家住並阜山，連年大水今成灣。風湧波濤立雲表，深恐鯨鯢吞人寰。有屋不居人，有田不獲稻。田深數丈不知處，繞屋垣墉俱傾倒。昨逢一士大軒渠，自言田宅賣無餘。吁嗟乎，我亦欲賣南郊田，問遍多人不值錢。

有　贈

汪階三

我聞羅益州，愛憎拂人性。又聞劉德秀，顛倒邪與正。彼皆恃爵位，自擅威福柄。不料鄉井兒，剛愎乃相併。士苟不黨惡，疾視等梟獍。即或偶同遊，進退須唯命。豈知學道人，礪節而砥行，常恐元規塵，來污我清净。

輓魏我百錫朋

汪階三

屈指神交四十年，年來風雪總盤旋。每年臘月，予與我百納糧團鎮，常因風雪阻滯，得聚談十餘日。如何分手剛旬日，便自甘心赴九泉。此後尋嵇空結想，從今訪戴更無緣。招魂字字君知否，一字吟成一愴然。

戊申水更大

汪階三

萬曆戊申天降災，湖湘空際水瀠洄。經今二百四十載，又見洪濤相追陪。週圍千里皆澎湃，百川並作一川來。沿村老屋沉水內，居民露宿阜山隈。我爲移家泛小艇，颶風倏至吼如雷。冒險且破千層浪，登岸踰時還疑猜。廿年大水曾相垺，今歲水災更占魁。不知造物果何意，屢遣陽侯相折摧。播遷最可憫，多溺尤堪哀。上月望日，怪風覆舟無算。老妻見我長太息，強說明年天心回。

己酉春日紀事

汪階三

去歲水災大，鴻雁齊哀鳴。緬彼聖賢徒，民飢豈忘情。胡爲蠅頭利，竟與斯人爭。登壟即有得，空囊難驟盈。而況貪婪子，眦裂心不平。謂是公家物，汝何私自營。挺軍控大憲，同室操戈兵。火猛湯易沸，巢覆卵俱傾。始知珠彈雀，失重得最輕。我愛鄭子產，微言切而精。衆怒不可犯，專欲不可成。慇懃語儕輩，守道宜堅貞。

閏四月大雨

汪階三

大雨不曾歇，天公興太豪。雷車終夕走，風陣一林號。麥熟都沉水，禾淹但見濤。可憐中澤畔，哀雁又嗷嗷。

淫雨不止，水勢又在戊申之上

汪階三

天怒正未已，降災迥不同。一雨春兼夏，徂秋乃克終。新水添無算，浩渺連蒼穹。來牟既不登，分秧勞無功。魚蝦穿樹杪，舟楫行山中。況值暴風起，居屋亂飄蓬。棟宇遍湖心，擊撞西復東。吾廬亦摧毀，輪奐蕩然空。可憐小兒女，繞膝憂忡忡。爲言秋氣肅，何以棲我躬。

庚戌二月齊安旅舍即景

汪階三

中和節近雨初晴，旅舍寒輕暖亦輕。春睡乍醒門未啟，耳旁忽聽賣花聲。

鸚鵡

汪階三

有鳥恃聰明，樊籠偏久住。不曾奮翅飛，祇爲能言誤。

小齋海棠已謝

汪階三

一自名花謝，無人到小齋。紅顏曾見賞，轉眼便相乖。

蒼藤

汪階三

蒼藤在深山，依附最高樹。祇恐烈風來，樹難自保護。

酒

汪階三

酒不強人醉，人偏號酒狂。主賓誠百拜，縱飲亦何妨。

六十初度感懷四律 並序

汪階三

　　僕性拙如鳩，技窮似鼠。少年度曲，未傳白雪之音。壯歲能文，莫遂青雲之志。舊向水邊棲託，河伯難容。新從巖畔低回，山靈頓喜。以故植碧梧而棲鳳，種青竹以化龍。鞠華多至數百株，椿樹早期八千歲。

小園閒住，便稱風月主人。曲徑嬉遊，用署林泉老叟。茲當誕日，用籙纔周。賓來而拍案紅牙，客醉而杯傳藍尾。雕虫技小，自題六十生辰。倚馬才高，還望二三知己。蓋幽居寥寂，舍新詩而莫遣素懷。暮景蕭條，覓雅韻而差娛老境。笑下走江郎才盡，未免生顧影之憐。知諸公幼婦辭多，伏乞作同聲之應。

潦倒塵寰六十春，白頭依舊葛天民。秉資過拙難諧俗，與物多情轉累身。自古英雄悲末路，於今蹉跌豈前因。要知世事渾如夢，縱使榮華那得真。

洪流滾滾沒邨墟，二十年曾七徙居。自道光辛卯至己酉，七遭水患，不勝徙居之苦。每惜此生遭浩劫，不容片刻理殘書。析家直與星同散，老妻、子婦都寄母家，五姪孚往江西數載始歸。擢髮俄驚雪不如。今日几筵慶周甲，一番回首一欷歔。

小築青山宅一區，敢將蹤迹溷樵夫。煙霞無主偏逢我，風月多情却戀吾。捲幕儘堪客燕賀，出門尚不倩鳩扶。碧梧翠竹栽方茂，記取閒時一自娛。卜居阜山之陰，宅旁栽梧竹雜樹頗蕃昌。

賓客聯翩笑語和，勸儂小飲醉顔酡。不妨老態從人厭，且喜新詩較昔多。往事思量蒼狗化，流光想像白駒過。海雲紅處招仙鶴，十屋籌添今幾何。

七十自壽

汪階三

自笑塵緣了未曾，五朝一老歲華增。稀齡已滿誇身健，僻性全捐謝俗憎。漫說光陰同過客，好尋風月作良朋。年來聽慣旁人語，說我多情是壽徵。

小結蓬茅傍曲阿，烽煙一片楚天過。豺狼成性貪無厭，蜂蠆垂芒毒亦多。太息末流俱溷濁，驚心平地起風波。老懷畢竟疏狂甚，不爲離居喚奈何。僕居並阜，蒔花藝竹，頗饒逸趣。粵匪竄楚，變故疊膺，遂不復守故宅。

泥雪留痕總偶然，飛鴻隨處任盤旋。移家幸晤林和靖，避地還依魏仲仙。戶外崎雲同孏散，舍南湖水劇清漣。諸孫旦晚携鳩杖，伴我閒居度陌阡。時寄寓北畈，與處士林君開疆、門下士魏家珍伯仲同村。

　　昔年週甲費題辭，贏得同人麗藻摛。海屋添籌誇壽相，邨堂搦管撚吟髭。祇緣結習刪難盡，敢說風流老不衰。俚語寄人供一笑，笑儂還望和儂詩。

八十自壽

汪階三

　　少壯迂疏老更狂，八旬摇筆自平章。未能辟穀同貞曰，且喜茹芝學夏黃。遣興每思三樂足，放懷更覺百愁忘。笑儂今歲朝堪杖，不杖朝偏要杖鄉。

　　寇賊紛乘劫火然，吾廬差幸得安全。宅邊未翦淵明柳，池畔還栽茂叔蓮。靜與白雲相應接，閒尋舊雨最纏綿。流離十載仍歸里，如此幽棲亦夙緣。

　　儘多孫子共追陪，問字林邊日幾回。肯爲鄉鄰紓急難，不聞流俗起疑猜。事當違衆非關傲，性喜聯吟豈恃才。難得霞仙結詩社，見余豔說故人來。

　　十載前曾宴壽卮，今番歌吹勝當時。言歡客到心俱醉，祝嘏人來句自奇。風度爭迎誇矍鑠，雲仍看到卜期頤。年年歲歲身長健，總把新詩續舊詩。

附　錄

　　無名氏序云：詩教之益人無窮矣。溫柔敦厚之旨，寓於言志之中。聖人嘗以是誨人，學者奈何不深求哉。余自卜居雲溪，咀嚼晉唐諸大家遺槀。詩中三昧，竊欲得其大凡。迨跨鶴而後，不徒與羣仙相唱和，即騷人中有舉杯相邀者，亦時露明月前身。非敢自命爲詩豪，特素志之所存，不得不緣詩以自見。

己酉冬步自阜山，汪君星垣置酒而招之，與余清談竟夕，雅健有詩人意，真拔俗才也。隨出《湖上閒吟》索評，余披閱再四，但見有懷直吐，得句即書。海市蜃樓，不足爲其壯麗也。瓦棺篆鼎，不足爲其簡老也。松風水月，仙露明珠，不足爲其清華朗潤也。絢爛之極，歸於平淡，知其獲益於古名人者最深。而鄙俚輕浮、奇詭苦澀諸家，誠不可與同年語矣。雖然詩有別裁，亦有別趣，苟非獨具隻眼，欲從而窺之不可得。汪君實見夫湖上風月，閒者便是主人，輒適志於壺觴吟詠之餘，殆與余同嗜夫溫柔敦厚之旨，不忍令詩教之絶無嗣響也乎。由是登諸棗梨，直如李益詩篇，爭傳樂府。香山詩集，增價雞林。而博雅君子未嘗不臨文嘆賞曰："名下固無虛士爾。"爰欣然而序之首簡。

自序云：詩者，持也。持其性情，使不暴去也。自漢魏六朝，以逮唐宋元明，作者代興其間，天分學力，各有攸長。究之天分勝者，如山澗春蘭，自然吐豔。學力勝者，如芳園秋菊，澆灌生妍。難易即不相同，發抒性情則一而已矣。

余生平嗜好，於詩爲最，凡古人詩集，皆披覽不倦。當夫因事增感，遇物興思，往往操筆以自道其性情。數十年來稿多散失，其存者未忍盡歸焚如。爰檢若干言，付諸剞劂，顏曰《湖上閒吟》。以所居阜村，距漲渡湖不數里也。或謂余詩不佳，一經暴露，必爲當世所嗤。不知才如賓王，且來算博士之誚。學如工部，且有村夫子之譏。可見文人相輕，自古已然。雖在詩豪，難免詆毀。況屈宋不乏蕪詞，應劉曾多累句。余詩即本諸性情，其不能有醇而無疵，更不待言，又何怪夫人之吹毛而求之也哉。昔江賓谷自叙其詩曰："吾非存吾之詩也。譬之面然，吾雖不能如城北徐公之面美，然豈無面乎？何必作闚覘焉。"嗚呼，斯言先得我心矣。

乩仙餐霞逸士醉筆題詞云：君詩雅健殊多度，藹藹春雲捲碧空。興到酒酣才競透，人緣節晚律尤工。騎驢儘識韓公趣，走馬還媲鮑氏風。峭絕長城橫萬里，偏師飜愧不曾攻。

阮恩兌秋府。題詞云：領略湖山趣，高吟獨羨君。興酣搖五嶽，筆健掃千軍。已自更凡骨，何曾染俗氛。新編付梨棗，藝苑永流芬。

林烺南坡。題詞云：南袁北紀夙稱能，妙筆於今得未曾。讀到君詩最佳處，瓣香一綫竟相承。　　築室平臨漲渡湖，詩腸浣去最清腴。苦吟幾輩矜雕琢，得似星垣格調無。

燊謹按：星垣公係太高祖延漊公姪孫也。夙擅才名，淡於仕進。所著《湖上閒吟》詩集，六十、七十、八十《壽言》，早付剞劂行世。是編《湖上閒吟》全收，惟壽詩僅收六十、七十、八十自壽十二首。其關於同宗先達壽詩，擇尤分別收入續集，免抱遺珠之憾云。

增訂桃潭合鈔正集卷第五

新甫詩草

黄岡汪引芝九畹著
曾孫燊筱舫重刊

擬蘇東坡定惠院海棠 七古

清·汪引芝九畹，黄岡。

摩空崒崒山如串，廢圃中環定惠院。院中舊有海棠花，三月花開春爛縵。土人茫昧不知貴，滿院蓬蒿雜凡卉。縱有名花絕俗塵，不遇賞音終蕪穢。東坡居處萬花擁，獨抱卓識識嘉種。對花酌酒酒興濃，看花賦詩詩價重。果然造物有深意，特謫仙人居散地。名花名士兩相歡，不遇高人終屏棄。我今作歌咏海棠，兼惜先生遇不臧。清歌一曲月已闌，蒼蒼暮靄迷山房。

贈胡筱泉 瑞瀾，武昌人。 同年二律

汪引芝

先生身價重龍門，峻望高偕北斗尊。懷抱冰壺勞作鑑，手攜玉尺慣掄元。歷任山西、湖南、廣東、浙江學政，山西己酉科大主考。絲綸世掌傳衣鉢，先生子公度早歲入詞館。瑜珥班聯步禁垣。福壽如君誰得似，況兼文字有淵源。今年主講江漢書院。

回首秋風薦鶚時，匆匆卅載鬢如絲。先生己亥登賢書，予是科同榜副貢，今四十年矣。公曾鎖院嘗烹鱠，乙巳入詞館。我尚窮廬作伏雌。馬齒劇增慚後起，今年三月，予八十生辰，先生與林宰廷同年以詩爲祝。昨晤教時，公度亦在座，喜接談。鴻篇親錫勝多儀。蒙贈七律二章。金蘭雅誼勞垂注，好爲龍鍾説項斯。

屈　原

汪引芝

激烈翻成舉國仇，靈均忠愛動殷憂。三年憔悴悲香草，一卷離騷咽古楸。魚腹不消湘水恨，雁聲長叫楚天秋。而今競渡流傳久，豈識孤臣祇自尤。

禰　衡

汪引芝

當筵鸚鵡賦高文，錦繡才華屬此君。眼界誰如名士闊，頭銜恥向達官分。商聲一曲漁陽操，傲骨全空許下羣。莫道圭棱太流露，阿瞞心緒已紛紛。

王　粲

汪引芝

丈夫隻手許擎天，濟世長才猛着鞭。刺史枉依知薄命，中郎特識總前緣。樓頭秋老歸心觸，籬下雲橫遠志牽。一託荆州長寂寂，自憐霜雪逼華巔。

龐　統

汪引芝

　　天下奇才得未曾，士元名并臥龍稱。三分終遂扶劉志，百里何由佐漢興。脫禍謀先馳驥足，鏖兵計不許蛟騰。雲霄鍛翮真堪惜，落鳳坡前淚滿膺。

杜　預

汪引芝

　　一腔左癖本儒豪，武庫羅胸富六韜。鐵鎖東南支半壁，樓船十萬壓驚濤。羊公得替稱人傑，王濬爭功陋爾曹。凱奏石頭儲勝算，指揮如意柄親操。

陶　侃

汪引芝

　　八州都督共欽陶，運甓官齋自習勞。木屑竹頭皆國計，讀書點簿總兵韜。鞠躬盡瘁追前哲，揮麈清譚任爾曹。須識分陰當護惜，中原多故賦同袍。

庾　亮

汪引芝

　　干戈滿地首頻搔，辜負元戎擁節旄。月下塵揮神自逸，風前塵污議難逃。南樓自許娛寮佐，東閣誰堪作禹皋。老子胡床容嘯傲，可曾帷幄展三韜。

杜 甫

汪引芝

新詩稱史亦稱王，一代風騷獨主張。倡亂那堪胡羯擾，多愁不似謫仙狂。天涯骨肉嗟離散，世事滄桑費感傷。峽口瞿塘人萬里，每依南斗望咸陽。

元 結

汪引芝

騷壇直上擁旌旄，刺史循聲萬衆襃。租賦減蠲傷鼠耗，流亡招集息鴻嗷。烽煙已覺離人境，籌畫還須仗我曹。管領道州謌孔邇，不妨王事勵賢勞。

孟浩然

汪引芝

身世飄零首重搔，何須軒冕與宮袍。鹿門地僻身堪隱，蝸角名虛跡可逃。踏雪嶺頭舒嘯傲，餐霞洞口洗牢騷。龐公隱處雲烟好，來去高歌月影高。

無絃琴 與同人消夏分詠得此題

汪引芝

東山萬仞萃羣彥，趨蹌禮樂兵農選。一堂言志契聖心，隨時即景推曾點。方其鼓瑟舍瑟時，丰度高與青雲齊。太和元氣滿懷抱，後來誰與賡同調。柴桑有處士，偶撫無絃琴。有絃固適意，無絃亦會心。高山流水間，何處無清音。猗嗟先生聖人徒，陋彼齊廷南郭竽。

上巳日郊遊

汪引芝

步出東門外，繁花滿郊藪。裙屐事嬉遊，我亦駮汗走。愒來恣幽討，大洪俛培塿。禪房花木妍，清净掃塵垢。立馬一踟躇，望古空搔首。南樓風景殊，青青官道柳。陶庾不可作，惜生古人後。歲月易蹉跎，轉盼即衰朽。游倦歸去來，痛飲武昌酒。

晚過鵝黄渡

汪引芝

界劃玻璃照眼開，岸傍秋雨長莓苔。青山缺處教雲補，畫槳飛時挾浪回。一線波光斜日射，連村樹色晚煙堆。却嫌歸路模糊甚，欲向天邊抱月來。

山　花

汪引芝

鉛華洗盡存真面，嫩色清芬不染塵。笑説山花似村女，亂頭粗服亦精神。

將之山右感懷

汪引芝

楓葉紛披滿客程，屐攜幾兩去來輕。論文要作千秋想，得句飜嫌片刻成。樓畔雲霞連海色，關前鴻雁帶邊聲。大河南北題詩遍，莫笑才人太好名。

囊錐脱穎是何時，天與窮愁筆一枝。蝸角功名慚我拙，虎頭骨相問誰奇。沿途野景歸吟篋，入畫斜陽認酒旗。自笑狂奴狂未減，從軍書劍又天涯。

題旅店壁

汪引芝

我生好冶遊，逢山便心喜。煙霞腕底飛，邱壑胸中起。穿林露濕衣，瀹茗冰濺齒。亂峰勢蟬聯，十日無停趾。忽覺下平地，蒼莽勢千里。回首望來徑，遙在白雲裏。名利苦束縛，奔走聊復爾。秋色太可憐，雅吟猶未已。磨墨寫新詩，香沁桃花紙。無奈別家難，相思入骨髓。

旅　感

汪引芝

驛路霜乾落葉時，家山一別又天涯。詩情自挾雄風起，豔色誰從賤日知。紅樹夕陽排雁字，綠窗新月夢峨眉。拈毫欲寫相思句，凍結冰花滿硯池。

別家詞

汪引芝

馬上銅琶歌一曲，踏破湖邊秋草綠。綺閣挑燈客整裝，金閨餞酒人如玉。無奈饑寒逼腐儒，大江南北空馳驅。生香手擘吟箋滿，淋漓醉墨何模糊。聞雞夜半雄心起，輪蹄銷盡風塵裏。卅年潦倒乍詩窮，徒有虛名在人耳。山山但見白雲封，仙之人兮何處逢。愛詩兼復愛遊覽，胸中蟠結千芙蓉。冷煙落葉征裳裏，秋花照影尤婀娜。四海論交筆一枝，鸞鶴都教來認我。郊寒島瘦說前身，知己天涯若比鄰。故園秋色忽拋擲，崖樹溪禽解笑人。玉樓剩有相思月，客路奔忙難暫歇。撫手猶騰星宿光，探源直溯蛟龍窟。此生天地鴻一毛，芳蘭香芷吟離騷。功名恨非伊呂輩，文章愧乏韓蘇曹。今夕妻帑猶在眼，他日音書憑素簡。臨別殷勤贈片言，異域須當護寒煖。

題二十四孝畫圖錄十二首

汪引芝

井廩餘生在，倫常播德音。三旬虞陛贊，五十孟門欽。能使親心化，須知帝眷深。承歡偕敉首，同此竭丹忱。<small>孝感動天。</small>

抱恙憐親老，珍羞久不嘗。長生三島藥，續命一杯湯。入口分甘苦，關心試暖涼。孝思深漢帝，記早讀文王。<small>親嘗湯藥。</small>

論心殊越子，嘗糞有黔婁。垂老悲親疾，辭官累子憂。三遺衾簟污，二豎寢門留。更欲祈身代，香煙小院浮。<small>嘗糞憂心。</small>

菜色貧兒相，蘆花後母威。漫云寒至此，自懍孝無違。憂果萱能忘，披憐絮欲飛。儒冠儒服雅，泗水訪師歸。<small>單衣順母。</small>

粟分曾紀冉，米負更推由。蓄積千倉少，程途百里修。勇輕囊橐在，孝重稻粱謀。纓結成仁日，忠貞更鮮儔。<small>為親負米。</small>

急難偏能救，全親猛可當。攖挐羣獸長，袒裼少年郎。老鳳銜如鹿，雛麟叱比羊。漫將馮婦擬，所重在倫常。<small>搤虎救父。</small>

五色斑斕舞，娛親憶老萊。持漿由我撲，戲綵任人咍。志在庭幃樂，身疑錦繡堆。登場同傀儡，何事笑絣孩。<small>戲綵娛親。</small>

空室如懸磬，居奇賸此身。筋骸成大賈，子職獲完人。博士遲書券，墦間早卜窀。織縑欣得婦，至孝信通神。<small>賣身葬父。</small>

敢墜貧家緒，都緣視膳艱。傷心拋弱息，分乳慰慈顏。尺土鋤還淺，堅金報豈慳。食窮奇節著，回首淚痕潸。<small>為母埋兒。</small>

扇枕黃香後，庭堅孝亦誠。持來藩溷地，蕩起水泉聲。嘗糞羞勾踐，當爐笑長卿。江西傳祖脉，洗俗到詩城。<small>滌親溺器。</small>

怕見風中木，思承死後歡。椿萱憑我狀，梨棗任人刊。相入三分淺，形依一子單。敬疏還逐婦，供養賸孤鸞。丁蘭刻木。

啼非萊戲綵，哭爲筍調羹。翠竹應含笑，梅花結伴生。涕同春雨助，號當凍雷驚。好具衣冠拜，黃柑味更清。哭竹生筍。

農家樂

汪引芝

農家何所樂，最樂三春時。門前桃李花，一一生芳姿。牆角女挑菜，樓頭客對棋。歡言酌美酒，社散人影隨。春風滿田園，樂景真熙熙。

農家何所樂，最樂九夏時。繞屋百株樹，綠蔭看迷離。分我田中秧，摘我園中葵。北窗且高臥，不羨軒與羲。解慍迎薰風，此樂真無涯。

農家何所樂，最好涼秋時。占年歌大有，稻熟黃雲披。曳杖游南阡，採菊傍東籬。催租少吏呼，國稅不使遲。柴門日無事，樂意誰復知。

農家何所樂，最好隆冬時。寒梅香撲鼻，花放一枝枝。負喧依茅檐，白叟黃童嬉。旨蓄家家足，富厚良可期。圍爐集婦子，樂趣合在茲。

農家苦

汪引芝

農家何所苦，最苦三春時。瞻蒲復望杏，耕種惟恐遲。生不識官府，面目成黑黧。宵深驅犢返，朝出憫豑饑。羨彼城市人，繁華安可期。

農家何所苦，最苦九夏時。四月閒人少，勞瘁無敢辭。鋤禾汗如雨，烈烈炎威隨。夏畦誠可病，手足嗟胼胝。羨彼城市人，枕簟清風吹。

農家何所苦，最苦涼秋時。頻年逢惡歲，豐熟何可期。水旱傷禾黍，舉目皆流離。賣田田不售，負耒徒嗟咨。羨彼城市人，斗酒雙螯持。

農家何所苦，最苦隆冬時。嚴霜飛破壁，大雪壓疏籬。薪溼苦難爇，比舍遲晨炊。龜手操井臼，老婦凍且饑。羨彼城市人，一領輕裘披。

東方朔割肉

汪引芝

片肉携歸帶夕曛，百官猶待大官分。誰將恩詔稽明主，巧取仁名託細君。粟奉一囊勞忍餓，桃偷三度出傳聞。滑稽慣博天顏喜，自責翻成自譽文。

關西大漢唱大江東去

汪引芝

大江水勢流難住，蘇子新詞妙絕倫。奏技好招秦贅壻，知音驚倒楚騷人。尋常畫壁才誰羨，歎息迴瀾力獨神。玉宇瓊樓天上曲，千秋知己託楓宸。

擬顏延年《五君詠》以下江漢書院課士題擬作

汪引芝

步兵曠達才，途窮空桄觸。柳下接高蹤，竹中訂芳躅。嘯歌能自豪，禮法不使束。作詩託幽懷，得酒輕華族。阮步兵。

中散神仙伴，龍章而鳳姿。寥寥餘一曲，落落誰相知。塊壘傷塡臆，形骸託解尸。肯容流俗偶，始信斯人畸。嵇中散。
　　伯倫性嗜酒，頗得酒中趣。日月以爲扃，八荒供一顧。酩酊醉不辭，聊以行吾素。嵇阮有同心，此外非所慕。劉參軍。
　　仲容恣游眺，倫常有至樂。杖履日追陪，寄興邱與壑。生性邁時輩，卓識精古樂。題目邀鑑衡，遇合成蹇薄。阮始平。
　　向秀重交游，攀嵇更依呂。琴聲日云暮，笛響風初舉。糟粕陋今茲，淵源師往古。遠契濠上觀，且灌山陽圃。向常侍。

冬窗四詠

汪引芝

　　抉漢豪情在，芳園興不孤。聽鸝渺陳蹟，剖蟹仿中廚。此技同分竹，何心配合符。繁香留指爪，不必問麻姑。擘柑。
　　秋老菘方嫩，香廚慰歲寒。紫花今日饌，青韭舊時餐。積雪化何處，濃烟成一團。襄陽佳種在，吹火試冰盤。煮菘。
　　炊黍蒸梨後，田家樂事催。蹲鴟香味熟，睡鴨篆烟開。飽腹貧兒態，傾心宰相才。圍爐餘碩果，雪夜撥寒灰。煨芋。
　　羣卉忽已盡，寒林竹一萌。鋤痕殘雪護，鞭影凍雷驚。扶地鑱三尺，參天玉數莖。何須貪口腹，留作鳳凰鳴。劚笋。

怡亭銘拓本跋尾

汪引芝

　　立亭期可久，勒名垂不朽。武昌有怡亭，唐代裴鄘構。裴虬著爲銘，取義原箴心。李莒八分書，三昧自絕倫。更有李陽冰，篆體垂金鑑。三絕世共稱，鼎立吐光焰。

赤壁八景 八首

汪引芝

赤壁山橫數仞堂，爲披雲漢繪天章。排窗不覺江山老，拂壁唯驚翰墨香。弄月吟風堪着客，探梅醉雪好傾觴。隱侯八詠樓何處，可似坡仙歷楚黃。二賦堂。

誰起通天百尺臺，良宵招取月華來。渾忘露坐單衣冷，最喜雲歸寶鑑開。玄兔敢憎酣酒客，素娥應識謫仙才。雲梯待倚攀丹桂，石徑休教惹綠苔。玩月臺，今改問鶴亭。

逍遥誰似小亭仙，獨把閒身付醉眠。足踏長鯨飛碧海，神騎老鶴到青天。日窺枕畔三生石，風裊爐中一縷煙。大夢那須人喚覺，邯鄲醒眼實多年。睡仙亭。

天上仙姬墜剪刀，青峰着眼向吾曹。幾年楚雨經磨洗，半夜松風逞怒號。玉珮紉成新月皎，羅衣裁就綵雲高。尋詩頗費推敲力，欲與山靈乞錦袍。剪刀峯，今移置喜雨亭外。

願作泥中曳尾龜，長江真好放生池。相煎屏却桑薪急，既濟驚來寶筮移。解網非籌臨陣日，啣環自有報恩時。閒遊促坐危亭裏，多少行人戒朵頤。放龜亭。

凌波淡淡掃峨眉，綺蓋亭亭立玉池。撲鼻有香風定後，背人無語月明時。洲邊日浴憐輕鷺，渚畔雲低匿寶龜。莫信俗情貪艷冶，翻將污水潑胭脂。白蓮池，在赤壁前。

亭下裁詩好唱酬，大江東去繞黃州。限分南北成天塹，漢合朝宗入海流。積潤遠通雲夢澤，回波深浣古今愁。景純舊賦誰能續，共醉宜傾碧玉甌。酹江亭。

蘇子梅花事杳然，風流韵趣話當年。梅花吟去同清夢，蘇子遊來是謫仙。老幹橫斜從雪壓，暗香浮動有人憐。靈根難向東坡覓，應是携歸碧落天。坡仙梅。

和星垣兄六十壽詩錄二

汪引芝

魯殿靈光射斗墟，謂先師曾松雲夫子。當年問字得同居。清風朗月聯新句，淨几明窗校古書。驥尾一時身偶附，鵬程萬里願難如。至今泉石尋佳趣，不爲浮名動欷歔。杜少陵詩"鄰人滿牆頭，感嘆亦欷歔"，"歔"字作仄聲讀。

薄田負郭兩三區，便脫青衫學野夫。貧不賣文閒勝我，老猶琢句健于吾。穿雲嘗有尋花興，踏月何曾借竹扶。交到衰年情更切，輸君晚景總清娛。

和星垣兄八十壽詩原韻

汪引芝

乞得湖居喜欲狂，家在並皋，距漈渡湖甚近。風流恰似賀知章。每當興到髭拈白，竊幸年高髮轉黃。鳩杖隨身仍可却，魚竿在手未應忘。邇來更羨棲遲穩，收拾征帆不出鄉。

平生絃誦總陶然，學力天資得兩全。作畫胸中原有竹，題詩舌底自生蓮。鴻毛遇順精神健，燕翼詒謀福澤綿。漫道汾陽廿四考，羣孫繞膝總奇緣。

記從弱質快追陪，藝苑談經不計回。字問松師蒙見許，兄與芝師事松雲夫子先後六年。句聯蘭友耦無猜。休言渭北膺佳遇，恰喜湖西斂逸才。宅前有湖西山。從此壎篪欣迭奏，花晨月夕可頻來。

囊昔華誕進酒卮，籌添海屋又今時。青箱世衍丁男慶，絳縣人稱甲子奇。已羨八旬歌戩穀，還希三壽卜觀頤。待公百歲榮期屆，我定拈毫再獻詩。

附　錄

半仙半佛老儒乩仙。墓志銘云：新甫先生姓汪氏，名永柏，字引芝，號九畹，阜山風雅士也。性至孝，人無閒言。素有大志，淹貫經史之學。應童子試屢躓，家中落，心猶晏如。洎強食餼，即登賢書數，仍不偶。教授鄉間，出其門下者多名宿。後以窮終。德佩周孺人，多内助賢。生子二孫五，誠實亦如先生。迄曾孫燊發其幽光，爲民國偉人，任通城縣知事，有德政聲，民稱頌之。傳曰："明德之後，必有達人。"其先生之謂歟。銘曰：

先生之心虛而受，先生之操堅且貞。繄鴻德兮欽中衛，翼麟經兮邁素臣。精英蘊結兮千古碧，勃發幽光兮一燐青。

墓匾：佳城千古

墓聯：風飄曲水青羅帶，清入明堂白玉盤。

燊謹按：先曾祖九畹公世居安仁湖並阜嘴，清光緒四年戊寅六月因避水災，攜同先父母遷居月明壇汪氏家廟，旋移居汪家灣。光緒九年癸未，公設帳月明壇，慕公名而負笈從遊者達三四十人，俱成年。時燊年十三，亦附學焉。孰意是年九月公即仙逝，壽九十有二，合葬羅家田祖山，寅申兼坤艮向。迨民國二年癸丑冬，有半仙半佛老儒臨乩爲撰墓志銘，及墓匾、墓聯，燊謹勒之墓前。公及身迭受水災，經兵燹，遺稿久棄敗簏，鼠嚙蠹殘，軼去甚夥。己未初刻，零縑斷璧，僅搜得古近體詩五十三首。茲在友人抄本中續得公《怡亭銘拓本跋尾》古體五言一首，又《赤壁八景》近體七言八首。復在星垣公壽言刻本中截錄壽詩六首，統計存詩六十八首。

增訂桃潭合鈔正集卷第六

小山詩草

黃岡汪桂三小山著
姪曾孫燊筱舫重刊

聞　歌

清·汪桂三小山，黃岡。

天末起商音，涼風吹未已。蕭然不見人，歌在蘆花裏。

雪堂懷古

汪桂三

玉局才人不可作，一堂盤欝江之濱。我來展拜見遺像，風流文采洵絕倫。當年刈草闢林藪，堂成賞雪集僚友。雲臺月殿桎頡頏，天錫佳名長不朽。惠州儋耳舊游地，瘴雨蠻煙嗟失志。何如勝境結構新，山月江風恣游戲。吁嗟乎！瑯琊萬戶何雄哉，雪宮遺迹空蒿萊。

陳　墩

汪桂三

我住陳墩二月餘，連朝風雨渺愁予。舊交不至新歡少，贏得幽閒讀道書。

和徐熙廬七古

汪桂三

素懷敢向先生白，先生爲我情脉脉。一朝判袂去前汀，使我低徊長短亭。憶昔薰風飄細葛，兩人相對壯懷闊。豈甘終日伏鄉里，要使功名齊上達。環兔輪雞俗慮縈，飲恨歌離唱渭城。陽關三疊何悽惻，題箋濕透淚和墨。此時意氣劇縱橫，規言慰言出至誠。去去整裝過古渡，夜夜相思不相遇。鄳城聯句踵唐賢，高讀君詩振林樹。

蘄竹簟

汪桂三

桃笙象簟全收拾，翠竹編成似鏡磨。半榻涼風凝碎玉，一簾皓月漾清波。黃昏冷沁紗幬薄，白晝寒生紙帳多。從此北窗欹枕處，捲舒那許羨香羅。

東坡梅

汪桂三

酒醒寒月墮江煙，玉骨冰肌絕俗緣。冷宦黃州人共瘦，倦游赤壁夢俱仙。冬烘誰作和羹計，春信端宜驛使傳。爲憶汝州移去日，坡前花發爲誰妍。

畫圖展處饒清興，宛向羅浮夢裏看。夜月沈沈幽豔冷，曉風冉冉暗香殘。半簾疏影遮朱檻，一幅輕煙鎖碧欄。我亦多情欲吹笛，怕驚仙蕊落江寒。

遊西山

汪桂三

避暑宮荒夕照西，至今惟有暮鴉啼。亭開九曲蹤聊憩，路入三叉眼欲迷。陶尉書聲今歇絕，坡翁詩句舊留題。山人笑指吳王迹，洗劍池荒燕啄泥。

寄李玉泉

汪桂三

久聚等閑事，纔分便惹愁。異鄉寒暑共，別路雨煙稠。山迴雲遲出，溪深水亂流。那堪回首望，一雁落南洲。

回文詩一首

汪桂三

遊春愛採好花香，紫燕飛斜掠苑牆。流淺映堤紅日落，悠悠意興寄風涼。

和萬柳宮詩

汪桂三

示我箴規語，先施果得君。一箋紅映日，五字墨飛雲。昔歲文聯牘，今朝試冠軍。況饒靈運樂，羣季悉揚芬。

送二兄北上 名引芝，號九畹

汪桂三

幾日春帆下郡城，歸來還復送君行。服官早歲心彌快，卻要先嘗遠別情。

贈邱生

汪桂三

湖上吟風處，追陪憶舊時。從遊君最早，贈句我偏遲。意氣欣求友，文章愧作詩。後生誠可畏，莫負仲舒帷。

秧　針

汪桂三

雨餘新漲碧如油，秀穎森森萬畝抽。贏得兒童忙未了，幾回誤作釣魚鈎。

紅塍翠陌周遭處，白水黃泥蕩漾時。乞巧居然先七夕，從今拙爲老農醫。

咏史四首

汪桂三

富鄭公，真宰相，宋室河山資保障。安邊長策四夷歸，救荒善政羣氓望。開府河南惜暮年，空中甲馬天人樣。嗚呼鄭公真宰相。真宰相。

包孝肅，真中丞，立朝風骨何崚嶒。七旬詎冀青宫眷，一笑直抵黃河清。權門貴戚皆屏迹，關節不到人兢兢。嗚呼孝肅真中丞。真中丞。

歐文忠，真學士，海內文章衰盡起。焚芝碑勒黨人名，畫荻灰寒慈母字。苗軋風迴藻鑑懸，六十芳馨争仰企。嗚呼文忠真學士。真學士。

胡安定，真先生，圜橋聽講雅教承。虞夏商周傳絶業，關閩濂洛開先聲。經義治事體用足，兩齋簇簇羅羣英。嗚呼安定真先生。真先生。

偶 題

汪桂三

好鳥枝頭自在啼，新詩遙送畫橋西。幾時和我飛箋到，獨向窗前問小奚。

清 明

汪桂三

恰喜清明霽色開，遲遲初日上樓臺。邾城小住過三載，又見園丁折柳來。

贈陳位三八首錄四

汪桂三

一卷黃庭仿右軍，替人題扇費辛勤。臨池鎮日摹新樣，筆力居然到十分。

載筆閒遊已四年，芒鞋踏破楚山煙。詞壇贏得聲名遠，江北江南萬口傳。

茫茫人海慣奔馳，不惜尊前話別離。數首新詩數行字，他年留著慰相思。

暮雲春樹何時聚，楚尾吳頭有所思。待到客中重聚晤，練裙染出墨淋漓。

立春後一日作

汪桂三

昨夜東皇命駕來，主人親獻合歡杯。和光迎面心先喜，領取春風第一回。

賞瑞香花

汪桂三

日影移珠箔，名花七寶粧。獨留庭畔久，爲愛瑞香香。

雜　吟

汪桂三

雪後紅都瘦，風前綠盡肥。柳橋橋下路，引得幾人歸。
柳色净含媚，花顏嫩漸新。不須怨春寂，静待賞心人。

舊　思

汪桂三

停雲落月形骸隔，問訊梅邊感別離。重到懷齋應一笑，奚囊搜出憶君詩。

春興 三首録一

汪桂三

三月垂楊綠正齊，招朋攜手畫橋西。流鶯似識常來客，獨向花間故故啼。

晚　眺

汪桂三

紅牆牆畔望，風月滿樓臺。師弟閒酬唱，賓朋重往來。舊情垂柳繫，新緒落花催。快讀先成句，吟箋短短裁。

詩 本

汪桂三

載得新詩本，朝朝遣興吟。茅齋常感舊，花樣肯隨今。頗費推敲力，稍嫌結習深。他時留覆瓿，誰諒草堂心。

贈友人 十六首錄一首

汪桂三

情投膠漆古雷陳，細說三生石上因，道誼關懷清似水，文章觸手麗如春。從今脫略形骸隔，此後綢繆筆墨親。夜雨聯床吟興好，推敲一字仿前人。

寄 友

汪桂三

粉蝶黃鶯作對飛，惱人最是不思歸。詩書悮我名何在，望斷刀環信息稀。

雪

汪桂三

錯認深宵月滿缸，祇緣積雪映紗窗。尋常小院游人少，印我芒鞋第一雙。

和張敬道

汪桂三

一瓣心香隨處持，琅函文卷錦囊詩。旁人未必能知我，與古爲徒最縈思。

春閨怨

汪桂三

阿郎歸未得，望望眼將穿。何事春宵月，向人空自圓。

接松雲師寄大兄書有感

汪桂三

長路三千里，深情託鯉魚。不知人已沒，猶寄一行書。

留別同人 二首錄一

汪桂三

覓得詩筒費剪裁，花箋亂疊鉢聲催。依人冷意憐殘菊，供我清吟愛早梅。旅夢不嫌鴉噪醒，鄉書恰趁雁傳來。芳情隨處都堪賞，況是菁莪已徧栽。

詠岳武穆事 三首錄二

汪桂三

忠義扶炎宋，功高命獨乖。五千揮鐵甲，十二泣金牌。矻地冤填臆，呼天恨滿懷。誰將奸檜戮，洒淚向空階。

議和非善策，行賄總奸謀。敵勢摧還振，忠忱憤且羞。獄成三字苦，禍起兩宮憂。百戰勳名在，南枝柏自遒。

遊化樂寺

汪桂三

領得書中味,遨游別有真。溪聲清到寺,山色秀迎人。禪徹心田淨,詩成眼界新。吟風還弄月,物外寄閒身。

俗慮全抛却,名區快往還。暮煙低拂水,落日遠銜山。樵唱綠蘿徑,漁歌紅蓼灣。歸途燈已上,隔巷是花關。

偕高生晚眺

汪桂三

雨後溪聲急,風前俗慮消。岸花秋戲蝶,山樹晚鳴蜩。幾輩新詩和,頻番舊侶邀。濠梁相賞處,興趣總高超。

大士閣

汪桂三

古寺僧三兩,蕭然佛殿空。年年春信裏,花發爲誰紅。

對花懷人

汪桂三

一簾香氣釀芳辰,爛縵名花照眼新。君久不來花自落,况堪花下別離人。

秋閨怨

汪桂三

幾回愁思鎖眉端,歲歲深閨慣耐寒。此後但憑秋色老,不因風雨怨花殘。

送　友

汪桂三

送君歧路間，惆悵難爲別。雲樹不留人，石泉響幽咽。願作泉石聲，相隨不斷絶。

同高生步月至土城

汪桂三

步月尋前約，詩懷趁景生。犬聲深巷静，蟾影小溪明。隔岸帆藏樹，荒墩土作城。何年種松柏，化作玉龍擎。

湖水平如鑑，扁舟一葉輕。魚游蓮露漬，螢傍竹煙明。鄉信何時達，軍書幾處呈。遣懷邀皓月，稍解別離情。

咏　柳

汪桂三

記得攀條弄夕暉，閨中刀尺密縫衣。而今柳線長如許，底事春歸人未歸。

夾岸波平掛碧絲，牽人別恨苦難持。兒家夫婿無消息，春色依然縷縷垂。

舊　院

汪桂三

舊院春如昔，看花欲問花。幾時風信换，草草過年華。

先慈諱日 五首錄二

汪桂三

福壽尋常有，偏教數限人。空懷五鼎養，無補百年身。膝下瞻依日，堂前笑語辰。分明如昨事，回首重傷神。

讀書爲令子，入聖乃完人。金玉勤修品，冰淵重惕身。有時悲忌日，無歲祝生辰。大舜期頤後，其心只慕親。

懷 齋

汪桂三

園有名花池有魚，故人安置最清虛。半窗疏影縈丹篆，一榻繁香讀素書。洗硯恰從波定後，挑燈惟愛月明初。五年鴻爪渾閒事，恰喜良朋比屋居。

初 晴

汪桂三

日色晴明宿雨殘，纖雲四捲送輕寒。真書樵仿無多事，起數階前九畹蘭。

詠 蝶

汪桂三

回頭無計報春暉，廢讀荒詩靡所歸。却羨翩翩花上蝶，粉衣戲綵尚依依。

思親二首錄一

汪桂三

荻訓熊丸歷歷深，不因親没頓忘今。須知報母劬勞事，惟此燈窗午夜心。

和張開第

汪桂三

最喜花開徑，還看月上紗。月因花有影，花得月留霞。興賞花花月，情深月月花。邀花來我室，踏月過君家。

和張開第吟花月

汪桂三

明月光能印萬川，好花竊幸在儂船。論將玩月隨人後，說到探花讓我先。花似有情當月舞，月如得意滿花穿。平生未少天緣分，豔是花緣淡月緣。

看月如何月滿弦，賞花記得及花妍。花逢賞處花彌麗，月遇看時月正鮮。無月無花殊少興，有花有月直忘眠。人生莫負光陰好，花開正濃月正圓。

生　理

汪桂三

寄跡山堂亦偶然，天憑我做我憑天。閒中歲月增書富，養後精神助業專。一日風雲寰宇慶，百年衣鉢幾生緣。焚香祝到聰明出，何處心田非福田。

和星垣兄八十壽詩四首 原韻

汪桂三

綠鬢方瞳一楚狂，手分雲漢耀天章。五常在昔眉原白，兄年長桂九歲。大耋而今髮已黃。新闢小園看不厭，舊時同氣刻難忘。征人那解幽棲樂，偏歷天涯去故鄉。

勉强何如出自然，此種天趣得完全。等身著述胸羅竹，脫口文章舌吐蓮。蓬島煙霞情綣戀，菱湖風月興纏綿。而今拋卻浮名利，老住林泉信夙緣。

垂老彌思杖履陪，終朝林下費遲回。異同每辨先儒誤，疑似何勞後進猜。獨抱智珠探舊學，好憑心鏡識羣才。幾人欲結文為陣，只恐難當大敵來。

釀熟新萍泛壽巵，春風次第看花時。空山松柏羣稱古，滿室芝蘭各鬬奇。世事匆匆都過眼，和風冉冉獨支頤。定知看到雲礽日，祖武遙繩競獻詩。

附　錄

自叙云：余課讀之暇，輒喜吟咏，及門諸子以鈔寫為難，請登之梨棗，余以見笑方家辭。諸子復固請，余謂即不畏人譏評，然刻詩須費，余焉能辦。諸子謂余詩不過數千字，從遊者有數十人，以數十人刻數千字，其費亦無幾。余聞言而愧且感，遂許而叙之，以見余詩之刻，及門諸子之意也。時道光二十五年乙巳秋九月。

按：先叔曾祖小山迭次臨乩，囑再刻詩集須將其刻詩草出語率易，及各游戲詩一並刪之。茲謹遵判囑，將原刻詩刪去一百三十一首，加入和星垣公壽詩四首，共計存詩六十七首。姪曾孫燊謹識。

增訂桃潭合鈔正集卷第七

中州集

黃岡汪銘琭小竹著
族姪孫燊筱舫重刊

白銅鞮歌

清·汪銘琭小竹,黃岡。

襄陽白銅鞮,能爲天下計。往縛揚州兒,來迎梁武帝。

擬李太白襄陽大堤歌

汪銘琭

峴山晴翠飛,漢水春波暖。香風吹未已,花壓大堤滿。銅鞮歌復歇,估客聚還散。望遠思悠悠,芳草綠不斷。

野鷹來曲

汪銘琭

野鷹來臨高臺,臺上刺史八俊才。臺下帶甲過百萬,爪牙亦復如鷹健。饑鷹依人飽遠颺,安得壯士守荊襄。君不見,高臺度曲聲不樂,月下南飛有烏鵲。

上堵吟

汪銘琭

創業既不易，守成良獨難。山河忽已異，西望生長歎。蜀帝起布衣，髀肉消征鞍。南荊寄旅食，西蜀建郊壇。何人借箸籌，遂使安如磐。上有疊峰嶂，下有狂波瀾。形勢原可恃，豈獨資偏安。劉封申耽輩，尸位乃素餐。金城千里固，輕棄如彈丸。我欲竟此曲，此曲悲且酸。回頭顧白馬，爲我色不歡。

從軍行

汪銘琭

少年意氣輕筆硯，百金駿馬千金劍。分甘朝致五侯鯖，封酒夜謫三婦豔。青衫變色污緇塵，長安市中春復春。鶯聲喚醒封侯夢，花意空娛落魄人。玉門關外烽煙起，馬上功名天下士。誰道峨冠賜嗇夫，近傳好爵歸屠市。慷慨出關便棄繻，雌伏由來非遠圖。將軍揖客今誰是，去問霍家馮子都。

丙戌除日

汪銘琭

貧富有定分，古人安有無。孳孳爲利心，予豈異跖徒。不能儉自奉，遂使多積逋。邇來逼歲惡，遠近紛追呼。子錢轉爲母，折券增青蚨。薄田苦難賣，已覺不屬余。明朝換新歲，易轍懷良圖。簞瓢樂不改，勿謂回也愚。

雪中喜海平七弟回家，時避兵河南，用東坡聚星堂詩韻

汪銘琭

馬上笠子敲弱葉，衝破千山萬山雪。有弟遥從江漢歸，話到凋殘轉愁絶。袖出諸軍壁壘圖，大江十里隨曲折。就中黑子辨黄州，何以家爲虜未滅。斯時大雪擁轅門，紅旗凍不受風掣。誰憐將士寄寒衣，竟讓么麽披綵纈。將軍持重勝古人，僥倖成功原不屑。更番城市總爲墟，今又一年如一瞥。雪夜何人平蔡州，李愬奇功到今説。不然下策用火攻，一炬横江練銷鐵。賊以船作浮橋，海平擬以火攻破之。

養東兄以襄陽風月圖見貽

汪銘琭

杜甫岡頭秋月明，宋玉宅畔秋風涼。廣文先生謁長吏，此間小住停行裝。六月在途千里旱，鬚眉枯槁隨稻粱。到來一笑袪熱惱，虎蹄爪大堆紅穰。嵯峨硯首接鳳皇，漢水抱郭流湯湯。江上清風山間月，如游赤壁經故鄉。況逢耆舊俱好客，追陪游宴攜壺觴。鹿門朝去德操伴，習池夜醉山公狂。偶向仲宣樓上坐，登樓一賦讀未央。幡然長揖辭長吏，盤中苜蓿何足嘗。歸來風月在懷袖，出圖示我神洋洋。襄陽自古争戰地，白蓮落後干戈藏。即今陸沈徧吾楚，巋然獨存如靈光。兩城犄角一水隔，夫人樊侯遥相望。三農歌好虞梁父，雙廟神靈勝武當。大堤女兒月增色，宜城美酒風俱香。白銅鞮唱襄陽樂，吹彈絲竹娛豪商。桃笙篔布三巴艇，荔子黄柑百粤航。繁華氣象宜圖畫，恍然同游我在旁。寸牋尺幅略寫意，勝跡歷歷難鋪張。何如撫景試懷古，上下千年同較量。我不願訪米公祠，弄石遭駡公事妨。我不願登景升臺，呼鷹度曲晚節荒。許身不慕管與樂，封侯不慕杜與羊。憂人之憂徒自苦，良辰美景辜昊蒼。一生吟弄不負此風月，古人之中惟愛孟襄陽。

爲養東兄賦伏波將軍銅鼓歌

汪銘琡

精兵百萬馬不嘶，長槍大戟紛操持。中軍號令一聲鼓，眼前頃刻分雄雌。回營張宴動凱唱，短簫聲急鼓聲催。古來大將例如此，豪情爲賦銅鼓詩。伏波將軍征交趾，據鞍顧盼英雄姿。降虜膝行羅帳下，拜獻方物欣如歸。周圍五尺高一尺，面平股削四耳垂。居然鑪錘極匠巧，雕題文身光陸離。吁嗟在人不在鼓，天桴地墜將奚爲。當年酋戰豈用此，駱駝難載人難攜。强名神物授怯懦，望敵委棄應嫌遲。可知千古人愛惜，匪物是貴將軍遺。即如銅鼓亦非一，蠻煙瘴雨南荒陲。蘆笙沙羅與爲伍，獠女釵擊相歌嬉。一旦得邀將軍顧，鑄馬鑄柱名逾馳。同來越駱殊遇合，何非人力爲遷移。可憐此鼓獨流落，阿兄好古幸得之。囊中金石劫灰燼，一狐足補千羊皮。傳聞粵宦攜歸楚，微有殘缺何嫌疑。明珠薏苡昔遭謗，將軍藁葬三軍悲。畢竟功名在天壤，不以謠諑秋毫虧。馬革共憫將軍志，鼙聲久繫至尊思。當車螳臂相持久，投筆尤妨畫虎㹠。矍鑠是翁如可作，試問銅鼓當何時。

雙烈行 並序

汪銘琡

黃岡東鄉鄧氏兄弟妻，馬氏姊妹也。同治甲子，流寇竄黃，大肆淫掠，姊妹恐爲所辱，投水死。

赤眉銅馬擾漢家，黔黎莽莽化蟲沙。無功可叙將軍樹，有恨偏移姊妹花。姊妹幽貞嫻女誡，儒宗上溯扶風派。劈箋賦茗鬭才華，並坐觀書入圖畫。高密兒多勢絶倫，翩然疊騎來聯姻。好逑亦是女兄弟，快壻皆如美婦人。自從于歸徵婉孌，奇緣豔福人争羨。只道閨門不到愁，那知宇宙旋生變。烽火頻年本慣經，飛來倏忽若流星。磴聲先碎鴛鴦瓦，箭影遥穿翡翠屏。自計應難脫虎口，挺身齊踏波濤走。山賊驚窺亦改容，江妃送出仍攜手。是時兄弟失歧途，一存一亡感遇殊。可憐粵海零丁客，不及吳江大小姑。鱖生忝附葭莩戚，表揚愧乏如椽筆。落魄誰吹蔡琰笳，招魂合鼓湘靈瑟。居然生死不相離，今古無儔信足奇。鄰婦感懷同一歎，家姑有淚總雙垂。

郭烈女行

汪銘瑑

郭烈女，乃在楚北之黃岡。甲子仲秋晦，賊過東北鄉。烈女從容避賊行，鄰家姊妹徒相驚。出門遠近皆哭聲，擄掠鐵騎何縱橫。阿父待女來，一步一回首。阿弟待姊來，狂奔復反走。千人萬人行不絕，前村後村火齊發。慨然擲身付東流，從此浪花香不歇。阿父來哭女，頓足浮屍處。阿弟來哭姊，買棺携葬具。須臾慰藉集鄉鄰，晨星碩果無多數。問之舉室作楚囚，總為提攜兒女故。我聞此事重歎嗟，保全大節無微瑕。始知蛾眉葬魚腹，不以一身累一家。丈夫忠義常自許，蓋棺幾輩得死所。愛惜偏鍾七尺軀，縱情那顧天良阻。吁嗟乎！郭烈女。

中秋夜雨中感賦

汪銘瑑

中秋看月何處好，海山對坐蓬萊島。莊嚴更有長安月，五雲龍鳳盤宮闕。回憶十三舞勺時，東游齊魯經驅馳。每逢新月出海上，舉酒邀人同賦詩。壯歲上書慕季子，揭來踏月長安市。明月怪我無所求，醉臥酒樓呼不起。幡然一旦歸故關，遙驚烽火照征鞍。拘囚幾伴王摩詰，避亂誰憐管幼安。南旋彈指秋三度，閉門謝客山深處。萬山作繭我作蠱，延月開簾月旋去。我生四十有二年，世間萬事皆無緣。旁人笑我豈知我，知我自有蒼涼天。丈夫可貴亦可賤，靈台不逐滄桑變。細思何事却關情，美酒三升月一片。今朝雷雨止還作，明月不來意蕭索。是時久旱土尚乾，轉覺滂沱殊不惡。停杯偶作憶月詩，磊塊争向毫端落。山靈狡獪喚春回，桂花梨花相對開。時梨樹着花數十朵，有結實者。

擬東坡定惠院海棠詩元韻

汪銘琛

誰遣名花雜衆木，衆中益顯英華獨。東風着意塗抹匀，出羣顏色無由俗。玉堂舊樹凌雲霄，黄州孤艷夾溪谷。春光不許竹籬掩，肯向齊奴問金屋。貞性深藏竟體芳，仙姿盡洗凡眼肉。日中滿樹開欲燃，雨後一枝看不足。偶燒高燭照殘睡，每對芳樽欹嬌淑。先生有筆亦生花，五千文字拄便腹。懷古欲種牧之菊，題詩常就元之竹。江干百舌苦相呼，行遇名花照雙目。舊聞紅萼是鄉人，未免相親説巴蜀。先生流落百不宜，空勞歸夢跨黄鵠。千里一面信有緣，含情爲作海棠曲。移根他日伴西歸，漫笑行藏困樊觸。

擬昌黎鄭羣贈蘄州竹簟詩元韻

汪銘琛

酷暑廢眠無人知，鄭君默識真神奇。伻來捲送蘄州簟，平地漢水鋪玻璃。往年長安貧到骨，百錢一夕容多疵。去年陽山遠竄逐，卧具難藉桃榔爲。今朝望外獲至寶，便欲晝寢停午炊。體潤節平四角正，舒捲應手皆相宜。一江咫尺不易得，價高每恨囊無資。偶然人家假一宿，宛若沐浴澆漣漪。從今安卧故人力，不復扇枕呼嬌兒。舊聞此竹堪作笛，知音却少中郎吹。何如八尺布一榻，北窗寄傲忘炎曦。明朝定是衙參晏，貪眠慵起非吾衰。

祭竈日戲作

汪銘琭

祭竈家家豐典祀，無計分身竈君累。因約稍寬兩日期，軍户廿三民廿四。芻草與豆砂，飼君千里驥。食以膏餳飲以酒，舉世都學王孫媚。竈君不解人心意，還道乞福與乞利。食飴牙已膠，飲酒心亦醉。直至朝天時，牙膠心亦醉。不得陳奏人間事，惟言人世皆善類。年年如此被人欺，大笑竈君真不智。

紅梅用東坡和秦太虛梅花詩韻

汪銘琭

老梅恥隨羣卉槁，更吐奇豔驚人倒。紅羅四面擁高亭，差爲詩翁洗煩惱。林家夫人丹砂顏，獨凌霜雪晨妝早。麻姑狡獪色易更，廣平姘媚神猶好。百花頭上富貴姿，坐令群芳空一掃。誰云造物若有私，我信仙人原不老。徐熙新樣摹畫圖，珍重傳神非潦草。開先挽得陽春回，一林絳雪照晴昊。

蝗蟲謠

汪銘琭

踏車農夫停車哭，蝗蟲飛來食我穀。我棉既落，使我無衣。我稻既槁，使我忍饑。爾食其餘，我將安歸。我乃哀告陳詞，蝗蟲不一語。但見蝗蟲落如雨，盤旋側目向禾黍。蝗蟲有神，化暴爲仁。枯禾共啄，嘉實猶存。不忍食青草，何異逢麒麟。夜半老農笑撫掌，蝗蟲飛去水車響。

擬山谷松風閣閣在武昌

汪銘琭

寒溪西山俯長川，東坡提示筆如椽。玉堂倡和神怡然。我曾學步懷當年，倚山傑閣凌青天。風中繁響非管絃，古松夾道蟠林泉。憑欄小憩陪諸賢，不用俚句喧華筵。笙簧疊奏雲際懸，夜來禪榻擁寒氈。音清帶雨彌潺湲，靜中作鬧山為妍。令人飽德忘朝饘，僧請題名榜雲煙。劈窠大字揮甘泉，短歌作答斜陽前。歸橈破浪客醉眠，蒼髯雅韻情相綿。無復世網勞拘牽，乘風有夢來周旋。

雨後偶成

汪銘琭

次第雨潛潛，探梅遠夢還。大風連昨夜，早雪失遙山。酒債荒年急，詩情病客慳。何功酬歲月，已愧半身閒。

雷　雨

汪銘琭

春陰連十日，未足補冬虧。詎料煩雷部，前來督雨師。花開應較早，麥種不妨遲。縱使江流漲，庸如去夏時。

元日北風大作，寒甚，微雪

汪銘琭

三朝放曉晴，世界玉裝成。雪奪屠蘇色，風吞爆竹聲。釣徒周大老，為稚子題畫。文戰魯諸生。院試未竣。莫怪寒猶劇，春遲十日迎。

玉卿姪小試戰北，以詩慰之，並乞梅花

汪銘璨

風雪空回音，伊誰咏采芹。科名須待命，詞賦足通神。數典兒童樂，談仙道士鄰。梅花開也未，分我一枝春。

洲中即事

汪銘璨

一水隔塵囂，洲中樂事饒。門羅羣嶂翠，枕落大江潮。對月吹漁笛，分波灌藥苗。桃花春漲起，未覺武陵遙。

感　懷

汪銘璨

寒霜夢醒五更鐘，無計能銷塊壘胸。何處衡心停六燕，宵來劍氣吐雙龍。形歌雅慕王曇首，對酒遙懷阮仲容。往古鬚眉人宛在，每擁黃卷樂追從。

八月菊

汪銘璨

不藉淮南桂作媒，憑誰招隱出蒿萊。延齡壽客尊前輩，佳節重陽讓後來。燕子去時香繞徑，鼠姑生日錦成堆。深藏傲骨無人覺，獨遠霜天自在開。

秋窗漫興

汪銘琭

綠蔭無多護曲欄，西風初捲總清泠。病從暑退吟差健，夢覺寒天睡易醒。古硯照人池水黑，好山對我畫圖青。焚香且作消閒計，細讀陶詩與菊聽。

二月朔日春分

汪銘琭

二月中和景物妍，春分令節恰相連。照人猶是堯時彐，誤士何關晉國煙。晝夜得平蓮葉漏，陰晴參半海棠天。社公有例嘗新水，喜在宜春酒熟先。

乙丑元日，用雨人姪韻

汪銘琭

三十七年游興闌，故園春酒一樽歡。眼前梅柳凌波活，夢裏松楸帶雪寒。時自河南回鄂，居洲中。得爵漫誇屠狗噲，知時期遇墜驢摶。甘霖預報豐年兆，應得黃雲夏隴看。

黃鶴樓

汪銘琭

玉笛橫吹鶴背仙，更番閱歷廢興年。重新城郭真如畫，自古江山絕可憐。貔虎未拋金鎖甲，魚龍欲避火輪船。客心何必關名利，無限閒愁付暮煙。

接麗甫入泮之信

汪銘瑑

暖風送喜到征驂，芹藻香薰紙一函。名附竹林賢士七，列名第七。門追杜氏秀才三。仲清、雨人相繼游泮，今則一門三秀才矣。掄元應念師傳重，洪文卿宗師戊戌殿撰。裕後須知祖德堪。先大夫歷任考試，未嘗扣除一人名。笑我頭銜作銅臭，諸生文戰未曾諳。

壬申除夕

汪銘瑑

累日嬉遊酒未醒，回頭猶見鄂王城。那堪擱筆辜黃鶴，轉悔當筵賦白鸚。順逆自分流水勢，升沉不改故人情。新逋舊負紛紛積，獨怪貧家歲易更。

癸酉元日

汪銘瑑

撤簾歸政五雲開，紫殿新恩徧九垓。得雪却先知酉熟，覘星猶自待寅回。七日立春。難期蟾窟追攀桂，先大夫癸酉舉於鄉。剩覓驢鞍爲折梅。七澤釣遊多賀客，爲予沽酒洗塵埃。

張睢陽祠

汪銘瑑

空城雀鼠代糧儲，百戰摧鋒力有餘。義氣高懸天子像，兵機不泥古人書。有功保障江淮賴，無命王侯李郭如。漫惜援師三日緩，天教完節重名儒。

九日展墓

汪銘琭

百草敷榮運豈訛，深秋景物轉清和。籃輿野徑扶陶令，鐘鼓山祠賽華陀。老樹先霜桐子熟，旱田積雨稻孫多。欲詢翁仲終無語，灑淚徒增菊酒波。

夜　坐

汪銘琭

一燈相對惹疑猜，未必花因報喜開。債似亂山疎復密，病如惡客去還來。人間那得三年艾，江上難尋十月梅。長羨蠹魚能識字，忍饑高臥萬書堆。

歲晚書懷

汪銘琭

十月江天未着裘，微霜仍放綠陰稠。魚隨落漲沈樊口，雁帶征帆下石頭。金印向憑無賴取，布衣枉念至尊憂。從容欲問惟良守，賣劍何時復買牛。

感　事

汪銘琭

貔貅百萬壯軍威，羽扇何時任指揮。安用中原三舍避，宜增垓下數重圍。近來士卒真如戲，當日將軍直解飛。激發那須巾幗贈，當熊爲説漢宮妃。

遣 興

汪銘琭

　　一彈指頃百年更，底事人間總不平。豈爲求官如債帥，未能報國愧書生。林梢蒼翠西山色，枕上波濤漢水聲。一笠一蓑兼一笛，蓼花灘畔釣船橫。

　　俯仰煙波眼界清，茅廬瀟灑傲蓬瀛。山頭猿鶴窺帆影，月下魚龍避杖聲。繞檻滄江分兩派，隔簾白塔表孤城。三年閒伴漁樵侶，慚愧中流擊楫情。

新 奇

汪銘琭

　　新奇耳目事何窮，驚倒人間百歲翁。三輔雲遮天爲黑，六朝花發雨仍紅。秋光補出春光缺，草木再華。火氣飛來水氣中。洲中地燃。畢竟天心容易挽，惟憑變理望三公。

重 陽

汪銘琭

　　潮痕次第落江湖，九月新晴景物殊。歉歲難逢人送酒，登高好避吏催租。波濤海上稽消息，風雨淮南近有無。何處管絃招菊部，迢迢一水隔菰蒲。

八月十日雨人姪三十初度

汪銘琭

　　狂吟竹裏早聯盟，癡叔殊慚阮步兵。大壽合將千古占，此才非爲一家生。偶逢桂父思求藥，又對麻姑笑舉觥。時授徒麻城，抱恙歸。假我數年天若許，巍科應見汝題名。

冒雨渡江至陳氏宗祠視兩人疾，因攜菊歸

汪銘璨

一江風雨片帆馳，小阮傳書偶待醫。問病客盈摩詰室，讀書聲出太邱祠。紅連村樹看楓久，綠斷山田種麥遲。元亮歸途甘策杖，籃輿貪載菊花枝。

避水陶店

汪銘璨

江聲浩蕩下三巴，幾日汀州沒蓼花。又被波臣爲逐客，誰憐浪子久無家。平吞雲夢消塵壒，欲上銀潢泛釣槎。畢竟蛟龍須讓我，濃青一抹遠山遮。

水退還洲居

汪銘璨

扶病歸來趁釣舲，半生蹤跡感飄萍。到門雞犬聲俱樂，滿地魚龍氣尚腥。堆壓平疇沙影白，遮藏破屋柳條青。餘波莫怪難消歇，多少流民涕淚零。

九　日

汪銘璨

雙螯斗酒快交持，爲賦黃州九日詩。赤壁磯邊秋水淺，青雲塔上夕

陽遲。催租敗興潘邠老，插菊狂歌杜牧之。回首風塵鴻爪跡，岱雲海日最相思。

微　雨

汪銘璥

臥讀陶詩晝掩關，重陽過後雨潛潛。不堪伏處洲中渚，最憶登高海上山。征雁啼聲黄葉外，閒鷗弄影白波間。聖賢真樂尋何處，漫託安貧學孔顔。

戊辰除夕

汪銘璥

信與羣山有夙緣，重來休怪客華巔。求安轉愧頻移墓，先大夫墓凡三遷，先慈墓凡再遷。乏食何堪更賣田，富貴我能輕若屣。性情人笑直如弦。宵深愈覺梅花好，小別無端已五年。

己巳元日雨中試筆

汪銘璥

誰云萬象共回春，但見梅花色獨新。比歲慣逢元日雨，今年又作異鄉人。難求橐戢終爲弱，未到饑寒不算貧。碌碌兩忘家國事，自慚天地一愚民。

立春雪霽，竹孫冠禮告成，紀之以詩

汪銘璥

照眼居然玉樹枝，手搖柔翰富文詞。喜看弱質成人易，孰謂衰翁得子遲。天上三陽開泰日，人間六出表豐時。百篇不啻千金產，笑我傳家只有詩。

丁丑元日

汪銘璪

元旦風移寰宇清，中間號令雷載鳴。雨天雪天互替代，穀日人日俱晴明。苗肥牟麥翠交引，水漲大江流有聲。野老放歌頌恩澤，龍飛第一書王正。

雨人姪寄到秋闈制藝，許其必中，竟作遺珠，詩以慰之

汪銘璪

文光萬丈照三台，棄置輕隨落葉催。不信劉蕡終下第，須知蘇軾是奇才。雲遮西嶽蓮無影，雨過東籬菊未開。一顧有時邀伯樂，漫誣騏驥作駑駘。

人日聞賊入揚州

汪銘璪

多事東風送消息，舊年烽火入維揚。魏徵人日懷長粥，何遜官梅入戰場。已料塵清三輔地，却憐月掩二分光。隔江風鶴驚初定，未厭調羹野菜香。

穀日江頭小步

汪銘琭

剪水去來舴艋舟，羣山欲出薄雲留。人攜書劍避青犢，我向烟波狎白鷗。醉客披襟風信暖，歸途着面雨絲柔。去年穀日新晴好，底事秋禾却減收。

戊子重陽感懷

汪銘琭

道光戊子，余時年十四，重陽日奉先慈赴先大夫山東官廨，彈指忽忽六十年矣。噫！

少年從宦赴東方，戊子重陽日最良。在昔共誇廉吏子，至今猶慕聖人鄉。馳驅日易過駒隙，太息風難遇馬當。歸失先廬仍作客，偏遭浩劫換紅羊。

八月二十六日夜雷雨

汪銘琭

旱魃餘威豈易摧，何期快雨自天來。魚龍漸落千江水，鴻雁驚飛八月雷。古渡黄增衰柳瘦，荒園青向晚菘回。檐聲正急風吹斷，未及三更霽色開。

嘉平三日微雨

汪銘琭

天乾六月又三冬，失喜農夫霢霂中。暖氣未容凝作雪，虛聲又覺散隨風。浮塵暫放荒畦綠，宿火先消野店紅。安得痴龍翻海水，甲兵一洗太行東。

周南軒茂才染病，就予醫治，歸舟竟抱汨羅之痛，詩以弔之

汪銘珠

直斬長蛟駭浪分，孝侯英烈舊傳聞。今朝一刺偏投弐，異代三閭又弔君。下筆本來吞夢澤，居心久已出塵氛。滿江明月相酬和，埋玉須穿李白墳。

禰衡

汪銘珠

謾罵何須費齒牙，岑牟單絞鼓三撾。自知賦性狂爲病，共歎揮毫點不加。薦士空勞孔文舉，問年重見賈長沙。至今墓上萋萋草，猶帶清芬水一涯。

杜預

汪銘珠

莫笑沈碑計已疏，功名千古有誰如。吳平手結三分局，左癖胸藏一卷書。已覺懷恩呼父偏，猶勤教戰罷兵餘。大興水利修荒政，何限經綸武庫儲。

習鑿齒

汪銘珠

剩有魚池碧巘前，故侯子弟總翩翩。著述足使權奸懼，布政同歌太

守賢。自笑半人當二陸，直將四海敵彌天。襄陽耆舊知多少，姓字都憑健筆傳。

郭　璞

汪銘琭

竟使佳兒作楚材，何年太守建平來。一官誤入王敦幕，千古常留爾雅臺。學秘青囊工術數，神遊碧落信仙才。荒池洗墨靈鼉吼，化作雲霞五色堆。

午窗獨坐

汪銘琭

困人無那睡魔纏，不定陰晴近午天。花暗添香知日暖，鳥鳴似說得春先。每偷客話成新句，偶見兒嬉憶少年。詩味怪來如嚼蠟，連朝愛坐臘梅前。

去臘折梅插瓶中，試燈風起，暗香未歇，亦一快事也

汪銘琭

掩映鬚眉白一般，癯仙迂叟最相關。寒消雪虐風饕外，笑索年頭歲尾間。誰策蹇驢探灞岸，我如老鶴守孤山。東籬黃菊輸長壽，十日看花語可刪。

杜茶村先生祠

汪銘琭

豈獨文章敵手難，世家子弟耐饑寒。上追杜甫爭千古，大笑陶潛戀一官。滿地落花何忍棄，盈船潤筆等閒看。先生有弟門牆峻，多得名儒結古歡。

赤壁懷古

汪銘琭

故道長江改幾回，千年赤壁倚城隈。曹瞞已逐羣烏散，蘇子真如一鶴來。容易山川消霸氣，無多文字出奇才。泛舟莫漫追遷客，試向磯頭辨劫灰。

除　夜

汪銘琭

掃除酒債具辛盤，兒女忙中笑語歡。遠客幸携藜杖返，明年當得菊花看。時自河南攜菊苗歸。家無高燭安貧易，老戀重衾守歲難。天氣久晴溫暖慣，朔風一夜不勝寒。

詠　梅

汪銘琭

兩首林逋詩，一篇宋璟賦。寒窗讀未終，月上梅花樹。

九月三日微雨

汪銘瑑

前日決天河，人間患水多。近來知護惜，無復雨滂沱。爲報重陽近，聲偏點滴無。無聲應有意，恐誤吏催租。

黃　菊

汪銘瑑

滿城風雨又秋深，獨避群芳伴客吟。莫怪淵明輕斗粟，東籬原自有黃金。

紅　菊

汪銘瑑

騷人不分後群芳，寄傲詩多淡寫黃。聖代而今無隱者，此花也解學時妝。

慶餘堂杏

汪銘瑑

家慈移植紅杏於東武官廨，人或以非時阻之。今春忽發花滿樹，樂而賞以酒，命賦詩。

董仙種杏本無期，未必攜鋤地凍時。造物竟隨人作主，故教紅鬧隔年枝。

山風海雨閱年頻，花木無多傳舍春。嚴父甘棠慈母杏，一般留蔭後來人。

置酒花間笑語溫，嫩香和月吸芳樽。還期果熟分甘日，白髮含飴快弄孫。

　　廿年培植累庭闈，轉愧萊衣是布衣。我與此花同一笑，不知何以報春暉。

消寒詞

汪銘琭

　　會啟消寒憶往年，開樽常借過冬筵。適逢雙日除冬數，未許便宜買酒錢。

　　黃鶴樓高靜不譁，隔江山影夕陽斜。一聲玉笛穿雲去，仙女來聽爲散花。

　　欲結寒梅一笑緣，不當水次即山邊。何人冒雪騎驢訪，最憶襄陽孟浩然。

　　禦寒莫放酒盃空，鄉味更番數不窮。壓倒襄陽菘減色，蕓薹菜入武昌紅。

　　一樹梅花伴索居，每隨新月上窗虛。主人會得癯仙意，不敢貪眠夜讀書。

　　爲笑愚翁思獻曝，出門便見日當頭。黃棉襖子憑人借，虛願堪嗤白傅裘。

　　雪夜歸來好賦詩，山人恰與白衣宜。十年宰相輸斯味，記取圍爐煨芋時。

　　佛粥名傳臘八日，多加棗粟味彌增。袈裟耀日經聲裏，笑看街頭募化僧。

　　一城積雪淡朝暉，遙望黃州赤壁磯。欲爲東坡作生日，翻新曲譜鶴南飛。

　　饕風虐雪頻番過，爲念無衣覺可憐。何幸寒消剛一半，便收殘臘過新年。

赤壁當年夜泛舟

汪銘琭

赤壁當年夜泛舟，樓臺倒影恰新修。坡公定爲掀髯笑，半是峨眉雪水流。

填橋期近老鴉多，乞巧詞成互嘯歌。盡遣波瀾下人世，定知清淺是銀河。

遠山隱隱失崔巍，如此清游亦快哉。偶與舟人談往事，我曾觀海向東萊。

江漲移居

汪銘琭

安居飽吸武陵霞，懶向門前繫釣槎。多事惱他溪水漲，又攜雞犬別桃花。

獨載西施泛五湖，當年范蠡早平吳。身無功業形羸瘦，祇合流民繪作圖。

附　録

種樹山館詩跋

右叔父筱竹公詩一卷，吾邑詩人洪右丞侍御爲之序，足以傳矣，無俟小子贅述。戊午夏五下第回鄂，檢舊書簏得筱竹公殘編一束，七律一種警聯最夥。零縑斷璧，皆可寶貴，矧先人手澤乎？

詠史詩尤有斷制，如咏《屈原》云"總爲光能争日月，遂令人尚怨波濤"，《王粲》云"貌寢枉依劉刺史，才高終作魏詞臣"，《杜甫》云

"動主文章三大禮，避兵江漢一孤舟"，《班超》云"偶覓封侯欣得虎，深嫌察政嘆無魚。修殘瓠史兄罹罪，望斷瓜期妹上書"，《朱雲》云"欲得權歸明主掌，先須劍斷佞臣頭"，《張恒侯》云"同力主扶隆準裔，比肩人伴美髯公"，皆戞戞獨造也。

他如《東武官署》云"揮毫未敢貪官紙，努力還期讀父書。擬觀海市終無福，對此河山轉廢詩"，《夜寒》云"牆陰半角留殘雪，紙破一窗鳴峭風。"《聞山左警》云"漢代漫稱銅馬帝，齊人應用火牛軍"，《送友人》云"麥浪綠隨帆影遠，桃花紅向馬頭新"，《十五夜對月》云"人生誰似嫦娥好，年去年來總少年"，誠足以嗣響唐賢也。

又有《山中雜感》二十餘首，運典措詞工雅無匹，警聯云"三讓誰稱吳泰伯，九歌空續楚靈均""誰識登樓求計苦，曾聞受杖陷親非""獼豸難逢迷曲直，蝦蟇何暇辨官私""得扶麻葉蓬翻直，爲傍桃根李代僵""出柙誰親監虎兕，埋輪我欲問豺狼""白頭宮女談遺事，黃面瞿曇度衆生""療得明駝瘡疥净，養成饑鶴羽毛豐""當路蕙蘭偏礙爾，漫天荆棘渺愁予""沉疴難起吳交趾，義士今無古押牙""黃雀啣環遲入夢，青蠅點璧早成瑕""乳虎失威逢漢尉，尸蟲遺憾歎齊桓""月照古今無異色，水分清濁出同流""決疑請試朱公筆，虛願難償白傅裘""杼投那爲三人感，衣授何曾一子寒""肺石每從心上運，牙籌未暇掌中擎""三分魯國桓公裔，十倍曹丕漢相才""近鄉轉被黃巾逐，出劫惟餘皂帽存"。東坡先生一肚皮不合時宜如是如是。

集唐宋人詩皆失全篇，約略計之得數十聯，如"樂天自愛吟淮月，方朔虛傳是歲星""一寸歸心向誰說，四時佳興與人同""二室煙巒開步嶂，九春風景足林泉""世間那有揚州鶴，秋來倍憶武昌魚"時流寓河南商城。"力田歲積千倉稻，接果春栽五色花""大笑老彭非久視，略邀王母話長生""聖代即今多雨露，明時不敢臥蓬蒿""四時好景是三月，一日安居值萬金""月圓花好人常健，冬至陽生春又來""全家共寶一忍字，春工先繪九如圖""桂折一枝先許我，梅添怪相老如人""巧語屢曾遭薏苡，幾生修得到梅花""人情大似月蟾兔，世事真如風馬牛""數間茅屋閑臨水，兩岸桃花夾古津"時避兵雅淡洲，在水中央，故以桃源擬之也。"無數雲山供點墨，多情風月伴垂綸""要看漢水鴨頭綠，依舊桃花人面紅""鄉國歸來渾似鶴，英雄起舞為聞雞""明時祇待金門詔，有子皆如玉樹枝""采茶歌裏春光老，布穀聲中夏令新""曉汲清江然楚竹，自鋤明月種梅花""無限好山兼好水，聊將新火試新茶""酒為聖代無雙物，梅試初花第一功""水清石出魚可數，深樹雲來鳥不知""舊書不厭百回讀，春日遙看五色光""安得黃金成大藥，細傾白墮賦新詩""每對銅人話疇昔，大呼鄉友作新年""但使香名滿人耳，當令美味入吾脣""執筆敢矜修月手，論文還比聚星人""聖代科名酬志業，人間身價是文章""莫言白日期華髮，且喜青霄足故人""愛作文章可人意，自然富貴出天姿""萬事隨緣真道妙，六旬猶健亦天憐""黃金為地香為國，藍田生玉海生珠""五色天書詞爛縵，四朝風月髮蕭疏""歲盡後推藍尾酒，市朝偏重黑頭人""莫笑華顛飄綵勝，那知竹裏是仙村""雪圃乍開紅菜甲，春風先長紫蘭芽""欲濟蒼生未應晚，不知青帝已迎春""梅花開處酒應熟，蓍草占來命已通""鬱壘自書誇腕力，文昌新入有光輝""仲華遇主年方少，伯樂書名世始知""雪山童子應前世，金粟如來是後身""蓬巷幾時聞吉語，芸香三代繼清風""富貴敢期蘇季子，風流好繼謝宣城""天文正照韶光轉，人語中含樂歲聲""年華除日又元日，江上晴雲雜雨雲""囊簡久藏蝌蚪字，錦標終屬鶺鴒原""鄉人薦為鹿鳴客，朝廷恩及雁行聯""植杖偶逢為黍客，上堂先着老萊衣""野老已歌豐歲語，威聲又數中興年"。以上所摘錄者，凡六十餘聯，化盡筆墨痕迹，可謂天衣無縫，不得以百家補綴誚之也。

公年踰四十尚無子女，五旬後側室滿孺人舉一子，名春江，字竹孫。又得女二，長龍生，適同邑王性俛，官江南知事。次繡如，適劉芙初，官揚州鹽運判。竹孫弟詩一卷，已鑴入《桃潭合鈔》。性俛、芙初皆工吟咏，女弟繡如有《繡餘詩集》待刊。仁人有後，咸以為公好施與之報焉。歲在宣統御極之元年，屠維作鄂，百花生日，姪春澍識於福州官廨。

增訂桃潭合鈔（下）

汪燊　纂輯
朱金波　點校

荊楚文庫編纂出版委員會
長江出版社

增訂桃潭合鈔正集卷第八

延茀堂詩草

黃岡汪春澍雨人著
族姪燊筱舫重刊

春雨兼旬，小窗兀坐，仿香山體，得詩十四首

清·汪春澍雨人，黃岡。

周易誡履霜，豳詩詠陰雨。凡事宜豫防，噬臍竟何補。
有民莫言弱，有土莫言貧。一旅佐中興，賢哉夏靡臣。
佛法浩無涯，畢竟爭初地。相如賦凌雲，乃逢楊得意。
木鐸以警頑，蒲鞭以示辱。一部肉鼓吹，用心何太酷。
水清則無魚，人察則無徒。宋賢解此意，難得是糊塗。
祇防一路哭，罔惜一家淚。所以婦女仁，終於無所濟。
侏儒飽欲死，臣朔飢欲死。賜予苟不均，每失天下士。
聞太尉足香，嘗中丞糞苦。取悅在一時，貽羞到萬古。
優孟飾楚相，虎賁貌漢儒。偽足以亂真，勿爲人所愚。
酷暑贈綈袍，嚴寒送葛絺。主人情孔厚，可惜非其時。
桃人迎春風，艾人趨夏日。門戶羞傍人，志士當自立。
織婦着襤褸，耕夫咽粃糠。亦知謀衣食，終日爲人忙。
昌黎送窮文，子雲逐貧賦。漢唐兩大儒，毋乃不安遇。
枯禾得雨蘇，久雨轉害禾。人情易翻覆，每爲受恩多。

兩女將軍行

汪春澍

明末張、李之亂，有兩奇女子焉。一爲蕭山沈雲英，父官道州守備，戰歿軍中，女奮起奪屍還葬。懷宗嘉其孝勇，詔守道州，賊不敢近。國破夫亡，歸蕭山，精《春秋胡傳》，教女弟子以終。一爲廬陵劉淑英，父死璫禍，女幼好讀兵書，適某早寡。闖賊陷京師，親提一旅，將爲復仇計，運丁陽九，無成事。賦詩自況，有"鐵膽消磨，從先國母地下"之句，其貞烈可想也。南渡後，還鄉養母，以孝聞。母歿，長齋供佛，顏其室曰"蓮庵"。汪啟謨有《兩女將軍傳》言其事，特詳載本集。

苧蘿村外花欲迷，鷓鴣嶺畔鳥亂啼。青蛾白馬舊無敵，殺氣化作雙虹霓。石人巨眼閱今古，前明世變那堪數。長驅拔寨獨行狼，狂嘯負隅一隻虎。朅來流寇紛縱橫，大江南北無堅城。豈期忠義出閨閣，翩翩兩美沙場行。道州守備千鈞力，誓衆椎牛能報國。家風如見沈明臣，狹巷短兵前殺賊。破空淫雨陣雲昏，鼓聲陡絕烽燧屯。白草黃沙埋碧血，天涯何處招忠魂。雲英弱女卓刀起，瞋目一呼萬夫靡。賊營奪得父屍還，潰卒親收堅壁壘。嚴關夜靜風蕭蕭，坐鎮當時倚采旄。顏色定知誇姊妹，頭銜端合署嫖姚。鼎湖龍去軍書急，宛轉餘生憂憤集。誰憐無國復無家，藁砧兵敗孤鶯泣。歸去蕭山惹恨多，麟經一卷強悲歌。高涼錦繖宣文幔，贏得千秋節不磨。同時更說劉家秀，一樣丹悰光宇宙。家住廬陵字淑英，生成天性門楣舊。阿爺正氣懾貂璫，九京聚首左與楊。娉婷弱質嫻女誡，遺編上口聲琅琅。教戰吳宮尋勝算，手把兵書夜達旦。肯從女伴繡鴛鴦，要與君王肅鵝鸛。柏舟賦罷涕交頤，家難時艱未可支。蹶起橫矛蹙眉黛，行軍豈必皆男兒。同仇禦侮竟何有，鐵膽消磨呼負負。安危那得出羣才，積憤將從先國母。南渡笙歌易愴神，故山倦返奉慈親。膽瓶清露蓮華供，繡佛長齋了此身。紅妝並轡風雲護，合傳詞人殷景慕。競豔應偕帝女花，交輝並倚將軍樹。我聞石砫土司秦良玉，鐵尋齊抛護巴蜀。香名豔說女雲臺，馬上桃花宮錦簇。又聞費氏宮人出奇計，赤手刃賊報先帝。至今燐火竄荒榛，羅公山下魂猶悸。誰欸樂户弄管絃，最羨瓊枝與曼仙。清姿不爲汙泥屈，並蒂芳流玉沼蓮。英雄兒女廣同調，想見丹心和玉貌。鬚眉六尺彼何人，草間求活堪一笑。勝國佳人迹未孤，横腰寶劍素羅襦。鵝膏拭盡千螢散，腸斷吴江大小姑。瓊枝、曼仙，明惠邸樂户，張獻忠破荆州，皆不爲賊屈，死之。

懷古十首

汪春澍

鄂　渚

清流一曲净如玉，溪父漁童談往躅。遺澤千春鬻子書，兒孫南國開霸圖。漢水爲池障荆楚，居人尚以鄂名渚。鄂君來游越客歌，畫船繡被今如何。

南　浦

南樓看月人已去，南浦煙波尚如故。水墨留題寇準詩，草青寫入江淹賦。九秋新漲泛淪漪，估客帆檣畫雲樹。趙陀片石渺何處，邵陵錦帳空飛絮。賸有薰風水一方，閒盟且結沙中鷺。

郎官湖

調羹金殿醉玉觴，青蓮才思殊尋常。沈香亭畔墨猶濕，謡詠蛾眉到夜郎。道出漢陽郭，一笑逢故知。酌以鸕鷀杓，酬以鸚鵡杯。掎裳聯襟湖之隈，沄沄湖水新潑醅。湖名即以郎官垂，謫仙一處何時回。謝家青山安在哉，尚書名號今可追，那須更説僕射陂。

黄鶴樓

澄波浩無際，勻碧一鏡磨。危樓出塵壒，高踞城南阿。騎鶴仙人渺何許，石室金竈生煙蘿。荀耶費耶今若何，眼前惟有江花江草供吟哦。孫曹霸業久銷滅，英雄割據那堪説。散花釃酒笳鼓喧，往事匆匆如轉轍。過眼白雲幻蒼狗，何如痛飲辛家酒。

晴川閣

晴川閣上初日殷，晴川閣下流潺湲。臨風舒錦斷還續，朝霞紅入煙波灣。憑欄四顧動光采，疑是赤城縹緲之仙山，令人對此開心顏。子安才，今不作，我欲挐舟恣游樂。斜陽全碧聽漁歌，乘風更上滕王閣。

洪山塔

武昌城東風景新，有山負郭何嶙峋。浮圖七級矗空起，振衣直上招同人。鄂王古松渺何處，六陵花鳥空塵霧。靈濟卓錫當何時，上方縹緲祥雲垂。楚甸迢遥二千里，尺地寸天歸眼底。罡風吹我踞層巔，碧瓦朱闌如畫裏。劫換滄桑紛可數，戰壘縱橫狐兔走。佛火青燐互變更，江城弔古空搔首。往事驚心馳檄羽，誰歟健者李壯武。白草黄沙埋碧血，授命更數羅忠節。崔嵬宛插雲中梯，羅李之節與塔齊。入耳風鈴語茫昧，憑高四顧斜陽西。時清覽勝幽懷暢，置身如在蓬萊上。

賀文忠祠

嗚呼大雅久不作，崇祠嵲嵲摩青蒼。前明柱石楚邦彦，戡難國事資平章。當時立朝挺素節，英氣嶽嶽摧貂璫。運丁末造搆陽九，流毒海内李與張。公也讀書明大誼，從容殉節爲國殤。葬身魚腹率妻子，滋陽湖水流湯湯。祇今榱題傍黌序，數仞屹立夫子牆。孔曰成仁孟取義，前型直接淵源長。升階傴僂薦蘋藻，臨風剪紙心悽惶。招魂天末冀來格，颯颯靈旗下大荒。

葉忠節祠

宵深月黑羽葆馳，森嚴袍笏想見之。忠節去後二百載，精靈不滅常在茲。裁兵失算虐吾楚，往事回首勞嗟咨。當年仗義草遺疏，識忠孝字非公誰。賊前稱臣草間活，昂藏七尺羞鬚眉。光弼靴刀此其匹，碧血化作長虹垂。妖僧偽帥旋撲滅，劍首一決終奚爲。詩成肅肅動心魄，鬼神風雨來相隨。鬼神風雨，放翁硯銘語。

胡文忠祠

碧油幢引森成列，福我黎元舊持節。遺像清高儼見之，瑤龕一瓣香親爇。轉漕陳規妙變通，台星朗照大江東。吏胥斂手萬人躍，民之惠實公之忠。三軍挾纊頌聲作，輓粟飛芻仗韜略。塵氛在昔滌紅羊，祠廟而今傍黃鶴。公祠在黃鶴樓前。杜父恩膏美鑿陂，羊公德政豔題碑。後先輝映楊洪伐，江漢雙流闓澤垂。漕作仄聲。

曾文正祠

衡岳間氣生英雄，曾侯矯矯人中龍。維侯祠宇徧天下，矧在吾鄂當報功。憶昔洪楊煽凶燄，照眼霜矛與雪劍。揚帆東下勢洶洶，長江何處尋天塹。我侯奮起人中豪，水師雨集烽燧銷。龍驤偉烈此其匹，舳艫千里飛驚濤。江南江北靖鋒鏑，砥柱中流號無敵。將才相業一身兼，俎豆歲時報侯績。諸葛祠堂尚儼然，綸巾羽扇望如仙。高冠山色矗牛斗，高冠，山名。此山不平侯不朽。

航海放歌

汪春澍

精衛填石澤不枯，掀天駭浪無時無。我乘番舶涉巨浸，萬頃浩瀚一粟如。清流濁流互更變，碧漲墨漲爭奔趨。顛危風雨來何驟，譬彼矇瞍誰持扶。下坂駑駘旋磨蟻，失羣燕雀遶樹烏。四時寒暑本異候，一日之內綿葛俱。舊聞鮫女姿狡獪，矗起樓閣金碧塗。古寺請禱快心志，鰦生眼界輸髯蘇。竭來燕市無成事，素衣化緇非故吾。富貴功名等閒耳，草頭涼露沾須臾。陋儒得意空自負，腳靴手版胡為乎？祇今滄海橫流急，陸沈大地民其魚。砥柱中流竟誰是，一家胡越增感吁。徑欲青山買黃犢，課兒耕種還讀書。神仙清福總無分，裘敝金盡返故都。俛仰宙合一長嘯，願排積慘招天吳。

海上贈劉石清

汪春澍

劉郎倜儻天人姿，面如冠玉無瘢疵。金門射策負奇志，行年二十游京師。衰叟何緣附驥尾，掎裳聯襟江之汜。縱目貪看廬阜雲，盟心笑指吳淞水。江橘海橙次第開，五雲樓閣近蓬萊。齊魯峰巒青未了，尺幅金粉誰與裁。清明三月長安路，軟紅塵裏征車駐。酒樓把盞細論文，旅館挑燈閒覓句。官道垂楊綠意繁，馬蹄踏碎落花痕。說有談空入蓮社，徵歌選舞坐梨園。散盡黃金不知惜，買得新編兼古帙。遍讀人間有用書，兔園冊子嗟何益。凌雲未奏相如病，上林紅杏遲芳信。綳倒孩兒轉誚予，文場鍛羽徒憎命。櫻桃花落倦遊歸，濁世翩翩雅度稀。況有阿連詩筆健，一門風雅能主持。焦桐幸入中郎聽，昕夕追陪足觴詠。余情恰比桃潭深，君志常偕藜閣峻。落日中原煽海氛，艱難時事那堪聞。慇懃爲報佳公子，多買青山臥白雲。石卿弟藕溪著有《藕溪詩集》。

荒寺僧談龍華會故事

汪春澍

榕陰壓檻怪鳥號，幽篁古柏圍週遭。廟門老僧著破衲，談空說有聲呶呶。一塵不生萬籟息，積雨初霽空煩囂。填街塞巷人語沸，童男童女紛相招。一鉢一瓶兼一杖，曼陀花雨彌丹霄。僧言今日佛生日，龍華會裏旃檀燒。西天竺國聖人出，應運尚記逢周昭。金人下降古有說，王妃吉夢占良宵。誕生右脇開慧業，大千世界煙霾消。手作兜羅胸卍字，度一切苦真逍遙。大聲忽作獅子吼，毒龍狂象齊奔逃。降伏羣魔參妙諦，門開甘露靈旗飄。後人頂禮修供養，每逢誕日鐘鼓敲。因緣香火事湯沐，瓊漿珠液銀盆澆。灌頂醍醐現光彩，長身丈六青雲高。荊楚遺聞尚可溯，寶幢繡幰神姝邀。鯫生聆之色然駴，妄言妄聽真無聊。頗疑此事涉幻罔，緇流說法徒喧嘈。詩成擲筆，不覺握髮臨風搔。

壯士行

汪春澍

男兒既抱磊落昂藏七尺軀，安能咿唔昕夕從事詩與書。有時黼黻承平獻天子，庶幾此身無負生唐虞。不然長槍大戟，努力沙場。邊庭苦多事，夜夢馳游繻。手持長纓辭故鄉，大呼奮臂雲飛揚。軍書星火急，遠戍天一方。牽衣攔路，兒女空悽惶。丈夫報主知，去去無敢遑。駿馬黃金絡，繡旗碧玉裝。況有橫磨十萬劍，照人霍霍生光芒。黃埃大漠隻身走，交河風浪天蒼涼。要令追蹤班超張騫唐蒙傅介子，萬里侯封從此始。定空冀北羣，莫作遼東豕。一朝騰踔風雲生，登壇顧盼三軍驚。動地鼙鼓喧連營，殺人如草接短兵。血流漂杵譬彼渠水盈，皚皚白骨高與長城平。坐見東寄南象西鞮北譯，陸讋水慄泥首來歸誠。玉關生入何處飛纖塵，金船銀甕輻輳而前陳。封狼胥兮勒燕然，入耳饒吹聲喧闐，葡萄酒美苜蓿鮮。光華日月晴空懸，盡掃九邊不絕之狼煙。我聞幼學壯行鄒叟語，功蓋寰區非小補。願為壯士壯，羞學腐儒腐。案螢枯死，三升墨水畢竟輸霖雨。乃知宣尼傷左袵，獨取天下才。一匡九合何恢恢，伯圖千古歇已矣，神州陸沈良可哀。肯使青天白日成陰霾，會須憑高手抉浮雲開。不見黃琮白琥增國光，嘉珍璀璨列兩廊。不見徐桐楚梓供國用，大廈需材備梁棟。不見鯤鵬徙南溟，揚波如山海氣腥。雲衢一舉九萬里，扶搖得便驅驚霆。不見鷹隼摩空起，刷羽高飛疾如矢。回頭下視燕雀羣，藩籬混迹徒爲耳。士生宙合間，對此情何已。天柱賴以撐，地維賴以峙。世隆槊，光弼刀，隔世相望真人豪。祖生鞭，陶公甓，未許偷安隳偉績。此外漢衛霍，宋范韓，夷兇剪暴，宏濟艱難。未可一一數，百禩名不刊。噫吁嘻！自來有志之士類如此，桑户繩樞那足齒。詩成擲筆，但見長虹氣吐壯采青霄裏。

南樓夜月

汪春澍

胡牀醉倚談霏屑，皎皎清輝净冰雪。危樓百尺月半規，涼天風景俱清絶。一麾出守艷聲華，賓從追陪楚水涯。秋宵於此得同志，不使書空稱怪事。髯參軍，短主簿，似爾風流誰敢侮。幽構漫數黃鵠山，霸圖還弔吳宮土。官柳搖青古渡濱，成行疏影自成春。祇今月色年年好，何處西風拂素塵。

登黃鶴樓放歌

汪春澍

我聞鹿門山水清且幽，乘舟有客逸興遒。又聞虎溪風景稱絶妙，淵明韻事傳三笑。人生天地間，行樂須及時。胡爲獨鎖雙眉不能展，徒令英雄弔古興嗟咨。君不見鄂垣勝蹟黃鶴樓，高淩壓倒鸚鵡洲。鶴去樓存自今古，朱闌畫棟烟雲收。但使良辰美景賞心樂事年年歲歲常如此，神仙渺冥之説何必求。樓頭風月移我情，匡扶努力仗儒生。我不欲學禰正平，清狂博得千秋名。我不願學庾元規，胡床坐擁事游嬉。匡時偉略追羊祜，經世深情懷杜父。吁嗟乎，眼前好景真無邊，名流幾輩題錦箋。虛懷擱筆不肯成一字，古人之中惟愛李青蓮。

冬夜悼亡 內子陳宜人勤儉持家四十年，甫到福州官廨，病歿。時予權知政和，未能親理衣棺，可哀已已

汪春澍

　　涼月照窗紙，鰥鰥夜不眠。溫席有稚孫，體熱心轉寒。獨鶴危巢，呼羣聲可憐。人豈不如物，矧乃伉儷緣。漆園歌鼓盆，虛誕語可刪。自起吹銀鐙，寫出斷腸篇。

　　娉婷謝公女，十九來歸予。甫依房中壻，早失堂上姑。結褵纔十日，椎髻入東廚。我生當宦後，家無儋石儲。況值紅羊劫，避兵屢移居。荒洲破茅屋，局促如轅駒。君織一匹縑，我挾一冊書。書聲與機聲，互答三更餘。日夕望我貴，境窘常晏如。

　　甲戌去黃岡，游學武昌郭。一兒甫六齡，襁負女尤弱。療飢仗文字，行李偶棲託。老屋傍平湖，風景太蕭索。賢稱古孟光，井臼勤操作。供役無甫臧，作伴無宛若。我生好嬉游，還家月西落。翠袖倚門寒，累君常寂寞。

　　武昌居不易，恃此一枝筆。忽忽十六年，秋闈戰輒北。望我眼將穿，青衫黯無色。己丑賦鹿鳴，已消東隅失。五度上長安，仍然無一得。我志既鬱鬱，君心彌惻惻。顧我老且貧，兒多艱撫恤。浣洗復縫紉，費盡閨中力。

　　捧檄到海南，八閩瘴癘多。出仕本為貧，遑顧兩鬢皤。迎君到官廨，差比安樂窩。江海六十里，險阻嘗風波。相依二十日，別去官政和。瀕行勞勸勉，愛民毋煩苛。忠言猶在耳，倏賦蒿里歌。海水有時竭，此憾當如何。

　　病未調藥餌，歿未理衣棺。隔絕三百里，峭石兼危灘。歸途聞凶耗，一痛悽心肝。生離即死別，賺人五斗官。兒孫失所恃，見我心逾酸。遺褂且收拾，何忍開箱看。

　　猗嗟吾季弟，三十即喪偶。孤月冷空房，雙雛尚黃口。我年近六旬，兩兒已娶婦。諸孫伴我嬉，撰杖列左右。以視予弟鰥，行年判先

後。諸兒恐我傷，述此慰衰叟。豈知琴瑟絃，一絕難再紐。積慘何時平，往事怕回首。

日月本無多，憐君復憐我。全家滯天涯，重擔一肩荷。那得天假年，爲人作牛馬。孤負結髮情，未肯從地下。鴛牒儻重頒，願獻空玉斝。世世與生生，比翼不暫捨。奢願總難償，思之淚盈把。

爲朱星河題畫牡丹帳額

汪春澍

神劍一朝合，儷景燭九霄。時在延平軍裝局官廨。人生得知己，亦可慰寂寥。自我來龍津，浪迹如萍飄。又如初生燕，何時豐羽毛。得見朱翁子，遂訂金石交。暇日出絹素，屬我歌且謠。誰與寫花鳥，點染五色毫。名花譬名士，富貴無矜驕。名士非凡鳥，寄託難爲儔。南州有高士，相賞出塵囂。始知畫工意，落筆識解超。少文好臥游，毋乃混漁樵。四海尚多故，期君管與蕭。何當舞雙虹，中外兵氣銷。陳詩歌梧鳳，圖畫淩煙高。

蕭六姑行

汪春澍

羅浮四百峰如洗，靈秀獨鍾奇女子。前身本是梅花仙，歷盡冰霜見根柢。女子誰？蕭六姑，祖籍隸番禺。阿爺遠游幕，坐擁紅芙蕖。八閩劇郡汀州府，千里流寓携妻孥。洪楊之亂，鐵騎南竄。汀當其衝，萬民塗炭。姑時四齡，姊負而逃。天荆地棘，奈此咆哮。誰遣蛾眉脫虎口，冥冥呵護理所有。流賊退，居民回。驚魂甫定，警報仍催。煢煢弱質，一徙再徙。嘗險阻，姊妹俱，遠適阿爺何時歸，全家骨肉星散天之涯。嗟哉六姑，偕兄奉母，急向福州走。虛室如罄懸，何計謀升斗。一鍼一鉢一寒燈，夜長那惜僵此纖纖雙素手。兩兄就外傅，賴此閨中傑。

醫得眼前瘡，耗盡心頭血。長兄名成阿父亡，父恩未報心悽絕。幼得母歡，長隨兄讀。每談節烈事，把卷起遐矚。輪雞環兔忽忽二十有一歲，良緣選得林家壻。豈期夫壻染沈疴，勉賦于歸順天意。侍疾三閱月，那容片刻憩。朝煮藥，夜焚香。參苓罔效，天道何茫茫。刀光霍霍血濺裳，潛割臂肉防僉嘗。呱呱二豎能為殃，玉樓人去騰孤凰。投環殉夫母弗許，家姬鄰媼晝夜勤護防。僉曰俟母百年之後，任爾行其志。姑乃勉支殘喘，如痴如醉如病狂。熒熒紅淚常盈眶，未肯歸寧惹母傷。母賜不報非遺忘，忍心力絕慈母念，似此苦衷慧質殊尋常。壻兄有子能後弟，姑乃撫之若己出。教之以義方，巾幗嬰曰一身當。自時厥後，壻兄攜家遠游宦，別母臨歧淚如綫。長安大道車搖搖，親舍白雲勞眷戀。那知生離日，即是死別年。積毀竟不起，一慟赴九泉。彌留之際猶虞身後惹母憐，叮囑家人匿不報。貞魂一縷隨風旋，夜深來伴阿母眠。母夢抱女如生前，鄰雞初號忽驚醒，料得嬋娟已化空中煙。未亡人亡光緒丁亥二月十五日，苦節十載能不負所天。阿兄作傳勞費辭，我讀起敬當作詩。其他和妯娌，恤奴婢，細事耳，曷勝紀。男兒節義嘗自許，蓋棺幾輩得死所。愛惜偏鍾七尺軀，喪盡天良負君父。賢哉六姑女丈夫，魂歸來兮何處居。雲車合返梅花廬，望裏羅浮入畫圖。君不見壽山白石何嶙峋，願書大節鐫貞珉。噫吁嚱，石可缺，名不滅。

祝徐乃秋觀察七十壽

汪春澍

平山屹立摩青蒼，邗江之水流湯湯。江山靈秀誇維揚，篤生碩輔邦家光。高士南州許頡頏，拄腹杜庫兼曹倉。遙遙先德徧沅湘，膏沃郁黍憩召棠。譬彼活佛來西方，奚俟五世徵鳴凰。大椿垂陰聞講堂，崇型上接河汾王。公也趨庭手縹緗，楹書額誦聲琅琅。烏夜啼由何悲涼，慈孫孝子公能當。一芹秀掇遊上庠，更向桂殿分天香。仙塔慈恩姓字芳，蓬池魚膾曾飽嘗。乘舟直過日月旁，座設肺石刑稱祥。平反大獄侔于張，貫索星空作作芒。鞭笞驄馬冠神羊，柏臺獨上騫繡裳。帝曰女直民之望，盍起廢墜躋平康。往哉永嘉守厥疆，縶王與謝先路倡。天語躬膺出帝鄉，勝蹟重開五馬坊。一般春草吟池塘，政先學校次農桑。仁施夏雨威秋霜，渤海之龔潁川黃。二千石續漢賢良，條陳時事彌精詳。賈生同甫堪聯韁，東南自此嚴邊防。旋攜琴鶴載輕裝，五百灘頭一葦航。忠信毋使風波妨，熙春臺畔迎壺漿。直節森立青筼簹，濯纓豈必臨滄浪。萑苻羣盜走悵悵，渠魁就縛缺斧斨。隻手力挽狂瀾狂，遂化險道爲康莊。輿情叵測勢披猖，烏合蠭起人心惶。浹旬定變殊尋常，讋慄叛胆釋逆腸。鶯遷載詠喬木章，左旗右鼓資保障。黃堂領袖神軒昂，剗除姦猾鋤貪狼。福州有福歌未央，寶蓋峰頂駐牙璋。訪古還登牧馬場，手持英蕩綏諸羌。甲兵十萬胸中藏，烈燄指顧銷櫜槍。河潤能蘇頳尾魴，移鎮南劍氣益剛。壓担惟餘詩一囊，斗間紫氣騰鋒鋩。爲公前導雙龍翔，九笏揖拱排班行。陋彼棲隱山一房，衛文惠工復通商，民和歲稔勤輸將。二天愛戴疇能忘，水軍武義尤僙僙。風雲號召旌旆揚，偉略載見王龍驤。孤寒八百走且僵，何止陳鄭趨門牆。千萬間廈夙願償，闡幽銘烈無敢遑。友于誼洽賦棣唐，伯壎仲箎音喤喤。説詩風雨歡聯牀，大被長枕争推姜。香雪巢集詞鏗鏘，方駕屈宋卑齊梁。却笑東野啼寒螿，良辰覽揆陳笙簧。綏桃鍾李新盈筐，東公西母長壽昌。南階萊服五彩彰，寅僚子姓趨兩廊。希韡同進百歲觴，九花虬跨追汾陽。公澤當如邛水長，平山不平公自強。

雪中上徐乃秋觀察，用東坡聚星堂詩韻

汪春澍

　　一肩行李輕如葉，天教來看閩中雪。三千八百坎欲平，圓嶠方壺比奇絕。龍津指顧劍氣寒，翠閣躋攀屐齒折。雪堂回首天之涯，踪跡鴻泥幾時滅。海南今見陶桓公，牙旗不受嚴風掣。稱體同披白傅裘，繡像早黏紅女纈。隨班元日祝椿壽，鈐閣延賓鋪木屑。下走追陪轉惜遲，五十

年華去如瞥。瑤篇頒出香雪巢，語妙無煩匡鼎說。陽春有脚福蒼生，豈獨廣平心似鐵。觀察有《香雪巢詩集》。

贈熊晉閣先生鄂岸榷運局長，前黃岡知縣，河南商城人

汪春澍

我年方舞勺，浩劫丁洪楊。於時先人解組，自齊返楚。路出夷門道，南天彌望森欃槍。欲歸不能兮行不得，旋向繁昌城南買草堂。幼聞居人語，耳熟頗能詳。金剛臺高切銀漢，金剛臺，商城名山也。孕奇毓秀殊尋常。周熊楊黃號華冑，家世漫數漢于張。鰍生未入宜僚室，久爇南豐一瓣香。輪雞環兔忽忽四十有五載，爲貧而仕遠在天一方。天生我公讀書萬卷早通籍，侯封百里來蒞楚黃岡。危樓補種元之竹，比舍歡培召伯棠。邇來世變滄桑起，救世諸侯上客勤贊襄。綠水紅芙開幕府，油幢近駐漢之陽。衛文恤民此其匹，富有大業先通商。調梅今見古傅說，白鹽雪積馳帆檣。自來良吏總百祥，祇今天道何茫茫。兩兒猝沈魚鼈鄉，咄咄怪事增惋傷。覆舟之下無伯夷，古語難信成荒唐。連枝玉樹一枯一菀，一朝判霄壤。仲兮已矣，伯兮疑有神助扶出水中央。臨危履險竟無恙，後生後福何可量。不見華亭之井括蒼山，文貞墮地如康莊，明徐階幼時事，載《明史》。後先輝映無咎殃。臧僖伯家終有後，何止五世廑鳴凰。勸公轉憂爲喜勿徒過抱西河痛，要留有用之身造福黔與蒼。老彭上壽童烏殤，此有前定毋悽惶。側聞我公禱神有詞酹江水，會見龍涎圈出大文章。二千石續漢賢良，渤海之龔潁川黃。公暇清游賦黃鶴，民勞永息甦頹魴。昨者下走趨鈴閣，緣慳惜未親炙光。小孫有幸雜處階庭下，白裘杜廈如願而相償。老眼垂青終易覯，誠心保赤洵難忘。蕪辭俚語聊當掃愁帚，請排積慘力挽狂瀾狂。神州陸沈天下正多故，願公坦懷自慰還自强。許身不讓稷與契，封侯不慕杜與羊。江左夷吾竟誰是，官山府海公能當。我作詩，公德洋。漢之廣，江之長。

秦良玉錦袍歌

汪春澍

芙蓉萬朵排雲紅，錦城花發搖香風。幻作戰袍好顏色，裝束不辨雌與雄。石砫女土司，忠勇能報國。手提白桿兵，從容破遼賊。海氛未靖流寇來，前明世變總堪哀。九陛宵衣勞聖慮，丹青重起女雲臺。金鞭玉勒桃花馬，長纓獨請雕弓把。椎牛誓眾賦同袍，頭銜應署漢嫖姚。夔門風雨夜傳檄，蹶起橫矛氣無敵。手刃六賊賊膽寒，奪纛怒呼喧霹靂。戰罷歸來奏暮笳，裲襠血濺燦明霞。論功合配將軍樹，競豔應偕帝女花。我聞譙國夫人靖南越，管領方州仗節鉞。錦繖高懸五色光，箐煙峒雨俱消歇。又聞木蘭奇女子，朝渡黃河暮黑水。還家親脫戰時袍，人影衣香明鏡裏。英雄兒女廑同調，想見丹心和玉貌。鬚眉六尺偉衣冠，草間求活堪一笑。勝國蛾眉偉烈傳，拋殘鐵帚惜當年。錦袍淚濕臙脂皺，落日巴山叫杜鵑。

甲寅正月大雪，用東坡聚星堂雪詩韻

汪春澍

故園春酒浮栢葉，還鄉初見鄂中雪。十年熱宦一年寒，回音舊游轉悽絕。病風僵臥老袁安，良醫活我肱三折。呂純臣同年，江漢良醫也。大海橫流力難挽，三山高處蹤未滅。游宦入閩已十年矣。鯤窩蟄室笑龍鍾，紙窗破碎嚴風掣。夜長不寐念穉孫，天女散花方作纈。時穉孫環環出痘花，隨其母歸寧黃岡迴龍山之林灣。幾時雪膚入懷抱，繡裳華袿薰香屑。大開暖閣樂含飴，屈指歸期計一瞥。消寒數字畫漸完，時用易卦畫九九消寒圖，僅餘二字。呵凍行吟詩細說。剝極必復理固然，昂霄松栢堅如鐵。

廈門烈婦吟

汪春澍

鷺江之水清不滓，靈鍾閨閫扶綱紀。阿姑無恥翁無禮，娉婷弱質遭摧毀，烈婦雖死猶不死。一解。烈婦王氏，幼歸于陳。其夫養子婦養媳，自結褵後，見者咸稱美婦人。婦容若桃李，婦節如松筠。二解。翁涎婦美，姑助翁虐。姑有穢行，早為婦覺。將欲滅婦口，陷之以輕薄。雄狐綏綏逞淫掠，妖鳥飛來叫姑惡。三解。烈婦曰吁，天乎天乎！幼讀新臺詩，羞彼傾城姝。衛宣瀆亂有餘辜，明明覆轍回吾車。四解。烈婦號，翁姑怒。施之以鞭箠，脅之以刀鋸。烈婦甘如飴，不為強暴污。拚教一死重千秋，徧體瘢痍誰與訴。五解。王氏號大族，涕泣告公堂。長官模稜貪賄賂，不惜左袒生豪強。奸胥猾役，互肆譸張。烈婦之冤終不得白，吁嗟天道何茫茫。六解。族人散，市民聚。各各抱不平，聯名控大府。大府飛檄下同安，同安邑令今杜父。陳文緯，號紫垣，有聲八閩久矣。捧檄來鷺江，嶽嶽氣如虎。七解。坐堂皇，讋梟獍。照覆盆，懸明鏡。力拘惡姑陳李氏，實情盡吐無遺剩。旋縶強暴陳承昌，服罪堦前心膽震。三木之下雄狐僵，于張再起案乃定。八解。斯時堂下觀者千人萬人，僉曰似此神明吏，洵不愧古之良折獄，吾儕小人敢弗繡衣供瓣香祝。九解。烈婦王不池，姓字長不滅。泉下慰貞魂，奇冤一朝雪。敬告采風使者，闡幽銘烈，行看溫語日邊來，切漢摩霄標綽楔。十解。

杜茶村先生畫像

汪春澍

虛堂夜靜樺燭燃，鬚眉現出人中仙。輪雞環兔二百載，絹素依舊生雲煙。茶村幽構渺何處，花塚香消莽塵霧。義膽忠肝想見之，餘閒寫出驚人句。先生家住古西陵，朗抱壺中一片冰。咳唾江煙與海月，蕭齋風味冷如僧。前明世變那堪說，鵑啼鶴唳江南北。壯志思提十萬師，匹馬短衣前殺賊。鼎湖龍去阻兵戈，一事無成喚奈何。圖畫淩煙空想像，杜陵身世悔蹉跎。軒開飢鳳生涯拙，鳳德雖衰操自潔。滿地荊榛行路難，連天烽火無家別。故宮禾黍總凄凉，慷慨悲歌變雅堂。落魄當年依白下，招魂何日返黃岡。燈船賦就霏珠玉，一篇跳出千人讀。撲面晴嵐分外青，兩點金焦看未足。只今畫像猶精神，巾杖蕭散真天人。眼光直欲空千古，限以尺幅終嶙岣。文章氣節邱山峻，瞻拜遺容招後進。謳歌景運久歸虞，徵士銜名猶署晉。我聞鱸鄉亭畔三高像，絕世丰姿勞夢想。玉局詞人采筆揮，佳句流傳在天壤。又聞商山四皓志高尚，痼癖林泉殊俗狀。孫郎妙本任人看，逸情矯矯青雲上。家祭何時告乃翁，夢魂空念九州同。劍南心事憑誰寫，團扇家家點染工。後先相望廣同調，想見丹忱和玉貌。歷劫神靈暗護持，片縑常共星雲耀。高蹤莫漫怨幽遐，掃室焚香寶篆斜。盼到籬東秋色好，膽瓶清露供黃花。

瓜圻覽古

汪春澍

　　武昌城畔秋風起，曲徑雲深訪遺址。一般野趣故侯家，黃華翠蔓蒼煙裏。想見當年行樂時，金鴉鋤荷蝶蜂隨。閉門種菜同幽抱，紫髯漫惜英雄老。銅斗嫌生雅誼捐，中原誰與建戈鋋。瓜分三國千秋恨，落日荒林咽暮蟬。

擬韓昌黎感春四首

汪春澍

　　我生早具四方志，頻年局促兮不得意。猛虎磨牙怨行路，回吾車兮返吾轡。眼前花柳紛千行，座上樽罍堪一醉。醉鄉去去終殘年，富貴浮雲何足累。

　　大江東下日西馳，陽春煙景誰能羈。且謀暫歡排積慘，穠花靚卉和風吹。棠梨一樹墜古雪，荒阡一滴將奠爲。清明三月香醅熟，今我不樂須何時。陸雲大笑阮籍哭，忻戚異致精神疲。一身蠛蠓寄宙合，底須作態百不宜。柴桑處士差解事，看花把盞栖東籬。先生一去不可作，使我引領勞嗟咨。今皇神聖四海一，春臺共上民熙熙。牀頭有酒且痛飲，酣眠慵起非吾癡。

一臥輒兼旬，一病常數載。自憎舊學荒，誰識素心在。弱骨苦難支，前蹤若相待。勿謂回也愚，簞瓢樂不改。

我愛老農事町畦，沒踝常帶一尺泥。平生從不識官府，數間茅屋開幽棲。肥魚大肉宴鄰叟，枌榆社散斜陽西。鰌生胡爲困鉛槧，案螢枯死增惋悽。侯王將相久無分，頭童齒豁面目黧。安用朝歠兼暮啗，觸開花徑聞鶯啼。十千一斗那論值，況復市上酒價低。春郊一碧恣幽討，提壺挈榼從小奚。

楊妃雙魚鏡歌

汪春澍

楊妃遺鏡詩神工，雙魚守護猶喁喁。連枝比翼陋岑寂，鑄鏡深意將毋同。雲鬟花顏溫泉裏，霓裳羽衣明月中。貫魚恩寵一笑奪，三千宮鏡無歡容。後人歎息馬嵬變，欲將餘咎歸青銅。賢哉九齡張相公，手持金鑑磨宸衷。開元天寶政如一，便是持盈保泰功。雙魚起舞龍騰空，妃子侍游蓬萊宮。此鏡流傳萬世寶，爭光日月無終窮，不信魚奪來猪龍。君不見生平自信寶三鑑，斌媚何曾累太宗。

擬放翁九月一日夜起讀詩稿原韻

汪春澍

疏林木落商飆疾，漏冷更殘意蕭瑟。自起吹燈把卷吟，四壁秋蟲聲唧唧。少年作詩浪得名，殘膏賸馥那足述。舊游梁益空想望，東去洪流西下日。記曾草檄中書堂，風雨淋漓落椽筆。山南射虎黃雲飛，短衣磅礴氣無匹。紅男綠女歌舞酣，繡幕綺筵光采溢。一篇脫稿萬口傳，瓌智琦情從此出。末學空鑽蚯蚓竅，細響箏琶乖紀律。千載而下知者誰，搔首問天儻可必。

長安子弟避暑會歌

汪春澍

長安子弟工消暑，繡柱錦棚營別墅。開元遺事尚流傳，一時佳會羨當年。森森竹院陰冉冉，蘭池馥細腰齊舞。皓齒歌鸚鵡，金籠報茶熟。龍皮扇，蝦鬚簾，清風淡蕩迎畫檐。浮甘瓜，沈朱李，盡日臨谿弄流水。公子猶嫌暑氣噓，金錢競買招涼珠。不見老農汗如雨，赤足鋤禾日當午。

平泉莊賞紅紫桂 經心書院山長李筦軒課士題

汪春澍

朝天寶馬黃金勒，兩袖餘芬香案側。相公歸去萬花迎，老桂叢叢媚秋色。平泉花木四時好，周迴十里香雲遶。剡溪紅桂紅如霞，紫桂爛縵出永嘉。樓台託蔭宵開宴，美酒三升月一片。對月起舞爲花吟，八百孤寒感恩深，同費當年愛護心。

擬韓昌黎《石鼓歌》

汪春澍

周宣御宇媲軒羲，中興大業百禩垂。銘功紀烈受朝賀，石鼓文字洵偉奇。儒生嗜古寄遐矚，百千載下心神馳。故人示我文一束，字向紙上幡蛟螭。瓌詞玉篆難卒讀，使我引領生嗟咨。嗚呼李杜不可作，憑誰大筆揮淋漓。憶昔岐陽武烈耀，蚩尤左右張洪頤。驨虞詠託紹雅化，桓桓士卒如熊羆。驚禽駭獸去無迹，緣山置網野置維。車徒畢萃行大閱，曾同九宇朝華夷。揚勳金石涓吉日，帝曰女史文章司。詞成史籀篆蝌蚪，稽首再拜陳丹墀。煌煌石碣妙鑴刻，光騰怪發何陸離。鼎塗百物魍魎魅，先型想見神禹遺。九字銘盤日新德，光湯盛烈合在茲。輪雞環兔積歲月，誰復考古傳其辭。吁嗟在德不在鼓，風磨雨剥將奚爲。摩挲古本若拱璧，雖有殘缺何嫌疑。車攻馬同載雅什，一朝盛典真熙熙。獨此鉅製未收入，編詩胡竟無人知。鯫生嗜學陋聞見，明堂清廟懷當時。元和之年四海一，故人爲我搜前規。何當輦載走駃騠，增輝太廟無訾儀。奇文古篆義深邃，講求自此承師資。譬彼圜橋啟嘉會，千人聽講神不疲。又如文成別三體，峩峩大字鑴豐碑。戲鴻游鶴那復羨，雕蟲小技輸雄姿。秖今昇平靖烽燧，右文稽古追豐岐。昭回雲漢光萬丈，並壽天壤無瑕疵。歌成石鼓三太息，疑有浩浩風雨隨。

祝周試笙七十壽

汪春澍

　　周子七十神仙姿，讀萬卷書樂不疲。松筠骨相薑桂生，壽世袖有汲莊詩。詩人自昔多壽考，年垂九十劍南老。如君洪算邁宋賢，南山準擬歌天保。精神滿腹長眉鬚，健步不倩人力車。杜陵感慨知何限，閱歷興亡揩老眼。爲君手摩記事珠，我昔經心陪座隅。同學河分勞指授，橫流滄海重欷歔。蒼狗紅羊驚世變，明月湖邊又相見。舊交百輩今無多，老成獨拜靈光殿。青藜閣上擁皋比，綠戶紅窗開八面。匼荷出水香風吹，讀君詩句渾忘倦。老去汪倫百不如，班荆何幸接華裾。十載游蹤依白下，千言選體敵黃初。羨君一官手輕棄，笑傲歸田聊適意。主持雅坫占騷壇，九老會中齊把臂。鷗閑雀散江漢間，一葉飄飄恣游戲。羨君有子經世才，中外掌故能兼賅。昨年迎養到官廨，贏得河陽花正開。富壽競陳洪範冊，南喬北梓倚雲栽。羨君有孫文史足，南狐東馬相追逐。康強逢吉後克昌，洞房春暖燒紅燭。畫堂舞綵小鴛鴦，紫霞觴獻斝醴醁。況有稚孫號傑出，臨池香染生花筆。宗慤願得乘長風，黃琬才能對初月。羨君豔福總多情，小星常傍南極明。一雙蘭槳迎桃葉，葉葉花花結子成。聞道中閨絡秀賈，君家佳話續當年。后美前芳堪並駕，生子當如周僕射。小詩聊博公軒渠，肯把醇醪醉我無。

送趙石卿之天津

汪春澍

濁世佳公子，翩翩賦北征。飄萍偶然合，行李難為情。永夜聯床話，中流擊楫聲。天津橋畔路，愁聽杜鵑鳴。

贈寶勝上人

汪春澍

囂市塵難到，幽栖許我尋。笏山留法相，劍水印禪心。花雨三霄墜，松風一院吟。幾時飛錫杖，卓立白雲岑。

秦王島望山海關諸形勝，時壬寅上元，乘火輪車一日行七百里抵天津

汪春澍

不信秦王猶有島，茲游奇絕小塵寰。抽身喜出蛟龍窟，是日大風捲水。放眼貪看出海關。鬼馭神鞭隨地縮。佛頭仙掌插天環，今宵初見團圞月，疑是蓬萊頂上還。

出京口號

汪春澍

垂垂官柳雨初晴，青眼看人出帝城。滄海橫流吾道塞，江湖放浪客心驚。歸田已讓陶元亮，投刺應憐禰正平。身似明駝瘡疥滿，三山丹藥幾時成。

和劉石清感懷韻

汪春澍

落日荒城杜宇啼，飄零身世感醯雞。人情紙薄層層透，生計棋殘着着低。猛虎陸行蛟出水，_{海氛正熾}。伯勞東去燕飛西。舊游惟有劉郎在，高誼青雲孰與齊。

祀竈日憶麗甫弟

汪春澍

揚子江干鼓棹頻，囊琴匣劍倦風塵。二分明月應如畫，兩點疏星漸向晨。行役誰憐予弟苦，歸耕無奈宰官貧。黃羊祀竈傳佳話，共乞神庥作富民。

初到政和

汪春澍

峰迴路轉見平原，萬頃新秧綠意繁。深淺嵐光初過雨，彎環溪水恰尋源。千家勤儉唐遺俗，兩字流傳宋紀元。_{宋徽宗五年設縣，故名政和。}判事冷泉慚往哲，閭閻何計雪沈冤。_{入境時收紅白稟數十章。}

贈陳濟堂廣文

汪春澍

公門桃李競揚芬，珠樹當階更軼羣。北海開樽能好客，西津返棹又逢君。雄譚想見陳驚座，鴻著争推鄭廣文。勗我官箴情款款，作霖殊愧出山雲。

謝椿谷太守以六字聯見贈

汪春澍

龍門萬仞倚南天，捧檄曾趨杖履前。愧我一官膺百里，得公六字足千年。交游尚説鄉先達，政事能追古大賢。喬木遷鶯期指顧，殊勳從此奏句宣。

朝衣猶帶御爐芬，大好溪山擁碧雲，遼使早驚文潞國，部民還領武夷君。宏開甥館平刑獄，閑課兒書富典墳。趨謁南豐更何日，小詩聊當瓣香焚。太守壻張某通刑名家學。

別政和

汪春澍

紅蓮白粉襯歸裝，又作春婆夢一場。賓佐幾時陪几席，士民夾道獻壺觴。開襟恰映星溪水，判筆曾薰月殿香。難得四郊歌大有，早禾晚稻已盈箱。七星溪，政和古蹟。

送劉雅賓太守入覲

汪春澍

熒熒蓮炬影搖紅，分出光華紫禁中。夜飲金樽歌湛露，朝携玉尺下扶風。己丑公典試山西。亥訛別白論文細，乙照燃青校字工。清課木天齊俯首，驪珠顆顆燦玲瓏。

斗大山城宦轍停，朝衣尚帶御爐馨。鞭揮五馬從天下，劍化雙龍識地靈。一路星輝民受福，兩齋雨化士傳經。松株遍植茶租減，望古難忘舊典型。

駒光十載易蹉跎，聽倦千家五袴歌。臣志每思依北斗，相才未肯老東坡。杜公拜賜羅衣曳，萊子承歡綵服拖。無恙蘇台好花柳，香風緩緩送鳴珂。

宏開祖帳進山珍，略分言情笑語親。好句常留明翠閣，舊游還戀軟紅塵。集攜羅李充行篋，賞到絲桐出爨薪。轉盼幔亭秋月滿，歡迎紫綬接朱輪。

彭太守見紳生日

汪春澍

祖武當年佐九重，至今人說海剛峰。太守剛直公孫。文孫更挺一枝秀，聖主曾頒五等封。據案觀書才卓犖，攜琴出守度雍容。壽筵初見團圞月，如此良宵豈易逢。

麻姑駐景最高岑，坐對名山酒自斟。八百年齊彭祖算，二千石續漢官箴。梅花樣好清芬誦，薏苡嫌消素節森。多少蒼生歌召伯，一般南國護棠陰。

濯纓何必向滄浪，雅抱清如玉鏡光。裘帶迎人羊叔子，簡書得士馬賓王。雲開列岫朝支笏，月印虛堂夜品香。依樣東坡能訓俗，公餘詩句滿錢塘。

高軒過我度撝謙，仲蔚蓬蒿迹久淹。小技何堪邀賞識，先施原不恃尊嚴。材憐焦尾塵埃拭，感到枯腸雨露霑。一曲長生聽未了，三山高處鶴籌添。

閩海關曉渡

汪春澍

閩海關前海氣腥，重陽風雨惜飄零。船居蛋女搖蘭槳，旅食蠻商擁菊屏。兩點鼓旗新畫本，一家胡越小朝廷。連朝痛飲枌榆社，最憶坡南舊草亭。

興化道中

汪春澍

異地寒消得氣先，四山蒼翠撲襟前。麥芒競秀王正月，藥裏難還我少年。差喜諸兒隨杖履，轉憐弱女隔山川。銀鞍白馬春風暖，笑看童孫猛著鞭。

木蘭陂寫景

汪春澍

木蘭谿景絕塵囂，合倩荆關采筆描。四面螺鬟貧女净，千頭龍眼富民驕。曉風盪槳烏篷舫，夜月垂綸白石橋。我學壺公甘小謫，偶携雞犬下煙霄。壺公山在陂西。

陳叔荷寄鄉物

汪春澍

江魚遥送老饕嘗，風景依稀認武昌。女病何堪離別久，壻賢轉愧應酬忙。眼中赤縣萑苻澤，夢裏黃州竹筍香。春水鴨頭新漲綠，幾時結伴駕輕航。

和徐渭川明翠閣九日登高原韻

汪春澍

異鄉三見菊花開，翠閣偕游亦快哉。蹤迹偶留雙不借，因緣同結一如來。笑斟罰酒依金谷，捧出新詩艷玉臺。龍劍已沈何處覓，萬方多難強追陪。

和乃秋觀察謁大忠祠即文信國祠，旁列六像，皆同時殉難閩中者

汪春澍

一旅勤王海舶開，運丁陽九賦悲哉。六宮禾黍紅羊劫，半壁江山白雁來。獨抱孤忠殉南國，誰攜如意哭西臺。龍津使者關情甚，位置先賢座右陪。座次經觀察移置始定。

書懷 時右股生大疽

汪春澍

落葉蕭蕭夜打門，寒衾孤枕有誰温。天邊瘡痏難醫國，地下糟糠莫返魂。病中亡妻入夢者再。僕病未能躭雀戲，我行不得學禽言。腳靴抛卻何時事，夢裏鸚洲踢欲翻。劉子招飲不能赴。

憶麗甫十弟

汪春澍

蔗境甘回奈老何，鶺鴒原上唱驪歌。月圓那得修吳斧，日落猶能返魯戈。書札寄予增繾綣，筆耕憐爾尚蹉跎。寒宵最羨姜家被，兩地鰥魚寂寞多。

憶繡如妹

汪春澍

揚州月滿板輿迎，堂上威姑快此行。豈料病魔侵寢室，轉勞孝婦伴歸程。和羹事業憐夫壻，劉芙初妹倩以鹽運判官揚州。詠絮才華壓弟兄。妹有《繡餘詩草》一卷。姊妹無多今獨汝，衰年況抱別離情。

憶多祜女

汪春澍

亭亭淑質夢魂牽，小別驚心已二年。凶耗尚瞞孃永訣，婉容還賴壻相憐。老人無力分河潤，弱弟多情送海鮮。香草宜男應秀發，紅牋送喜到南天。

謁文信國祠在延平府城北，傍有朱子祠，陪享六人皆殉難閩中，公幕府中居其半焉

汪春澍

巋然祠廟俯城闉，道學名儒許結鄰。上界日星陪六像，小樓風雨泣孤臣。衣冠柴市餘生氣，坵壟梅花說後身。壞壁塵淄狐兔走，妥靈無計獨傷神。

木棉庵弔古在漳州府城南二十里，鄭虎臣殺賈似道於此，土人云夜深時有鬼火照人。見周亮工《閩小記》

汪春澍

偷生惜死嗟何益，黯淡灘頭涕淚零。回首清流倍惆悵，招魂荒寺太伶仃。八閩竄逐獼猴相，一代平章蟋蟀經。日暮西湖何處是，木棉庵外

鬼燐青。當時有相士見其足，云此獼猴相也，終當竄逐遐荒。《漳州志》載此事甚詳。

和張貢父知事留別黃岡二律

汪春澍

公遐閒吟披鶴氅，風流爲政有誰如。比肩只許招坡穎，鼎足猶能伴顧徐。徐閬齋，名嵩，清乾嘉時人，有《玉山閣詩》，與袁子才唱和無虛日。《隨園詩話》載其詩云"虛名麗六流傳徧，下第江南第一人"。先是某科徐己取解元，旋棄置。麗六，其場中坐號也。不數年，聯捷成進士，即用湖北。宰黃岡，有政聲。顧伴檠，名澍，嘉道時人，宰黃岡。以詠白桃花詩得名，警句云"重來人面竟消紅"，一時膾炙人口，有詩集行世。雨過崎山朝拄笏，月明鈴閣夜攤書。叨陪巾杖酬私願，漫誚侯門曳佩裾。

文昌詞筆早師韓，難得詩人作宰官。一卷茶村壓行篋，道光朝，楊少白庚守黃州，爲政風流，有《桐雲閣詩》行世。別黃州詩有"茶村詩卷壓歸舟"之句，至今傳爲佳話。吾於貢父亦云。大堤花蕊護吟壇。時居堤花。莼鱸忍棄匡時急，竹馬爭迎夾道歡。邑有賢侯遲捧袂，自憐身世老袁安。

送麗甫十弟之維揚

汪春澍

江城十日強追歡，倏爾歌離別淚彈。未肯閒居消壯志，那堪警報走長安。紅榴綠艾韶華好，地棘天荊去住難。料得平山堂畔月，照人孤影玉闌干。

申江除夕

汪春澍

畫角聲中巨艦開，饕風虐雪轉輪來。愁看人寫迎春帖，怕憶兒居避債臺。老境那能誇啖蔗，遠游不信爲探梅。燕南景物簪毫記，已是人生第六回。

鄉人齊薦五辛盤，小社枌榆一笑歡。山色白門朝送爽，潮聲黃浦暮增寒。國讐何計驅羣醜，家窶無聊杖一官。明發吳淞煙水闊，秦王島上望長安。

擬杜詠懷古跡

汪春澍

鑾輿西狩蛾眉誤，鼙鼓東來馬足馳。故國浮雲無限憾，長途落日有餘悲。羯來羣醜蹤如織，老去詞人鬢已絲。一賦江南增百感，哀時心事杏花知。

蕙蘭作佩芰荷裳，一卷離騷接瓣香。故宅尚能招大雅，陽臺何事說荒唐。忠肝塗地臣工諷，搔首呼天客笑狂。歌舞細腰人影散，數椽猶占白雲鄉。

聽斷胡笳別恨新，遺踪還弔畫中人。黃金羞買長門賦，青塚能回異域春。村落幾家誇勝蹟，佩環一去怨邊塵。泛泛漳水清如玉，曾是驚鴻照影頻。

璿宮玉殿莽榛蕪，巴蜀山川舊建都。猿鳥長天自來去，龍蛇壞壁已模糊。中原破碎三分國，遺語淒涼六尺孤。魚水君臣獨終始，巍巍正統手親扶。

白帝城頭日又曛，祠堂高峙蜀江濱。尚思炎火恢先祚，不分流星隕後軍。梁父一篇追雅頌，出師兩表壯風雲。怒濤魚腹聲嗚咽，憾訴吞吳徹夜聞。

和劉石清都門春暮書懷韻

汪春澍

照眼澄波萬頃寬，此才不合久郎官。名山早識讀書樂，樂府還編行路難。新寫畫圖依上苑，舊題詩句滿長安。清歌聽倦邯鄲道，喚奈何聲憾惹桓。

自顧衰如陌上楊，如君原不解炎涼。論交早結芝蘭契，嫉俗還堅鐵石腸。策蹇偕游朝汗漫，聞雞起舞夜徬徨。近得古劍。春明景物濡毫記，金馬銅駝易惋傷。

無端會合豈非天，用簡學齋句。況復陽春在眼前。黃浦消閒朝買笑，紅燈射覆夜忘眠。新豐大醉留陳迹，逆旅奇逢憶昔年。時石清由陝西行在還鄂，旋由鄂入都供職。予亦將之官海南，先赴都引見。玉帶山門鴻爪在，何當隨喜古龍泉。戊戌計偕入都，曾游陶然亭、龍泉寺諸名勝。

公子翩翩逢濁世，少年結客總天真。彈冠恰喜王陽貴，解囊能知管仲貧。話到茶軒懷往事，雙茶軒別墅，石清讀書處。恩周棠舍頌來旬。碧油幢引江南路，和氣能生蔀屋春。

和周實之寄懷原韻

汪春澍

雅誼傳書雁影斜，垂憐凍鵲與飢鴉。懷人偶弄樓中笛，奉使應乘海上槎。元箸超超虧白雪，清標皎皎舉朱霞。難兄履險知無恙，報竹平安賦棣華。實之兄緝之先生居青島時，海氛正熾。

酒錢遙送慰孤寒，報李遲遲歲又殘。與貧賤交良不易，有詩書氣最為難。一千里外勞推轂，十二時中獨倚欄。長夜夢君君夢否，夢酣覓路強追歡。

附錄原作：湖上秋風破帽斜，琴臺柳老夜啼鴉。一官亂後成衰叟，萬里歸來上釣槎。海角旌旗勞遠夢，尊前兒女醉流霞。詩情此日何清絕，蕭瑟江關兩鬢華。

洞庭木落楚江寒，臥聽南樓畫角殘。詩酒暮年知己少，文章亂世結交難。讀書萬卷心猶壯，買醉千觴興未闌。回首延平十年事，幾時風雨話悲歡。

楚北論詩

汪春澍

葩經刪後又騷經，澤畔行吟寫性靈。私淑誰焚香一瓣，長歌九辨楚天青。屈原、宋玉。

吟成豔體酒初酣，恩寵東宮擅美譚。底事暮年增百感，秋風蕭瑟話江南。庾信。

歡喜詩成際遇新，高才傲骨有誰鄰。陳芳國裏題名早，且喜詞章有替人。杜審言、杜甫。

朝元閣上集名流，冠冕詞人采筆抽。畢竟文章根氣節，議儲一疏足千秋。席豫。

秋蟾新霽照人光，秘省聯吟玉漏涼。疏雨微雲供點綴，一時低首孟襄陽。孟浩然。

體裁合併高常侍，李杜而還作者難。寫出激昂雄健句，陣雲邊月落毫端。岑參。

塔影鐘聲日又西，吟成傑句興難低。一身獨擅荊南秀，贏得騷壇妙品題。綦毋潛。

漁翁左合鎮相隨，一角煙霞覓句奇。不是漫郎栖託久，樊山樊水有誰知。元結。

人去陳留賦別離，兵戈滿地客心悲。農耕婦織關情甚，漫數楓橋夜泊詩。張繼。

九霄賞鑑早知名，管領桃源福自清。玉貌和親朝議息，果然五字抵長城。戎昱。

別墅新開俯碧泉，閒情幽討絶塵緣。烏絲闌寫驚人句，蜀雪湘雲第一篇。許渾。

興遣寒梅琢句新，孤山處士許爲隣。頭銜學得天隨子，自向東甌署散人。崔道融。

詠到鴛鴦藻采鋪，寒塘塵净興堪娛。飛光弄響誰同調，只數宜陽鄭鷓鴣。崔鈺。

體裁僻澀任人嗤，獨闢町畦寫妙辭。避地吳山閒弔古，館娃宮畔日斜時。皮日休。

瘦馬羸童雪片粗，小溪凍合路縈紆。灞橋詩思争千古，難得琴書入畫圖。令狐揆。

簇簇吳綾燦筆花，乞詩人集慕聲華。平章軍國才難得，莫共詞人一例誇。夏竦。

景物秋來件件佳，疏風冷雨卧空齋。留傳故實重陽日，何礙催租興趣乖。潘大臨。

翩翩兄弟擅詞場，詩派成圖列雁行。餘事偶然親翰墨，西薇東菊踵前芳。林敏功、林敏修。

烏母謡成奈爾何，忠肝義膽漫消磨。山莊雜興知多少，窄袖紅衫跨馬歌。王廷陳。

巋然魯殿靈光峙，大壽能超七子班。到底才人多血性，手揮老淚哭椒山。吳國倫。

盡掃繁華體格殊，智珠手握啓宏模。後人漫誚空疏甚，天趣能傳白與蘇。袁宗道、袁宏道、袁中道。

數間水閣俯秦淮，評點詩歸趣味佳。畢竟幽深勝蕪雜，虞山何事苦擠排。鍾惺、譚元春。

浪跡當年依白下，招魂何日返黄岡。飄然六合無家國，慷慨悲歌變雅堂。杜濬。

滿目烽煙易感吁，白茅堂上撚吟鬚。凡材駑秣增幽憤，墨采飛騰百馬圖。顧景星。

長天落日纖埃净，星斗風摇耐苦吟。佳話偕傳秋谷叟，白頭重與宴瓊林。王材任。
　　歸去松湖道自尊，主持風雅闢籬樊。清思入骨知何似，玉照亭前月一痕。陳大章。
　　郊居十詠仿王筠，賞到漁洋總絶倫。茹馥吐芳工寫照，新城花木自精神。朱載震。
　　隨處留題健筆揮，隻輪車跨樂忘機。鄉人笑指車中幟，道是新游五岳歸。張開東。
　　酒伴吟朋撰杖陪，天門開處海蟾來。莫嫌傴蹇風塵裏，舊有才名在五臺。劉孝長。
　　光豐時事付悲謌，漆室沈沈奈若何。雅誼況能招後進，孤寒八百感恩多。王柏心。

題畫絶句二首

汪春澍

　　膽瓶斜插碧桃枝，繞座琴書絶代姿。畢竟阿瞞真解事，黄金白璧換蛾眉。文姬。
　　黑水驚濤萬里遥，玉門生入女班超。圖形合仿凌煙閣，多賣臙脂子細描。木蘭。

閔家集觀劇時演岳鄂王故事

汪春澍

　　烏頭望斷蹙龍顔，耳後誰抛二勝環。只有將軍能愛國，岳家號令重於山。
　　建牙吹角擁雄師，颯爽英姿想見之。太息鄂王難再作，無言倦倚荳花籬。

端陽前二日書懷

汪春澍

榴紅艾綠歸期訂，怕讀當年寄內詩。老去驚心又重五，蕭條禪榻鬢如絲。

兼旬小聚仍長別，代檢行裝部署周。苦憶去年今日事，南天愁煞老黔婁。

房空誰伴病維摩，蕭寺雲封忍再過。擬挈兒孫來哭汝，自憐老淚已無多。

秋雨觀小園種菜 經心山長課士題

汪春澍

深淺鋤痕石徑隈，連朝秋雨淨纖埃。柔莖莠莢兼清馥，分付園丁子細培。

紅槿編成鹿眼疏，穿籬不礙晚風徐。主人別有尋幽興，看倦名花看野蔬。

蘭成詞賦後賢師，寒菜畦邊得句時。大酒肥魚空結社，此中風味幾人知。

一雨全教旱氣移，煙苗霜葉盡含滋。蒼生顏色憑誰念，謝傅東山起未遲。

黃州竹枝詞

汪春澍

青山兩岸一江收，柳外帆移上下舟。贏得篙師頻指點，青雲塔下是黃州。

新歲紛紛賀客來，雙扉三日不輕開。拜年帖子知多少，齊向門神面上堆。

　　風月偏從赤壁殊，祇因作賦有髯蘇。是誰繪作田翁樣，新拓東坡笠屐圖。

　　五色光搖石不頑，小兒拾得盡歡顏。坡公莫信江中採，笑指城東聚寶山。

　　茶村風味冷如僧，雅有篇章嗣少陵。共向祠堂作生日，千枝留得上元燈。

　　河神娶婦說荒唐，五日龍舟賽會忙。憑仗忠魂驅疫癘，滿城簫鼓記睢陽。

　　宋代遺傳安國寺，魏公留得讀書堂。江風有約來消暑，吹散荷花十里香。

　　中秋祀月具衣冠，糕餅都如月樣團。却有姮娥依桂樹，兒童當作畫圖看。

　　黃州豆腐巴河藕，食品雖微味不同。腐切千絲渾不斷，藕多一孔更玲瓏。

　　除夕家家祭司命，燃燈潔釜總殷勤。豐年有象憑探取，浮粒占祥待夜分。

秋　蝶

汪春澍

　　綠草南園夢已殘，翩翩瘦影玉闌干。晚香嗅到東籬菊，一樣芳心戀歲寒。

　　捲簾人對日斜時，粉褪猶餘栩栩姿。莫訝西風太蕭瑟，尋香曾在最高枝。

　　姹紫嫣紅錦作團，韶華轉眼惜闌珊。畫圖早入滕王賞，莫共寒螿一例看。

　　寫照蘋汀宿雨酣，纖腰一捻鏡中涵。明年春滿長安道，穠李夭桃次第探。

汀州會館觀劇

汪春澍

岑牟單絞三撾鼓，金石聲中雜怒嗔。檄草一篇奸膽落，孔璋惜作魏詞臣。

當歸千里勞相寄，定省常違白髮親。到底未能酬遠志，匡時終讓絕裾人。

日出冰山頃刻消，雲卿一疏鳳鳴朝。傳奇況有蚺蛇膽，唾罵千秋未肯饒。山東丁野鶴有《蚺蛇膽》傳奇，言嚴嵩當國時事，極淋漓痛快之至。

小游仙 同人夜集，分韻得此題

汪春澍

姑射仙人曳佩裾，侍兒扶起月來初。清宵細嚼梅花蕊，淨掃雲龕讀道書。

幔亭度曲遏行雲，何止揚州月二分。約我中秋賞丹桂，多情惟有武夷君。

訪劉廣文，折梅兩枝歸插瓶中，分韻得詩二首

汪春澍

紅　梅

羅浮夜宴倒金卮，肯把酡顏換玉肌。夢裏芳菲勞想像，燕支山畔月斜時。

緑梅

淺碧濃青競放芽，故園花木望中賒。綺窗月滿塵難到，得伴仙人萼緑華。

菱湖觀漁

汪春澍

菱湖煙景近如何，唱罷清秋采采歌。夾岸漁家生意滿，不聞城市有風波。

一葉輕舟淺水邊，緑簑青笠任流連。坐觀垂釣饒清福，爲憶襄陽孟浩然。

上巳日聞顧子清將至並柬朱星河

汪春澍

嘉會常登考亭室，雅游最憶辟疆園。永和春禊風流歇，落日懷人静掩門。

謁曾文正公祠五排二十韻

汪春澍

磅礴衡湘氣，鍾靈到我公。勳華高北斗，香瓣祝南豐。弱冠誰追賈，長纓獨請終。僨僨恢偉略，耿耿獻精忠。浩劫洪楊净，前徽郭李同。從天頒節鉞，捲地走艨艟。虐釋延陀雪，清迎吉甫風。嘉謨銀手斷，捷報石頭雄。妖鳥巢俱毁，芄狐穴已空。戟門朝奏凱，鈴閣夜論功。雅誼衡心準，鴻文盾鼻工。聯驪偕卒伍，拜爵逮奴僮。圖畫淩煙上，威名破竹中。將才兼相業，大度與和衷。壁壘千秋壯，祠堂四海崇。瑶龕神彷彿，繡黼影玲瓏。對策科名早，傳芭祀典隆。蒼鵝俘醜類，黃鶴侶仙翁。江漢纖塵净，沅湘厚澤通。靈旗吹颯颯，下士薦新豐。

種　竹

汪春澍

鋤痕深淺綠，計日報平安。祇恐化龍去，瀟瀟風雨寒。

上元夜對月

汪春澍

去年中秋雨，今年元夜晴。天心厭濁世，特放一輪明。老農占驗有"雲掩中秋月，雨打上元燈"之謠。去年中秋無月，今年上元有月，謠驗不足信矣。

增訂桃潭合鈔正集卷第九

養雲山房詩存

黃岡汪引撫蘭屏著
姪曾孫燊筱舫重刊

中秋夜望月

清·汪引撫蘭屏。

乘興獨昂頭，憑欄自舉甌。遥看今夜月，畫出古時秋。星影稀如避，銀河灔欲流。多情天下客，應共一登樓。

送李勤甫茂才入蜀

汪引撫

一曲驪歌萬里情，河梁折柳送君行。巴江遊子孤帆夢，巫峽啼猿兩岸聲。秋雨雲藏神女廟，春風花簇錦官城。不堪芳草年年綠，又向王孫別後生。

送別梅玉峰

汪引撫

旗亭酒一杯，愁煞離筵早。江上掛征帆，江邊綠春草。

春日偶成

汪引撫

蘭堂獨坐静無埃，手把南華讀幾回。讀罷推窗隨意望，滿階春色送青來。

秋夜醉後放歌

汪引撫

沈寥萬象天濛濛，魚龍夜吼閶闔風。蒼松偃仰蛟虯舞，柳枝褪碧花搓紅。清光迸出忽萬里，海月如鏡磨青銅。波濤接天天在水，星辰倒挂搖玲瓏。四圍表裏極澄澈，恍疑濯魄冰壺中。人生歡會渺難再，況復蹤跡同飄蓬。富貴何時且行樂，胡爲身作號寒蟲。叵羅在手不辭飲，會須百觚而千鍾。高陽懷抱古誰侶，童謠噴噴呼山公。五明囊露洗雙眼，煙霞拂袖雲盪胸。腹中離奇文字五千卷，有如大塊奇形異狀矜頑凶。醉後茫茫不知夜幾許，破空敲落八百僧樓鐘。俯視白藏秋滿地，臥聞天半鳴飛鴻。

自君之出矣

汪引撫

自君之出矣，繡倦屢停針。憶君千里外，知否此時心。

蘭堂消夏詞

汪引撫

十里嵐光水一灣，蘭堂清曠隔塵寰。閒身自笑如猿鶴，鎮日遊山不出山。

冠履渾忘聽自然，形骸無累亦無牽。旁觀大笑疏狂甚，指是人間赤脚仙。
　　赤日行天影欲斜，銀牀冰簟是生涯。北窗一枕羲黃夢，時有涼風透碧紗。
　　掃地焚香理素琴，高山流水證禪心。幽禽也似忘機客，兩兩窗前話綠蔭。
　　古木參天萬綠稠，此中佳境劇清幽。亂攤書卷隨陰轉，可有文華似魏收。
　　不必酸梅濺齒牙，不須沉李更浮瓜。山妻慣喜猜閒事，活火新泉夜鬭茶。
　　清溪畫舫水爲家，雪藕調冰興倍賒。十五雛鬟一雙槳，夜涼搖過白蓮花。
　　晶簾高捲碧雲天，十二欄干亞字連。坐久不知殘暑在，柳陰一曲自鳴蟬。

雨　後

汪引撫

　　一夜雨初闌，窗月忽清皓。曉起捲朱簾，閒情寄芳草。風酣蝶夢涼，花落鶯聲惱。朵朵碧芙蓉，空際雲如掃。卅六紫鴛鴦，齊浴荷花沼。萬象斬新來，頗足舒懷抱。爛醉愛劉伶，窮吟笑賈島。我醉復長吟，日上欄干早。流水如管絃，餘音猶嫋嫋。

小　飲

汪引撫

　　瀟瀟風雨作春寒，小飲樓頭興未闌。竹外梅花如勸酒，一枝斜近玉欄干。

題書齋壁

汪引撫

破空雲氣風颼颼，夕陽橫抹青峰頭。怪石千盤臥虎豹，老松百尺騰蛟虯。檻前山色忽墮地，竹外水痕飛上樓。興酣搖筆復大叫，醉臥天地吾何求。

紀　夢

汪引撫

寒風凛凛夜迢迢，如豆銀鐙淡不挑。數點梅花一村雪，蹇驢馱夢過溪橋。

夢遊泰山歌

汪引撫

我身不作東魯遊，足跡未登泰岱峰。生平頗抱看山癖，茫茫五嶽填心胸。精神所注幻成夢，飄然兩腋清風送。齊魯程途指顧間，眾山羅別青無縫。一峰突兀勢巍然，云是人間第一山。亂雲挾出復攝入，四圍膚合層陰連。盤道屈曲天門上，神工鬼斧莫名狀。躡級如旋螺，懸崖類覆盎。賈勇力未疲，履險膽愈壯。漢武之柏秦皇松，一齊掉首如相向。劃然中峰石洞開，隨風化出仙人相。招手呼我語，大笑拍我肩。待汝不來一十二萬載，至今乃得與爾相周旋。不控王喬之白鶴，不乘梅福之青鸞，憑高直造山之巔。尋常人跡不到處，一一周匝指示相躋攀。歷徧三宮共流轉，層巒疊嶂包如繭。渺茲八極覽無餘，俯視齊州煙九點。滄海盪其東，黃河走其北。混茫一氣相吞吐，蛟龍十萬金鱗色。金雞乍唱聲破空，光騰日觀生瞳曨。飛身逕下千芙蓉，大開睡眼摩雙瞳。驚魂動魄不可道，恍疑四壁嵐氣搖青蔥。

漢江舟中

汪引撫

風急片帆驕，蒼茫去路遙。月華波盪碎，客夢櫓柔消。疎柳迷官渡，寒煙鎖斷橋。晨星看已避，紅日上林梢。

擬子夜歌

汪引撫

東風不知愁，綠徧階前草。願將憶歡情，吹入歡懷抱。

新州旅舍晤梅瑞石

汪引撫

八載懷人味，風塵一晤君。相看驚改貌，何忍復離羣。前路誰知己，連山有暮雲。客中聊小住，把酒醉斜曛。

秋夜枕上口占

汪引撫

鴨爐煙冷夜淒清，金井梧桐月正明。自笑多愁如宋玉，不堪枕上聽秋聲。

倒河曉發

汪引撫

淺渚月初墮，孤舟破曉行。片雲含雪意，斷岸束冰聲。鳥篆平沙闊，螺痕遠岫橫。朔風寒撲面，莫惜酒杯傾。

黃安道中

汪引撫

自笑謀生拙,偏教作客遊。利真慙蟻附,名卻類鷗浮。菽水高堂缺,風塵遠道愁。蒼茫回首望,鄉思正悠悠。

宿梅店

汪引撫

旅館蕭條風雨天,布衾如鐵夜如年。寒雞喔喔愁無賴,鄉夢迷離不肯圓。

謁禰正平墓

汪引撫

蒼蒼松柏隱江隈,弔古人來百感催。山水有靈鍾間氣,乾坤無處著奇才。揮毫席上詞空麗,撾鼓階前禍已胎。鸚鵡洲荒斜日冷,一坏芳草墓門哀。

感　懷

汪引撫

太息愁魔更病魔,廿年回首嘆蹉跎。能逃鬼笑終貧累,即使天憐奈數何。無地埋憂惟縱酒,有誰知己且高歌。文章畢竟光芒在,今古浮生總逝波。

斷梗飛蓬寄此身,天涯何事逐風塵。材原樗櫟非關巘,室有琴書不算貧。自厭情多難學佛,誰憐骨瘦欲通神。南轅北轍渾無定,悽絕楊朱泣路頻。

已分身爲爨下琴，更從何處覓知音。事難如願須安命，學豈能優要惜陰。午夜聞鐘生道念，平明看劍起雄心。江東羅隱無人識，鬢髮蕭蕭思不禁。

　　悟破黃粱夢一場，此身終在白雲鄉。無多德澤休言福，有限才華未敢狂。處世正宜參碌碌，忘情久不計行藏。年來學得消閒法，弄月吟風意自將。

寒食上塚行

汪引撫

　　陌頭楊柳含輕煙，一百五日寒食天。家家祭掃出門去，荒塚纍纍古道邊。東家兒女攜酒漿，西家兒女焚紙錢。紙灰化蝶空中舞，酒漿一滴澆黃土。可憐不見塚中人，塚前翁仲愁無語。杜鵑啼血紅染枝，惆悵人生能幾時。眼底長眠呼不起，四山斜日風絲絲。縱教五鼎豐甘旨，不能事生空祭死。吁嗟呼，不善事生空祭死，君不見古來養志稱曾子。

寄李言齋明府蜀中

汪引撫

　　迢遞關河思不禁，離筵彈指去來今。凌空自是雲中鶴，入聽誰憐爨下琴。管鮑交情千古事，巢由蹤跡十年心。蠶叢鳥道崎嶇甚，世路輸君閱歷深。

讀《紅樓夢傳奇》書後

汪引撫

　　同抱靈機下大荒，人間天上兩茫茫。情根一點渾無盡，添得閒愁爾許長。

消閒隨步夕陽斜，水榭雲廊面面遮。滿地落英春不管，錦囊鴉嘴葬桃花。

珊珊瘦骨黯魂銷，淚雨頻生滿鏡潮。一寸柔腸千種恨，不堪長度可憐宵。

玉碎珠殘恨未平，飄零鳳尾太凄清。劇憐月落參橫夜，腸斷瀟湘鬼哭聲。

回首紅樓一夢中，者番長謝綺羅叢。憑誰一喝當頭棒，打破疑團色是空。

散　步

汪引撫

散步郊原外，襟懷自灑然。野煙多撲地，遠水欲浮天。花隱呢喃燕，風迴斷續蟬。行行歸未得，新月一鈎懸。

戰馬歌紀多將軍舉濱破賊事

汪引撫

昨聞戰鼓聲隆隆，霜蹄竹耳生長風。其來萬里閶闔迥，一馬躍躍群馬雄。開元以來極絢爛，五色照耀騰長空。莽如鯨鯢縱大壑，矯如鵰鶚盤秋空。健兒得勢好身手，破空霹靂彎強弓。初爲巷戰繼草野，一以當百百千同。忽聚忽散忽隱見，追風掣電交相攻。小醜跳梁竟何許，嗚呼其化誠沙蟲。積屍暴骨填巨港，草根血濺河流紅。馬爲人用猛如虎，人更恃馬其猶龍。幹惟貌肉不貌骨，曹霸畫骨不畫功。李杜無人繼者鮮，高歌慷慨殊難同。咸豐丙辰月在巳，十日慘澹天冥濛。舉濱之戰自千古，誰其帥者多元戎。

秋　夜

汪引撫

莽莽一庭秋，秋聲抱小樓。枕邊黃葉下，窗外白雲流。月冷蟲呼夢，天空雁訴愁。披衣中夕起，長嘯看吳鈎。

登黃鶴樓

汪引撫

黃鵠磯頭黃鶴樓，鶴飛空剩楚江秋。鳳凰臺渺人何在，鸚鵡洲荒水自流。變幻白雲浮玉檻，縱橫青嶂落金甌。我來一弄梅花笛，吹破茫茫萬古愁。

江村晚霽

汪引撫

江村微雨後，霽色萬重開。秋近蟬先覺，風高鳥乍迴。路因新水斷，帆帶晚霞來。小憩荒亭下，呼童掃綠苔。

七夕寄內

汪引撫

曬罷便便腹笥書，雪泥紅爪渺愁余。佳期銀漢填烏鵲，蘭緒金閨滯鯉魚。蛛網可牽絲幾縷，蛾眉應畫月雙梳。團圞輸與鄰家樂，瓜果筵開意自如。

刺蚊

汪引撫

無情惟白鳥，昏夜苦徘徊。何止傷膚患，偏爲吮血災。潛形多附草，聚黨竟成雷。莫太猖狂甚，防人鼓掌來。

郊行

汪引撫

四野風光又斬新，杖藜隨步絕囂塵。青山似欲招詩客，高挽雲鬟學美人。

春日即事

汪引撫

十二湘簾捲，樓臺倚夕曛。輕煙籠樹影，亂石繡苔紋。谷暗鳩呼雨，山空鶴夢雲。嫩寒吹不斷，聊藉酒微醺。

少年行

汪引撫

男兒底事學從戎，羽檄飛傳警塞烽。投筆長征三萬里，寶刀如雪馬如龍。

病眼戲作

汪引撫

最厭趨炎最耐寒，幾回清白欲分難。何當解卻眉前火，濁世還將冷眼看。

九日阻風漲渡湖

汪引撫

浩浩一湖水，長風千尺波。秋聲滿天地，客意復如何。已負菊花節，空懷金叵羅。詩成誰共賞，聊自扣舷歌。

送小文兄入蜀

汪引撫

塤箎聲暫歇，攜手各傷神。且飽風塵味，常懷骨肉親。孤猿三峽淚，獨客九秋身。莫惜平安字，頻瞻六六鱗。

春閨曲和宋于亭司馬

汪引撫

春光豔麗春風煖，珠簾十二風前卷。紫燕雙飛影乍迴，心情都付垂楊綰。垂楊孃孃翠樓頭，萬縷千絲無限愁。新月漫窺眉樣好，清溪曲逐眼波流。眼波撩亂粧慵整，理罷鵾絃投玉軫。底事遼西夢不成，空教輾轉鴛鴦枕。推枕徘徊啟碧紗，默默芳情自怨嗟。好將一把酸辛淚，彈向牆陰芍藥花。

蘭堂偶成

汪引撫

滿村桃李間桑麻，曲逕迴廊面面遮。簾幌夕陽飛乳燕，池塘春水長胎蝦。奴頑兼遣兒澆竹，婢拙常勞婦煮茶。一曲瑤琴一杯酒，嵇康志願本無奢。

九月二十五日自陽邏買舟歸里，途次風浪大作，退守團風鎮

汪引撫

江光瀲灩江聲悄，客子長征趁清曉。千帆逐隊鏡波平，水天一碧程途杳。舟行未半天濛濛，四圍膚合雲氣濃。倏忽狂飆捲地至，茫茫巨浪騰秋空。撼山勢將挾山走，泊天更欲湔牛斗。出入渾疑帝女遊，鱗宮應有蛟龍吼。前船後船聲悲號，悲號聲溺濤聲高。千聲合作一聲起，恍惚心與天俱搖。我舟出沒江心裏，眼看白浪將吞矣。篙摧櫓折爭不前，力之所及徒然爾。此中機會何容遲，托身累卵危乎危。倉皇轉舵從浪起，急何能擇隨風吹。回檣一擲沙之渚，水淺觸沙沙怒語。舟人繫纜喜生全，驚定回思淚如雨。吁嗟乎，君無悲兮聽我歌，人生險阻何其多。世情平地生風波，請君涉險將奈何。

題家鶴年叔《雲夢澤南詩草》

汪引撫

一片光明錦，天然妙絕倫。已看丰骨俊，還見性情真。鶴有清高致，梅含太古春。時花兼小草，點綴亦精神。

春日即事

汪引撫

春到園林樂趣多，近來風景復如何。兒童指點添新綠，日日牆垣長薜蘿。

清光皎皎月東生，高捲湘簾趁晚晴。寶鴨香消良夜永，滿天花露濕琴聲。

七月既望，同梅玉峰、虞臣兄，聖菴、烺夫兩姪泛舟月下，寄鶴年叔

汪引撫

泛舟今夕擬前賢，月下高歌自扣舷。萬頃空明搖野水，一痕虛白認秋煙。煙中樓閣詩中畫，水裏星辰鏡裏天。爲問橫江西去鶴，可能重續舊時緣。

雙烈女詩 有序

汪引撫

乙卯春，官軍克復德安，賊衆紛竄至黃安，隨掠兩女而下，貯陽邏驛中，復以鼓樂迎擁至船，將迫污焉。兩女罵賊不絕，賊怒，俱殺之，棄諸流水而去。

德安城克賊勢傾，武磯山畔復立營。當其下竄掠雙美，其年相若十八齡。二女同居安邑里，兩身同縛髮同指。古井之水誓不波，此時欲死不得死。以女貯市賊歸船，傲親迎禮鼓樂先，萬賊擁女江之邊。女頸可斷口難箝，厲聲罵賊聲震天。賊衆怒，女不驚。舉首觸刃身相爭，此時望死如望生。刀光閃雪，罵聲未絕。雲容慘澹天爲昏，刀頭碧濺雙娥血。賊視女竟如讐仇，殺之旋以屍棄流。此生直須臾，此死足千秋，女兮女兮復何尤。吁嗟乎！朝庭定當崇廟祀，可惜雙魂無姓字。

家湿珊弟招同梅玉峰，鶴年叔，小文、靜軒、保丞諸兄飲於嘯月山房，歸後卻寄

汪引撫

高朋四座蘭臭同，主人置酒招羣公。殘霞射水日沉閣，明月在簾霜隕空。夜靜草根咽蟋蟀，秋高天末來賓鴻。開門大笑客逕去，蟹火一星煙外紅。

小園步月，忽聞花外琴聲

汪引撫

玉露溥溥風滿林，偶隨明月步花陰。伊誰一曲橫焦尾，流水高山靜客心。

鸕鷀捕魚歌

汪引撫

春光灧冶春水生，春風淡蕩春波明。桃花萬點照江岸，漁舟一葉前灘橫。掀髯一笑臨淵羨，不須結網江流徧。數聲欸乃出煙中，放出鸕鷀急如箭。梳鴒刷羽曳雌雄，隨波出沒爭爲功。三五參差啄魚起，錦鱗躍躍盈筐中。大者纍纍小盈尺，黃金不用腰纏積。滿載街頭換酒歸，膏騰醉倒江天碧。吁嗟乎，漁人逸，鸕鷀勞。漁人食爾鸕，爾鸕勿恃勞以驕。君不見感恩更有啣環事，黃雀飛來不待招。

詠　柳

汪引撫

和煙和雨黯江濱，萬縷千條易慘神。鞍馬那堪尋故事，館娃空自舞芳春。笛中曲奏相思調，樓上魂銷望遠人。似此一身愁不了，縱然眉好

總含顰。

七 夕

汪引撫

亂雲如錦散銀河，正值雙星駕鵲過。此夕紅閨争乞巧，問誰乞得巧來多。

薄命曲 有序

汪引撫

齊安趙瑞娥，名媛也。幼與黃生者同硯席，兩小無猜，遂訂終身之約，而相守以禮，始終不亂。後生肄業鄰郡，父母不知，爲聘王氏女。比歸，不勝懊惱，然猶冀權其説，更聘娥。及王女甫入門，則獅吼河東，不復有他議矣。明年，王女以暴病死，生乃請於父母，以爲可完始願。不意王氏黨謂女之死係生欲聘娥忿悶所致，因力阻其議，事竟中止。娥知勢不可挽，作絕命詞一首，投環化去。嗚呼，紅顏薄命，信可哀也。援筆記之，即以《薄命曲》名其篇。

趙家女兒字瑞娥，雪膚花貌性溫和。幼與黃郎同硯席，一簾明月長吟哦。才華丰格都殊俗，兩小無猜意俱屬。戲將羅帶結同心，愛理囊絲學繫足。臭味如蘭事事宜，迷藏逐隊偕遊嬉。畫檻耽閒拈並蒂，芸窗含笑讀關雎。嬌癡漸起雙飛羨，兒女情長昏復旦。奏曲欣調司馬琴，齊眉願舉梁鴻案。駒隙光陰幾度更，少小芳齡易長成。絲蘿禮重期同守，瓜李嫌多恐易生。商量便擬分馳去，臨別殷勤重回顧。溪水長縈此日情，桃花莫誤來時路。班馬嘶殘思不禁，春風秋雨遞情深。常同膠漆纏綿意，不蓄雲煙變幻心。幽懷脉脉渾難束，壓夢春愁時繼續。芳訊誰將錦字傳，歡期自把金錢卜。金屋旋聞別貯嬌，惱懊遲吹引鳳簫。謾議牽絲來繡幌，空將搗藥憶藍橋。裴航肯把雲英負，還思補過聯佳偶。正擬銀河倩鵲填，何堪柱杖驚獅吼。怨偶由來事不祥，纔逞河東遽北邙。倘教委幣將禽雁，定許和鳴叶鳳凰。誰知好事多磨折，風波更起渾難説。一作"那更風波生頃刻"。無端蜂蠆競猖狂，頓使鴛鴦悲斷絶。柔腸百折暗低徊，絶命新詞黯自裁。從兹悟破繁華夢，到此争禁宛轉哀。匪石堅心不可轉，三生自悔修來淺。銅漏頻催蠟炷殘，冰綃竟向梨枝綰。襟上紅冰滿淚珠，珠殘玉碎痛斯須。塵緣解脱仙蹤渺，春色飄零鳳尾枯。底事紅顔終命薄，東皇力弱封姨惡。多恨争如此恨長，惜花忍聽名花落。赤壁空餘土一坏，孤塚茫茫無限愁。蔓草荒煙蟲叫月，斜陽古道雁橫秋。我來憑弔芳魂烈，子規無那空啼血。任是媧皇補缺難，千載長江爲嗚啞。

春日家居和梅玉峰韻

汪引撫

白雲深處自爲家，蛙鼓環門水一涯。屋角抽殘新竹笋，牆頭開徧碧桃花。朝餐試膷蝦胎饌，古鼎新烹雀舌茶。静裏解尋真趣味，北窗支枕讀南華。

題　畫

汪引撫

雲山淡遠水清涓，雁齒虹橋一一連。兩岸桃花紅不斷，夕陽閒殺釣魚船。

春　閨

汪引撫

楊柳春回小閣西，長堤十里緑初齊。年來怕作團圞夢，一任黄鶯盡日啼。

詠史十首錄六

汪引撫

千古阿房侈帝居，赭山鞭石意何如。堪胸燕劍驚環柱，褫魄韓椎快伏狙。仙藥枉求方丈外，儒冠都付劫灰餘。忠言不納扶蘇諫，議築長城計總疏。

拔山扛鼎楚重瞳，畢世威名叱咤中。隴畝三年成霸業，咸陽一炬燼秦宮。渡河目已無餘子，提玦心原藐沛公。千載項劉優劣判，不將成敗論英雄。

復仇義重惜韓亡，散盡家資願未償。金印六銷酬漢帝，鐵椎一擊走秦皇。生無富貴封侯志，老託神仙辟穀方。置酒南宮饒定論，運籌決勝自堂堂。

竟逢緩急事長征，威重西安細柳營。天子徐行方按轡，將軍長揖尚持兵。敵中詭譎堅能待，帳下喧譁臥不驚。底事免冠嗟賜食，功成翻覺主恩輕。

准備和戎向朔方，胡塵飛騎送王嬙。漢家宮闕朝雲鎖，邊塞琵琶夜月涼。青塚一坏空瘞恨，黃沙千古惜埋香。蛾眉畢竟承恩重，報國無由益可傷。

舞罷霓裳力不禁，昭陽恩重困春衾。可憐鼙鼓喧聲急，頓使蛾眉抱恨深。將士敢言無善策，君王底事負初心。香魂已逐慈雲散，縹緲仙蹤何處尋。

病 起

汪引撫

長廊窄徑竹籬隈，一處行吟笑一回。鸚鵡乍驚生客至，花枝如迓故人來。黑頭病起羞扶杖，紅袖情深勸種梅。禮罷蓮臺作家慶，慈雲低覆綺筵開。

雜　詩

汪引撫

　　枯桐棄路旁，湮没忽至今。過者不一顧，塵垢幾不禁。問其所以然，舉世無知音。一朝爲人賞，取作七絃琴。惜之恨不早，愛之恐不深。一彈鳳凰舞，再鼓蛟龍吟。高山與流水，用達太古心。

　　梗枏在深山，森森作龍舞。樗櫟處其旁，蕭蕭亦千古。羣匠選大木，環聚觀如堵。優劣無定詞，用舍互吞吐。良工從中來，卓識邁衆侶。賞鑒本無差，欣然動眉宇。幹喜端偉良，性以堅貞取。其氣芬以芳，其紋細堪撫。梗枏具衆長，豈與凡材伍。呈之清廟中，棟梁欣可主。樗櫟爾何爲，紛紛棄如土。

旅　夜

汪引撫

　　酒闌人散夜迢迢，挑盡銀燈伴寂寥。客裏愁多難强笑，年來貧極易除驕。人情險似懸崖石，世事茫如大海潮。殘柝數聲天未曉，那堪風雨更瀟瀟。

客中書感

汪引撫

　　廿載干戈苦未休，天涯蹤跡感沉浮。牀頭金盡交遊少，甑裏塵生婦子愁。阮籍窮途惟抱慟，劉蕡科第更何求。人生到此渾無賴，翻覺吾身似贅瘤。

新年梅花下作

汪引撫

又見庭梅一度開，卅年回首問寒梅。請纓愧少封侯骨，拔劍偏多斫地哀。未必虛名能折福，斷無流俗解憐才。升沉榮瘁渾無定，一任蒼蒼爲主裁。

送春詞

汪引撫

太息韶華似水流，杜鵑聲裏晚風柔。分明勸得春歸去，猶向長亭叫不休。

無數楊花滾雪忙，紛紛蜂蝶漫尋香。山靈似惜經年別，半嚲雲鬟不肯妝。

餞罷金閨酒一甌，落紅如雨上簾鉤。逢時依舊繁華甚，囑咐蛾眉莫帶愁。

擬送陽春莫怨春，須知餘惠滿紅塵。縱然花事飄零盡，綠葉成陰尚覆人。

己巳重修黃鶴樓落成

汪引撫

危樓依舊聳江隈，望裏烟波畫本開。碧落遠浮湘水出，青空疑擁蜀山來。難爭崔顥名千古，合醉辛家酒萬杯。安得仙人同把臂，白雲黃鶴快追陪。

立秋日作

汪引撫

逝水年華幾度更，飄殘梧葉倍心驚。鄉關月照淒涼色，深巷砧敲斷續聲。遠雁拖雲橫極浦，亂蛩和露咽荒城。一般都是秋滋味，贏得英雄慨恨生。

醉　歸

汪引撫

清磬數聲遠，東風倚醉歸。支籐步新月，袖底白雲飛。何處尋來徑，煙村辨是非。幾回成獨笑，自扣竹間扉。

江村晚眺 六言

汪引撫

四壁晴煙聳翠，一天斜日飛紅。點綴江村畫景，扁舟坐個漁翁。

七　夕

汪引撫

不到今宵不自由，今宵纔度又難留。不知此際相逢語，是說前愁是後愁。

送祝漁青之漢中

汪引撫

三千里外束征裝，楚水遙連漢水長。大別山前雲淡蕩，七盤嶺外月蒼涼。庭闈待慰班衣願，塵海先騰寶劍光。骨相如君應不賤，好教騏驥快騰驤。一作"無限離愁天一角，音書珍重雁南翔"。

參　透

汪引撫

參透元機悟夙因，琴書端合寄聲身。梅緣破雪寒逾重，菊爲經霜淡始真。漫詡才華堪傲物，僅供菽水愧娛親。黃粱夢好何須戀，悽絕邯鄲醒後人。

除　夕

汪引撫

滿天風雨逼寒窗，臘鼓聲聲歲又殘。詩有客愁難作達，酒非知己不成歡。無多歲月消來易，有限精神補亦難。東閣梅花香也未，春風欲借一枝看。

丙寅避難鄂城書感

汪引撫

頻年烽火逼鄉城，咄咄書空淚雨傾。四野鴻嗷悲浩劫，一家虎口歎餘生。不教節義因貧減，且抱文章與命爭。我是人間廉吏子，敢將清白墮家聲。

懷刺侯門未肯投，孤標落落迥添愁。胡奴有米何堪索，阮子無錢易取羞。世路枉教誇駿骨，名場莫漫佁羊頭。艱難險阻都嘗徧，漂泊還如逐浪鷗。

題畫松

汪引撫

參天拔地兩三枝，老幹槎枒聳瘦姿。縱使耐寒誰羨汝，驚人須待化龍時。

春日即事和祝漁青原韻

汪引撫

東風一路展莓苔，畫裏雙扉映古槐。天外山銜殘照去，江間波捲斷霞來。閑庭芳草沿階長，小院名花繞砌開，無限韶光看不盡，呼朋同醉掌中杯。

次日再疊前韻

汪引撫

滿地春痕覆綠苔，半村煙柳半庭槐。閑攜綵筆題詩去，靜理瑤琴待月來。花塢漸看紅錦綻，窗紗半傍綠雲開。何當徧覽湖山勝，鎮日徜徉一舉杯。

離家時作

汪引撫

欲別綺筵開，聚首團圞樂。翻悔此中情，居恒轉疏略。

盼家書不至

汪引撫

望望江頭淚暗吞，九旬慈母隔江城。家書底事無消息，怕聽天邊旅雁聲。

按：先祖性至孝，菽水承歡，色養不違。丙子年不得已就館京山，奉慈命也。及聞曾祖母病，得家書，不飲食即奔走起程，晝夜不息，抵家而曾祖母已仙遊矣。先祖慟不欲生，營葬後終日哭泣，病即不起。以不得送終爲恨，易簀時不准先君侍側。逸聞之於祖母暨先母，附志於此。孫逸拭淚謹識。

增訂桃潭合鈔正集卷第十

夢唐集

黃岡汪逸經五著
族姪燊筱肪重刊

古體 五言二十六首

短　歌

汪　逸經五，黃岡。

臥龍終塵埃，躍馬亦黃土。人世如秋夢，淒涼悲萬古。浮雲繞山遊，長風吹樹舞。古人與今人，此則所同覿。天地念悠悠，愴然淚如雨。

宿　世

汪　逸

宿世我何人，應非軒冕貴。莫非沮溺賢，我即在中末。是以今世中，猶慕耦耕味。

讀李杜詩

汪　逸

李杜文章在，鏗響異群英。字字振金玉，句句欲飛鳴。不作人間曲，祇爲天外聲。想其落筆時，健思何縱橫。真骨具五嶽，隱然不可平。忽使鬼神泣，忽使風雨驚。忽是仙人貌，長篇短歌行。天地悠且遠，高峯秀且清。掃絕衆星光，獨爲明月明。太息流夜郎，蒼茫賦北征。羅網幾以死，困苦卒無成。嗚呼兩夫子，屈原同忠貞。各懷補日志，齊欲竭精誠。不得當時遇，徒留後代名。千秋齊引領，勿爲重傷情。

留別劉幼丹先生

汪　逸

主人爲贈客，爲歡執杯酒。累月此留連，惆悵正茲受。結交仰君子，感恩寧相負。壯士重知音，然諾不敢苟。歸心胡欲速，小人家有母。自從出門來，未知平安否。來時池荷香，忽已仲冬後。當歸爲吾藥，遠志畏入口。念此主客情，又復永攜手。相期兩月別，相望時不久。此際我歸去，梅花開窗牖。明年我來此，行路青楊柳。

再留別

汪　逸

偶然一爲客，身遂寄在此。時止數月間，途止數百里。主人甚契君，相視爲君子。歸期聞已卜，又爲薦酒醴。廚中雞黍香，席上魴魚美。前輩有學翁，若茲禮下士。踟躕不忍別，去去聊復爾。不惜醉壺春，暫歸攜琴史。道者不可失，將從老煙水。

見雛兒笑

汪　逸

憶昨我猶童，忽今年非少。見彼雛兒輩，才能解歡笑。且待我頭白，彼又非少貌。

妾薄命

汪　逸

朝日淚痕濕，殘妝畏臨鏡。君王恩倖移，使妾歎薄命。聞昔周文王，其妃有德性。當時宮幃間，歌其懿美行。至今賴其風，天下夫婦正。後世女教失，所爭豔色盛。徒以色事君，幾時好歌咏。婦人命或薄，天下猶不病。婦人命不薄，遂以病萬姓。妾今自灾失，轉歎聲不竟。不怨妾命薄，但願聖君聖。

赤壁懷古 嘉魚

汪　逸

赤壁破曹軍，當年於此地。三分割據國，生才多俊異。周瑜久不在，於今無霸氣。山空月自明，江流聲猶逝。孟德一世雄，悲哉驕其智。孔明見孫權，魯肅迎劉備。當時百萬軍，視之亦何易。銅雀待二喬，東風轉天意。英雄各爭力，壯哉萬古志。人世曾幾回，空落後人淚。今時草猶生，吳時人不至。折戟沉沙中，猶可磨洗未。我來觀山河，怕認前朝事。四海今一家，無爲感興廢。

狂　歌

汪　逸

接輿遇孔邱，徒爲鳳兮歌。萬古一塵埃，吾烏知其他。古人不可追，後人欲如何。安得同一時，且言杯酒多。

閒寫

汪　逸

自笑此生中，餘事原無分。滿架是詩書，滿瓶是香醞。就此作生計，惆悵那得近。

寓言

汪　逸

夏日不用裘，冬日不用葛。過時物則賤，人亦漫相譴。我貯以相待，豈無用時在。

戲作示學生

汪　逸

牀上眼難開，窗前日易曉。初冬却如春，一院聞啼鳥。昨夜未眠遲，今朝合起早。莫驚落葉多，要使閒人少。老僕不辭勤，持帚階前掃。童子善自忘，鸚鵡最堪惱。聲聲喚學生，上學時過了。三餘好讀書，忍負韶光好。

幻言

汪　逸

孔氏者何人，嘗言夢周公。即彼孔氏身，安知非夢中。即我今日言，亦與夢時同。

覺 言

汪 逸

天下生久矣，一治與一亂。萬事良悠悠，誰能窮變換。蕉鹿夢非虛，蝴蝶化非幻。黃帝何處問，華胥遊汗漫。聖人本無夢，靈臺偶現象。常人本多夢，借枕説原妄。當其入夢時，春光何燦爛。及其既覺後，始悉味亦淡。人生百年中，憂喜事常半。何不盡付夢，寵辱皆能忘。宰予晝且寢，寧肯坐待旦。顏淵樂簞瓢，壽夭非所患。

思 歸

汪 逸

暫遊便思歸，鄉縣在何處。莫似武陵人，未盡塵心故。此地果桃源，吾又詎忍去。

醉後偶歌

汪 逸

我從三十年，忽忽一回首。白髮雖未生，朱顏漸覺醜。平生誇志大，自忖亦何有。幸無浮名挂，且得衡門守。既晚且學詩，素性頗躭酒。亦如陶淵明，忽逢九月九。百事不關心，菊花却盈手。舊釀久無存，猶向甕間走。忽憶白衣事，亦有人送否。門外攜壺人，欣然來鄰叟。飲罷浩然歌，二仲誠堪友。

鄙夫辭

汪 逸

揖讓何事故，堯舜何人氏。干戈何器物，湯武何邑里。何以曰聖人，何以曰天子。此種瑣屑事，真難相問理。我輩一野夫，君且不須鄙。一飯飽食後，荷鋤向田裏。

對 酒

汪 逸

對酒意浩浩，有情不欲道。壯夫願春遲，陰陽移獨早。秋聲催落木，春風榮百草。木莫怨秋嚴，草莫謝春好。回首淚縱橫，寒暑催我老。

春日擬古

汪 逸

處世若大夢，吾心寧不知。所以終日中，頹然祇如斯。醉臥塵榻上，覺視小庭裏。鶯啼花復笑，借問胡為此。二月含新苞，三月落紅雨。朝有斷腸情，暮訴東流苦。朱顏若鳥過，芳心厭脂澤。不能學衆語，徒為驚百舌。平地生風波，前事如黑漆。中年覷來景，百却不失一。八歲偷照鏡，十五泣春風。懸知當未嫁，僥倖意無窮。

擬 思

汪 逸

明月送流光，照人幾萬里。君既悦妾色，妾亦識君美。因以訂同心，更復結連理。相見知何日，相思不能已。可憐秋席夜，夜夜涼如水。朝思暮不見，時復聊隱几。暮思朝不來，據户看梧子。

醉後狂書

汪 逸

劉伶酒後狂，婦人不得意。買臣行道吟，乃更遭妻棄。阮籍橫白眼，忽遇嵇生至。雙眸自然青，詠懷忘天地。二豪徒侍側，一官奚足異。五十得功名，非我平生志。同調在千載，時欲相把臂。皓齒揚蛾眉，酒軍恐亦忌。放歌且自樂，傾榼聊復醉。

野 歌

汪 逸

鄙夫在田野，且自飽麥飯。生平老布褐，不肯移夙願。得意苟爲歡，喧聒無高論。

夢中得句

汪 逸

我得夢中句，覺來亦何有。爲客正傷魂，念離思聚首。

秋日擬古

汪 逸

涼風日夕來，飄然入我襟。自春忽徂秋，感慨於以深。霜鬢漸覺老，對鏡自沈吟。鳴琴輟不彈，世久無知音。白雲自舒卷，可以會我心。歸鳥向林飛，天色又薄暮。幸亦有敝廬，妻孥得同聚。陋巷聲金石，簞瓢樂吾素。耆舊孟襄陽，吾心所羨慕。素月照庭階，風動烏棲樹。河漢澹微雲，疏雨來何處。

秋懷

汪 逸

中庭落葉多，甚畏秋風早。感此寒暑易，不釋別離抱。妾心既已傷，妾顏何以好。

戲詠蝴蝶

汪 逸

莊周曉夢見，韓憑魂魄化。等是情所成，請君莫用詫。我有簇蝶裙，故人在時作。故人不復見，新人不肯著。爲韓復何憾，學莊我未能。翊翊飛我前，見之得未曾。心因蝴蝶癡，手作蝴蝶詩。予我蝴蝶號，蝴蝶曾不知。蝴蝶畏我捉，又復上我衣。問蝶有何情，盍與我同歸。見蝶復何向，花枝高處飛。

古體七言十八首

遊洪山

汪 逸

年年三月遊洪山，新人舊人紛難數。亦有舊人不復見，但見洪山之下一坏土。我自穉齒遊洪山，而今鬢絲生縷縷。錦囊貯句太多情，恨我才華非繡虎。絕色美人紅妝來，繡羅衣裳袖輕舉。車塵馬塵高萬丈，桃花步障障幾許。四月將至水田枯，遊人不解鄉人苦。我唱秧田車水歌，不聽林中嬌鳥語。洪山之遊今日已，願天明日有大雨。

暮春行

汪 逸

暮春時節雨兼晴，一年幾日好春明。惆悵一春將欲盡，落花滿地聽無聲。愛春不已登城望，枉挂遊絲一百丈。楊白飛花春又深，桑葉青青盈陌上。陌上時有採桑女，弱態嬌姿年十五。日映紅妝顏色鮮，水搖鬢影神光舉。吳國西施昔人見，秦地羅敷君莫羨。後來少婦今爲婆，髑髏骨是桃花面。朝爲斷腸暮流棄，人自傷心水自逝。不保紅顏況保恩，時光潛去淒涼最。三三五五少年遊，憔悴風光我自羞。縱無冶習成何事，未解歡娛欲白頭。長繩繫日不能住，少不努力春已暮。勸君莫惜金縷衣，似我徒下淚如筯。南浦多情可奈何，碧草悠悠帶綠波。柔條折盡柳枝稀，路旁日日別離多。可憐春光無限好，有恨東風不知道。桃葉桃根並倚樓，寒食清明都過了。三春三月餘三日，一杯酒倚欄干立。春行何速不稍遲，我欲移步脚無力。

壽徐行可母夫人六十 正月七日

汪 逸

陳蕃一榻迎誰者，徐孺來時始爲下。亞聖若非有賢母，何以能學孔子也。行可幼與我相識，長讀異書眼更別。家擁瑯環坐百城，多文爲富稱無匹。元直才非讓臥龍，母曰濁世道奚隆。不爲稷契爲巢由，伯夷曾恥作太公。莫誇歐母能畫荻，莫驚侃母能截髮。徐母之教比嚴君，徐母之節同松柏。甲子今周六十春，華筵高敞宴嘉賓。梅花滿枝春滿院，人壽佳日正逢人。安期貢棗大如瓜，蟠桃晉自王母家。慈壽還須到百齡，綵衣萊子樂無涯。江夏黃香爲我友，黃季剛爲行可姻婭，予蒙青眼。知子固亦能詩否。曾若愚爲行可舊交，亦喜言詩。登堂名士盡濟濟，獨有汪郎老且醜。拜手稽首樂稱觴，願依大雅祝無疆。九畹芝蘭何處尋，屈宋原生楚人鄉。詩書又遭祖龍劫，書種由來出義方。伏女腹内書不忘，宋氏家中立講堂。異域海國有猾商，蓄購舊書累萬箱。視爲奇貨復内航，轉售中國價何昂。巾幗聞之心悲傷，破産收購願難償。買書母不惜多錢，愛書家更有賢郎。賣書車又擁階下，借書客復造門牆。古本僞本辨無訛，萬卷樓中善珍藏。笑彼黄金高北斗，爭及吾母寶書香。書香百葉傳無已，賢母之名豈惟冠武昌。

重九前一日醉書

汪　逸

每愛高秋八九月，臨水登山興易發。高歌一曲爲誰狂，文章豈有建安骨。紫蟹黄雞未易求，盤中武昌魚可食。囊内有錢便换酒，傾家欲買三萬石。不可一日無此君，常恨家貧不恒得。舉杯但覺酒腸寬，提筆猶嫌天地窄。醒來忽見萬山青，醉後但横雙眼白。歸來笑指東籬邊，吾園菊花大如席。門前五柳雖蕭疏，天方妝點淵明宅。高臥西齋勝北窗，不知此夕是何夕。夢中猶見友朋臨，明朝便是重陽節。

重九前二日寄傅治鄉 己未

汪　逸

楚城正近重陽節，風雨悠悠滿城陌。菊花吐黄雁南飛，欲持瓢酒慰今夕。所思故人在何許，十年京華耀同侶。同侶相攜接翠翹，賓從紛紛盡珠履。珠履翠翹食客繁，狐白愛與布衣言。自懷董賈班楊業，不羨金張許史門。薊城又逢九月九，登高還憶故鄉否。何處顔回樂一瓢，自學先生號五柳。一瓢猶自成屢空，五柳畢竟嗟何有。却望紅樹迎江干，可見白衣來老叟。青雲每念平生友，燕雀安知鴻鵠志。長天遠樹歸鳥疾，落霞秋水顔色麗。故人昔愛秋興高，同我攜手復揮毫。誓志不忘貧賤交，豈笑原憲守蓬蒿。

寄覃孝方

汪 逸

覃子二十志天下，三十天下知姓氏。人識覃子識今日，我從早年識覃子。經濟管樂庶足儔，文章屈宋真猶在。忠信曾經驅鱷魚，孝德原能貫四海。何忽秦人失其鹿，臥龍躍馬爭相逐。北鄙有聲欲自張，南風不競徒取辱。眼望中原在何許，西瞰秦蜀東齊魯。不知何處豺狼稀，欲求一片乾浄土。清秋嚴逼尉佗城，殺氣橫連長沙郡。燕趙古多慷慨士，明謨急求區宇静。夜半秋聲來急雨，覃子志氣欲飛吐。孝方著有《秋聲集》，言時事。胸藏數萬甲兵存，神思天下瘡痍苦。時爲三邊求奇策，更代九州憂猛虎。九州虎多少人餐，言之令我摧心肝。耳聞州邑有牧守，何不取虎獻長官。磨刀吮血或匪虎，殺人如麻或匪豺。逸也敬爲九域歌，安得天下覃子來。覃子不能滿天下，燮理陰陽氣自回。

冬夜不寐，口占與曾若愚

汪 逸

曾氏大賢裔，阿兄更多能。洛陽那復論才子，富春應不羨嚴陵。賦碁不似東坡叟，釣魚合欺渭川客。時無出獵兆非熊，士自知白守其黑。我居穹廬長薜蘿，時時曾兄一相過。二月敝裘已入典，臘月雪花飛正多。心有精神喜看鶴，眼無法帖忽臨鵝。難吟柳絮無倫句，豈有陽春寡和歌。荏苒年華一如駛，風流畢竟輸君美。讀書眼如秋月明，看詩心有靈犀理。入畫堪爲陸放翁，作字欲輕王內史。才人不遇莫相憐，名士一達誰能擬。鬢絲心鐵杜牧之，緩帶輕裘羊叔子。

范烈婦哀詞

汪　逸

儒生不幸無福命，獨持長鑱白木柄。汗滴不辭夏畦病，冬日無苗山雪盛。上有高堂下妻子，不厭簞食與瓢水。賢哉回也短命死，命矣伯牛歎已矣。儒生何幸有宿緣，梁鴻得配孟光賢。相敬如賓鹺田還，提甕自汲古井邊。恒貧常慰夫無憂，甯戚國相曾飯牛。顛倒腐儒病不起，鵩至竟非吉鳥止。古來篤志無兩濟，剡復巾幗不識字。殮夫既畢殉夫側，麻衣著身身如雪。堂上白頭二老泣，膝下怙恃竟雙失。哭兒哭父哭阿母，雙魂地下能安否。伉儷之情情如斯，青陵臺畔蝶非癡。奉倩傷神因殞身，況復女子為夫殉。不難殺身以成仁，何亞古之節烈臣。撫孤養老事未竟，一慟而亡亦至性。持論未可為已甚，欲不旌婦吾不忍。從來懦夫能死節，轉念一生不可說。婦知死夫他不知，紛紛功罪徒費詞。畏死委蛇云有待，李陵成功竟安在。烈婦死夫死其正，書之足為照妖鏡。

狂　歌

汪　逸

我本不識字，自緣未讀書。笑殺隔舍有大儒，忽以古事相告予。聽之踴躍發狂喜，名字却難盡憶夫。最羡堯舜與鄒魯，畢竟能安拙且愚。稷契真是古之人，身潔道高吾儕俱。三皇五帝何人者，疑亦如我野田夫。此輩若生今之世，識得鄙田予節孤。作甚天子與大人，同我沽酒攜葫蘆。

別故鄉

汪　逸

手提七星劍，我將別故鄉。笑彼兒女子，何故淚茫茫。生也莫斷腸，死也莫斷腸。生當斬虜報漢王，死有一幅俠骨香。

壯士歌

汪　逸

　　渡黃河，赴青海。從百戰，已十載。將軍死，壯士在。畏死都護降虜去，樂死蕩子歸封侯。封侯富貴豈不好，降虜恥辱豈不羞。人生生死何足論，出門所願報國恩。

半夜歌

汪　逸

　　高歌未盡夜欲半，竟夜起坐數長歎。仰視明星何爛爛，壯士相知在急難。

讀李白詩

汪　逸

　　花下我讀李白詩，便覺其詩豔如花。花未必有其詩豔，詩之豔出天仙家。月下我讀李白詩，便覺其詩對月清。月曾照白題奇詩，欲邀月談其趣情。酒下我讀李白詩，便覺其詩湧酒來。憶彼篇篇詩言酒，作用託之於金罍。我乃彈絃今夜裏，欲眠有酒喚我起。月下花間似有人，李白精魂其來矣。

書魏武短歌後

汪　逸

　　魏武昔時逞其驕，對酒作歌意興豪。一世雄風營八極，可憐風雨不終朝。者篇詞翰最縱橫，樂府中開奇壯聲。英姿颯爽意象勇，千載人猶毛髮動。公非四目與二口，但多智耳自得否。山不厭高名未高，水不厭深德未深。勿欺天下人盡愚，公非周公吐哺心。

金谷園歌

汪　逸

石氏當年金谷園，繁華事多難盡言。戎機一朝忽起發，墜樓人隕銷香骨。紅顏狎友日追遊，豈料從中成釁仇。寧但歡娛意未足，可憐身軀遭殺戮。奴輩利財誠有之，淫樂亦當取赤族。春草無情年年綠，秖今何處辨金谷。落花飛盡水流絕，鳥啼如哀石氏滅。石氏滅，不須嗟，吾以歌之戒驕奢。不信驕奢禍，請看石季家。

青青松

汪　逸

青青松生山間，依依柳映水邊。柳逢春來作媚態，松之顏色高且閒。亭亭迥出白雲上，四時如此君子仰。

跑馬場歌

汪　逸

漢上魑魅設奇陣，青樓歌管索人命。利劍快刀人不覺，吞鈎投網益相競。更有洋商跑馬場，迷離賭局異尋常。聞道今朝跑馬期，萬人齊往意揚揚。汽車馬車如流水，紅塵萬丈通衢裏。青年意氣相馳逐，老眼昏花折屐齒。美人時樣梳妝巧，長袍墮地腰肢小。大袴蠻韡或短裝，媚態橫生更妖矯。滿場盡是垂涎客，孰知戒得與戒色。番蚨光故耀人前，橫波臉故依君側。我來試上高坡立，一時萬目齊歸一。俄看八馬怒奔騰，千人拍手瞻得失。鬬雞走馬王孫樂，千金一擲任揮霍。卻嗟苦力艱難輩，餅金不易橫被攫。豪歌古爲遊俠賦，千場縱博家仍富。縱博不貧爲多金，貧者一博將無袴。人生由命非由他，阿堵物亦何須多。善人必富謂之福，無福爲殃將奈何。卻顧此場殊可喜，繞道一圍周十里。盤旋而折勢俯仰，駿馬來如低復起。萬木四周搖青葱，恍與細柳營路通。大樹將軍久不見，隴斷獨登見狡童。據爲利藪逞奸智，愚我小民供吞噬。場中人散日已暮，主人不顧客各去。富者酒地又花天，醉生夢死相周旋。貧者求富不得富，一錢不剩真可憐。跑馬場歌歌止此，愚人聽之心未死。

近體 五言三十首

黃鶴樓晚眺

汪　逸

遠樹煙無極，江帆萬里來。樓臨飛鳥地，日落楚城隈。洲渚迎孤月，漁樵有達才。白雲千載見，人世幾徘徊。

紀張母熊烈姑事

汪　逸

浠川一水何其清，孺子有歌濯吾纓。遙對一溪明如鏡，盈盈流出環珮聲。中間恍惚見烈女，玉貌亭亭神光舉。忠臣孝子與貞媛，從來一死成千古。此事於今六十年，史記失載家乘傳。當年王綱欲解紐，祇道四海無烽煙。承平日久百度廢，天子無愁從臣醉。黃鶴樓見紅羊過，父老早知此日事。一朝粵燄乘機起，舊日綠營盡披靡。魁渠競集石頭城，江東王氣翻飛指。太平天國耀寰區，高光孝陵冀可比。萬姓思睹漢官儀，誰知續貂盡狗尾。轉使胡兒狂笑人，黄帝子孫竟如此。赤眉花面浪縱橫，誰爲中原一洗恥。大江上下紅雨飛，春燕巢林尸塡市。怪鳥飛啄食人肉，嬰兒婦人謂尤美。萬村赤地絶無煙，千城屠掠空如洗。三湘健兒誓殲賊，鼙鼓聲聲震萬里。官軍賊軍戰方酣，未知時勢伊胡底。萬民塗炭可奈何，自家結寨禦賊壘。結寨殺賊日益多，賊勢亦漸就傾圮。狂鋒欲斷益莫當，忽來忽去轉無常。飄風急雨驀地至，掩耳不及奔走忙。男兒掠去無歸路，女兒掠去橫遭污。男兒不歸且任他，女兒遭污尤堪怒。果挾冰霜不犯操，縱臨萬刃其奚懼。昔聞左氏浮而夸，又道詩義正而葩。諸公靜坐聽無譁，爲話烈姑事可嘉。烈姑生長在何處，策山之下㳠水涯。母家系本楚王孫，幼字江鄉放鶴家。郎騎竹馬便聯昏，倚牀相弄紅梅花。桃夭未到及笄年，爲奉翁姑移所天。堂上能得二老歡，門前時采並頭蓮。與郎早種連理枝，團團只待卜佳期。寇退又至孰能知，朱絲竟獲縛蛾眉。賊見女色浪驚喜，虎口垂涎將吞矣。群賊萬衆圍嬌姝，當時欲死不得死。膝下深恩悲罔極，兩小無猜遽永訣。從容猶冀婉陳詞，審視豺狼非理説。賊欺女乃一雛鬟，謂如肉在几上間。天遣銀河垂咫尺，女乃含笑開心顔。一躍身如千尺水，片時名高萬仞山。迨至賊平家共歸，翁姑慟哭淚沾衣。女屍幸未隨流去，得之如生加纊絮。瘞玉埋香可奈何，夫壻自爲題其墓。當時只恨矜門第，陋巷窮儒身未致。節烈雖足表里閭，大廷未得崇廟祀。今幸慈孫繼祖德，誠恐英名久消歇。既勻名人作墓銘，又乞詩文播芳烈。舍生就義聖賢志，巾幗鬚眉古不易。弱女竟全清白姿，捐軀獲作完軀計。化石庶可比其心，磨笄乃足同其義。而今邪説盈天下，雌風浪逞狂波瀉。禍比洪水未是深，害同猛獸尤爲大。怨耦無聞佳耦絶，非耦相從成舉國。豈無道義爲之根，三綱以繫終不滅。凡鳥有不樂鳳凰，庶人有不樂宋王。不曰白乎涅不緇，不曰堅乎磨不磷。秋水芙蓉出泥中，天然不許染一塵。羅敷不共使君去，令女不侮夫家皆。玖英畏穢身投穢，一樣貞潔死無貳。清濁原來各異流，薰蕕自古不同器。願葬清波魚腹内，不留羞塚在人世。難分破鏡望重圓，忍抱琵琶入異地。招魂爲賦柏舟詩，一瓣心香接所期。願化冬青號女貞，竟見靈芝生九莖。我拈彤管拂烏絲，再拜焚香寫楚詞。揚清激濁厲惡俗，天雨粟兮鬼夜哭。倉頡造字本有靈，勒之碣石慰幽冥。入水不沉火不滅，夜雨先自照孤燈。

送別友人 代

汪　逸

一片男兒氣，旗亭執酒杯。我無匡世略，君有濟時才。漫指風波險，翻看笑貌開。未離先約聚，好待故人來。

秋　分

汪　逸

白露又秋分，年年節令勤。撫時看舊鬢，對酒念離羣。夜雨詩難就，江天雁易聞。幾多不如意，重以感斯文。

三月三日出東城小遊

汪　逸

一路風光好，晴雲垂靄然。亂花迷野徑，衆綠撲畦田。塘水爭流色，池蛙競鼓天。愛春非獨我，遊客滿前川。

偶　詠

汪　逸

六幅南朝事，教人悵惘生。美人皆尤物，狂士總虛名。金粉畫圖意，樓臺楊柳情。霸才同水逝，詞客枉縱橫。

春　遊

汪　逸

半雨半新晴，春光不可名。乍教人面濕，旋逐馬蹄輕。犬伴桃花吠，鶯穿柳樹鳴。雙柑兼斗酒，不負出東城。

孔子生日作

汪　逸

二帝三王後，維皇誕聖明。玉書光闕里，五老入昌平。豈但承湯德，由來是水精。東姬難復盛，徒仰素王名。

嶽降原非異，無驚頂若圩。生成耽禮樂，學就說詩書。玄卵知爲祖，赤虹合化符。當年顏氏女，得不喜懸弧。

饘粥能餬口，循牆莫侮予。已言疏食樂，端兆曲肱娛。弟子三千集，賢人七十俱。挺生獲親炙，堪信德無孤。

夢空瞻吐哺，生已值衰周。不得斧柯執，方將檮杌修。貶褒分一字，袞鉞判千秋。孰識鄹人子，生民未有儔。

一部孝經義，獨呼參也聞。先生傳一貫，後死與斯文。閔子衣蘆冷，仲由負米勤。有懷明不寐，同在聖人門。

桂花香滿室，天下獲春風。將使絃歌士，同歸化雨中。顏回標獨鑄，老子任猶龍。若以尼山比，終皆屬附庸。

夫子何爲者，非時偏篤生。杏壇宣木鐸，玉振發金聲。俎豆兒時戲，馨香萬代情。少孤尋父墓，猶憶淚縱橫。

出涕汍然意，東西南北人。他年悲馬鬣，此日誕龍文。堯舜賢難比，伊周業莫倫。何居恒歎鳳，直到晚傷麟。

項本皋陶比，肩還子產同。如何似陽虎，獨不兆飛熊。早被匡人忌，無嗟陳蔡凶。秉彝原有自，不病莫能容。

大禹腰差寸，神堯顙不殊。接輿狂欲避，少正卯當誅。一代栖栖裏，平生汲汲餘。無私從所欲，有矩不曾踰。

司寇幾興魯，齊先請受降。才非甘韞匵，志豈在迷邦。繫易承三聖，刪詩老一窗。至尊齊稽首，萬世位無雙。
　　獨立當他日，伯魚趨過庭。子名逢鯉躍，父諱肖山形。不負祈男禱，終同履跡靈。有邰生后稷，聖母德齊馨。

漫　興

汪　逸

　　世事一已遠，吾身樂若何。雨中春樹綠，山外白雲多。濁酒真堪醉，狂名未可過。桃花與松樹，門外即漁歌。

送別陳裕侯

汪　逸

　　相逢方一笑，相送復何如。倍覺情難足，翻教意冗舒。河冰臘月後，岸柳孟春初。徒御從君去，吾猶佇立餘。

喜見陳裕侯

汪　逸

　　乍見幾難識，十年此一親。却聞鄉語在，漸認舊容真。久坐殊忘倦，狂歌且欲呈。問君爲客久，世外隱何人。

江　樓

汪　逸

　　樓上看舟子，狂風將奈何。祇知争利涉，不見湧長波。耳目人皆有，聰明我未多。是非不到者，還自寫漁簑。

小　徑

汪　逸

小徑獨徘徊，柴扉得得開。却迎雙燕入，不見一人來。薄酒東風立，晴天花氣回。吾生有真樂，衆綠北窗隈。

感　懷

汪　逸

照鏡人逾瘦，撫懷病更多。毫釐千里誤，一夕四愁歌。恨古江難洗，情深石不磨。還憑詩一卷，自己慰蹉跎。

讀杜茶村集

汪　逸

開卷驚雷電，騰光到眼前。今年貧偶詠，絕代價誰憐。酒罷詩無敵，詩成酒有錢。百金非易取，長句說燈船。
不見斯人久，佯狂我尚哀。白頭爭擊節，紅粉解憐才。奇絕金焦作，混茫天地開。少陵真不死，咫尺可重來。
變雅胡云變，悲哉命已窮。王齊薄孟氏，宗魯夢周公。察察神傷物，喃喃語向空。採薇甘餓死，自分實英雄。
祇自書麟德，何人療鳳飢。甘從萍梗泛，恥共鷃雛飛。異代王中允，齊時龔合肥。終偕杜陵叟，同調不同歸。
鍾山一坏土，人指杜黃岡。讀罷詩千首，思澆酒一觴。心原同栗里，歌合和柴桑。去國因悲國，無鄉豈忘鄉。
花塜茶邱作，教人欲斷魂。榮枯悲世故，性命葆真源。窮到奇能變，貧而樂獨存。一瓢忘陋巷，五柳合當門。

近體七言一百九十九首

九日登江樓

汪　逸

采得茱萸作佩囊，登臨有興又飛揚。十年天地變蓬鬢，千古河山幾戰場。漸老却於詩律細，除聾難廢酒杯狂。數聲清磬江風冷，古寺危樓映夕陽。

九日上黃鶴樓戊辰。四首錄三

汪　逸

年年此日要登高，搔首難禁感鬢毛。百事蹉跎成老大，八方安否問兒曹。黃花解助詩人興，紫蟹能令酒客豪。傲殺滿城風雨句，天晴身健快揮毫。

萬里長江滾滾來，白雲淨盡楚天開。朱欄未許迎黃鶴，粉堞徒令話劫灰。是處有家能作客，百年無病好登臺。武昌魚味由來美，獨酌還宜盡一杯。

陶然酩酊欲忘歸，獨放高吟不覺非。秋水長天方一色，冥鴻孤鶩豈同飛。青山也識狂漁父，紅樹猶憐老布衣。浩劫不知雞犬在，頻年江上自依依。

己巳九日題黃鶴樓

汪　逸

別來無恙是秋風，九日依然到此中。莫道人間無地主，須知世外有天公。河山不改千年險，割據難爲此日雄。捷足偶登高處望，夕陽閒煞釣魚翁。

　　看盡白雲心未厭，江干黃鶴幾時回。此樓一上一番異，有客重三重九來。崔灝名難齊萬古，辛家酒合進千杯。頹然帽落君休笑，老孟嘉無答賦才。

　　無端總覺思茫茫，落木蕭蕭望八荒。塞虜方乘秋日下，天兵正出漢家忙。猿啼楚道應垂淚，雁叫清空合斷腸。猶喜邊書常報捷，我方有幸作重陽。

　　何須太華峰頭立，載筆聊登江上樓。由我亦能成故事，個人原自有千秋。菊花穿就黃金甲，竹葉傾將碧玉甌。老去壯心猶不已，不辭含笑看吳鉤。

上元日上黃鶴樓

汪　　逸

　　黃鶴樓高天下無，長江如帶接衣裾。曾看島嶼連秋水，更愛春風入畫圖。遊女鞋頭矜繡鳳，驕兒帽上炫明珠。年年又綠江東岸，料得煙光遍五湖。

　　上元佳日本堪遊，預爲新年雨雪愁。昨日寒消歡擊節，今朝晴好快登樓。晨熹照促紅妝出，燈火明難翠袖留。眉黛未教新柳妒，梅花先上美人頭。

　　人日登高望所思，又逢今日是佳期。兒童共鬧過燈市，女伴相邀到水湄。樓近江城宜賣酒，我攜筆硯爲題詩。春容更比新妝媚，足飽儂家眼福時。

　　去年九日曾題句，今歲重遊墨未乾。紫燕尋將辭海上，歸鴻早又發雲端。陽春白雪當筵聽，緩轡青驄隔樹看。回首長楊思獻賦，卅年何處望長安。

春日登黃鶴樓走筆四首錄三

汪　逸

　　坐看長江天際流，萬帆何只一孤舟。白雲出處當爲雨，仙子過時未見樓。四季落梅傳玉笛，千秋採藥愛芳洲。禰衡李白今安在，安得同臨共舉甌。

　　北郭南樓不盡情，東西一望意縱橫。吳頭楚尾思遊棹，蜀道湘波計水程。半壁古稱天塹險，八方今洗甲兵清。漢陽樹色青青處，百戰河山意未平。

　　朱欄易朽不傷神，朽盡千年倚檻人。崔灝一詩偏萬古，煙花三月又今春。紅羊自足關興廢，黃鶴何須辨假真。沙鳥風帆如畫裏，詩人原是畫中身。

九日登高 庚午。四首錄二

汪　逸

　　今朝果是好重陽，故事同遊上野航。此會也如三月好，者番不讓去年狂。居然一躍登高地，豈比十年在客鄉。蓴菜鱸魚風味美，塞鴻燕雁盡南翔。

　　乍驚落帽又高風，自訝頹唐老孟公。作畫須從遠處好，吟詩似到近時工。久無兄弟思摩詰，祇有兒童憶放翁。獨自狂歌天地老，淮南一葉大江東。

送　別

汪　逸

　　登高送別恨茫茫，臨水驚秋鬢欲霜。三疊陽關情萬里，一番祖帳淚千行。魚書去後應回首，雁字來時合斷腸。從此夢魂添畫景，時時分手在河梁。

早向書齋路中口占

汪　逸

城闕秋深畫角哀，江天漠漠鳥飛迴。風聲欲挾波濤吼，風雪將隨塞雁來。曉霧吐穿紅日出，寒鴉衝破白雲開。盤中最愛霜前橘，試向高齋舉酒杯。

八月十七日黃鶴樓晚眺

汪　逸

秋晴疑霧復疑煙，估客帆來萬里船。近閣近樓初過雁，遠山遠水欲連天。盤中忽見霜林橘，市上新多柳葉鱸。爲是今年曾閏月，瘦人畏冷早衣棉。

江城一上一茫然，小立能看景變遷。障起却疑風雨至，雲開又見畫圖懸。足登高處偏能健，月過中秋尚是圓。庾亮南樓清興後，我思快著祖生鞭。

雙鬢如霜不用嗟，每逢令節興偏賒。昨宵自合看明月，九日還當見菊花。客子主人同逆旅，山河錦繡又誰家。漁翁樵子無餘戀，祇愛江頭看晚霞。

秋去秋來又一秋，仲秋先訂季秋遊。辛家酒店熟予面，崔灝詩才低我頭。舊志原同黃鵠舉，高情每被白雲留。神仙玉笛無他思，祇落梅花不用愁。

黃鶴樓弔古

汪　逸

欲藉河山一散愁，真宜一日一登樓。朝雲暮雨舒新貌，明月清風愛早秋，草樹飛帆爲畫景，亭臺倒影入江流。楹聯舊有都灰燼，碣石何人姓字留。

　　尚餘殘鼎重摩挲，細認前朝字未訛。却憶江邊聞鐵馬，亦如洛下撫銅駝。紅羊浩劫經重見，黃鶴仙人豈再過。若向白雲求甲子，千年歲月未爲多。

　　天際飛飛看水鷗，閒情也共我沉浮。才名千古惟崔灝，詞客何年又陸游。腕底晉唐無後輩，眼中江漢自雙流。青蓮玉笛梅花句，擊節猶當一舉甌。

　　低頭常愛謫仙高，擱筆風流轉更標。鸚鵡洲邊原自近，鳳凰臺上也非遙。豈無謝朓驚人句，獨占辛家賣酒瓢。安得憐才人復至，也應青眼看吾曹。

黃鶴樓感題

汪　逸

　　獨倚江干賣酒樓，遙看芳草認名洲。憑空鷹隼齊摩翼，隔岸龜蛇對點頭。父老心驚羊過檻。兒童指點雁橫秋，白雲千載悠悠句，萬頃煙波湧我愁。

　　昔人去後來崔灝，崔灝而今早昔人。風景不殊兒女換，江山如故酒旗新。芙蓉出水才過夏，楊柳含煙又是春。詩思不輸驢子背，一杯助我筆如神。

　　一個仙人一才客，斯樓斯地便千秋。黃昏漠漠尋黃鶴，白眼雙雙望白鷗。五百年前誰地主，三千里外夢他州。一回江畔行吟處，似覺前生數此遊。

　　酒懷狂處大江東，一道殘陽鋪水紅。明月不知何夕有，青天常與此時同。風雲色變乾坤冷，浩蕩聲流日夕雄。借問浮名浮利客，何如高挂半帆風。

九月廿六日登黃鶴樓

汪　逸

天開畫本好山河，百遍登臨總異科。才見朝煙旋晚燒，忽看春水蕩秋波。由來才客千年少，不礙遊人四季多。名勝獨教崔李占，也從樓上一狂歌。

縹緲身高望遠洲，煙霞萬點撲簾鉤。雙雙槳似魚鱗集，翩翩帆疑鳥翅遊。不盡碧天頻過雁，無邊紅樹又為秋。可憐九月餘三日，再到青山恐白頭。

神仙一去渺無蹤，代有名人到此中。鶴返也應憐世改，我來不必歎樓空。英雄霸業終灰土，漁父樵夫有事功。記得少年常挂劍，不堪潦倒欲成翁。

舊題詩處記匆匆，小立重遊思不同。字跡不疑風雨蝕，江山原與性靈通。衰顏倚酒成霞色，弱腕憐秋作畫工。檻外白雲天外月，一齊收入錦囊中。

黃鶴樓寫意

汪　逸

樓高殊覺勢難同，帆遠教人意欲慵。不問神仙遑問鶴，且看風雨更看鴻。開元才客來崔灝，南渡詩人到放翁。齊入辛家酒店裏，青蓮學士坐當中。

擱筆揮毫姓總香，千秋容亦數汪郎。山間樵影供圖畫，江上漁歌聽短長。雨響游魚驚失伴，雲衝孤鶩不成行。三王柱序滕王閣，未上斯樓賦一章。

倘恍還須飲百杯，狂歌亦自解無才。近看湘水綠都至，遠望蜀上青欲來。嬾賦人攜羅袖去，盡收詩入錦囊來，千年詞客銷魂處，不數東風銅雀臺。

黄鵠磯邊即我家，畏觀門外即天涯。遊人只解登臨樂，遷客偏從憑眺嗟。煙水連天秋色遠，鄉關何處暮雲遮。渡頭爭渡喧聲急，愛倚朱欄看晚霞。

孟冬登鶴樓

汪　逸

　　孟冬天氣似三秋，紅樹青山映急流。玉兔欲升來一鶴，金烏未墜耀雙鷗。清風味好宜吹面，落葉聲驚畏打頭。好學富春垂釣叟，一竿身著舊羊裘。

　　暮江初看起微潮，白浪如山漸漸高。詩力已教波蕩碎，客懷都被酒揉消。古頭陀寺鐘聲警，小火輪船氣燄驕。水底魚龍愁不睡，渡江深夜未停橈。

　　大好河山作戰場，兵戈靜後盼家鄉。廿年親故無書信，幾度烽煙逼武昌。天上也聞鴻雁過，江中時見鯉魚忙。清秋落日寒吹角，哀怨聲聲欲斷腸。

　　不辨春來不辨秋，梅花亂落大江頭。君平賣卜非斯地，王粲登臨豈此樓。有客只容吹玉笛，無錢亦欲舉金甌。前朝興廢君休問，才子仙人去總留。

季秋登黃鶴樓有感

汪　逸

　　濛濛江上遠來船，望裏風帆畫裏煙。更有火輪能破浪，還看健鳥欲摩天。問他何處能容俗，到此多情便是仙。崔李詩人皆小立，如何一去輒千年。

　　城郭都教不可常，人民怪得易滄桑。晴陰山色仍如舊，日夕江聲尚未央。一瞬白雲幻蒼狗，幾回黃鶴畏紅羊。臥龍躍馬終何在，逐鹿中原又一場。

　　風雨登臨興轉高，荒唐故事語兒曹。神仙化鶴還乘鶴，學士揮毫又放毫。搥碎踢翻雖俗話，筆歌墨舞亦雄豪。樓臺如夢亭亭立，楊柳春風憶六朝。

　　八方無事老英雄，兩鬢蕭騷一釣筒。江岸蘆花如雪白，山頭樹葉盡秋紅。酒家姓字雖然易，騷客風流大抵同。幾輩青萍腰下挂，當年竹馬認兒童。

黄鶴樓偶書四首錄三

汪　逸

　　一曲高歌尚未終，好從窗外認青峰。梅花雪落江城裏，楊柳春回玉笛中。紅樹方於今日見，白雲非但昔人逢。遠天萬里帆無數，不數詩人數畫工。

　　大江東去日西斜，滾滾中流攪浪花。睡殿仙應看吕叟，高樓酒合醉辛家。朱欄飛盡黃金葉，俗謂黃鶴樓飛金浪子故事。白鐵沈埋赤壁沙。富貴功名何足羨，羨他江上老煙霞。

　　寒鴉點點雁來稀，心戀江湖一釣磯。夏口市疑海上屑，武昌魚笑首陽薇。霜林橘熟人初瘦，水國花疏蟹正肥。此地也如丁令里，千年仙去一來歸。

庚午十月上黄鶴樓

汪　逸

　　獨立蒼茫思不羣，漫天古色態氤氲。高飛萬里鳴黃鵠，長嘯一聲裂白雲。落筆烏絲生黑障，當筵鴉鬢耀紅裙。樓頭鵝字碑誰搨，錯認前人王右軍。

　　一江遠近布帆多，大火輪還小艇拖。平地也教驚雪浪，大堤常遣慎風波。寒鴉衝破飛鴻字，楚客翻爲蜀道歌。江上我原鷗鷺侶，祇應送老一漁簑。

九日登高 癸亥

汪　逸

又是一年重九節，來登高意不能休。若看兒女悲家國，且把乾坤作酒樓。紫蟹黃花今日興，青山紅樹舊時秋。狂歌不礙忘天地，身在江南一葉舟。

江樓感懷

汪　逸

卅年詞調意縱橫，落筆驚來風雨聲。欲挽天河洗兵甲，願爲露布掩書生。傖夫擬作三都賦，老將思依萬馬營。唐宋元明清過了，浪花飛撲酒杯傾。

黃鶴樓偶書 二首錄一

汪　逸

崔灝樓頭一放歌，詩人可及昔時多。西來惟見崔嵬色，東去常流浩蕩波。是霧是帆連草樹，自唐自晉此山河。我原江上閒雲鳥，聞笛猶然喚奈何。

五月朔日登黃鶴樓

汪　逸

江城五月落梅天，玉笛聲中不記年。縱有浮雲輕富貴，恨無好句豔神仙。清風徐使人間扇，遠水疑來天上船。猶似晉唐賢極目，今時芳草昔時煙。

　　無數興亡酒一甌，斯樓何獨占千秋。曾經才客題詩立，不數仙人跨鶴遊。面目競開新畫本，旌旗無復舊諸侯。我心久共白雲化，俯瞰江帆湧急流。

黃鶴樓感題 丁卯

汪　逸

　　獨對河山意惘然，一聲吹角動江邊。題詩未必皆如灝，橫笛何嘗便是仙。來去布帆看日日，登臨風景自年年。孫劉忍把圖曹業，只換彞陵數點煙。

　　留連走筆又回頭，不盡江山不盡秋。倦鳥欲歸雲欲散，睡仙無夢我無愁。茶村杜子曾離國，酒店辛家合近樓。堪笑詩人無一用，夕陽空上釣魚舟。

題黃鶴樓

汪　逸

　　望裏江山畫本開，他鄉無此好樓臺。煙花早送三春去，風蝶勤依萬槳來。無力能扶兒作杖，有詩難換酒盈杯。須知高舉為黃鶴，莫怪千年去不回。

又　題

汪　逸

　　生小家鄰黃鶴樓，題詩不必辨春秋。總宜江上帆來往，愛看沙邊鳥去留。畫裏也藏騎馬客，天邊偶著釣魚舟。黑雲拖起西山雨，面水窗櫺盡上鈎。

重陽前一日述懷

汪　逸

滿城風雨逼重陽，北雁南飛渡水鄉。臥病尚求詩警策，夢魂猶記酒癲狂。兵戈天下何時定，姊妹鄉園聚會常。獨恨慈親終不見，白雲難望思茫茫。

重九書懷

汪　逸

重三重九年年在，風雨蕭蕭兩鬢摧。入室愧無樽酒共，放歌喜認菊花開。人間少見鯉魚至，天上偏聞鴻雁來。世亂親朋何處問，鄰翁叩戶餉新醅。

九月十四日上黃鶴樓丁卯

汪　逸

身世茫茫不自由，酒酣含笑看吳鈎。一回獨立山川靜，幾度狂歌天地秋。芳菊不疑仍九日，濁醪真信解千愁。平生除却驚人句，豈許乾坤姓字留。

落帽風高雪鬢愁，悠悠故事話千秋。黃花也愛依黃鶴，白眼惟知望白鷗。壯志昔思躍馬地，閒心今上釣魚舟。神仙不死終何在，只見前朝賣酒樓。

九日 辛酉

　　九日狂歌不自由，一聲天地已俱秋。才非寡和奇無偶，詩未名家死不休。金叵羅爲我託命，菊花節喜客迎眸。前生賦盡江南好，興到常思舊酒樓。

九日登小樓 戊申

汪　逸

　　日日我來登小樓，不妨容易換春秋。今朝佳節重陽是，此地鄰人送酒不。有興黃花方滿眼，無情白雁忽當頭。茱萸笑我年年健，祇是癡頑不解愁。

黃鶴樓晚立 丁未

汪　逸

　　長江望處水波明，日落餘霞散綺城。有景一時貪看飽，無風萬槳自然行。詩如天置方堪畫，地要仙來始得名。江上惹愁歸去也，白雲不盡古今情。

劉慎武攜兒輩遊黃鶴樓，詩以遺之

汪　逸

　　武昌柳色漢陽煙，畫裏江山絕可憐。但解題詩非俗客，不須跨鶴始神仙。風花聽弄樓頭笛，春水看迎天上船。才子自來還自去，尚疑人在晉唐前。

　　欲從江上問劉郎，六代何人鎮武昌。夏口夕陽非我郡，嘉魚丙穴是君鄉。杜甫詩"魚從丙穴由來美"。幼丹先生云："丙穴，即嘉、沔分界之區。"南樓庾亮新風月，赤壁周瑜舊戰場。鸚鵡洲長芳草綠，雙流江漢自茫茫。

形勝頻年畫角哀，安危今仗濟時才。聊從畫本尋詩句，偶遣兒童進酒杯。日氣蒸雲簾捲去，雷聲送雨燕飛來。巨川相待爲舟楫，重望滄波眼合開。

三楚樓臺此大觀，高歌遏響入雲端。桃紅不數夫人廟，李白寧驕學士官。笑我無才依故國，知君極目望長安。千秋只有劉文叔，不忘微交守釣竿。

清明 壬戌

汪　逸

縕袍時裏過清明，綠柳紅桃意自榮。不分騎驢當細雨，生憎繫馬又新晴。攜將南國詩人筆，畫出東原野叟耕。歲歲王孫看春草，二毛惆悵只心驚。

清明攜兒出遊

汪　逸

可人佳節是清明，一路相攜緩緩行。春色祇宜懸酒斾，詩懷多半擅風情。隨身不礙花交影，傍水時聞犬吠聲。更爲老農繪圖去，老農不管自躬耕。

寒　食

汪　逸

寒食清明相逼來，春晴分自作徘徊。輕煙任入侯門去，舊燕知從三徑回。柳樹鶯啼渾不覺，桃花犬吠自然開。人間處處堪爲隱，甘守緜山笑介推。

清明丁卯

汪　逸

草萋萋復柳依依，忍及清明獨掩扉。三月也知臨水樂，十年空悔讀書稀。茅檐草舍桃花入，細雨斜風燕子飛。如畫春光畫不出，天涯有客怪思歸。

寒　食

汪　逸

年年寒食草青青，細雨初晴坐聽鶯。禁火兒童求故事，飛花三月滿江城。晉文能霸猶忘士，介子甘逃不爲名。柳綠桃紅徧郊外，春遊最好及清明。

清明放學出遊

汪　逸

歲歲清明放學時，兒童爭弄柳絲絲。草隨意綠無人管，桃映溪紅不自知。酒店當春多賣酒，詩人到老好吟詩。吾生一飽非容易，杜宇催耕未許遲。

戊辰清明

汪　逸

萬頃田園衆綠肥，爲農爲圃各依依。牛眠桃樹橫村落，犬吠溪聲接翠微。久客魂消今碧柳，長眠人悵舊烏衣。斜風細雨回頭望，水複山重辨路稀。

蠶豆花開野叟忙，行行未及菜花香。詩人難得同臨社，酒店無妨獨舉觴。紅豔隨身皆國色，白頭栽樹有癡郎。古來若使人無老，誰向春風悵北邙。

　　紅雨輕盈燕子飛，誰家盡日掩柴扉。杏花天正清明是，芳草人疑上巳非。萬縷遊絲縈遠樹，千層春水帶斜暉。鳥知度曲蛙爲鼓，踏罷青宜緩緩歸。

　　歲歲春明喜近家，不曾地角與天涯。顰眉最畏紛紛雨，笑眼惟看樹樹花。昨日無煙因禁火，今朝有酒更思茶。先人祭掃堪諸處，早學青門老種瓜。

花朝丁卯

汪　逸

　　花朝細雨作春寒，無限花枝未許看。十五年華差可比，廿番風信正無闌。袍非換酒猶難脫，心爲求詩好易歡。春半晴陰恰亦半，捲簾紅杏拂欄干。

　　百花生日是今朝，掃地焚香拂一瓢。澆酒畫堂方有興，吟詩綺閣未無聊。三分春色當中好，一半風情未盡消。紅燭高燒紅燄冷，尚疑令節是元宵。

花朝走筆乙丑

汪　逸

　　天下三分春色豔，二分春色是今朝。多情試向花前立，有恨都從酒裏消。散黛插釵徵穀旦，送鈎射覆勝燈宵。祇愁日日樓頭望，綠了江山紅了桃。

　　流水光陰石火催，憶吹葭管動飛灰。消寒九九時知盡，修禊三三節欲回。出色頭銜看到杏，調羹心事漫誇梅。春風二月并州翦，翦出花光一半來。

戊辰花朝 時館漢上

汪　逸

　　百花生日最難名，處處欣聞好鳥鳴。酌酒不知誰是主，吟詩偏覺我多情。春過一半宜行樂，愁帶三分未放晴。應是避他蜂蝶鬧，小園風雨轉縱橫。

　　二月風光莫漫過，才看萬物轉陽和。花朝合使花含笑，月夕當陪月作歌。杏是主人梅是客，桃橫睡臉柳橫波。同行姊妹邀無遽，羯鼓聲聲催奈何。

　　迢迢小立畫欄干，剪剪花開意未闌。細雨著衣渾欲濕，薄風吹面乍生寒。感時又過中春節，入夢曾知舊歲殘。猶著敝袍君莫笑，爲他多病益求歡。

　　第二元宵盼月明，十分春色態將成。今朝縱以朝爲節，此夜何妨夜舉觥。花是年年常不老，人於處處孰無情。清明上巳尋相逼，舌澁鶯爲百囀鶯。

丁卯除夕

汪　逸

　　爆竹聲中逼歲除，團圞家宴樂何如。杯浮臘酒荆妻釀，門換春聯穉子書。不臥方知良夜永，無爲又覺一年虛。心心畏聽晨雞喔，斗柄寅回旦復初。

　　有天今夕總留連，無地曾非四序遷。銀燭搖輝通永夜，銅爐添炭到明年。舊家雅重辭年禮，少婦羞分壓歲錢。何處離人家萬里，殘宵旅館坐燈前。

戊辰元旦 四章選二

汪　逸

　　雞鳴萬戶整衣冠，陡換新年異歲闌。聽到曉鐘除夕盡，燒將紅燭曙光寒。拜年帖子誰先入，索債音容也改觀。慶賀一家無別樂，兒無違訓我心寬。

　　黃髮垂髫競自妝，青鞋布襪笑汪郎。不官得爵加人貴，愛子穿衣比我長。莫恃硯田無惡歲，也須鄉野有餘糧。願求雨順風調樂，天下人人慶壽康。

元宵 二首選一

汪　逸

　　上元燈火古來誇，盛世人人樂歲華。醉裏不知身是客，歸來翻恨我無家。兩行寶炬爭新燄，一樹寒梅發舊花。祗是仙郎心寂寞，不觀門外七香車。

生日感懷 四章選二

汪　逸

　　過盡殘冬欲換年，懸弧佳日慶今天。後凋松柏顏常好，細嚼詩書味更鮮。金粉畫圖追曉夢，柴門風雪換春聯。臘醅開甕添新思，草學張顛又米顛。

　　不分王前與鬳前，腰間傲骨自天然。三生舊石思尋見，一技侯門恥取憐。只是中花兼中酒，須知非俠也非仙。梁園早歲成遊倦，晚獻差堪諫獵篇。

生日偶書 四章選三

汪　逸

不數西湖夜放船，朝來思發綺窗前。舊人新服穿偏麗，故樹今花著倍鮮。穉子心歡歌白舍，老夫興到覓紅箋。一樽臘酒爲佳會，兒女團圓姊弟賢。

平生風調果如何，醉後朱顏老尚酡。只是濟人常慷慨，幾曾作事畏蹉跎。酒闌舊跡知非夢，燈下狂懷一放歌。壯不如人今已矣，垂頭雙鬢影婆娑。

黑頭公漫說前賢，丁固腹松兆罔然。客處只尋沽酒店，年終猶有賣文錢。詩成老嫗都能解，賦就鄉人欲爲傳。不管桑田變滄海，笑看五色筆如前。

叔父生日感作 四月初十日。四章錄二

汪　逸

六年無地訪音聞，蹤跡人間不可尋。季父衹將身避世，比兒常是淚沾襟。槐陰又及書窗密，柳色方凝夏院深。穉子也知家慶日，稱觴同祝朵雲臨。

吳頭楚尾望茫茫，蜀道崎嶇不可當。未必蛟龍迎屈子，豈真魑魅忌文章。寒江憶昔悲雙骨，癸卯叔母偕妹還鄉，舟覆，母女同葬魚腹。叔父從茲厭故鄉。安得信從天外至，八行收我淚千行。

代洪一樓六十自壽 四章選一

汪　逸

少歲曾經錦里春，壯遊嶺外夢魂真。俄驚甲子周初度，轉認鬚眉是故人。酩酊幸非名利醉，盤飧漫笑室家貧。此身本出峨眉下，合與黃州赤壁親。一樓生於蜀。

壽洪一樓 四首錄一

汪 逸

生值良辰八月天，重陽節近菊花鮮。作詩邀我成雙叟，招飲陪君有八仙。江上止人射飛鳥，槎頭縮項認新鯿。放生便是長生術，忍學何曾侈萬錢。

代王小貘與黃季剛 小貘爲黃內弟

汪 逸

滬瀆風光自去違，十年回首是耶非。兩人影逼三生舊，孤樹心欣一處歸。海內早知黃叔度，郡中眞見謝元暉。從今好立程門雪，半夜欣欣傳我衣。

無雙家擅豈虛名，第一人歸江夏城。感舊潘郎嗟鬢改，離家道蘊憶詩成。烏衣門巷斜陽冷，黃橘村莊秋樹清。昨夜夢魂逢阿姊，囑教弱弟仗深情。

經旬臥病小窗中，何幸醫來即我公。子美詩章治瘧疾，陳琳文字愈頭風。胸羅星宿宜稱富，筆振瓊瑤與送窮。七竅爲將雲水洗，更無煙霧墜微躬。

八斗陳王未是才，一臨吾楚氣雄哉。風流屈宋豔千載，橘柚江城寒幾回。京國抽身紅燭送，江鄉放眼白鷗來。松枝弟子迎笻返，正共諸生掃謹臺。

示　兒

汪 逸

風飄電激感年華，安得讀書富五車。畫虎不成妨類狗，化龍可待許埋蛇。摩挲黃卷終榮汝，虛負青春莫學爺。我本無才難作字，強思教子一塗鴉。

　　莫笑汪郎是酒狂，可憐少小重詞章。朱衣當日頭難點，白髮而今意尚長。兒要青箱承世業，父曾赤幟立文場。爲工爲賈俱能富，不近詩書味不香。

感　懷

汪　逸

　　慚愧龍鍾四十餘，親朋厚意每何如。不圖老境便相逼，信有豪情未盡除。時短却懷無限意，夢長方上萬言書。迢迢劍佩年何用，臥聽松窗竹露疏。

清明漫寫 己巳

汪　逸

　　二月清明正及時，斜風細雨畫中宜。出門尚畏沾衣濕，著帽還嫌上面吹。乳燕巢蜂皆寂寞，柳鬟花眼自低垂。高樓一望魂堪斷，春水船來似未移。

　　聽斷流鶯坐欲癡，有花無酒渡芳時。塚前翁仲愁無語，路上行人悵可知。白袷衣憐紅杏雨，青驄馬繫綠楊絲。天涯尚有思家客，頗賴低吟小杜詩。

　　佳辰愁思轉無涯，怕見春泥半踏花。到處早忘身是客，十年忽憶我何家。藥欄舊植扶羸病，詩卷新排減歎嗟。百六已知寒食去，輕煙散去暮雲遮。

　　故園老去益蹉跎，擬上東皋一嘯歌。亂世人瞻邱墓少，衰門心豔子孫多。向平昏嫁偏能早，陶令歸來不爲他。安得時平身壯健，年攜兒女拜高阿。

又到 此詩戊申年作

汪 逸

又到秋山紅樹時，小樓獨坐意遲遲。天晴擬放江頭棹，雨至徐收簾外詩。新雁一聲人思警，涼蟬幾處客情知。壯心未已終圖用，鬢髮飄飄有所思。

書齋獨坐，感思故友童幼山

汪 逸

故人死別幾何年，獨撫鳴琴意惘然。風雨尚疑當日聚，夢魂難續舊時緣。我詩君唱偏堪聽，子調予吟絕可憐。一自菱花失却後，背人難自辨媸妍。

天然秋水出芙蕖，惆悵清才我不如。白下歸來詩價長，黃州小聚夜窗虛。輒招物議仍違俗，恥近浮名悔讀書。身世傖夫獨何事，空消歲月鬢毛疏。

老矣吾常不自知，豈獨挑達作狂兒。卅年失學因無友，屢歲恒貧只負師。幼山族兄，吾師也。百煉鋼從何地化，同心交未死生歧。風情盡減消魂處，尚有懷君數首詩。

儘教月下與花前，懶聽東鄰鬭管絃。荊棘銅駝世屢劫，芙蓉城主子宜仙。清詩苦憶蜀州句，夙願高吟寶劍篇。自笑耳聾亦何病，聆音海上渺成連。

讀忠武王集感書

汪 逸

千載風流忠武王，幾人名將並詞章。對揚良馬依金殿，疏就才人愧玉堂。奉詔忽來牌十二，班師惟灑淚千行。好山好水魂歸處，不戀西湖戀汴梁。

　　莫憂羣盜正如林，盜亦同思滅虜金。三字竟依秦氏獄，十年空爲趙家心。書生叩馬干卿甚，老將騎驢感舊深。欲飲黃龍天帝醉，英雄常是淚沾襟。

無　題

汪　逸

　　芙蓉枕上夢魂牽，意斷心消四十年。玉鏡臺思效溫嶠，金條脫那贈羊權。青衫瘦骨風懷在，紫禁長門寵幸遷。八斗魏王才欲盡，替他寫就洛神篇。

遣　懷

汪　逸

　　憶昔髫齡就學時，芸窗愛誦女郎詩。青衫有恨終無偶，紅粉多才實可師。誰使登徒讒宋玉，枉教越客獲西施。桃花三月無人惜，深淺聊來折一枝。

不寐口占

汪　逸

　　更籌數盡又天明，何事翻教夢不成。一半魂消名士集，九迴腸斷美人情。可憐月夜兼花夜，欲證前生與後生。蝴蝶莊周迷變化，惱人無奈雨聲聲。

冬夜感懷

汪　逸

卅載光陰箭脫絃，如何長夜欲如年。三冬蟄伏龍同臥，萬里心飛鶴共先。枕上芙蓉方漬淚，篋中寶劍尚名篇。舊恩未報終身恥，春到江南又可憐。

時　移

汪　逸

三十年前是後生，時移往事甚分明。放翁菊枕詩猶在，杜子茶村集有名。浪迹尚憐紅粉地，風懷未減黑頭情。氣粗語大平生病，誰信文章老更成。

春遊遣興

汪　逸

清遊端合趁春晴，白袷春衣賦既成。約客正因修禊事，呼兒還聽讀書聲。野人相遇不知姓，村鳥亂啼難識名。管樂儔兼沮溺志，當年同願老躬耕。

江上有感

汪　逸

揚子江邊百感生，群兒有辯尚縱橫。迷津舸艦忘夷夏，大地河山耀甲兵。壯志不堪成老驥，春光猶自聽流鶯。水天日暮燈連岸，衣錦人誇不夜行。

昨夜大雪，今朝踏雪上黃鶴樓

汪　逸

　　詩思緣何徹底清，臥牀被冷夢難成。果然三九朔風急，祇道中庭素月明。深巷夜惟聞犬吠，小窗朝正待雞鳴。客來童子開門看，雪壓書齋著一驚。

　　檐前冰箸垂盈尺，戶外珠簾盡上鉤。莫道室中方有酒，須知雪後合登樓。乾坤頓覺無纖芥，江海惟宜上釣舟。鳥跡人踪皆異境，瑤池瓊島望中收。

　　沿江問柳待春風，踏雪尋梅臘月中。黃鶴樓間吹玉笛，黑驢背上坐詩翁。看山但見盈頭白，倚酒方成半面紅。水帶斷冰流不盡，我方高唱大江東。

　　千門皆是堆盈尺，萬瓦非同曉覆霜。詠絮才華雖獨絕，撒鹽妙喻也相當。嚴寒真覺三冬凛，積素方含萬丈光。雪柱冰山消不易，任教皎日照河梁。

與童敬之 有序

汪　逸

　　敬之老友與予生同里，居同井，學同師。昔同應試於黃州，相與遊赤壁，訪蘇子之故蹤，望武昌之西山，渡江入寒溪寺，登九曲亭，把酒吟詩，何其樂也。三十年來，飢寒驅走，天各一方，欲尋往日之樂，杳不可得。近聞息肩梓里，予早匿跡蓬門，頻欲相訪，恨未得暇。昨日夢中忽到君家，高談雄辯，把臂拍肩，老嫂具酒殽，呼留飯。忽覺，恍惚尚疑在座。因於牀上吟成四律，起而書之。

　　老友今宵繞夢魂，茶煙裊裊倒清樽。黃州幾度文章熟，赤壁頻遊笑語溫。尚覺三生尋有味，莫驚萬事了無痕。雪堂再過知何日，細把東坡二賦論。

童穉相知到白頭，升堂憶共鯉庭遊。一生只立程門雪，十上誰凋季子裘。詩禮君家風味在，瑯環我輩姓名留。半酣相對渾忘老，青眼狂歌天地秋。

　　頻年作客在他鄉，豈爲他鄉忘故鄉。天下新交知味短，山中舊友覺情長。抽身喜立雲霞地，洗眼驚看名利場。何處鳳兮歌是鳳，愛文愛飲老汪郎。

　　五十年來國與家，滄桑變後話桑麻。公攜五色文通筆，曾佐河陽一縣花。老嫂見儂呼叔叔，弱孫在抱喚爺爺。向平婚嫁何時遂，羨殺青門早種瓜。

雪中遣懷

汪　逸

　　雪落如篩正極寒，積成樓閣入雲端。征人已見行蹤絕，飛鳥都知道路難。霽色開時天更凛，山河凍處地何寬。陽春有腳何時到，引領東風意未闌。

　　初見飛花殊覺喜，旋吟似絮轉成愁。米鹽頓比長安貴，心事偏於歲暮稠。錦上添花容易有，雪中送炭最難求。天寒酒債仍相逼，歸去還思向婦謀。

雪

汪　逸

　　一夜朔風疑是虎，前庭如月又如霜。書齋朝起聲偏靜，簾幌低垂户有光。松竹滿園都變白，梅花全樹也非黃。歲寒三友頭盈雪，且放清吟莫斷腸。

　　笑破山人不自由，天公贈我白狐裘。青袍也合舒三舍，皁帽都當遜一籌。何晏面原非粉傅，馬良眉自占風流。但教皓首窮經好，何用封侯羨黑頭。

聞道周公下白屋，今看白屋豈無賢。有人垂釣寒江雪，是孰高尋訪戴船。興盡不須云欲返，歌成便覺已如仙。孤山放鶴林和靖，獨對寒香意皎然。

病眼須教對雪光，看書從此察毫芒。不清頭腦因趨熱，要脫冬烘貴耐涼。名士從來矜白戰，美人豈必耀紅妝。漫誇五色文通筆，滿地梨花擁素王。

上巳日寫

汪　逸

一春佳節最多情，燈夕花朝不可名。百五日中寒入暖，廿番風裏雨兼晴。村邊柳黛教眉掩，院內桃紅使眼明。三月初三今又到，感時書事有詩成。

九十繁華可奈何，三分春色二分過。多才可是唐天寶，修禊猶疑晉永和。處處興隨啼鳥換，年年愁比落花多。吟成莫道無人和，未有陽春白雪歌。

擬挈兒童倒酒瓶，敢言賓客集蘭亭。釣翁石上呼同醉，鷗鷺沙邊任獨醒。望遠可憐千水碧，登高欲踏萬山青。半酣帶草書初就，只恨難過王右軍。

上巳風光眼欲迷，不分南北與東西。時花笑似迎人面，芳草驕非趁馬蹄。郊外早看蝴蝶舞，枝頭還聽杜鵑啼。清明已近剛三日，怕見春城雨作泥。

清　明

汪　逸

寒食新過欲放晴，輕煙細細度清明。綠楊繫馬柔堪住，紅雨沾衣濕不成。五鼎隻雞陳北郭，雙柑斗酒出東城。人生且得生前樂，三月猶堪聽晚鶯。

五柳垂垂隱士門，詩人復入杏花村。春衫弱體生寒病，細雨斜風斷客魂。滿地麥苗翻作浪，三春桃葉早生根。牧童遙指真堪畫，爲問酒家何處存。

三三九九憶多情，歲歲題詩興莫名。老去更欣種樹節，少年曾作落花行。兒童盡見朱顏長，親舊誰非白髮生。我亦當時騎竹馬，手攀楊柳插門楣。

春明門外即天涯，猶喜年年老在家。亂世只求邱塚近，衰年彌望子孫嘉。鄉居有景詩能就，鄰店無錢酒可賒。試上高原看舞蝶，雙雙飛上野棠花。

元日試筆

汪　逸

纔見辭年又拜年，綵衣兒女聚堂前。歡呼便覺春風暖，醉舞方當蠟炷然。國瑞須徵風雨順，家禎端賴子孫賢。廣平舊有梅花賦，試筆先書宰相篇。

雞鳴星避歲云朝，曉日曈曨天正高。燦爛筆花開五色，斑斕酒跡染新袍。春回屋角晴光滿，霜映城頭臘雪消。金粉畫圖陰夕夢，杏花端合在林梢。

元　宵

汪　逸

才過元旦又元宵，老大猶然興味高。醉踏瓊瑤疑雪夜，浪催羯鼓認花朝。遲開尚有寒梅樹，早發知多柔柳條。三五夜從今夕起，遊人何地不魂消。

兒女喧嘩達夜通，老人也愛一燈紅。不逢臥病多愁裏，更異連陰作客中。米貴湯圓猶可具，家貧肉食不求豐。爲農爲圃無他願，盡逐田園害稼蟲。

歲暮留別及門弟子十首錄三

汪　逸

　　黯然將去倍銷魂，笑語猶看及一門。轉瞬琴書歸白屋，回頭風雨近黃昏。錫飛問待何年返，經熟頻教百遍温。竹外梅花窗外月，松枝低處憶師存。

　　人生何處最多情，燈半明時酒半傾。欲解憂容醉裏去，怕教離恨別前生。道迂不合當時用，才小難留後代名。隔歲迢迢春晝永，此間誰聽讀書聲。

　　半畝方塘比硯田，魚吞墨更鶴驚煙。讀書要解書生病，教學慙收學俸錢。共話同心非易事，新知舊好總良緣。嚴城鐘漏催殘歲，更上高樓待月圓。

庚午生日

汪　逸

　　伯玉知非又一年，春風臘月尚依然。樽中酒是鄰人送，案上書爲野叟編。尚有閒情消歲月，偶逢高興作詩篇。文章豈足驚流俗，霜雪無端到鬢邊。

　　少小年華未敢狂，老來何事轉荒唐。除將詩句無餘嗜，忘却田園有醉鄉。萬卷可能容我破，百年祇是爲誰忙。欣欣桃李盈門處，日映滋蘭舊草堂。

夢中有詩似自壽者 四首録二

汪　逸

一年一度憶今朝，臘盡春回總未遙。送竈時過逼除夕，迎燈節又近元宵。半生未解謀三窟，百歲惟知樂一瓢。快卷珠簾須燕子，愛看永晝又迢迢。

老嫗都能解我詩，如何穉子却無知。聲傳異域非今日，紙貴洛陽又一時。寶劍篇曾風雨悵，連城價惹趙秦癡。知非才過年非老，白髮投竿也未遲。

除夕雷且雪，元旦書四律

汪　逸

萬户雖無爆竹聲，空中霹靂自飛鳴。新正只有建寅隼，元旦催教試筆成。銀海生花看雪舞，冰壺見底比心清。吹嘘願借春風上，霽色天開已放晴。

送舊迎新又一年，人間萬事尚依然。焚香守歲兒當坐，翦燭吟詩我未眠。郵政不勞輸拜帖，每歲拜年帖，郵差最苦分送。門楣也免換春聯。莫云舊曆爲今禁，行夏時由宣聖傳。

斗柄回寅夜欲闌，忽驚飛絮上闌干。金爐香炭添無已，蠟炷庭燎燒未殘。除夕不嫌星色暗，元辰倍覺曙光寒。何來積素盈三尺，預兆豐年農父歡。

若論新曆是花朝，舊曆年剛初一交。滿院素梨春色冷，一枝紅杏夢魂消。心心尚欲尋梅樹，急急還思覓柳條。爲問勸農時節近，晴明何日出東郊。

春日上黃鶴樓

汪　逸

　　如畫風光太可憐，江船盡把柳絲牽。山經細雨臙脂濕，荇染輕陰翠帶鮮。乍暖正裁春服候，微寒恰是養花天。三三兩兩遊人立，不是樓頭即水邊。

　　橫江西望杳西秦，蜀道湘波許接鄰。流水桃花入仙路，錦江玉壘出才人。去來客認頭陀寺，上下波連揚子津。清磬一聲天外響，白雲心淨隔紅塵。

　　豈是江山果值錢，如何名字耀千年。曾聞乘鶴標高舉，更見題詩動謫仙。杜若洲邊春又到，梅花笛裏信先傳。白雲處問辛家店，萬槳來迎不上船。

　　冥冥細雨悵天涯，漠漠帆來鳥去賒。倚檻白雲還自散，受風紫燕不禁邪。三分春色迎桃葉，二月江城賣杏花。勝過詩人崔與李，柴門一望即吾家。

黃鶴樓寫景

汪　逸

　　一陣涼風呼快哉，披襟似立楚王臺。寶刀不得截流水，亂世還須出異才。名士虛聲原畫餅，英雄無用託金罍。胸中塊壘雖千萬，每對江山笑貌開。

　　西窗陡見陣鴉屯，午晝居然似夜昏。綠水忽時成海立，黑雲直欲挾山奔。過江雨勢乘雷急，驀地波濤湧雪翻。蝴蝶一雙飛不起，掠人燕子去無痕。

　　尚是桃花浪漲時，春江水滿不爲奇。悠悠人在樓頭立，緩緩船從天上移。我笑神仙原幻化，誰將玉笛正橫吹。千年崔李匆匆過，便使名留天地知。

數日來吟數首詩，無人能識我爲誰。定非近代新詞客，莫是前朝老畫師。酒店但看面目熟，江山也爲姓名疑。若從嗜好評滋味，不是酸鹹俗客知。

和周樂菴六十述懷元韻

汪　逸

　　白髮黃髫看變遷，論心交許結忘年。一邱便可爲高隱，五柳從來居大賢。早解腰間三尺劍，正扶膝上七條絃。愛蓮說裏憐同調，茂叔無慙是乃先。

　　十年落日五湖遊，不羨阿童夢益州。地轉衡陽悲落雁，天迴彭蠡入孤舟。路經灩澦心曾破，歌放滄浪水自流。爲是詩人須入蜀，騎驢細雨不添愁。

　　閱世滄桑六十年，懸弧佳日慶今天。思親老淚雙行落，教子成名萬事全。掃地焚香消俗慮，填箱滿袖盡瑤篇。詞壇老將無人敵，又據金鞍唱凱旋。

　　蓬鬢雙雙屐齒忙，百年意氣自飛揚。賣書客到門難掩，看竹人多徑未荒。東閣春天迎雨急，北窗夏月有風涼。興來載酒登高處，飽飫湖山入醉鄉。

　　莫笑高歌一老狂，報韓欲小漢張良。唐虞揖讓方爲美，湯武征誅未有光。百戰乾坤沈暮氣，廿年烽火剩斜陽。桃花流水留儂住，爲問漁郎意短長。

　　種橘千頭不患貧，結廬仙地好藏身。弟兄姊妹同無恙，風雨文章信有神。北轍南轅呼夢夢，鳳絃鸞續喚真真。兒孫繞膝期頤慶，有客名皆署逸民。

和疊韻

汪　逸

　　蒼狗白雲幻瞬遷，青山綠水自年年。讀書也羨伊周治，避世方知沮溺賢。獨立亭亭君子意，悠揚浩浩伯牙絃。我心欲得公回顧，誤曲何妨後又先。

　　回首平生作勝遊，揚州短夢又梁州。長天秋水登仙閣，兩岸猿聲送客舟。雪浪一條巫峽吼，彩雲三月錦江流。放翁子美吟詩處，一笑真能破萬愁。

　　甲子乘除不計年，知君來自大羅天。華封祝裏三多聚，洪範書中五福全。咳唾盡爲珠玉貴，唱酬將集短長篇。嗟予不是蓬萊謫，空向詞場逐磨旋。

　　門前問字客無忙，此宅人休錯比揚。洗耳巢父胸可潔，窮經翁子道終荒。結交有味宜求淡，逐熱無心始耐涼。好水好山方放眼，浮名浮利是誰鄉。

　　鼓瑟嘗聞曾點狂，志殊三子轉爲良。敢非諸葛從劉備，合羨嚴陵避漢光。晉代傾心陶靖節，唐賢低首孟襄陽。老彭好古榮期樂，天與先生味獨長。

　　傾家釀酒詎知貧，壽世無權好壽身。花甲萊思猶孺慕，芒鞋竹杖益丰神。壎箎雅奏鬚眉古，朋友聯歡骨肉真。舍北舍南鷗鳥近，四鄰齊住葛天民。

雜　感

汪　逸

　　游戲人間五十年，自知哭笑解因緣。弟兄姊妹都安在，富貴功名早淡然。嗜酒苦無種秫地，教兒難蓄買書錢。吟成詩句非求賞，錯被旁人喚謫仙。

昔我思從遊俠名，腰横秋水意縱横。豈惟燕頷能投筆，願叩龍顏學請纓。拜袞年華容易過，伏波心事竟難成。而今老向書窗下，一卷殘經燈火明。

閒　居

汪　逸

黄昏坐到五更時，一覺誰知日欲西。菽水歡才爲孝子，米鹽盡乃見賢妻。身如野鶴成孤性，耳聽鄰雞又亂啼。不羨上林珍樹集，鷦鷯願藉一枝棲。

夜吟 擬作

汪　逸

夜來風雨逼窗前，紅被迢迢欲廢眠。爲有舊時心事在，每於睡後夢魂牽。隨身有影潛窺鏡，顧曲無人自弄絃。蟬鬢蛾眉慵未理，妍媸原不要人憐。

夜　景

汪　逸

一回黯黯獨成眠，百慮千憂祇自煎。燈暗鼠頻來枕畔，月明霜欲覆牀前。遙聞孤雁中庭過，起視銀河北斗懸。十二鐘鳴天不曉，計更真覺夜如年。

秋夜悵吟

汪　逸

　　數盡更籌天未明，却因何事悵頻生。小樓一夜聽秋雨，大雅千年留正聲。兒女未爲身外物，文章不在眼前名。心心庭樹蕭蕭響，落葉教人夢不成。

春日即事

汪　逸

　　庭堆衆綠已多時，屋上鳩鳴樂可知。冷酒乍嘗濃淡醉，羅衣新試短長宜。濕花雨細看難見，帶草書成辨欲疑。却憶去年此時節，燕泥污我手中詩。

和陳都欽七十自壽元韻 四首錄二

汪　逸

　　難和知因曲益高，國人迎杖論詩豪。論文倍覺精神健，問字甯聞明鏡勞。愈我頭風看小引，徵詩有小引。催人鬢雪誦離騷。數章舉典彌尊重，大雅何能作弁髦。

　　百年歲月任匆匆，繼往開來亦有功。五嶽雲煙奔腳底，六經浩瀚在胸中。旌旗數變江山冷，烽火頻驚天地空。流水高山原絶唱，誰能異曲又同工。

疊　韻

汪　逸

　　律細思深調更高，詩人庸衹是雄豪。走珠盤裏光無量，唾玉風中筆不勞。警句有時同李杜，長歌多半學離騷。當公旗鼓知公健，笑我吟壇垂兩髦。

　　天視非同人易昏，禍淫福善道終存。只將青史傳家世，何用黃金與子孫。處士方能親隱士，王門那許近柴門。放龜活鳥皆天性，濟物原非望報恩。

　　多士殷殷拱北辰，愛如日月見常新。座中叟是壺中叟，甌裏塵非面上塵。杯獻南山知有酒，主同北海豈無賓。少微星煥中天處，萬丈光芒視老人。

　　滄桑變化自匆匆，子孝孫賢陰隲功。新築仍依三徑裏，舊遊猶憶五湖中。人生七十真堪慶，身覩承平不是空。回首黌宮稱弟子，拈毫分韻語偏工。

絕句 五言二十八首

當　年

汪　逸

一臥經年月，春深冬又深。當年侍慈母，一霎恐移陰。

感　懷

汪　逸

骨肉離還聚，人生悲與歡。只愁九原下，難爲報平安。

客　感

汪　逸

一飯千金願，頻年作客身。月明珠有淚，我欲愧鮫人。

夜　思

汪　逸

華月暗還明，流雲散復聚。夜雨滴空階，落葉人何處。

示弟子

汪　逸

弟子須無倦，爲山莫厭高。傳衣當半夜，不説老僧勞。

古　意

汪　逸

寒烏夜夜啼，明月階前見。碧窗坐美人，惟以淚洗面。

夢

汪　逸

幼時依母立，膽小怯空房。入夢猶髽䯻，驚心喚阿娘。

憶雙親

汪　逸

昔時爺愛我，貴作掌珠看。見兒能上學，喜似得高官。

識字聰明候，爺嘗置膝時。如何能作字，難復教爺知。
在抱呱呱日，亭亭似玉辰。衣裳長幾尺，辛苦憶雙親。
映雪囊螢苦，當年冀有成。母親伴我讀，每夜必三更。
文得名家賞，心如及第歡。夢爺方獨立，捧卷請爺看。
每讀慈母吟，未忍作遊子。暫遊必有方，遠止數百里。
當時念親舍，每望白雲吟。今時親不在，徒自淚沾襟。

憶髮妻

汪　逸

昔我與髮妻，襁褓結爲婚。兩家原舊戚，況各號名門。
記予騎竹馬，真個到君家。相迎不相避，走告娘與爺。
君家何所有，門外有蓮池。魚戲蓮葉動，迷藏知所之。
君爲折蓮花，我欲采蓮子。却得並頭蓮，弄之心歡喜。
兩下本無猜，猜嫌起何所。至竟我負卿，不爲卿負我。

思故室

汪　逸

館食在嘉魚，家書通尺素。中言月下人，爲我牽絲故。
早有孤山性，原知妻是梅。因同前室姓，驚喜認良媒。
兩度輸羔雁，慈親年已高。娶妻非爲養，亦欲報劬勞。
再以梅爲妻，此福誰消受。外氏有高賢，梅福原吾友。
梅妻與鶴子，高名事非實。我欲傲林逋，真鶴雞群立。
國色有牡丹，無子終恨事。仲子生有文，況兼以子貴。

閒寫

汪 逸

長晝坐庭中，心孤欲何往。瀟灑無所爲，題詩桐葉上。

偶言

汪 逸

昔時貧賤交，今日不攜手。非忘車笠盟，此盟固難守。
偶遊山谷中，愛蘭生谷底。不借清風吹，香氣自不已。

絕句 七言六十八首

黃鶴樓雜詠

汪 逸

黃鶴樓頭氣象雄，手持碧杖意無窮。遥知下界人爭羨，身在天風鼓盪中。

題詩曾作小勾留，玉笛橫吹跨鶴遊。一個仙人一才子，斯樓從此自千秋。

煙花三月大樓前，李白相逢孟浩然。腸斷故人天際去，客中送客倍堪憐。

右軍書法本難摩，買紙聊來換白鵝。搨得鶴樓帖一幅，黑雲爲墨濕痕拖。

江干瞥見雲中君，我欲裁雲作練裙。空際無心任舒卷，白雲如我我如雲。

朱欄矗立絕塵埃，一半窗紗面水開。驀地嵐光飛不起，片雲拖雨過江來。

沙鳥風帆畫不成，忽時朗日失空明。夕陽映水紅霞徧，怪得人間重晚晴。

九派江流貼地寬，滔滔日夕擁波瀾。塵心淨處渾無慮，祇解登臨作壯觀。

好把禪心證道心，古頭陀寺許相尋。數聲清磬江風冷，知有魚龍聽梵音。

芳草萋萋問晉唐，難知千載事茫茫。何當沽取辛家酒，飽看江山入醉鄉。

黃鶴樓偶寫

汪　逸

一回獨坐思悠悠，劫換紅羊又幾秋。飛過洞庭秋水闊，人間不數岳陽樓。

三楚頻年百戰餘，遺詞猶復見官胡。兒時憶得楹聯好，盡數鈔來當誦書。

南皮相國著風流，爲建江干奧略樓。便與白雲共千載，也同黃鶴去難留。

何處高吟抱膝亭，亭爲端方築，書有扁。遠公心事在傳燈。端善書。右軍書法終軍態，一曲淒歌薄李陵。聞端死時高唱《碰碑》一曲。

題睡仙亭

汪　逸

枕畔摩挲不計年，須知無此睡神仙。分明喚醒痴人意，世事都歸夢裏天。

舟行途中偶題

汪　逸

蓼花紅處藕花疏，水國風光畫不如。正及江南蓴菜味，小橋人喚賣鱸魚。

歸行途中

汪　逸

一鞭遙指暮雲低，草色青青逐馬蹄。正及歸來春未晚，桃花滿地一鶯啼。

題漁舟圖

汪　逸

漁夫舉網婦提綱，兒女雙雙打槳忙。網得鱸魚長一尺，全家生計水雲鄉。

釣　徒

汪　逸

白雲散處綺霞鋪，江海煙波隱釣徒。便覺米家風味小，一船書畫不如無。

家人催酒冷，漫應之

汪　逸

閒庭草色碧含波，燕子啣泥欲作窠。酒冷不妨春欲暮，呼童莫掃落花多。

補夢中作 四首錄一

汪　逸

　　採樵不問讀書身，萬朵雲隨身更輕。愛著謝公雙屐貫，我原無術濟蒼生。

偶　感

汪　逸

　　虛負青春咎已深，翩翩書劍誤心心。杜陵縱有驚人句，莫向人間問賞音。

感　舊

汪　逸

　　客路每生知己感，文章回憶少年時。風流搖曳情何在，夜雨蒼茫寫舊詩。

荷　葉

汪　逸

　　一湖春水憶初生，草綠江東萬恨成。荷葉無情秋亦老，人生何況是多情。

四更

汪　逸

四更枕上百懷驚，聞雨傷心夢不成。卻起挑燈思舊事，數莖白髮暗中生。

柴門

汪　逸

一庭黄葉覆青苔，寂寞柴門向水開。莫笑家貧無客到，秋風秋雨滿山來。

偶興

汪　逸

釣魚艇子便爲家，兩岸蕭疏見蓼花。聞道白頭相國死，何如我輩老煙霞。

醉後讀梅村詩寫感

汪　逸

讀罷新詩淚幾行，美人名將總茫茫。不須數盡興亡慟，千載河山幾夕陽。

寫懷

汪　逸

最愛東坡海上詩，奇於太白謫仙詞。鈔成數首雛姬唱，恰是楊妃食荔枝。

　　杜襄陽與孟襄陽，破帽疲驢一例狂。太息仙才李太白，一生惟遇賀知章。

　　仰面貪看雲外鳥，低頭欣見水邊花。春風燕子雙雙到，正倚柴門日未斜。

　　李杜才高遇略齊，夜郎流謫草堂棲。千年大雅難重作，猶是蒼蠅惑曙雞。

讀史偶書

汪　逸

　　入關約法布三章，十罪紛紛數項王。獨使太公心肯否，就烹還要索羹嘗。

　　垓下歌成冠大風，美人名馬也英雄。三年呂雉軍中奇，禮義千年拜魯公。

　　三尺龍泉夜未央，貞魂血淚濺衣裳。他年人覘傷心事，爭及原頭草亦香。

　　王楚王齊意未終，漢家無計可酬功。未央宮入黃昏冷，難向淮陰收釣筒。

　　秦亡楚滅漢家興，何恨弓藏鳥盡情。獨是自尋松子去，卻教四皓入西京。

　　故國報仇恩已絕，他鄉託子事堪悲。君家父子真同病，輊極讒人一例隨。

夜雨不寐，枕上口占

汪　逸

　　細雨斜風又一年，佩囊書劍各依然。騎驢卻到湖西去，魂夢猶知訪舊緣。

　　心清也自醉流霞，不入天台不是家。五更夢覺虛惆悵，猶喜孤燈照落花。

　　林和靖與嚴陵叟，外氏家風愛隱倫。此生也作梅家壻，半學詩人半釣綸。

閒居口占

汪　逸

　　當年絶調數漁洋，秋柳而今傳四章。風韻翩翩共欣賞，詩中有話本王郎。

　　梅村長句豔還豐，真有唐初四傑風。欲掩義山賓客處，金聲玉振律尤工。

　　茶村詩味冷如僧，誰道皮毛襲少陵。詠到金焦山色好，新城祭酒也難能。

　　千載消魂萬壽山，定山堂句在人間。可憐庾信詞名減，爲顧橫波一破顏。

　　一代風流異翦裁，清詞麗句有袁枚。詩家最貴天然豔，捉筆爲花始是才。

遊赤壁拜東坡像

汪　逸

　　斷岸江聲流斷冰，梅花夜月影層層。若尋赤壁當年火，蘆荻叢中一點燈。

　　坡叟當年夜泛舟，而今傖父也來遊。千年風月才人管，公瑾阿瞞兩不留。

　　玉堂歸去戀清遊，水月仙人處處留。非道先生獨赤壁，先生何必不黃州。

七　夕

汪　逸

　　又値新秋第七宵，舉頭應望鵲填橋。此生難復糟糠聚，猶爲雙星一拜勞。

論詩口占

汪　逸

　　絕代丰神王阮亭，雞林傳購藝林珍。即論感舊情深處，也算千秋第一人。
　　漁洋以外數何人，海内同知有二村。春色已教梅占盡，烹茶寒夜亦消魂。
　　吾楚原爲詞客宗，蘄州猶有顧黃公。白茅更比芙蓉白，不羨花成全樹紅。
　　竹垞詩成每絕倫，淡中彌自見深春。若教位置宜何許，遠比高人王右丞。
　　長安米貴語含嘲，顧況當時太自豪。詩學傳燈原不易，説鈴汪子等前朝。
　　重把西樵細品題，愛才孰與鈍翁齊。不憎虎跡蠶叢句，何況空梁落燕泥。
　　別裁詩格倍辛勤，沈約於茲有替人。時復自家成絕唱，亦韋亦柳亦精神。
　　倉山才調信風流，輕薄論詩哂未休。杜牧莫嫌白傅麗，掌中腰細夢揚州。

江上歌

汪　逸

　　朝送賣花人過江，晚接賣花人上船。江色可畫船可坐，還歸賣酒家中眠。
　　黃鶴樓上倚碧窗，黃鶴樓下臨大江。渡江桃葉誰迎接，春槳搖搖一萬雙。

感　書

汪　逸

　　淮南芳草日遲遲，五十年華老未知。春雨秋山無限好，消魂最是夕陽時。

寒　食

汪　逸

　　花滿闌干酒滿巵，江邊楊柳更絲絲。韓翃未許同名誤，自有春城一首詩。

題劉氏書齋

汪　逸

　　枇杷靜院午風涼，蕉葉題詩日影長。忘是古人忘是我，綠槐深柳讀書堂。

秋夜感書

汪　逸

一夜朔風方使雨，十年辛苦自編詩。耳中落葉蕭蕭響，正向青燈誦楚詞。

聞磻漁兄跌足，詩以慰之

汪　逸

先生久絕沒階趨，甫也寧爲墜馬乎？何事尚教鼎折足，好教來去借雙鳧。

卞子山中徒泣玉，管甯樓上且棲身。料得苦吟神入定，只除詩札問閒人。

造化由來本忌才，文章千古只堪哀。從茲閉戶窮幽討，懶共胡僧話劫灰。

平生性淡與誰親，坐愛遠山意味真。何用黃金鑄賈島，北窗高臥是詩人。

四言 二首

夜　歌

汪　逸

羣星爛爛，長夜欲半。撫劍增懷，浩歌達旦。

夏坐書齋看雲戲寫

汪　逸

雲在空中，光景奇絕。白者如雪，黑者如墨。化作蒼狗，化作老人。獅龍虎豹，馬牛麒麟。忽若尖山，忽插劍鋩。不可名狀，欲低又昂。怒將震雷，疾將行雨。涼風前驅，掃除酷暑。

六言 二首

遣　興

汪　逸

春去春來人老，花開花落鳥啼。幾個游魚深淺，一雙蝴蝶高低。爛熳三春煙景，逍遥百尺樓臺。醉倒一杯美酒，能忘萬古浮埃。

五言排律 一首

憶父十二韻

汪　逸

太息嚴親背，於今已十年。悠悠大江水，漠漠柳條煙。送父曾茲濟，當時如在前。曉風初觸病，細雨欲埋船。兒女飢誰救，辛勤苦自憐。魚書猶悵望，雁信尚留連。只擬行初抵，誰知柩已還。母親逆江山，愛子及河邊。淚盡空存血，雲高但見天。一從失歡笑，惟有夢團圓。百里徒鄉葬，中心尚缺然。清明寒食近，拜掃託人先。

七言排律 一首

示兒十二韻

汪　逸

汝年十五欲何爲，正是尼山志學時。莫比周兄稱不慧，豈同湛叔號爲癡。三餘董語真堪寶，四勿程箴實可師。秋夜有燈非映雪，春蠶食葉尚成絲。竊同晚稻饒期望，更比嬌花謹護持。富室尚須求有子，貧家豈可嘆無兒。析薪微賤都難荷，跨竈榮華未易期。謝氏戒囊終有術，杜公責佩也曾詩。吾家祖德人爭羨，乃父薄能世共嗤。勉力尚能爭上乘，荒嬉便是棄良知。廚中鹽米何須問，門外喧闐不必窺。孟母斷機言有道，管寧割席義無私。明窗淨几供三傳，掃地焚香讀楚詞。老馬羨駒方附驥，家雞勝鶩好臨池。之無略似孩提辨，歲月驚同雷電馳。白髮幾曾饒貴賤，青春未可誤毫釐。只無凡鳥題譏鳳，便合熊羆入夢思。樂府戒人虛少壯，詩書益爾莫狐疑。後生可畏宜乘早，老大徒傷便已遲。慎讀花開堪折句，直須折取最高枝。

附　錄

自序云：予束髮學爲制藝，不甚喜，喜讀古文，窮晝夜讀之不倦，亦時時讀唐人之詩。弱冠忽捨古文而專讀唐人之詩，亦夫子執射執御之意也。蓋以詩之難求，爲少易於古文也。及致力乎是，則仰之彌高，鑽之彌堅矣，然欲罷不能也。於是食不求飽，居不求安以讀詩，亦偶學之。叔父見而喜曰："昔汝祖喜詩，今汝能喜詩，是亦可喜也。"迄今頭童齒脫，而好詩不輟。手執一卷，非陶即杜，非王即孟。所謂太白、樂天、玉溪、昌谷、東坡、放翁者，顛倒於魂夢。近代如梅村、漁洋之詩，亦把玩不忍置手。而下筆何以令人捧腹耶？昔太史公行天下，周覽名山大川，故其文有奇氣。少陵、劍南皆入蜀，放觀山水之奇，而其詩益異。今予獨坐一廬，雖日與古人面目相親，夜與古人魂夢相接，而足跡所至不過數百里之外，無高山大川以恢拓吾志氣，滌蕩吾心胸，又何以爲雄偉奇特非常之詩哉？是予所以用力勞而成功拙也。

予名予集曰《夢唐》，非敢窺唐人之門牆，望唐人之閫奧也，而夢想則在乎唐而已矣。華胥之夢，精靈所結也。蕉鹿之夢，迷惑所釀也。邯鄲之夢，幻念所搆也。予夢唐之夢，則景慕之思也。唐以前有詩，窮詩之源而上溯於唐虞三代、漢魏六朝，根柢何其厚也。唐以後有詩，窮詩之流而下至於宋元明清，衍爲江西七子之派，支蔓何其繁也。而唐一代，則爲詩之精華所集。子美以外，拔類出萃之才不知凡幾。同時與子美旗鼓相當者，則有謫仙。相頡頏者，則有岑、高、王、孟，次則太祝、左司。餘則終唐之代詩人之傑出者，若韓，若白，若樊川、義山，皆不能出子美之範圍。嗟乎，詩而至於唐，若天外之麟鳳、地上之奇珍、海表之異物、蓬島之仙人，以及常見之日月星辰、御廚之八珍美味、山川之獅象犀角珍珠璣瑁。神龍之變化，天帝之莊嚴，霓衣雲錦之光華，幽人處士之飄逸，靡不畢見矣。大矣，至矣，觀止矣，無以加矣。予之饕餮之嗜在詩，而心在唐，魂即夢唐。至平生有一句一字之或近乎唐，或略似唐之何人，則予亦不自知也。或有時直寫唐人之句以爲己詩，則予亦忘之也。此予集之所以僭曰《夢唐》也。而或以罪予，則予亦當萬死而莫辭也。

曩者或謂予曰："詩人少達而多窮，子何必爲是？"予笑曰："有是哉，詩之能使人窮乎？詩人之無達乎？予則不患窮而患不能爲詩人也。"迨後，余好詩愈篤，遇果愈窘，然終不捨，是今乃疏食之不飽，糟糠之不厭，而詩亦卒無成。於是乃徬徨太息噓唏，以謂若竭此數十年之精力，爲謀身謀食計，而爲商爲賈，或爲醫爲巫，爲梓匠輪輿，雖不能富，當免於飢寒，安得一窮至此乎？然予不悔也。

予觀《湖北詩徵》之憫予先祖曰："苦吟半身而名不出於鄉里，可哀也夫。"然有《詩徵》之揚之，小子又以遺稿付筱舫重刻之，其詩之可貴，有識者自知之。獨予不能詩而好詩之名，則同儕已稔聞矣。而果能言詩也哉，則予之自憨也。予詩之才之力不能及先祖萬分之一，而視先祖之能韜光隱慧爲何如也。是以先祖之殘篇斷稿，久而益貴，予小子寶藏之，弗敢遺也。余則何敢冀是哉。

乃筱舫既以先祖存詩編入《桃潭合鈔》正集，又縈予稿付刊。嗟乎，予詩何足以刊哉？而筱舫之請方數數也。於戊辰之冬録舊稿十分之三予之。茲筱舫將實行付梓，取原稿囑予再加審定。予覝之，不愜意者甚多。欲置此，再鈔新稿予之，苦無暇，又不能自知其妍醜而加去取，於是仍以舊抄之稿予之，近作偶加入一二篇耳。

噫！予之學文不成而學詩，又欲棄而他學，則予亦已老矣。予又嬾，不自愛惜其稿，隨作隨滅，不欲使痕留於天地之間，而亦萬不能留於天地之間也。偶以所棄餘自供其狂吟嘯傲，則捉襟見肘。而聲出於外，或以爲風水之相擊，或以爲金石之自鳴，或以爲飄雨之驟至，或以爲雷霆之震驚。其或大江明月之下，危樓半夜之間，音響震乎天空，咳唾動乎溪壑，將舞蛟龍而駭虎豹，破鬼膽而潛妖精者，皆予之讀詩也。

歐陽公曰："非詩之能窮人，殆窮者而後工也。"其近然乎？而予之窮而不工何耶？司馬子長曰："詩三百篇，大抵聖賢發憤之所爲作也。"其信然乎？且夫鳥獸草木蟲魚，猶能發其聲輝，極其歡樂於一時，而瞬即息滅。猶人之得富貴，衣錦繡，坐高堂，食前方丈，侍妾數百人，非不樂且榮也，瞬即與鳥獸草木蟲魚同澌滅而已，誰復知其名氏者。知其名氏，則唾之罵之，安有聞其名而羨慕無窮者哉？今試以顏氏子簞瓢陋巷，與古極奢靡雄豪之王公卿相比其聲聞，而人願爲顏子乎？願爲王公卿相乎？然而目前之困厄，則難受矣。蓋世之榮寵，則羣震駭之矣。

子曰："齊景公有馬千駟，死之日，民無德而稱焉。伯夷、叔齊餓于首陽之下，民到於今稱之。"古之人恨鄙陋没世而文彩不表於後世者，皆豪傑之士也。今予之詩雖未成，而予之嗜此不知老之將至，蓋亦忘肉味而薄芻豢矣。夫子聞韶而學之，予愛唐詩而夢之。夫子壯盛有志於周公而夢見周公，及衰而不復夢見。予之夢唐，殆猶未已也。何也？夫子之德已爲周公矣，復何夢？予之詩未能爲唐也，故仍夢唐而已矣。民國壬申九日經五自序。

增訂桃潭合鈔正集卷第十一

景蘇堂詩集

黃岡汪明源同子翺、翔著
姪燊筱舫重刊

卷一　儲園詩集

公詩名甚噪，每操觚，立就，而尤精帖括。戊戌春闈，總裁長沙徐尚書樹銘批中有"詩冠群倫"之語。生平稿多散佚，不自矜惜。然成詩六巨冊，不意己未臘五稿燬於火。茲就散見於各處及追記所知者，得詩四十首。公別號儲園，因哀之爲《儲園詩集》，蓋不及以前百分之一耳。編者識。

湖天書景

汪明源雯青，黃岡。

幾間茅屋水雲隈，竟日曾無車馬來。湖上閒鷗天上月，朝朝夜夜靜相陪。

古劍甲申經心課題

汪明源

樓蘭已斬雁門平，賸得腰間紫電橫。舊匣塵封騰虎氣，孤燈影逼閃

龍睛。空山暮雨苔痕老，匹馬秋風酒伴輕。若問青萍幾甲子，茂陵銘語欠分明。

古　硯

汪明源

冰寒石瘦碧花浮，分得端溪一片秋。鍊就鴻才三百輩，養成黃卷五千籌。貞心歲久留全相，即墨功多讓故侯。修到頑仙原有分，漫云偃蹇在書樓。

古　畫

汪明源

繁華歷盡此冰綃，金粉模糊半未凋。數點雲烟皆太古，兩三人物是前朝。巴陵賸跡留山水，摩詰遺詩認雪蕉。一自點睛化龍後，蘆簾梅帳望迢迢。

古　書

汪明源

蚓蛇蝌蚪篆文圓，點綴人間歲萬千。幾輩殘魂留石匣，何人秘笈號珠船。秦書烽火疑無字，漢史胡盧別有天。莫怪嫏嬛稱福地，須知脉望亦神仙。

咏燈花

汪明源

净案焚香神四馳，青燈寂寞味尤滋。若非書味從人領，那有心花怒發時。

納　涼

汪明源

　　暑氣滿身侵，乘涼傍竹林。水搖梳石髮，露冷沁芘心。好句閒中得，清蟬夜更吟。流螢紗扇撲，妙趣豁胸襟。

春日即景

汪明源

　　西疇有事正春耕，水綠陂塘蛙漸生。似有無中看草色，半陰晴裏聽鸝聲。王維詩字傳應遠，庾信文章老有名。兀坐清齋愁悶起，呼童沽酒快稱觥。

訪仙舫不遇

汪明源

　　尋君不覺到邨邊，一路徐行步陌阡。窺室寂然塵滿座，上堂惟見榻高懸。也知數會無多語，怎奈三生有夙緣。此去何須留後約，相期還在月初圓。

詠　扇

汪明源

　　搖搖手中扇，天熱任驅使。秋至北風涼，拋在空箱裏。

憤　時

汪明源

模棱兩可蘇味道，口蜜腹劍已無恥。真是笑裏藏刀人，世間無物堪與比。

醉中吟

汪明源

有酒常不飲，一飲盡一斗。以此號酒狂，名掛畢卓後。醉時天地窄，日月爲戶牖。拔劍舞且歌，兒童驚欲走。舞罷興方酣，來持掃花帚。一掃花不見，再掃陰還有。拋帚冒花陰，學作獅子吼。借問此何人，像箇劉伶否。

訪程君藍田

汪明源

出門何所往，遙望白雲扉。相見無多語，別來願又違。我行蛙避水，人語鳥驚飛。底是兒童好，依依不忍歸。

甲午春日感懷 八首錄二

汪明源

聞道今年選佛場，阿儂報罷覺情傷。怪他村落無鹽女，猶把鞦韆鬥短長。

惆悵當年事不平，王嬙西子悔知名。蒼天不管人間事，瓦缶雷鳴鐘不鳴。

贈江南友

汪明源

麥風梅雨鷓鴣天,有客來從白下邊。問訊江南好風景,秦淮河畔綠楊烟。

甲子花朝 七古

汪明源

東風着力將人喚,九十春光已過半。地僻無人作花朝,數點桃花縈井畔。古來焦桐供薪爨,世事不平堪扼腕。提筆四顧任縱橫,時復挑燈把劍玩。床頭已乏買酒錢,梅杏争芳景燦爛。一朝無酒俗了人,呼童沽酒將詩换。濁酒三杯下漢書,燈光閃閃揺書案。一刻韶華不可拋,君不見夜以繼日周公旦。

課　子

汪明源

胎教原從聖母傳,始基能立在髫年。參禪悟道功由静,霽月光風品是賢。池上鳳毛須濟美,城中蝸角漫争先。案頭時把箴銘讀,免得浮雲滓浄天。

遣　興

汪明源

囊内無錢倒酒罇,新禾遍野緑盈門。地鄰慕義十餘里,家住安仁一小村。幾嶺松風繞鶴舞,半鈎水月被魚吞。他年得占鰲頭日,猶記鄉居古道存。

大旱憫農

汪明源

旱苗枯欲盡，天意不曾回。知否豐年裏，農人亦快哉。

甲午重陽

汪明源

挈伴徐行到上方，恰逢今日是重陽。風高葉落山門打。雨霽花開菊圃香。幾曲螺峰留畫意，一樽蟹酒醉詩腸。歸來披得登科記，爲話榮枯興未央。

金銀花

汪明源

名花何事號金銀，素艷黃華壓晚春。不是此身貪富貴，怕教人世厭清貧。蜂衙滿貯鬚猶載，蝶路平鋪翅欲馴。寄語寒梅休見棄，多財曾未減風神。

鳳仙花

汪明源

曉來聽得園丁報，昨夜花開小鳳仙。分付牙牌齊上食，酒盃寬放麴塵天。

田家鎮觀操

汪明源

奇險成天塹，田家鎮布防。鼓聲喧雨點，劍氣耀星鋩。斷岸朝烟净，荒江夜月涼。乾坤須整頓，努力把時匡。

菊　感

汪明源

年來身與愁爲敵，獨對黃華意氣揚。靖節一生惟酒友，東籬從古是仙鄉。人逢知己死無恨，蒂結同心花有光。舉世悠悠向誰説，闌干倚遍趁斜陽。

菊　興

汪明源

滿身穿就黃金甲，來對西風舞一場。傲骨可撐燕地雪，芳心能破楚天霜。調和鼎鼐餐無價，點綴乾坤死亦香。漫道此花開後少，亭亭枝葉遍村莊。

舟過黃石港口占

汪明源

前月曾作黃石遊，今朝復出黃石路。人來人去成古今，西塞山頭飛白鷺。

別武昌即事

汪明源

驪歌高唱大江東，人物風流澹欲空。回望武昌山色裏，數聲雞犬翠微中。

丙申豫章學幕，次韻和劉文山光焕《白蓮花詩》八首，茲録其四_{時劉官江西縣令，被議改降，賦詩見志，屬予和作，故詩中云之}

汪明源

好句争傳宋子京，緑楊紅杏曉寒輕。三春鬪艷花無力，五夜驚秋葉有聲。翠蓋飄零摇不定，珠璣的皪咳初成。芳心一點難抛却，不藉東風又發生。

楚江蓮葉自田田，惆悵靈均寫照邊。香草每生名士感，好花合受素秋烟。風清月曉時疑墮，緑暗紅稀倍覺鮮。回首瀟湘烟水闊，好留國色待華顛。

幾回搔首到蓬萊，一片空明弱水隈。夢爲遊仙重疊見，花因養艷整齊開。霜濃葉敗隨風捲，日暮烟銷待月來。獨立湖心亭上望，嫣紅姹紫總輿臺。

細評花事較錙銖，且向烟波作釣徒。未必天心非玉女，那堪俗眼對金夫。生涯到處萍飄水，香國於今紫奪朱。飽歷星霜仍故我，爲留清白到江湖。

贈劉幹丞軍門_{並附和作一首}

汪明源

將軍百戰净烟塵，景色園林歲歲新。虎甲韜符都不筦，好將餘力作詩人。

附録和作：翹首蒼溟滿目塵，岳家兵壘仗誰新。自慚老至居林下，愧對金華殿上人。

過韓侯嶺

汪明源

韓侯昨夜看星斗，知有文人過嶺回。寄語他年修漢史，三雄合配項劉來。

寄次子翔，時翔宰信陽，有室人懷孕，故及之

汪明源

三十年來學作父，萬事皆先子獨遲。弄瓦弄璋渾不管，一函先報老人知。

感　懷

汪明源

名士從來多落拓，美人強半有離憂。清名艷福相兼并，壓倒人間五大洲。

當代錢龔兩尚書，天生佳麗佐歡娛。後來金屋知多少，顧柳曾經見一無。

贈某公

汪明源

平生心跡最相親，各處天涯若比鄰。明月為同三徑夜，綠楊宜作兩家春。知多世事休開口，閱盡人情只愛身。羨煞書棋修眼福，泰山北斗仰儒珍。

己未十月十日爲余生辰，遊漢口新市場有感

汪明源

滿場游客滿場歌，勝會生辰今日過。醜婦效顰成巧婦，借春手段得春多。

儼借新場敞壽筵，林林濟濟客翩翩。世間萬事都成幻，幻到如斯有夙緣。

卷二　穌聲堂詩集

作者少時最喜吟咏，年未三十得詩二千餘首，名曰《少年詩集》，亦於民國己未年嘉平五日稿成灰燼，以後痛戒不復作。近復銳意治古文業，欲以韓、柳、歐、王、蘇、歸之文，用闡堯、舜、禹、湯、文、武、孔、孟之道，有《穌聲堂文集初編》待梓。茲輯散見於各處及最近所作詩若干首，名《穌聲堂詩集》，附於《儲園詩集》之次焉。編者識。

憶友 爲襄陽趙子元作

汪　翱 奉初，黃岡。

昨日同一署，今朝別我去。夜雨滴苔階，幽人在何處。

赴齊安途中口占

汪　翱

已過鄉邨賣酒旗，林園幾點蝶魂癡。乾坤莽莽非無主，宇宙茫茫有遠思。掛杖峰頭觀落日，尋碑山下湧新詩。艱難大局誰能挽，目擊滔滔但撫脾。

湖上排悶

汪　翱

余本楚閒人，愛此十畝塘。昨夜微雨過，雲色混湖光。今朝悶無聊，獨至谿上堂。履響驚魚躍，風搖助荷香。幽溪人罕至，鷗鷺自成行。風吹魚鱗起，水淺波不揚。蘋蓼自爭開，對此覺心芳。早稻既已割，晚稻今又黃。有志安生民，應除當道狼。解絛人未得，暫向茅廬藏。閒暇偶吟詩，詩成付錦囊。

追憶辛丑七月十三日舊作

汪　翱

正當七月十三夜，竟日狂風晚未收。窗下讀書聲澈野，階前覓句月盈樓。雄心欲掃三千里，問歲剛過廿二秋。時未遇兮棲鄉曲，新涼天氣與春侔。

小園閒賦

汪　翱

讀罷携鋤去，園中喜自耘。雨微千畝露，水白一湖雲。事少尋山遠，心閒滌硯勤。興來時覓句，向晚立斜曛。

無題

汪　翱

泉聲泉貌自涓涓，與耳謀時思渺然。午夢將成誰喚覺，荒齋欲飾苦無錢。貧家挑菜和根煮，半夜烹茶帶月煎。本欲穿雲採藥去，恐人訝道是神仙。

山　行

汪　翱

風雨欣初停，落葉正滿地。沙灘淺水邊，乍有遊人至。遂謝舟人起，治車按綏轡。雨灑有微痕，好似窮途淚。晚風吹行衣，山下滴蒼翠。車聲喧道中，鳥雀驚欲避。歸來何所爲，沽酒床頭置。晚涼烟霧開，露出林中寺。宇宙亦奇觀，不覺動詩思。

縱　筆

汪　翱

巖上無心雲出岫，詩成竟有夷人購。飲酒讀書四十年，步行奪得山水秀。醉時提筆任縱橫，恰好清風携兩袖。回看皓月掛中天，潋灧團圞明如晝。

庚子春遊東鄉呂純陽寺

汪　翱

絶頂一高岡，危崖不可量。直上三十里，時稱最上方。雲消烟霧開，千里目可望。旁有古時寺，寺中呂純陽。昔年仙者去，至今亦流芳。客到驚犬吠，犬在白雲鄉。扣門門始啟，烹茶羅酒漿。盤桓松竹下，感僧敬意長。歸來日已暝，高譚興未央。

漫興十七字格

汪　翱

朝覺山光好，暮覺山光好，日出抱琴來，太早！
不作宦遊人，願爲持竿叟，世事自茫茫，能否？

試　筆

汪　翺

晚風吹散隴頭霞，百尺樓中望月華。秋氣先來高士宅，好詩不到俗人家。怡情最是琴兼鶴，適意無非酒與花。爲訪良朋尋美景，林深草軟護平沙。

夜雨書景

汪　翺

静夜喜領青燈味，況是簷前雨滴時。芸案焚香閒作草，藤牋磨墨戲題詩。座間寂寂怡神久，窗外瀟瀟送響遲。情景相融轉惆悵，好將懷抱寄相知。

春日偶成

汪　翺

柳絮平鋪隴畝東，清溪纔可小舟通。春明到處聽茶皷，日煖沿隄下釣筒。兩岸桃花烟帶雨，一湖芳草水兼風。會心盡日忘歸處，滿野人耕衆綠中。

翫止水

汪　翺

湖上結茅亭，幽居敵華屋。屋外數株松，屋側萬竿竹。松既臨風清，竹亦映池綠。白鷺帶煙飛，翠鳥林邊宿。風平浪息時，游魚四五六。香餌偶投中，隊隊爭相逐。我亦證心源，俯檻側雙目。迎眸洗俗塵，澈底見幽獨。翫㺷亦怡情，癡心聊自足。偶來採樵人，斧聲出空谷。

湖村水漲，楊柳幾與水齊，感而賦此

汪　翱

湖光掩映小窗西，閒臥胡床看舊題。蒲葉欲和山雨重，垂楊勢傍水雲低。好詩寫就人將倦，午夢醒時鳥亂啼。醉後登舟消酒力，野烟四起路應迷。

居家閒賦

汪　翱

瀲灩風光畫不如，還鄉自署釣魚居。喜當浪息風平後，愛看雲消月上初。興到攤箋題斷句，閒來開篋理殘書。吾生漫問窮通事，湖水悠悠混太虛。

月下閒吟

汪　翱

遠遠青山乍有無，新詩吟罷足歡娛。三更夜氣清風蕩，十里湖光皓月鋪。紅蓼花前弄玉笛，綠楊村裏試新蒲。未能拋得家鄉去，描取漁翁作畫圖。

水閣雜記

汪　翱

水漲湖村地亦降，怒濤竟夜枕邊撞。綠楊村裏船三四，紅蓼灘前鷺一雙。魚市偶經難得句，菱歌雖唱不成腔。而今參透盈虛理，净掃胡床臥北窗。

舍南野步

汪　翱

日暮偏隨倦鳥還，耽吟只爲好湖山。放懷碧浪青雲外，得句殘枝敗葉間。老鶴終年如我瘦，沙鷗竟日傍人閒。果能識得盈虛理，盛世原非造物慳。

秋日雜興

汪　翱

遠遠舟行短短蓬，一年秋至又匆匆。鳥飛山色湖光裏，人在清風明月中。竹映疏簾三徑綠，霜侵落葉半林紅。莫憎水潦添佳景，打槳灘前學釣翁。

湖天懷友

汪　翱

爲掃胡床臥白雲，林中歸鳥自紛紛。櫓聲欸乃和風送，人語依稀隔水聞。老樹參天千歲在，好花映户數家分。琴書酒伴皆隨我，日日窗前最憶君。

秋日湖村晚眺

汪　翱

遠山木落晚峰齊，烟樹交加鳥亂啼。四野人歸風滿徑，一枝花放水盈谿。黑雲吐月遲遲出，白鷺啣魚故故低。步到橋頭時縱目，吾家遥在水之西。

十月十八日自黃安返鄉遇雨偶題

汪　翱

十月人家煙雨沉，途中不覺動微吟。天邊黯淡詩情遠，客路蒼茫旅況深。小市孤城留信宿，亂山古驛乍登臨。笑余歸路衣痕溼，半是西郊雲氣侵。

洧川道中見柿樹，垂子累累，紅黄可愛，口占以詩

汪　翱

彌望浮雲貼地垂，紛紛秋雨細如絲。輕車八月河南道，正式連村柿熟時。

別泌陽途中見山有感

汪　翱

年來人事太匆匆，底事初冬聽曉鴻。回首泌陽城外路，青山半在白烟中。

在廈門贈胡公省闇先生原作

汪　翱

京華回首十年前，講院春風樂最全。今日忽來閩海島，重重舊事總如烟。

干戈擾攘到於今，往事閒來仔細吟。客裏忽逢新歲換，三千里外故園心。

山河破碎誰能整，滄海橫流孰使平。旋轉乾坤分內事，休將詩酒了餘生。

中央獎令播全閩，召杜循聲久在民。安石紫陽曾作令，宰官須用讀書人。

步省闇先生原韵五律一首

汪　翱

到處皆吾宅，雄心願不違。名山嵌入畫，怪石蘚爲衣。慎語思緘口，修身學佩韋。廈門旬日聚，更喜近來稀。

又和七絶一首

汪　翱

天外飛來山景奇，託根况在海之涯。王維畫稿傳千載，長寶先生筆一枝。

壬戌佛生後一日，在巴東縣署成詩二律贈羅明府

汪　翱

漫道彈丸小，人民社稷全。况經兵燹後，不讓寇饒先。堂静琴招鳥，亭高鶴舞烟。放牙公牘簡，散步晚霞天。

循吏兼儒吏，公餘便作詩。庭閒芳草色，堂静暮雲思。壁削天疑小，山深花欲遲。刑清政亦簡，漫减寇萊時。

壬戌四月遊無源洞 步羅庚甫原韵

汪　翱

太虛浮乾坤，莽莽九萬里。歐亞美澳非，中外車同軌。獨我亞洲

地，山水尤清美。水成萬仞山，山復吐清水。羨君鬢髮霜，總爲蒼生累。清泉石上流，欲把琴絃理。竟日已忘歸，訝是桃源裏。

再疊前韵

汪 翱

聞有無源洞，距縣二三里。可惜路崎嶇，未能闢車軌。今朝雲霧開，風和日且美。天炎腹易渴，飽飲清泉水。嗟我百年身，總爲室家累。安得此桃源，參禪悟至理。巴邑亦金湯，山河爲表裏。

巴東勸林亭即事成律二章，有序，兼贈羅明府

汪 翱

邑志，巴東今縣治，寇忠愍令巴時改置也。縣廨位巴山麓，臨大江，形勝爲吾楚冠。羅君庚甫宰是邑數月，政通人和，乃就官廨後之望雲亭而新之，以爲觴集駐巴諸將帥之所。黃岡汪翱以公蒞此，亭左右各闢地數畝，播植物種子無數，凡以察其性而廣之民間也，故易名曰勸林亭。亭高廨可二丈許，登而望之，山河在目，可得全勝，余題曰"百年富庶從亭勸，一統河山入座間"，庚甫以爲知言。生民凋敝久矣。日困干戈鋒鏑之中，深望諸將帥奮其仁義之師，奠定中原，而去其爲民害者，然後官斯土之人課農桑，興教化，浸浸至於承平之境，而登於壽康之域、之數者，是巴人之所望於諸將帥與羅君，而羅君固未嘗一日去諸懷也。汪翱序於巴東官廨，壬戌端節前一日。

翹首滄溟滿目塵，岳家兵壘仗誰新。雄心掃蕩三千里，入世清狂四十春。亭畔溶溶梧月淡，籠中格格野雞馴。亭車偶過巴東邑，不覺韶光又幾旬。

身世原來似轉蓬，今年端節在巴東。心懷二帝三王日，人在千峰百嶂中。樓角尚餘晴靄碧，山頭翻訝夕陽紅。勸林亭裏茶烟歇，又領南來

自在風。

用李太白題屈突明府廳韵贈巴東羅大令

汪 翱

陶潛彭澤令，八十日歸來。今君巴東宰，借問幾時回。山黛映窗碧，榴紅入酒桮。武昌魚正美，何日爲君開。

五月十五日巴署書懷

汪 翱

江上奇峰亂插天，中華端節説年年。心如壯馬思千里，興似枯䰡時再眠。萬古常新惟日月，世間不老是山川。寇公遺愛今何在，徒見秋風亭畔烟。

嘅世

汪 翱

欲入桃源未問津，從無書簡到公卿。最憎鼠眼獐頭輩，到處呼盧喝雉人。曠野躬耕原素志，烟波把釣是微臣。榴紅艾綠多佳景，飲酒三杯趁此辰。

滬上竹枝詞四首

汪 翱

青松翠柏古斑斕，到此心清百慮刪。見説西人心匠巧，爲何平地起湖山。

車如流水馬如龍，士女追蹤遊興濃。莫笑文身斷髮俗，看來西婦盡垂胸。

　　景色公園日日新，草鋪平野緑如茵。不知裸俗從何起，西婦居然露半身。

　　妙造自然園佈置，森林疏落石清奇。擊球爲戲西人樂，淺草平鋪分外宜。

滬上憎暑

汪　翱

　　當頭火傘難眠食，避暑廬山心事違。自愧不如雙翅雁，寒南熱北任分飛。

別墅即景

汪　翱

　　到此清幽地，閒愁一例删。開軒面緑野，舉目望青山。
　　屋小低如艇，銀雲夜不流。青山排户闥，白水逼烟浮。
　　夜静蟲啼月，山深鳥報更。新秋逢雨後，四野緑如茵。

憫　教

汪　翱

　　異教縱横何日鋤，人心大變性根初。百家皆藥儒爲飯，崇拜中庸孔氏書。

　　翻天倒海罵中庸，總總生靈無所宗。深嘆何人崇正學，始知舉世盡盲從。

己巳中秋

汪　翱

邇來世事任沉浮，天不怨兮人不尤。偶在孤舟風雨夕，那知今日是中秋。

己巳重陽

汪　翱

九月蕭疏菊滿開，仁湖秋色逼人來。登高佳話年年說，已過重陽五十回。

庚午端陽題

汪　翱

已過一萬八千日，曾渡端陽五十回。客裏家人偏聚比，陶然連盡掌中杯。

庚午生日省廑偶紀

汪　翱

已住人間五十年，勳名愧莫比先賢。老妻提及余生ヨ，不覺欣然轉惘然。

庚午立秋有感

汪　翱

翹首烽烟遍九州，干戈攘攘幾時休。蒼天不解人間苦，依舊風光又入秋。

　　湘江風月浩無邊，岳麓山前樹醉烟。蹂躪九天聞不忍，揚州慘劇一齊傳。

贈湖南陳山毓有序

汪　翱

　　山毓先生有道，月前造訪，欽佩莫名。蒙賜瑤章，弟攜歸盥讀，几席間隱隱作金石聲。原擬逐章步韻，奉和吟壇，並祈郢削，奈瑣務坌集，竟與願違。茲奉上七律四首，並用台端《中秋無月步鄉丈種坨原韻》七律三章。夫以瓦釜之聲，雜於黄鐘之側，亦自知弗類也。然拋磚引玉，勉成下里之詞；鏤月裁雲，應惠陽春之句。不揣冒昧，謹呈。大吟壇哂政。

　　記從拜訪得追陪，雒誦新詩味美回。竊嘆何人崇正學，始知閣下本雄才。相逢大笑曾驚座，叙別情深共舉杯。見説良朋歡聚少，雲龍追逐每徘徊。

　　匆匆人事感推遷，莫淨蒼溟塞北烟。匡世奇材金在冶，關懷大局箭離弦。平時曾作將軍客，歸去堪成陸地仙。有癖只因詩酒馬，故園風味憶年年。

　　生平抱負學陳蕃，一見傾心古道存。故國來書金抵價，小園花落悄無言。波濤洶湧原歸海，世事蒼茫獨掩門。天假良緣欣知己，漢江風月喜長論。

　　飽領非非亭畔月，風塵澒洞感何如。讓人勳業生低首，嚼蠟功名老著書。江樹暮雲分曉夢，故園芳草惜離居。桃源覓得秦堪避，腸斷衡湘舊直廬。

用中秋無月步廖鄉丈種垞原韵

汪 翱

蒼生涸轍待霖時，澤物甘霖出軸遲。司馬文章容我讀，臥龍經濟有誰知。三更鼉鼓驚殘夢，幾曲螺峰疑畫枝。聖道巍巍今反棄，癡心不可說期期。

黃花開遍滿江城，秋月浮雲逐雁行。世事茫茫驚歲晚，素心耿耿恤民情。寸膠莫濟黃河濁，百世差同潭水清。獨坐自慚還自笑，閒來攬鏡鬢霜生。

難得圖書滿室羅，座中有客口懸河。鳥飛天外痕彌淡，魚向橋陰聚更多。莫笑鮮于成吏隱，齊傳醉尉喜高謌。關懷時局愁因起，慷慨唏噓喚奈何。

有 感

汪 翱

芻狗斯民天不仁，陰陽陶鑄總非真。郊原荒塚纍纍骨，多屬當年勢利人。

富貴榮華是一時，白雲蒼狗變尤奇。長安當日朝中客，不見輝煌道上馳。

壬申花朝 時在宜昌地方法院

汪 翱

陽春有脚遍天涯，道說今朝茁百花。詩思忽然來枕上，眼前生意滿家家。

彝陵法廨春夜書懷

汪　翱

彝陵法廨景通幽，夜月沉沉人倚樓。身世忽增無限感，鐘聲偏澈我心頭。

宜昌法廨即景

汪　翱

鵲噪兩三聲，花開四五朵。宜昌法廨中，朝夕當窗坐。

壬申佛生日月下偶題

汪　翱

四月清和日正長，花開滿院襲衣香。虫聲斷續啼殘月，樹影迷離過別牆。年復一年天不老，我仍是我意尤狂。艱難大局誰能挽，剪取晴光入酒觴。

壬申五月十七日月夜，同李君希仲訪張搏搖庭長兼省病

汪　翱

月色當街處處明，故人一見笑相迎。歸來展褥思將臥，堂上鐘聲報二更。

壬申夏四月十三夜，月明如畫，獨步園中，成七律一首

汪 翱

肯拋金彈到柴荊，三客彝陵尋舊盟。邇日問心長在室，近來防意重於城。清風掠地成清潔，皓月當空顯太平。喪亂未除年五十，胡床兀坐好稱觥。

壬申夏四月望，雨後新晴，月光皎潔，欣而賦此

汪 翱

雨洗天尤净，光蒸夜獨圓。名爭千載後，憂在萬民先。樹影搖明月，鐘聲破暮烟。廨幽同古寺，花落訟庭間。

煙消露重正三更，荇藻參差樹影橫。今夜不須貪睡去，願隨皓月到天明。

苦雨新晴

汪 翱

綿綿陰雨長莓苔，幾度斑鳩喚不回。萬里晴空天一色，半窗明月帶雲來。

法院即景

汪 翱

訟庭幽碧静無譁，蕉緑窗紗樹影斜。最是階前饒逸趣，雙雙白蝶下尋花。

感　懷

　　　　　　　　　　　　　　　　　　　　　　　　　　汪　翱

　　蟲唧一階秋。榴殘氣尚遒。暮年來學吏，亂世等浮鷗。漢代慚司馬，胡床看斗牛。滔滔天下是，誰與共分憂。

壬申端節_{壬申余客彝陵，端節同張公摶搖、黃公道青同憩留園。後應方公院長召，同飲於味馥番菜館。與晏者達數十人，至晚始盡歡散。詩以紀之}

　　　　　　　　　　　　　　　　　　　　　　　　　　汪　翱

　　汨羅千古事，節更號天中。啖糭盤中趣，試蒲腕下風。艾分門戶綠，榴趁日光紅。雅集西園日，終朝樂不窮。

壬申七月九日假期_{即建寅六月六日。晚與新化曾君省三忠信步至湖濱茶肆納涼，清風徐來，致足樂也。賦五律一章以誌泥爪}

　　　　　　　　　　　　　　　　　　　　　　　　　　汪　翱

　　非亭非屋式，屹立水之涯。樹角聽仙樂，杯中品嫩茶。籐床齊假寐，曲管好吹笳。習習清風至，張燈幾萬家。

宜昌地方法院八景_{有序}

　　　　　　　　　　　　　　　　　　　　　　　　　　汪　翱

　　地方法院即前府署舊址，民初改爲道署，革軍取鄂後，復易名鄂西行政委員會。會廢，始與高一分院析居，即會舍而廣之。院長監利方公銳意治園宅，廣植花木，構茅亭三、球場一，外則淺草平鋪，森林成列，摹仿西式而不脫舊官廨模樣，遂成彝陵天然一好公園。房舍約分四排，排各三四進，爽塏通明，無與其匹。深約二十七丈，寬最大數約二十八丈，面積七百七十餘方。余公餘之暇，取院內之勝者擬爲八景，亦善戲謔兮不爲謔兮之意云耳。壬申汪翱夏誌。

蕉窗夜雨

閒來無事不相宜，靜夜挑燈讀楚詞。詩思每從天外盡，壯懷獨有卷中知。樹間颯颯神偏竦，葉底瀟瀟意與遲。料得濃陰展三尺，詰朝開戶有晴曦。

球場夕照

課罷公休興沛然，成群結隊聚場前。斜陽點點金銀國，淺草盈盈碧綠氈。白雨跳珠齊脫手，彈丸隔網任摩肩。各分勝負期來日，笑挈皮球向室還。

隴首晨烟

莫笑愚公未可能，爲山原不藉丘陵。千畦萬畝花開盛，半畝方塘氣獨徵。旭日初升如太古，詩人早起當中興。邨農次第攜鋤出，彌望晴空樂莫勝。

茅亭夜月

拾級登亭倦意舒，夕陽西下月升初。籐床兀坐花香久，石棹圍棋簾影疏。喚友縱譚天下事，開箱快讀古今書。寒星耿耿天河遠，露溼欄杆水榭虛。

圓池淺草

歐風東漸遍中華，隨地開園種百花。淺草鋪來疑似錦，圓池界外任行車。齊齊整整施工剪，疊疊重重茁嫩芽。最是饑蜂饒食料，冬青圍繞景交嘉。

遠寺晚鐘

公庭萬籟夜俱寂，興味蕭然是此身。響遏行雲來古剎，景通幽處怪前因。古今蠻觸空爭戰，世事雞蟲孰主賓。頓覺市朝名利客，喚回無數夢迷人。

書室南山

坐擁羣書南面王，翠屏前列映文房。捲簾花氣留香久，把卷春宵夜漏長。竹石禽魚供點綴，亭臺樓閣儘鋪張。勾提詩料搖詩興，不築高牆遮遠光。

羣花引蝶

春逝花魂何處覓，滿園羣卉尚紛芳。翩翩栩栩枝頭弄，隊隊雙雙蛺蝶忙。具豔何愁空寂寞，奇香自覺異尋常。古來龍虎風雲會，翼展垂天振八荒。

卷三　鳴盛堂詩集

作者通籍最早，年十二法律冠全郡，是科補博士弟子員。少時出語已驚其長老，然自鄂文普通學校至京師大學，前後十載學校生活，以故作詩最少。又年未三十出膺民社，轉宦三省，無暇作詩。國府成立後，歷充要職，公牘常見於報章刊品，而詩獨尠然。或即物生情，或憤時嫉俗，間有所作，亦皆可存之句焉。定名曰《鳴盛堂詩集》，用次《景蘇堂詩集》後云。編者識。

春　日

汪　翔 鶯儔，黃岡。

心閑無一事，鎮日讀離騷。園小花香聚，天空燕語高。酒徒依壁話，樵叟轉山遭。知否蒼茫裏，何人起舞勞。

春　雨

汪　翔

小院聽微雨，花枝欲斷魂。蛙聲盈兩岸，草色碧一村。輕霧迷前徑，寒雲漲滿門。偶來無數鳥，林外競相喧。

秋日遊黃州安國寺

汪　翔

寺中無別況，心境兩便便。樹葉飛荒徑，鐘聲繞暮煙。數花新雨地，覓句晚晴天。回首西山望，黃雲斷復連。

古　寺

汪　翔

古寺塵氛净，鐘聲雨後凉。雲隨飛鳥去，蝶戀落花香。竹露侵雙袖，松陰覆半牆。閑來無箇事，清夢襲詩腸。

寺中作

汪　翔

暝坐禪房裏，雲深欲鎖扉。清樽招我飲，明月送僧歸。葉落疑人語，風行訝鳥飛。倚門還覓句，四望暮煙微。

春日遠眺

汪　翔

登高乍聽採樵歌，萬籟皆空喚奈何。碧草連天雙眼豁，黑雲一幅遠山拖。殘花已落猶香砌，細雨無聲自渡河。最是詩情何處覓，綠楊村外鳥飛過。

秋　懷

汪　翔

滿腹豪情迥不猶，登高長嘯楚天秋。白雲送我歸詩社，明月邀人上酒樓。古寺鐘聲驚雁落，大江水勢挾風流。廟堂策士多於鯽，知否中原一漏舟。

偶誌 乙未冬，夢中成七絕一章，醒而錄之，忘上二句，後補成之

汪　翔

閑來無事步田疇，欲飲呼人上酒樓。猶憶兒童風味好，嘗披柳絮當狐裘。

集　古

汪　翔

夕陽多在小樓前，祇學吹簫便得仙。紅葉滿庭人倚檻，數峰晴樹碧生煙。

萬甯縣署聽潮

汪　翔

怒潮震户牖，兒童駭欲走。借問此何聲，彷彿獅子吼。

丙辰知河南泚源縣事，冬日出巡各區途中口占

汪　翔

輕車簡從計行程，幸有絃歌到耳聲。記取民間真疾苦，我原鄉里一編氓。

庚申詣鎮平大山中祈雨偶作

汪　翔

欲踏恐雲破，欲語恐雲驚。祇有深林鶴，長與白雲親。

己未重陽約邑紳至信陽縣署賞菊

汪　翔

艷事説年年，淵明是酒仙。金錢何必惜，買盡菊花天。

壬戌秋初因公赴宜昌，偶成五律一章

汪　翔

彝陵古重鎮，川楚此咽喉。戎馬供馳騁，時駐重兵。煙花任去留。機關滿城市，樓閣起沙洲。該市商務日見繁盛，偏僻地段近亦成爲錦繡市場。別有欣然事，相逢半舊遊。

游宜昌東山寺有感 時壬戌八月十一日

汪 翔

偶至東山寺，江城一望中。感懷昨歲事，去年今日吳子玉將軍麾兵於此。撲鼻桂花風。寺中桂花極盛，香聞數里。軍士貪清福，長江上游總司令部於寺中設俱樂部。騷人戀晚鐘。余盤桓不忍去，步月而歸。迎眸西蜀望，何日息兵戎。蜀中連年苦戰，民不堪命。

癸亥於視事鍾祥之次月游明陵偶作

汪 翔

行行復行行，閑游不計程。山頭九十九，故獻無限情。極目殊感慨，世事話枯榮。歸來猶想像，一幅畫圖呈。

壽磻漁伯七十並和原韻

汪 翔

壽域宏開意若何，年華幸喜未蹉跎。烟霞不肯隨風逐，詩句惟知對月歌。集古觀摩胸有竹，因材教育學分科。世間誰識高飛鳥，應與羅敷笑設羅。

親朋結隊爲誰忙，道是爭看極婺光。鴻案相莊兒繞膝，兕觥競逐客盈堂。追隨我應來不速，俯仰公當喜欲狂。此日座中多艷羨，人間仙佛費平章。

庚午夏日苦熱，偶至江岸乘凉，有感而作

汪 翔

是非從不到漁樵，世局迷離且讀書。小住漢江甘淡泊，黃金白刃兩

俱無。

　　爍金暑氣苦難支，矧復干戈擾攘時。盈野盈城屍骨積，可憐都是好男兒。時北方苦戰數月。

　　色色形形溷濁塵，爭誇暮楚又朝秦。離奇敢曰非非恖，禽獸而今半是人。

庚午八月八日立秋，古人有一年容易又秋風之感，因以是句轆轤體成七絕三章

汪　翔

　　一年容易又秋風，世事茫茫變化中。幾度月圓幾度缺，前塵舊夢已重重。

　　四壁虫聲斷續中，一年容易又秋風。偶逢知己談心事，別緒離情話異同。

　　閑來無事不從容，蒔竹栽花學老農。吩咐園丁掃落葉，一年容易又秋風。

辛未三月二十八日，同友人游黃鶴樓，竟日忘返，因步方耀庭先生《人日游奧略樓》原韻成七律二章，並柬方公

汪　翔

　　風光極目望中收，偶一登臨爲解愁。鷲鳥盤旋尋弱肉，清梟蕩漾送歸舟。宦情淡擬浮雲散，游興濃應竟日留。爲問長安道上客，熙來攘往復何求。

　　奔馳海内倦征鞍，得失由來一例觀。政績早傳三楚徧，典型猶待後人看。張文襄督鄂有年，政績燦然，至今士民思念不置。數聲戎馬文能武，儒將風流猛濟寬。方公後文襄二十餘年主持鄂政，頗有聲譽。劫後哀鴻期拯急，支

持艱鉅漫言難。

春日湖行

汪　翔

粉蝶隨人逐曉煙，春光明媚柳三眠。無邊風景難描畫，芳草綿綿綠到天。

雜　興

汪　翔

秋日風清思渺然，懷人遠眺意纏綿。奇書讀罷三更月，好句吟成萬選錢。坐久恍疑僧入定，醉餘錯認水爲天。年來不盡滄桑感，舊夢重重欲化煙。

壬申春因公赴大冶，偶成五律一章，並柬李華屏縣長

汪　翔

恰當上巳節，偶來大冶城。雨霽山疑畫，詩成劍欲鳴。關心惟國事，時調查團正至漢口。盈耳有循聲。李君華屏宰大冶數月，頗有政聲。何日萑苻靖，相期慶太平。

贈石灰窰富源公司劉孝移協理

汪　翔

何處桃源覓，居然擅勝場。富源公司構造雅潔，擅山水之勝，亦近世之桃源也。人群趨鹿豕，世局幾滄桑。吾鄂苦匪患久矣，各處工廠多無形停頓，可慨也。

砥柱湍流急，才猷壑澤藏。不堪回首憶，塵夢話黃粱。君從政有年，嗣因世變藉以自隱，然回首前塵，不勝今昔之感。

寄仲繩弟

汪　翔

仲繩弟近以世局日非，經營富華礦務，饒有起色，翔倦鳥思還，心竊健羨。今春因公至黃石港，時相過從，亦一樂事。偶成俚句，聊以達意而已。

非關厭世才學佛，心地相安甯異同。我亦無聊來作客，聯床風雨話江東。

赤壁感懷

汪　翔

風月無今古，江聲日夜流。黎民懼萬劫，赤壁自千秋。清夢驚孤鶴，浮名等泛鷗。蒼茫增世感，多難獨登樓。

予懷愁渺渺，聊作扣舷歌。赤壁滄桑感，黃州風月多。清遊窮造化，霸業付煙波。蘆荻秋聲勁，蕭蕭喚奈何。

壽豫省某廳長之尊人七十

汪　翔

縱橫才氣重驊騮，慷慨高歌百尺樓。冶鍊鬱金成偉器，担當大業駕孤舟。精神擬健迎風鶴，宦味清於淺水鷗。河嶽士民齊獻頌，從今歲月更悠悠。

附　錄

菊芬樓詩鈔 有序

　　作者汪成昭，幼名菊生，奉初次女也。聰慧賢淑，爲奉初子女數人冠。書皆過目成誦，詩字如鳳尾，諾一學即工。年二十適同邑萬氏，生子女各一，皆不育。壻壽蓀固世家子，聰明好學，不幸搆疾卒。成昭即閉户誦經，戒血食，於小祥日不食死。壻父萬信民公生子二，次亦早夭，遂無後。今師長萬耀煌以其次子祥初嗣壽蓀，成昭生前撫如己出。信民憫子夭逝，乃收集壽蓀壻遺詩及在生與諸弟及姊妹同唱和者，名曰《同懷詩鈔》。成昭生前有《菊芬樓詩草》一卷，咸憫其遭，選入《同懷》集中行世。茲以成昭居今之世，行古之道，復擇錄八首，附於《景蘇》集之後，以示不忘之意云耳。編者識。

月夜同諸弟讀書

汪成昭女士，黃岡。

　　一刻千金勿自荒，無須鑿壁與偷光。遠勞天上溶溶月，分送書齋照讀忙。

侍母赴粵渡海口占

汪成昭

　　水天同一色，望莫辨東西。獨有啣魚鳥，翔波故故低。

舟次香港有感

汪成昭

青山緑水净無塵，島嶼天成付外人。縱使樓臺齊壯麗，地圖變色愧翻新。

羊垣經冬樹木不凋即賦

汪成昭

百粵文身地，深冬盡綠林。只因天氣暖，不受雪霜侵。

侍祖母就養叔父信陽任，火車中口占

汪成昭

板輿迎養保頤和，千里行程頃刻過。端木也爲申邑宰，下車猶聽魯絃歌。

園中芙蓉盛開，與諸弟同賦，分得來字韻，遂成五絶一章

汪成昭

聽得園丁報，芙蓉已盛開。不爭桃李艷，忍守待秋來。

咏菊花

汪成昭

滿院黃花貼地香，衆芳搖落獨凌霜。陶潛去後無人賞，空對西風舞一場。

書　懷

汪成昭

撫卷心悲酸，讀去肝膽寒。不知淚落否，時忍怕人看。

原　序

閩縣林紓序云：清光緒丙午丁未間，余主講京師高等實業學堂。有汪生翱，每得卷輒嘖嘖賞異其文，以爲有大家風，非復時下襲新名詞以爲岸者所可比也。後業畢，各以官分散四方，余亦老病京師，日處牖下。忽一日，生以公來都，造吾宅省余。相與勞問外，語次述及彼家於民國己未嘉平五日不戒於火，先人手蹟及其昆仲所作詩文，概被祝融回祿收拾以去，惟族人筱舫明府刊於《桃潭》集中略存若干首，言下甚爲惋惜。彼復擬就《桃潭》集中所刊，搜羅散見於他處與追記，及其昆仲近年所作者，廣之爲三卷，定名於余，並乞爲序。余曰：尊公回翔翰苑，君昆仲復趾美名父，一門鼎盛，與宋代眉山蘇氏爲近，即以《景蘇堂詩集》名之可已。夫詩，古人言之詳矣。當其豪情恣肆，信手拈來，皆成妙諦。抑或寄情託物，刻劃盡致，情緒纏綿而適合詩人之旨。更或憤時悼俗，其吐詞命意間，如怨如慕，如泣如訴，必欲使天下之人咸納於正軌而後已。君家父子兄弟三人，殆包此三象歟。雖不必各盡以詩顯，而詩已爲人所不可及矣。倘異日續入《桃潭》集中，必足以行世傳後無疑，君家自此遠矣。民國十有三年，歲次甲子五月，閩縣林紓序於京師畏廬。

先府君行狀

嗚呼！惟我先府君之卒，不肖孤翱、翔將以民國十七年某月某日奉柩葬於某鄉某原。復懼盛德未紀，無以明示來世，痛心疾首，以日以夜。然斯事至大，非託於立言之君子莫傳焉。而當今天下所師所宗，言而傳世者，惟閣下爲然。況閣下與先君曾結文字之緣，而不肖無狀，又扳一日之知，是用不避誅責，銜哀叩誠，頓顙以請，伏惟憐察焉。

嗚呼！先君諱明源，字雯青，號儲園，姓汪氏。其先世出於唐之越國公，逾三十二世，祖祥遷黃岡之彭城畈，遂家焉。曾大父諱于傑，大父諱永苾，父諱士楨，世代隱於農商。先君生而大父年五十，於世父輩惟最幼，從伯父朗垣授讀。伯父殁，師事萬心輿先生二年。所讀常過目成誦，年十餘暗記五經，爲文有奇語。里中老生嘖嘖賞異，呼爲神童。先是生之一夕，鄰村有人夜起，見儀仗烜赫，擁騎多人至吾村，是人竊以爲有官非到吾家，明日始知吾先君誕生也。年十三應試，由督學王公調覆，授樂佾生。十八成諸生，時先大父春秋高，先君急欲博一衿，俾先大父及親見之。年纔弱冠，其能養親心如此。

歲辛巳，先大父薨，先君哀毁逾恒。家人有牌博癖，數年産蕩盡，家口嗷嗷溢數十人，連年水澇，歲奇歉。光緒癸未始別居，然先君與諸昆姪實未嘗異財焉。其中委曲，非親歷者不能知，非親見者不能道也。時先大母羅太孺人在堂，年事高，而先君內致甘旨於堂上，外思維持生活於昆姪，又即奮志科名，以求出路，以故孝友聲譟里閒。而先君氣宇軒昂，威儀整肅，常與友人論文，慷慨歡呼。至辯争事理，輒高聲氣涌，面發赤，頷下筋暴起如箸，必座中人皆罷酒，聲震屋瓦，宿鳥驚飛，鼾睡者悉驚悟不爲止。雖爲諸生時，門外多長者車轍，觀者從不知其爲寒士，且預料前途之不可以道里限也。家貧，間誤生徒以自給。而先君聯邑中名士程公藍田、喻公濟臣，走入吉祥僧舍，潛修舉子業。後程公爲己丑同年友，喻公登丙戌進士第，士林傳爲佳話云。

甲申乙酉間，赴省垣肄業江漢經心書院，試輒冠曹，旋補上舍生。嘗慕宋范希文及清曾滌生兩文正之爲人，爲秀才時便以天下爲己任，有澄清四海之志。己丑登賢書時，先大母年七十餘，慰甚。越五載，癸巳，先大母始棄養，先君痛不欲生，幾以毁終。丙申客江西黃提學幕，爲黃公得士最盛。丁酉歲，訓導沔陽，在任悉以朱程學說訓迪諸生，不肖等隨之學博任讀書者一年。明年戊戌，登進士第，旋改翰林院庶吉士。又明年己亥，不肖等兄弟二人同補博士弟子員，時年均未及冠。先君顧而樂之，且誡之曰："汝等勿以一得自矜，當善承天意，俾成大器。"不肖等至今不敢忘。先君通籍後，凡遇鄉人之遭冤抑，被欺凌者，嘗勇於為人，不自貴重，因而得解其阨者且數千人。

癸卯散館，改户部貴州司主政，歷供監修北京前門，及清陵諸差。不肖翔入都省視，遂留學前農工商部高等實業學校。先君以實惠及民多在外吏，乃改授晉浮山知縣。在任有武生與其兄爭產涉訟，先君親手為書使誦之，後感泣願寢訟。他凡尚教化、畏民志，多類此。後以事忤當道，解組歸。而至今先君浮山縣之政，吏民稱頌弗衰。傷今之士大夫不盡知，又恐史官不能紀載，以次前世良吏之後，此皆不肖之孤言行不足信於天下，不能推揚先人之功緒餘烈，使人人得聞知之，所以夙夜愁痛，疚心疾首而不敢息者以此也。先是，在籍報捐知府，至是復加捐補用道花翎三品銜。時不肖翔因學校畢業獎勵，由舉人以儘先補用知縣分發河南，先君曰："汝可出而仕矣，容我讀書即是福也。"由是淡於仕進。

洎國體改革，尤無心問世，衆院選舉，兩次當初選，置若罔聞。惟向熱心地方公益事，為孝廉時，即創修揚子江堤七十餘里，雖未大竣厥功，而地方獲益良深，人咸德之。鄉人湖堤之議起，舉先君為總理。族中重修譜牒，衆以督修推之。先君曰："大丈夫不得志於天下，亦當退而治其鄉里。"常欲大潤澤於天下，一物枯槁，以為身羞。大者既不試，已試乃其小者耳。小者又將泯沒而無傳，則不肖之孤罪大釁重矣，尚何以自立於天地之間耶。

先君秉性豪爽，負有奇氣，憤世局日非，遇世俗齷齪小兒，輒加狂罵，曰："聊以吐吾胸中不平氣耳。"識者謂為陳同甫、湯海秋一流人。酷喜賓客，客至必傾資沽酒以待，如席間見客有未盡歡者，客去則必責其家人。視錢財不甚愛惜，有勸之者，則曰："錢者，泉也。如泉水之流通於地下也，豈可任少數人擁而積之？"常曰："慳吝之家，其惡有盛於盜賊，此守錢虜之所為，謂我能之乎？"性豁達，好施與。有江南遊士到塾，衣襤褸，先君位以上賓，賚以錢，並給以詩曰："麥風梅雨鷓鴣天，有客來從白下邊。問訊江南好風景，秦淮河畔緑楊烟。"遊士感謝去。有一武弁者，本邑龍崗山人，平回有功，累官將校，年七十餘，貧無賴，往依先君於晉。後洪弁客死於太原，時先君異常困頓，棺斂竟，所費不貲，然未見先君對人道及洪君事。其他所爲者，或不肖無從知，或知之而不能記。

先君雅能飲酒，醉後常能作疾書狂草，每至一處，求書者坌集，極生平所作，可堆積成山云。凡爲詩文，無不立就，稿隨散失，門人哀輯詩文若干卷，顏曰《儲園詩文集》。戊戌試春官圍中，有"詩冠羣倫"之譽。先君率眞任質，不事表襮，與人交好，不以久近冷熱。一立談頃，洞見肺腑。發言持論，一本乎身心性命之道，晚益精熟。榮辱利害，視之若一。臨終之際，知非自致，超然委命，顏色不改，惟於隄譜，曉曉未休。

嗚呼痛哉！生於咸豐十年庚申，卒於民國九年庚申，年六十一。家慈程太夫人佐先君四十餘年，家中生計，悉力撐持，是先君專心向學，克成廉吏者，家慈之力也。生子男二：翱，特保道尹廣東任用縣知事，前清河南儘先補用知縣，舉人；翔，國務院存記道尹，歷任廣東萬寧縣，河南泚源、信陽、鎮平，湖北鍾祥等縣知事，惠愛著於三省，拔貢。庶母黃氏，生男翊，湖北督署辦事員，長江埠縣佐，卒；翾，先君卒後四十日生。

嗚呼！先君之道，蓋於孝弟，取乎仁義，發爲經濟，著之文詞，比於古之賢人、循吏，未之或加也，然古之人有若此而傳者矣，亦有不傳者矣。其傳者必其居高位者也，必有其後人者也，必其得立言者傳之也。其否者，或位卑而人弗知，或其後不足以彰之與無傳之者耳。今先君之位不顯以歿，歿未數年而知者寡矣，後之十年知者不尤寡乎？又後之百年，其有知者乎？雖有不肖之孤等存，而勳業不著於當時，文章莫顯於後世，孰從而傳之乎？縱有所傳，安知其能必至乎？此所以不得不悲且懼，而汲汲圖之於閣下也。閣下哀亡憫存而賜之銘，不惟諸孤不敢忘，先君亦且感德於地下不朽矣。謹狀。

增訂桃潭合鈔正集卷第十二

越蔭堂詩草

黃岡汪燊筱舫著
男晉康侯校字

古體 五言六首

赤壁懷古

汪　燊筱舫，黃岡。

人兮胡不來，遺踪卻未朽。風月無古今，二賦分前後。記從壬戌秋，客喜開笑口。西望武昌山，東視波濤走。吹破浪中簫，飲遍匏樽酒。橫槊氣何雄，千載魚龍吼。成色復成聲，圖畫歷年久。共賦明月章，吾生復何有。渺渺鵠南飛，仙乎還是否。見《黃州赤壁集》。

擬李白《關山月》

汪　燊

萬里關山月，年年照別離。秋風昨夜至，吹送影參差。漢守雲中路，胡窺馬邑陲。黃沙埋白骨，一去少還期。妾身飛不到，妾夢苦相隨。願隨明月影，流照慰君思。

庸 吏

汪 燊

在昔有良吏，科條嚴且平。讋服到盜賊，撫字過父兄。又聞有能吏，催科男婦驚。居然署上考，各各著循聲。二者判優絀，庸庸乃縱橫。無才不濟惡，一善無可名。大權已旁落，遑言察察明。虎威狐得假，登壟費經營。大被擁黃綢，放衙摑鼓聲。脂膏下里竭，吸髓索其精。吁嗟民父母，百里擁專城。威福憑一語，螻蟻同死生。春冰兮虎尾，願與此心盟。

篺洲蓆肆

汪 燊

篺洲有蓆肆，男婦未肯休。組織亦何苦，斂云歲藾收。河伯恣殘忍，顆粒不使留。除此無生活，藉作饘粥求。竈灰朝尚冷，女伴擔街頭。天陰低價值，經紀蹙雙眸。聲言消場滯，所獲少所抽。昨夜大雨雪，手皸難自由。今朝日已午，一飽未能酬。我聞長嘆惜，借箸奚能籌。同在覆幬內，如何困此洲。況復徵斂急，胥吏窮牢揑。

拜陶母墓

汪 燊

鶴弔下高天，牛眠卜吉地。墓草常青青，未許樵牧至。猗嗟陶母賢，教子成偉器。彤史揚令徽，歐母許同志。瀧岡阡表題，壼德無廢墜。再拜下危坡，痛灑征夫淚。小人亦有母，泉台空仰企。回首羅家田，祖墓在此。白雲渺無際。祭掃疏禮儀，使我心欲悴。

生日遣懷

汪 燊

丙寅仲秋，武昌城圍四十一日。城破，余卸武昌縣篆。後任江董琴多方敲詐，未遂所欲，誣余附逆，突將余送武昌衛戍司令部，幽禁二十餘日。值十月朔日正余生辰，感而賦此，以誌不忘。原稿三十六韻，係幽禁中作，後續成五十韻，事實詳載續集《武昌圍城被難記》。

縲紲非其罪，孔謂公冶長。羑里演周易，更憶西伯昌。敢與古人比，異夢附同牀。今逢誕辰日，恩育感爺娘。年華傷逝水，況復繫空房。妻孥不相見，吏役繞其旁。問我胡爲此，撫衷自徬徨。回憶權首邑，治績愧龔黃。瓜期猶未屆，三辭調沔陽。紳民留三月，督工護堤防。遏彼河伯燄，固此小金湯。時大水爲災，武泰、武惠兩堤圍迭出危險，予督工搶護，晝夜不遑。因是紳民呈准留任三月，未赴沔任。衡雲忽變色，袍澤起三湘。勢如水趨堅，沛然莫敢當。洞庭飛渡過，武岳徧櫬槍。維彼孚威軍，威聲震八荒。奈爲大數定，成敗言請詳。李廣號飛將，數奇道失常。壯繆雖忠烈，臨沮致敗亡。彼兵從天下，此軍氣不揚。節節進攻逼，汀泗而紙坊。大纛雖未倒，空拳難更張。窮蹙退入城，指揮猶有方。元戎策馬去，有虎獨不僵。時守城司令劉玉春死守孤城。被圍四十日，掾屬盡先颺。念我膺民社，何忍負梓桑。困彼甕中者，嗷嗷滿城廂。扃門兼釘戶，狀態劇淒涼。奔走爲民食，寢饋亦未遑。縋城得五秉，攪水熬爲漿。嗟彼衆餓者，來食庸何傷。忽忽雙十節，干城致淪喪。十月十日城破，陳督理、劉司令先後被擒。南樓迎庚亮，小紀而大綱。因之釋重負，私心謝彼蒼。何來黠小子，斗筲不自量。乃以狐假虎，潛助豺與狼。敲詐有傳授，公理付渺茫。屠刀開始試，舊尹實空囊。所欲仍未遂，奈我項獨強。轉以送別部，索幣五千洋。交游相救視，籌款囑徐償。幽禁始得解，親戚相賀將。且有雞黍具，何必宰肥羊。懸弧期又值，賤子自愧惶。掩戶不能扃，有客來稱觴。知非年早過，忽忽杖於鄉。故舊情誼摯，祝我壽且康。寄語小兒曹，居心太無良。恢恢有天網，轉輪在法王。我無切齒志，報怨情已忘。不義多自斃，爾亦暫顛狂。聞江已於次年在汕頭被殺，天公報施，誠不爽也。

古體 七言十二首

峴山懷古

汪 燊

襄陽城外秋風號，碧天如鑑紅埃消。有山巉崿遲我曹，履齒不到非人豪。褰衣直上爽籟飄，危巒四顧心忉忉。撫今思昔首亶搖，羊公遺跡摩青霄。當時坐鎮擁節旄，雙流江漢閬澤叨。武侯諸葛鄧侯蕭，遠近追逐參翔翱。洞開鈴閣總百僚，裘輕帶緩無矜驕。平吳建策偉業昭，長江萬里天塹撓。老謀還使聖慮勞，太傅功成淚雙拋。公餘結伴山之椒，峴山山勢何岧嶤。俯仰千古真無聊，填胸磊塊把酒澆。丈夫意氣青雲高，生榮沒已隨幻泡。纍纍白骨堆黃蒿，我公念此心鬱陶。輪雞環兔日月慆，千百世下景清標。升階剪紙復薦芼，靈旗颯颯揚金麃。俯瞰下界窮秋毫，鹿門落日紛漁樵。龐公高躅誰相要，呼鷹臺荒走猿猱。仲宣樓畔落木凋，習池沈醉空舖糟。爭似我公握龍韜，勳名徑欲追夔咎。崇祠屹屹塗金膏，黃童白叟歌且謠。村巫伏臘獻韭糕，傳芭起舞相週遭。吁嗟公德洵不挑，杜父遺澤如春濤。沈碑潭上芳鄰邀，公乎公乎去已遙。我來作歌將魂招，自晉以來歷幾朝。登此山者何寥寥，大笑餘子誇時髦。

擬蘇子瞻九日黃樓作

汪 燊

我從去年宦南徐，高城接天起樓居。召致賓朋極娛樂，適當重九落成初。遙憶去年水勢發，銀濤雪浪驕龍魚。白衣送酒無人來，坐令黃花冷笑予。今年花好似去年，把酒對花杯莫虛。諸君何緣共登眺，憑軒四顧碧幌疏。朝來薄霧噴如雨，林煙欲濕雲滿湖。木葉聲催霜露降，寺塔明滅山有無。樓前帆影與城齊，樓下柔櫓驚飛鳧。日出雲開見墟落，水山處處雜樵漁。詩人名士攢如林，跌宕高歌采喝盧。逸興哀思動絲竹，豪情盛氣翻盆盂。君看斯景豈易得，風流不讓龍山嵎。

祝建始吳志先先生六旬雙壽並序

汪 燊

　　民國三年五月十日，余由漢買輪赴湘，權知汝城縣事，舟中無相識者。適建始吳先生志先亦由京返漢赴湘，邂逅之間，歡若生平，傾心倒篋，談吐生風，因得悉其家世焉。先生今年六旬矣，猶得侍養萱幃，聯芳棣萼。有丈夫子五，皆先後通籍。孫十餘人，有國楨者年十一，讀書目十行下，著日記數千言，超拔塵俗，一時有神童之目。家傳孝友，同爨六十餘人。家法既善，後嗣亦賢，有自來也。涖湘後，先生袖出與德佩陳孺人雙壽徵詩啟，羨慕之餘，勉成古體一章祝之。

　　我聞靈椿一春一秋歲八千，蟠桃一花一實六千年。乾坤精氣運無極，人間乃出地行仙。剛從北極還鄉縣，南極老人星忽現。有緣追逐到湘沅，湘神奔走紫瀾翻。先生古貌如松柏，生平慷慨寡笑言。鄭蘭燕桂列陔下，忘憂早樹北堂萱。棄儒奉母牽車牛，兒輩連翩東瀛遊。民國新建需柱石，經文緯武無其儔。先生大年週花甲，鴻案齊眉情更洽。雙扶鳩丈畫堂前，孝友圖開見家法。更喜諸孫盡鸞鳳，荀氏八龍相伯仲。一孫傑出人中雄，幼慧宛擊司馬甕。采服戲舞華筵開，天衣一樣尋無縫。鰔生何幸謁龐儒，請上華封多福多壽多男頌。

捕 蝗

汪 燊

連村金鼓聲煌煌，問之何事云捕蝗。蝗兮蝗兮自何方，來如煙霧蔽日光。談虎色變走倀倀，豈有微蟲爲人殃。今年四月二麥黃，田間水足勤種秧。秧針麥浪交相映，千家萬户祝豐穰。爾蝗何來食我穀，大有之年變饑荒。野無青草空箱倉，卒勤一飽那可償。前年水患嘆汪汪，去年天旱忙巫尪。官家租税迫輸將，胥吏督促坐滿堂。欲行不行空槖囊，溝壑何分壽與殤。投畀炎火雖有説，昔賢箴言豈或忘。食苗何如食肺腸，有蝗無害須證古，君臣一德追李唐。

八駿馬

汪 燊

八駿馬，行天下，能使毛羣空冀野。西行忘返恣游觀，導君不義胡爲者。嗚呼！徐子走，造父封。棄文德，侈武功。君不見鸞旗在前屬車後，區區異物何定數，畢竟漢皇勝周后。

征犬戎

汪 燊

征犬戎，犬戎之伐真無功。四白狼，四白鹿，所得止此，何以使荒服服。犬戎朝，王不覲。祭公言，王不聽，其無乃廢先王之訓。

三卷書

汪 燊

三卷書，君牙囧命繼典謨。太僕正、大司徒，拜手而舞，接踵而趨。君臣交儆信有諸，呂刑之作胡爲乎？罪可贖，人可戮。富者生，貧者獄。千古徒傳法吏辭，使我開函難卒讀。

祈招詩

汪　燊

祈招詩，謀父吟。思我王度，式如玉，式如金。王心悔過王德愔，車轍馬跡不必尋。嗚呼謀父之可貴，亦兼金而南琛。

赤壁歌

汪　燊

大江東去水滄茫，赤壁巍峨接大荒。何人遊興獨稱狂，昔年蘇子曾徜徉。猶憶十月月明夜，江頭一葦飄然下。高阜層岩不可攀，萬頃水勢如奔馬。谷應山鳴復峭然，得魚攜酒意懸懸。意懸懸，天將曙。羽衣道士更蹁躚，孤鶴一聲橫江去。見《黃州赤壁集》。

鍾祥瑞麥吟 並序。見《鍾祥瑞麥吟集》

汪　燊

自來紅藥齊簪，關相臣之榮幸。紫薇疊放，表學士之才華。余去秋來守郢中，毫無建樹。今夏麥穗兩歧，且有至五穗者，村農邑宿歸功於余。詎知階萱瑞發，事豈無因。廚莢珠聯，功非倖致。今者蕭憲建雙節，因得麥瑞報兩歧也。惟敬天而勤民，斯無微之不入。燊何人斯，而能至此？爰抒小詞，錄塵吟壇，祈賜和章。

我聞鍾祥兩穗麥，楚鄂通志一再書。邑之西南長湖里，樂歲農民歡且呼。事在遜朝嘉慶廿一載，及夫同治御極之五歲。麥秀雙穗盈夏隴，詩人陳歌頌國瑞。民之慶亦官之賢，安得常占大有年。下走捧檄苤莨壽，愧無善政傳不朽。猶憶垂髫時，庭訓授周官。荒政十有二，除盜在所先。今來宰劇邑，竊慕前賢賢。崔苻滿地牛犢損，渤海善政恨無傳。民國第一癸亥年，麥穗竟如珍珠聯。紳耆獻瑞樂融融，下吏何敢貪天功。油油兩穗至五穗，嘉話津津傳有味。諸君謬愛不吾疵，錦繡交投絕妙詞。兼憲保民如赤子，艱難萬事賴扶持。德動天鑒地呈瑞，醴泉四溢壤生芝。況復民以食爲最，麥秋大熟衆乃宜。菜根咬斷託宇下，躬逢其盛用作詩。

祝萬玉拂夏太夫人六十壽

汪燊

二崎雲樹佳氣薰，陽邏江水碧沄沄。山川長壽孕奇秀，天生賢母誰比倫。巨室人誇世進士，後堂我拜宣文君。黃鐘協律壽宇開，次第繁華春又來。母賢集善天必報，三豆初筵五花誥。回頭舊潯徧沾濡，掌上摩挲記事珠。繫母令德近代無，左芬謝蘊若合符。曰嬪于萬稱淑女，媞媞自好容俣俣。夫壻才名最上頭，家貧親老資脯修。紅羊浩劫荒田疇，棄車服賈作遠遊。玉棺晝下椿蕨折，喪祭無譽心力竭。賴有金閨女丈夫，内助稱賢儀不忒。歡偕築里睦鄉鄰，樂施重見古巴清。柏舟遽賦多遺恨，軾轍左右相依戀。寢門口授范滂傳，燈影機聲夜忘倦。兒不廢學母之貽，讀書成名天下奇。長男讀書還讀律，致主唐虞豈無術。有弟文通兼武達，羅胷七略英姿發。兒作好官賢母教，雋不疑母真同調。起居八座家不貧，綏桃鍾李宴奇珍。分甘況有含飴樂，瑜珥瑤環光灼灼。古椿指顧慶蟬聯，百歲期頤卜大年。良辰數典斝醽酥，龎母康强常飲福。十一月十六日爲飲福節。巴詞殊愧一家言，竊比華封三獻祝。

鵲聲穿樹喜新晴

汪 燊

黑雲壓城城欲傾，一雨三日少人行。忽然簷頭噪新鵲，紅樓朱戶皆春聲。聲聲捲入碧空去，霧霽霞蒸報曉晴。是時瀛洲草正綠，珊瑚玉樹爭披縈。衫袖迷離花隱蝶，笙簧雜弄柳藏鶯。款款深深穿復見，間關好鳥相和鳴。停車際此樂何甚，素心澄澈玉壺清。春去春留兩不管，且喜東郊可勸耕。

近體五言十七首

紫薇

汪 燊

仙骨何年換，頭銜列宿當。絳雲團晝省，皓月冷甄堂。桃李都傾倒，芙蓉別主張。郎官金粟化，相對合情長。

白蓮

汪 燊

洗盡臙脂態，平湖一望中。鷺飛招伴侶，魚戲失西東。塵到看無著，波澄照欲空。此間留本色，何處問英雄。

瓶中黃菊

汪 燊

閉戶看花好，憑他雨露侵。從知餘傲骨，未肯護幽林。色配中央土，香藏萬點金。幾時登上座，慎勿易初心。

花後無花看，黃英插胆瓶。有誰誇守口，爲我祝延齡。佳色升堂供，幽姿斗室馨。深藏留晚節，不羨嶺松青。

送漢陽程太守赴襄陽新任

汪 燊

風定馬蹄輕，神君按轡行。襄陽新使節，江上舊官聲。舟楫時艱濟，琴書宦味清。知公行色好，一路遠山迎。

歷歷晴川樹，勞公徧撫摩。論文官味少，對酒別情多。竹使攜銀印，松花礙玉珂。去思望天末，江水有回波。

寄　友

汪 燊

利名都不釣，南浦任風波。世味閒中盡，愁懷客裏多。交因貧見重，詩爲別來哦。孤館殘燈夜，思君近若何。

贈　友

汪 燊

夕陽殘照裏，倦鳥欲棲林。古徑迷煙滿，幽人味道深。有懷虛若谷，得句鍊如金。願把層雲撥，遙遙託素心。

戊午春杪感事

汪 燊

北下星書急，南來捷報飛。將軍威重遠，士卒命輕微。狼藉山堆骨，鴻噭水閉扉。四方湯鼎沸，游子竟安歸。

和慧心道人簪蒲精舍原韻

汪 燊

珠玉隨風至，元音動舊林。談經高士意，琢句匠人心。亂後思親友，窮途好苦吟。此情堪告語，濡墨淚沾襟。

廬峰環四面，搆宇志彌堅。靜坐參玄理，澄懷淨俗緣。本來空色相，自在覓山川。世界微塵裹，斯人已陟巔。

冰玉情同抱，圭璋品足欽。衷腸真佛子，文字重儒林。但願慈燈護，應無瘴癘侵。松風長入座，樂地勝山陰。

好友同生死，原知道義關。分金多契合，裹飯欲追攀。富貴如空影，清涼記勝鬟。何時歸故里，良晤慰衰孱。

乙丑重來監修赤壁，泛舟夜遊

汪 燊

赤壁摧頹久，欣欣一再修。築樓頻挹爽，<small>新建挹爽樓。</small>鼓棹泛中流。孤鶴橫江去，清風伴月遊。吹簫人宛在，泊岸且勾留。見《黃州赤壁集》。

重修赤壁蕆事，月夜偕友泛舟遊之

汪 燊

赤壁崢嶸在，攜朋一快遊。荻花盈兩岸，風月載扁舟。夜影隨波樂，簫聲動客愁。扶輪人去後，何日再重修。見《黃州赤壁集》。

和戟髯先生上巳前一日，春寒微雨，偕厚莽遊菱湖公園

汪 燊

微雨輕陰釀，遊人處處同。花飛三月裏，草綠萬山叢。春水通天上，亭臺在鏡中。菱歌四面起，不畏打頭風。

明朝爲上巳，二月早清明。修禊方尋地，清遊合出城。雙柑兼斗酒，對飲聽流鶯。鼓吹詩腸熱，踏歌湖上行。

近體 七言五十三首

醜婦效顰

汪 燊

覽鏡朱顔怨命窮，顰開難與鬭春風。西家竊賽東家麌，醜態逾令美態工。依樣愁容垂八字，居然鬢髮自雙蓬。當年傾國原通體，何獨雙眉豔不同。

題亡友田東軒存稿

汪 燊

青青宿草惹人憐，分隔幽明閱歲年。七載竟抛親骨肉，三生難訂後因緣。秋逢肅後心常懍，集未鐫時意總懸。東軒屬予命其子刻稿，未成。幸有斯文猶未喪，敢將熱淚灑遺篇。

贈別劉君

汪 燊

低徊無計留君住，一曲驪歌日又曛。末路徘徊長太息，前程浩渺孰殷勤。關心去後人千里，回首長空雁一群。祖餞臨歧情不禁，天南地北悵浮雲。

新　秋

汪 燊

聽罷新秋四壁蟲，鄰雞催動五更鐘。牀前月透三分白，戶外螢添數點紅。半夜寒燈留硯北，一聲孤雁過樓東。惱人風味難成寐，無限閒愁感慨中。

和白海門同年立春前一日登天心閣感懷原韻

汪 燊

東風料峭雪花飛，高閣天心接紫微。最好青陽明日到，漫隨烏鵲逐雲飛。吟梅送臘詩逾瘦，倚檻迎春草漸肥。自笑阮囊羞澀甚，不妨沽酒典寒衣。

一劍風塵作壯遊，此行漫唱大刀頭。澆腸每藉波千頃，對酒同邀月一樓。浩浩橫流滄海恨，瀟瀟細雨洞庭秋。春來再聽雷霆動，可有龍蛇起蟄不。

留滯南天歘一年，幾人先着祖生鞭。長沙痛哭空陳策，漁父清吟尚扣舷。宦味飽嘗爲客久，鄉心觸發在春前。流光易逝真如駛，花木重新月又圓。

天際黃雲撥不開，旅愁鄉思逼人來。茫茫今古幾塵劫，莽莽乾坤一舞台。春漲沅湘難洗恨，艷分屈宋可憐才。驚心老至居人下，消息前途問嶺梅。

　　日下長安雪後軺，又隨湘水逐江潮。芝蘭入室應同臭，松柏經霜獨後彫。瘡痏未平增我慮，鬢眉已老倩誰描。年來興味蕭然甚，幾度尋春過野橋。

　　歲序催人鬢欲蒼，田園強半就蕪荒。上書昔歲遊燕市，分俸當年蒞雟陽。古通城縣名，予前官此。舊事重提增感喟，新詩細讀費平章。吟成梁父思歸隱，手植猶餘八百桑。

劉孝移同年送予權知臨武事，依韻答之

汪　燊

　　京華聯步踏花年，一榜掄才孰後先。長吏計偕催上道，故人情重爲開筵。春山如畫新含笑，秋水論交舊結緣。風雨雞鳴無限感，分馳宦轍各揚鞭。

步劉孝移同年苦雨原韻 時余官臨武

汪　燊

　　聒耳風聲雜雨聲，全無一線放光明。中原蟻鬭長隄潰，大海鯨吞濁浪橫。嶽麓白雲山鬼嘯，瀟湘翠竹旅愁生。晴開天許甦黔赤，爲報同心酒滿觥。

姚緝吾繪墨梅相贈，並留別詩一章，依韻答之

汪　燊

　　潑墨梅開筆底花，淋漓尺幅艷春華。烏絲闌界誇眞蹟，鴻雪題名屬大家。捧檄京華歡未了，開樽祖道恨還賒。蒼茫浩淼人何處，悵望前途水一涯。

陶月舸道尹見示用東坡尖叉韻詠白菊詩，依韻和之

汪燊

花開冒雨挹塵纖，秋信曾催幾日嚴。插鬢漫誇桃杏艷，餐英惟伴水晶鹽。先生皓首尋芳徑，客子冰心倚矮簷。轉盼餘芬滿東嶺，寒梅秀出數峰尖。

漫天霜重曉鳴鴉，縞袂仙人已駐車。到眼光搖銀作海，滿頭香護玉爲花。素芳老圃堆殘雪，清白疏籬是舊家。任爾風顛英不落，肯隨飛絮點漁叉。

和童堯階先生六十書懷原韻並序

汪燊

宦海波濤，林泉日月，非但雅鄭不同，而夷險亦異。予博得一官，馳驅衡麓，貴賤因人，徒仰其鼻息而已。近有自雄蝸角勢不相容者，因占觸藩之羝羊，暫作歸林之倦鳥，傀儡登場，又在何日？適我童堯階先生以六十感懷詩倡於鄂中，傲骨豐神，正如人間白鶴矯矯不群，欽佩無似，勉步韻而爲先生壽，兼以自遣云耳。

酌酒閒斟白玉觴，一觴一詠古時狂。興酣落筆驚狂雨，世變悲歌起大荒。宦海聲張蛙咈亂，腥膻人數蟻争忙。誰能参透玄黄理，鍊性修心是妙方。

中原逐逐各争先，杖履優遊享大年。塵世幾時醒鹿夢，僊源有路問漁船。傲霜靜對淵明菊，出穢難污茂叔蓮。皂帽青衫詩酒興，主持風月住林泉。

題詩作字認欹斜，著述名山厭俗譁。泮水公曾采芹藻，湖隈人願種桃花。表閭品行矜三老，活世慈仁福萬家。陸地神仙修得到，只緣換骨有丹砂。

假年學易費編摩，閱歷深時識見多。壽世文章争膾炙，課兒詩體賴吟哦。襟懷朗朗清如水，富貴匆匆薄似羅。獨主盟壇推大老，陽春一曲且高歌。

和張貢父知事解官黃岡留別元韻

汪 燦

　　大江南北干戈起，無限蒼生擾攘中。難得兒童迎竹馬，漫將黔赤化沙蟲。蔭垂廈屋驩顏聚，績奏琴堂雅調工。滿縣桃花都著色，青驄歸去護腥紅。

　　下走曾吹湘水竽，常嗟笨伯是吾徒。琴堂拜覿公何晚，栗里欣瞻德未孤。四境黎元資保障，邑人送有"生民保障"匾額。一船書畫泛江湖，東坡留別黃州句，千載仁人味共腴。

鄂城晚眺

汪 燦

　　鄂州城外石橋頭，殘照光中豁遠眸。直待衆星環北斗，好迎素月踞南樓。鸚洲鳳嶺真如畫，虎踞龍争未肯休。幾處沙場堆白骨，春風春草使人愁。

和呂少儒歸隱襄陽原韻

汪 燦

　　石上三生有夙因，一官彭澤是前生。歸來松菊猶存徑，屢空簞瓢不厭貧。大道千秋惟尚友，殘書幾卷可推陳。任他世變終無極，願讀盤盟日日新。

　　欲返田園樂最真，河干感慨詠漣洏。聊將詩畫都成舫，自儗羲黃以上人。麟閣立功原志士，鹿門歸隱有天民。知君解組清如水，滌去胸前一斛塵。

漢水從登大願船，率由舊律不忘愆。慈悲共濟功無算，世界何時靖上千。志役枕流兼漱石，心癡問舍欲求田。閒時暫把蕉先種，待補窗前綠滿天。

懶殘煨芋已通禪，卻聘當年誰不然。舉世淪胥當拯溺，高標灑落厭爭權。蠕蠕民瘼賡黃鳥，莽莽神洲泣紫鵑。際此生靈遭浩劫，時艱目擊不勝憐。

回憶烽烟賸劫灰，至今膽慄尚低徊。政如美錦誰堪製，才乏和羹愧作梅。避地尋幽開野徑，舉杯招隱共家醅。若乘舊雨來相訪，不在山隈即水隈。

儂亦囊羞歸去來，清風兩袖莫相猜。一枝枉費鷦鷯寄，中澤徒聞鴻雁哀。漢水頹波須砥柱，瀛寰安枕待奇才。相邀共結梅花伴，不損當年萼綠胎。

貧弱中邦亦膽寒，強鄰逼處怕偏安。吳公拒魏須聯蜀，戰國攻秦在結韓。談虎乍驚心太怯，喚獅不醒睡少寬。焚香默禱生神聖，整頓乾坤戢戰鞍。

江漢縈洄仔細看，險如九折撫膺嘆。難行路擬埋輪轂，共濟舟同水上灘。述作不忘先孔鼎，修治應記古湯盤。胸中自有簞瓢樂，誰謂貧而無怨難。

與君攜手願同行，嘯傲山林味最長。荏苒十年音問闊，艱難八載苦辛嘗。強權當道苛如虎，虐政殘民毒似狼。故應乞休甘散佚，壽而康俾熾而昌。

不戀宦途榮袞冕，還鄉仍舊布衣裳。須知天聽由民聽，願學詩狂與酒狂。泉石煙霞開壽域，漁山樵水老家鄉。閒吟大隱人爭錄，紙價從今貴洛陽。

祝曹鐵如知事尊君七十壽

汪 燊

　　岱宗灝氣鍾耆宿，攬轡澄清壯志舒。絳縣齊誇仁者壽，青州恰近聖人居。讀書深柳羅金簡，獻賦長楊侍玉除。拔萃頭銜攀桂手，九霄出守曳華裾。

　　兩宮西狩當年事，白雁聲中一騎隨。秋士哀時辭九辯，冬郎戀闕涕雙垂。六龍駕返天顏喜，五馬鞭揚地角馳。贏得郊原歌孔邇，八閩從此起瘡痍。

　　詩編甲子懷陶令，剩水殘山跡易陳。去去誰爲東道主，行行終念北堂親。苦嘗獨活愁遺老，甘棄當歸笑古人。坎險備嘗占井汲，祥流熹洽福駢臻。

　　訪古登亭亦快哉，南陔迎養綵衣陪。如公本是萬家福，有子原非百里才，算積海籌身健在，花開江管句爭裁。巴人勉效南飛曲，願向東坡獻壽盃。

和李隱塵督辦重九登洪山塔

汪 燊

　　微雲四捲現遙空，寺額何年誌寶通。菊圃殘枝耐霜亘，楓林蔭缺補霞紅。長庚星謫三千界，卓午風搖百八鐘。多少蒼生望霖雨，東山高臥不須恩。

　　沽酒買糕遊欲倦，華夷多事強怡然。彥昇文綺千鈞筆，太白詞源萬斛泉。鷲嶺獨登賈餘勇，虎谿三笑續前緣。明年好約留春伴，買蔗何妨費俸錢。

祝賀元靖軍長劉太夫人七旬壽

汪 燊

衡嶽峰高鍾間氣，璇閨贏得老而傳。涵濡露泡銅仙掌，焜燿星垂玉女肩。百歲榮華齊介景，重闈孝敬早稱賢。魯僖壽母今猶昔，好獻靈芝進醴泉。

當年鹽政佐莊椿，枝萎同時惜哲人。仰賴蔭幃勤訓誨，俯培梓木富經綸。五花誥捧雲霞爛，四豆筵開棗栗新。設帨懸弧同日慶，文孫繼起蔚慈仁。

祝夏太夫人七旬大慶，兼賀子文、子章兄弟五十四十誕辰

汪 燊

桃花紅徧長安路，中壺咸誇內助賢。四世雍和忘箸柝，七旬康健賦瓜綿。鴉娘含笑擎盃酒，龍媼言歡拜几筵。且喜二難同介景，鶴籌堆集北堂邊。

補和磻漁叔七十自壽原韻

汪 燊

宦海浮沉可奈何，蒦苻遍地費蹉跎。而今休問蒼生事，但願長吟白髮歌。養性自然能益壽，壯懷原不在登科。林泉無限天倫樂，聊酌醇醪滿叵羅。

回憶當年教子忙，桃潭校字有餘光。己未夏，予刻《桃潭合鈔》詩集，是時公設帳余家，多資助校。雙星煥彩稱觥兕，三鳳呈祥肯構堂。聽水看山情更適，吟詩攜酒性彌狂。竹林雅集稀齡祝，預卜期頤再和章。

己巳秋節，磻漁叔寄來都欽先生七十自壽詩囑和。其時以修族譜事急，無暇執筆，且頻年奔走仕途，筆墨久疏，屢思應命，苦難成句，爰將來稿藏諸日記簿中。迄秋末少丞弟電召赴滬，事畢返漢，船中蕭索，檢得原唱次韻，勉成四律，藉破寂寥，兼以自遣

汪　燊

江水茫茫兩岸高，乘風破浪敢云豪。辭官只爲心多拙，作嫁方知事更勞。壯志總期除孽瘴，曠懷何必讀離騷。林泉休暇無窮趣，末世功名等弁髦。

青天白日晝如昏，莫道古風今尚存。虐政難堪思舊尹，苛捐那不累兒孫。貪污痛罵投機子，建設羞稱大匠門。滿目瘡痍誰過問，休言專制未蒙恩。

隔歲開筵慶誕辰，華堂彩煥一翻新。先生去秋壽辰，迄冬抄，華居落成，始開筵慶祝。春風桃李多稱艷，秋水蒹葭不染塵。漫道光陰同過客，好尋風月結良賓。稀齡共迓生來古，笑説羲皇以上人。

勞勞終日歲時匆，著作聯篇那計功。榮壽同輝花萼內，先生昆仲均登上壽。多賢不讓竹林中。先生親侄鵠人兄品學俱優。年高識與才俱鍊，性靜憂兼慮並空。憨愧儂荒筆墨久，枯腸搜索句難工。

赤壁書懷

汪　燊

陰晴無定忘朝昏，城市人多但覺喧。説鬼欲邀蘇玉局，賣書重見杜茶村。穿雲鶴去難成夢，出水龜來爲報恩。戚友過從相慰藉，武昌魚好佐芳尊。見《黃州赤壁集》。

辛未上元節後，沈淡宕縣長招集全縣士紳行政會議，並示廢曆除夕感懷詩屬和，勉步元玉，兼以感時

汪 燊

干戈擾攘苦難收，滿目瘡痍萬戶愁。獨木那堪支大廈，狂風能不覆扁舟。天高有眼休將問，春去無聲莫強留。一度一年仍故我，市廛小隱復何求。

知君不肯解征鞍，休笑庸夫坐井觀。父老議從案下決，兒童迎向道旁看。何分歲月新兼舊，共説琴堂猛濟寬。廨舍重修資大力，邑書尤望莫辭難。吾邑遷治團風之後，擬續修縣志。

和厚莽先生辛未寒食衙齋小集

汪 燊

傲吏官城逢令節，輕烟遥笑五侯家。能教舊雨憐新雨，未許朝霞鬪晚霞。何處吹簫還打鼓，此間集客早休衙。訟庭盡種穠桃李，勝過河陽一縣花。

和厚莽先生上巳前一日偕仁公遊菱湖

汪 燊

湖上春光豈等閒，勞人到此破愁顏。小桃紅樹穿山户，早稻緑芽抽水灣。西子波心輪雪面，林逋花下悵雲鬟。山陰道縱名賢集，風景何能勝此間。

正近清明上巳天，佳晨非後亦非前。水波墨浪新含霧，宿雨朝晴活帶煙。一石一花堪記取，半醒半醉足留連。歸來好把江淹筆，寫上盈盈五色箋。

絕句 五言三首

秋 興

汪 燊

菊瘦渾如我，楓高最可人。憑誰揮采筆，描出好丰祌。

赤壁懷東坡先生

汪 燊

先生去已遠，遺跡在黃州。二賦傳千古，吾來空數遊。見《黃州赤壁集》。

感 時

汪 燊

快哉虎已去，誰知狼又來。人民在何所，遍地野鴻哀。

絕句 七言二十六首

春日觀菊感懷

汪 燊

斜風細雨菊初胎，絕好根株次第栽。佳色獨留秋月夜，不隨桃杏送春來。

春日觀芙蓉感懷

汪　燊

楊柳依依澤畔新，仙客羞與鬭芳春。好藏美艷臨秋水，十里紅飛作錦城。

和李磻漁悼亡詩

汪　燊

丁巳秋，李君磻漁以悼亡詩郵函囑和，時余行役湘南，未獲搦管。戊午春杪，檢得原稿，哀感頑艷，淋漓滿紙，依韻和之。

　　哀詩譜出李青蓮，塵世偏留未了緣。一對鴛鴦雙宿慣，返魂何處覓神仙。

　　離鸞未遂三生願，別鳳徒懷半世賢。想見黃門無限恨，最難風雨落花天。

　　營齋營奠知何日，那得囊儲十萬錢。畢竟多情數元相，他時報答定忻然。

　　輪迴劫幻玉人先，夫壻神傷月未圓。世世生生盟已定，蠶絲萬丈此初眠。

　　憐君兒女戀春暉，泉下芳魂那得歸。莫望梁間雙燕子，哺雛日夕不相違。

　　北海雙棲連理枝，生前長少別離期。一朝永訣成千古，腸斷空房月落時。

　　縹緲仙山海一涯，想君長望起咨嗟。幾時環珮魂歸夜，一霎西風泣落花。

　　渺無餘瑟譜湘江，踪跡何從覓海邦。最是難堪苟奉倩，淚珠零落不成雙。

　　鳳仙花又傍窗開，聞說呼兒慣折來。爲問秦嘉何所寄，好將佳種送泉臺。

總帳招魂事豈真，是非髣髴了無因。鸞膠再續賢應似，莫向人間怨不辰。

同友人登獅子山有感

汪 燊

嶙峋怪石最高頭，八極都歸望裏收。世事欲憑獅子吼，一時消盡古今愁。

滕王閣書懷

汪 燊

畫棟雲開迎帝主，錦帆風便助天公。笑他快壻終低首，宿構全輸五尺童。

白傅青衫怨流落，王家珠樹最軒昂。一詩一序傳江右，得失何須問彼蒼。

和林隱塵安葬雷太夫人詩

汪 燊

駒光忽忽四春秋，霜落溟濛灑墓楸。石馬玉魚垂薜襮，夕陽紅處聳高邱。

我亦蹉跎五十孤，親恩未報淚痕枯。讀公詩句由天性，愧煞人間小丈夫。

鬢角曾留佛字痕，彌留之際悟真元。阿孃成佛兒參佛，無負萱堂撫育恩。

龍騰壁上化飛梭，瑞兆豐功萬口歌。有子真如陶太尉，牛眠卜地占坡陀。

赤壁新葺，壬戌重游

汪 燊

髯蘇赤壁今猶昔，傑構凌霄據上頭。從此士民慶安堵，奎星皎皎照黃州。

復古曾隨李謫仙，通今更數謝康樂。鯫生何幸蟲其間，愧我胸中少邱壑。見《黃州赤壁集》。

和潭州沈女士綺萍感懷原韻

汪 燊

讀罷新詩載酒過，無聊愁思補蹉跎。頻來旅客誰爲主，對月孤吟夜若何。

烽煙遍地擾中華，挽救無方只自嗟。但願楚江風浪息，佳人好種自由花。

蘊櫝而藏正待時，不求沽價有誰知。而今既樹開屏的，莫怨春風醉若癡。

搜索枯腸得句遲，好將紅葉寫新詞。勸君慎把名花惜，莫使狂風亂折枝。

和金佐平渡江原玉

汪 燊

陰雨連綿百感生，滔滔江漢阻人行。乘風穩渡前途去，那怕波翻浪不平。

湘西雜咏

戊午秋七月，清理湖南、湘西稅款，差次遊歷各屬，俯仰興懷，得詩三十首。

沅江遇雨，縣署四面阻水，狼藉不堪

汪 燊

秋涼七月金颷高，連朝風雨聲瀟瀟。長沙捧檄辭大府，沅江城郭如相招。一肩行李到官廨，譬彼獨鶴棲危巢。四面疑有波濤湧，中夜起坐真無聊。主人投轄性好客，盤飧羅列醉醇醪。獨惜狂瀾無力挽，時艱那許臥蓬蒿。明發前途留不得，願鞭陰石煙霾消。

子民堂 堂在沅江縣治，宋唐介建

汪 燊

沅江勝蹟猶堪憶，數仞堂高有碧天。贏得詩篇歌孔邇，宋賢遺愛至今傳。

沅江中元日書懷

汪 燊

沅芷流芬翠葉繁，一年容易又中元。盂蘭勝會同鄉俗，家祭何時返故園。

南縣湖北會館同鄉諸君留飲前南縣知事，同鄉王燮丞、王牧伯、沈奎垣諸君，前後捐金，會館始得落成

汪 燊

鄉人幾輩薦盤餐，小社枌榆一笑歡。入望衡峰好邱壑，盟心湘水古波瀾。鳩工難得諸同志，驛路遙懷舊宰官。天氣新涼結嘉會，酒兵詩敵樂盤桓。

飲王君伯祥邕園王君名作善，江陵人，時委勘南華縣界

汪 燊

邕園杯酒盡交歡，摩詰清遊又輞川。賴有同寅定嘉會，得逢知己續前緣。桃花潭上深情獻，槐蔭堂前厚澤綿。浩渺江流期共濟，肯輸李郭號神仙。

遊赤松亭亭在南縣治北，或云赤松子遺跡

汪 燊

不見赤松子，危亭起暮煙。韜鈐賢宰輔，劍佩古神仙。老檜青如滴，繁花紅欲然。救時懷往躅，徙倚畫橋邊。

漢壽聞警漢壽即前清龍陽縣，時由南縣到此，沿途盜匪充斥，頗有戒心

汪 燊

滿眼萑苻澤，何心蘭蕙芳。衡山餘落日，襆被過龍陽。

中途聞某知事多嗜好，慣用酷刑，賦此引以爲戒

汪 燊

地棘天荊獨客行，虎苛蠆毒累群氓。從知百里才難得，圖繪流民我亦驚。

遊清斯亭 亭在漢壽縣西

汪 燊

滄浪之水淨如玉，平鋪藻荇絕塵俗。一亭高峙倚碧霄，如聞孺子歌斷續，清斯濯纓濁濯足。貴賤皆自取，可以警心目，至言勿忘宣尼囑。正本清源理如斯，鄒嶧遺編須三復。

善卷壇懷古 壇在常德縣東南數里德山上。善卷者，唐虞時高士也，堯師事之。舜以天下讓，不受，歌曰："日出而作，日入而息，逍遙天地之間而心意自得，吾何以天下爲哉。"宋政和間，封墓立祠，賜號遁世高蹈先生，壇即先生隱處也。今城南有善卷村，釣臺在焉

汪 燊

孟秋出長沙，匝月抵常德。危峯當其前，切漢聳峭壁。唐虞去已遠，古蹟尚歷歷。天下棄敝屣，老人能自力。鑿井潛泉流，耕田耐蔬食。一歌足千古，如聽壤聲擊。善卷彼何人，危壇留石刻。巢父與許由，一例甘遁逸。大墓禁樵採，崇祠薦黍稷。荒渚釣臺高，嚴瀨差堪匹。遙遙數千載，先後勞追憶。壇下走征夫，俯仰心悽惻。

招屈亭亭在常德縣南沅水濱，或云三閭大夫以五月五日由黔中投汨羅，土人以舟救之，有《何由得渡河》之歌

汪 燊

塵土征衣滿，來登屈子亭。招魂歌楚些，搔首問蒼冥。菰黍沈雲黑，蘭荃挹露青。焚香清夜裏，危坐讀騷經。

春申君墓墓在常德縣治南

汪 燊

夕照光中讀斷碑，巍然古墓草離離。災成無妄休輕議，換斗移星計亦奇。

贈馮旅長名玉祥，號瑛璋，安徽人。
駐兵常德，軍令嚴明，商民感德不淺

汪 燊

迢迢萬里森長城，師旅親提走敵兵。士卒前茅洗國恥，將軍大樹壯家聲。黃山白嶽鍾靈秀，六韜三略胸中富。天生李晟爲唐室，殊勳直與河山壽。建牙吹角陣雲開，刁斗風生亦壯哉。鳧藻三軍嚴紀律，蠶桑四野荷滋培。細柳營門旌旆駐，何幸鯫生得奇遇。承平會聽凱歌聲，愧我無才題露布。

贈蔣緒周知事名化南，安徽人。
勤政愛民，常德紳民歌頌不已

汪 燊

蔣徑雲開處，花封月滿時。飄萍同作宦，行李得相知。比戶無尨

吠，輕裝有鶴隨。濂溪先澤在，循吏出經師。

贈薛局長子良 名篤弼，山西人。時辦常德釐局，年未三十，精明幹練，令人欽佩。兼理第十六旅旅部執法官，馮旅長極為倚重

汪 燊

為政風流更愛民，銷除雀鼠氣俱馴。理財劉晏真知己，執讞皋陶有替人。將相調和新發軔，馮旅長特別倚重奇才也。主賓款洽快扶輪。笑他絳縣泥塗辱，爭似英奇秀出塵。

中秋望月 時在常德縣

汪 燊

常德城頭月正圓，清宵獨客未成眠。遙知江漢秋光好，兒女團圞拜綺筵。

桃源弔宋漁父 漁父名教仁，號鈍初，桃源人，清肄業湖北文普通中學堂，民國農商部總長，辭職後在滬被刺

汪 燊

桃源有偉人，浩氣天地塞。先聲噪儒館，隻手扶民國。領袖長農商，曠度兼卓識。北游憩申江，英姿凌八極。絕裾辭老母，挾刃遇狂賊。天不祚炎漢，來歆遭狙擊。英奇不可作，擲筆三太息。

游桃源洞 洞在桃源縣上游三十里，洞口有碑，鐫"秦人古洞"四字，洞前後有問津亭、會仙橋、桃花潭、靖節祠、漁人從入處、漁人辭去處諸名勝

汪 榮

昔讀桃源記，私心嚮往之。今游桃源洞，那惜筋力疲。俛仰問津臺，流水何漣漪。神仙渺難見，花落長橋欹。虔供香一瓣，長揖靖節祠。寓言十有九，一例費猜疑。轉笑劉子驥，毋乃太好奇。

贈家信青知事 名錫瑞，京兆人，時官桃源。余到桃源時款洽甚殷，適值存記道尹保案出，作此以賀之

汪 榮

信青我同宗，奇遇訂湘水。酌我琉璃鍾，款款情何已。清福領桃源，神仙堪濟美。準擬披豸繡，好音傳一紙。允升從此卜，鰥生廑燕喜。

秋夜風雨

汪 榮

颯颯風兼雨，悲秋夢屢驚。披衣看寶劍，聊自破愁城。

旅次苦雨

汪 榮

雨灑征驂苦不休，真教一刻萬分愁。明知奔走無多濟，未忍停鞭勒馬頭。

感 時

汪 燊

五色旗飄號共和，誰知同室竟操戈。頻年總爲爭城戰，不管民生喚奈何。

生 日

汪 燊

劬勞德未報，我心良悄然。思親親不見，曷禁涕漣漣。聞説我生日，滾滾雪彌天。余生十月初一，是日大雪。骨相清寒甚，受自胎產先。陽侯疊肆虐，遷居並阜巓。是年避水災，遷居並阜山。家無立錐地，筆耕硯作田。我父憐母弟，每分典衣錢。余叔父屢至先父書館，輒解衣典錢使歸。教授羣弟子，不倚亦不偏。阿母養曾祖，瓦缶以供饌。當時年荒家窘，母輒用土罐煨飯奉曾祖。持家與教子，勤儉言難宣。我年甫三十，我父館已捐。父終庚子九月。時逢庚子亂，徧地起烽煙。庚子拳匪肇亂，聯軍入京，兩宮西幸。迨至三十六，是爲丙午年。我母竟長逝，陟屺恨緜緜。母終丙午八月。積慘十二載，丙午至今年戊午十二年。怕讀蓼莪篇。況值我生日，血淚湧如泉。

生日感懷

汪 燊

嶺上梅含隔歲春，三千里外度生辰。阮囊羞澀愁沽酒，笑典征衣醉旅賓。

憶昔英才萃一堂，皋比謬擁愧無方。十年辛苦何曾避，余辦學十年。文運而今費惋傷。

數載浮沉宦海中，愁觴仍與舊時同。茫茫萬里孤帆影，誰識長途阮籍窮。

南北紛争瞬一年，生民塗炭最堪憐。長沙痛哭慚無策，苦意調人魯仲連。

聞說和平會已成，銷除兵氣仗群英。一官一邑從吾分，婦教紉麻男教耕。

浮雲富貴本悠悠，天問茫茫一舉頭。但使楚江風浪急，扁舟明月五湖遊。

十月公事告竣，由桃源乘輪過洞庭湖返鄂

汪 燊

東湖湖水彌望平，一氣浩瀚接太清。西湖湖水漾蘋芷，清淺蓬萊差可擬。我乘番舶涉驚濤，從公努力敢憚勞。王陽畏途竟轉轡，末俗徒誇保身智。乘風宗慤濟川才，前規未遠當追陪。纔卸湖船駕江舫，還家一笑人無恙。

附　錄

汪逸經五。序云：人心發而爲聲，聲之精者爲言，言之精者爲文，文之有音韻而可被之絃歌者爲詩。詩之與文，一而二，二而一者也。皆所謂精之又精也。然詩豈易言哉。三百篇以下，有楚詞、漢魏六朝之相承，至有唐而詩律備。少陵集詩之大成，後世稱爲詩史，皆忠孝鬱勃於中，而憂時世之衰亂，憫烝黎之失所，慟干戈之滿地，致妻孥之各天。己身雖陷於顛沛流離，落於賊窟，九死一生，而一飯不忘君父，感時書事，有不得已者而後言。夫豈有意求詩之工哉，而自成爲天下之至詩也。

兹筱舫於湘於鄂於蘇於魯，歷親民政，覩四野之楚楚，見菜色之滿道，而嗟歎之餘，喟然發爲詩歌。賦催科之署上考，一道州之怛惻

也。登峴山而懷先賢,一叔子之慈惠也。至於哀所生之劬勞,闡先德之幽光,根於孝子慈孫之懷,合於忠厚纏緜之旨。凡所歌詠,皆可興可觀也。而友朋身世之感,以及山川、鳥獸、草木、蟲魚之可紀者,亦迭見於篇帙焉。至留連風月、阻花中酒之詞則罕見。蓋其性情使然,而身處之境又多類於子美、放翁,而不類夫孟山人、李太白也。陶潛不爲五斗米折腰,有晉宋易代之感,故斂其八荒之志,而專道田間野夫之樂,與仲尼《龜山》、隆中《梁父吟》異。吾謂異地則皆然也。

  筱舫乎蓋有聖人救世之志,許身稷契,自比管樂。而試其才於一都一邑,所謂百里區,未得展其驥足者也。然觀其薄能吏而恐驚男婦,愛民之意溢於言表。斯時也,若得斯人化爲千百而布之天下,其庶幾隆冬凍僵之餘氓得回暘谷而一吐氣乎?安得解慍之歌復見,而含哺鼓腹者擊壤應之,則吾筱舫將易其哀怨之響而鳴國家之盛,不亦美乎?筱舫詩雖不多,而已可爲詩史,則所言皆實事也。讀其詩,可以知其心,知其人,至其詩之工與拙,則筱舫不暇求是,而祇抒其至情至性天然之歌哭。其亦有不得已者乎。是可以配前賢矣。民國壬申重九日序於南樓前之臥石看雲齋。

增訂桃潭合鈔續集卷第一

<small>黃岡汪燊筱舫纂輯</small>
<small>長次男 晉澄之 校字</small>

詩一　雜言

擬杜秋野五首

<small>明·汪文淵<small>赤崖，黃岡。</small></small>

　　秋野曉煙籠，蠻疆俗慮空。依人常作客，避世合稱翁。消息遲黃菊，光陰老碧桐。過從鄰叟熟，濁酒一樽同。
　　推遷驚歲月，脫略任形骸。雞犬聲俱樂，魚蝦味自佳。故人誰問訊，游子獨開懷，識盡窮通理，無勞更遣排。
　　文章三大禮，身世一扁舟。報國忱空竭，移家願轉酬。雨餘肥豆莢，日薄冷松楸。頗得閑中趣，田園事事幽。
　　遠水渺無際，遙山淡有痕。羣鷗隨浪止，獨鶴逐雲翻。撊笛誰家子，吹笳何處村。長安看不見，殘照下荒原。
　　稷契才難展，由光迹未孤。危城迎白帝，佳會過黃姑。影落霜中雁，聲淒月下烏。宵深殘夢醒，風露滿夔巫。《木天清課》。

風過簫<small>七言排律</small>

<small>明·汪文瑞<small>東崖，黃岡。</small></small>

　　簫韶已譜堯衢韻，過化存神象八風。西華威揚天子狩，南薰調協聖

人功。吹噓地籟兼天籟，清濁長筒更短筒。五孔鳴和音叶鳳，三霄遇順羽鶱鴻。遺規黍谷傳鄒子，佳話樵山送鄭公。導引黎元如偃草，感孚定慶九州同。《味根堂詩集》。

秋　興

明·汪之汸碧崗，黃岡。

無邊搖落鼓鼙催，河上江干幾劫灰。始信天星能替月，誰云秋夜不聞雷。蟹肥園笋籜新解，燕去野桃花亂開。明日正多尋樂地，休辜今夕且銜杯。《經畲堂詩集》。

擬武侯梁父吟

明·汪之浹鳳溪，黃岡。

側聞小兒歌，青青草千里。可憐荊棘中，鑾輿近伱似。大星搖黃芒，照世歷五紀。一朝假虎威，蟻視天下士。去去無復言，大夫猶崔子。《樂善堂詩集》。

二十日雨中用東坡是日出東門詩韻

明·汪之浹黃岡。

雨中未許掩柴門，生意新回綠柳村。繞舍水紋頻弄影，隔江山色漸無痕。痴雲結陣開還合，濕氣侵人冷復溫。料得杏花沽酒處，清明猶斷路人魂。《麻山遊草》。

展重陽日偕同人北城觀菊

明·汪守廉静齋，黃岡。

北城一帶饒秋光，西風吹送菊花香。美景良辰莫虛擲，招朋且作展重陽。憶昨登高時未幾，賞花老圃情何已。屈指佳節纔匝旬，風景猶覺前番似。黃花種種色逾妍，疏籬一抹繞涼煙。與君玩賞渾忘別，且傾濁酒醉花前。《静齋詩草》。

婪尾春

明·汪洴東 泓沁，黃岡。

春風春雨過花朝，杏老桃僵太寂寥。快睹芳姿明玉砌，黃金壓鬢帶圍腰。

次第金樽傳末座，芬芳玉蕊燦高枝。須知香國留春意，也似華筵撤宴時。

春光夏令恰平分，繞砌紅雲映夕曛。畢竟陽和能暫駐，莫將遲暮怨東君。

後塵獨步殿繁華，十二闌干瘦影斜。香國自能争晚節，秋花從此讓春花。傳鈔舊稿。

春草二首

明·汪應節 黃岡。

瞥眼韶華又一新，萋萋芳草最宜人。牧童互鬭勞抽穎，騷客閒遊倩作茵。南浦色妍初過雨，西堂夢好暗生春。寸心欲把慈暉報，每對東風徙倚頻。

芊綿春草滿郊原，嫩碧遥青一色渾。燕尾掠從高下路，馬蹄踏徧淺深痕。燒殘宿火餘瘢盡，吹透東風淑氣溫。古道荒城生意好，歸來我欲問王孫。《述古齋詩集》。

新　荷

明·汪元極崟庵，黃岡。

　　宴罷鼇頭散綺筵，番風廿四信頻遷。草痕南浦曾三月，花事西湖又一年。舒卷能完君子節，輕盈應惹主人憐。生憎弱質驕陽損，分付園丁引碧泉。

　　澄波如鏡露如珠，漢苑銅盤似此無。姿潔不妨朝雨洗，影斜偏稱晚風扶。參禪白社人初至，結伴紅亭興未孤。夢醒鴛鴦三十六，漁歌一片起平蕪。

　　照眼亭亭翠蓋團，遊人幾日倚朱闌。凌霄不為重雲掩，蘸水能生五月寒。襪結湘妃情脈脈，裳褰楚客態珊珊。名花十丈仙蹤在，太華峰頭取次看。

　　不加雕飾出天然，淥水光搖分外鮮。簇簇溪頭齊拂岸，纍纍湖目漸盈川。令狐恩寵雙行燭，張鷟文章萬選錢。有客臨風倍惆悵，栽培常祝養花天。《誦芬堂詩鈔》。

食甘蔗五言

明·汪傑偉齋，黃岡。

　　異域傳嘉種，瓊漿嗜好耽。晶盤盛美植，玉液領餘甘。酥雨隨風潤，香泥帶露含。託根鄰豆架，綴葉傍茅菴。雜出珊瑚樹，橫拖翡翠簪。吐苗蘆共茁，解籜竹同參。北地珍難得，西天姓可探。挺應人饌百，節每丈誇三。熱疾瘳沈涸，朝醒解酩酊。成飴供食品，釀液伴書龕。只合冰刀切，方知石密涵。白紅形競巧，黃赤酒同酣。冷沁心脾久，津流齒頰諳。搗霜咀硯北，消日話扶南。儘許儲青案，無煩採碧籃。嚴寒摩詰詠，佳境愷之談。美薄王戎李，香嗤仲若柑。枇杷清漫擬，橄欖對猶慚。倘作侯能射，如為杖不堪。汾陽真富貴，拜賜荷恩覃。《養雲詩鈔》。

秋　光

　　　　　　　　　　　明·汪陛延亦常，黄岡。

　　無限秋光照眼新，輪蹄底事逐風塵。征途雲樹粧臺月，半付才人半美人。《楚文獻錄》。

紀恩詩五排二十二韻

　　　　　　　　　　　清·汪煉南冶夫，黄岡。

　　廿載趨華省，終朝侍禁園。此行瞻聖近，前度受知遲。才愧家修選，名甘國士遺。恭聞溫語降，頓使素忱怡。寶笈開龍窟，琅函啟鳳池。臣言寧得體，聖智總無私。測影勤窺管，探囊勉效錐。謬邀公輔奏，云是小臣為。但憶儒堪問，敢稱文在茲。辭條宣紫禁，典冊下丹墀。幸際天顏喜，傳呼宰執隨。褒嘉猶過望，賞賚況殊施。束錦來藏府，冰虀出內司。陸離初日麗，璀璨列星移。蟬翼縈懷抱，鴛文增羽儀。凝霜晶奪目，取火豔交頤。五兩君王賜，三盆聖母慈。煌煌驚夢想，蹙蹙失支持。答效微員忝，聰明宸聽卑。珍羅九有貢，德飽一人私。拜闕朝華動，歸宣夕照垂。文章難報國，聊爾獻先資。《存誠齋詩集》。

和魏雲翁漁臺

　　　　　　　　　　　清·汪煉南

　　誰振風流問壑邱，翛然天外搆層樓。一窗明月波中出，半壁山光鏡裏浮。海內賓朋開蔣徑，中原風雨鎖蘭舟。牢騷澤畔憐同調，擬向桃源洞口游。

　　岩嶤雪樹俯丹邱，極目長空獨倚樓。水國鯨鯢當檻伏，天門星斗傍簷浮。漢家繻幣來溪澤，渭上絲綸在釣舟。中外安危頻繫望，湖山未許久遨遊。同上。

贈王子雲

清·汪煉南

同是蘭亭會裏人，看君近況更艱辛。著述未了千秋業，數米仍嫌八口貧。江水有知應弔楚，桃源無路莫逃秦。天涯何事長漂泊，在野依然草莽臣。同上。

中秋前二日邀直指季望石赤壁小集

清·汪煉南

秋色平分紀勝游，先邀蟾魄到芳洲。瓊宮有氣非關蜃，烏府無機也狎鷗。蒼翠逼天清欲滴，波光侵岸砌皆浮。南飛一曲憑誰和，仙子重來好泛舟。同上。

庚子元日同黃鼎生、曾子先登文昌閣，子先以詩見贈，依韻和之

清·汪煉南

春滿河山錦繡堆，相攜元日踏春來。楚天自足占年雨，魏闕誰分上苑梅。遠邇同歸成偶集，舟車別路莫忙開。明年此日承明地，未許高人在草萊。同上。

隆中懷古

清·汪嶼南與山，黃岡。

風雲日日起茅廬，龍臥當年舊隱居。自信懷才如管樂，不妨結伴約崔徐。先時早定三分局，大略能觀一卷書。畢竟士爲知己用，手揮羽扇策徵車。

驚人偉略濟時忱，魚水君臣契合深。大業三分憑赤手，遺孤六尺勵丹心。輝煌日月出師表，嘯傲烟霞梁父吟。終古隆中留勝蹟，白雲無際數峰岑。《武安遊草》。

客金陵寄周柱明大司馬

清·汪燏南涵夫，黃岡。

轉眼興亡等逝波，西陵夜雨怕重過。老臣報國心逾壯，游子思家鬢已皤。白下峰巒今宛在，黃州烽燧近如何。東山只恐難高臥，會見徵書到薜蘿。《天鏡堂詩鈔》。

旅況

清·汪燏南

少年作客一身輕，飄泊天涯事遠征。酒戰寒威當勁敵，詩拈險韻出奇兵。丹楓辭我添離緒，黃鳥依人作別聲。最是多情天半雁，樓頭清唳伴三更。同上。

夏日偶憩仙居澗，土人云六月聞梅花香，孟浩然踏雪處

清·汪燏南

亂山曲徑少人登，天上仇池此附庸。澗溜常飛六月雪，松濤疑奏五更鐘。峰當缺處殘雲補，路正通時怪石封。何事梅花香撲鼻，襄陽策蹇偶留蹤。同上。

早發

清·汪燀南

野店催人事曉征，淡煙微鎖月三更。可憐衰草迷天影，又是清鐘動地聲。殘夢每從馬上續，鄉心偏向雁邊生。一官僕僕終何用，屢歲邯鄲路上行。同上。

嚼雪

清·汪沅黃岡。

爛嚼梅花片，天然雪與俱。但求芬沁齒，不畏冷侵膚。饘粥情同嗜，清涼味可腴。浣腸清興好，朗澈敵冰壺。《葆元堂詩草》。

漁村晚眺

清·汪有重媿孝，黃岡。

日暖冰開翠漲鋪，錦鱗出水價爭呼。占豐會見瓊瑤墜，寫作仁湖釣雪圖。

垂楊垂柳影依依，夕照光中白鷺飛。箬笠半船收拾好，紅橋明月送人歸。傳鈔舊稿。

菜花

清·汪國綸合公，黃岡。

暮春時節菜花芳，一陣東風十里香。未許牡丹誇富貴，此花端不讓姚黃。傳鈔舊稿。

題畫馬

清·汪邰孫莘厥，黃岡。

追風汗血來何處，點睛如龍欲飛去。曾經百戰走塵沙，時無伯樂徒咨嗟。精神團結墨痕裏，知爾壯心猶未已。莫因伏櫪笑驊騮，霜蹄一奮仍千里。《樾蔭堂詩鈔》。

擬陶淵明和劉柴桑詩

清·汪基遠星伯，黃岡。

有客叩荊扉，欲迎還踟躕。親戚悅情話，未肯傷離居。行行曳筇杖，童穉候我廬。飛鳥不成行，繁華蔽郊墟。意趣各有得，躬耕富菑畬。素秋佳日至，一杯慰艱劬。家有二頃田，究異儋石無。茆茨日以葺，山澤胡見疏。窮居不自樂，惟此吾所須。長歌自來去，栖栖終何如。《忠雅齋詩集》。

楊莊道中

清·汪基美誠廬，黃岡。

迢遞楊莊道，連村杜宇啼。片雲生遠岫，一鳥下前溪。新柳絮粘袂，落花香濺泥。王孫歸未得，芳草自萋萋。《嵩樵詩鈔》。

晚眺

清·汪基美

疏林雨歇影參差，鴉帶斜陽過別溪。滿地落花春寂寂，綠楊枝上子規啼。同上。

過魯雲房山居

清·汪基美

愛爾幽居好，雲山抱講堂。蛙聲喧鼓吹，鶯語奏笙簧。飼客惟雞黍，論詩必漢唐。夜深談往事，相對淚沾裳。同上。

宿德州

清·汪基定靜臣，黃岡。

蕭蕭曲徑燦黃花，疑是東山處士家。忙檢杖頭錢買醉，明朝風雨又天涯。傳鈔舊稿。

醉後題自著《補拙齋詩集》一絕句

清·汪封秦文定，黃岡。

笑語吟成三百篇，糊窗覆瓿倩誰傳。酒闌擲筆忽長嘯，異代惟輸李謫仙。《補拙齋詩集》。

重九寄長兄文定

清·汪德勳亮和，黃岡。

淒涼客路幾重陽，辜負佳期欲斷腸。歷遍關山難自主，消磨歲月爲誰忙。茱萸遙插思兄弟，松菊猶存念故鄉。料得山中方憶我，忽垂摩詰淚雙行。《亮和詩草》。

喜 雪

清·汪度宏能菴，黃岡。

不憂百姓屢呼庚，瑞雪而今徧鄂城。好爲梅花工寫照，多因柳絮最關情。天心預示豐年兆，人語應含樂歲聲。開霽料知顏亦霽，碧翁有意福蒼生。

生靈笑指半空中，雪影紛紛捲朔風。六出花飛天降瑞，雙歧麥秀歲占豐。載塗無復鴻嗷集，比户應知雀躍同。亭以雨名皆可喜，有年當日記蘇公。《能菴詩集》。

初春多陰

清·汪惟鏞恒菴，黃岡。

天阻陽和氣，人饒困倦情。望回新歲月，轉失舊陰晴。山意留雲住，苔痕繞樹生。却憐開霽後，無地可躬耕。《奈何春詩集》。

擬陶淵明和劉柴桑詩

清·汪惟鑾敬亭，黃岡。

天末微風至，攬衣起踟躕。良辰舒以長，而我忍離居。願得素心人，昕夕聚吾廬。抱琴古松下，煙靄霏遠墟。境靜心自逸，及時富蓄作畬。秋成倘可期，一醉忘勤劬。敝袍雖不華，究異寸縷無。猿鶴肯余怨，中情漫相疏。但使足酪酊，此外復何須。郊原恣幽討，悠悠悟真如。《燕台壯遊詩集》。

秋夜呈伯父文定公

清·汪士暄東昇，黃岡。

挑燈良夜永，話盡古今愁。處處飄萍感，年年落葉秋。醉添情萬種，音斷橘千頭。安得烽煙息，昇平頌九州。《位正齋詩集》。

柳 眼

清·汪依仁呂陽，黃岡。

慣向江邊送別離，長亭行客屬阿誰。偶垂宿雨千行淚，遙隔青旂半面窺。纖影照時波亦媚，清光留處意無私。風流閱世如相問，曾見章臺走馬時。《樂山詩集》。

苔 髮

清·汪依仁

綠滿空庭斷客踪，生成紺髮色酣濃。千絲暮雨新油沐，一砌春雲舊冶容。花底迷離光可鑑，石間披拂鬢初鬆。煩君寄語尋幽者，漫把棕鞵破翠重。同上。

書伯祖猗園公詩後

清·汪依仁

阜山有樵客，公別號阜樵。高躅晉淵明。煙霞長寄傲，樂道不謀生。屺思非吾侶，謂劉克猷。茶村結同聲。與茶村多唱和。揚帆入漲渡，湖名。長嘯淚交橫。公悼明亡，誓不仕清。○同上。

黃鶴樓漫興

清·汪永書丹麓，黃岡。

樓上有黃鶴，樓外有白雲。黃鶴影縹緲，白雲氣氤氳。排雲雲不見，呼鶴鶴不聞。吁嗟呂道人，當日何殷勤。我願從之游，塵累偏紛紛。《白門吟稿》。

題杜茶村畫像詩

清·汪永開鶴江，黃岡。

吾楚詩人命不猶，自來詞賦獨悲秋。天將故老留文獻，道爲先生甘放流。碧蘚碑應題處士，赤松游漫說留侯。招魂楚些家何在，哭望江南淚未收。《好景堂詩鈔》。

答鄭樗園妹丈

清·汪永開

歲晚何多事，回看日不如。新愁攻五夜，舊業惜三餘。悶極惟耽酒，悲來懶著書。可知鄙吝在，自悔起居疏。同上。

舟過赤壁

清·汪昶韻和，漢陽。

已橫塞北長驅槊，又作江南對酒歌。才子新詞留賦稿，奸雄舊恨滿滄波。一千餘載爭赤壁，八十萬人呼奈何。回首昆陽飛屋瓦，風神功在漢家多。

巨艦曾經劫火摧，奔濤觸石怒喧豗。臥龍大志三分定，老驥雄心一旦灰。恨未乘機聲北討，翻聞搖櫓自東來。吁嗟漢鼎終瓜裂，畢竟孫曹少將才。《柏井集》。

黃州懷古

清·汪文熙緝丞，羅田。

奇才謫宦亦優游，赤壁磯頭夜泛舟。不是當年兩篇賦，如何赤壁在黃州。《友梅齋詩集》。

有　感

清·汪延漊仰峰,黃岡。

憑虛一嘯遏青雲，書未成行衆論紛。始識遊秦蘇季子，陰符纔換武安君。

何事奔馳力已殫，瘝瘝且共尉遲歎。無聊盡日胡床坐，學得高風管幼安。《養真堂詩集》。

贈李承齋五十壽

清·汪謙南亭,黃岡。

風流瀟灑度安舒，五十年來得自如。但使優游親杖履，誰知歲月老詩書。多情且喜人逢艾，式宴應邀客獻蔬。醉把霞觴家慶滿，方池新養化龍魚。《補正堂詩三百首》。

贈邑侯李錦源

清·汪謙

齊安名宦風流遠，西蜀儒宗政績稀。息訟養民成後效，興賢育士紹前徽。聯翩科第家門慶，肅穆官箴日月輝。兩載琴堂誦慈父，甄陶誰不願攀依。

兄弟賢書良不易，公車屢上負鴻文。一經傳序名爭羨，八袠延齡德早薰。附驥子行還並轡，次子兆雲與明府會試同榜。登龍孫輩許超群。孫引翔縣試蒙取列前茅。南亭他日書香繼，萬里遙懷李使君。同上。

秋日登黃鶴樓

清·汪朝楷_{叙亭}，黃岡。

凌空百尺峙層樓，景物蒼茫一望收。笛奏梅花僊路近，帆飛桂棹楚江秋。狂吟風月開生面，高踏雲霞占上頭。員嶠方壺神島接，可能聯步到瀛洲。《守拙堂詩草》。

初夏夜偶感

清·汪鳳超_{儀亭}，黃岡。

一輪明月映窗斜，助我書聲兩部蛙。幾度思春春去也，好將心事卜燈花。《儀亭詩草》。

庚寅元日試筆

清·汪璉_{輝典}，黃岡。

騰霄暖日一陽新，薄霧何妨偶蔽晨。魯史先書周甲子，騷經回溯楚庚寅。歲憑火樹銷殘臘，天惜花朝閏仲春。有客懷兄梅嶺外，紫荊花下駕蒲輪。《惜陰齋詩集》。

嘉慶時，予任大城，幼女夭殤，藁葬於北郭外。去任四年，有過其地者，見隆然已成邱阜，蓋其民不忘去思之感而為之也。嗟乎！予何德而民情之厚如此，賦二十八字以識之

清·汪兆霖_{肅齋}，黃岡。

又見郊原負土新，七齡弱骨已成塵。緣何尚有殷勤意，未是當年被

澤人。《安泉老人詩集》。

和友人原韻

清·汪兆霖

性僻耽詩亦夙因，與君相遇更相親。愁隨燕子年年客，怕逐楊花處處春。一卷離騷消酒易，三更風雨唱歌頻。郢中白雪傳高調，和寡方知句有神。同上。

贈　友

清·汪兆霖

當年弱髮垂髫日，不解悲傷老大時。手折衰楊君莫歎，青青兩鬢易成絲。同上。

春日遣懷

清·汪兆霖

晨夢亂無記，春光到處明。迷離看舞蝶，婉轉聽流鶯。不少樓堪倚，還多酒可傾。吳鈎頻起拭，躍躍少年情。同上。

黃鶴樓春眺

清·汪兆霖

朱闌供徙倚，百尺掛遊絲。長憶禰衡賦，難忘崔灝詩。依然江漢水，無復晉唐時。能作驚人句，真教死不辭。同上。

效古體

清·汪兆紱文山，黃岡。

蝴蝶舞時花欲笑，蜻蜓飛到水俱間。豪吟不羨劉賓客，變體還師李義山。傳鈔舊稿。

黃鶴樓

清·汪兆紱

看老江山又一秋，遠天晴色更悠悠。重來黃鶴渾如夢，歸去白雲懶上樓。天下我爲漁父友，人才誰向布衣求。漫誇崔灝名千古，獨倚危欄且舉甌。同上。

和星垣姪七十壽詩 步原韻並序

清·汪兆柯則亭，黃岡。

壬子歲，星垣老姪六旬誕期，有自壽並諸人祝壽詩一册。客歲頒來，余以時逾六載，不甚著意，披閱一過，即便置之。今歲花朝前二日，適逢余八十生辰，姪輩登堂，詢及和章。余檢原册，玩索再三，珠璣錯落，況有秉鐸文宗，餐霞仙侶，高才傑作，節雅音和，不禁心醉。因援筆和成，聊當自壽，並簡星垣。

虛度年華八十春，撫躬幸作太平民。杏壇不入三千座，草澤仍留七尺身。賴有縹緗供夙契，好從賦畀溯前因。儀型未遠先賢在，敬向廬山識面真。

幾番兵燹照郊墟，自愧棲遑少定居。處世難憑三寸舌，傳家端藉一床書。先君有"千卷丹黃，一窗昏曉"之語。先君歿後，業師南亭先生輓聯云"千卷丹黃思手澤，一窗昏曉記牙籤"。祇期學與年俱進，那對人言壯不如。瀟灑襟懷誰得似，無須顧影動欷歔。

十載歸來宅一區，不將蹤跡溷園夫。庖犧卷裏逢今我，余注《易》十載。鵷鷺行中失故吾。好把陳編尋蠹膡，尚能健步謝鳩扶。河山滿眼烽煙息，手酌金罍且自娛。

憶昔稱觴天氣和，吾家小阮醉顏酡。萼樓幾輩攜詩到，九畹、春門諸姪。蘭譜同人祝嘏多。喻雲程、陳翊廷諸君。一院鶴聲仙宛在，餐霞逸士。半天梟影客偏多。李承齋、胡玉山諸公。笑余未與羣英會，勉步瑤章快若何。見星垣《七十壽言》刻本。

奉檄調解京餉，得詩二首_{時道光丙午春仲二日也}

清·汪兆柯

歧路殷勤贈別言，那堪父老競攀轅。政忙未許官開閣，貟急多慚吏打門。半世駒光空過隙，三年鴻爪偶留痕。蒞東瀧江，倏逾三載。明朝萬里皇都客，怕聽晨雞驚夢魂。

望裏金臺路八千，鈴聲振鐸曉霜天。蓬萊自喜雲霞近，宮闕誰承雨露先。解餉人員照例亦得引見。賴有詩篇娛旅邸，不妨清夢曉征鞭。諸生莫問歸遲速，話別須知在隔年。傳鈔舊稿。

訪隱者不遇

清·汪兆澍_{需田，黃岡。}

我來訪彼美，破屋數間而已矣。其諸高臥西山雲，不然垂釣東江水。傳鈔舊稿。

醉後狂題

清·汪兆澍

臨風徒倚三層閣，半醉摩挲八寶刀。莫道少年不如意，泰山未覺勝鴻毛。同上。

題挹珊姪《商聲集》

清·汪兆康鶴年，黃岡。

商聲集，挹珊文。名譽雖未起，亦足張吾軍。寒山雪積松枝瘦，怨鶴哀猿夜夜聞。見《商聲集》。

贈星垣姪七十壽

清·汪兆雲慶齋，黃岡。

湖山舒嘯近如何，一枝飄然兩鬢皤。能賦共看成走筆，傳名原不恃登科。姪遊泮後不赴秋闈數十年矣。階前蘭芷參差長，世上滄桑變幻多。春酒醉斟應自笑，靈光魯殿獨巍峨。見星垣《七十壽言》刻本。

喜聞海上解嚴

清·汪秉鈞寶丞，黃岡。

礮雲飛罷颶風平，人語中含造福聲。羅拜能教胡虜服，受降無復海氛橫。業安田里歸丁壯，水挽天江洗甲兵。天半欃槍從此掃，萬年磐石鞏金城。傳鈔舊稿。

晚渡黃河

清·汪承恩液波，黃岡。

舟子迢迢喚渡河，晚霞一帶客初過。龍門直下先聲壯，馬頭遙瞻遺澤多。瓠子千年尋舊蹟，桃花萬點漾新波。黃河三月水爲桃花水。安瀾聖世無窮福，漫向中流擊楫歌。傳鈔舊稿。

秋　雁

清·汪鄰_{黃岡}。

　　西風搖落水之涯，秋後秋前總別家。關塞寄書人萬里，雪泥留爪路三叉。字題楚客窗前筆，陣擁胡兒馬上笳。此去蘆洲須早宿，夕陽紅樹已棲鴉。傳鈔舊稿。

癸亥館于洲

清·汪士舉_{惺齋}，黃岡。

　　楊柳洲邊宅，江天望遠峰。雨餘羣鳥寂，風過落花濃。睡起情逾適，開懷意轉慵。鄉關何處是，雲樹隔重重。傳鈔舊稿。

和穆鶴舫師相登岱原韻

清·汪封渭_{竹千}，黃岡。

　　節持南國望東臨，節發南河，道出山左。岳峙高同捧日心。白玉函封無住牒，黃銀帶繫有銘襟。三千里洞從容到，五十餘盤次第尋。彈指去來今九度，此回一覽岱雲深。

　　捧袂齊州再拜聯，齊河道上叩謁師旌。後塵莫步泰山巔。筆參造化通靈岳，履曳星辰繞慶煙。絕頂都卑千里谷，登封如對九重天。鴻章譜入東皇籙，記取皇華駐節年。《種樹山館詩鈔》。

雪中同王魯之鄉行，喜成前律，結句貪用雪典作頌，却忘"樂天不是蓬萊客，憑仗西方作主人"，乃續後章以答其意

清·汪封渭

　　一天風雪滿征鞍，六曲花飛縱大觀。銀海無邊平野闊，玉山有象遠

峰寒。二紅麥飯培根足，三白田夫帶笑看。羨煞王公披鶴氅，神仙修到學來難。

本來摩詰是維摩，佛骨天生說豈訛。梟烏不妨塵海化，龍天曾記雪山過。口碑慣聽慈悲大，心印從知慧業多。循吏儒林仙福分，一齊超脫向彌陀。同上。

和高鏡霞同年白燕詩二章

清·汪封渭

潔行循良何處尋，本魏明帝《春燕短歌行》。飛來塵海絕塵侵。色空柳絮千團影，夢醒梨花一院陰。不覓封侯原有領，似曾化石總無心。玉堂猶憶翩翩入，莫認紅垂曉幕襟。

舊時儔侶未相違，同散瑤光出紫薇。玉翦初拋聊小試，瓊樓層上任高飛。肯啣濁水泥成壘，却剩蓬山雪滿衣。湘浦月明來去共，清風還度故園扉。同上。

次吳又桓禮闈報罷歸里道出平津韻

清·汪封渭

延陵獨步出江東，入洛才名動鉅公。筆早生花終晝日，舟能破浪待乘風。鶱雲驥驤程雖蹇，甲辰、丁未禮闈連得謄錄，今科堂備，又以額滿見遺。搏海鯤鵬羽自豐。莫把純青矜火候，丹成九轉倍精工。

珠玉揮毫綴色絲，詞成黃絹出天姿。前身知抱神仙骨，他日當膺鼎鼐司。千里江城梅落候，一鞭海岳客歸期。重來看射金門策，定慰蓬山遠到思。同上。

木石居詩會題詞用喜雨韻

清·汪封渭

上天誰欲訪詩狂，斗酒篇成小醉鄉。山谷金針時暗度，<small>小痴先生主持風化。</small>江都玉尺每持量。<small>金亭先生善於品題。</small>騷壇喜説降心法，<small>劍南奸佛。</small>綵筆濃薰畫手香。<small>香嚴善畫。</small>潭水竹林也學步，<small>謂小竹、海平、璧餘叔姪。</small>不辭枵腹胞書倉。<small>同上。</small>

題潘四梅梅花書屋圖

清·汪封渭

青燈照讀故園春，窗外梅花聽最真。讀到商書應自負，調羹人是讀書人。

早年遊戲到仙班，説與癯仙定破顏。太乙青藜來作伴，嫦娥丹桂許重攀。

令尹河陽舊姓潘，頌聲遥結古時歡。祇緣愛惜蒼生處，也當冰肌玉骨看。

髣髴孤山處士廬，暗香疏影百年餘。若同彩筆爭千古，轉恐梅花壽不如。

溪籐八葉寫寒柯，適賦閒居墨共磨。他日巡檐還一笑，北枝花發待春多。

先後齊門鼓瑟來，畫圖瞥見楚山開。何時共買黄州酒，閒看東坡手植梅。<small>同上。</small>

戊子秋闈分校，和徐樹人原韻

清·汪封渭

十年燈火一囊書，棘院鄰輝幸乞諸。甘苦待分同剪燭，重門祕鑰炯雙魚。

　　泉分濟水總清流，千佛山高選佛秋。試看使星填上至，雙鳧十二共登樓。同考者十二房。

　　蓬山路遠幾回空，僥倖春明餅啖紅。如此備嘗辛苦地，初心敢負夕陽中。

　　同結珊瑚鐵網來，那須市駿到燕臺。楚材我愧楩楠選，玉尺齊量瀚海才。同上。

盧生廟睡像

清·汪封渭

　　一覺黃粱四十年，盧生端不是神仙。如何夢醒邯鄲道，富貴猶貪枕上眠。同上。

題同年余作梅畫像二首

清·汪封渭

　　碧琉璃碎海風寒，回首橫江鶴影單。千里飛來驚羽化，故人顏色畫中看。

　　十年前集嶽雲樓，今日相逢又密州。那用招魂歌楚些，神交原不隔明幽。同上。

贈邑侯李蓉艚二律

清·汪極三_{植齋}，黃岡。

　　十載循聲遍鄂中，家傳清白號名宗。通才譽本通經擅，望澤情真望歲同。蟾窟新培桃李豔，鳳雛爭羨羽毛豐。政餘況有鳴琴樂，焦尾還收爨下桐。

官閣梅花照眼紅，頌聲合唱大江東。遊臨赤壁陪坡老，願慰蒼生借寇公。革薄威原如夏日，觀光士久坐春風。躋堂何止南山祝，豫盼彤廷寵錫隆。傳鈔舊稿。

和星垣兄六十壽詩原韻

清·汪引張春門，黃岡。

伴結鴒原六十春，張與兄同庚。與君同作葛懷民。喜談風月終成癖，得占林泉穩稱身。大壽徧徵詩共賞，評審惟與酒無因。餘年不用別尋樂，抱膝長吟樂最真。

馮夷肆虐徧邨墟，卜得新居勝舊居。粉壁數行程邈字，牙籤幾卷鄴侯書。兒生晚歲孫偏早，兄負清才弟弗如。遙想介眉好時節，雁飛不到屢欷歔。張因遠館，未與壽筵。

田園甘守兩三區，弗慕輕舸越大夫。好水好山會假我，一琴一鶴得真吾。訂交仙子詩頻和，議作鄉賓杖不扶。休道夕陽紅欲盡，老人星現儘堪娛。

年來寧謐養大和，漫把童顏認醉酡。肩户自憐塵事少，躋堂時覺故人多。也知好句君先得，莫訝歡場弟未過。見說詩成酒亦熟，霞觴重舉快如何。見星垣《六十壽言》刻本。

和星垣兄六十壽詩原韻

清·汪引光玉峯，黃岡。

酒釀黃鵝恰及春，介眉人是古遺民。修齡自昔緣修德，淑世無權但淑身。舊雨傳箋徵夙契，餐霞獻祝本前因。鴒原笑我徐行久，也製新詩當寫真。

少壯依依戀故墟，卌年曾傍水雲居。儘題詩草堪言志，除灌園花便讀書。風雨聯牀情不禁，池塘夢覺興何如。林泉無限天倫樂，肯為沉淪動欲歔。

　　垂老吟窩築一區，高蹤竊比邵堯夫。北橋玩月常携我，西嶺看雲不棄吾。鶴已成仙應永算，鵬緣斂迹未摶扶。菊松徑外饒佳景，收拾奚囊總自娛。

　　聲自優游氣自和，童顏渾似醉顏酡。縱然黠狗欺人甚，畢竟閒鷗遠害多。爾室丁男欣更聚，深山甲子待重過。時艱我亦偕君隱，敢抱風流繼二何。見星垣《六十壽言》刻本。

和星垣弟六十壽詩 原韻

清·汪引鴻 秋浦，黃岡。

　　六秩初開綺席春，華顛喜作四朝民。清談妙合仙人契，弟與詩仙餐霞逸士談論甚洽，詩序及題詞俱仙筆。飽學能安處士身。弟屢膺房薦，自乙酉科後不赴秋闈者二十餘年。十里瞻雲欣未遠，一堂聽雨感無因。弟家距予僅十里，因久官在外，不能常晤。池塘有夢終嫌幻，讀罷新詩始悟真。

　　枌榆社裏望雲墟，葛藟依依好聚居。國器各珍三寸璧，予家昆季輩多以文名。家風惟擁一牀書。金鍼細繡才真絕，弟著有《湖上閒吟》詩二卷，甚工麗。玉尺經量豔孰如。弟詩曾見賞於周芸皋觀察、李篆卿學使、郎牧雲邑侯。人世但求知己遇，莫因往事動欷歔。

　　幾度遷喬卜一區，不嫌清寂伴園夫。胸懷秋月稱佳士，面目廬山想故吾。三徑桃花供嘯傲，阜山有桃園，亦家伯叔所居，弟宅與之近，誕辰正值三月。一庭梧蔭好持扶。弟詩自註云："移居後即栽梧竹，頗蕃昌。"湖山社北年年景，蘸筆吟哦且自娛。湖西烟嶺、社北紅橋，阜山八景之二，見弟詩集中。

　　鐵笛吹餘喜氣和，霞觴疊晉醉顏酡。添庚愧我三年長，周甲如君五福多。飽繫一隅秋水隔，予承乏武昌，不能登堂介壽。蘭言幾輩德星過。同人和章甚多。對牀有客寒氈聚，翹首華堂思若何。三弟雲階與弟同庚，今年四月六十生辰，在予署中言及弟唱酬之富，不勝欣企。予自顧荒齋冷落，不能爲雲階稱觴，有愧弟多矣。○見星垣《六十壽言》刻本。

由京抵家，聞植齋兄秋闈捷音

清·汪引鴻

　　北地歸來馬足馳，故園雲樹望中知。劇憐紅葉供吟日，正值青萍長價時。鵬路好舒南海翼，熊丸定慰北堂思。伯母苦節。還家重過池塘路，春草迷離認桂枝。《午樵外史詩集》

得植齋兄春闈捷音_{用前韻}

清·汪引鴻

　　蕊榜佳音驛路馳，文章科第得新知。春風轉盼看花日，秋月當頭折桂時。萍梗曾縈前度夢，箕裘定慰後人思。上林嘉樹添多少，儘許鷦鷯借一枝。同上。

赤壁燒兵

清·汪引鵠_{雲階，黃岡。}

　　百萬旌旗捲朔風，火船飛縱大江東。謀臣策士知多少，付與周郎一炬中。

　　至今赤壁水流紅，折戟沉沙鐵未融。料得賦詩橫槊日，臨江酹酒一時雄。傳鈔舊稿。

和星垣兄八十壽詩_{原韻}

清·汪引鵠

　　漫說高歌似楚狂，自來經濟本文章。詩書世業懷清白，吾宗累世詩書，入泮登科者衆。翰墨因緣寫硬黃。磨蝎偶韓情獨契，兄與予同庚又至契。雪舟訪戴意難忘。月初蒙過訪一次。慚予附驥徒傷感，無分朝端僅杖鄉。

雕飾不施任自然，管中之豹得窺全。染衣汁未沾隄柳，出水痕如濯沼蓮。孤鶴閒雲真伴侶，落花飛絮總纏綿。何時同奏霓裳曲，接步聯吟慶夙緣。癸酉同邀恩賜。

與君信宿共追陪，酌酒吟詩日幾回。瑞草芝蘭香正好，浮雲富貴志無猜。兄絕意仕進，不赴鄉試者四十年。隨風咳唾珠璣豔，著有《湖上閒吟》詩集行世。壽世文章錦繡才。此日稱觴同入座，當筵花萼燕啣來。

戲綵筵開泛酒卮，三千珠履祝多時。迴翔一世雲飛遠，揮灑當年句儷奇。古德欽來歡我意，妙辭揚處解人頤。愧予廿日難爲弟，可賜新詩作壽詩。予遲兄二十日生。○見星垣壽言刻本。

團扇家家畫放翁 七律

清·汪希文黃岡。

吳都近事幻無端，寫我鬚眉髮髻團。一枕逍遙通蝶夢，萬家圖畫供騷壇。豈真海內知名久，不信天涯識面難。攜得清風憐舊侶，招來朗月結新歡。客教桃葉酣歌遍，影伴桃花氣味寒。栗里先生神落落，玉霄散吏骨珊珊。戲分沙界三千闊，散作須彌百億寬。自喜蕭閒忘寂寞，何庸重貌侍臣冠。見《江漢書院課藝》。

題挹珊弟《商聲集》

清·汪寶忠保丞，黃岡。

一笑花間載酒過，新詩攜到重摩挲。池塘芳草春前夢，楊柳薰風笛裏歌。世路莫愁青眼少，才名終屬白眉多。飲酣狂舞王郎劍，長嘯秋山俯薜蘿。見《商聲集》。

松

清・汪寶忠

不遇秦封孰品題，千年古木與天齊。烟濤能滌山村陋，琴筑高彈野徑迷。破霧儘教紅日近，干霄常惜白雲低。他時化作神龍去，未許千年野鶴栖。《醉梅詩集》。

竹

清・汪寶忠

消受聲名君子呼，風流那不屈菖蒲。生成雅淡能醫俗，高許臨摹當畫圖。節勁似嫌入世傲，心虛終不喜時趨。況他解得陰陽律，爲問芸生識也無。同上。

贈星垣兄八十壽

清・汪引彤憲臣，黃岡。

阜山高聳白雲巔，鍾奇毓秀出大賢。咳唾隨風珠玉墜，疑是小謫上界仙。昨夜文光射星斗，詩筒郵寄同人手。熏香三復老人詩，大名定垂千載後。耆英社結白髮翁，壽世文章有古風。耄耋之年猶矍鑠，如君瀟灑真英雄。未肯腰紫食天祿，兄絕意仕進者數十年。花草怡情荷與菊。湖上閒吟興趣佳，兄著有《湖上閒吟》詩集。詩名不讓黃山谷。滄海桑田變幻多，難禁平地起風波。縱使狂濤飛萬丈，坦懷大度俱包羅。兄與里人有隙，常以大度容之。識見高超絕塵俗，片言可弭雀鼠獄。但求瓦解與冰消，懶向人間訴衷曲。我從東海賦歸來，還家一笑兩無猜。弟自粵東歸來，與兄共事四十餘年。閱盡人情如紙薄，浮雲何礙天爲開。弟苦世事勞形，自製對聯云："閱盡人情如紙薄，拋開世事等浮雲。"桃李園中春設宴，和虱煦煦人依戀。兄壽辰三月。一時祝嘏有仙人，謂餐霞仙。幾輩稱觴皆碩彥。落花流水賦新詞，遥指空中南極見。自來明德有餘馨，形完神固享遐齡。君不見萬木叢中松與栢，風欺雪虐長青青。見星垣《八十壽言》刻本。

和星垣弟六十壽詩原韻

清·汪永鋐成軒，黃岡。

自壽詩饒筆底春，阿連的是不凡民。一千里外難携手，六十年來善保身。鶴享餘齡殊未艾，雁傳好句亦良因。慚余馬齒徒增長，絕少長康代寫真。予年七十，無以詩祝壽者。

一住秦墟一楚墟，曾因收族訪蝸居。纂修有例媲青史，採輯無遺仗素書。戊子歲，族人修譜，弟寄書遣使來秦採訪。當日弟昆欣宛在，今番唱和倍歡如。勸君莫惜桑榆晚，得意無煩更欷歔。

干戈頻擾水雲區，故里凋殘幾壯夫。念我生身同鼻祖，羡君斂迹似肩吾。騷壇白傅蹤堪接，酒市青蓮醉不扶。況有小園松菊好，等閒誰識此清娛。

一門羣季笑言和，暇日開樽便醉酡。夢醒池塘人宛在，集編花萼興尤多。與君同氣鍾情甚，笑我稀齡轉眼過。每上秦峰向東望，客程迢遞悵如何。見星垣《六十壽言》刻本。

和星垣兄六十壽詩原韻

清·汪引恬静軒，黃岡。

鶴髮松姿太古春，冲和猶見葛天民。名場不墜英雄志，塵海難羈自在身。信有奇文參造化，直將仙骨證前因。臣心別有煙霞癖，意興超然善葆真。

桑麻雞犬徧村墟，髣髴桃源舊隱居。免俗自饒千畝竹，消閒還擁一牀書。優遊杖履人爭羡，矍鑠精神我不如。笑看芝蘭兼玉樹，庭階静好莫長歔。

傳播詩名遍九區，停車問字少凡夫。杜陵徑掃常延客，靖節廬成卻愛吾。石磴鋤雲邀鶴伴，桐陰醉月倩花扶。一編樂志閒搜取，總是先生翰墨娛。

　　綺席春生釀太和，蟠桃紅映醉顏酡。心如止水風波少，迹戀名山著述多。此日丁男看競秀，他年甲子祝重過。佳辰奈我牽塵俗，未共稱觴喚奈何。見星垣《六十壽言》刻本。

題挹珊弟《商聲集》

清·汪引恬

　　携來筆一枝，飄飄發清韻。丰神淡若仙，法律更精慎。本爲廊廟才，不少煙霞興。月下讀君詩，一嘯千山應。見《商聲集》。

題挹珊兄《商聲集》

清·汪引燮旭菴，黃岡。

　　江東偷去假耶真，鶴年叔著有《仁村初草》。自變商聲花樣新。長吉有才原慘澹，杜陵無句不精神。河山況動愁中感，風月還酬夢裹身。愧我枯腸難借取，池塘芳草助生春。見《商聲集》。

和星垣兄八十壽詩原韻

清·汪引禾玉田，黃岡。

　　快睹琅篇喜欲狂，阿兄畢竟擅文章。價留鸞掖輕元白，書寄蠅頭寫硬黃。丰度汪洋多禀受，精神矍鑠少遺忘。東南壇坫持衡久，碩德耆儒重一鄉。

　　不希冠冕度超然，和氣天真自保全。秘啟娜嬛胸有竹，妙隨咳唾舌生蓮。解紛排難豪情在，緝頌颺詩世澤綿。難怪餐霞尋舊友，屢將木筆續前緣。

耆英高會好追陪，竹塢梅坪日往回。一卷琳瑯非草率，半生恬淡任花猜。悠游湖海增閒趣，閱歷冰霜鍊異才。劫盡紅羊家慶滿，應知厚福自天來。

瑞滿瑤階酒滿卮，八千椿蔭鬱葱時。延賓共羨扶鳩健，祝嘏應多吐鳳奇。愧我狂吟堪捧腹，卜君貞吉定期頤。他年百歲稱觴日，再讀先生自壽詩。見星垣《八十壽言》刻本。

武昌柳擬古樂府之一

清·汪引盛際臣，黃岡。

武昌柳，何青青，描成眉黛長短亭。植者何人陶太尉，西門千古尚流馨。柳條纖纖嫩如玉，柳縣霏霏鋪作褥。後人愛護比召棠，幾日東風換新綠。官道垂垂送客頻，疏陰那許污輕塵。元規亦有南樓月，壽世勳華讓此人。望中樓閣何恢恢，鄂王去後吳王來。故宮禾黍安在哉，貂鼫竄逐荒蒿萊。惟有桓公之澤長不朽，居人獨愛武昌柳。抄本。

和星垣兄六十壽詩原韻

清·汪文炳錫三，黃岡。

涸迹漁樵春復春，生辰齊慶葛懷民。瑩瑩冰雪一般相，莽莽乾坤百鍊身。愛逐仙緣拈妙諦，懶參佛法證前因。縱教滄海桑田變，留得廬山面目真。

十里平湖繞故墟，通明是處足安居。儘多著述能傳世，不重科名祇讀書。風骨崚嶒堪自賞，文心瀟灑有誰如。達觀時事胸襟闊，豈為沈冥動嘆歔。

梓里追隨聚一區，宗風人盡識潛夫。西山風月能留客，南浦煙霞每憶吾。鳴鳳早看梧陰美，棲鸞尤愛竹枝扶。良宵暢敘天倫樂，早春池塘夢亦娛。

璞玉渾金氣度和，童顏恰似醉顏酡。芝蘭庭院栽培好，桃李門牆教育多。蠟屐屢因攜酒著，扶筇總爲看花過。地行仙更兼仁壽，銅狄摩挲快如何。見星垣《六十壽言》刻本。

贈星垣兄七十壽

清·汪鳴旦芳煜，黃岡。

諧笑竟忘年，風流老更便。餐霞聯舊侶，樂志拾殘箋。花萼爭延爽，桐枝復象賢。唐山廣一曲，不數地行仙。

湖上閒吟慣，衡茅歲月淹。居移宏景宅，家富鄴侯籤。秋浦鷗盟續，春山鶴夢恬。盤飧留客醉，珍重水晶鹽。見星垣《七十壽言》刻本。

和星垣兄六十壽詩原韻

清·汪大元西陵，黃岡。

五老同過六十春，吹壎人是葛天民。蠅頭利不爭斯廿，蝸角名難絆此身。兄生於癸丑三月，余生五月，雲階四月，濟齋七月，春門九月，俱補博士弟子員。兄志高尚，不赴秋闈者二十餘年。嘯傲煙霞攄夙抱，徜徉山水證前因。一門花萼君爲最，只愧儂非李尚真。

記得扁舟返故墟，自予祖遷居汝王城，與故園蹤跡多疏，乙未歲始至兄家。稔知兄性喜幽居。徧尋手澤光先緒，兄刊漪園祖《樂志齋詩集》。又爇心香惠我書。書索予祖仁湖公文集。園圃宴開春藹若，池塘夢覺草紛如。雁行只恨暌離久，難免長歔又短歔。

卜築行窩僅一區，居然安樂邵堯夫。可知處士爲高士，畢竟今吾即故吾。生日好將吟伴結，壽筵爭看醉人扶。洛陽嘉會風流在，觴詠如君已足娛。

遂養林泉氣益和，童顏恰似醉顏酡。掃除俗慮精神爽，參透人情感慨多。松柏經霜姿不改，桑榆戀日影遲過。稀年如許鴒原共，寄我新詩復幾何。見星垣《六十壽言》刻本。

祝星垣宗兄七十壽

清·汪正元江西。

本是同宗誼，聊為祝嘏歌。德星自天降，化雨及人多。雅集耆英會，幽棲安樂窩。古稀猶矍鑠，將壽補蹉跎。用劉禹錫句。

老住水雲隈，風流世共推。徵詩饒雅趣，介景抱清才。酒釀籬邊菊，春回嶺上梅。杖朝他日是，重與醉金臺。見星垣《七十壽言》刻本。

和星垣宗兄六十壽詩原韻

清·汪潤黃安。

嘯傲乾坤不計春，今時民是古時民。學成況享無疆壽，老至仍留自在身。滿目雲山懷舊侶，一宵風雨話前因。丁巳入山見訪。齡周花甲隨君後，愧少新詩寫性真。

駭浪千層湧故墟，買山更築暮年居。少陵慣作驚人語，靖節時還讀我書。林下清風高隱似，壺中日永列仙如。槃阿早已名心澹，肯為沈埋動欷歔。

芳園漸闢兩三區，漫把無為誚老夫。豪放幾曾忘故我，詼諧畢竟得真吾。筍香籬落隨風送，花影闌干倩月扶。絕似桃源最深處，杖藜來往極歡娛。

精神矍鑠度溫和，不飲醺醪面亦酡。名士交遊時輩少，晚年裙屐古風多。曾將白酒留君住，又屬青山送客過。此去有人詢氏族，料應相答只何何。見星垣《六十壽言》刻本。

遊俠行

清·汪家駒賓朝，黃岡。

千金散盡已無家，馬首初回日欲斜。踏碎落花何處去，青樓賒酒聽琵琶。見《商聲集》。

雪羅漢用東坡聚星堂雪詩韻

清·汪銘序養東，黃岡。

一領袈裟披七葉，前身帶出雪山雪。大千世界琉璃光，纖塵淨掃真奇絕。證果修成丈六身，金剛從不遭磨折。仰天大笑首重搖，捫腹無言參寂滅。念珠百八顆顆圓，布袋全拋謝牽掣。恍疑清夜下碧霄，散落天花飄彩纈。冰柱霜華作供宜，人間煙火知不屑。金鑄范蠡差比肩，沙捏嵇康同一瞥。雪消日出色即空，佛法何妨現身說。偶然作戲集僮奴，半日凍痺兩股鐵。《碧山遊草》。

咏紅牡丹

清·汪銘鼎立三，黃岡。

小院深深護絳紗，朱樓西畔幾株斜。紅兒度曲凝香雨，青帝留春綻晚霞。應買臙脂修畫本，敢將粉黛比名花。臨風細話三生事，痕是楊妃染不差。傳鈔舊稿。

遣 懷

清·汪有烺念中，黃岡。

蓬門幽靜榜山開，夜坐無風對綠苔。幸有月華堪照讀，遙從天上送光來。傳鈔舊稿。

舟 行

清·汪有烺

舟中四望最空明，秋水連天浪漸平。近岸漁燈三五點，飄飄似傍斗牛行。同上。

和星垣叔六十壽詩_{原韻}

清·汪氣濟春圃，黃岡。

八千秋繼八千春，椿樹年華屬逸民。雲路未酬平昔願，煙蘿偏得自由身。閒憑詩酒邀仙侶，老共漁樵訂夙因。我向竹林稱後輩，祝公壽考較情真。

羣英堂枕小邨墟，共硯聯床四載居。庚午、辛未、壬申、癸酉，先君講學羣英堂，叔與濟皆受業焉。題目每拈蘇子句，先君課詩賦多以蘇文命題。揮毫多仿右軍書。即今驛使堪傳信，何日鳧趨得自如。見說謝安營別墅，教人東望重歆歟。叔築室並阜，頗饒逸趣，惜濟一官鞅掌，未獲趨候。

兩河環抱古名區，邑志，並阜山在倒罣兩河合流之處。天意安排識字夫。儘有藏書供把玩，了無塵事待支吾。籌添海鶴身逾健，杖刻林鳩手不扶。最羨萊階齊戲綵，一堂聚順足歡娛。

名園小住養天和，每到花開便醉酡。月下探梅驚豔絕，霜前采菊愛香多。叔園內植梅，尤多菊，每初開時，觴詠極歡。手書我正題詩去，腰笛人還度曲過。卻笑椵詞盈四壁，輸公清瘦擬陰何。見星垣《六十壽言》刻本。

述懷二首

清·汪元善長卿，黃岡。

齋居日寂寂，閒步出城闉。我心有所懷，舉足復逡巡。何處冠蓋來，一一乘朱輪。顧予偃蹇狀，側目怒生瞋。時同遇各異，獨自傷沉渝。吾豈無材力，末由展經綸。

憐才才子意，好古古人心。所以千秋士，性命托知音。知音豈易得，亦復不須尋。初非干時具，寄託遙且深。人非不貴古，所見囿於今。人非不愛才，徒此抱塵襟。自況等山海，俯視垤與涔。珍重三代器，會見石引鍼。《琴莊詩草》。

述古三首 仿杜

清·汪元善

深山盤大木，鬱鬱挺奇姿。非無棟梁材，試問拔者誰。活潑山梁地，時哉雉于飛。飲泉聊慰渴，啄穗堪療饑。古今窮達運，物理可類推。君子惟有守，進退迺咸宜。

豪商日入市，相率競錐刀。底事登龍斷，膏火苦煎熬。老農勤力穡，荷鋤芟蓬蒿。所望歲豐穩，羔酒會賢勞。虞廷舉稷契，教稼道誼高。憂樂關天下，昂霄奮羽毛。

舜有臣五人，勳華景運開。武有臣十亂，八百會同來。經綸奮雷雨，何代無奇才。我思中興將，功業何偉哉。河山征戰地，一望一徘徊。赫赫廿八將，圖畫高雲臺。同上。

冬日書懷

清·汪元善

聲聲碎玉枕邊傳，雪壓蓬廬夜未眠。白屋莫邀青眼顧，幾時車馬繫門前。

深山品物自升沉，閱盡繁華直到今。靜與窗前三友對，歲寒好證後凋心。同上。

古鏡歌

清·汪元善

君不見新公夷則含明暉，左日右月盤龍飛。又不見咸陽宮中列釵釧，照心照膽不照面。何年巧鑄鞭風霆，良工瑩質爐火青。鬼物撝呵得長壽，霜華片片開瓏玲。我疑媧皇鍊石補天後，琳珉五色遺晶瑩。又疑王母崑崙去，罡風吹下琉璃屏。不然胡爲千萬歲，苔痕净盡瑤函扃。赤文綠字半蝌蚪，行間彷彿丹書銘。攜來傳看喻者誰，爲問軒頡疇能聽。願借冰心託清鑒，分明照取妍媸形。肯傍妝臺涴脂粉，珊瑚倒掛疏窗櫺。君知此物良可貴，相與拂拭光燄常星星。同上。

過賀文忠新祠，有感往事，書以紀之

清·汪元善

有明殉亂臣，讀史深仰止。吾楚賀文忠，雖死猶不死。公昔未遇時，固窮稱君子。爲父不尚奇，讀書悟精理。宰相用書生，位自司鐸起。華國重文章，官箴無所訾。一朝解組歸，衣錦榮故里。徜徉山水間，一琴復一几。遂令道旁人，不知爲宅揆。獻賊煽狂氛，重城盡摧燬。袈裟贈門生，於公有微旨。公曰胡爲乎，吾志自不靡。賈策借不用，投死滋陽水。居家數十口，鑿舟沈於此。死孝又死忠，清芬滿歲史。所由百七日，面目無改毀。天子錫嘉名，祠宇崇禋祀。近引泮池香，高並鶴樓峙。豈徒壯觀瞻，兼以著臣軌。我來持瓣香，踟躕望中沚。萬古流芳聲，湖波清不滓。同上。

擬謝朓《和伏武昌登孫權故城》詩_{原韻}

清·汪元善

漢末火德微，三分競征戰。烽燧殄黄巾，戈矛羅赤縣。霸主起吳都，鴻圖開楚甸。父兄餘蔭承，僚佐嘉謀選。强鄰挫鋒鏑，中軍被甲鍊。金湯數千里，左右供顧盼。刻翠建郊壇，塗丹營寢殿。釣臺高插天，君臣尚飲讌。御園春色明，上林秋草蒨。興圖富且饒，珍錯四方薦。樓船下益州，王氣俄頃變。千尋鐵鎖沈，一片降旛轉。廢苑狐兔遊，斷江蛟龍徧。如此好江山，憑弔寄遙睠。茂宰登故城，清風拂纓弁。思古動微吟，鴻篇稱僅見。搦管和新詩，依檻懷餘絢。鄂垣把臂時，同君恣游衍。同上。

秋興八首 用工部韻

清·汪元善

何年手植傲霜林，勁節猶存竹柏森。窗外苔侵三徑晚，門前葉掃一天陰。辭巢客燕縈新夢，隱樹孤蟬抱素心。獨恨羇棲無箇事，滿城聲起擣衣碪。

海角風颸片影斜，凡鱗常介混中華。射朝合鑄錢王弩，貫月應乘漢使槎。儘許防邊催戍鼓，何須窮遠聽悲笳。登高一覽皆淮粟，肅氣摧殘水國花。

將星寥落隱秋暉，記否中天有少微。櫪寄十年悲驥伏，程餘萬里任鵬飛。關心異域功先立，回首深山事半違。蜃市蜃樓容易墮，諸君莫戀膾魚肥。

敵手難爭一局碁，秋霜隼健虜心悲。糗糧欵易籌豐歲，鋒刃裝欣備昔時。貢舶不勞催貢急，降旗可礙受降遲。中興事業都如此，努力匡時慰我思。

籠銅鼙鼓震秋山，百堵將興紫禁間。綸簡恩曾頒殿陛，役車聲已輟郊關。蚨仍歸帑重經手，雉爲停工一霽顏。費惜露臺勞睿慮，九重恭儉頒鴛班。

英才畢集楚江頭，廣廈栽培已數秋。賞析自多名教樂，披吟不盡古今愁。千金聲價誇奇駿，半世浮沉笑野鷗。會向賓筵詠苹鹿，同人聯袂步皇州。

　　黔黎蒙業景宗工，耕織圖陳尺幅中。幾度蠲租沛恩澤，萬家敦俗普仁風。繭懷月夜絲繅白，雁過雲畦稻啄紅。再造綏豐中外福，康衢擊壤聚田翁。

　　鵠磯蛇嶺自逶迤，竟日徜徉彼澤陂。玉露無聲滋桂蕊，金風有意拂松枝。卅年磨練精神出，一柱支撐造化移。好祝輶軒勤採訪，芻蕘還冀聖聰垂。同上。

贈雷少泉

清·汪久怡_{道煦，黃岡。}

　　自笑當年轉念差，名流畢竟擅才華。高堂春色培萱草，滿院秋香豔桂花。仕宦毋忘韓魏國，治安重見賈長沙。君曾以時事上書祁相。風雲會合原無定，搔首青霄手自叉。傳鈔舊稿。

寄陶慶棠

清·汪久怡

　　榛苓山隔久離居，鴻雁驚秋九月餘。記得去年來問訊，故人不遇悵何如。

　　無端今歲更多虞，戎馬倉皇兩地俱。欲寄尺書腸寸斷，盈盈一水隔平湖。

　　只緣寄跡在山隅，誼託蒹葭口暫餬。未識明年在何處，竹樓心事可知無。

　　桂花繚繞菊花疏，遠寄迢迢一紙書。無限相思無限恨，中庭落葉夜窗虛。同上。

和周樸臣原韻二首

清·汪久愷冀星，黃岡。

甲寅秋與周樸臣聚晤，一見傾倒，嗣後湖山遙隔，信阻鱗鴻，契闊者久之。今春警報疊聞，遊秦不果。仲夏，樸臣來館敘，寒暄畢，贈以新詩。僕本不才，敢叨嘉惠，弗揣固陋，奉和二章，知不免方家笑也。

末俗交遊多勢利，膏粱子弟半嬌癡。平生至契原無幾，話舊班荊喜不支。

相逢記是菊花時，把袂三秋又別離。去歲暌違今歲晤，夕陽山館讀新詩。傳鈔舊稿。

贈胡筱泉二律

清·汪鵬雲鵬，黃岡。

平生但願識荊州，曾讀鴻文己亥秋。黃絹詞工誇雪亮，綠衣年少擅風流。是科惟公與劉瓊府年最少。時方弱冠遊燕邸，曲詠霓裳倚鳳樓。如此高情何以報，求賢若渴望君侯。

爲國馳驅罔或遑，精忠耿耿鬢如霜。曾頒蓮炬趨金殿，又照藜光蒞晉陽。先任山西主考，繼任學政。厚重少文周太僕，清閒乞假賀知章。鯫生試問英雄志，還在江湖在廟廊。《楚城雜錄詩集》。

輓余梧亭舅父二律

清·汪鵬

嘯傲湖山五十年，襟期灑脫望如仙。功名早淡英雄志，不赴秋闈數載。孝養誰如世子賢。外祖母年八十餘，公問安視膳不懈。每記送入斜照後，幾番遲我畫堂前。芒茫往事今何在，流水桃花去杳然。

瀕行依戀難爲別，最是傷心古渡邊。采石含愁曾夜夜，汨羅垂弔又年年。文章有用徒憎命，遇合無期欲問天。山水迢迢山木拱，幾時來掃墓門煙。同上。

哭外舅高錦屏

清·汪鵬

囊琴剛到郢城居，頃刻文星隕太虛。遠客獨提三尺劍，奇才遍讀五車書。名場舊賦終軍豹，公以終軍知豹鼠題取，古試，名列第一。塵世新騎果老驢。酹酒墓門人不見，杜鵑啼徹夕陽墟。同上。

贈嚴筠亭

清·汪久懷華階，黃岡。

前度停舟鄂渚遊，相逢記得桂花秋。喧傳武漢興戎馬，喜見文光射牛斗。人事幾經滄海變，光陰恰似大江流。壯懷欲問君平卜，先生善卜。投筆誰爲定遠侯。傳鈔舊稿。

贈李春亭

清·汪久懷

檢點琴樽赴鄂州，逢君狂喜送君愁。二千里路勞征騎，三十年華作壯遊。燕雀豈知鴻鵠志，雞群難伴鳳凰儔。燕臺指日增聲價，一雁傳書到鶴樓。同上。

歐碧牡丹

清·汪熊光漢階，黃岡。

隔年培得歐家碧，第一芳名錫牡丹。譜入醉翁藍尾熟，圖呈貴客白描難。靈根合向花叢認，嫩葉遥偕草閣看。魏紫姚黃都壓倒，誰揩青眼向雕闌。傳鈔舊稿。

贈星垣叔八十壽

<small>清·汪奉揚小春，黃岡。</small>

詩翁老去總清狂，八十拈毫作壽章。才思擬蘇還擬白，行蹤如綺亦如黃。一輪霽月常相憶，滿座春風刻不忘。難得山林與臺閣，祝詞齊遞水雲鄉。《採芝山房題筆》。

和祉蕃姪六十壽詩<small>原韻並序</small>

<small>清·汪濴穉閣，黃岡。</small>

孤燈閃壁，苦雨敲窗，坐破青氈，萬難自遣。適祉蕃姪以六十自壽四律索和，依韻答之，所謂借他人酒杯澆自己塊壘也。

賓筵初泛洞庭春，甲子重添歲月新。家室宜時爭起羨，孔顏樂處獨尋真。<small>姪同余師事陳文園夫子。</small>螢窗照讀儀先哲，燕翼詒謀啟後人。試看齊眉來進食，鴻光準擬是前身。

生平悃愊本無華，半食官齋半食家。<small>姪幕遊數載，旋得家居。</small>蜀地遨遊巫峽裏，楚天吟嘯水雲涯。曉看山色偏饒趣，夜聽機聲不厭譁。會與鄰翁談軼事，舉杯何惜醉流霞。

居停無處覓常何，時事空勞對策多。<small>余兩取經古正場調覆，不得一衿。</small>命也敢忘尼父訓，已而怕聽楚狂歌。誰云富貴皆春夢，最惜光陰等逝波。幾輩華簪相對我，自梳白髮悔蹉跎。

珠履如雲醉萬厄，愧儂未獻九如詩。<small>姪開壽筵，余以遠館未與。</small>何當玉杖常携手，待舉金觥便介眉。祝嘏人多描壽相，躋堂我不獻諛詞。請烹菊水三千石，何事商山採紫芝。傳鈔舊稿。

和星垣叔八十壽詩

清·汪維坊珊堂，黃岡。

自古詩狂又酒狂，羣推太白與知章。公緣索句杯浮綠，我羨延年髮已黃。無事幽居偏意遠，有時酣醉總形忘。笑他名利場中客，難得閒身老故鄉。

身不逢辰也快然，未曾百計務求全。官辭彭澤惟耽菊，學擬濂溪自愛蓮。弱歲藻芹歌采采，晚年瓜瓞慶緜緜。從茲隱住深山裏，清福修來有夙緣。

深林伏處少追陪，時與幽人共往回。佳會一觴兼一詠，暢談無忌復無猜。寺僧結契頻拈句，會明上人。估客能吟更愛才，張秀岩。最好漲湖風月夜，神仙也為和詩來。

南極祥光照酒巵，穩知大壽歷多時。好參洛社耆英會，不羨磻溪遇合奇。句為介眉慚我拙，詞成脫口解人頤。他年百歲遐齡屆，定撚吟髭再獻詩。見星垣《八十壽言》刻本。

和星垣伯八十壽詩 並序

清·汪銘澤田，黃岡。

壬子歲，族伯星垣公六旬誕日，自製壽言並徵同人和章付梓，銘以未獲附驥為恨。今歲九晼叔授徒吾宗祠廟，暇日出公八十自壽詩囑和。自顧素不工詩，竊恐貽笑方家，然長者之命不敢辭，勉賦小詩二章。

生就才華老愈狂，江湖嘯傲米元章。兕觥色泛春波綠，鳩杖扶看菊蕊黃。莫讓香山三泰足，渾如平子四愁忘。頻年避地幽棲隱，笑指他鄉是故鄉。

黃粱一枕火初然，調攝何須說十全。老叟怡情同玉局，少年矢志撤金蓮。承先不礙桑榆晚，裕後還看瓜瓞緜。仙子遐齡才子福，幾回相見話前緣。見星垣《八十壽言》刻本。

題陳樂之畫石

清·汪掄元幼蘭，黃岡。

突兀崢嶸此奇詭，墨瀋淋漓堆滿紙。壁立中流砥柱雄，壓倒狂瀾飛不起。《滋南草堂詩集》。

癸巳冬，應副將軍長沙舒公拜昌召，赴粵襄辦永安、長樂等縣清鄉，山行口占

清·汪掄元

歷盡征途苦，將軍氣自豪。泉流喧石急，山勢接天高。路轉千峰迥，雲騰萬馬驕。行行夜未已，霜露滿弓刀。同上。

永安道中山峽險絕，口占二首

清·汪掄元

望山山更高，踏石石欲墮。泉聲腳底號，雲影袖中過。
奇峰亂插天，落日動危影。野徑寂無聲，山青白雲冷。同上。

癸丑春游愚園作

清·汪掄元

我昨游愚園，由曠而得奧。五步勢一豁，十步勢一拗。引水作川池，壘石為平嶠。矮樹密於牆，淺草青若膏。危欄一迥通，左右還相導。中有最高樓，直上倚雲造。拾級一登臨，虛空號萬竅。是日大風。簷柳漾晴絲，亂舞風中纛。夭桃作艷妝，點首迎人笑。仰看飛雲飛，掠耳忽鶯噪。下視指清渠，人天一齊照。好景賞不窮，金烏倏移曜。去去復徘徊，緣途恣憑眺。轉從石洞出，徑仄腳難掉。如蟻穿九曲，又頗蝸牛

肖。或然忽軒廠，咫尺園門到。車馬矯如龍，園僕頻聒譟。視彼張蓋游，空惹山靈誚。不如緩步歸，吟詠尋詩料。同上。

題盧生小像

清·汪掄元

化身一頭陀，袈裟披半臂。參透木樨禪，世人知也未。
古今大英豪，斂手即仙佛。笑彼名利人，勞生何碌碌。
哀哉野狐禪，冥心守枯寂。誰知合十中，具有屠龍力。
佞佛我不甘，闢佛佛不喜。盧生美少年，游戲偶然耳。同上。

《玉田恨史》題辭

清·汪掄元

生死兒女情，慘淡文人筆。此恨何綿綿，籲天天亦泣。
妾生郎不生，郎死妾亦死。多少傷心人，無人傳恨史。同上。

前　題

清·汪掄元

三生有恨緣何淺，一死同歸計絕癡。莫道死歸勝生寄，爲他一縷縛情絲。
傷心自古情難說，底事如君筆有神。一字一珠彈一淚，可憐儂亦悼亡人。同上。

和麻城鄭潤生詩，潤生骨傲於梅，心虛似竹，昨承枉顧，遂訂知交，並和贈詩，勉作報章

清·汪掄元

而今邪説又新行，學派分馳孔墨爭。西俗尚兼愛，近墨學，然平權自由之風遂因之以起。我華政變，矯枉過正，有心者欲定孔教爲國教以救之，反對者乃合耶教爲抵制。滄海橫流誰砥柱，傳經賴有鄭康成。同上。

自題小影

清·汪掄元

汝心何妍耶，汝貌何醜耶。汝神何清，汝容何瘦耶。妍耶清耶，汝其自矜耶。醜耶瘦耶，汝其自咎耶。汝自咎，汝自矜，盍毋役汝形，汩汝真耶。噫嘻嘻，汝曷不澄汝心，凝汝神，任汝形以自樂其得天之清。同上。

消夏吟 滬俗淫侈，夏日有夜花園爲浮薄男女秘密窟，風俗之壞，莫此爲甚，感而賦之。時民國四年乙卯仲夏也

清·汪掄元

赤日行天正當午，羲和鞭車六龍怒。雨師風伯不敢前，枯蟬咽咽鳴深塢。蟬聲愈咽勢愈炎，流金爍石相熬煎。高鳥潛柯龍伏海，肥牛喘月犬流涎。人靈於物工趨避，電扇搖風室冰砌。科頭赤腳小游仙，北窗高臥羲皇世。我生得此頗自豪，那知富兒興更高。馬龍車水意未足，奇肱飛駛臨風飆。張園游罷愚園去，花氣襲衣香暗度。歸來沉李更浮瓜，赤珠碧玉寒侵牙。瓊漿細咽真清絶，怪渠難解心頭熱。見説人間有廣寒，

天開不夜園新設。掃除十丈軟紅塵,相攜逐隊踏花行。仙逢姑射疑冰雪,夢入巫山幻雲雨。年年相見花月下,朝復朝兮夜復夜。雪藕調冰暑不侵,從茲六月無炎夏。君不見田間尚有荷鋤夫,裸炙烈日赤雙趺。又不見洋場苦力作牛馬,背負百鈞汗雨瀉。天生苦樂胡不均,我今爲作消夏吟。消夏吟,君須聽。同上。

祝星垣叔八十壽

清·汪理孚小浦,黃岡。

顯廟御極元年春,我翁正值六十辰。高車駟馬走相慶,賦詩酌酒娛嘉賓。先君時未歸林下,聯吟竟隔香山社。雲箋一幅寄將來,鶴樓東望心堪寫。是時我年剛十三,未思搖筆供美談。自愧難作國僑贊,稱觴徒悵南山南。春風忽忽二十載,柏勁松蒼終不改。里社躋堂競繪圖,階前歡舞斑衣綵。朱顏掩映桃花妍,擊節高歌望若仙。庚清鮑俊咸趨祝,珠玉隨風生四筵。翁之性兮如來佛,翁之品兮梅花骨。知音既已希,斯人久不出。娛情泉石侶烟霞,閒雲野鶴何超逸。客來與翁論千古,不啻身入芝蘭室。賤子才不優,亦欲絕交游。僅守先人筦,早敝季子裘。功名富貴不長在,興酣且欲凌滄州。狂吟不入律,未足供詩眸。但持一語爲翁壽,大椿八千爲春秋。

壬辰出都感懷

清·汪理孚

柳色青青別鳳城,桂花香裏復南征。家書遲我經三月,鄉思催人是五更。味薄尚難雞肋棄,囊空甚覺馬蹄輕。僕夫遙指通州近,猶自回頭望帝京。傳鈔舊稿。

輪船歌 用韓昌黎石鼓歌韻

清·汪理孚

亘古未有自今始，奇聞譜出輪船歌。殊方異物逞機巧，輪船之歌將奈何。我聞古重四夷守，邊氛淨掃戢干戈。梯航入貢以時見，載在天府永不磨。國初以來臨馭廣，蠻夷方賄爭紛羅。德威兼施限以地，崑崙四時瞻峩峩。鐵椎木筏置海口，海舶止傍山之阿。顯皇御宇恩澤溥，斬關不復嚴止呵。環海西來十萬里，指南飛渡途無訛。船署有名字難曉，筆劃詭異殊篆蝌。聲轟如雷掣如電，驚走鯨鱷驅龍鼉。結造玲瓏機軸巧，巧匠未許假斧柯。此不揚帆彼不楫，往來倏忽如投梭。舟人深黝皆異服，短衣束縛無委佗。司晨牝雞作船主，纖腰一搦方素娥。拳毛局髮鬼膽壯，不憚遠涉波滂沱。作者之聖在中國，陰陽水火相調和。紅爐灼炭湯鼎沸，大氣鼓鑄力同科。笎篿乍啟雙輪曳，左旋右抽功為多。阜通貨賄邱山積，轉運應疲千橐駝。江陵東下海門道，楚水吳山瞥眼過。綠簾朱戶刻鏤細，精治骨角費切磋。商賈便利遊子樂，肩摩轂擊來奔波。萬怪千奇幾經歷，終踰絕險無偏頗。南暨越南北直北，橫行縱恣端由他。議欲驅逐出海外，揮之不去徒嬿嬰。內廷親貴承使命，周視船制勤摩抄。入朝勉頌懷柔德，共球下國詩同哦。謂可施板作戰艦，簡閱卒伍靖鸛鵝。會乘長風破强敵，履若平地居其那。有人上書戒奇巧，必加擯斥遭坎軻。勢將流毒莫知極，滔滔日下悲江河，輪船之歌知無補，撫時感事悔蹉跎。同上。

祝星垣叔八十壽 七古

清·汪理清 直菴，黄岡。

吾楚自昔多名士，山川靈秀鍾於此。如公英俊古無多，孑然獨立無偏倚。慷慨昂藏偉丈夫，望隆山斗欽下里。讀書久自振家聲，大腹便便貯經史。功名富貴何所求，滄海桑田變無已。撫時感事最傷情，幽居雅咏長篇紀。老處山林得自娛，蒔花種樹烟霞裏。清閒瀟灑古神仙，山頭坐看浮雲起。茲當八十覽揆辰，鄉黨之間莫如齒。芝蘭階下慶稱觴，竹林小阮隨杖履。介壽同親鶴髪翁，人間遍寫桃花紙。我公之樂樂何如，如岡如阜差堪擬。俚辭百輩頌期頤，南極星輝齊笑指。傳鈔舊稿。

題董硯樵觀察_{印文渙，編修，山西洪洞人，前任甘梁道。}《太華衝雪圖》

清·汪士儀_{馨陔，黃岡。}

玉女披圖一笑逢，雪花飛絮引游蹤。柯青不爛先人斧，夜碧曾聞上界鐘。到處泥痕留指爪，撲來雲氣盪心胸。奚奴問徑休嫌冷，驢背推敲興尚濃。傳鈔舊稿。

和唐霞耕太守_{印昆基，前中書。}由大梁乞假入都留別_{原韻}

清·汪士儀

回首車塵息宦途，吹臺不到冷笙竽。一囊風月詩耽雅，四壁雲山畫倩迂。自有芝蘭珍片玉，應無薏苡謗明珠。從今莫說飛仙好，但得辭官曷羨乎。

冰鏡堂懸總絶埃，昔年花判稱清才。一麈白日標牙建，兩袖青風撒手回。款段蹄輕從此去，杜鵑聲緩莫相催。歸裝琴鶴都安穩，爲報江南舊種梅。

詳慎科條凛戰兢，久因明斷化囂凌。羹無魚膾思歸早，樹有棠甘記到曾。退管侯封書萬卷，別經宦海浪千層。平生儻作田園計，華髪抽簪恐未能。

勇退中流古所難，開筵已覺酒杯殘。祇宜隱士尋陶令，肯爲蒼生屈謝安。過去功名消受好，爭來歲月等閒寬。京華游舊頻携手，莫更離羣雁影單。

極目河梁水淺深，西山依舊客登臨。抽身未騁凌雲志，憩影猶傾向日心。五字聲華留禁院，再傳家世踵詞林。自慚和曲無音律，入聽難陪爨下琴。同上。

與伯兄夜話有感

清·汪士佶吉人，黃岡。

坐上客多尊有酒，而今車笠盡盟寒。薄情直共春冰冷，失路無如蜀道難。我愧泮芹徒掇取，家餘園竹報平安。雨雲翻覆成何用，一覺黃粱夢已殘。傳鈔舊稿。

余鴻甫宰黃梅，修葺鮑參軍墓

清·汪士棻一香，黃岡。

伯倫而後此參軍，俊逸聲華百代聞。剩有畸人埋下邑，更無新鬼唱秋墳。蕪城風月餘殘隴，雪岸音書隔暮雲。相感自能經曠世，斯人不朽是斯文。

松楸鬱鬱傍僧寮，碧血常新恨未消。微命徒爲臨海盡，幽魂應共令暉招。祇今孤冢崇三尺，依舊豐碑署六朝。封樹重逢賢大尹，憐才高誼薄雲霄。傳鈔舊稿。

秋　雨

清·汪士蘭香陔，黃岡。

雨後秋添一味涼，半林紅樹似春芳。滴殘蕉院江天晚，戴笠閒堦數雁行。傳鈔舊稿。

喜 雨

清·汪士蘭

久旱風波有餘怒，危堤一帶護洲居。人饑漫笑空倉鼠，水落差欣漏網魚。烽火重洋憂未已，甘霖六月喜何如。梧桐又報新秋至，一葉飄零靐霂初。同上。

題抱琴訪友圖

清·汪慶瀾海波，黃岡。

老樹蔭參差，超然絕塵俗。戶外列數峰，庭前生眾綠。秋水清且漣，伊人美如玉。誰與訂知音，瑤琴彈一曲。傳鈔舊稿。

題海棠畫幅

清·汪慶瀾

深紅淺白恨無香，斌媚丰姿別樣妝。莫向洛陽誇富貴，須知南國有甘棠。同上。

秋 雨

清·汪子睿冠卿，黃岡。

梧桐庭院雨瀟瀟，夜靜人稀破寂寥。不管愁人聽不得，一聲聲滴上芭蕉。同上。

秋 風

清·汪子睿

紗窗搖落亂飛聲，一枕淒涼客夢驚。蘆荻蕭蕭風瑟瑟，聽來都是不平鳴。同上。

秋　月

清・汪子睿

　　湛空寒月鏡新磨，欲向蟾宮問素娥。留得人間無限恨，圓時常少缺時多。同上。

秋　星

清・汪子睿

　　十萬金錢久未還，天孫合上望夫山。年年一會終須別，勾起相思兩淚潸。同上。

老　儒

清・汪子睿

　　讀遍瑯環幾萬行，英雄猶是老村鄉。功名久渺邯鄲夢，磨礪難教姓字香。話到文章無皂白，鈔成典册任丹黃。少年同學飛騰去，那識先生鬢已霜。同上。

老　吏

清・汪子睿

　　早歲曾鳴單父琴，一官鮑繫少知音。蓴鱸味美添鄉思，粉蝶飛殘攪客心。手版如新經屢換，頭銜依舊到於今。浮名浮利渾如夢，對取菱花雪滿簪。同上。

老　將

清·汪子睿

誓掃中原烽燧清，那堪白髮尚專征。孤軍自有雄心在，舊夢誰知髀肉生。暮雨秋風憐蟻鬭，殘山賸水笑蝸爭。黃河萬里情無極，猶聽當年鼓角聲。同上。

老　漁

清·汪子睿

江湖滿地動秋風，回首當年事已空。呂尚逢時知晚達，子陵不仕豈途窮。身羈雲水長終古，眼見桑滄到處同。日暮歸來船懶繫，一壺清酒一詩筒。同上。

和友人下第詩

清·汪柏心衛廷，黃岡。

幾日征鴻斷送秋，白蘋江上獨含愁。天公不管人多恨，又遣梅花放隴頭。

時新花樣素心知，未必文章不入時。共説先生醫國手，如何俗眼總難醫。

不須失意惹人憐，搔首欷歔欲問天。此日霓裳同詠者，果能結伴聚神仙。

頃刻雲泥各不同，逼真時運有窮通。可憐拋卻邯鄲枕，更把巫山夢境空。

潦倒幽棲獨隱居，親朋慰藉一封書。任他齊長龍門價，都是當年點額魚。

争説探花徑不開，分明丹桂倚雲栽。與君同奮三年力，再向蟾宮折得來。傳鈔舊稿。

黃鶴樓

清·汪元音叶五，黃岡。

樓傳黃鶴鶴名樓，太白當年此地遊。一笛梅花吹不落，高歌唱出楚江頭。傳鈔舊稿。

送　春

清·汪元音

阜山一箇打魚家，餞別春歸在水涯。愛此韶光留不住，滿天風雨葬梨花。同上。

和明錢秉鐙效淵明飲酒原韻

清·汪元鼎和卿，黃岡。

萬物造洪鑪，新者猶之故。惟人爲最靈，榮枯渺無據。君子采樵歸，歛壬衣紫去。燭理貴分明，偏私了無住。知我獨蒼天，窮通隨所遇。不忮復不求，開卷古人慕。終日飲醇醪，陶然自成趣。傳鈔舊稿。

漁磯漫興

清·汪元熙祥軒，黃岡。

小憩釣魚磯，水淨魚可數。理亂置不聞，憑人誚迂腐。臨風理釣緡，獨立江之滸。日暮歸敝廬，誰與明肺腑。挑鐙夜讀書，望古得吾侶。傳鈔舊稿。

穉閣兄遊西蜀，集唐宋人詩寄贈

清·汪元椿少峯，黃岡。

水遠山長處處同，晏殊。弟兄羈旅各西東。白居易。故鄉今夜思千里，高適。西蜀櫻桃也自紅。杜甫。

金蘭同好共忘年，徐鉉。楚客相思益渺然。劉長卿。弔影分爲千里雁，白居易。西樓望月幾回圓。韋應物。

流水無情草自春，杜牧。每逢佳節倍思親。杜甫。共看明月應垂淚，白居易。一一書來報故人。李白。

乍寒乍暖麥秋天，楊萬里。今日花開又一年，韋應物。欲掃柴門迎遠客，劉長卿。何時返旆勒燕然。皇甫冉。○傳鈔舊稿。

漁　村

清·汪范金琴甫，黃岡。

漁村何必護桑麻，艇繫堤邊便作家。畫槳纔移聽晚唱，鱸魚得賣足生涯。磯頭雲護千竿竹，浦口風搖四壁花。雞犬聲喧紅蓼岸，煙波網曬夕陽斜。傳鈔舊稿。

水　漲

清·汪范金

瞥看一帶水橫流，煙霧空濛鎖畫樓。渺渺連天懸日月，滔滔徧地浸田疇。風高乍湧千層浪，雨急頻添五夜愁。差幸琴書供嘯傲，此身祇當曲江游。同上。

諸葛草廬

清·汪范金

臥龍韜略有誰如，抱膝長吟一草廬。西蜀江山羅滿壁，南陽日月照前除。奇才手定三分鼎，名士胸羅萬卷書。最羨地靈人亦傑，錦城桑影尚蘧蘧。同上。

重九登高

清·汪范金

九日登高萬慮刪，半林紅葉路彎環。白衣送酒人何在，烏帽隨風客未還。小酌常依松石畔，閑吟同集竹林間。茱萸偏插情彌快，漫羨蟾宮桂蕊攀。同上。

夢遊廬山集唐一首

清·汪際清筱仙，黃岡。

雲標金闕迥，杜審言。羣峭碧摩天。李白。霧氣聞芳杜，孟浩然。松聲韻野絃。王勃。震雷翻幕燕，杜甫。倚樹聽流泉。李白。似得廬山路，杜甫。無煩憂暮年。馬戴。○傳鈔舊稿。

別海波弟

清·汪際丁貞府，黃岡。

辛苦共十年，素心盟白水。小別莫踟躕，聚晤終無已。傳鈔舊稿。

皋城憶弟海波

清·汪際丁

江南江北柳千枝，正是離腸欲斷時。惆悵碧雲多幻相，殷勤紅豆寄相思。萬般心事魚書達，一縷情懷鶴夢知。閑坐小窗難遣悶，沉吟辛苦十年詩。同上。

催　菊

清·汪錦春桂芳，黃岡。

重陽節過已經旬，寂寞籬東獨抱真。舉酒相催邀醉客，留花不發待何人。芳心半展含初月，素質深藏避俗塵。祇恐秋光容易老，遲遲開向小陽春。傳鈔舊稿。

題挹珊叔《商聲集》

清·汪維翰若林，黃岡。

數載東齋對榻眠，敢將翰墨訂奇緣。推敲譜出商聲集，朗潤摹成秋水篇。經濟但期能報國，文章原不在逢憐。清心又結塵寰夢，誰識騎驢賈浪仙。有人夢叔氏爲浪仙後身。○見《商聲集》。

題鶴年叔祖《仁村詩草》次保丞叔韻

清·汪維翰

二百年來到此聲，漪園公有《樂志齋詩》行世，於今二百年矣。等閒落紙繼前行。山河感慨多留意，煙雨迷離更係情。興到筆隨滄海闊，唫餘味比雪霜清。錦囊佳句人爭賞，和遍新詩滿洛城。見《仁村詩草》。

和星垣叔六十壽詩

清·汪氣芳_{蘭階，黃岡。}

溷迹弦山已數春，芳餇口光邑，業經四載。壽觴未進愧逰民。南征敝刺飄流恨，東海添籌矍鑠身。好藉詩書酬素志，卻將風月了前因。詩人不識林泉趣，枉把塵嚚污性真。見星垣壽言。

遣 懷

清·汪氣芳

淵明乞食被饑驅，寄傲依然古丈夫。未害負薪良吏子，那堪學稿小人儒。荊山自昔争求玉，浦水于今不出珠。行止商量何計是，空囊羞澀一錢無。傳鈔舊稿。

和星垣叔七十壽詩_{原韻}

清·汪洪壽_{古香，黃岡。}

老人星彩耀中天，栗里重開七秩筵。兒女南陔趨彩服，公卿北地寄詩箋。無疆壽已空塵劫，現在身能闢佛仙。我欲祝公何所祝，偶將枯管掃雲煙。

聲名在昔動蘄黃，落筆千言迥不常。豪氣自凌蘇玉局，高文人擬駱賓王。清才屢獲宗工賞，國士頻教豎子僵。萬里雲程产拭目，豈容何點老江鄉。

公然文戰屈騷壇，野服蕭然拜達官。竟把聰明還造化，另將山水結餘歡。當前富貴千花朵，末路英雄一釣竿。綺季清閒和靖逸，神仙隊裏足盤桓。

身寄五湖東復東，_{曾僑居魏家嘴。}一間亭子一詩筒。客星不犯劉文叔，賓座常箴魏武公。好古每搜耆舊傳，傳家不替菜根風。拈毫勉步諸公後，願祝南山壽與同。見星垣《七十壽言》刻本。

登高遠眺時客齊安

清·汪鵠竹青，黃岡。

登高四顧夕陽斜，山色迷離隱暮鴉。流水一灣如我意，浮雲幾點是吾家。西山入畫圖應染，北海開尊酒欲賒。世事即今多變幻，乘風誰泛斗牛槎。傳鈔舊稿。

赤　壁

清·汪鵠

磯頭金碧耀晴曛，始信英雄屬使君。蘇子五年傳二賦，周郎一炬定三分。有聲浪捲蛾眉雪，拂面風吹海角雲。仙鶴南飛歌一曲，紫裘腰笛總超羣。見《黃州赤壁集》。

增訂桃潭合鈔續集卷第二

黃岡汪燊筱舫纂輯
長男　晉　　校字
次男　澄之

詩二　雜言

輪船即目 庚申赴蘇

汪永安竹溪，嘉魚。

遠別家山作壯遊，吹葭時節下蘇州。千層浪湧長風破，兩岸煙迷曉月收。畫楫奔馳爭入眼，樓船巧麗競當頭。六朝人物江流盡，握管翻添萬古愁。《退思齋集》。

過黃州懷坡公

汪永安

赤壁當年賦兩遊，千秋勝事說黃州。而今惟見長江月，猶逐清風水上流。同上。

過彭澤懷陶公

汪永安

先生氣節藐兒曹，傲骨何能強折腰。松菊不從花縣種，歸來一賦古今超。同上。

申江即目

汪永安

滬上繁華中外傳，瑤花異草各爭妍。雲車遍走無塵地，月館常留不夜天。細數樓臺過十二，休誇粉黛僅三千。風流自有真名士，那怕顛狂柳絮牽。同上。

家四伯父鏡汀公再任吳江，作此送行

汪永安

松陵再篆展長材，舊治羣然感阜財。快駕仙鳧重戾止，爭騎竹馬復迎來。空囿草長當年澤，滿縣花開昔日栽。佇看黃堂欣穩步，溫綸五色煥蘇臺。同上。

遊五人墓

汪永安

忠肝義膽壯山河，一死成名永不磨。三尺殘碑流萬古，幾人來去寫詩多。同上。

金閶門外

汪永安

賞春酒醉杏花村，身外浮雲豈足論。江上琵琶樓上曲，何人到此不銷魂。同上。

暮春有感

汪永安

　　光陰坐負感殘春，自愧無顏對故人。有志勤修多病擾，畏從客裏作閒身。

　　愁緒千端欲語誰，鄉關回首隔天涯。書齋寂寞垂簾坐，花落花開兩不知。同上。

壬午客吳門，五日懷劉君雨三、宗兄蓉航

汪永安

　　佳節又端陽，蒲觴處處香。標爭龍是奪，艾作虎尤狂。疊雪堪衣襯，仁風藉扇揚。使君期不至，徒羨泛蓉航。同上。

咏白桃花 七絕五首

汪永安

　　夭桃一簇占春三，底事多情冷笑含。素面不僅紅雨洗，尋將清水滌深潭。

　　洞口花開忽似銀，如何減卻十分春。胭脂到底污顏色，不賣風流學點唇。

　　記得天台路正通，玉真雅愛笑春風。只今若問劉還阮，一味含羞臉不紅。

　　淡容羞與對霞丹，別有丰姿倚畫欄。醉墨不曾石上洒，留將素影月中看。

　　武陵何事避紅塵，爲怕濃粧俗了人。淡淡一枝橫水外，漁郎也恐誚知津。同上。

次馬當懷王勃

汪永安

　　問誰姓字冠騷壇，惟有龍門王子安。不是水神風力助，馬當路隔得名難。同上。

申江即目 七絕二首

汪永安

　　滿江燈火太玲瓏，色色空明似彩虹。_{黃浦江海輪與江輪皆五色電燈。}更有電車行地上，奔馳不聽響丁東。

　　書館茶樓並戲臺，人山人海此徘徊。風流只是錢如土，揮盡千金不惜財。同上。

錢塘江夜行

汪永安

　　江光月色兩悠悠，一葉輕舟自在流。上下空明渾不辨，推窗望到日當頭。同上。

春江花月夜 七古十首

汪永安

　　年年春去又春來，春來江上春水回。春水泛花花無際，花對明月夜常開。

　　月影江光渾一色，上下空明夜不黑。無煩秉燭任遊行，十分探得春消息。

　　四時勝景在芳春，春風江上更宜人。遙知花放月明夜，幾輩高會曲江濱。

　　長江古來稱天險，南北各據知分陝。有人砥柱作中流，云胡烽烟妄吐燄。

　　花開花謝事尋常，花到三春別樣香。紅杏縱有尚書號，牡丹畢竟稱花王。

　　明月不曾分今古，深閨人怕逢三五。皎皎正好度關山，立志封侯功名樹。

　　千金一刻是春宵，仰望中天北斗遥。無限白雲飛片片，何人樓畔魂暗銷。

　　今年春比去年早，今年花比去年好。月逐花浪湧江頭，花被月光壓不倒。

　　年年江上望春月，年年江上賞春花。春月春花當春夜，折花邀月醉數杯。

　　我度春光六十年，忙煞吟月咏花天。月欲常圓花常在，結得花月幾生緣。同上。

甲寅秋九月七日六十初度，作此寄慨

汪永安

　　花甲虛過六十秋，那堪往事數從頭。八旬家父難親養，頻年在外，不克侍養。萬卷藏書未遍搜。愧説鳳毛能濟美，敢誇燕翼善詒謀。重陽先日逢初度，菊酒頻傾消我憂。

　　而今一事竟無成，枉信秋來老氣橫。相士言予五十當富貴，信乎？赤手未能撐世界，青袍早已悮儒生。讀書空立伊周志，得句甯争李杜名。萊子斑衣猶許著，堂前戲舞愜親情。同上。

雨菊 步友人詠菊詩。四首錄二

汪永安

崇朝枝盡濯，花潤漸成團。晚節天教殿，秋霖夜未寒。插應驚帽濕，採覺隔籬難。幸已開三徑，留他霽後看。同上。

風 菊

汪永安

聽得鈴頻響，殘枝瘦不禁。蝶難棲葉上，蜂總臥花陰。搖曳西施舞，推敲禹錫吟。宅邊酣飲後，解醒合披襟。同上。

蘇東坡前赤壁游 七古十五韻

汪永安

壬戌孟秋逢既望，赤壁泛舟任蕩漾。清風徐來露橫江，明月皎皎東山上。一葦以航縱所如，萬頃茫然破巨浪。遺世獨立飄飄仙，憑虛御風隨其向。扣舷歌聲遏行雲，既歌且飲酒無量。彼美人兮天一方，渺渺予懷幾惆悵。怨慕泣訴無限情，孤舟嫠婦聲悲壯。蘇子愀然正襟坐，居今慨古尤豪宕。橫槊賦詩一世雄，失計偏令困瑜亮。舳艫千里雖云強，東南風起色沮喪。自古英雄誰結局，始知兵威不足仗，何如尋樂於江山，風月無邊皆天貺。耳得成聲目成色，取用不窮當寶藏。長公昔日快夜遊，與客神怡並心曠。我今臥遊赤壁下，豪情端不古人讓。同上。見《黃州赤壁集》。

閏七月

汪永安

牛女相逢待隔年，何期匝月復團圓。仍然雲盤陳瓜果，依樣星房奏管弦。合扇裁來歡似昨，穿針乞得巧於前。這回風景尤堪賞，幾輩吟詩夜不眠。同上。

送家喬年先生七律二首_{用何幼香壽親元韵}

汪永安

先生文麗似冬霞，江淹《知己賦》"文麗冬霞"。屢接高談興倍賖。蘇海韓潮真再世，馬遲枚速總名家。珠璣落紙爲詩草，錦繡成章是筆花。他日風雲神變化，魚龍那有等蜞蝦。

人爵何如天爵修，仰思盛德信無尤。我慚朽質蒙青眼，君近耆年未白頭。志士居家羞素食，匹夫報國有同讎。茫茫大海風潮起，借箸還思爲代謀。同上。

清明_{五律八韵}

汪永安

禁烟甫寒食，賜火又清明。芳草青爭踏，新茶緑試烹。重三期正近，百六序方更。日暖千山笑，晴烘萬樹榮。落花桃雨亂，飄絮柳風輕。旗捲知沽酒，簫吹爲賣餳。蝶飛看對對，鶯囀聽聲聲。肯把春光負，拈毫逸興生。同上。

立秋_{五律八韵}

汪永安

無計能銷夏，方欣又立秋。新涼纔領略，酷暑未全收。入耳蟲鳴砌，驚心客在舟。荷花催豔替，梧葉失陰稠。遠岫炎雲斂，遥空大火流。扇捐三伏後，簟冷五更頭。落日誰家笛，西風何處樓。時將逢七夕，佳話問牽牛。同上。

讀王漁洋先生《白帝城謁昭烈武侯祠》

汪永安

君臣灑落古來難，杜甫有"君臣灑落契"之句。契合誰稱魚水歡。當日霸圖三顧定，至今祠宇萬民觀。桃源早痛連枝隕，柏樹猶留美陰攢。計失吞吳遺恨在，後人瞻拜起長嘆。同上。

送友人

汪　鵬竹坪，黃岡。

昂昂志氣青雲上，佳士如香固可薰。一榻琴書聊作伴，滿城風雨喜聯羣。錦囊好句方貽我，綵筆高文總羨君。自笑薄才居下里，陽春寡和古今聞。近稿。

和磻漁姪七十壽詩原韻

汪　鵬

世事如斯可奈何，莫教歲月歎蹉跎。湖山嘯傲天倫樂，變化風雲感慨歌。論古竹林原自得，翻新花樣不同科。登堂共祝稀齡嘏，快睹鴻文四壁羅。

人生何事過匆忙，怕負千金一刻光。水綠山青稱樂土，蘭馨桂馥繞華堂。窮通聽命心偏淡，富貴浮雲性本狂。所欲從心不踰矩，他年傳播在文章。見《信天翁七十唱和集》。

道出揚州贈黃晴初廣文

汪春樺仲清，黃岡。

送別邗江一水寒，十年前事淚痕乾。全家福分儒官冷，兩世交情古道難。先生與家養周叔同官寶應。垂老尚能司木鐸，忘年可許訂金蘭。蓴羹鱸膾何清美，讓出先生苜蓿盤。《東浙浪吟》。

炭圓歌張文襄試士題

汪春浩玉卿，黃岡。

天寒十指凍欲僵，炊桐爇桂紅爐旁。佀人氣燄不可當，難得薰肌溫體殊尋常。流傳佳製出荊楚，屑炭為糜擣玉杵。百鍊千錘箇箇圓，價廉況復奏功鉅。上從華屋下穹簷，雪冷霜寒總不嫌。那須獅象誇形巧，一樣爐中煖氣添。方今時和四海一，陰陽為炭風從律。溫綸新捧下日邊，鯨鯢冰炭籌防密。燮理全憑宰相才，一團榾柮幾徘徊。當年煨芋機先兆，此日圍爐首重回。檢來莫訝形模小，十枚終日燒難了。豈惟終日燒難了，爐火灰深溫到曉。《玉卿吟》。

和蘄水何泮香少尉悼亡詩原韻四首

汪春浩

淚珠洗面鼓盆歌，傅粉郎君舊姓何。鏡裏乍驚蒼鬢改，閨中頓覺白頭哦。偶逢國色春催去，但是仙緣劫易羅。別鳳離鸞情幾許，漫憑深淺問江河。

倚肩人去總形單，堂上威姑淚莫乾。亦任藥嘗連歲久，那容羹進隔宵殘。詩誇蠔首佳人易，絃續鸞膠孝婦難。抱得烏絲當祿養，黃粱未易熟邯鄲。

易覺長空散彩雲，舉家同哭魏城君。賢稱慣解腰間佩，仙去難持掌上裙。三載好花開並蒂，一抔宿草弔孤墳。夜臺料得雙眉展，營奠營齋報答勤。

漫從圖畫喚真真，一現曇華了宿因。梅尉本來仙隱吏，麻姑詎信海揚塵。無多年少歌長恨，不朽詩成助有神。為拭人間兒女淚，期君早現宰官身。同上。

由廣州至連平舟行雜詩

汪春澤麗甫，黃岡。

　　二月元鳥至，八月元鳥歸。物候昭古訓，來去期無違。中土皆如此，炎方胡獨非。異哉三冬日，千片貼波飛。四時隨長養，不僅春風肥。豈因地氣暖，不解閉藏機。
　　日夕泊烟渚，初月照高林。夜氣絶塵氛，解囊理素琴。一彈別離苦，再彈懷想深。泠泠萬籟寂，山水空人心。高山寄我性，流水寫我忱。天涯悵舊侶，別後誰知音。仰首一長嘯，松風答遠岑。
　　舟中何所有，有橙三百丸。剖以金錯刀，盛之瑪瑙盤。嘉名曰文旦，隨意相傳餐。荔支性苦熱，金橘恨多酸。此物味甘美，得之新會難。新會老樹結實者尤佳。飽啖解宿酲，不數蔗漿寒。
　　我從南海來，心曠謝俗務。解纜已兼旬，飽領烟霞趣。舟行亂山中，水淺疑無路。迴環又一灣，驚起前灘鷺。篷低體不舒，登岸甘徒步。一片石玲瓏，俯拾無心遇。行行近水西，地名，去州城六十里。華月升高樹。明朝是上元，佳節等閒度。同上。

題山水畫幅

汪春澤

　　古屋枕平湖，湖水廣百畝。羣峯障其前，竹樹環左右。遠絶城市喧，風月閒消受。最好夕陽天，晴霞飛渡口。斷岸暮煙橫，上有支離叟。獨立思徘徊，倚杖遲良友。一櫂擊空明，舊約幸無負。相攜入荊扉，童稚羅漿酒。何以佐盤飧，剪取西園韭。陋彼名利人，風塵競奔走。同上。

題鮑小安梅花冊子

汪春澤

羅浮山裏梅花村，雄師遺跡今猶存。中無雜樹廣十畝，清風散馥圍園樊。舟行三度抱山轉，嗟無同志探靈根。一朝闕恨何時補，夢魂兀自縈花魂。長淮浪迹今五載，碧桃朱李花徒蕃。逋仙眷屬渺何許，不憚策蹇窮林園。偶從絹素見春色，披圖得意渾忘言。作者署名留朱印，知爲明遠之子孫。詰朝造門得瞻仰，巍然魯殿神軒軒。開函示我梅花册，饞眼不及話寒暄。平奇濃淡各體備，惟妙惟肖難俱論。有如晴霞晚散綺，有如驟雨朝傾盆。有如蒼龍掉尾去，汲飲長河氣吐吞。有如仙人着縞袂，一鉤新月留纖痕。萬變皆從筆底出，令我一一尋淵源。瑤編題跋皆巨手，才華上繼白與元。下走風塵益潦倒，弄斧何敢期班門。祇緣素有愛花癖，粉本亦足娛朝昏。一枝乞向輝蓬蓽，長受東皇雨露恩。同上。

感　事

汪春澤

荆棘滿天地，何年可止戈。西歐争雪恨，東海逞風波。國步艱難極，儒生感慨多。身家無處著，端合徙巖阿。同上。

錢仙槎六十壽，用王雨亭代徵詩四律原韻

汪春澤

初度年華數甲寅，德門喜氣靄陽春。欣逢蘭室迎佳婦，覽揆之辰，適爲乃郎完姻。快睹榆躔現老人。避世嘯歌能早隱，持家儉約豈長貧。江湖乞得清閒福，想見風流賀季真。

春生杖履敞華堂，哲嗣奇才邁等常。萊子衣裳新歲舞，槐花蹤跡舊時忙。一門羣從留詩本，湘畹、季貞兩孝廉有《同根集》行世，仙槎族兄弟也。

幾輩生徒進壽觴。擬把黃金鑄顏色，年來支絀賸空囊。

秋闈屢戰未逢時，自命能將百代期。啟事老翁頒齒錄，王雨亭詩人爲仙槎壽，以詩代啟，一時傳爲佳話。貽謀孫子賦毛詩。兩孫頭角崢嶸，後未可量。唐花含笑堆盈桌，魯酒延齡酌滿卮。歷盡饕風兼虐雪，昂霄松骨歲寒知。

兩世交情重紀羣，鯉庭詩禮舊時聞。花間得句邀明月，樓上藏書傲絳雲。仙槎藏書萬卷，護惜周至，觸手如新。不似虞山絳雲樓，終付之一炬也。基拓右丞營別業，新築室爲乃郎完姻。材儲左史富高文。小兒廷桓受業有年。梅花開遍坪江道，春到枝頭已十分。同上。

過零丁洋弔文信國

汪春澤

驚濤駭浪撼崖門，仿佛當年戰鼓喧。血碧長埋難祚宋，汗青留照豈降元。粵東勢已成孤注，燕北魂猶戀至尊。海舶衝波重回首，英氣颯颯月黃昏。同上。

春日感懷

汪春洋溢齋，黃岡。

小樓高峙市廛中，人語喧嘩晝夜同。岸草淒迷常帶雨，林花散亂不禁風。諸生進酒情難適，獨客吟詩句未工。回首故園雲樹遠，寄廬況隔大江東。

早歲情牽利與名，祇今一事竟無成。年華荏苒傷遲暮，身世艱難奈變更。烽火彌天何日淨，瘡痍滿地幾時平。諸孫弱小生涯拙，孤館淒涼百感并。

回首移家住武昌，當時物價未曾昂。人情涼薄全非昔，世運陵夷總異常。處困差欣身尚健，歌豐但祝歲無荒。吾儒自信能知命，安用蓍龜問吉祥。

　　獨立江干俯逝波，燕鴻來去等拋梭。身羈異地交遊少，人到殘年感慨多。原富有書休羨彼，送窮無術且由他。從今學得消愁法，手把新詩子細哦。《漢上吟》。

春　柳

汪春洋

　　東風送暖到平林，柳色催成萬縷金。夾岸流鶯啼未了，教人莫負好光陰。

　　弱線垂垂踠地長，隨風飄影舞橫塘。果能綰住友人腳，徧種離亭別路旁。

　　桃李爭妍未足誇，漢南煙景護晴霞。最憐此樹饒生意，和雨和煙水一涯。

　　纖腰媚眼綠齊舒，一帶濃煙畫不如。風景無邊誰領取，沿溪盡是釣人居。同上。

漢上阻雨 時丙辰八月初十日，爲雨人兄生日，欲歸不得，賦詩遣悶

汪春洋

　　秋宵風雨紙窗鳴，入耳偏增旅客情。睡起挑燈重搔首，驚人句愧謝宣城。

　　準擬聯床共唱酬，關心枕上數更籌。如何天際跳珠響，墮瓦飄簷未肯休。

　　鄂城雲樹分明見，咫尺何難一葦杭。竟夕瀟瀟還淅淅，迢遥兩地滯歸裝。

　　阿兄今日正懸弧，那得長房縮地符。一水盈盈隔衣帶，臨風遙繪九

如圖。同上。

和孝移乞菊詩

汪春江竹孫，黃岡。

唱罷高軒過，知音感子期。樽開虛北海，社結杖東籬。不歷冰霜候，安知松柏姿。雲程莫我棄，翹首再來時。《沱湖吟稿》。

冬夜圍鑪，分韻得鑪字

汪春江

冬夜不成寐，同人話一鑪。消寒然獸炭，分韻得驪珠。把臂聯三友，雄心過萬夫。嚴風窗外掣，梅瓣畫成圖。同上。

遊錫福寺和劉松喬

汪春江

福地塵消曲徑微，望中蘭若是耶非。一龕古佛迎人笑，幾杵疏鍾送雁飛。拄笏客題紅葉去，擔經僧踏白雲歸。貯看字字紗籠碧，始信三生願不違。同上。

沱湖晚眺

汪春江

送客沱湖湖上行，寒風撲面向人迎。長隄鴈斷衝波影，荒寺鐘遲隔岸聲。老樹蕭條臨水漾，夕陽明滅倩山擎。老漁也解貪奇景，收拾綸竿一艇橫。同上。

詠菊二首

汪春江

老圃秋容底事遲，天生絕艷耐人思。東籬開徧芳心逗，一斛珍珠換一枝。

清平調譜李青蓮，誰信陶家別有天。三徑楊妃呼欲出，霜姿一例惹人憐。庭菊多醉楊妃。○同上。

家塾課孫作

汪春潔<small>太甫</small>，黃岡。

四圍花木敞華堂，剩有遺經尚滿箱。夜課諸孫勤數典，門樓深處有書香。吾家距團風十里，而近有門樓高聳，相傳是明末遺址，今數百年矣。○傳鈔舊稿。

伯牙臺

汪春美<small>承齋</small>，黃岡。

流水高山際，寥寥一曲琴。層臺自千古，兩美有同心。此調而今少，伊人何處尋。瓣香私淑久，儻許訂知音。傳鈔舊稿。

和星垣叔祖六十壽詩

汪辛桂<small>炳如</small>，黃岡。

僻處湖山幾十春，常留矩矱識先民。學從積後方經世，命到窮時祇淑身。曲徑桑榆留晚照，小闌猿鶴記前因。休言五老同磨蠍，叔祖與雲階、西陵、濟齋、春門諸叔祖同庚，俱舉茂才，未登科第。會續耆英樂事真。

別業曾經築故墟，後生問字喜同居。叔祖設帳湖西山館，辛桂受業其中。座中領取春風趣，案上翻殘異代書。樂志集成行我法，延年句詠有誰如。慚予辜負栽培意，一度飄零一歎欷。

洪水瀰漫漲百區，移家幾度費工夫。羨公蔀屋翻新樣，愧我窮廬守故吾。葛藟本資樛木庇，蔦蘿姿倩老松扶。竹林竊喜家君健，暇日清談頗足娛。家君與叔祖年相若，常坐談竟日乃散。

三月飛觴繼永和，叔祖誕三月。介眉人盡醉顏酡。遥遥甲子從頭起，濟濟丁男繞膝多。不懈精神花裏住，無邊歲月酒中過。國家平治先安老，那復煩公喚奈何。見星垣《六十壽言》刻本。

和星垣叔祖八十壽詩

汪辛桂

性嗜吟哦不諱狂，介眉時節自成章。穀呈五豆杯浮緑，祝獻三番髮已黃。處士門常教鶴守，漁翁筌或得魚忘。縱然夙抱匡時略，爲愛林泉嬾出鄉。

記得先君事宛然，與公同學務純全。讀書便欲心師竹，作賦還思舌吐蓮。阮籍林泉賢濟濟，謝安門第福緜緜。只今伯仲多耆壽，疊奏壎箎信有緣。謂九畹、小山諸叔祖。

昔年絳帳快追陪，得坐春風日幾回。每課詩文袪腐朽，頻從經史破疑猜。黌宮甫入慚將老，聖澤微沾愧不才。卻羨名心公早淡，卌年羞入棘闈來。

皓首龐眉把壽卮，笙歌疊奏暮春時。誼聯舊雨情懷暢，伴結餐霞句調奇。戲綵萊衣誇子肖，説詩匡鼎解人頤。笑儂別有心堪寫，不似羣賢祝嘏詩。見星垣《八十壽言》刻本。

悼　女

汪炳南慎齋，黃岡。

悼兒昔歲往夫家，穠李方舒郁郁華。鳴雁無聲今寂矣，乘鸞一去豈仙耶。翠鈿空委銷魂地，碧帳難回衣錦車。淚眼望穿東向路，塔家東，距吾家四五里。雖然咫尺亦天涯。

去年此日笑聲譁，今歲淒涼賦落花。韓姞有攸空自相，曹娥無命惹人嗟。女事父母至孝。憐余老病春將晚，痛汝銷沈日又斜。賸有琵琶彈舊怨，曲終難禁淚如麻。傳鈔舊稿。

初到錢塘

汪緒純啐珊，黃岡。

聞道婆留膽氣豪，三千強弩射江潮。當年霸業今何在，遺箭依然鐵未消。傳鈔舊稿。

聞官軍克復武昌喜而有作

汪　堃蓮舫，黃岡。

關河到處檄文行，年少終軍願請纓。鬥智無煩臣鬥力，攻心何畏敵攻城。漫云北地依山險，畢竟南人練水軍。楊侯、曾侍郎統轄川、南各義勇由水路至，塔軍門由陸路進。東望大江烽燧靖，固陵追逼賴韓彭。傳鈔舊稿。

赤壁懷古

汪　堃

巍然赤壁大江東，江水東流斷壁紅。一槳題詩懷孟德，兩遊作賦記髯公。升沉世事蕉間鹿，多少才人雪裏鴻。我亦拈毫題彩石，臨風長嘯氣如虹。同上。

贈沈芹香

汪 堃

新詩題徧舊關河，訪戴情深此地過。宅後山光如染黛，門前水色自堆螺。鳳毛繼美真堪羨，雁序分飛可奈何。遙謝故人歧路送，一杯頻唱渭城歌。同上。

擬東坡《雪後書北臺壁》尖叉韻

汪 堃

玉宇瓊樓素影纖，裝成世界悟華嚴。塵銷函夏迎飛屑，霰集中春擬賦鹽。急勢慣隨風動壁，鮮痕忽訝月侵檐。霜花手散殊清絕，漫數青娥指爪尖。

一白無痕點凍鴉，翻殘縞帶恰隨車。平鋪大地千團絮，亂墜長天六出花。夢蝶好尋高士宅，除蝗應慰老農家。圖呈粉本開幽景，有客情移倚畫叉。同上。

鄂城懷古

汪 宏 羽儀，黃岡。

萬里長江勢渺茫，鄂城一片鎖湖湘。舊遊名士多陳迹，歷代英雄剩戰場。雲水下流吞建業，關河半壁枕荊襄。美人才子歸何處，徒着吟鞭弔夕陽。傳鈔舊稿。

黃香扇

汪 宏

天下無雙，江夏黃香。大儒孝子一身當，流風百禩何可忘。欲聯橋梓情，願借蒲葵質。是何年少歡遶膝，懷橘陸郎差可匹。丈夫空負七尺軀，趨炎附熱天一隅。高堂休戚置不問，末俗涼薄增感吁。我所思，扇枕兒。

讀未見書游儒林，報罔極恩慰親心。揮白羽兮抱丹忱，大椿蔭好暑不侵。吁嗟乎，武鄉扇能事主，文疆扇能事父。臣忠子孝作之矩，漢史俱在誰與伍，揚芬散馥萬萬古。同上。

六十自壽

汪福時祉蕃，黃岡。

潦倒塵寰六十春，湖山依舊歲華新。幸無銅臭襟期淡，薄有書香契味真。一枕黃粱曾夢我，數莖白髮不饒人。年來學得長生訣，清福能消自在身。

淨几明窗感物華，無多別業稅王家。遠山排闥青雙鎖，近水當門綠一涯。昔日春風育桃李，今朝舊雨話桑麻。靈均澤畔行吟慣，好把詩情寄晚霞。

滄桑世變近如何，細數生平浩劫多。四十年前驚鶴淚，咸同間粵匪蹂躪不堪。三千里外賦驪歌，西蜀南黔，幕遊三載。回首華屋成焦土，乙丑冬被兵燹。照眼荒田盪夕波。道光辛卯後，近水腴田變為草澤。獨坐自憐還自解，不妨詩酒補蹉跎。

躋堂祝嘏酒盈卮，搖筆先題自壽詩。杖曳鯉庭勤繼武，觴稱鴻案快齊眉。諸孫好問揚雄字，有客新吹李委詞。甲子從頭勞屈指，會當商嶺採華芝。《滋生堂詩草》。

赴川有感

汪福時

少年無孟浪，老大轉荒唐。才盡江郎筆，身登海客航。癡心趨利藪，隨意走名場。莫問前途事，青天蜀道長。同上。

晚過荊河口

汪福時

昨宵辭漢渚，今日渡荊河。大堤風聲静，遥天雨氣多。蘆花飄斷岸，楓葉盪明波。更有兒童逐，呼瓶唤奈何。沿岸小兒呼夷人爲洋先生，求擲酒瓶。○同上。

江陵晚眺

汪福時

千里江陵勝，平生覽未曾。風清朝露濕，日暮晚霞蒸。有石尋津吏，逢山問野僧。同舟有二僧。會言前路近，灘淺怕天興。灘名，在沙市下三十里。○同上。

宜都晚眺

汪福時

自入宜都境，山川更若何。白雲封古洞，紅葉落危坡。屋矮牽蘿密，城高疊石多。仙人橋下岸，晚唱有漁歌。同上。

歸州懷古

汪福時

曉日出峰頂，山腰露未乾。戀頭憐帽破，駐足怯衣單。村訪明妃里，沱尋屈子灘。歸州前路是，可惜隔江看。同上。

晚泊巴東縣

汪福時

晚泊暮煙橫，霜氣一夜清。漏聽三鼓下，谷應萬山鳴。走筆還詩債，挑燈遣客情。惱人眠不得，獨坐到天明。同上。

朝發夔門泊仙女溝

汪福時

鼓棹提篙候，斜風細雨時。征人眠未得，舟子欲何之。飛渡夔關早，行來驛路遲。仙溝名蹟在，矗矗認豐碑。同上。

冬至日阻雪

汪福時

作客原多感，今朝感倍真。序逢長至節，道阻遠來人。滿座誰知己，他鄉莫比鄰。無聊聊自慰，詩思灞橋濱。同上。

小寒節讌王方伯魯齋署中

汪福時

風塵纔駐足，節序又相催。冷煖隨人轉，饑寒逐我來。主賓仍舊好，兒女莫相猜。細說鄉關事，高談亦快哉。同上。

安縣晤田生鼎三

汪福時

十年新宰牧，一見舊師生。馬帳懷猶戀，雄冠氣已平。榻從今日下，琴學古時鳴。我亦觀風者，絃歌聽武城。同上。

遣懷

汪秉南聘臣，黃岡。

舉世尚淫巧，嗟予獨守拙。我拙人不如，人巧我不屑。寧爲世所嗤，勿爲時所悅。抱膝發長吟，陳編慣窺竊。諸子百家言，手不停披閱。努力勤探討，拍案叫奇絕。處不厭清寒，出不趨炎熱。萬感不能搖，差比錚錚鐵。陋彼當世士，南轅而北轍。豈無運動機，毋乃趨詭譎。江河日夜流，大半無區別。吾儒志聖賢，當勵松筠節。周公仲尼徒，此之謂豪傑，有心世道人，抒懷彌剴切。傳鈔舊稿。

祭漪園公墓

汪宗耀子謙，黃岡。

王侯不事老奇才，馬鬣崇封地下哀。泉路允宜巢父共，漆燈直待沈彬來。鄰爲花草神清逸，墓門有"花草爲鄰"四字。城繞江湖路溯洄。我與先生本同族，墓前應許拜塵埃。

敢爲簪纓負大明，千秋正氣鬱佳城。蒼天留我應恢漢，黃土埋公不負清。此日精魂依阜嶺，先生墓在黃岡並阜山。當年遺恨覆燕京。茶村已去誰知己，故國山河無限情。《謙益堂詩草》。

重刊樂志齋並汪氏前後諸人詩稿合訂，勉成二律

汪宗耀

吾家高士數漪公，托跡漁樵有始終。節義文章編合傳，香芹貢樹採盈叢。詩歌樂志消閒日，酒醴開懷賦古風。浩氣千秋常不滅，九京未肯負懷宗。

名園伏處憶當年，繭紙殘陳抱續編。蟻慕敢云攀驥尾，鴉鳴自笑比蟬聯。萊遊草稿悲明社，潭水桃花送謫仙。小技雕蟲聊自笑，後生何以答先賢。同上。

和祉蕃兄六十壽原韻

汪澤民磻漁，黄岡。

羣芳未歇四時春，桃李陰濃一色新。半日讀書常好靜，十年養氣自全真。久要不復忘知己，尚論何曾讓古人。襟抱獨清空俗累，本來明月是前身。

詩書滿腹氣豪華，人住桃潭第一家。芸案有香尋樂處，硯田無稅作生涯。道同老子新迎李，德配仙姑舊姓麻。清福如斯消受得，邀游山水戀煙霞。

生平事業陋蕭何，兵甲胸羅小范多。觀世能爲青白眼，攄懷頻製短長歌。隱同玄豹藏香霧，才比紅鴛戲錦波。閉戶著書編甲子，名山何用惜蹉跎。

花甲初周泛酒卮，賓筵既醉且徵詩。九如松柏饒春色，八尺臺萊介壽眉。最喜衣冠敦古處，還教筆墨寫新詞。先生自是商山老，身際清時獨採芝。《補天精舍詩鈔》。

辛丑大水

汪澤民

苦雨連宵一月餘，天災地陷徧鄉閭。嘉禾盡納陽侯稅，破屋全租水母居。菰米隨波堪作飯，荷花帶露即爲蔬。儂家數口生涯拙，願學紅蟬飽食書。同上。

岳陽樓

汪澤民

層樓高聳翠嵯峨，俯瞰東南勝景多。荊楚遠吞雲夢氣，巴陵橫接洞庭波。迷津未出隨鷗狎，歧路堪憐泛鷁過。三醉岳陽仙子去，滿城明月鏡新磨。同上。

秋夜_{伯兄偶得"雲移月似飛"之句，命續成之}

汪澤民

偶坐疏林下，藤蘿護四圍。蛩多鳴石砌，螢亂點人衣。木動風難靜，雲移月似飛。清心袪俗障，禪理妙皈依。同上。

湖　居

汪澤民

蟹舍傍湖濱，間雲比作鄰。春風吹杜若，夜月罩花茵。依藻游魚樂，親人水鳥馴。靜觀能自得，隨意寫天真。同上。

漁父詞

汪澤民

湖水綠，湖上漁翁持釣竹。絲綸高捲獲紅鱗，換得前村酒與粟。朝朝醉飽坐磯頭，時乘春暮清溪浴。高歌一曲笛數聲，吟風弄月披星宿。不釣美譽不沽名，身友鷗鷺何嫌獨。陶然忘機謝俗情，灘上閒雲任追逐。同上。

寄渡槎弟飄萍詞

汪澤民

湖上春風吹柳花，低飛綠水送行槎。風逐流水渺然去，可憐春盡入天涯。飄飄化作紫浮萍，所過津涯素未經，行蹤靡定洪濤闊，鋪水錦茵鴨睡醒。沙平水淺壅歸路，落拓江湖波已渟。君不見古往今來游蕩子，一例萍飄靡所止。同上。

七十自壽

汪澤民

虛度稀齡可奈何，無聊將壽補蹉跎。犬狁得慶椿萱健，鴻雁同興棠棣歌。家兄年近八十，精神尚健。舊學厭談舉子業，新書喜授教兒科。不關世事心多淨，閉戶焚書禮大羅。

憶昔風塵僕僕忙，阮囊羞澀總無光。安貧仍守青氈業，課讀重開綠野堂。近來課讀在劉尚書家。三代傳家惟孝友，自先曾祖遞及先君子，品行詳載志書。一生教子禁輕狂。自甘澹泊明吾志，謹慎修持率舊章。《信天翁七十唱和集》。

附錄李廷祿劼谷。和章：矍鑠如翁近若何，莫教歲月悔蹉跎。陽關疊疊征人怨，易水瀟瀟壯士歌。幾見棠荊成合抱，況培桃李置分科。香山圖繪增多少，並阜仁湖滿眼羅。

逐歲奔馳爲口忙，到頭歸隱附由光。乘車問字尋藜閣，把酒論詩過草堂。長我十年心尚壯，逢君一面興尤狂。桃潭韻事重提起，自笑塗鴉急就章。

遊紫潭河張太公釣臺

汪緒清鏡如，黃岡。

三聖宮前古釣臺，山上有三聖宮並張太公祠。一山一水一徘徊。當衝咽石流何急，上有獅岩噴沫來。河流上十餘里，土名獅子岩，水從山口出。

西岸平原東岸山，桃花流水瀉中間。昔年蓑笠嘗招隱，奉釣煎茶入紫潭。傳鈔舊稿。

輓劉烈婦 六首錄四

汪　燾鳳池，黃岡。

自送劉郎別故園，三年孤影對黃昏。一聲報道人何在，驚破深閨夢裏魂。

游客羈魂未有家，傾觴布奠向天涯。可憐趙氏孤猶吝，繡閣空餘薄命花。

庚霧申霜恨有餘，苟延殘喘度居諸。存仁自是閨中傑，愧煞鬚眉大丈夫。

紀配桓嫠更數劉，三人鼎立共千秋。相逢地下應同哭，那許雌風競自由。傳鈔舊稿。

有　感

汪　嵓幼甫，黃岡。

頻年高臥古南陽，梁父吟成泛菊觴。皎皎素心招夜月，珊珊瘦骨傲晨霜。爲憂世變全神瘁，懶學風流半面妝。昔日故人多不賤，一聲長嘯阜山旁。傳鈔舊稿。

課子書懷

汪　翼訓庭，黃岡。

修齊平治吾儒事，衣缽傳家有舊因。一脉心源延後起，千函手澤重先人。鍾王字法同參妙，李杜詩篇總絕倫。領略此中滋味好，好儲國器作儒珍。訓庭近稿。

粵東黃君徵詩詠菊，勉成四律_{限黃、芳、央、墻、陽韻}

汪　燊秀山，黃岡。

　　一篇月令紀華黃，植向疏籬壓衆芳。幾度流香鏖晚節，連畦擢秀配中央。英殘不礙霜堆徑，影淡還隨月過墻。但遣白衣來送酒，賞心何必待重陽。

　　紫蟹肥時花正黃，半含剛健半芬芳。莫因露冷嫌秋暮，不爲霜嚴問夜央。艷摘園丁簪皂帽，影移亭午下紅墻。梧桐葉落難争美，賸有荣英對夕陽。

　　漫誇魏紫與姚黃，占盡全球百卉芳。瘦極鉤簾林以外，香繁剪綵水之央。餐英慣擷三秋艷，面圃高鄰數仞墻。贏得雨晴開笑口，疏英密蕊向朝陽。

　　聽説年年菊柚黃，一般顔色許齊芳。竹籬徙倚看無厭，藤枕收藏樂未央。枝抱寒螿啼北院，瓣拖凍蟻上東墻。壺觴好佐詞人興，富貴休稱冠洛陽。_{傳鈔舊稿。}

和祉蕃兄六十壽詩

汪毓瀛仙舫，黃岡。

　　並阜山高不計年，偉人特出任盤旋。昌黎著作稱文伯，潞國精神敵壽筵。摇筆錦箋推絶唱，到門車轍聚名賢。下風引領歡何極，華祝三多一例傳。

　　弧南星照放祥光，天遣騷人笑舉觴。自是信民甘淡泊，又如彭祖歷殷商。齊眉夫婦偕鴻案，繞膝兒孫拜鱣堂。蔗境定知無限好，霞仙乩筆壓詞場。_{聞餐霞仙和詩，麻字絶佳。}

桃李公門衆且多，屢携幾兩客中過。門下士田生官知縣，循聲徧蜀中。優遊近學陶元亮，矍鑠遥齊馬伏波。燕翼詒謀情早慰，龍頭屬老事非訛。吾家梁灝羣期許，白髮青雲快若何。

同時程門立雪人，後先黌序結芳鄰。滄桑局變王綱墜，花萼樓高族誼真。君比盧標誇得意，我慚管榻寄閑身。期頤彈指尋常事，歲月還當紀大椿。見祉蕃《六十壽言》。

贈筱舫姪

汪　度幼廷，黃岡。

迢遞音書千里送，年來治績起凋殘。兵戎將靖謳歌起，賢令無私德惠難。中土化堪騰驥足，邊陲凍欲上魚竿。竹林樂事何時續，望裏沅湘思渺漫。

地北天南羨政通，昔年投筆過秦中。羊歸塞草沾霖雨，雁到衡陽趁暖風。撫字早知民物重，恤刑宜聽是非公。雲程九萬行應倦，晝錦堂開許接踪。幼廷近稿。

赤壁懷古

汪鳴九鶴皋，黃岡。

同登萬仞堂，翛然一俯仰。眼底白雲飛，忽作高世想。人事有代謝，乾坤終莽莽。赤壁原假借，何必分三兩。孟德雄安在，公瑾亦既往。蠻觸苦紛爭，戰雲空鼓盪。東坡宰相才，胡爲分蜀黨。想亦是非淆，直不勝羣枉。燭理入微茫，民生關痛癢。奏議至今存，言語何忠讜。文章動天地，光燄強萬丈。前後兩篇賦，曠達空凡響。虬龍虎豹驚，明月清風賞。想其扣舷時，桂棹搖蘭槳。欣然與客俱，洞簫引鶴氅。佛理晤仙心，秋高堪揖爽。祠宇煥然新，衣冠瞻遺像。燈火萬年紅，俎豆千秋享。江山留點綴，修葺後賢仗。樓閣自嵯峨，院落更幽敞。遊罷且放歌，滌煩心坦蕩。見《桃潭合鈔》。

和黃岡縣知事張貢甫留別二律 原韻

汪鳴九

涇渭妍媸莫能遁，千秋金鏡在胸中。集文成海搜饑鳳，前在邑訂購茶村《饑鳳軒遺集》。摘覆如雷起蟄蟲。一路口碑傳頌徧，萬家生佛繪圖工。離歌恰唱花朝後，杏映斜陽照眼紅。

公門混跡濫齊竽，日久相知笑酒徒。治術只緣經術美，福星旋作客星孤。每驚氛擾湘潭路，猶憶災勘漲渡湖。去夏追隨漲渡湖邊勘災，是日狂風急雨，一片汪洋，猶惻然在念也。一片慈雲留不住，鶴琴長伴茇清腴。同上。

丁巳秋游學鄂垣舟中有感

汪鳴和鷟雛，黄岡。

乘輪一瞭顧，煙水兩綢繆。邏堡舊形勝，江天滿眼收。危磯懷古蹟，俯瞰憶前儔。樗材仍故我，壯志未能休。頃刻舟行遠，遙觀兩岸秋。浮沉千古事，滾滾大江流。情淡交逾重，才雄氣不浮。純儒皆學粹，名士總才優。舟中無箇事，集句作行謳。辛勤饒至樂，險阻是平邱。歸鳥棲林樹，斜陽送客舟。鄂垣魂夢地，去後復來游。鷟雛舊稿。

周瑜將臺

汪郁彬幼階，黄岡。

石頭城外起元戎，百萬樓船一炬紅。幾見人能驅北馬，最難天肯助東風。少年心事英雄膽，大將聲名策士功。霸業云亡消劫火，高臺猶自護雲中。幼階近稿。

秋　興

汪郁文穉階，黃岡。

高臥山林又一年，登高惆悵夕陽邊。關河變幻如棋局，身世遷流似客船。鸞鳳偶棲荊棘地，驪駒愁唱菊花天。相思夜夜悲明月，況是香閨唱采蓮。穉階舊稿。

贈筱舫姪

汪偉勛華軒，黃岡。

小阮追從江漢上，撫時感事寄情深。理民夙抱安民志，憂國長懷愛國心。魯令惠傳三異政，楊公力卻四知金。任臨武時，礦商涉訟案結後，有以千金酬謝者，姪力卻之。琴堂日永無閒晷，案牘如鱗仔細尋。

民沐鴻恩戴二天，化醇俗美濟時賢。嚴鋤異種披星出，姪屢親率警隊捕匪。普渡慈航伴月眠。姪曾爲救生局局長。德被兒童騎竹馬，刑施囚犯用蒲鞭。平陽事業誰恢復，手挽頹波獨占先。華軒近稿。

長恨歌

汪　亮夢仙，黃岡。

光緒癸未，亮寓居三江，草閣蕭條，旁有古梅一株，鶴巢其上，旦暮鳴聲不絕，幽境也。一夕偶得醇酒，移置其前，祝曰："何年美人魂，降下廣寒闕。貞心不待春，冷豔欺霜雪。豈伊天地私，獨有凌霄節。俗眼那能知，孤芳聊自得。僕本憔悴人，感此衷腸熱。香酒酹葡萄，願與三生結。"祝罷，取酒澆之月下，對花獨酌，不覺大醉。忽聞林間有長歎聲，疾披衣起。見一絕色婦，年二十許，淡粧素服，香氣襲人，手攜縞衣小兒席地坐，泣涕言曰："妾本孤山人花氏春魁也。幼無父母，委身爲林郎婦。四載前林郎逝，妾與小兒移居三江間。今夜夢與林郎對飲，是以悲耳。"亮聞之，驚疑歎惋，半晌無言。俄而風聲四起，忽失所在，但見孤鶴巢寒，疎梅映月，乃作詩以紀之，題曰《長恨歌》。

　　有客有客號夢仙，自幼攻書企昔賢。詞賦凌雲追老杜，文章華國踵青蓮。天乎何事欺予獨，一事無成空逐逐。大名不上鳳凰池，良緣莫締鴛鴦牘。無端漂泊三江頭，草閣蕭條春復秋。寒風冷月千門靜，剩有梅花一院幽。司花仙子憐愁客，頓使梅花粧斂白。香雲靄靄月溶溶，人與梅花情不隔。花情人意兩相侔，花解人愁花更愁。未若將花邀作友，樽前相對話風流。人爲邀花設花席，朝朝暮暮風流劇。冷香凝月玉無痕，瘦影搖風冬有跡。沽來美酒爲花祝，萬蘊同杯香生肉。一樽月下費躊躇，酹酒花前趣自娛。花前酹罷倒金尊，沉醉林間眼欲昏。忽聞花陰起長歎，不知花魂是月魂。迷離醉眼入花叢，但覺縷縷來香風。忽然中夜來姝麗，血淚闌干深淺紅。徘徊邀近尋真跡，慘不成聲長撝泣。蛾眉皓齒淡淡粧，一簾春雨梨花濕。自言本是孤山女，殷勤日覓藍橋杵。林郎風格本翩翩，一點芳心誓相許。閨中日夕調壺漿，花晨月夕稱玉觴。茜紗帳裏芳情重，綠綺衾中香夢長。玉樓丹詔輕啣鳳，驚破香閨蝴蝶夢。懷中褓褓旦暮啼，花鳥啣哀猿抱痛。去年又作三江行，封髮盟心結再生。今宵忽夢林郎至。兩兩稱觴話夙情。雲烟縹緲排鸞馭，恍惚林郎迴馬去。生生死死別離魂，好夢驚迴無覓處。我聞此語長太息，萬籟沉沉天地寂。嫦娥耐冷悄無聲，北斗橫斜星歷歷。何由冷氣逼江干，捲地風來夜向闌。美人忽忽渺雲霧，明月空照梅花寒。年年厭頓老風塵，不知孰是適仙身。悲歡離合數杯酒，結得前生未了因。吁嗟人事何古今，爲問梅兮恨更深。柳染啼痕窮客淚，花開笑臉美人心。千秋萬歲一抔土，願化名花慰孤苦。天荒地老合有時，此恨茫茫無今古。《夢仙詩草》。

渡　海

汪　亮

　　斜陽忽西墜，四顧水盈盈。海闊春無跡，潮來月有聲。隻身隨浪蕩，孤艇接天行。迴首看南越，煙波萬頃橫。同上。

書懷

汪 亮

澄懷萬事淡，得失不關心。花酒共晨夕，琴書成古今。倦來每獨睡，醉裏時一吟。以外了無物，但餘流水音。同上。

偶書

汪 亮

一笑忘貧賤，飢寒樂有餘。閉門磨古劍，欹枕讀殘書。地僻苔封砌，更深月在廬。時人譏我拙，矯首望清虛。同上。

遊子吟

汪 亮

慈母依依問，歸家在幾時。看予頭上髮，盡是鏡中絲。同上。

贈族兄鑒堂 並序

汪鼎璜雅亭，黃岡。

甲午秋闈，家雨人孝廉偕鑒堂兄訪予於鄂之旅次。鑒堂先世移家竹溪久矣。予素慵懶，未嘗留心譜事，乙未族人議修家乘，明年遂告竣。纂修之歲，擬向鑒堂處採訪，不無道遠莫致之憾。今歲秋闈，兄弟聚晤，鑒堂因出先人世系，犖然可攷。鑒堂旋返竹溪，索枯腸不得，因集前人句，湊成三章，聊叙離別之意云耳。

留　別

汪鼎璜

一言歸去滿城知，朱慶餘《送李餘及第歸蜀》詩。誰畫陽關贈別詩。陸游《題陽關圖》詩。秋草獨尋人去後，寒林空見日斜時。劉長卿《過賈誼宅》詩。歸心莫問三江水，張南史詩。長日惟消一局棋。李遠詩。此地從來可乘興，高適詩。殷勤書札寄相思。徐鉉詩。○《雅亭詩草》。

送　別

汪鼎璜

芙蓉花外夕陽樓，趙嘏《憶山陽》詩。夜思千重戀舊遊。黃深源《秋日懷友》詩。秦地故人成遠夢，楚天涼雨在孤舟。李端《憶司空文明》詩。櫓搖漁浦蒼茫月，帆帶松江浩蕩秋。陸游《孤坐思江湖》詩。歸雁欲從何處去，戴復古《寄陳魯叟》詩。江邊明月爲君留。王昌齡《送賈七》詩。○同上。

憶歸途

汪鼎璜

暮鴉歷亂報秋寒，唐彥謙詩。楚水吳山道路難。賈至《送李侍郎赴常川》詩。落葉人從孤館聽，青山不似故鄉看。吳士程《感舊游》詩。行行覓路徑松嶠，步步尋花到杏壇。白居易詩。稚子挾書勤質問，陸游《數日不出門》詩。憑君傳語報平安。岑參《逢入京使》詩。○同上。

伏日移館

汪鼎璜

聞道仙源不染塵，卻從何處問迷津。對葵自笑趨炎拙，愛竹難禁避暑頻。三徑已開思舊雨，千金奚惜買芳鄰。午風最解詩人意，助我吟毫妙入神。同上。

夏夜獨坐

汪鼎璜

獨坐西窗夜色涼，滿天清氣入池塘。一樽浮蟻添詩料，數點流螢繞畫廊。舊雨不來琴酒歇，好風恰送芰荷香。此間到底饒佳趣，那得同心與共嘗。同上。

遣　愁

汪鼎璜

遭逢不必苦遭迍，占住禪房日日春。聽雨每留僧作伴，讀書醉喜佛爲鄰。睡餘詩思清如水，晤後文心妙入神。放眼古今須自得，平生最恥是因人。同上。

阻　雨

汪鼎璜

睡起無情獨煮茶，忽聞檐際雨如麻。天公有意憐行李，客子多愁賦落花。半世求名嗤畫虎，每回作字笑塗鴉。催詩不及論工拙，何日揚州護碧紗。同上。

途中值雨

汪鼎璜

昨日戴星曾喚渡，今朝冒雨又辭家。春山黯黯白雲合，故里朦朦碧樹遮。漂泊東西誰地主，別離咫尺亦天涯。沿途四顧殊無半，惟感多情夾路花。同上。

謁關夫子廟

汪鼎璜

　　炎炎後漢萃羣賢，勳業如公有萬年。愛國精忠先武穆，酬庸令典配文宣。志殲吳魏聲威嚇，業卒春秋著述專。自古英雄多廟食，弓刀肅肅几筵前。同上。

翕先姪過訪，晚集游氏花園集成句

汪鼎璜

　　水仙齊著澹紅衫，李覯詩。人立花邊自不凡。方夔《木犀花》詩。乳燕雙雙拂煙草，溫庭筠《春晚曲》，"拂"一本作"掠"。古藤隱隱落長杉。雜句。蝸廬抱柳開新國，孫覿《罨畫溪行》。琴筑齊音和阮咸。朱翌《湘江亭別程幹》詩。綠徧蘼蕪歸未得，陳延齡《題畫》詩。半生長帶散人銜。雜句。○同上。

聞大沽口捷音

汪鼎璜

　　聞道天津唱凱歌，一時兵氣定消磨。將軍奮武屯貔虎，衆士同仇靖鸛鵝。四面河山齊刷恥，廿年籌策誤連和。從知戰事宜神速，我願陳書上玉坡。同上。

詠寒食

汪鼎璜

　　今年又寒食，萬感胸中填。懷書抒蓄念，幽思如湧泉。我生千載後，尚論千載前。昔有介子推，從亡十九年。曾書五蛇歌，紀之司馬遷。間嘗考晉乘，刲股功可憐。又嘗稽小說，求賢主意堅。焚山逼其出，一炬火連天。因此稱冷節，千秋傳禁烟。數説俱歧出，我爲一窮研。恃功不言祿，偕隱山之綿。子焚母亦從，能無涕漣漣。但恨死非所，學疎識亦偏。行藏豈無術，不念白髮巓。甘心經溝瀆，忠孝兩不全。悻悻小丈夫，惡得比大賢。譎哉晉公子，濁世誠翩翩。頓棄從亡勳，但旌綿上田。誌過聊塞責，旌善何足傳。患難可與共，安樂獨不然。縱無子堪廕，豈乏族可延。胡不立之後，胡不追其先。公子真負心，介推亦昧權。高歌復長歎，君臣兩失焉。同上。

苦旱

汪鼎璜

夏旱久不雨，蒼生亦何尤。累年苦水阨，處處無完收。今歲差獨强，天澤乃不流。早稻未結實，晚禾萎西疇。百穀俱枯槁，疾苦何時瘳。讀詩發雲漢，喚雨無春鳩。哀我中國民，終歲不得休。仰事無所賴，俯蓄無以酬。官租更無出，恐填壑與溝。非無束皙禱，不允三日求。上帝愛我皇，垂戒俾自謀。湯旱有七載，堯水民轉謳。自古盛德王，遇災慮患周。我皇尤聖神，妙齡承天庥。仁孝播四海，百爾無壯猶。因之示災變，莫能測其繇。得毋民失職，得毋政不修。得毋事土木，得毋喜田游。得毋重玩好，山海搜琳球。得毋賤米粟，膳宰供奇饈。得毋樞密權，宦官干大猷。得毋名器褻，爛羊亦封侯。得毋祖宗制，破裂不率由。得毋官吏貪，不能憂民憂。庶政慮有闕，民苦天亦愁。密雲竟不雨，何以望有秋。我本杞憂客，回天亦無策。願得傅説相，爲霖降甘澤。陰陽善燮理，萬家登菽麥。積誠贊廟謨，努力培國脉。天心最慈仁，疇謂天難格。不觀殷哲王，愛民重農桑。六事深自責，請命於帝旁。爲民祈黍稷，爲民贍稻粱。上帝鑒其忱，隱隱抱如傷。桑林一從事，大雨千里霶。同上。

旅夜書懷 七律

汪履祥 丹丞，黃岡。

霜淒風緊月初圓，旅館凝情倍悄然。落第竟居孫子後，着鞭已讓祖生先。拋開身外浮名利，契合書中古聖賢。祇恐君親難報答，幾番搔首問蒼天。傳鈔舊稿。

獻臣家午飯次雅亭 原韻

汪履祥

一年容易太匆忙，此地曾經累舉觴。今日謝庭重讌會，愧無佳句入奚囊。

詩興初酣酒未闌，數莖撚斷費吟安。更欣焦尾殷勤弄，一曲陽春屬和難。同上。

憫鷺詩 鷺潔白，無忤於世。有貨其毛者，鷺多被害，作詩憫之

汪履祥

有鷺有鷺白且潔，衣翦青霜羽飄雪。一足拳雨立亭亭，數聲叫月鳴瑟瑟。啄粒不偕鸚鵡棲，捉肉肯逐蒼鷹飛。自分馴同野雉伏，海鷗何處能忘機。側聞座中貽羽扇，會見尊前倒接羅。翎脩翅頓賭一擲，弓彎絲偃逢百罹。鷺兮鷺兮翻為潔白誤，象齒麝臍等遭遇。納污竟昧盲左言，守黑敢違伯陽句。兀坐傷君還自傷，名繮利鎖難周防。與君同上青天去，天羅天網森開張。同上。

擬陶淵明歸田園居

汪履祥

弱齡事鉛槧，妄意希夔皋。宣尼疾没世，浮名安足逃。蜉蝣宙合間，譬九牛一毛。毒龍亦何驚，野馬亦何勞。世事如頹波，溜急不受篙。所以達觀人，枕麟不藉糟。此中有真趣，肯逐塵世囂。且傳柳宅柳，姑記桃源桃。

生性惡喧聒，足不踐城市。於俗諒無求，而能遺生理。農圃非素嫺，頹然問田子。酬客雜嘲諧，忘形到我爾。不履亦不冠，嫌疑絕瓜李。豈伊恣放浪，天真固如此。村僻曆亦稀，四時花卉紀。曖曖晨曦上，冪冪暝烟起。作息兩無機，冥心契太始。

閱世三十年，南朔勞奔波。何堪騁塵鞅，磁市張天羅。天羅不可觸，聊以頤吾和。謝事俗情少，力田歡意多。買犢期服軛，買牛待插禾。依依護惜爾，所望誠無佗。不為擊牛角，干齊發商歌。

屋小迹易露，體癯鬢易霜。況復迫寒餒，焦灼燒中腸。強欲達所願，苟進終有妨。不如闢幽齋，點勘評丹黃。嘵嘵二三子，強半上書堂。嶄然露頭角，能否傳青箱。我躬已不閱，我後恤未遑。

邱墟一再過，滄桑欻變遷。人生行樂耳，且捐氛俗緣。款扉無雜賓，于于半族嫺。至節暢談讌，傾倒壺榼前。還欣鳥有託，未妨琴無絃。借問此何世，無懷與葛天。同上。

自勗八十韻

汪步丹勗堂，黃岡。

海寓臻純治，皇躬亶懋修。士興蕃棫樸，興偉亟薪樗。嶽瀆儲精富，風雲應運休。殿庭傳甲第，闈榜揭春秋。芹茂鷥音噦，苹香鹿韻呦。等差題雁塔，特立占鰲頭。拾芥非邀粟，掄材用作舟。協恭衡獻替，謙牧徧咨諏。孰則參熙載，誰其攬惠疇。公孤專論道，鄉尹各宣猷。踴躍登閶闔，趨蹌拜冕旒。鼎膏烹厚餗，井養汲寒湫。墨綬緘銅篆，花驄表紫騮。梟藩維社稷，撫制括羌酋。輔弼依宸菭，凝丞近帝麻。贊勷肱及股，出納舌連喉。弊計詳升降，編聯訓恤賙。序昭輝俎豆，威鎮擁貔貅。明允捐鞭扑，經營薄矯楺。掃軍霜電庫，衣錦蕙蘭篝。綺閣蟠纛藁，瀛扉競炳彪。東南刊竹箭，西北揀琳球。望果高瞻斗，名將穩覆甌。臨淵還結網，觀釣漫垂鈎。自愧單衣子，癡誇萬戶侯。一經封腹笥，八比守林邱。語熟陳如朽，腔平滑似油。躁時譏鶻突，渙處越鴻溝。以鑿增痕跡，因繁得贅瘤。俗腸班蚓窾，細響類蚊啾。況狃兒童習，而爲章句囚。方員窮鉏鋙，閒暇鈌綢繆。遂祖遵偏義，乘囂溷衆咻。鉛刀批肯綮，襪線繡絲紆。只壯皮膚廓，全銷骨力遒。芭壇輪執耳，鏖戰怯援枹。試乏吹毛見，官那切齒讐。未勘青眼顧，祇敝墨貂裘。槽櫪驪凡馬，榆枋阻鷟鳩。被遣葑與菲，碍鷥盾交矛。門寂車騎罕，庭舒草木稠。憑盱煙捲幔，歌舞月當樓。戲橘園仙叟，揮巵飲督郵。功虧山九仞，悔掩淚雙眸。革故須更轍，仍前定失籌。砭鍼施廢疾，夏楚振昏柔。駒過來旋往，烏飛去不留。陰勘分寸惜，間塞隱微投。詎服身居下，端希德舉輈。探原根太極，叩賾在遒陬。曠覽詢無際，宏通識有由。三餘勤奮勉，十載淬慇憂。涉獵嫌知淺，紛馳戒學浮。統宗尋孔孟，文品仰韓歐。既兀繙書案，兼親博物儔。旁稽拈妙解，廣採萃良謀。意向寰中索，神從象外遊。奢情憑恣取，奧理任潛搜。困竭靈斯啟，疑消智乃周。貞元環莫已，老少密相酬。秘蘊迎機悟，雄篇搦管求。感懷添樂事，觸趣引清謳。絕構凌空起，深思帶緒抽。英多殊磊落，境豁獨夷猶。霞散廘成綺，雷同忍蹈羞。生新忘刻鏤，除腐卻虔劉。古式才心範，天工巧手偷。詞源傾急峽，興致繪芳洲。吐藻騰蛟鳳，標光射斗牛。日星供點染，魚鳥入羅蒐。玉屑含毫藐，金聲擲地悠。聽吟令鬼哭，擱筆使人愁。桃李奚爭艷，茅茹早拔尤。抱琴彈郢曲，推轂識荊州。選擢榮披異，遷陞寵渥優。素操盟白雪，醇悃奉黃流。好爵箴鳴鶴，華冠恥沐猴。璞終甄嫩惡，臭實別薰蕕。祿秩寧虛設，勛庸豈倖收。濯磨持此志，燈閱夜熒幽。傳鈔舊稿。

午節同居停王君遊漢上汽梯登樓外樓歌

汪近思杏陔，黃岡。

今年重五未歸里，居停約我行靡靡。乘興踏電梯，離天若尺咫。不勞攀躋力，身置青雲裏。左提大別山，右挽漢江水。怡然飲酒畢，落霞散成綺。攜手下危樓，立足無中止。升時固可欣，降時亦可喜。嗚呼憑人升降類然耳，何如不忮不求安吾履。杏陔近稿。

館江甯贈黃君東遊

汪近思

品追叔度氣清華，可是南昌第一家。黃，江西人，累代簪纓。東國文明新世界，中華發達啟萌芽。如君有志雲中鶴，愧我無能井底蛙。徐福行時書未火，遺篇流散在天涯。

中國垂頭始馬關，勉將游歷救衰殘。尋源槎到天河近，作客身輕蜀道難。黃君由蜀來甯。閱世漸增新智識，感情無限故江山。包羅萬象回珂里，珍重斯文莫等閒。同上。

和磻漁叔七十壽詩原韻

汪近思

橐筆同耕歲幾何，低佪往跡嘆蹉跎。形癯似我增憔悴，年長如公足嘯歌。杖國春秋期壽世，傳家孝友勝登科。竹林樂事懸弧祝，客至聯翩以禮羅。

新舊爭持各自忙，我欽阿大魯靈光。存心薑桂標流俗，繞膝芝蘭馥畫堂。晚歲齊眉原是福，當年折足豈由狂。公晚年有足疾。吉人自有長生慶，大耋還賡天保章。公享八旬時，則姪七十有二矣。○見《信天翁七十唱和集》。

答友人王祝二君元韻

汪啟炯幼珊，黃岡。

問天且罷疾呼聲，無限徜徉遠近程。風雨翦來春圃韮，唱酬贈類渭陽瓊。故園日涉中心爽，舊曲時聽俗耳盈。更有消閒入妙訣，兩三垂釣耦而耕。傳鈔舊稿。

和友人秋日遊武城山寺元韻

汪思睿介夫，黃岡。

振衣臨佛地，覽物忽驚秋。寺與山爭古，年隨水共流。客來紅葉落，僧被白雲留。日暮催歸櫂，行歌韻自悠。傳鈔舊稿。

青龍潭潭在湖南桃源縣

汪鼎銘幼蕃，黃岡。

重重疊石起巍峨，橫鎖中流喚奈何。水急舟輕留不住，計程四十一朝過。近稿。

過桃源

汪鼎銘

眾山環抱武陵溪，逐水漁舟東復西。借問仙源何處是，桃花無語自成蹊。同上。

讀《晉史》有感錄五首之三

汪治安之政，黃岡。

陶侃

漢南生意已婆娑，宣武當年喚奈何。爭似西門數株柳，元戎課種士投戈。

庾亮

新秋月色滿南樓，節鉞親持據上游。醉倚胡床清興足，始知爲政亦風流。

祖逖

江山半壁莽烽煙，誰與匡時着祖鞭。夜半聞雞舞雄劍，笑他醉夢正酣眠。之政近稿。

遊洪山

汪輝楚仲繩，黃岡。

鄂俗，三月二十八日，士女出城東門，登洪山嬉游啖蔗，相沿成習，莫知其義。問之土人，無由得其詳焉。或謂爲東嶽誕辰，姑妄聽之。余意九十春光於焉且盡，謂此爲留春之舉，似無不可。是日從俗，隨人沽酒前往，既醉而歸，賦此以爲餞春之詞云。

姹紫嫣紅萬彙新，煙花三月艷陽晨。遊人汎盡千鍾酒，解得留春有幾人。

從俗聯翩遊古寺，紅塵萬斛擁襟裾。無邊車馬喧闐甚，輸與山僧打木魚。

頻年未了遊山願，春去春來祇自傷。此際要留春小住，晚風沽酒對斜陽。

攜尊撥草尋幽徑，酒興狂時花亂飛。漢口斜陽遥指點，好風還送醉人歸。仲繩近稿。

和磻漁叔七十壽詩

汪輝楚

大壽如公有幾何，年華漫道付蹉跎。傳家清白均瞻仰，律己莊嚴寡笑歌。樸素衣冠今處士，光黄人物古儒科。猶懸絳帳青藜閣，舊學新知盡網羅。

世事滄桑變局忙，長留大上壽星光。古稀稱慶歌偕老，伯仲聯輝蔭滿堂。玉樹芝蘭添畫本，桃花潭水結詩狂。欣逢流火金風起，秋到南山詠有章。見《信天翁七十唱和集》。

答盧浼泉遣興五古原韻

汪佩聲 玉拂，黄岡。

鳳麟不出世，蛟龍在得時。萬物任遭際，蠅狗徒相欺。佛言無人我，讒夫徒相蚩。離苦差得樂，涅槃信所期。緬懷古趙孟，良貴誰能知。傳鈔舊稿。

答周石愚贈詩原韻

汪佩聲

五千人中筆橫掃，五十人出亦國寶。割斷玉堂金馬息，分宰百里嶺南道。處能讀書出讀律，剪燭西窗録舊草。方期有術致堯舜，懼不修名身已老。一別佗城各捧檄，曲江相見話寒燠。運會推移廿局新，同舟避亂防山獠。我留南海搏斗升，君去申江賣文藻。黄浦灘頭一笑逢，無端江漢遭讒造。煙銷日出賦北征，兩度京華攜筆套。重游粵海問生涯，登岸相期及時蚤。斯文骨肉死生交，香山唱和解詩媼。知我特分鮑叔金，頭白江湖感華皓。同上。

次程裕初登觀音山應元宮詠懷原韻

汪佩聲

風雨寂無聲，空山百感生。登臨憂世亂，歌嘯接潮鳴。橫海雲龍變，摩天風鶴驚。滄浪清水在，相約濯吾纓。同上。

次程裕初送友人北上原韻

汪佩聲

直北胭脂地，平生幾度游。太行積古雪，大漠起邊愁。國險臨崖馬，時危破浪舟。南天一回首，何計靖神州。同上。

夜泊香港詠懷

汪佩聲

憶曾流寓油麻地，港之對海新闢租界。門納香江錦繡春。兒女紅燈昵一母，弟兄彩戲悅雙親。樓高七級居然富，書擁百城不是貧。回首八年安樂日，可堪今夕作離人。

宦海無資暫退休，青山難隱又遨遊。洞庭漢口驚心淚，楚雨湘雲側目愁。豈是胡黎緣一結，如何梁孟冷三秋。英雄自笑無成事，讀罷離騷感白頭。

滔滔湘水太無情，楚客游燕又粵行。風木傷心多少恨，蛾眉謠諑是非爭。閒羈潘岳愁何補，貧激揚雄賦已成。兩地相思七字累，金閨一樣怨聲聲。

飽看風景淚痕收，天半笙歌海市浮。山儘燈環如列宿，水多船泊似層樓。干時敢薄蘇張策，報國甯追管晏流。無恙好花無恙月，相扶人壽到瀛洲。同上。

祝錢仲宣師六十壽詩

汪佩聲

　　絳帳恩深二十霜，未堪入室勉升堂。守承李耳淵源黑，詩愧蘇髯弟子黃。龍劍終當騰古匣，霓裳豈竟疊空箱。揚雲健在侯芭幸，問字南來佐酒觴。

　　梅花萬樹垂垂好，對酒高歌興未闌。向晚榮華爭福分，得時身價壓寒酸。河山猶是壽終古，天地何曾缺不完。望裏蓬萊今咫尺，先生度我有金丹。同上。

阻風燕台

汪佩聲

　　黯淡濕雲迷岱岳，春風二月泊煙台。七千里外加三寄，十五年中我四來。同上。

輓湯濟武同年 四首錄二

汪佩聲

　　八度京華二月天，斜陽深巷弔時賢。鶯花笑我茫無主，芳草懷人渺若仙。此日鬢眉塵鏡裏，當年車馬爛門前。牙琴老友倍惆悵，愁對西山淚黯然。

　　威鳳雲中幾度盤，同時閒鶴感辛酸。關閩濂洛紛紛黨，捭闔縱橫著著安。天上日星留照久，人間雲雨惜盟寒。如何避世猶遭忌，落落千秋信史難。同上。

春　寒

汪葆源秀三，黃岡。

　　翦翦東風拂畫欄，連朝春雨動微寒。杯傾魯酒猶嫌薄，衣著吳綿尚怯單。偎樹鳥啼聲斷續，隔簾花落影闌珊。園林轉盼逢新霽，暖入枝頭鵲語歡。秀三近稿。

春　陰

汪葆源

　　積靄空濛望轉深，東皇作意釀春陰。梨花澹蕩雲三徑，柳絮迷離霧一林。輕暖輕寒天漠漠，疑晴疑雨晝沉沉。屏山翠黛濃如染，妙景應將畫稿臨。秀三近稿。

黯淡灘弔古

汪桂森楚翹，黃岡。

　　朝發延平津，暮泊坊村口。細雨一扁舟，灘聲若雷吼。石壁俯驚湍，深刻字如斗。厥名黯淡灘，書出紫陽手。惜哉賈平章，忍棄清流走。竄死木棉庵，埋骴雜塵垢。傳鈔舊稿。

出東門

汪榮槃珠浦，黃岡。

　　驅車出東門，行行陂塘側。杜蘅生塘南，桃李在塘北。祁祁春游女，拾翠結華餙。采采桃李花，不顧杜蘅色。風來空自香，寂寞復誰識。《薺月集》。

尋定惠院舊址

汪榮槃

斷岸隤垣盡倚斜，荒墟瓦礫露齟齬。來尋紺宇消長日，亂踏黃泥趁落霞。滿眼遍生山柘樹，斷腸不見海棠花。嶒嶸舊院今可在，空讀蘇詩和暮笳。同上。

初八日發黃州

汪榮槃

布僑芒鞾踐露行，佛桑丹旭掛銅鉦。荒祠叢薄春祈鬧，鐵笛滄浪漁唱清。薺麥青圍弦子國，芸薹黃破禹王城。二崎突兀標前路，雲樹分明透早晴。同上。

出東門至禹王城訪東坡遺迹

汪榮槃

江柳搖村衆綠稠，大蘇遺迹小勾留。螺痕已碧黃岡草，飄影橫飛赤壁舟。斷岸崚嶒巢鸛鶺，空山寂寞下羊牛。三杯白酒何勞醉，飽飲春風自解愁。同上。

過漲渡湖經方一渡

汪榮槃

如波淺草漸征車，極目平湖四望賒。未上豚魚抽荻筍，欲來燕子弩芹芽。遠山倒影窺青鏡，野水無聲走白沙。一路香風散蘅杜，美人端為碧雲遮。同上。

茶村故里

汪榮檠

　　江城遍枳棘，飢鳳難爲枝。寂寂存斜屋，荒荒見舊祠。千秋高士傳，一部少陵詩。山鬼行吟地，團瓢高臥時。

　　金焦青洗眼，捧喝住揚州。佛説七斤布，身閒一葉舟。姓名等黄綺，科第笑熊劉。屋角西山在，年年薇蕨稠。<small>潘末贈杜于皇詩云"醒來洗眼，金焦山青"。</small>○同上。

舟經赤壁<small>在嘉魚縣境</small>

汪榮檠

　　日暮推篷窗，突忽見赤壁。上有冥冥樹，下有巖巖石。江聲有餘哀，山光可憐赤。此日東南風，征帆來絡繹。夕陽紅在樹，宛疑鏖兵役。想昔亦偶然，誤疑武侯借。雄哉此戰場，勢迫湘楚劃。風來荆襄昏，烟障洞庭碧。大笑蘇子瞻，荒謬數陳迹。强移横槊詩，生色泛舟夕。我乘五雨風，孤負一兩屐。今年壬戌秋，何妨招二客。<small>貫如、鶴儔。</small>○同上。

月夜過洞庭湖口

汪榮檠

　　波光萬條綫，一綫割江湖。風細魚龍静，天高星月孤。不逢楊得意，可畏李金吾。蘭茝行吟地，伊誰楚大夫。同上。

壬戌七月既望同友人泛舟赤壁

汪榮槃

左手招山靈，右手招江妃。借問八百四十年前之今日，蘇子與客泛舟來游赤壁磯。想此山川星月風露波水舟楫相依稀，但無如怨如慕如泣如訴之簫相和吹。竊以此壁一拳頑石草離離，在昔弇州曾言之，江風山月本如此，勞公揚華摘藻勿乃太費詞。我從洞庭歸，舟經大江涯。月夜泛赤壁，壁勢何離奇，尚見月明星稀而與烏鵲飛。雄哉古戰場，不枉阿瞞橫槊而賦詩。公賦强引游戲耳，後世腐儒下士羣驚疑。語迄夜向深，蛟龍不舞萬籟微，恍若山靈江妃前致詞。昔公染翰陶寫不合時宜之肚皮，大雅不用誹譏。《趨庭集》。

月出東南隅

汪榮榆_{天白，黄岡。}

月出東南隅，靜室生輝光。依依游子心，共此冬夜長。夜長不敢寐，魂夢趨高堂。白首難爲歡，忍淚吞中腸。天風何琅琅，摵摵鳴枯桑。葉落肥本根，豈伊悴冰霜。男兒乏甘旨，更復栖他鄉。對茲明月輝，安得弗自傷。《鄰坡堂詩草》。

自丁家山回團風舟中述所見

汪榮發_{威廷，黃岡。}

久雨不出戶，歸途野景多。畫圖迎夾岸，詩興託微波。柳陌羣鶯集，秧畦一鷺過。離家纔幾日，蒼翠滿巖阿。傳鈔舊稿。

宋仁宗寶岐殿觀刈麥五排二十韻

汪榮發

樂歲占皇祐，雲扉敞寶岐。漫誇花滿徑，惟愛麥盈墀。繡葆從天下，香莖貼地垂。曉風黃隴拂，宿雨碧畦滋。父老場開鹿，君王陛倚螭。周原還禹甸，舜警並堯咨。敢戀宮廷樂，而捐畎畝思。宸楓休數漢，堤柳最傷隋。獻荔情何侈，封松運已衰。游觀殿怵惕，保泰妙扶持。詎啟芸人誚，應賡穀我詞。丹悰饒德意，赤腳景威儀。轉盼前規棄，忍懷大業貽。青苗空自誤，紅朽究誰期。弊政除須急，先程望可追。茅檐承眷顧，蔀屋起瘡痍。含露齊抽穗，當陽競向葵。卌年懲廢墜，百世慶雍熙。讀史神遙契，明農職特司。鳴機猶繫念，豈獨慰啼飢。同上。

鎮安_{陝西縣名}。署中秋夜有感

汪錫瑞信青，黃岡。

底事昧初志，投身名利中。才庸難濟世，任重敢言功。鳥語驚人夢，蟲聲笑我窮。誓將掛冠去，兩袖賸清風。信青近稿。

和同宗筱舫原韻

汪錫瑞

自君之別矣，迢迢隔山水。貽我雙鯉魚，循環誦不已。桃潭迷客棹，夢縈蕈鱸美。嚶鳴求友聲，深情溢繭紙。會看邀鶚薦，遙祝不勝喜。同上。

光緒戊子年館傅家河

汪璧丞吉堂，黃岡。

株守湖濱已數年，課兒書外便酣眠。招邀後進羅青史，占得名園覆

緑天。才不驚人羞筆墨，調非入古負琴絃。鰦生自愧皋比坐，鴻著傳宣待大賢。傳鈔舊稿。

祝安徽省長黄雋珊暨姜夫人雙壽

汪學海少卿，黄岡。

星輝南極寶婺明，治渭發祥嶽降神。天晅地壏出賢叔，躋民仁壽回陽春。靈光巍然黄次公，少時才氣吐長虹。大羅天奏霓裳曲，揮灑雲煙妙化工。蒼生喁喁望霖雨，瀛洲仙人難久處。言游武城番絃歌，賈彪新息字兒女。士元本非百里才，十奇三異一身該。題目山公精藻鑑，天下長者轂爭推。御屏名書二千石，前驅五馬耀龍媒。漢家天子撫窮邊，將軍揖客重大賢。盛名黄瓊公能副，況讀官山府海篇。鎖鑰北門枚卜久，仲容一麾乃出守。崔苻盪盡緑林豪，桑麻間話黄髮叟。滄海桑田更世局，大好河山還舊物。禾黍故宮增感慨，間尋薜蘿謝章紱。衣錦晝行韓太尉，半壁東南仗經緯。芙蓉渌水待元僚，豐城寶劍騰紫氣。安車禮羅入幕賓，同心有勝芝蘭味。家學淵源王者師，膏澤流出千頃波。手援黔黎出陷溺，籌運帷幄叶機宜。治河神禹戒堙水，折獄傅琰悟鞭絲。德戀戀官躋岳牧，雄姿粵略綏南服。竭來駐節曉吟詩，危坐挑燈夜披牘。冬日秋霜宣德威，春風夏雨廣滋育。生佛馨香祝萬家，天寶戩穀申百祿。夫人姜氏泰岳胤，離象文明坤柔靜。徽音遥嗣敬與共，雞鳴蟲飛時警省。鍾郝禮法舉世欽，六珈象服肅儀型。道蘊少時嫻咏絮，宣文老去愛傳經。春臺熙熙調泰鴻，地道無成代有終。豈弟慈祥介眉壽，鴛鴦福禄慶來同。星橋昨夜鐵鎖開，笙謌比户祝臺萊。三千珠履嵩呼遍，筵開東閣晉壽杯。傳鈔舊稿。

寒　食

汪學海

年年何事禁炊煙，為弔焚身介子賢。湯火不辭甘潔己，功名素薄敢貪天。龍從有願曾刲股，豹隱無端恥乞憐。底事輕生負阿母，忠難報國孝難全。同上。

苦雨有作，時讀書黃州郡城

汪廷福賓門，黃岡。

滿城煙霧鎖層樓，駘蕩春光轉似秋。蝶粉未乾知夢醒，鶯花最好被寒留。無情難歇懸檐滴，有約行當着屐遊。贏得鳴蛙喧鼓吹，雨餘塘水碧如油。傳鈔舊稿。

琴　心

汪廷鈞仁軒，黃岡。

素心超凡俗，眠琴愛綠陰。伯牙不可作，千載誰嗣音。同上。

劍　膽

汪廷鈞

覓得芙蓉劍，胸中膽氣橫。仗他常作伴，未許客心驚。傳鈔舊稿。

月夜聽琴

汪絢采半愚，黃岡。

琴向窗前鼓，人來月下聽。落絃聲急急，碎玉響玎玎。鳥睡偏驚夢，花眠應喚醒。曲終風拂拂，餘韻滿松扃。傳鈔舊稿。

同人作消寒會，分詠得虞美人花七排十六韻

汪福海潤生，黃岡。

　　薰陛二妃呼欲出，留傳斑竹滿瀟湘。已聞淑媛歸虞帝，又見佳人配項王。垓下悲歌生死共，籬邊嘉卉姓名香。初胎猩豔招鶯燕，回首鴻溝鬭虎狼。無可奈何亡國憾，似曾相識內家裝。軍中合署嫖姚號，林下分栽姊妹行。彤管有輝標大節，綠珠無福譜群芳。清芬惜汝遺遷史，"惜哉太史公，不紀美人死。"語見《清詩別裁》。麗質憑誰侍漢皇。戚嬿椒房冤早結，呂雉桂殿燄徒張。"若道高皇勝項羽，試將呂后比虞姬。"古人已慨乎言之矣。江東獨步推仙草，隴北低垂陋佛桑。血化研朱濃復淡，眉顰蹙翠短兼長。傾城顏色重瞳顧，絕代丰神半面妝。陳蹟最憐騅馬陷，新陰不礙蝶蜂狂。前身寵渥芙蓉帳，竟體馨餘荳蔲湯。三五姮娥真伴侶，八千子弟太淒涼。息嬀事楚羞同調，零落桃花古廟荒。傳鈔舊稿。

擬東坡荊州十首

汪德銘樹筠，黃岡。

　　鎖鑰南邦寄，巍巍第一州。奇輝韞遺璞，危堞倚平邱。鬭虎爭龍地，哦詩作賦儔。淒涼懷往事，吾欲問閒鷗。

　　導江神禹力，於此建崇封。沮水蒙山勝，靈茅秀菌供。星躔聯翼軫，風物豁心胸。息壤今安在，荒郊草色濃。

　　鴻文編鬻子，早作帝王師。建國方城擁，傳家偉烈遺。貫輪連七澤，吞噬盡諸姬。篳路山林啟，何嫌僻在夷。

　　帶甲過百萬，河山亦壯哉。霸圖從此墜，狂燄爲誰來。屠楚力難振，強秦勢可哀。章華遺址在，夜雨長莓苔。

　　炎祚忽中替，群雄割據時。題名偕八俊，求計誤孤兒。故壘寒煙起，高臺夕照遲。野鷹啼未了，入耳起人思。

　　借荊成敵間，鑄錯惜當年。吳魏猜嫌起，孫劉雅好捐。同心緣漫

结，犄角势难坚。东去涛声吼，茫茫感逝川。

汉水清如玉，临流兴若何。巫阳神女赋，白雪楚人歌。弔屈遭逢啬，依刘感慨多。遥遥馀丽藻，怀古费吟哦。

胡笳喧不断，别路暮云昏。难遣佳人怨，徒销过客魂。佩环何处觅，村落几家存。照影惊鸿逝，漳江涨有痕。

乌林资羽翼，赤壁作藩篱。南顾衡峰峻，东流沔水滋。平临梅尉宅，遥指习家池。城郭今犹是，兴亡合问谁。

推迁惊岁月，游眺纵形骸。鸡犬声俱乐，鱼虾味最佳。时清盟带砺，地险壮襟怀。历历中原胜，凭高眼净揩。传钞旧稿。

登岳阳楼

汪德铭

千里挐舟趁早春，平湖草色望中匀。征夫日日楼边过，忧乐关情有几人。同上。

送　春

汪德铭

岁岁江城感物华，浮云落日滞天涯。平安待报窗前竹，细数番风到楝花。

十分春色客中过，何限韶华等逝波。旅次遣怀惟把酒，莺花无奈别离多。

晴光几日到瀛洲，草满池塘花满楼。报道王孙归去也，马蹄得得不曾留。

九十驹光转眼驰，囊书匣剑负心期。柳丝难系阳春脚，独对东风馑一卮。同上。

與韓伯羣兄校中夜話

汪德銘

虛齋對坐露華清，小別重來一笑迎。羽化誰招黃鶴返，心期共訂白鷗盟。風搖小草人知勁，月下空林客欲驚。縷縷茶煙漸消歇，銅龍漏滴已三更。同上。

登錦屏山

汪德銘

蜿蜒佳氣鬱層層，為豁雙眸偶一登。古寺鐘聲和月度，荒村煙靄似霞蒸。無邊彩色羣峯護，入望波光極浦澄。山東南有漲渡湖。屏障東南風景好，幾時絕壑伏龍騰。山下有洞，時出烟霧，土人指為昔年起伏龍處。○同上。

己未二月，夢中得"三生石上證前因"之句，醒續成之 時方校《桃潭合鈔》詩集

汪德銘

三生石上證前因，潭水泛泛不染塵。手把遺編尋故事，桃花隔代總宜春。同上。

壬子仲春送小兒天鈞附讀楊師澤湘塾中

汪志㕛 旭屏，桐城。

滿園桃李鬬芬芳，室繞春風隔院香。墻外一枝如可揀，還期秋實共成行。傳鈔舊稿。

癸丑桐城法校同事李君錦濤邀宴重九

汪志俊

節近重陽客興豪，秋高氣爽且登高。沽酤快飲人持蟹，得句沉吟字窘糕。酒醉百篇咸讓李，花香三徑早尋陶。明朝衆友如同意，直上龍山不憚勞。同上。

中秋感懷，時客蘄水官廨

汪志俊

年年今夜月，一樣客中圓。如何慈母夢，不到皖江邊。同上。

送吳丈重卿歸里

汪志俊

吩咐長流水，緩緩送行舟。相思分兩地，楚水與吳頭。同上。

四十初度 時佐黃陂縣署

汪志俊

去年今日此衙中，曾報平安慰老翁。久愧材庸居下舍，那堪椿萎泣秋風。傷心春去仍爲客，望眼雲飛只是空。見惡轉增身世盛，敢憑書劍問天公。

光陰四十成虛度，鄉國無聞任毀譽。遠道依人慚托鉢，連枝有弟喜充閭。菟裘莫築難言老，桐葉承封貴讀書。楚尾吳頭頻寄慨，他年快引惠連裾。同上。

曇花小影

汪先倫仿漁，懷甯。

來時太急去匆匆，不欲留連濁世中。千日海棠紅得久，可憐常遇妬花風。

富貴非真笑牡丹，此間何必久盤桓。片時了卻終身顧，事到百年如是觀。

我佛如來證淨因，三千年一現金輪。即空即色隨人見，參透禪機方是真。

解釋浮雲難久存，慧心獨具是靈根。此來不與群芳北，偶在人間着豔痕。仿漁近稿。

洗竹詞

汪　榮蔚青，黃岡。

朝洗竹，暮洗竹。高高下下鋤痕錄，芟除密篠通徑曲。平安日報生意足，柔條茂濯能醫俗。他時風雨滿園林，化龍一去何可尋。蔚青近稿。

題赤壁

汪　榮

險矣周郎計，燒殘赤壁紅。至今江上客，猶自說東風。見《黃州赤壁集》。

赤壁感懷

汪　榮

吳王臺畔夕陽紅，霸業而今事已空。獨有東坡兩賦在，千秋光燄貫長虹。

秋風江上錦帆開，樊口輕舟破浪來。赤壁山頭風月好，也如二客共徘徊。同上。

赤壁懷古

汪　樾秋涵，黃岡。

幾度憑欄意不窮，蘆花兩岸水流東。英雄割據成陳迹，名士題詩自化工。千古祇聞來一鶴，三秋常見到雙鴻。河山輸與才人去，不羨孫曹畢世雄。

眉山叟本謫仙人，偶與黃州赤壁親。兩賦爲標風月美，千年猶見廟堂新。須知二客非虛幻，總是前生有夙因。玉局文章多寓意，便云游戲也無倫。見《黃州赤壁集》。

祝磻漁伯七十壽詩

汪　昱戒三，黃岡。

長生何事餌金丹，上壽如公得不難。自是信天和且靖，總由心地厚而寬。桑榆晚景看生趣，桃李新陰許結歡。閉户讀書忘歲月，拐仙原不礙蹣跚。

經傳絳帳辨人禽，一向莊嚴抱道心。鹿洞搜奇養性密，桃潭澈底寄情深。神怡三鳳翔梧院，叚祝雙星舞竹林。曾記當年時雨化，阜山茅屋柳垂陰。見《信天翁七十唱和集》。

家筱舫兄兩次監修赤壁，一再編刊赤壁集，謹依兄《赤壁懷古》舊作原韻奉和

汪　燮孝謙，黃岡。

赤壁傳千古，樓臺期不朽。修葺賴後賢，孰是爲之後。阿兄致仕

歸，膾炙萬民口。嘅焉發壯懷，醵貲勞奔走。兩度力經營，遊客獻魚酒。酒酣歌未終，胡聽東風吼。亭閣一煥然，庶歷百年久。時勢變滄桑，遺集更富有。嗟余腐化言，未識果然否。見《黃州赤壁集》。

東坡赤壁得家伯筱舫先生兩度重修，始復舊觀，今復重刊《赤壁集》，足徵崇尚風雅，不遺餘力，謹依公舊作《赤壁懷古》原韻奉和

汪成均誠君，黃岡。

赤壁有樓臺，易代漸摧朽。坡公作兩賦，忽已千年後。西猶是武昌，東猶是夏口。吾伯拜公堂，爲公勤奔走。一再鳩工來，落成奠觴酒。坐視虎豹蹲，臥聽蚪龍吼。於焉復舊觀，乃可歷年久。再輯赤壁集，此功非前有。百世有來者，瞻仰同情否。見《黃州赤壁集》。

偶游赤壁有感

汪成炳序初，黃岡。

扁舟一葉逐清波，載酒攜朋赤壁過。明月照人增感慨，良宵對此意如何。

波澄風靜月華來，赤壁臨江景色開。到此已驚塵世俗，更從何處覓蓬萊。序初近稿。

遊赤壁偶成

汪殿英海東，黃岡。

髯蘇兩賦空千古，風月長留赤壁間。釃酒臨江歌既罷，扁舟遙泛不思還。

愴懷家國悲今古，獨有風流壯上頭。橫槊賦詩餘韻事，長江浩蕩任遨遊。海東近稿。

和磻漁叔祖七十壽詩

汪殿華_{海籌}，黃岡。

濁世功名值幾何，稀齡瀟灑任蹉跎。性天涵養宜添壽，公素通佛老學，晚年入同善社。心地廉明用作歌。鴻爪詩才留玉律，象賢學富著金科。叔太祖孝廉方正，四入圍場，三膺房薦，一膺堂備，著有《味根齋詩文全集》。授人平治齊修則，桃李三千絳帳羅。

昔年雲路志茫茫，苦學曾偸鑿壁光。茹古涵今通奧境，耳提面命盡升堂。樂天知命時偏厄，玩月吟風老更狂。不爲浮沈爭冷暖，相如身價重文章。見《信天翁七十唱和集》。

祝磻漁叔祖七十壽詩

汪　晉_{康侯}，黃岡。

精神矍鑠氣猶雄，惠我春風感我公。從遊多年，受益最深。祀典不忘處士墓，公同鶴皋太叔與樹筠諸叔發起爲漪園處士墓立碑，並募捐成立處士會，歷年春祭。孤高自號信天翁。公別號信天翁。哦松煮石真能壽，聽水看山隱亦通。今日稀齡同祝嘏，盈門桃李效呼嵩。見《信天翁七十唱和集》。

壬申八月，家大人編刻《黃州赤壁集》，晉司校勘之役，謹賦八絕，誌景仰前賢之意，時《桃潭合鈔》亦並付梓

汪　晉

魏武英雄營八極，於茲一挫爲東風。賦詩橫槊軍中事，文彩風流父

子同。

二喬何處看兵書，幸福周郎未可知。銅雀臺中虛想像，片時一炷爐媒舒。

詩人從古劇多情，折戟沉沙磨復明。杜牧知兵談往事，千秋君莫笑書生。

坡叟如從天上來，河山笑貌也新開。清風明月齊生色，多謝先生妙剪裁。

二賦巍巍思不羣，一堂過邁盡能文。石鐘別有名山在，夜泛舟同赤壁勤。

羽衣孤鶴態翩翩，佳話而今九百年。二客從遊真可樂，洞簫吹破碧雲天。

竹林叔侄笑談清，快煞當年老步兵。何及吾翁呼小子，黃州赤壁集新成。

桃花潭上古魂馨，桃李陰偏在鯉庭。亥豕魯魚勘不盡，手民珍重細叮嚀。《黃州赤壁集》。

壬申仲秋，澄之畢業北平弘達學院高級中學，秋杪返梓，值家君纂刊《黄州赤壁》與《桃潭合鈔》家集，澄之與校讎之役，賦七言律體一章紀盛事焉

汪澄之 澄之，黃岡。

北地歸來過雪堂，中原文獻未云亡。黃州兩賦真仙手，赤壁千秋重此鄉。學禮聞詩庭訓樂，勘書校字姓名香。東坡尚友聯今古，家集桃潭喜共藏。見《桃潭合鈔》。

赤壁遣懷 仿板橋道人道情體

汪 渭中砥，黃岡。

赤壁峭絕危峰，興遊樂否融融。水環衣帶，宛若長虹。斜陽一角，返照江紅。安得緑酒千百鍾，醉我眼界，洗滌我心胸，俯仰勝跡已成空。浪淘盡，千古英雄。誰是阿瞞，誰是周郎，誰是蘇公。八詩兩賦，愧我未能工，只好學個關西漢，手持銅琶鐵板，高唱大江東。《黃州赤壁集》。

增訂桃潭合鈔續集卷第三

黃岡汪燊筱舫纂輯
長次男 澄之晉 校字

文 一

解 三篇

消息解

清·汪引芝九畹，黃岡。

剝復否泰，氣運之常。山附於地爲剝。剝者，剝也。物不可以終盡，剝窮上反下，故受之以復。地天交泰。泰者，通也。物不可以終通，故受之以否。知復之有剝，泰之必否，而消之義可識矣。知剝極之必復，否極之必泰，而息之義可通矣。蓋消者，化也，自有而之無也。息者，生也，由無而生有也。以天道言之，有寒必有暑，有晦必有明也。以國運言之，無有治而不亂，無有廢而不興也。以人事言之，未有生而不死，未有存而不亡者也。且夫有定者，天數也。當盡者，人功也。君子盡人以合天，順理而隨數。知盈之必有虧也，而處之以謙，則稱物平施，滋息之內無虞傾消之害也。知物之不可窮也，而必終之以未濟，則思患預防，消敗之餘自寓生息之機也。此損益所以有盛衰之象，鼎革所以寓新故之宜也。剝之象曰："順而止之，觀象也。君子尚消息盈虚，天行也。"其此意也夫。

禹貢賦等解

汪引芝

《周禮·大司徒》以土宜之法，辨十有二土之名物，以任土事，所謂"任土作貢"也。又辨十有二壤之名物，以致稼穡，所謂"咸則三壤"也。蓋土有肥瘠高下之殊，田有上中下三等之異。此六府孔修，庶土交正，底慎財賦，咸則三壤，成賦中邦，《禹貢》所以必詳也。冀州，王畿之地，厥土惟白壤，厥賦惟上上錯，厥田惟中中。蓋賦第一等，而雜出第二等。田第五等，賦高于田四等者，地廣而人稠也。兗州，厥田惟中下，厥賦貞，作十有三載乃同者，田第六等，賦第九等。貞之言正，言君天下者以薄賦爲正也。兗當河下流，被害尤甚，地平土曠人稀，必作治十有三載，然後賦法同於他州也。青州，厥田惟上下，厥賦中上，田第三等，賦第四等也。徐州，厥田惟上中，厥賦惟中中者，田第二等，賦第五等也。至于田惟下下，賦下上上錯者，田第九等，賦第七等，錯出第六等也。蓋揚州之地本設賦九等，分爲三品，下上與中下異品，故變文言下上上錯也。田惟下中，厥賦上下者，荆州土與揚州同，故田比揚只加一等，而賦爲第三等者，地闊而人功脩也。若夫田第四等，賦第二等，雜出第一等者，則豫州之厥田惟中上，厥賦錯上中也。田第七等，賦第八等，錯出第七等九等者，則梁州之厥田惟下上，厥賦下中，三錯也。而其土惟黃壤，田惟上上，賦惟中下者，田第一等，賦第六等，蓋以雍州之地狹而人功少也。九州之等賦，不班班可考哉。

齊稷匡敕解

汪引芝

蓋聞中矩中規，威儀爲定命之符，有翼有嚴，和順必積中而發，以故容比禮，節比樂，容止自無不莊也。進則抑，退則揚。舉動自無不肅也。又況冕九章、冕七章服諸身者，粲然可觀。致三日、散七日淨諸内者，湛然無滓。持此以涖祭祀，而祭祀之容可知矣。《楚茨》之四章曰"既齊既稷"，言容之莊而疾也。又曰"既匡既敕"，言容之直而戒也。然而見於外者，實本於内，發於色者，必由於心，此篤實所以著爲輝光，儀一所以原於心結也。向使中無恪恭之念，而欲外有整齊之貌，不能也。内少誠慤之懷，而欲外有謹戒之容，不得也。惟是將事克敏，無敢戲渝，無敢馳驅。曰旦曰明之地，悉矢以天帝之臨。執事有恪，不顯亦臨，無射亦保。告慈告孝之餘，胥深以神靈之赫。將見容無不莊，而齊莊之至意可想也。容罔不疾，而惰慢之氣無不泯也。而且端正不佻，如大觀之在上，則匡直之可覩也。謹飭常存，如監史之在側，則敕戒之可覘也。《小宛》之卒章曰"溫溫恭人，如集於木。惴惴小心，如臨於谷。戰戰兢兢，如履薄冰"，言敬恭也，不可持以言齊稷匡敕乎？

考 二篇

《説文》引經參用今文家説考

清·汪引芝九畹，黄岡。

自倉頡覩鳥迹以製文字，而書契始興，此象形、會意、轉注、處事、假借、諧聲六書所以詳於《周禮》也。漢許慎叔重作《説文解字》十四篇，安帝建光元年上之於朝。南唐内史徐鍇楚金精於小學，作《説文繫傳》四十卷，益尊叔重。魏了翁曰《通論》等十二篇可謂《説文》

義疏，《説文》不誠足重哉。然而討之於古，尤必論之於今也。酌之於古，亦必證之以今也。如臣之言牽，《書》云"雖爾身在外，乃心罔不在王室"，引經以明之，又引光武之言"王常輔翼漢室，心如金石"。又如"説"字，説而不已，見於言貌爲説。《春秋傳》曰白雁强獻，曹伯陽説之，形於言也，故於文心兑爲悦。又如"憂在於心"，《傳》云"痛心疾首"，故於文心頁爲憂，並云"謝莊繫刑，一宿髮盡白"。則引經之必參以今文家説也。而《説文》引經參用今文家説者，不概可想哉。

湖北歷代用兵地理事略考

汪引芝

楚北爲用武之國，三代以前無論矣。春秋之時，屈完與齊盟于召陵，子玉與晉戰於城濮。迨其後吳人伐楚，五戰而入於郢，自小別至大別，皆有車騎，包胥於秦乞師，而吳乃退。至戰國，懷王受欺，爲秦所虜。然敗秦者，楚也。卒之始皇去世，而項羽以八千子弟破秦。至漢高僞游雲夢，陰擒韓信，雖經楚地，殊非英主征伐之道。光武起兵南陽，亦藉荆襄爲保障。逮至三國而荆楚遂爲戰場，周瑜用火攻破曹兵八十三萬於赤壁，陸遜以火攻焚蜀兵七十五萬於彝陵，關公，[①] 吕蒙用白衣搖櫓計暗襲荆州，此其兵戰之詳於《三國志》者，不大彰明較著哉。

西晉之初，王濬從益州而下荆襄，焚橫江之鐵鎖。至元帝渡江，而荆州復爲重鎮，陶侃、祖逖爲名臣。雖庾亮之塵稍污王導，而南樓嘯咏，亦見雅懷。宋以　宣爲荆州刺史，齊以王儉領荆州事，迄乎蕭衍起襄陽，而梁遂代齊。至湘東王繹及後梁蕭詧皆都江陵，終並於陳。賀若弼、韓擒虎入陳，而六朝之王氣乃終。

有唐三百年内，楚境頗安，雖安史之亂與夫黄巢渡江，尚未大害。五代及宋，均見安靜。惟南宋及金元，而荆襄復遭大劫。岳武穆擒楊

---

① 關公，疑衍或錯位。

么，劉順破兀朮，張魏公冒風雪以入衛，虞允文敗敵人於采石，皆恃荆州上游之勢。趙范、趙葵、張順、夏貴分守襄樊，未易一二數也。惜乎似道不用汪立信之策，至夏貴敗於陽邏，呂文煥失利於襄陽，而江南始無一寸乾净土矣。

元季徐壽輝起蘄州，爲陳友諒所殺，非明太祖鄱陽一戰，天下事竟未可知也。明季張獻忠、李自成交相擾亂，而一則殞於西蜀，一則殲於通山之九宫山，其爲害楚者，均受楚害也。楚北用兵之地理事略，不班班可考哉。

義五篇

孝慈則忠義_{高觀書院官課第一}

清·汪逸_{經五，黄岡。}

吾欲吾子父吾，吾必先父吾父。吾欲吾子父吾，吾又必先子吾子。吾不父吾父，而吾子心賊吾矣。吾不子吾子，而吾子心叛吾矣。天下一熱血之區也。我爲天下之父，天下皆吾子，必有一人非吾子。吾望天下盡子職於我，而一人望吾盡子職者，則吾父也。吾爲一人之子，而一人呼吸痛癢，抱我、攜我、生我、撫我，視如嬰兒。天下又有萬萬待我抱、我攜、我生、我撫者，乃我子也。吾盡子職於父，天下盡子職於我。吾視天下如嬰兒，天下視予爲愛父。而尚誰不吐出心肝乎？《魯論》"孝慈則忠"，爲康子言。而以孝慈行之一家，一家必忠，行之一國，一國必忠，行之天下，天下必忠。忠者，心而已，天下萬人一心也。子不子，父不父，臣不臣，君不君，則萬人萬心。子子父父臣臣君君，則萬人一心。雖萬人萬心之時，吾猶見萬人一心焉。何以見之？見於我不父父。天下萬人遂一口曰："彼亦不父其父。彼雖吾父，吾不以爲父可也。"又見於我不子子，天下萬人又一口曰："彼爲吾父，彼不子吾，吾雖彼子，吾不父彼宜也。"嗟乎，非萬人一心乎？然吾一盡孝，天下萬人改口曰："彼父其父，彼即吾父，吾何不父之也。"吾一盡慈，而天下萬人又改口曰："彼爲父，如是子吾。吾爲子，其何以父彼耶？"感激流涕，椎心裂腸，有白刃在前，生不二。而豈必雷霆走空，始不敢欺天哉。子臣君父固結至此，故曰天下一熱血之區也。

閑先聖之道距楊墨義高觀書院官課第一

汪　逸

孟子之時，其可以爲堯舜禹湯文武周公孔子一痛哭矣。然有孟子，吾不爲堯舜禹湯文武周孔憂，吾乃爲堯舜禹湯文武周孔喜。不獨吾喜，堯舜禹湯文武周孔在天初甚憂，喜有孟子，亦含笑告帝矣。孟子曰："閑先聖之道，距楊墨。"孟子自任也。夫孟子以楊墨爲楊墨，吾想當時楊墨之視孟子，未必不如孟子之視楊墨。且天下之視孟子，未必不如孟子之視楊墨。彼楊墨祇自知背於孟子，而不知背於先聖也。外人指孟爲好辯，祇知孟子之與楊墨敵，而不知楊墨之與先聖敵也。孟子大聲疾呼曰："閑先聖之道，距楊墨。"而一語推倒楊墨，如太山之壓卵矣。楊氏曰楊，墨氏曰墨，孟氏不曰孟而曰先聖之道，楊墨能敵孟子，其能敵先聖乎？不能敵先聖，即不能敵孟子矣。且曰"閑先聖之道"，則明明見有楊墨之害先聖之道，而欲使先聖之道不受害，不得不距楊墨矣。夫先聖之道，如日如月如天地，楊墨豈能害之。然而一時之猖獗，亦幾反先聖之天地，掩先聖之日月矣。且墨氏亦曰仁也，楊氏亦曰義也，仁聖非先聖之道而何。夫楊墨不曰仁義，不足害先聖之道，而曰仁曰義，則真足害先聖之道矣。大盜曰吾大盜，而人共知爲大盜，距之猶有衆力。大盜曰吾聖人，而人共指爲聖人，則距之者之力孤矣。然而彼方竊聖人之名，吾揭破曰："吾奉聖人命，捕此大盜。"而使人共知爲大盜，幷力距之矣。故曰"閑先聖之道，距楊墨"，一語推倒楊墨，如泰山之壓卵矣。

如恥之莫若師文王大國五年小國七年必爲政於天下矣義 晴川書院官課第一

汪　逸

　　一人臨天下，而欲無辱於天地，無辱於祖宗，無辱於神明，無辱於中國，無辱於外夷，而炳萬世之光烈，合萬國之歡忻，使人力所至，舟車所通，天之所覆，地之所載，日月所照，霜露所隊，凡有血氣者，莫不俛首貼耳於我，其必用儒術乎？子輿氏慨齊景出涕女吳之事，而喟然以言之曰："如恥之，莫若師文王。大國五年，小國七年，必爲政於天下矣。"能師文王，非用儒術者哉？

　　戰國之時，天發殺機，龍蛇起陸。秦虎峙於西，赫赫炎炎，威力詫稱奇絕。而韓魏燕趙田楚以五六倍之地，十倍之人，爲之牛後，爲人譏笑。今日蒙猶恥之，而當日豈不自恥乎？然曾憤而合以攻秦矣，不損秦之毫毛而自挫益甚。則不怪其甘爲牛後，爲人譏笑而不恥，怪其用術之誤。雞鳴狗盜之徒，擊劍游說之輩，皆師之而用其術，而欲收拾天下。孟子知其如醉如夢，而震醒之曰師文王，乃真收拾天下之術矣。夫人以力，我以德，人以詐，我以誠，人以暴，我以仁，文王之待天下之德之誠之仁至矣，堯舜無以加矣。師文王而用儒術，百術可以不用矣。

　　夫以力以詐以暴，烈燄亦橫熻一時，霸氣亦橫行一世，詭譎亦能號召搜伐，籠絡蚩蚩者爲之顛倒奔走。而叱咤之中，群情慴懾，莫敢仰視。積威之下，不敢言而敢怒。一旦天下苦其熱政，恨其狡獪，布其罪狀，抉其醜態，揭其假面具，奪其虛聲勢，而背之叛之攻之殺之，莫大之國，頃刻敗亡，地爲衆剖，身爲羣齏矣。蓋其氣燄方張也，亦幾幾乎令行於天下矣。然天下畏之，而非悦之，不得云爲政於天下。爲政於天下者，心悦而誠服之也。

　　師文王而五年七年爲政於天下可必。雖大小之遲速有異，而欲無辱於天地，無辱於祖宗，無辱於神明，無辱於中國，無辱於外夷，斯無辱矣。嗚呼，一人臨天下，畏恥而師文王，將見四夷畏其力，九有懷其德，洋洋頌聲溢乎荒服，寢兵措刑至乎無極。而下令如流水，布惠若時雨。海不揚波，山呼獻壽。化洽乎江漢，訟息乎虞芮。弭秦楚之堅甲利兵，聽老人之擊壤歌聲。華封之三祝有耦，雎麟之至德無二。世雖末季，文王再見。天下歡舞，聖人至矣。故曰炳萬事之光烈，合萬國之歡欣，使覆載之內，俯首帖耳於我，必用儒術。

天下有道則庶人不議義

汪　燊筱舫，黃岡。

曠觀千年，大抵權在上則治，權在下則亂。九州之大，四海之衆，而聽命於一人者，權在而已。權以一而定，以衆而棼且亂。億兆其心，億兆其口。一日二日，萬幾而聽億兆喧雜其間，雖有聖智，不能以一日安。孔子言"天下有道，則庶人不議"，不議，非獨論權，理故爾也。

或謂《洪範》言"汝則有大疑，謀及庶人"，何也？謀及庶人，與鬼神等，蓋卜億兆之趨向從違已，非合庶人而與之議也。或謂孔子言"庶人不議"，孟子言"國人皆曰賢，然後察之""國人皆曰可殺，然後殺之"，若事事聽命國人者然，何也？曰孟子所謂國人，亦揆諸天理輿情人心之公而已，非人人而問之，又非謂國人得上書橫議，倒持太阿而授以柄也。議而不議，孔孟之言，其義一也。

或又謂孔孟意重不議，泰西諸國有議員、議院，泰西因之以治，又何也？曰泰西所謂議院，謂人人得申其意，非人人得攬其權也。泰西有下議院，有上議院。擇鄉里之俊秀者居下議院，非泛泛無知皆得獻議也。下議院議定，申上議院，非議定即不移也。上下議院議定，申君主。非上下議院議定，君主全無權，但唯唯畫諾也。泰西之議之詳之慎之公如此，而自由黨尚間作弒君刺相之事，無歲無之，無他，權漸浸倒移於下故也。

庶人不議，無内無外，無古無今，斷斷然也。庶人而可議也，則家異教，國異學，子不遵厥父，弟不遵厥兄，婦不順厥夫，三綱淪喪，九法歟矣。庶人而可議也，則愚議聖，賤議尊，堯舜爲虐，桀紂爲仁，萬事乖，百維廢矣。庶人而可議也，則好風好雨，吾誰適從，百啄叢生，意見紛歧，甚至上下相忌，周厲衛巫止謗，漢武腹誹行誅，不惟無以安天子，抑且無以安庶人。

或又謂庶人不議固然，孔子言"天下有道，庶人不議"，然則無道即可議乎？曰是大不然。有道尚不可議，無道其誰敢議？東漢桓靈之世，朝政昏濁，清議大興。"草茅危言者，折首而不悔；功烈震主者，聞命而釋兵。"議可謂正，可謂有權，不旋踵而錮之獄，駢首戮之，人之云亡，國亦殄瘁。清議皆仁人君子椎心泣血，欲以大聲急呼救危亡，尚不能無遺憾，而況曰庶人者，非盡仁人君子哉。

然則孔子作《春秋》非歟？曰《春秋》萬世公是公非所在，理也，法也，非議也。且即謂《春秋》爲庶人議，自生民以來，惟一孔子，則惟一孔子可議。才不孔子，德不孔子，時不春秋，則決不可議。不議，則庶人安，天子安，天下亦安。參諸《洪範》，協諸孟子，折衷泰西諸國，天下有道，則庶人不議，聖人之言深矣。

不患貧而患不安義

汪　燊

合父子兄弟而成家，合君相吏民而成國，家與家比，國與國較，有貧富安危之判焉？貧富權於物力，安危繫於人心，物力衰則貧之漸，人心壞則危之漸。憂貧者蘄富，先物力而後人心，其言曰"衣食足而後禮義興"。憂危者蘄安，先人心而後物力，其言曰"不患貧而患不安"。此王霸所由別，亦即儒家、法家所由別也。

法家之法權貧富，干名犯義，以速近功，取人心之相維繫者，一概破壞而絕滅之，至謂修善、誠信、孝弟、貞廉、仁義爲六蝨。其究也，物力充而人心已涣，富而不安。收小效於目前，養大亂於異日。人心亡，而國家與之俱盡。儒家之法權安危，振綱飭紀，以防隱禍，精一危微之語，親睦協和之旨，著之典册，百王不易，至於貧富則姑置而不論。其究也，人心固而物力亦足，安而不貧。其君子知禮義，其小人懷刑法。物力盈，而國家與之俱昌。物力之盈絀，視乎人心之萃渙；人心之萃渙，視乎政治之弛張。未有政治弛而人心不渙者，未有人心渙而物力不絀者。故曰"不患貧而患不安"，此之謂也。

封建之世，人心壞而相僭君，民僭吏，子僭父，弟僭兄。天王不王，而政在列侯。列侯不侯，而政在世卿。世卿不卿，而政在陪臣。一統之世，人心壞而相讐君，民讐吏，子讐父，弟讐兄。上下之位亂，而盜賊覬覦天子。夷夏之防潰，而胡虜思主中國。尊卑之義斁，而匹夫橫議政事。夫至於陪臣執政，匹夫議政，而人心渙，國家危矣。

是故有國家者，不患不富，惟患不安。不富之患在物力，爲有形之潰敗，一旦悟而振興之，不難也。不安之患在人心，爲無形之潰敗，一旦欲起而救正之，而綱紀已斁，法度已壞，病入膏肓，毒深膝理，權謀僭竊，仇殺爭奪之習，已侵淫充塞於人肝鬲心腦之中，仁者無所施其惠，智者無所善其謀，勇者無所竭其力。家如是而家亡，國如是則國破。商紂有鹿臺之積，而不免牧野之倒戈。隋煬有十年之支，而不免江都之推刃。蓋人心已去而物力不足以挽回之也。彼季氏者，烏足以語此。

論五篇

反反離騷論

清·汪引芝九畹，黃岡。

境遇有通塞，而人情之憂喜因之，未有通而情不爲之喜，未有塞而情不爲之憂者。故境之通也，咏歌自適，恒爲得意之鳴。遇之塞也，憂時抒憤，慷慨以得其不平之鳴。此屈原被放而《離騷》所以作也。而代爲遣懷者反之，謂境不妨於塞，而情不可必憂也。

夫情見乎詞，當憂之時，而果可不憂乎？則見世不必皆濁，而我亦不必獨清也。衆不必皆醉，而我亦不必獨醒也。且新沐者不必彈冠，新浴者不必振衣。而身之察察，受物之議議也。而皓皓之白，不妨蒙世俗之塵埃也。而澤畔行吟，顔色憔悴，形容枯槁何爲者？袁子云"楊雲一曲反反《離騷》"，①則反用其情，於憂之轉爲喜也，豈無所見而然乎？而抑知不然。且夫不必憂而故多其憂，非乾乾之君子，實戚戚之小人也。不可不憂而强作不憂者，非冥情之士，即矯情之人也。然則境處乎塞而不得强爲其通也，情值乎憂而不得强爲之喜也。以故舉世皆濁而己不敢不清也，衆人皆醉而己不敢不醒也。且新沐者不得不彈冠，新浴者不能不振衣，而身之察察斷不肯受物之議議，而皓皓之白斷不肯受世俗之塵埃也。此澤畔行吟而顔色不覺其憔悴，形容不覺其枯槁也。而謂塞之可反爲通，憂之可反爲喜乎？則反反《離騷》之未可盡然也，②故爲反《反離騷》以歸於用情之正歟。

李白論

汪春澍兩人，黄岡。

嘗讀唐史至《李白傳》，未嘗不推爲一代傳人也。夫其誕生紀異，星降長庚，年甫十齡，便通經史，是爲神童。及長好劍擊，喜縱橫術，輕財仗義，是爲俠士。竹溪嘯傲，與孔巢父諸人相往還，是爲逸客。金鑾召見，調賦清平，御手調羹，龍襟拭唾，是謂才子。雖然，爲是説者豈足知太白哉。不見夫當日汾陽罹罪，太白親爲救免，非有唐代之功臣乎？或謂太白斗酒百篇，唐代一詩人耳，胡爲乎功臣？抑知安史之亂，微郭子儀不能廓清之。向使當汾陽微時，爲太白者第以常人目之，而不

---

① 反反，疑衍一"反"字。
② 反反，疑衍一"反"字。

爲之匡救其災，無子儀，是無唐室也。乃知功成再造，運起赤鯶，皆太白知人之力。又況詠歌所及，不忘君國。謂爲功臣，其誰疑之。夜郎一去，海上騎鯨，謝家青山，斷送哲人，惜哉。

荀子法後王論 晴川書院官課第一

汪　逸 經五，黄岡。

堯舜禹湯文武以前有王乎？吾不得而知也。堯舜禹湯文武以前無王乎？吾不得而知也。堯舜禹湯文武前之王有聖於堯舜禹湯文武者乎？吾不得而知也。堯舜禹湯文武前之王無聖於堯舜禹湯文武者乎？吾不得而知也。吾知有堯舜禹湯文武而已矣。欲法聖王者，吾教以法堯舜禹湯文武而已矣。荀子法後王之説，吾不知其後王者指誰也，其教堯舜禹湯文武以後各法其後王耶？而孔孟皆教萬世法堯舜禹湯文武，而荀子曰："百王之道，後王是也。"則可知其所指之後王，蒙敢斷其必即指堯舜禹湯文武也。夫荀子之曰"法後王"，荀子之不肯欺人也。欺人者，以黄帝、神農之言惑天下矣，豈曾讀黄帝、神農之書，親見黄帝、神農之事，耳聞黄帝、神農之語哉？不過造詭異之説，藉以欺人。荀子曰：吾未讀黄帝、神農之書，未親見黄帝、神農之事，未耳聞黄帝、神農之語也；吾讀堯舜禹湯文武之書，見堯舜禹湯文武之事，聞堯舜禹湯文武之語矣。有黄帝、神農耶？無黄帝、神農耶？黄帝、神農聖於堯舜禹湯文武耶？不聖於堯舜禹湯文武耶？荀子俱不敢知。荀子曰"法後王"而已，黄帝、神農之言，古於荀子，前於荀子，不得不名堯舜禹湯文武爲後王矣。然而荀子不如孔孟不言前王後王，曰"法堯舜禹湯文武"而已。

岳飛秦檜論

汪　翺 奉初，黄岡。

飛之爲人，雖愚夫愚婦皆得而知之也。檜之爲人，雖愚夫愚婦亦皆得而知之也。尚何論哉，尚何論哉。或曰檜之搆害忠良，岳家盡死，是飛之妻孥子孫宜痛心疾首以恨秦檜也。余曰不然，是檜之妻孥子孫宜痛心疾首以恨岳飛也。夫檜不惜捐己之聲譽，爲天下萬世受惡名，以成岳飛之全名也。非天下之至善者，孰能爲此乎？是故最惡者莫如岳飛，最善者莫如秦檜。方其詔下金門，敗飛功也，正成飛名也。害飛死也，正全飛名也。假使飛北朔能平，有豐功駿烈以博取朝廷之高爵厚祿，而飛之子孫，浸假至於驕奢淫逸以自陷於滅亡，此亦事勢之常有，可逆料者也。彼古來享功名富貴者代不乏人，而享忠臣孝子之名者，乃鳳毛麟角之不可數數覯，可知造物之寶功名富貴，必不若其寶忠臣孝子者也，而飛且居然擅此焉。故爲淵驅魚者，獺也。爲叢驅雀者，鸇也。爲岳飛驅名者，秦檜也。檜事宋則不忠，事飛則大忠也。檜爲己不善，而爲飛則至善也。檜所伸在一時，而所屈在萬世。飛所屈在一時，而所伸在萬世。後之處岳飛、秦檜之地者，勿已爲秦檜，而讓人爲岳飛也，斯爲幸矣。

文臣不愛錢武臣不怕死天下太平論

汪　燊筱舫，黃岡。

於虖，求太平於三代以下，蓋亦難矣。文臣苟圖富貴，以招賄納權爲秘策。武臣坐享庸福，以畏死偸生爲要圖。舉朝大臣既惟知趨利而避害，徒爲身謀，置國家安危於不顧。下至百僚庶尹，與夫府吏胥徒之屬，亦尤而效之。則天下無一人不愛錢，無一人不惜死，已成爲魍魎魑魅之世，不復有含生負氣之儔。幸屬平安如故，公然粉飾太平以爲希榮固寵地。不幸而內憂外患交乘竊發，斯時也欲全利而適以罹害，欲免害而反致失利，卒至己之生命財産同歸於盡，而大好河山亦從此陸沉焉。則其食利畏死之心，貽害天下爲最酷也。

善哉，岳武穆之言曰："文臣不愛錢，武臣不怕死，天下太平矣。"斯言也，雖屬武穆有爲而言，實則人臣奉公、萬事不易之則也。蓋利害所關，最易覘人臣之素守。利與害似相反，而害與利實相成。大抵利中有害，害中有利。利，貪者未必盡得，而廉者未必盡失。怯夫貪生而得死，烈士雖死而猶生。要在心乎天下者權衡夫利害輕重之間，勵廉隅，重羞恥，財無苟得，難無苟免，而以國計民生爲前提，以愛財惜死爲大辱，則天下可不勞而治矣。宋南渡時，文臣以議和保祿位，武臣以息戰邀功名，一時貪墨之輩、畏葸之徒相率而趨利避害，而卒至於荼蘼不振。坐至中原淪没，恢復無期。北寇猖狂，萬民塗炭。天下陷於水深火熱之中，有倒懸之厄、流離之苦，無復太平之望。即有李綱、宗澤、趙鼎、張浚、劉琦、韓世忠輩文臣武將，抱百折不回之志，求滅胡虜，共奏太平，而爲汪、黃、秦檜諸人所沮。君子道消，小人道長，靖康之禍，正釀成於若輩。武穆痛惜乎此，特質而言之曰"愛錢"，曰"惜死"，誠有慨乎其言之也。

夫武穆具文武兼才，不顧利害，以精忠報國，有宋一人而已。惜高宗信讒，不竟其用，卒以三字獄賷憾而殁。豈天不祚宋，不欲天下太平耶？胡爲不用武穆及諸賢相名將，而用愛錢惜死者流？無怪乎南宋之終於偏安，且致危亡也。良可慨已。

説二篇

孔明教後主讀管商韓非之書説

清·汪引芝九畹，黄岡。

孔明有王佐之才，伯仲之間見伊吕焉。其處己也以聖賢爲依歸，其治人也以帝王爲法守。況所事之爲嗣王也，將必導之以仁義，教以忠信，讀三墳五典之書，學堯舜湯文之道，豈肯爲雜伯小補之術哉。而乃教後主讀管、商、韓非之書，何也？説者謂孔明之治國，如管仲之相齊，子產之相鄭，終屬雜伯之謀，故其教嗣主以管商之術也。或又曰後主柔懦，乏英明之氣，鮮剛毅之姿，故教以讀管、商、韓非之法，以啟其柔，振其懦也。然寬以濟猛，猛以濟寬，《春秋》言之詳矣。沉潛剛克，高明柔克，《洪範》言之悉矣。何在不可爲訓，而必沾沾於管商之謀、韓非之説哉？不知聖人之論人也，取其長不責其短。君子之觀言也，取其言不究其人。故其人雖非完人，而其人實爲致言也。況管仲相齊而國以強，商鞅輔秦而國以富，韓非所著之書皆救時之論，又安在其不可取也。則以教讀管、商、韓非之説也，又烏可訾議哉。

王伯厚謂廉恥爲國脈説

清・汪堃蓮舫，黃岡。

盜賊，世皆惡絶之，然必見其穿窬爲竊與越人於貨，則知其爲盜賊也。盜賊爲法所必誅，而不容於庸衆之口也。衣冠，臣所以爲人者，人而不衣冠遊通衢，則亦共目爲禽獸，無復人之者矣。設舉國人而盡盜賊、禽獸，顧誰復謂其能立國哉。

然而人知其盜賊而盜賊之，而不知不必盜賊而盜賊也。知其禽獸而禽獸之，而不知不必禽獸而禽獸也。百官者，所謂通上德、達下情，天子賴以行惠，而百姓望而托命者。而齷齪之徒，納賄升朝，夤緣充職，亦莫不衣服粲粲，佩玉鏘鏘，騶從濟濟，聲威赫赫。胡爲而雞鳴，而狗竇，而馬廐，奔走伺候，爲人所呵斥笑罵，皆所甘心。而甘其心者何？固非獨粲粲、鏘鏘、濟濟、赫赫云爾也。則將朘民膏，吸民血，剝民膚，尤必分餘瀝而上之，否則不容爾，雞鳴、狗竇、馬廐不復能粲粲、鏘鏘、濟濟、赫赫矣。嗟乎，是故無異於盜賊、禽獸，而殆有甚焉。夜氣梏亡，復何終極，惡知所謂國計民生哉。小民豈能辨識其爲盜賊、禽獸，乃至民不聊生，亦舍盜賊、禽獸無可爲者。悲夫，悲夫，悠悠斯世，曾幾何時而穿窬越貨、不衣冠游通衢者，不入於耳、接於目哉。是相率而盜賊、禽獸，夫烏能一日而國耶？

善夫王伯厚之言曰："廉恥，國之脈也。"蓋明夫國運否泰之理，以人心剝復之機爲循環，故國不可一日無廉恥，廉恥泯，則國從之，探本之論也。聚民而國，民愚何知，待治於官。官人無定，道在擇賢。百官賢，而後可以興教化、端風俗。風俗端，於是官不失職，民無失業，庶幾不聞盜賊之風，不見禽獸之跡，不啟危亡之禍。

序 六篇

擬段成式《漢上題襟集序》

清·汪引芝九畹，黃岡。

詞誇黃絹，學富青緗，詩之取象於服衣也；裘傳萬里，衣號百家，詩之取義於衣被也。至於袍羨鬱輪，文傳迴錦，霓裳同詠夫大羅，織錦新翻夫花樣。被覆九州，集成千腋，總之錦心繡口之留題，無非抒襟懷之蘊蓄也。漢上勝地，騷客遊人，往往觴集於斯，互相酬唱。溫庭筠、余知古其最著者也，顧製甚多，無以誌之，則秘而弗傳；無以聚而紀之，則亦散佚而不可遍觀。段成式志切朋簪，情殷文社，取錄當時名士之所題咏者，共計十卷，顏曰《題襟集》。蓋取襟帶之切於佩服，示久不忘焉耳。是爲序。傳鈔舊稿。

擬王勃《滕王閣序》

清·汪春澍雨人，黃岡。

石渠岋嶪，紀漢室之崇規焉；結綺玲瓏，豔陳宮之麗製焉。若夫勝選南昌，高臨北斗。渺江湖若襟帶，隘城郭如彈丸。灌嬰洗馬，陳蹟常留；洪崖驂鸞，幽棲獨遠。一覽接吳頭楚尾，九霄頒玉牒金花。華胄遙遥，壯觀赫赫。榮分仙李，望重雄藩。朱門敞而歌管繁，翠管闢而舞衣嫋。要猶是公主名園，別開沁水；王孫舊第，近接漳河也已。

都督閻公，大雅扶輪，名都作鎮。問繁華於昔日，寄感慨於當年。玉砌金鋪，莫訪竟陵舊宅；錦櫨綺柱，難尋博望幽樓。爰乃錢費水衡，材搜山徑。凌雲作勢，涓日成功。縹緲靈旗，魂招帝子。輝煌畫棟，望若神仙。傑構重新，華筵大啟。挈榼提壺而至，聯裙接袂以從。賭酒歡呼，半稷下游譚之士；臨風嘯傲，盡梁園詞賦之賓。何幸鯫生，得逢雅會。望親庭而當隔，幸隅座之可陪。

曳荑佩以遊，九月九日；仿蘭亭之集，一咏一觴。積翠光遙，看遍洞天十二；頓紅塵淨，裝成世界三千。寸妍偕尺媚俱收，繡幕共珠簾并燿。樵溪釣浦，送幾曲之清歌；陰壑陽崖，挹四圍之爽氣。階前花木，齊送馨香；檻外帆檣，都歸圖畫。晴日雨日，集冠蓋以游翔；朝霞晚霞，撲軒窗而爛漫。佳趣既足，浩歌轉清。下筆千言，穿珠一串。綈章繪句，左挈應劉；瓖智琦情，右排屈宋。八公作伴，遙懷漢室賢王；五老爲鄰，近對匡廬勝景。指出紅雲一朵，玉陛心儀；懸來百練一條，金閶指顧。企君門而弗逮，奈客路之同羈。

嗟乎，斷梗浮踪，空增怡悵；長楊獻賦，莫卜遭逢。曝阮咸之褌，未能免俗；彈馮驩之鋏，何以爲家。宜其五噫歌成，四愁什寫。地角動流離之感，天涯傷賞識之艱。然而葉公好龍，真偽終別；塞翁失馬，禍福相因。金以煉而彌堅，玉以磨而愈粹。濟川作楫，願諸君爲有用之才；返日揮戈，效往哲負無疆之志。勃略識妃豨，粗諳帝虎。幼儀習古，辭迎舞象之年；壯志匡時，敢奮搏鵬之力。色笑將承夫寢室，因緣偶結于名區。快北海之樽開，勝南樓之床倚。三秋景物，盡入品題；萬里江天，都歸籠罩。儀修俯梓，他時抒小子之忱；材配焦桐，此日入中郎之體。

嗟乎，金谷追歡，風花過眼。銅臺選勝，雲樹驚心。繾綣賓筵，末座欣叨式燕。裴哀祖帳，前途又唱驪驪。誰爲落帽參軍，願解嘲而覓句；非是佩觿弟子，請選韻以呈詩：

滕王閣上聯簪組，滕王閣下揚帆櫓。雨餘江氣白連城，日暮山光青入戶。砌草廊花歲歲新，我來不見昔時人。翩翩峽蝶隨風舞，何處丹青着色勻。傳鈔舊稿。

《讀史紀要》叙

清·汪春澍

　　咀誦之文，荒邈無稽。麕編狐簡，史學權輿。凡以表彰直道，垂範宙合，典綦鉅已。載筆者遞相掎摭，或甲彼乙此，正統遂乖。或祖夷襲夏，大體斯紊。市鬩而家訟，曷杜其紛哉。矧復冠下履上，屨雜易形，魯曹沫俛頡荊卿，漢賈誼仰躋屈子。才如龍門，猶抱史恙，遑論范、班。若夫陳橋事缺，建文篇亡。罅漏之譏，比比而是。求其珠尠一遺，金皆百鍊，噫，韙矣！

　　吳子伯卿，東甌華胄，負經世才，髫齡入家塾，能繼先業，讀徧楹書。年來繼成乃翁　先生未竟之編，題曰《讀史紀要》。紙勞墨瘁，蔚此鴻規。綱紀百王，網羅萬彙。首尾一體，跗萼相銜。蕝穢刪繁，鉤玄絜要。斟詮斠酌，十易緒裘。俗儒握兔園册，白首領誦，窮年守株，有問以漢祖唐宗遺事而懵然罔覺者。又或專攻帖括，博取青紫，陬聞穴見，鸚語淹通。二體涉源，誰爲疏瀹，對此能無惡乎？伯卿學豐運蹇，鍛翻文場。甫弱冠便操大手筆，讀《平準書》。終軍號作奇童，諸侯延爲上客。釣游三浙，羈棲八閩。淥水紅芙，清秋幕府。左錢穀，右圖書，梯接先民，鼓勵後進，抑又難矣。是編既出，洵足上規宣聖，遠揖董良，視彼鑑涑水以牖明，綱考亭而糾謬，直驂之靳耳。士人學史，此其圭臬，又甯止津梁童矇而已哉。同上。

日記自序_{民國五年十一月}

汪　燊

　　《大學》，入德之門，知行並進。致知力行，由閱歷而深。紈褲多驕子，蓬戶有達人，所以斷齏畫粥，而後知米白鹽紅於學識大有裨益也。余今年四十有五矣，恨無聞之早屆，愧寡過之未能，此後之自勉，期之影衾幽獨中。回首從前，凡經過景況事實，歷歷在目，而知天之玉成者不少。家世讀書，因讀而貧。父性厚，母苦心事太舅，仍不厭讀，督子益嚴。現食禄公家，自愧不學而幸得免於大戾，知獲先人之庇蔭厚矣。因於臨武縣卸篆餘間，輒將生平所歷，或得之耳食，或經自身，嘗編為筆記，藉知前日之非，以求後日之是，或者知益深而行益力，亦古人大事記、日知錄之遺意云。丙辰仲冬序於長沙旅次。載日記。

叙磻漁叔《七十壽言》民國十七年戊辰十月

汪 燊

夫士之膺高爵，享厚禄，快然自足，炫燿一時者，豈少也哉。而惟其年之壽，恒不可必得。得壽固難，況乎受水災，避販氛，迭遭世變，弗獲安處，而能自葆其性，永其天年，則難之尤難者也。

我叔磻漁先生，前清孝廉方正長卿公次子也。積學有素，立品高超，不干仕進。教授諸徒，善於誘掖，出其門下者，多德達選。諸兒輩亦曾受教有年，獲益匪淺，迄今能立足警政界者，莫非先生循循善誘之賜也。

曩者，戊午七月，先生舉六十之觴，賓朋滿座，唱和如雲，莫不獻祝詞為先生壽，而燊以一官鞅繫，留滯湘南，未獲躬逢其盛，洵缺事也。茲幸先生壽七十矣，燊卸篆魯邱歸，晉謁先生，見其神氣不衰，談笑猶昔。則由斯而耄而耋而期頤，豈得謂為祝嘏諛詞也哉。

先生當出其自壽詩二章，暨吟壇諸君子和韻相示，擬付梨棗，並囑燊序焉。獨念燊幼而失學，長而奔走仕途，本不能文，然長者之命不敢違也，特往商諸戒三、必祥、秋涵諸弟，均願出貲贊助，合刊壽言，藉襄盛舉。用是不揣譾陋，聊志數語弁其首，序云乎哉。見《信天翁七十壽言》刻本。

刻《黄州赤壁集》自叙

汪　燊

　　吾鄂赤壁有五，而黄州之赤壁特著，以有東坡前後二賦也。東坡謫宦吾黄，在恒人則不勝其牢愁抑鬱，而東坡則借山水以寫其幽懷逸興，升沉得喪略不攖其心，故此地山川與東坡俱高千古，而嘉魚鏖兵之赤壁翻不逮焉。

　　自宋元豐以後，代有建置，明季燬於流寇。至清康熙間，于清端公守黄郡，始重建之。咸豐時，粤逆倡亂，又爲所燬。及同治間，縣人劉幹臣尚書，復捐貲重修。越數十寒暑，迄民國庚申，勢將傾圮。適李隱塵巡按自粤東解組歸，道出赤壁，慨名勝之就頽，爰集舊郡八屬士夫，集議修葺。時余亦由湘南卸篆歸，遂公推余董其事。數閱月告竣。徒以集貲無多，不能大加改造，但略復舊觀而已。

　　乙丑歲，蕭公珩珊巡閱兩湖，割巨貲建挹爽樓於蘇公祠左。適余又自鍾祥解任歸，仍屬余監修。四閱月始成。復以餘貲增建喜雨亭於剪刀峰舊址之上。於是形勝倍新，而遊人憩息有所矣。其時，浙東范子畯塍以楊公葆初橅刻《景蘇園帖》進。蕭公又出貲購之，余爲嵌諸樓壁。遊覽者暢目其間，益生景仰之思焉。復慮日久培修費絀，乃將附近營產在磯窩湖者地二百四十畝有奇，陳請當道，永爲赤壁歲修之資。計前後六年間，余兩供董理之役，一切規畫，商承蕭、李兩節使，豈敢貪爲己力哉。不意丙、己間，兩節使相繼歸道山，益深人往風微之慨。懼文獻久且漸歸銷歇也，遂有裒輯《赤壁集》之作。

　　至赤壁之有專書，明季茅伯符先生始輯《赤壁集》，清賈可齋先生續廣爲《赤壁志》，均已失傳。逮民國壬戌秋，謝子伯營編輯《藝文志》五卷，雖未知於茅、賈何如，其用力亦可謂勤矣，因爲之梓行於世。但其後增建樓亭，形勝又大加革新，而騷人墨客之題詠，亦漸增多。余於丙寅官武昌之暇，復加搜集。得舊友陳子文仙爲之佐纂，仍用茅氏體，名爲《東坡赤壁集》。

刊印甫畢，時局猝變，籍沒乃及印書館，是集因之全失。後於書肆，僅購得數十部，又不足應知好之求。如是蟄居漢上，復搜得赤壁詩文若干首，乃商訂於羅田王青垞先生及同邑王君聞麓，所得詩文倍之，合原集都爲十二卷，顏曰《黃州赤壁集》，割貲重付手民。非欲與前人誇多鬭美，實不忍令茅、賈兩先生表章先賢遺跡之盛意，終淹沒於無聞云爾。《黃州赤壁集》。

傳 二篇

高公維嶽傳

汪 翃鷥僎，黃岡。

公諱維嶽，字渭川，晚號崧生，黃岡高氏。父永煌，母桂氏，舉子男五，女男一，公最長。伯父永煇早逝，嗣以公。公幼讀書，目數行俱下。年十三，羣經成誦。應童子試，輒列前矛。十九即補博士弟子員，肄業省經心書院，稱高材生。聲噪江漢間，所交皆天下知名士。余與公同里，相距可四五里許，公三弟娶吾亡伯文階公女，又與公長子箴三同官粵之瓊州，故公之家世及其行誼之卓卓者，爲余知之最稔。然則傳公者不余屬，又將誰屬也。

先是，公族中有人通神仙術，授公父書四冊，舉止遂異常人，爲人治跌打疾良效。能役使羣鬼，閉之幽室，爲己工作，戶外窸窣有聲。而公則以儒術顯，性至孝，終身侍母側，作孺子慕，以致桂太孺人愛之尤摯。晚年精岐黃術，活人無算，不計其值。一日如漢皋，拾遺金，守候失者，失者感謝去。光緒丁酉爲萃拔，應試者多賴人傾助，有豪族以重金啗公，公謝絕，願助貧友李開俧。後李公巡按粵東，招公子箴三往，李公曰："吾見汝，如見汝父也。"明日即命出宰瓊州之儋縣。論者謂公子年將弱冠，遽膺民社，公之報也。間課生徒，則教以經史大義，不斤斤於帖括之學。後清廷詔廢科舉，興學校，而公早見及此。公爲人樂易，善談說，常與公遇於鄂州黃郡間，津津道古今中外事至夜分，不肯稍休，而人亦雅喜聽之。歲乙巳病瘵，年四十一卒於家。其母桂太孺人以痛子情殷，亦悲憤死，非公至孝感結母心而然耶。嗚呼天哉！

今歲己巳，余客武昌。一日公子箴三以書抵余，曰："丈與吾家同里，又重姻婭，不肖隨丈後，曾同官粵省，故知吾父者莫丈若。吾父癸卯督修家乘，出力最多，與諸父析産獨克己。今歲族中重理譜牒，故傳吾父之行誼者，非丈是乞而誰乞耶。"余時主教政訓所，課鄂中子弟數百人，將出而爲世用，所務全集，日無暇晷，以重箴三之請，而行誼又爲吾知之最稔，遂拔冗呼紙，走筆而爲之傳，付之公子箴三，使歸而刊之家乘中，庶後之覽者有所考證而資效法焉。民國十八年己巳仲冬簡任職姻愚弟汪翔拜撰。

周公蔭亭傳

汪　翔

公名本寅，號蔭亭，黃岡周氏。子秉禮生子女九人，幼奭村精錢穀，常掾於縣。余宰鍾祥，羅致之。後主講政訓所，亦共數晨夕。一日公暇，語次述及其祖蔭亭公德行爲鄉里矜式，幷起立而爲之請曰："非得文如先生者捉管紀述，無以顯天下而示後嗣。"夫余一行作吏，文字久疏，而各體中，獨不喜傳記人之善惡賢否，縱偶及之，意甚憾焉，後痛戒不復作。獨吾邑周公蔭亭，不待其孫請求畢，即願爲之紀述者，則其人其行可知矣。

公幼時好學，如成人讀經，能解大義，常爲當世大人先生所器。年二十二遊庠，精舉子業，屢躓於有司，顧爲之益力，然卒不第。生平著述頗豐，有《左傳詮解》《周禮旁義》《詩韻駢偶》《吟嘯集》諸書，俱燬於火，惟《逍遥詩集》尚存。性抗直，處世不爲苟同，遇人有過失，輒爭之力，貌若甚慍者，人受之或不能堪，後察其意良善，莫不以公爲有道君子人也。好施與，飢者食之，寒者衣之，爭執者調解之，復買棺以瘞路尸，造橋以濟行人，散糧以賑飢荒。人有德之者，則曰："此大丈夫分內事耳，何足道哉！"其舉動之根於天性有如此。卒之詩禮世家，子孫皆能卓然自立。天之報施善人，信有徵矣。

今年六月倉埠之變，奭村殉難，然則造物之所以福善者又安在耶。噫，我知之矣。夫以公三世遊庠，孫曾林立，家道日隆，是天之所以報施善人者，一人一家之事也。茫茫宙合，浩劫流行，以善人之子孫，乃不克免於阨，渾渾之大數也。雖然，舉世混濁，滄海橫流，奭村猶能重節義，罵賊而死，爲天地間存正氣。倘非先人培植之厚，顧能若是耶？故於傳公之家世，特附記之，用以告世之好善者。前國務院存記道尹，歷任廣東萬寕，河南沘源、信陽、鎮平，湖北鍾祥等縣知事，同邑汪翔載拜謹撰，時民國二十有一年，建寅九月日。

紀略一篇

家慈七十晉五事跡紀略

汪　翔

家慈程太夫人外家爲黃岡望族，居陶家河林子村。生數歲，外大父見背，外大母萬太孺人撫家慈暨舅氏度活。先是，祖輩以在蜀經營鹽業，頗饒於財。逮太夫人世，猶襲其產，而家勢頓衰。時連年波臣肆虐，髮捻交躪，廬舍蕩然，強暴侵產，而家慈稍詰及侵奪者，侵奪者爲之改容，以故外大母亦雅賴之。幼時，一日行深巷中，牆忽傾頹，乃從向未開於是日忽開之門入，得免，人多異之。堂伯祖某公指而謂曰："此子骨格非凡，當善視之。"

年二十于歸，時大父幹廷公在堂，未理家政者三年。祖沒家遂落，諸房始異居。而先君就學四方，家徒壁立。嘗以數寸之魚佐餐累日，而家慈僅啜魚首。翱兒時問曰："母嗜魚首乎？"母漫應之。翱四歲時，家慈為翱製衣，以大布用樹汁變以他色者為之，後給五十歲之老价，大小相稱，蓋母慮翱身之日長，而故作此長式者，母遠慮俱如此，可知大布之艱於錦繡也。

家慈四十歲前偏饒病，疢疾常糾纏十數年，地居低窪，水患無歲無之，清苦之狀，惟母備嘗之矣。乙丑，先君膺鄉舉，洎後更宦游遠方。而翱等亦幼稚，家慈於生計艱苦撐持，心力交瘁，每操井臼，束薪柴，督傭工等，無不躬親而手指之，蓋數十年如一日。家慈性嚴謹，體重如山，常坐一室而數室之人皆憚之。家中一切佈置指揮會計等，常晝夜往來於胸中，數十年賬目記之不差釐黍。遣人上市購物，輒當黎明時，無不再三叮嚀囑咐也。

光緒癸巳，以無意飲梁家百歲酒數日，夙疾頓除，身體漸旺。性慈祥，遇僕媼綦厚，凡女僕之來佐吾家者，非終世不能去。待戚族之卑幼者，外雖嚴峻，至代謀往往為之盡。至翱等每自外攜歸藥餌，凡有求到門者，雖當酷暑飯間，無不輟餐，起而尋與之，蓋好施其天性也。性至孝，迎外大母來家，侍養數十年。凡教翱兄弟等，寬嚴互用，諸事刻苦自勵，實得於身教之力居多。

戊戌，先君捷南宮，蜚聲翰苑，賓客踵門，邯鄲京報疊至。明年，翱及弟翔同入黌舍，家慈心乃稍稍慰矣。癸卯以後，翱與弟等遊京省學校共十年，孫男孫女林立，家計尤苦心支持。每念及母氏之劬勞，則翱等不可以為子矣。定省久缺，翱等遵母教，不敢苟合於世，拙謀祿養。遇年歲荒歉，至啜野蔌如菱根之屬。每一思及，翱等誠不可以為人矣。乞者到門，家慈無不立即施與，老者尤倍之。凡族戚之貧苦疾病者，雖處至困苦時，猶設法周卹，而為之陳一方劃一策必周詳而審慎之。倘非存心忠厚，何克臻此。生平半絲半縷，必珍必惜。己未冬杪，家燬於火，百物灰燼，而家慈處之泰然，若無此事者，曰："物之新陳代謝，物之數也。"翱弟翔宰沘源及信陽時，咸迎家慈於官署。母在署，日以勤政愛民相訓誡，而於卹囚一事，尤三致意焉。

今年已七十晉五矣。既不能致甘旨之養，又不能盡定省之職，五夜捫心，愧悚無似。茲者族兄筱舫屢囑以文附《桃潭集》之後，謹摭拾家慈生平之嘉言懿行，用告諸友好，且以彰翱等之不孝也。

跋五篇

續印《變雅堂遺集》跋 民國十年辛酉九月

汪 癸筱舫，黃岡。

自來龐儒碩士，敦蠱上、履二之節，踰垣鑿坏，羞應辟召，千百世下，聞其風者，足令頑廉懦立，矧復文章彪炳，梯接史漢，讀其書而如見其人乎？吾黃杜茶村先生，大明遺老也，著有《變雅堂詩文集》，先後凡四刻，流傳海宇久矣，特以別風淮雨，殘缺遂多。前清光緒朝歲戊午，同邑沈卓吾、陶月舸、殷東平諸君子邀同潛江甘藥樵先生，相與訂謬讐訛，期成善本，紙勞墨瘁，載易絺裘。譆矣哉！刊刷後，曾不旋踵，四君子聯袂接踵，各各掇科名以去。噫嘻！奇矣。夫以四君子素號鄂中名士，自能致身青雲，奚暇沾沾於施報之迹，而適逢其會，同時通籍，遠邇傳為佳話，豈不盛歟？

袁才子嘗云："護惜文人遺稿，勝於埋骴掩骼。"古之人闡潛發幽，意在斯乎？溯自鼎革以還，赤眉青犢，恣意搜牢，禍起秦坑，典章廢棄。吁！可惜也。而《變雅堂集》刻板尚完好如故，儻亦有六丁神為之收拾也乎，吾因之有感矣。近今世變孔亟，日下江河，廉恥道喪，學校如戲場，經史束高閣，以視先生之處世變國變而道不變，獨抱斯文窮餓以沒齒也何如。嗟嗟西薇東菊，馨逸常留一角。茶村後先鼎峙，迄今讀先生集中有卻聘修《江南通志》四六書一篇，及《今年貧口號》二十四首，可以識其素抱矣。語云"士窮見節義"，如先生者，其庶幾乎？

鄭心謝髮，仰企維勞。桑不揣檮昧，竭力捐貲，續印若干部，聊以發思古之情，即以寓維世之意。吾願各學校生徒案置一部，專精殫思，方軌前哲，俾得珍同鴻寶，行當傳徧雞林。起懦箴頑，端恃有此，甯止雕霞鏤月而已哉。見《變雅堂遺集》。

《東坡赤壁藝文志》跋_{民國十一年壬戌七月}

汪　燊

　　楚鄂名勝，首稱黃鶴樓。若夫峭石千尋，屹立江滸，爛兮如赤城之霞，山月江風，供人吟弄。如吾邑赤壁，經東坡先生遊賞而品題之，遂與鶴樓同爲詩人詞客所留連不置者久矣。當清同治，胡月樵都轉官武昌，時值洪、楊亂後，興仆植僵，搜奇補缺，零縑斷璧，收拾靡遺，遂成《黃鵠山志》。偶一流覽，使人心醉。而吾黃之赤壁，獨無人焉以志之，山川減色矣。或謂前明茅公伯符有《赤壁集》一編，今無能考，良可惜也。

　　民國庚申，同邑李隱塵先生道出赤壁，見夫亭臺樓閣，半就傾圮，慨然發思古之情，集貲重建，推燊充監修之役。不久告成，先生撰《庚申重修記》，從昔賢游戲之作，寫出菩提正覺心，坡公之知己也。名言奧義，照耀簡端，足以傳矣。工既竣，回省寓晤宗丈雨人，年近八旬。縱譚赤壁風月，爲余述前清赤壁楹聯，若畢秋帆開府、周芸皋觀察兩聯膾炙人口，允推絕妙。又云："其他詩古文詞，騁妍抽秘，名作如林，今老矣，不復記憶。"相與慨嘆久之。

　　壬戌秋，得讀舊友謝君伯營《東坡赤壁藝文志》，都爲五卷，搜羅煩富，可稱東坡功臣。花辰月夕，把玩不置，因不忍獨賞，遂付之手民，割貲刊刻，以公同好，亦"平生不解藏人善，到處逢人說項斯"之志也。而或者以爲掠人之美以爲己美，則伯營當諒其志，而好古憐才之士，亦當共諒其志矣。伯營學豐運蹇，昔時鏖戰文場，連不得志於有司，遂殫精壹志，習散體文，有書數種行世。此編一出，宜不在《黃鵠山志》下耳。赤壁一隅，既得隱塵先生重修一記，獨能曲曲傳出東坡性慧，伯營一志，亦能爲前人所難爲。文人大著，當與河山並壽。懿歟！燊不學，羨伯營之苦心孤詣，勉述景仰之意於此。見《赤壁藝文志》。

重嵌景蘇園碑跋民國十四年

汪　燊

前清光緒庚寅，成都楊公壽昌來宰黃岡，岡邑本東坡舊游之地。楊公景仰前賢，酷嗜蘇書，因於宦廨傍葺"景蘇園"一所。搜蘇書各帖，擇其尤者，摹成六册，顔曰《景蘇園帖》。計石百二十有六，嵌諸園中，洋洋乎大觀也。楊公解官後，因虧累質此石於張商。公謝世，後嗣無力取贖，訟累不休。同邑蕭公珩珊督鄂，捐巨款建挹爽樓於赤壁，委燊監修。閱四月樓成。適范子畯塍以此石進，蕭公撫掌稱善，以爲天下之寶，當與天下共之，不惜重貲購置。仍委燊運石黃州，嵌諸赤壁新建挹爽樓樓壁。於是張、楊之訟解，又使蘇公遺迹得以保存，而蕭公提倡風雅之誠，亦堪下石丈一拜，相與並壽千百載矣。燊景仰之餘，爰述數語，用附驥尾。乙丑秋九月跋於武昌縣公署。勒石黃州赤壁挹爽樓。

刻《東坡赤壁集》跋民國十五年

汪　燊

選集之作，始於梁昭明太子。以天演之裔，据天禄、石渠之富，殫精極思，足不履樓下者數十寒暑，方能成書。選家談何容易哉！東坡赤壁故事，自宋以後，代有著述。吾邑謝子功肅，博採旁搜，著爲《藝文志》。雖燦然大備，然《藝文志》究與文詩纂本不同。適蕭珩珊督辦以增建挹爽樓、喜雨亭諸勝，謂不可以無傳，屬廣爲採輯，但取宏富，不厭兼收。獨念燊幼而失學，長而奔走仕途，簿書鞅掌，奚足以躋著作之林，顧不能以不文辭。適舊友陳子文仙隱居市廛，蕭然無事，并襄點纂。仍用茅氏體，名爲《東坡赤壁集》，特紀其實於此。丙寅秋七月跋於武昌縣公署。《東坡赤壁集》。

刻《黄州赤壁集》跋 _{民國二十一年壬申重九日}

汪 燊

《東坡赤壁集》一書，爲丙寅余宰武昌時所編刻，迄今七載矣。是歲，民軍起自粤南，不旋踵而湘而鄂，武昌圍城四十一日，節屆雙十，城圍始解。其時人民逃避不遑，是集未及發行，而印書館突被民軍没收，卷帙全失，予心恧焉。事定後，因有重訂之志，復陸續搜得名人藏稿甚夥，重行編輯。去歲辛未，早擬付梓，余因權篆鄉邦，值洪水爲災，兼縣屬西北一帶，匪風吃緊，剿匪勘災，迄無寧日，因是中止。今年伏居漢上，緣了初願，將是集重付手民。雖囊橐空虚，將伯無助，而不得不勉竭綿力，刊印千部，以供同人宿好。非敢言傳世也，而鄭重古繢，保存文獻之苦衷，當可共諒矣。《黄州赤壁集》。

增訂桃潭合鈔續集卷第四

黃岡汪燊筱舫纂輯
長男 晉澄之 校字
次

文 二

記 六篇

擬杜預述功碑記

清·汪引芝九畹,黃岡。

晉運龍飛,吳疆虎伏。爰命將軍,率師露布。兵發益州,勢據上流。橫江鐵鎖,截斷炬油。杜公繼續,勢如破竹。南郡鯨吞,西陵鹿逐。所向無前,逐逐其欲。更有王渾,同趨東路。北來諸軍,果如飛渡。艫船千里,破浪奔投。風利不泊,直抵石頭。耕市無驚,懽聲載路。簞食相迎,羣徯我后。孫皓短氣,輿櫬銜璧。王濬受降,成功足記。卓哉王渾,烈可同論。征南杜預,厥績攸存。南州既靖,中原平定。混一神州,大功誰競。爰作碑文,用誌殊勳。傳之不朽,萬古流芬。

重修黃鶴樓落成記

汪引芝

　　黃鶴樓聳峙鄂濱，鎖江漢之水口，爲全楚之砥柱。懸簷疊翠，飛閣凝丹，僊客騷人，極目騁懷，絡繹不絕，誠東南一巨觀也。歲久雨淋日炙，漸即傾頹，兼值兵燹頻加，向之咏游選勝者，不復來矣。烽煙盪滌，鄂渚肅清，蒞斯土者，覩故址之荒涼，憶舊時之勝景，不禁神爲之愴也。爰集土人鳩工重建，不踰年而樓成，鳥革翬飛，依然曩日。予因斯樓之成，而慨然於興廢之無常，而振興之有賴也。蓋乘除者，運會之遞轉；而興復者，學士之功能。果能本是心以推之天下，將見上委我以敷布者，可由是以修明；下之望予以濟施者，可及時而拯救。然則修舉廢墜，整理乾坤者，可委爲異人任耶，因於樓之落成而援筆記之。

伯牙臺記

清·汪春澍 雨人，黃岡。

　　漢陽城北二里而近，有臺巋然，超越塵壒。土人告予曰："此伯牙遺蹟也。"古籍所載有伯牙學琴成連，又伯牙鼓琴、鍾期聽之二事，其他皆不傳。畢秋帆先生《伯牙事考》斷爲楚懷王、頃襄王時人，然哉？然哉？方志以伯牙鼓琴、鍾期聽之在今漢上，居人築館其間，顏曰"琴臺"。大別山光，送青檻底。沄沄漢水，映帶座隅。外環以湖，名月湖，寸妍尺媚，畢貢臺前。每當春之日，秋之夜，鶯初雁晚，葉落花開。都人士搞裳聯襼，拾級偕登，樵唱魚謳，隨風蕩盪，飄飄乎有高山流水之思焉。伯牙去今二千餘載，而其流風餘韻使人眷戀若此，此可以思矣。

　　夫唐虞盛世，不廢元音。《禮》云："君子無故不撤琴瑟。"伯牙何以傳？以琴傳也。琴何以傳？藝也，而進乎道也。伯牙何爲以善鼓琴傳，以有成連爲之師，而又得鍾期爲之友也。伯牙不受學于成連，而伯牙不傳。受學于成連，不遇鍾期，而伯牙亦不傳。俗儒握兔園一册，終歲咿唔，箏琶細響，自號博通，師友淵源，兩無所得，休名不立，與草木同朽腐。吁！可哀也已。乃歎海上尋源，情移渺渺。知音未遠，近在漢皋。如伯牙其人，果何修得此？今雖人去臺存，有不願嗣遺響于當時，而瓣香私淑者哉？

抑又思之，隔江黃鶴，高踞層巔，彼其五月落梅，遺音三弄，殆仙人之笛耶？鸚鵡芳洲，墓門烟鎖，彼其淵淵金石，逸響三撾，殆處士之鼓耶？瑤琴一奏，各有千秋。神仙忠義，與畸人逸士并出吾楚。登斯臺者，儻亦有同工異曲之思乎？嗚呼！奇矣。臺之興廢，不知凡幾。洪楊之亂，旋即傾圮。歲在閼逢涒灘，中外肅清，百廢俱舉。當事者鳩工庀材，功成不日，因樂爲記之，并系以詞曰：

章華何處，莽莽雲樹，來朝狐兔。伯牙有臺，在漢之隈，樓絶纖埃。赤眉煽氛，山罅川湮。時清再營，丹霄危峙。目窮千里，罿簪鱗比。有水一彎，有山千盤。地遠心閒，供以徽軫。風流未盡，勝筌筏引。瑟鼓湘靈，江上峰青。如見典型，兩美相知。心嚮往之，惜不同時。

喜雨亭記民國十五年丙寅四月

汪　奐筱舫，黃岡。

民國第一乙丑，同邑蕭公珩珊督鄂，捐巨資添建挹爽樓於赤壁，委余監修。是歲久旱，樓成適大雨終日，人民喜甚。乃以餘資於翦刀峰舊址復建亭，翦刀峰峙於亭外，樓下更名爲"臥雲亭"，樓上名之曰"喜雨亭"，紀實也。

竊念蕭公治鄂數年，鄂已粗安矣。政務餘閒作挹爽樓，以與吾民同樂。迺樓成而雨，雨已而亭。建天人交感之機，即官民同樂之候也。使天假公年，於以造福蒼生，慰四方大旱雲霓之望，措海內於治安，得遂其先憂後樂之願，豈非吾民之所尤喜哉！乃不幸齎志以歿，又吾民之喜極而悲，登亭墮淚，將與峴山之碑同萬古而千秋者矣。昨日之雨，天爲亭誌喜也。今日之雨，天爲公沾襟也。此所公與蘇子之喜雨亭同而異也，是爲記。勒石赤壁挹爽樓。

古磬記民國二十年辛未元月

汪 燊

乙丑夏，赤壁寺僧得古磬於鄉人之手。先是，鄉民掘土得是磬，形似魚，石質，背面刊有詩句。曾鬻於漢口豪商，厥價甚巨，寺僧盡力索還。卒無以償其價，存諸赤壁者，今六載矣。據賞鑑家言，此物爲宋南養素法器。養素與東坡相友善，事載道家書。雖事猶待考，而道家者流至今傳述不朽。是足爲前賢勝蹟生色，亦以快遊人之耳目，洵希世之珍也。去冬，武漢警備司令夏公靈炳駐軍黃州，軍紀嚴明，郡人咸感其德。適余苾黃，經理赤壁租稞事。新歲元旦，與夏公同遊赤壁，寺僧出是磬玩賞，並道其巔末。夏公捐巨資以償其價，並囑寺僧加意保存。從此赤壁得魚，不煩舉網矣。因喜而爲之記。勒石赤壁挹爽樓。

武昌圍城被難記民國十五年丙寅十二月

汪 燊

丙寅歲，余知武昌縣事，因時事多艱，暮氣盈城，呈請辭職者已三次矣，未邀批准。忽於七月十九日牌示調任沔陽，本擬即時交卸，冀得離省，徐卸仔肩。方以自幸，值洪水爲災，武泰、武惠兩閘堤圍先後出險，余督工搶護，晝夜不暇，始得轉危爲安。當經李紳紫雲等爲維持堤防起見，聯名呈准留任三月。是時余因長媳、長孫先後病故，本無心問世，以李紳等再三勸勉，未便過爲推卻，因是繼續任事。

至八月二十五日，總司令吳佩孚自南口率兵來漢，是時革命軍由粵而湘而鄂，聲勢浩大，屢戰屢克。翌日，吳總司令親往汀泗橋督戰。無如兵力不振，遂如山倒，一敗不可收拾，於三十日敗退武昌城內，駐節望山門城樓上指揮一切。三十一日，革軍愈逼愈緊，午後四時，各城門緊閉，幸眷屬及縣署員司午間出城，逃往鄉間。九月三日，師長劉佐龍在漢西園接署湖北省長篆。前由陳督理兼。五日晚，吳總司令乘車北上。六日，革軍佔領龜山。是日，夏口、漢陽兩鎮江干遍樹白旗，由是陽、夏均歸革軍所有，湖北督理陳嘉謨、司令劉玉春領兵一萬六千餘人固守武昌孤城。

余因職責所在，亦困城內，日夜奔走軍差，雖槍林彈雨，忍痛莫辭。同時官吏被困者有警務處長崔振魁、江漢道尹周英杰。連日革軍攻城甚烈，槍砲之聲不絕於耳，兼之飛機、炸彈，血肉橫飛，人民呼號，藏身無地。最可慘者，武勝門外之箍桶街，漢陽門外之筷子街，保安門外之十字街等處房屋焚燬殆盡，概成一片焦土，情狀慘然，令人目不忍覩。迨至十四日，城內民食斷絕。有同鄉程子端太史，是時充圍城內治安維持會長，不忍坐視，邀同雷韻午等十二人同謁陳督理，請求將軍米提出若干出賣，以救民食。面邀許可，遂致函囑余出示徧告居民。事爲劉玉春所知，以見好地方人責陳。因是陳否認有准賣軍米之事，傳余進署，參謀長馮家祐責余與程會長通同一氣，指爲漢奸，幾被拘禁，幸商會諸君與崔玉甫處長，力爲解釋，始得脫險。而程太史則冤押二十餘日矣，無法挽救，實爲懊喪。

十月一日清晨，北軍開保安、通湘兩門覓食，雖搶得雜糧二百餘石，而死傷兵士五百餘人，得不償失。城中人民受困，以秋節後爲最。雜糧食盡，殺牛馬以濟之，牛馬食盡，食樹葉樹皮。至舊曆八月底，並樹葉樹皮亦無之。人如鵠瘦，走者忽蹶，蹶則不起，軍民一例，氣息奄奄，殘喘猶延，簷下路旁，觸目皆是，約計餓斃者千有餘人。余於平湖門外得有細米、雜糧數袋，除分給貧戶外，又煎粥濟之。

十月三日，始開平湖門，放婦女出城就食。四日晨，争先出城，擁擠踏斃者近百人，搶船落水淹斃者亦數十人。余親往勘驗，實不忍視，不禁淚隨聲下。無人收屍者，所見纍纍，此誠吾鄂數百年來未有之奇劫也。慘矣！酷矣！無以加矣！然圍城中四十一日秩序井然，無搶劫之事，並火警亦無之，由劉司令軍令森嚴，亦同人維持得力也。先是屢有傳言，謂援軍將至，久之而又寂然。劉屢出示言之，後恐已言不見信於居民，特囑余出示，謂多數援軍不日可到，藉安人心，終未見一兵一卒之至，計已窮矣。因是有趙典之、王昺生諸君渡江調解。

八日，南北和議告成。是夜，陳督理將印信交余轉送周道尹保存，並保釋在押之程太史一同出署。九日，和議決裂。晚間，槍聲、砲聲隆隆復起。是夜十時，余與周小荃會長，隨同陳督理微行出署。十日清晨，革命軍由保安門攻入，當將司令劉玉春捕獲。越日，督理陳嘉謨亦就擒。是日，革軍總指揮唐生智，政務主任鄧演達進駐督署，傳余進署，面囑雇夫搬運閉城沙包及清潔街道各事，余當求委員接替。其時，縣署搶劫一空，余寓所亦三次被劫，復查全城居戶，無一倖免。

十一日，即有閩籍江董琴者來接武昌縣篆，當日交卸，如釋重負。二十日，余因交案往縣署接洽，詎意江挾索款未遂之嫌，遽將余交隊看管。二十一日，轉送衛戍司令部看守所優待室，幸所長張步洲有一面之識，特殊優待。同時被困者，有北軍第十五旅旅長于理臣，係保定軍校學生，其人大度寬和，諳識時務，與余朝夕接談，極相親愛，不數日渠即脫去樊籠矣。十六日，執法處長曾唯謂"內情我已查實，江借款無多，不應反抗"，勸余捐洋五千元，始得出所。

回憶當時情形，實堪驚心駭目，讀夷齊"以暴易暴"之歌，古今同慨。余始而被困圍城，繼而無端受押，終又勒索巨款，數由天定，於人何尤，經此一番困厄，更長一番閱歷。嗟嗟，處此天昏地暗之時，不知幾許仁人君子同罹浩劫，劫後餘灰，誰非萬死一生。予之在圍，自分同在城諸公與城俱亡，而卒能保全性命者，未始非昭昭者眷顧於無形，而汪氏祖宗之忠厚遺澤，有以默佑予小子，使得爲虎口之餘生也。哀我蒸黎，痛定思痛，其何能忘。是爲記。

策四篇

湖北利病策

清·汪引芝九畹，黃岡。

嘗考《周禮》職方氏所掌，正南曰荊州，其穀宜稻，其畜宜鳥獸，其利丹銀齒革。又考《禹貢》所載，荊及衡陽爲荊州，厥貢羽毛齒革，惟金三品，杶幹栝柏，砥礪砮丹。以是嘆湖北爲財利之藪，天不愛道，地不愛寶，不誠取之不禁，用之不竭也哉。然而利之所在，害即隨之，欲興利必先除害，害未有除，利即有難興者也。

夫利之所出者，惟江漢爲最多，而害之所受者，亦惟江夏爲最大。江當三峽之衝，江水決則荊受其害，而下及武昌、黃州，均爲澤國。漢自嶓冢而下，波濤澎湃，漢水溢則襄受其禍，而下至雲夢、安陸，悉爲水鄉。不密防其衝，無以覘奠定之休。不預爲之備，無以免沉溺之災。此興利所以必先防害也。又況淫欲多生於富厚，沃土之民多不材，則大利於此生者，大病即於此寓也。且饒裕之區，盜賊之窺伺者多。貢賦之地，吏胥之侵漁者衆。至於戎夷擾亂，粵匪猖獗，而楚中衹有害而無利。逃兵潛害，游勇紛馳，而湖北更鮮利而多病。是在守土者嚴以防之，密以杜之。毋虛張其聲勢，毋粉飾其太平，毋因利生心而坐視民間之疾苦，毋畏害偷安而不以民命爲己憂。庶乎撫字得宜，保全各當，而萬民永享其安樂矣。

> 立憲，善政也，日本行之僅二十年，遂致力富強。然土耳其自一八七六年發布憲法以來，迄今已三十餘年矣，而仍不免爲貧弱之國。夫同爲立憲而其效之異如此，豈憲法之於國家，亦有利與不利歟？抑實行立憲，必先具一定之條件，而後可以收其效歟？其故何在，試詳言之。宣統二年法政學堂畢業政法題

汪　燊筱舫，黃岡。

現世界馨香禱祝、頂禮膜拜，奉爲富強之階梯、文明之導綫者，非所謂憲法也耶。是故世界多一立憲國，即世界文明進一步。攷古今人之學說，東西國之事實，歷歷堪徵，信乎其不可誣也。然何以解於今日之土耳其耶？土耳其之立憲，在歐西諸國之後，亞東日本之前。歐西姑措置不論，特就日本較之，已大懸殊。日本立憲僅二十年而富強，速率幾達於極點，現今國家比較，已躋於頭等。土耳其自一八七六年頒布憲法，迄今已三十餘年而貧弱如故。豈憲法之於國家，有利有不利乎？余則信爲條件之有具有不具也。

日本自武士道大和魂之陶鑄，國民之程度早具有維持憲政之行爲能力。洎伊藤氏赴歐洲採擇憲法以歸，一經頒布，適洽輿情。於是其行爲能力之渤然發達，迅速無倫，一日千里，不轉瞬間國度崛起，得以與歐西強國並駕齊驅。其收效敏捷，由其條件具也。土耳其之人民迷信於回教之習慣，固結而不可解，其智識程度與憲法相背而馳，如鑿枘之不相入，行之愈速，相左愈遠。條件不具，如有耳無目、有足無手，其何以行之哉。

且日本自三權鼎立之詔下，政府絕不聞有違反憲法之明文，並不聞有違反憲法之精神。以視土之薩爾丹，獨握三權，肆其專橫，以顯背乎憲法者，相去不可以道里計也。豈有憲法之利於日，而不利於土乎？

蒙竊有感於斯，懼夫立憲之善政未可以假借，而務備立憲之年，尚必研究其條件，振奮其精神，與立憲之真相相符合，而後可以實行立憲，毋若土耳其之貽人以口實也。斯則我四萬萬人民所馨香禱祝，頂禮膜拜者也。

<blockquote>甲爲復讐而射擊丙，當丙未死時，乙見之而奪其所持之物，且爲掩蔽罪跡，不遑問其生死而投之於河中，丙乃因之以致死。問甲及乙之行爲各得搆成殺人罪歟？</blockquote>

刑法題

汪 燊

甲以射擊之行爲，生傷害之結果，乙以盜賊之動機，生殺人之現象，謂甲搆成殺人罪歟，而甲無殺人之結果。謂乙搆成殺人罪歟，而乙無殺人之動機。則謂甲搆成傷害罪，乙搆成盜賊歟，而丙已死亡，明明有殺人之現像也。有殺人之現像，無殺人之刑罰，將以弭社會奸黠者謀殺之心。然則如之何而可也？曰是當問甲乙二人之原因，有無法律上之因果關係，而後本立法之明文與旨趣之表示，以斷定二人搆成之罪。

夫甲爲復讐而射擊丙，乙爲掩蔽盜賊罪跡而投丙於河中，其先後之意各不相侔，則於法律上之因果關係非一系也，蓋中斷也。因果關係中斷，則甲以射擊而傷害丙，即刑法所謂一行爲之結果也，安得搆成殺人罪乎？設無乙之行爲介入其中，無論甲之傷害未必致丙於死也，就令將來丙負傷而死，亦必於其已死之後始得搆成殺人已遂罪，當未死之先，仍爲未遂罪也。乃乙見丙之負傷，既奪其物，又投入河中，其欲致丙於死也無疑。何也？其投之也爲掩蔽其罪跡也，丙不死不得掩蔽其罪跡，是蓋因盜賊之動機生殺人之動機，而後爲殺人之行爲，致殺人之結果也，搆成殺人罪，有斷然者。

或曰："乙固盜賊之奸黠者，信有罪矣。搆成殺人罪，得毋苛重其責任，而放任甲之責任乎？"是不然。夫盜人之財而曰奪，是強盜也，非竊盜也。律載，強盜不分首從，但得財者死。縱令丙不因乙而致死，乙亦有可死之罪。況在現今通行豫防主義，必以此人為殺人現像之原因，而認犯罪之成立也。如謂放任甲之責任，不過不見已遂罪之成立耳，其未遂罪何嘗能脫網乎？

> 甲與乙有隙，招乙飲，置毒酒中，乙飲之。既歸，而甲悔且懼，急懷解藥詣乙，語以故，因出藥以進，且陳悔懼意。詎乙堅不服，曰蓄意自殺久，今飲毒為幸，乙遂斃。問甲應搆成何種犯罪歟？ 刑法題

汪 燊

刑法上有殺人之意思，有殺人之行為，有殺人之結果，即搆成行為者以殺人之罪，此固無可疑者。甲與乙有隙，而招乙飲，是有殺人之意也，置毒酒中，而乙飲之，是有殺人之行為也。乃乙歸後，而甲悔且懼，懷解藥以進之，是行為難以終結，而採用防止結果發生之手段也。使乙服之而毒解，則結果不至發生，即刑罰所謂缺效中止犯也。詎乙堅不服，反以蓄意自殺為辭而遂斃，是結果已發生也，將搆成甲以何種犯罪乎？

或曰："現今世界文明各國刑法採用豫防主義，甲既自悔自懼，是犯意已絕，必再無犯行，搆成中止犯，似無不可。必謂結果發生，當搆成甲以殺人罪，是採用報復主義，而不與人以改過之心，亦必減輕其罪也，況乎乙固久已蓄意自殺者乎？"是殆不然。豫防主義如醫者之治病，用以適當藥以截其源，非故輕其刑而反以獎人犯罪之情。甲之殺人，已然之事實也；解毒不死，未然之情形也。前既以置毒之陰謀而誆乙，安知其所懷之藥非加功之藥乎？就令其本心悔懼，而既以害乙，豈

不知不見信於乙，而顧必懷藥以自進乎？就令乙服其解毒之藥，又安知必能解其殺人之毒乎？是皆未可必之事也。擬議未可必之事，而輕視已死之人命，是刑法教人犯罪也，何得以報復主義爲辭乎？如謂乙本蓄意自殺，以飲毒爲幸，此固不近乎人情，果以此爲斷，是采客觀主義，與當時刑法之旨趣不合。蓋客觀主義固與報復主義同爲刑法家所批評者也。由是言之，甲之殺人罪，在法律上萬無減輕之理也，何中止犯之足云。雖然，刑法上減輕之條有所謂酌量減輕者，屬事實上之問題，果審判時，決其悔懼之心，實有可原，解毒之藥，確有證據，審判官本自由心證，酌量減輕，抑亦刑法之所認許者乎？

文 四篇

弔劉表文

清·汪引芝九畹，黃岡。

我登楚山，楚山蒼蒼。我臨漢水，漢水洋洋。惟公澤厚，與山同壽。惟公德優，與水同流。遐思劉公，德澤攸崇。撫綏九郡，遺愛無窮。名躋八子，坦懷自矢。昭烈遠投，骨肉相視。惜哉景升，溺於蔡氏。牝雞司晨，乾綱下替。善善弗庸，惡惡難去。柔而弗剛，大權莫據。兒子豚犬，國祚已短。阿瞞兵臨，甘心肉袒。傷哉劉表，惄焉如擣。爲文弔之，中心是悼。

重修洪山寶通寺碑文

清·汪銘琢小竹，黃岡。

兩間元氣磅礡，凡名山大澤之間，靈秀鍾毓，類有神以主之。至彈丸僻壤，石言木立，物之靈者，神式憑焉。況地當大都會，爲督撫之所彈壓，神祇之所呵護，林林總總之所往來瞻眺，不容少有欺誑者乎？

鄂城東關外有大洪山，古之黃鵠山也。有卓刀泉，關壯繆之遺蹟也。有古松，岳忠武之手植也。自元黃文獻公溍作《崇寧萬壽寺碑記》，推唐靈濟慈忍大師爲初祖，於是大洪山專屬之靈濟慈忍大師矣。大師當日以身代牲，請雨龍神，因斷其左右足，以入涅槃，衆生哀慕，稱之曰佛足，此在隨之洪山也。宋末安荊湖置制使孟公珙與都統張公順謀移佛足來鄂以避兵，此則鄂之洪山也。嗣後元世祖望洪山有神立雲端，因奉佛足至京師。久之送還，以道出許州，重莫能舉，奉詔即其地建寺，此又許之洪山也。然則慈忍大師於鄂之洪山特一過客耳，其何異於關壯繆之偶至卓刀焉？又何異於岳忠武之偶至植松焉？

萬壽寺明時更名寶通寺，清咸豐年間粵匪竄鄂，昔年寶刹化爲劫灰，今又煥然一新矣。浮圖七級，卓立雲霄，所謂靈濟塔也，爲會垣文峰經營之始功也。大雄寶殿，宏廠莊嚴，寰宇名藍，悉在下風。萬佛閣一目千里，全楚之精神皆歸焉。至若樓僧有堂，天書有閣輪藏，及祖師王公有殿，而鐘鼓樓、經臺、丈室、茶堂、庫庾、庖湢之属，無不畢備，以新視舊，有過之無不及也。若夫香花之會，隨喜之游，頂踵相接，朝夕無間。樓臺影裏，金碧光中，咸嘖嘖贊歎慈忍大師之功德如彼，富貴如此，而吾因之有感焉。

草間碧血，化鶴飛空，此非羅忠節授命之所乎？沉沙折戟，樵牧傳觀，此非李壯武殺賊之場乎？嗚呼，一拳洪山，關壯繆、岳忠武不得有之於前，羅忠節、李壯武不得有之於後，卒聽偶然寄骨之慈忍大師霸佔而始終有之，豈非不平事乎？抑知愚氓之識見有限，與之論綱常名教則冥然罔覺，與之談福田利益則忻然附和。乃知洪山不屬於古今忠臣，非古今忠臣之有所讓也；洪山專屬於慈忍大師，非慈忍大師之所有貪也。無非衆生之皈依有託，而後大師得而主之也。

吾謂希大師之護法尤當體大師之用心。大師戒張武陵心殺而割體償龍，遂得證羅漢果。尋正法而起追，匪異人任。惟師有靈，凡篤志於捨身濟物之舉，持心以公，不爲私撓，求利於物，不畏其難，夙夜精進，以蘄必得者，師必啟其衷而錫之福。吾與衆生惟此是朂，於以葆智慧而迓慈悲，無巨無細，但期有濟於物，以有益於身，大師默佑之功，不更彰明博大乎哉？且夫諸佛非天生也，衆生苟能悟即心是佛，慷慨進修，以躋於有成，堅持一念，自足千秋，則天地鬱積之元精，悉以其身凝承之。然則一己之一念擴充，即佛佑之所歸也。衆生並躍起，請書吾言勒之石，而鑱諸姓名於碑之陰。

夢慧心道人因以文祭之_{道人即李開侁，號隱塵}

汪　逸經五，黃岡。

　　道人非仙也，非佛也，儒也。道人即仙也，即佛也，真儒也。道人性至孝，其學成於母。道人之大父仕蜀有惠政，道人之父早没。道人之學問、文章、功名，及先世之居官廉、治獄慎，與太夫人之教道人也，皆有類於歐陽永叔。道人嘗仕矣，板輿迎養，博太夫人之歡而已。道人於清官於滇於桂，守柳州，觀察梧州。光復後長粤政，期年奉母歸鄂，迄今粤人思之如潮人之思韓愈也，可知道人之惠洶足爲古人之遺愛矣。方南北失和，道人身任調人，奔走呼號其間，淚竭聲嘶，欲息爭以解萬民之倒懸，以救中國之危亡。其用心爲仁人之用心也，即孔孟也，即釋迦牟尼也，即黃帝、老子也。故曰道人即仙也，即佛也，真儒也。

　　迨後道人見天下之人牧未有不嗜殺人者，道人即不復仕，而專禮佛奉母於家矣。道人爲予祖母之內孫，予幼時道人居經心書院，日每來視予祖母，予侍側，見道人身頎，亭亭玉立，眉髮鬑黑，目囧囧有光，聲音如鐘磬，語言中度，禮貌肅然，心異之。予祖母亦謹事佛。佛未可厚非也。佛之慈悲，即儒之仁愛。有宋諸名儒，皆先參佛而後入於儒，故其語類多爲佛語。真儒之旨，即爲真佛。韓愈所闢之佛，僞佛也。道人所事之佛，真佛也。

　　方道人之由粤歸鄂也，余進謁焉，並得拜見太夫人。時太夫人年九十餘，精神爽朗，康健異常，道人侍側，與余相爲問答。太夫人謂予曰："汝兩歲時，予曾見之，今猶可辨認也。"太夫人之喪，四方來弔祭送葬者數千人，予亦與焉。道人自太夫人終養，悲不自勝，益絕意於人世矣。後爲王家營堤工，應黎黃陂之徵聘，一出而任督辦，拯救數百萬之飢溺，使數十年難成之功成於期月之間，永無潰決之虞，亦以了太夫人普濟衆生之願也。道人有兄，清季官於湘，卒於任所，道人恐傷太夫人心，不以告，而每年必數次作兄寄家書歸奉，稟問太夫人安。凡二十餘年，終太夫人之身不知道人雁行之折翼焉。於此一斑，可以知道人之孝矣。

丙寅以後，道人厭塵市之囂，避居廬山。己巳年，在廬山之精舍作偈語四章，寄示鄂中舊好，予曾和之。庚午夏，道人歸漢寓，遽逝世。噫嘻，道人非逝也，從母游於白雲鄉，歸於極樂地也。予母終養，道人曾厚賻焉。今道人已從太夫人歸，而余尚留於人世間，欲何爲耶？余數夢見道人笑語樂話，情意懇摯，有逾疇昔，知道人之不沒也。因作詞祭之，詞曰：

先生之文，超軼不群。秋水之貌，莊子之神。先生之詩，出入楚詞。亦陶亦柳，亦王亦韋。先生之性，純乎忠孝。先生之語，極乎高妙。先生之才，裕乎經濟。先生之學，達乎天地。周孔孟荀，下及佛老。至理微言，無不精討。力制毒龍，遠驅蛟蛇。於地之角，於海之涯。鱷魚避徙，衡雲不遮。九疑縣縣，蒼梧之野。湘妃不泣，虞舜欲下。百粵文身，古所難馴。先生至止，百姓來親。仰之如日，敬之如神。先生今沒，廟貌其新。維王家營，築堤屢決。百萬國幣，常付一擲。大患之來，生靈震慴。沃壤腴田，盡爲澤國。地通孔道，千里菜色。黃陂憂之，嘻吁咨嗟。維桑與梓，夢寐忘耶。忽憶先生，聘幣禮加。仗我佛力，大功克奠。驅獅使象，神禹再見。一勞永逸，億兆有家。萬里橫流，變爲桑麻。漁女餘食，抛飼神鴉。若微先生，其魚其蝦。卓卓治蹟，豈非奇異。先生視之，行所無事。日月經天，江河行地。川流敦化，至誠不悖。感格鬼神，戰鬪惡厲。上帝板板，咎來有自。下民卒癉，弔救不至。魍魎晝行，狐狸滿肆。浮雲亘天，白日黯蔽。死病拒藥，空有聖智。先生知之，不再筮仕。退居一室，焚香掃地。爰訪名山，借以遯世。匡廬讀書，遂其初志。不比秋風，思魚膾味。茹素戒殺，愛及物類。貴人如此，是爲可貴。燒芋極甘，炮鼈不逮。咳唾生珠，垂涕長尺。精金粹玉，憑人俯拾。老僧何暇，爲俗除穢。雖曰託言，亦有妙諦。偶念友朋，相示以字。大夢先覺，浮生本寄。偈語無多，心通至慧。欲以慈航，普渡共濟。親親及人，是曰大惠。愛無差等，仁有次第。曰仙曰佛，乃屬儒道。片語隻詞，皆爲至寶。先生書法，又比右軍。笑許白鵝，換黃庭經。我與先生，爲中表戚。髫齡穉齒，謬蒙賞識。嘗以譽言，過加獎飾。世無知己，終念舊恩。昨夜先生，入我夢魂。撫我肩臂，索我文言。我於大道，實未入門。誄詞一篇，玄酒一樽。蘿蔔生兒，竹孫有孫。先生好生，不食雞豚。

擬宋孝武祈晴文

汪　桑筱舫，黃岡。

陰陽有序，愆則失度。雲密於郊，終朝灌注。末耜既懸，閭閻亦痡。既陰翳之不收，更禾黍其誰附。幸吐景於三光，宣霽色於六寓。輝啟貞明，陰開雲霧。雖小子之不穀，哀斯民之待哺。

書後 三篇

《聖武記》書後

清・汪引芝九畹，黃岡。

邵陽魏默深先生撰《聖武記》十四卷，愚讀其書而不禁愀然曰：先生之爲此，其有憂患乎？夫是書皆記前清聖祖神宗豐功駿烈，以人臣頌揚尊崇之義，宜矣。何言乎憂患也？曰：憂後世也。古之書似有類於是者，若《秦誓》《武成》，然皆爲鋪叙功德之文，非是類也。近之書似有類於是者，若會匪、湘軍等志，然僅屬敷陳事迹之末，亦非是類也。大凡著書，不出於當時之紀録，而借往事以發之者，必有深意存乎其間。蓋其心中夙有無聊不平之感，其胸中有如許無狀可怪之事，其喉間又有欲吐而不得出之物，鬱積之久，而後一於書乎發之。奪酒杯澆壘塊，以盡洩其感慨悲歌之氣。

先生當道光之季僑居江淮，見邊氛沓至，海禁漸弛，慨然憂軍政之不修，國威之不振，以深貽前人羞，而爲禍於方來也。因歷舉開國至嘉道，凡開創、藩鎮、外藩、土司、苗猺、回民，與夫海寇、民變、兵變、教匪之事，備而述之。蓋欲使後世追前代之功德，念創造之艱難，以保持於無替。皇然振軍令，收人材，戰勝廟堂，而不受外侮之辱。故其叙自命爲荆楚積感之民，又曰"國恥足以興"，又曰"後聖師前聖，後王師前王，師前聖、前王，莫近於烈祖神宗"，斯其所以爲後世慮者，深且遠矣。吾故曰先生之爲此，其有憂患也。而餘記諸篇又其平日所論著而附載者，其論兵事多格言，有令人挹攬不盡之致焉。太史公有言："古之著書者，大抵皆意有所鬱積，不得通其道，故述往事，思來者。《詩》三百篇，皆發憤所爲也。"若先生之書，其斯類歟，其斯類歟。

書《陸宣公奏議》後

汪引芝

余嘗考公之言曰"動人以言，所感已淺"，未嘗不思公之立朝，惟積誠竭忠，思以無言悟人主，而不忍以敢諫聞。至不得已而有奏議，非公之初志也。乃其言則獨爲古今之至言，抑獨何歟？夫隨珠荆璞，天下之至寶也，而自鬻則賤。毛嬙、西施，天下之至美也，而自媒則醜。嘉謨讜論，天下之至重也，而自炫則輕。士君子居朝右，往往有朝上一章，夕陳一奏，伉爽敢言，以直聲聞天下。夷考其言，則或偏或謬，或矜或激，或過戇，或近欺，卒無一悃悃款款如公者。此無他，有一敢言之念存，其氣固已囂然而不靖矣。公惟不忍以言見，故不得已而出於言，必有期一言之得當，而不欲數數瀆者，宜其懇摯而詳盡也。嗟乎，世之有言責者，苟能師公之意以進言，則亦安往而不爲純臣哉。

書《原富篇》後

清·汪塋蓮舫，黃岡。

《傳》曰："有人此有土，有土此有財，有財此有用。"中國土非不廣，人非不衆，而百姓愁苦，財用不興。彼蚩蚩者習而安之，莫知其所以然。間有一二篤學深思之士，又動曰"正其誼，不謀其利；明其道，不計其功"。庸詎知義之與利，道之與功，本一物而二名，去其甲，而乙將安附。中國此理不明，無怪乎生財之途日隘，而國用因之不繼。然昔猶無外來者以攘奪之，故雖日涸於內，尚可以彌縫苟續而不遽暴露。今則全地球生計競爭之風潮皆日集於此一隅，倘無奇術以應之，果何以挽回利權而不爲列強所并。

然吾嘗博覽中外理財之書，而得二人焉。一曰太史公，一曰斯蜜亞丹。太史公《貨殖傳》曰農、曰工、曰商，析其義，大要不外農以食、工以成、商以通。斯蜜亞丹《原富》曰庸、曰贏、曰租，析其旨，大要不外庸以工、贏以商、租以農。中國置《貨殖傳》於不講，故莽莽神州，日以彫敝。西人惟日取《原富》之說，家弦而戶誦之，故遙遙瀛海，日以雄強。而吾則謂海禁未開以前，宗《貨殖傳》而行之，或可日致富強。當此輪舟四達，鐵軌縱橫，雖曰手執《貨殖》之書以爲準繩，恐亦未必能奏效。何哉？證變則方不得不變。然則欲醫我中國貧弱之症者，其惟斯蜜亞丹《原富》一書乎？雖然，微嚴氏，中國尚不知有《原富》，尚能收《原富》之效乎？讀《原富》者，尚其無忘嚴氏之功也可。

讀《劉表傳》

<small>清·汪翶奉初，黃岡。</small>

世嘗謂劉表無戡亂之才，夫豈然哉？表躊躇四顧而無所適者，勢耳。不然擅漢中數千里之地，北向以與操爭，未始不可以濟。即濟矣，紹亦何愈於操哉？乃進退雍容，示閒暇無爭。表蓋識時者深，而爲之自全者至也。

書 <small>一篇</small>

擬荆州隱士劉虬報竟陵王書

<small>清·汪引芝九畹，黃岡。</small>

往來山林之士，難膺廊廟之材。隱逸之倫，不等公輔之器。非故爲高也，蓋其趨各異也。虬也棲遲衡泌，泉石自甘。心高而放，同阮籍之猖狂。志遠而疏，似嵇康之鄙陋。其不足齒數於高明也久矣。乃蒙不棄，時錫德音，捧讀之餘，益增愧悔。竊以中天之世曾記許由，漢高即位亦傳四皓。伏願俯賜鑒原，別深辟召，則王得宏光武之盛德，而虬亦克遂嚴子陵之初志矣。是所切禱。

啓 <small>四篇</small>

擬重建黃鶴樓通募啟

<small>清·汪引芝九畹，黃岡。</small>

蓋聞龍桷聳東南，日于焉照；虹梁跨西北，雲與之齊。懷謝題詩，

揮毫秋日；依劉作賦，回首春風。靡不輝映山川，超絶塵壒也已。楚鄂軫張分埜，近聯奎璧之光；皖豫連疆，大得江山之助。鳳凰岡上，莘莘碧梧；鸚鵡洲前，萋萋芳草。矧復三層巨製，千古遺蹤。韻事傳自子安，舊聞紀從辛氏。誦騷客無雙絶調，壓倒長庚；作雄圖第一壯觀，漫誇小酉。霞裳雲袂，竭來天上神仙；青瑣丹墀，傳播人間嘯詠。自晉唐而後，去日已多；訪荀費之遺，流風未渺。輝煌日月，金章炳宸翰之榮；洒掃煙霞，銀管錄名臣之記。奚啻娜嬛福地，洵爲江漢仙蹤。夫高岸深谷，境有變遷；環兔輪雞，運有過續。溯自洪楊虐肆，楚鄂塵飛。赫赫高樓，熒熒一炬。戎馬踏藉，幾閱歲年。今者洗甲銷氛，同寅濟美。波平鴣渚，歛息狼烽。千載一時之感也。竊思古蹟之宜修，猶古治之當復。矧近今華夷雜處，彼其高鼻深目，驗風受吏，所以觀上國之光者，亦在乎是。一樓之興，關繫甚鉅。豈但流連風月，洵堪焜耀河山。謹裁小啟，遍告羣公。伏願腋集千狐，手修五鳳。解囊傾笥，疊石庀材。或捐清俸，或輸重貲。仗諸君傾助之功，快覩青蚨翔集；譜一曲承平之韶，好招黃鶴歸來。

爲湖南臨武縣前任知事孫蔚蘭等死義募捐祭田啟_{民國四年乙卯}

汪　燊筱舫，黃岡。

蓋聞蘇子志表忠觀，允著清徽；羊公貽墮淚碑，旦傳厚澤。壟樵禁採，護異代之荒墳；廟祀尊崇，拜前賢之遺像。自來壯夫死節，烈士殉名。莫不撫劍佩而生悲，誦圖書而興感矣。況復才非百里，志屈一官。遺愛在人，流風振俗。乃境逢坎坷，魑魅憎人。禍起蕭牆，輿臺奪主。無天無法，旁落公權；孰主孰賓，同歸大夢。如前知事孫公蔚蘭，及科長張君立鑾，承審員胡君者，可哀也已。嗟嗟，一麾作宰，四境有聲。滿縣栽桃，群芳無色。胡乃壯懷弗遂，浩劫橫來。先軫歿而面如生，荀偃死而目猶視。此義士仁人所感慨繫之而不能已者也。夫殉義捐軀，本宰官之偉節。而明禋重典，爲守土之專司。前知事文宗祥呈請享配唐賢，附祀寮友。原欲春秋俎豆，表揚宦海津梁。庶令賓主英靈，照耀天衢星日。今者鄙人戾止，遺範傳聞，潔採溪毛，敬瞻廟貌。空山寂寂，但餘滿徑梨花；寒食年年，誰餉一盂麥飯。憑弔若敖之鬼，擬捐綿上之田。因思獨力難支，衆擎易舉。山爲平地，一簣初基。塔造諸天，合尖有待。倘獲歲租無缺，勝結丹宮香火之緣。庶幾祀事孔修，永綿朱邑桐鄉之祭。勒石存臨武縣公署。

募修鍾祥桂公祠啟_{民國十一年壬戌}

汪 燊

蓋以褒忠勵節，旂常已足千秋；崇德報功，歲月將逾一紀。聞遺風而興起，至永日以留連。如前清安陸府知府桂蔭公暨夫人富察氏者，雙殉於崇聖祠中，並葬於陽春臺上。孤孫北去，千里匪遙；令子南來，一年易屆。扶雙棺而遄回故里，捧二主而供入專祠。睹廟貌之森嚴，理宜合祀；觀人心之欽仰，意在重修。燊等一則手綰軍符，一則躬膺民社。石城駐馬，如舊居停；花縣下車，是前掾吏。欣逢致享之際，忝列同班之間。肅爾儀容，衣冠極一時之盛；妥公靈爽，俎豆升百世之香。然而屋止三椽，難遮風雨；田無百畝，誰供香煙。毅魄貞魂，徒往來於墟墓；危簷短壁，幸依傍於廟庭。因思稍擴規模，尚賴羣殷攸助。燊等虎糈少減，鶴俸平分。敢云先道之開，將見後來居上。傾河間之篋，青錢處處飛來；指魯肅之囷，紅稻家家貯滿。新茲玉宇，精誠聿有攸歸；勒彼瑤珉，姓字同垂不朽。謹啟。勒石鍾祥縣桂公祠。

鍾祥豐隆區張家集被匪燒搶
募捐賑恤啟 民國十一年壬戌

汪 燊

　　鍾邑無匪患也，近數年來民間疊受其害者，禍皆起自鄰封。東南半壁，處處與京山毗連。京山素多匪，乘時竊發，鍾邑首蒙其難。襄河迆西，恒有逃兵潰卒由荆宜竄當遠，攘及鍾祥邊鄙。防範偶疏，蹂躪或徧於腹地。直此接近隨棗，係積匪出沒之區，較東南西爲尤甚。幸有豐隆區張集之團防足資抵禦，北門鎖鑰，實攸賴焉。

　　燊奉命承乏是邦，下車之日，延見城鄉士紳，詳詢風俗、人情、物產諸事，尤注意於疆域，僉云張集爲吾鍾外郛，屏藩既固，堂奧奚虞。燊聞言竊喜，謂可紓北顧之憂矣。詎料陰曆九月初六日上午五句鍾，陡有悍匪二百八十餘名，自隨縣之新陽店竄至張集。區長黃君履祥當時聞警，無暇聯合他團，即飭本所二十八團丁分途迎剿，對敵至三小時之久，卒以衆寡懸殊，陣亡正副教練團士五員名，焚屋一百一十三間，損失財產十餘萬。燊聞耗驚惶，即夜入營，商同派兵馳擊。除據情呈請上峯撫恤外，自維才疏德薄，未能先事預防，致令長驅直入，地方糜爛，哀我小民，遭茲慘禍。

　　此時急務，死者固可矜憐，而瘡痍滿目，更宜代謀安集之策。日昨開會協商，咸以政府經費困難，空言撫恤，畫餅殊難充飢，非人自爲謀不能拯此孑餘也。諸君關懷桑梓，睹此殘破之鄉，應念亂後遺黎無術生存，況又時屆嚴冬，一旦雨雪霏霏，飢寒交迫，苟無解衣推食之人亟起而扶持之，將盡填於溝壑已。

　　燊當事起之初，忿火中燒，原擬拱馬前趨，勢殲此虜。行逾梓里，有以守土之責阻之者，中道折回。自問多慚，謹捐廉俸若干，藉以稍彌前恨，並爲吾鍾三十五區人民倡。希慷慨解囊，共襄義舉。凡諸富厚之家，指困濟困，正如韓信將兵，多多益善。抑或心長力短，但能量情輸助，則集腋成裘，衆擎益覺易舉。睦婣任恤之義，諸君子其靜思之。

像贊 四首

題贈筱舫姪肖像 甲子上九日

汪春澍雨人，黃岡。

吾宗小阮賢，不信癡叔癡。曾偕老人，咬菜根味，訂桃潭詩。昨歲奉檄宰鍾祥，吟成瑞麥餅餌香。要令彼都人士歌賢良，買絲繡出平原趙，何止鏡中顏色好。

小照自題詞

汪 翱奉初，黃岡。

前不見古人，後不見來者。莽莽五洲，紛紛擾擾。藐焉小子，獨奈何生於二百四十九行星之地球，獨奈何生於二百四十九行星之地球之中國。

爽公像贊 並小引

汪 燊筱舫，黃岡。

謹按，爽公係我家四十五世祖，爲越國公第七子，即本支嫡祖也，公親賢下士，歷代追封。贊曰：

抑抑威儀，惟民之則。功在有唐，志繼越國。公列崇和，侯膺忠德。歷邀榮封，廟貌生色。見民國汪氏第五屆宗譜。

題蕭珩珊巡閱使贈像贊

汪 燊

天生偉人，造福九宇。處爲龐儒，出爲碩輔。昴星應運，誕降光黄。雲台凌閣，梯接漢唐。

銘二篇

擬劉禹錫《陋室銘》

汪 燊

仁義何爲，以爲墉垣。道德何爲，以爲屏藩。有此陋室，可以少安。桃花紅映户，春草緑依門。室有賢人集，門無車馬喧。可以寤歌，可以寤言。無囂塵之濡染，無俗務之紛煩。宗道退思岸，陶潛寄傲軒，庶幾與之同論。

擬班固《封燕然山銘》

汪 燊

鞏皇圖兮帝道昌，勦凶弱兮峻邊疆。神功威赫兮媲窮蒼，封碑勒石兮文字光，願得大將兮靖八荒。

頌一篇

賓興頌

汪 燊

懿與成周，鉅典式彰。登賢選能，邦家之光。萬民被教，三物舉鄉。德行穆穆，道義煌煌。隆化作人，奕世垂芳。趨蹌劍佩，齊整冠裳。論秀書升，譽溢聲揚。多士彙征，聯登明堂。

箴 一篇

勵志箴

汪 燊

吾人讀書，志在聖賢。禹湯周孔，大道仔肩。勿爲勢屈，勿爲利遷。窮通有命，富貴在天。維茲守正，永矢弗諼。仰彼古人，懿規在前。孟距楊墨，韓闢老禪。格致誠正，朱程所傳。正學既明，大義乃宣。濂洛關閩，授受淵源。吾人稽古，兀兀窮年。輔世翼教，日手一編。乾乾惕惕，春誦夏弦。仲淹未達，樂後憂先。斯人可作，吾願執鞭。

歌 一篇

自反歌

汪 燊

橫逆來兮宜自反，苟自反，弭禍患。他人不是縱十分，十分汝必有一半。我非聖人豈盡善，薄責於人自少怨。但肯反求理愈見，臨事精詳智愈鍊。不爭是非與曲直，省卻多少閑氣力。人生百年駒過隙，一番經歷一番益。忿怒不生養我心，明哲保身聖賢欽。何況忍耐免傷財，若施強暴必招災。

賦 四篇

梁都賦

<small>清·汪引芝<small>九畹</small>，黃岡。</small>

華稱帝冑，緒衍缽曇。金甌業顯，玉牒功覃。基紹鴻圖，用降心於魏北；謀承燕翼，爰奮志於江南。岳陽雲夢之區，無滋他族；武帝昭明之裔，竟詡宜男。昔元帝之都江陵也，偏隅僅守，小腆那居。六師未整，四庫常虛。思侯景之狼氛，苦宜嘗胆；痛祖先之龍馭，釁自茹蔬。視此物換星移，匪雄圖之赫赫；問誰鼎新革故，尚遣將以徐徐。又如蕭詧之繼都也，金枝甫繼，玉葉將綿。念鳳毛之克濟，冀麟趾之堪傳。雖繼統爲後梁，渺乎其小；若附庸於北魏，豈曰能賢。如此江山，枉向烏蹄而致嘆；何來興復，徒悲虎踞之難全。夫復祖者慈孫也，承先者肖子也。撥亂反治，須不世之才也。旋乾轉坤，實非常之士也。元帝苟端之於始，何爲弗克有終；蕭詧果能不附乎人，奚至難興于己。而乃自我得而自我失，無殊索蜜之老公；及時旺而及時衰，更斷葯犧之上祀。稱臣表上，奉朔時行。何操戈於同室，致戎馬之圍城。雖庾季之散財，購俘罔效；即伯先之能將，破敵難成。宇文護挾詐欺人，己兆周家之統緒；王僧辨別圖立主，徒開陳氏之縱橫。迄于今碧空流水，青僅峙峯。過江陵之故址，尋梁代之遺踪。殿宮何有，苔蘚徒封。三百里之荆州，依然舊土；十四萬之書卷，誰振儒宗。鐵騎入營，烏幔之纍囚可慨；銅駝繞棘，素車之降帝何從。爰作歌曰：

江陵地與岳陽俱，梁世於茲建帝都。過客停車尋往事，宛然宮殿剩皇圖。

又歌曰：

歷代帝王有明聖，出治宣猷膺景命。梁朝一去千餘年，軼事至今猶可咏。

復遊赤壁賦 以十月之望攜酒與魚爲韻

汪引芝

　　桂棹重開，蘭舟再集。月更溶溶，風還習習。客屢聚兮鴻談，酒憑傾而蟻濕。欣來往之相仍，樂盈虛之莫極。江山依舊，曾舒氣象三千；水月長新，又過秋光九十。爾來西屬名賢，東坡華髮。偶寄漁樵，暫辭朝笏。撫暮景之蒼茫，慨舊游之倏忽。興懷往夕，幾曾一醉清風；記得前身，猶是半天明月。

　　時則霜寒澤渚，露冷江湄。丹楓爛熳，黃橘迷離。聊隨行而自適，亦樂此而不疲。地如相見之灣，從吾所好；人似再來之佛，與子爲期。尋源則後遂迷津，笑忘懷之漁子；俯仰而已成陳迹，係感慨於羲之。由是載酒重遊，登舟共放。逸興遄飛，幽情足暢。尋白渚之前猷，憶黃泥之舊狀。豈是從流忘返，放蕩形骸；漫疑數見不鮮，空存願望。寒光寂寂，暮景淒淒。遊情不已，酒意還迷。觀豈元都，覺重來之恰肖；寺殊本覺，究三過以難躋。祇緣利鎖名韁，是空是色；一任清風明月，予取予攜。遂乃攀危巢，臨高阜，挾飛仙，攜勝友。石髮離披，雲濤怒吼。聲驚一壑松篁，影落半天星斗。攝衣踞虎，劇憐客不能從；舉網得魚，更喜物惟其有。與爾消萬古之愁，勸君進一杯之酒。

　　倏爾登舟，放乎中渚。兩岸煙寒，一江露湑。撫勝地之不常，欣後遊之可許。不作廬山之會，舊令頻申；好通調水之符，芳情再舉。憶爾日洞簫高和，善鳴而假之鳴；喜今茲道士來逢，相與於無相與。客有流連故迹，訪問遺居。丹崖依舊，翠嶂如初。記仙遊之兩度，想逸趣之重舒。又何加焉，踏雪之輕鴻印遍。再斯可矣，橫江之孤鶴飛餘。赤壁之遊樂乎，詎止登虬龍而攀虎豹。先生之志大矣，何妨友麋鹿而侶蝦魚。

蓬萊文章建安骨賦 以題爲韻。黃州府試批首

清·汪福海潤生，黃岡。

昔李白之宣州餞別也，持來酒榼，載得詩筒。爲話一朝之別，更廻九曲之衷。本是謫仙人，無奈半生落魄。既逢東道主，何嫌小技雕蟲。念乃公拔幟登壇，千軍持戟；嘆此日行旌載道，萬里飛蓬。謂其校書叔雲曰："余無長物，公實多才。"欣邀燕飲，緬想鴻裁。惟雋才乃堪學步，非佳士未許追陪。拔將絕地千尋，好語未經人道；撲去俗塵三斛，佳篇獨邁凡材。蓋託緣於翰墨，已飄飄乎人在蓬萊也。蓬萊風景，任我支分。神仙寄跡，文士揮斤。光燦似金銀之闕，飄揚隨鸞鶴之羣。浩瀚兮如大海之煙波汩沒，空冥兮如山林之巖岫氤氳。其憑虛而馭也，如仙人之來往；其叩寂以求也，如方士之傳聞。天下無此奇景，又何以狀公之奇文乎？又況詩情瀟灑，天骨開張。無南朝之綺麗，有西漢之蒼涼。倘偕學士登瀛，自高格調；合倩人才賦海，別有心腸。乘彼天風，此去同賡霓奏；抉將雲漢，有誰分出天章。亦越建安，時惟漢獻，有徐翰中論之精詳，有應瑒愍驥之憤恨。劉公幹詩可升堂，陳孔璋檄尤排悶。孔融杯酒，匪侈豪華；阮瑀篇章，不同遲鈍。縱淵源之可接，一生低首宣城；敢敏捷之自矜，七步追蹤子建。本來骨重，更自神寒。散垓埏之珠玉，崇臺閣之衣冠。鄉試擲之，地下金聲隱隱；公真健者，腕中玉節姍姍。何須嘔出心肝，百篇搆就；不必撚殘鬚縷，一字吟安。雲曰旨哉，君才不竭，勢自崢嶸，功須洗伐。嗣音正始，上追七子之風流；繼迹黃初，旁挹三山之秀發。想往日神傳秋水，允爲絕世文心；問幾生託體梅花，自是君身仙骨。迄今人去樓空，時移物故。作文字之因緣，盛主賓之眷顧。懷詩人於鳳凰臺上，檻外江流；話遺事於鸚鵡杯中，雲間仙遇。好向煙濤覓句，聯來太白之奇詩；還從綺席陳辭，續就文通之別賦。

黄岡之地多竹賦 以題爲韻

汪 燊筱舫，黃岡。

緬黃岡之勝地，契綠竹之名鄉。喜平安之捷報，迎瀟灑之華妝。儼然君子之風，萬竿集翠；爲問故人之節，千畝飛黃。則有靈山如瀉，巨麓天長。竹掩柴扉之跡，竹飛石徑之香。檢點詩筒，任我披吟。修竹安排，棊局留人。坐隱高岡，又況芷蘭之渚，蘆荻之涯。竹聲雅亮，竹影參差。萬頃烟波之地，一林風雨之時。新翠如流，心乎愛矣；薄青方積，神與契之。并觀繡郭垂青，錦城集翠。竹林則勝擅鴻儒，竹塢而人偏麋至。引人入勝，豈櫨橘之能參；與我爲緣，實篔簹之不棄。打瀟瀟之夜雨，別似有天；排漠漠之炊烟，渾疑無地。更若茂陵曲阜，遺址崇阿。覽排雲兮指日，迎牧笛兮漁歌。笙簧典籍之人，契虛心而得得；鼓吹詩文之選，欽壯節以多多。由是宦遊之侶，亦去凝眸；商賈之徒，多來寓目。共欲尋芳，永宜蔭竹。或漁翁試以竹竿，或學士裁爲竹牘。或建竹樓，或修竹屋。迄今流水三生，東風幾度。非少情懷，長多慨慕。他日蓬瀛托足，蘭爲君子之香；爾時閬苑蛩聲，梅占花魁之步。必著干霄之學，因鉅典而成思；須深有斐之功，乃拈毫而作賦。

詞 九首

千秋歲 并引

清·汪維翰若林，黃岡。

伯氏星垣與家君、雲階伯，及濟齋、春門叔同庚，伯氏長家君五十七日。值周甲之辰，出自壽感懷詩四章，頌岡陵者莫不和之以詩。或問於予曰："子何爲而無詩也？"予應之曰："嶽降之篇，宗工哲匠已在前矣，予將奚禱？"或曰："子以詩爲有餘乎，盍效鶴飛之曲以侑觴？"予謝曰："予不敏，請正聲律，勉爲續貂可也。"因譜《千秋歲》以呈座右，不知果有餘地以待我否耶？

蟠桃呈瑞，正是三春季。杯盤列，管弦被。揮毫珠玉落，滿座賓朋醉。賡一曲，可能順耳如公意。　歸盼椿陰翠，好看斑衣媚。多壽考，同堂事。星符河曲五，皓過商山四。當不僅，吾家老與君成二。杜句。○見星垣《六十壽言》刻本。

握金釵 無題

汪榮榘 珠浦，黃岡。

顛倒掛收香，勾挑咽獨繭。隻鴛孤夢嫌遠。慘綠愁懷煙樣篆。禁幾許，月兒鐮，風樣剪。　挾瑟上高堂，拖裙戲娃館。舊時眉印深淺。嫩柳雖教轉青眼。冰又雪，幾時春，風送暖。《莒香詞》。

齊天樂 夢見

汪榮榘

琉璃窗子無情綠，不關旅人癡恨。試冷偎蟾，拋香醉蝶，夢透紅牆銀漢。梨花白幔。藏鏡碧描愁，黛青書怨。較量鴛魂，瘦容清減舊時半。

暈紅窩靨一，笑說風情，比前日還困。搗藕成絲，彈楊作絮，縷縷芳愁不斷。新灰一寸，盡蠟淚相思，爐烟撩亂。碧海深情，贈君青玉椀。同上。

蝶戀花 晚步上馬（太原街名）

汪榮榘

淡漠斜陽紅上樹。樹裏紅樓，樓上阿誰住。多謝微波通密語，分明一段銷魂賦。　　吳儂的是無情緒。絹上新花，半屬羅江去。豆子山頭垂白雨，陽平打鼓辭龍女。同上。

江南好 題秋江落照圖

汪榮槃

　　江天渺，鶖外落霞明。紅樹亂烘秋障雨，白帆斜點晚波晴。寒雁陣雲橫。

　　江邊樹，樹外草平鋪。縱有心情迷峽蝶，諒無消息到藤蕪。心共白雲孤。

　　炊烟縷，依約認漁家。殘柳似餘眉角綠，寒楓初漲臉窩霞。晒網水之涯。

　　疏籬畔，幾處菊花稠。眠鷺乍驚花外柁，盤鴉飛上酒邊樓。天意一江秋。同上。

八聲甘州 偶憶

汪榮榆 天白，黃岡。

　　憶來時環珮悄無聲，香階一影橫。記小窗剛近，鳳釵拔下，纖指斜擎。深恐聲驚鸚鵡，敲門故意輕輕。轉向濃陰下，静待儂迎。　　怪倈爾小門洞啟，惹阿嬌背立，故作佯驚。是這回初見，強執手同行。卻嫌那、冰肌握處，惹個儂、香汗不曾晴。知道是、迴廊路曲，累了卿卿。《鄰坡堂詞稿》。

補　遺

哭任静齋 名萬載，字如乾

清・汪諫南亭，黃岡。

　　誤落紅塵六十載，謫仙應自赴瓊樓。閒庭繫馬人何在，古樹雲封澗水流。

　　蘧蘧一夢到遽須，忍棄白頭並弱雛。可嘆路人猶墮淚，憑誰六尺託諸孤。

　　執耳雞壇幾晦明，衆流誰不讓先聲。今朝收拾琴囊去，錦繡文章著玉京。

　　秋水爲神玉作容，逢人不肯試機鋒。無情鬼伯偏柱引，竹裏淒淒阮嗣宗。見任氏光緒續修宗譜。

　　燊謹按：續集卷一內已蒐輯南亭公贈李承齋先生五十壽詩一首，又贈邑侯李錦源詩二首。此四絶見於任氏光緒續修宗譜，得之稍遲，而續集卷一已經刻成，特補錄於此。

上峽行

清・汪引芝九畹，黃岡。

　　上峽之難難於上青天，舟人至此心茫然。上峽之險險於九折阪，舟子臨斯心膽戰。舊聞孝子不登高，何事輕身涉怒濤。又聞忠臣不怕死，王尊叱馭心偏喜。總之由命不由人，不必畏縮多徙倚。内省不疚爲牛言，不憂不懼真君子。

下峽行

汪引芝

下峽之水快若箭，倏忽奔馳船不見。下峽之水疾如馬，招招舟子汗欲下。緣知仕宦不得已，冒險涉波故來此。放眼縱觀塵世間，艱險坎坷類如是。小心謹慎莫輕前，才得妥貼保安全。凡事都如行下峽，履安若危斯穩愜。爲君聊歌下峽行，切毋行險以徼幸。

上堵吟

汪引芝

登高以舒嘯，無如堵上妙。登高可賦詩，唯有堵上宜。上堵本勝地，險危無介意。百堵由斯興，安堵洵可寄。上堵護居安，俯仰襟懷寬。雉堞高低護，螺峰大小環。舉袂快當風，執杯欣對月。風月共相酬，上堵真得得。我爲上堵吟，高吟倍有情。防堤嚴武衛，豈復虞寇兵。詩從堵上吟，酒向堵前吸。上堵吟已終，堵外楚山碧。

梁甫吟

汪引芝

放懷思今古，宇宙貯肺腑。俯仰亦何寬，何事吟梁甫。梁甫取義奧，別有寄懷抱。抱膝試微吟，頓覺滌煩惱。遐思齊亞卿，九合著盛名。塞門及反坫，蹈禮究何榮。北望督亢地，偉略傳樂毅。下齊七十城，瞥眼遭廢棄。功名何所用，代謝直如夢。風月是良朋，儘可恣吟弄。何如陟高山，日暮快長嘯。長嘯空塵寰，放眼觀大造。

大堤曲

汪引芝

　　大堤之上樹蒼蒼，大堤之下水茫茫。雲樹蒼蒼終古秀，襄水茫茫流更長。青蓮學士曾來此，俯仰曠觀情不已。清風明月共綢繆，載酒題詩意興高。我今訪古水之湄，不見謫仙見大堤。登堤恍與謫仙接，讀曲猶思志與齊。襄陽耆舊由來久，里通冠蓋名不朽。大堤之由歌已終，漢水奔流自向東。

　　燊謹按：先曾祖九畹公所著《新甫詩草》，已編入正集第四卷，業經告成。昨檢家藏舊書，復搜得公雜文十餘篇、雜詠五章，均係公親書草本，盥誦迴環，不忍遺置。當命兒輩恭錄，將雜文分類編入續集三四兩卷，其雜詠五章，特補錄於此，以示後人寶貴先人手澤之至意云爾。

屈原 戰國時楚人，名平，別號靈均，仕楚為三閭大夫

清·汪堃 蓮舫，黃岡。

　　耿耿丹心付水流，靈均節概有誰儔。三年憔悴悲貞志，一卷離騷想壯猷。浩氣蒼涼昭日月，忠魂激烈永春秋。汨羅余欲投文祭，空見龍船弔古愁。

王粲 三國魏高平人，字仲宣，避亂依劉表於荊州，為建安七子之一

汪　堃

　　當年底事竟依劉，曠代文章賦倚樓。不向三分誇駿烈，偏儕七子著鴻猷。精魂自永襄陽月，姓字長留楚國秋。我欲登高尋往迹，蒼涼雲樹滿荒邱。

龐統 三國蜀漢襄陽人，字士元，司馬徽稱爲南州士之冠冕

汪　堃

鳳雛名字振垓埏，司馬評量雅不偏。百里詎堪騰驥足，三分聊可慰龍顏。縱教貌惡時難遇，尤喜才高會有緣。太息坡前終落鳳，空將血淚灑西川。

習鑿齒 晉襄陽人，字彥威，以文章著稱

汪　堃

掃卻凡嚚別致幽，彥威風概邁恒流。逸才久動王侯顧，大志無忘祖父猷。自合荊襄綿俎豆，咸思漢晉仰春秋。習家故址今何在，惟有無情楚水流。

燊謹按：先父蓮舫公性喜吟詠，生平著作甚夥。清光緒壬寅，余設館武昌積玉橋，鄰家失慎，殃及書館，所藏遺稿付之一炬。前經覓得近體七言五首，已刊入續集卷二。茲復搜得弔古七言十章，選錄四首補刊於此。

筱舫姪官蓂壽，喜作一律勉之 壬戌中元節

汪春澍雨人，黃岡。

癡叔何緣依小阮，相逢轉惜識君遲。六年痛飲竹林酒，八卷快訂桃潭詩。獨向光黃當間氣，要從清白寶良規。昔歲余官政和，有印章二方，一云"清白即循吏"，一云"光黃有異人"，今以二語相贈正合。發祥繩武家聲起，世德金華爲爾期。文淵公，吾家發祥之祖也，出守金華，多善政，不畏強暴，能恤士民，入名宦祠。

赤壁讀二賦懷蘇子

汪　逸經五，黃岡。

　　叟方發清興，客莫託悲風。各有千秋地，誰爲一世雄。蘆花盈岸白，漁火隔江紅。赤壁嘗聞五，黃州拜長公。

　　東坡化爲百，我亦一東坡。在水迷人影，依樓近月波。洞簫聲未歇，孤鶴影相過。難續三篇賦，聊賡數首歌。《夢唐集》。

赤壁懷古

汪　燊筱舫，黃岡。

　　鬱鬱千年後，長懷壬戌秋。江山增潤色，藻采助風流。皓月仍前古，長波洗舊愁。髯蘇如可作，仙鶴再來不。

　　百代一坡叟，平生幾壯遊。浙西循繢在，海外夢魂留。蜀國生才子，荊溪繫客舟。巍巍標兩賦，獨自重黃州。見《黃州赤壁集》。

校赤壁集訖，夢見東坡，感成二律

汪　燊

　　昔讀志林話，少陵通夢魂。爲人明誤解，示我復何言。二賦傳天下，奇才動至尊。底應笑來者，弄斧在班門。

　　東坡夢道士，余又夢東坡。仍是黃州貌，如賡赤壁歌。殷勤通姓字，莊重等山河。斯集拳拳意，先生倘覺多。同上。

跋

　　自來仁人孝子，數典而不忘其祖，禮也。吾家受姓，始於魯成公黑肱次子汪，封汪侯，食邑潁川。傳四十四世祖華生，有大志，值隋末革命，自田間來，奮起行伍，削平狂寇，保障歙、宣、杭、睦、婺、饒六州人民安堵。大唐定鼎，奉表輸忱，封越國公，具載唐史，茲不贅述。後裔繁總徧大江南北，前清成廟云"汪家是大族"，又云"汪無二姓"，嘻嘻！盛矣哉。

　　溯自受姓以還，其間改物易代，白雲蒼狗，徙居靡定，搜尋國史家乘，多隱君子焉。燊七十二世祖登一公，元末由饒遷楚蘄，再遷黃岡還和鄉之栗子園。七十四世祖省二公由栗子園遷舊洲北門，七十五世祖祥公更由舊洲北門遷居汪集下彭城畈。嗣後子孫衆多，創修支譜，推祥公爲一世。

　　祥公後十世有明處士漪園先生，不食清祿，放歌江湖，與當時諸遺老名士相往還，清風亮節，載《通志·隱逸傳》，晚歲刻《樂志齋詩集》行世。生平著述多散軼，然《樂志齋》一集已足千古矣。燊嘗讀公之詩，慕公之節，深恐古本朽蠹，擬再鐫刻。後搜得吾宗先達已刻未刻之詩，都爲正續十卷，於己未夏付梓。時以囊橐空虛，刊印無多，不足以應知好之求。茲復重事蒐輯，增爲正續十六卷，再付手民，雖力猶未逮，而不得不勉分鶴俸，以集鳩工，冀闡幽棻而永書香。上念高曾，旁聯同志，下啟後來，亦吾宗所共許耳。謬蒙大雅，俯賜序詞，九天珠玉，璀璨簡端，榮何如之，幸何如之。時民國二十一年壬申桂月九十二世孫燊謹跋。